诺贝尔文学奖得主
帕特里克·怀特作品

Riders
in the
Chariot

Patrick White

乘战车的人

［澳］帕特里克·怀特 著
王培根 译

献给克拉里·丹尼尔和本·许布希

先知以赛亚①和以西结②与我共进晚餐。我借机问道：他们如何敢于断言上帝曾向彼传话？他们是否曾想到他们会为人误解，从而诱导欺骗？

以赛亚答道："就有限的感官知觉而论，我未曾见过上帝，也未曾听到任何传话；但我的理智能发现蕴藏于一切事物之中的无限。当时深信，如今仍确认，笃实的义愤之声乃是上帝的声音。我不计后果，提笔直书……"

我又借问以西结：为何他要以粪土为食，而且躺卧良久，辗转反侧呢？他答道："希图激起他人对无限的感知。北美诸宗教已如此实践；仅为眼前的安逸与满足，而抵制其天才与良心者能算真诚的吗？"

——威廉·布莱克③

---

① 公元前七八世纪希伯来先知、大预言家。
② 公元前六世纪希伯来先知、大预言家。
③ 威廉·布莱克(William Blake，1757—1827)，英国诗人、艺术家。

主要人物表

莫迪凯·希梅尔法布——由大学教授到工厂的钻孔工,法西斯的屠刀也同样伸向这位博学多才、历经磨难的犹太人。这位被绑在模拟十字架上的弥赛亚——犹太人所期望的救世主,流出了血,很多的血……他是全书的核心。

黑尔小姐——全名玛丽·黑尔。豪华而破旧的私人宅第赞那杜大厦的主人。一位行为诡秘、其貌不扬的老处女。她之所以离群索居是由于她的孤独、性压抑及对其父的死所产生的负罪感。

阿尔夫·杜博——出生在澳洲的一个河流纵贯的保留地上。其母为一土著女人,其父却不知道是哪个白人汉子。他有着绘画的天赋和土著人对人的特有的真诚,但这位艺术家,最后仍然是"人类中不幸中的不幸"者。

戈德博尔德太太——原名鲁思·乔伊纳,昵称戈尔德。她继承了其父对义务忠心的美德。她不仅具有健康的体魄,还有销魂的喜悦,然而她决不忘乎所以。由于寻找替代母爱的不可遏止的渴望,使她与世隔绝。

（以下按出场先后为序）

科尔奎豪恩太太——一位刚来悉尼郊区撒尔沙帕里拉定居的有钱女人。

萨格登太太——撒尔沙帕里拉镇女邮政局长。

尤斯塔斯·克雷夫——黑尔小姐住在外地的一位表兄。

海伦·安蒂尔——早年来赞那杜做客的一位穿戴不素的诱人姑娘。

诺伯特·黑尔——昵称伯特。黑尔小姐之父。辉煌与雅致是他平生的一大追求。

埃莉诺·黑尔——黑尔小姐之母。原名埃莉诺·厄克特·史密斯。

特德·厄克特·史密斯——由外地来赞那杜做客的黑尔太太的一位堂兄。

乔利太太——黑尔小姐的女管家。一个吃人不吐骨头的恶妇。

佩格——黑尔一家困难时留下的女仆。死于黑尔太太之后。

威廉·哈德金——黑尔一家的马车夫。后来离开了。

埃尔斯——戈德博尔德太太的最大的女儿。

汤姆·戈德博尔德——戈德博尔德太太的丈夫。

弗拉克太太——乔利太太的一位朋友。一个外表体面，内心狠毒的女寡妇。无赖布卢的生母。

莫舍·希梅尔法布——莫迪凯之父。一位做毛皮商的犹太人。

马尔凯·希梅尔法布——莫迪凯之母，一位好交往的、虔诚的基督徒。

卡茨曼——教会歌咏班领唱者。莫迪凯的希伯来语启蒙教师。

朱尔金·斯托弗——希梅尔法布的一位熟人。德国人。后来成为中校。

康拉德·斯托弗——朱尔金的哥哥。

斯托弗太太——莫西·斯托弗，昵称莫格褒。康拉德的夫人。

利布曼——排字工，犹太人。

雷哈·希梅尔法布——原名雷哈·利布曼，昵称雷哈莱因。希梅尔法布的爱妻。

阿里·利布曼——雷哈的大弟。

拉赫尔·利布曼——阿里之妻。

来自切尔诺维茨的女人——被毒气毒死的犹太人之一。

哈里·罗塞特雷——具有外国绅士派头的自行车车灯厂老板。

舍尔·罗塞特雷——罗塞特雷先生的夫人。

厄尼·西奥博尔兹——车灯厂工头。

罗齐尔·罗塞特雷——罗塞特雷先生之女。

罗布——鲁思·乔伊纳的亲弟弟。死于运干草车的车轮之下。

杰西·纽森小姐——鲁思的继母。

查默斯-鲁宾逊太太——鲁思在悉尼的女雇主。

查默斯-鲁宾逊先生——原名巴格思·查-鲁宾逊。鲁宾逊太太之夫。

莫利·卡利尔——一个白人妓女兼老鸨。

贾尼斯——卡利尔太太之次女，一个得预先约定的妓女。

约翰诺太太——卡利尔太太家的一个妓女。

菲克塞·詹森——一个所谓"为公众服务"的嫖客。

霍格特先生——嫖客。

麦克法戈特先生——一当地警官。

努南太太——阿尔夫在巴兰纳格利镇的女房东。

鲍勃·坦纳——埃尔斯的男友。一个强壮的小伙子。

蒂莫西·考尔德伦牧师——英国圣公会一教区长。阿尔夫的早期监护人之一。

帕斯科太太——蒂莫西的姐姐。寡妇。阿尔夫的早期监护人之一。

汉纳——土著女人。一个老练的妓女。

诺曼·富塞尔——又称诺米、诺姆。嫖客、小丑。

布卢——弗拉克太太的私生子,"七个幸运儿"恶作剧的主谋。完全
是一个流氓无赖。

克卢格——赞那杜拆毁时,来自英国的财产继承人。

沃尔森太太——化装舞会上的所谓"第一夫人"。

目　录

第一部
　第一章 / 3
　　　第二章 / 17
　第三章 / 42
　　　第四章 / 71

第二部
　第五章 / 113
　　　第六章 / 195
　第七章 / 200

第三部
　第八章 / 251

第四部
　第九章 / 295

第五部

　第十章 / 373

　　　第十一章 / 397

第六部

　第十二章 / 481

　　　第十三章 / 511

　第十四章 / 540

　　　第十五章 / 567

　第十六章 / 582

第七部

　第十七章 / 597

诺贝尔文学奖授奖辞 / 635
帕特里克·怀特与《乘战车的人》
　　　——译者后记 / 639

第一部

第一章

"那个女人是谁?"科尔奎豪恩太太问。科尔奎豪恩太太是一位刚来撒尔沙帕里拉①定居的有钱的女人。

"啊,"萨格登太太说,随之一笑,"是黑尔小姐呀!"

"这个人看来有些古怪。"科尔奎豪恩太太贸然说了一句。

"哦,"萨格登太太说,"我可不能否认她与众不同啊!"

不过那位女邮政局长不愿再说什么了。她开始在一块干海绵上戳动着手指。平时即使她最爱说话的时候,当她侃侃而谈天气时,她仍然讲究实际。

科尔奎豪恩太太不难看出:那位黑尔小姐身材矮小,脸上长着雀斑,她穿的那双长筒袜可能已经从腿上褪下去了。说真的,女邮政局长的谨小慎微,使科尔奎豪恩太太感到有些不快了,不过,那都是暂时的,因为战争②结束了,局势还没稳定下来呢。

黑尔小姐从邮局出来,向前走去。她的周围到处是潮湿的荨麻气味,头上是一轮淡淡的白日。那乳白的晨光、那娇柔的黎明,预示着太平盛世即将到来。然而,在道路和戈德博尔德一家居住的棚屋

---

① 澳大利亚悉尼市郊区。
② 这里指第二次世界大战。

之间的那些烧焦了的黑莓灌木丛,仍满布锈色,曲曲卷卷,无精打采地等待着——这暗示:敌人可能尚未撤离。黑尔小姐从那里走过时,有几串毛刺粘到她的裙边,而且扯住不放,越扯越紧,直到她的后身全都支棱起来,弄得她又像个女人,又像把伞。

"你要挨扎了。"戈德博尔德太太警告说。当时,她是走到路边来寻找什么东西的:不是找孩子,就是找羊,再不就是找当天的报纸。

"噢,我要挨扎了,"黑尔小姐答应着,"不过扎着又能咋的?"

那的确没有什么关系。

戈德博尔德太太是个大块头。她两眼笑眯眯地瞅着地,带着些怀疑但又高兴的样子。

"我看见一只袋熊①!这一带怎么能有袋熊呢?!我不信!"戈德博尔德太太反驳说。

黑尔小姐咯咯地笑了起来。

"它长得是个啥样?"戈德博尔德太太问,也笑出了声。

她仍然往草丛里看着。

"我会告诉你的。"黑尔小姐大声说,一边在笑,可是还不停地往前走去。

世界上有很多事还不可能得到解释,这点她俩谁都不在乎。她们也不在乎对方连看都不看自己一眼,因为她俩都知道:她们都固执己见,自以为是,一时改不了脾气。这种特殊的交往关系过去在某个地方已经得到充分的印证。

黑尔小姐继续往前走着,她的裙子已经解放了出来。她用手背敲了敲篱笆的柱子,听听她父亲的那个血滴石戒指发出的声响。她想那么一敲,就可止住扯闲篇儿了,要不,话说起来没完没了。这

---

① 澳洲产形似小熊的小动物,雌性的腹部有皮质育儿袋。

时,她听到了弥补过失的敲击声,听到有只鸟儿突然打破沉寂、倏地飞走时翅膀的扑打声。她哼起了歌儿,或者说,发出了声音。沿着那条从撒尔沙帕里拉通往赞那杜①的道路或小径(年纪大些的人还延用这个名称),在早春的清晨,土地是暗黑而又泥泞的。在整个这幅梦幻似的风景画里,似乎每件微小的东西——黑尔小姐却绝对不在其内——都在尽心尽力成全风景的完美。总体上,已经完美得无以复加了。

可是,她不想也尽一份力吗?

黑尔小姐静静地站在路中央。刚才她在邮局里也是那么站着的,不过那时,她带着人们预想的平素的表情。

"这是一种偶然的机缘,萨格登太太。"她说。

有些人根本无法理解黑尔小姐讲话的方式,可是女邮政局长却习以为常了。

"喔。"萨格登太太说,一面整理着报纸,和一个小胶水瓶,瓶里的胶水差不多快用光了。

然后,她等了一会儿。

"是啊。"黑尔小姐说。

她没能找到那支讨厌的钢笔,也没能找到那些粗糙得像她的皮肤一样的电报纸。

"我联系上一个人。一个寡妇。在墨尔本。是在广告上看到的,"她说,这时她找到了电报纸,"我想为赞那杜我的家聘用个女管家。"

"好哇,我真高兴。"萨格登太太说。态度很认真。

"你不会说出去吧?"黑尔小姐问。

她十分厌恶那支糟糕的笔。

---

① 黑尔小姐的私人宅第。

"啊,不会的!"萨格登太太很坚决,"如果一个公务员靠不住,还成什么公务员了?!"

黑尔小姐考虑了一下,然后用邮局的笔在纸上做了标记。

"我将把全部情况告诉你,"她做了决定,"可现在得写好电报,拍到墨尔本去。"

萨格登太太知道如何等待。

黑尔小姐开始写了。

她把自己描述成一位贵妇——能干而又文雅。

"啊,但愿如此!"萨格登太太大声说道,想到可能出现相反的情况,她的脸红了,"来了,就住在一起!"

黑尔小姐在那难看的枯燥的电报纸上费劲地写着。

"我不怕,"她说,"什么也不怕。或者说,别人怕的事我都不怕。"

"当然喽,还有其他一些可怕的事情呢。"萨格登太太赞同地说。萨格登太太作为一名公务人员,一定也饱经沧桑了。

女邮政局长在等待着。黑尔小姐戴着一顶旧帽子,是柳条而不是麦秸编的——编得相当粗糙——她不分冬夏全都戴着它,那使她有时看起来好像一株向日葵,有时候,恰像一个快要散架的破篮子。从柜台旁她们站的位置上,萨格登太太俯视可见帽顶中央偏右的地方那个肚脐似的凹陷。黑尔小姐是那么矮,看起来就剩帽子啦,再就是从帽子底下伸出来的一只手,正在和笔打着交道。那支笔看来正在反抗。萨格登太太站在那儿心里纳闷:这顶帽子是从什么地方买来的?这样的帽子谁也没有看见过。

"这都是因为我的表兄尤斯塔斯·克雷夫,"黑尔小姐开口了,她好不容易才签完了字,"好多年以前,他来过这儿。你不会记着的。过去人们常常喜欢派自己的儿子来澳大利亚看望亲属。这在当时是很让人吃惊的。来澳大利亚真是好! 当然,经历了两次战争情况不同啦,还有那一包包食物。可是我的表兄尤斯塔斯竟来了——通过妈在班乔唐斯的亲戚,范妮姨的关系。啊,好极了!单身宿舍里住满了人。他们差不多每天晚上都点着枝形大吊灯,还举行舞会,伴着悉尼的乐曲。我妈说我应多和客人们交往——那时,我还是个年轻的姑娘,我的头发刚刚扎了起来——可是我又怎么能搞交往呢?当时,我要把所有来赞那杜的人好好观察一番。有个姑娘——我得告诉你——叫海伦·安蒂尔,穿着一件上面绣着许多小镜子的衣裳。我无意中听见妈妈说也许她本不该邀请安蒂尔小姐来。'别的姑娘也不该请,'父亲当时答道,'小伙子们也别来。'父亲只好开个玩笑。'我们还是安心吃布丁吧,'他说,'还有果酱面包。'我父亲喜欢吃果酱面包就烧鸡,有个厨师总给他做特殊风味的食物呢。"

"噢?"

"带葱花儿的!"黑尔小姐高声说。

萨格登太太挪了挪脚。她生命中的大量时间是花在等待上的。

"让我想想——我的那位尤斯塔斯表兄,来了又走了,他有些使我母亲失望,虽然几年之后,他有了进步。啊呀,是啊,他给过我一点补贴,他有条件,那时他住在泽西岛上。我母亲在世的时候,他就开始给了。真是运气。因为,我不明白是怎么回事——我父亲的生意出现问题了。"

黑尔小姐的声音变弱了。她拿起另一支同样粗硬的邮局的笔。不过,她还是那副无所谓的样子。

"你知道什么!"萨格登太太说。

"啊,是啊,"黑尔小姐叹了口气,"我原以为你知道呢。有好多年,我一直在接受着这样的补贴。直到泽西岛突然被占领才停止了。情况大致这样。"

黑尔小姐真的一下子把邮局剩下的墨水全都溅了出来,可是萨格登太太好像并不介意。

"让德国人占了?"

"还会有谁?"黑尔小姐不无轻蔑地说,"到处一片黑暗。有好多年我没收到亲属的来信,直到一个星期五的早晨,确切地说,七个星期以前,我才收到一封短信,信中说尤斯塔斯表兄还是平平安安的。虽然他的健康状况一般,条件也不如以前了,但他还想继续给我点帮助,他认为那是他的责任。"

阴云消散了,萨格登太太也相应地高兴起来。

"这么说你可以雇用这个女人喽。"

"她差不多同意了。"

"她叫乔利,乔利太太,"她补充说,窗外的满天朝霞触动了她的情感,"我真希望她能在赞那杜生活得愉快。悉尼不是墨尔本,这里又是郊区,有这样多野草。"

"想愉快谁都会愉快。"女邮政局长提出了看法,不顾她琢磨出的格言是否符合当时的情形。

柜台上在两个女人中间有几只死苍蝇,她们发觉自己都在观察那几具尸体。

"怎么样啦?"萨格登太太问,深深地吸了口气,"那个叫海伦·安蒂尔穿漂亮衣裳的姑娘后来怎么样啦?"

"哦,她走啦,"黑尔小姐说,"大家都走啦。"

她开始摆动起她的右腿。她那由于讲话而变得湿润而脆弱的脸又恢复了干瘪、憔悴的常态。通常她讲话的时候,嘴唇绷直,差不多像中了风似的。

"她走啦,结了婚,和谁结的婚可没听说,有了房子,生了孩子,后来她丈夫死了,她又把他埋了。一次,我见她隔着窗户注视着外面什么东西。"

萨格登太太转过视线,好像她也看到了那东西似的。

这时,传来了嘎吱嘎吱的脚步声,有人走了过来——原来,那人是新来撒尔沙帕里拉的科尔奎豪恩太太——她一来,黑尔小姐像是房子一下关了窗板,马上封住了口。

"谢谢。"她对萨格登太太说了声便走了,她本应早点遇见萨格登太太的。

于是,黑尔小姐来到从撒尔沙帕里拉直通赞那杜那条被当地议会开始称之为路,有时甚至称作林荫路的小径上。她走着走着,顿生疑窦,她停下脚步,呆若木鸡地站到那里。可是,对前景的疑虑怎能抵制她周围环境的冲击浪潮,她很快又继续赶路了。她在下坡路上疾步行走着,惊扰着沙石,此时,伴随她的躯体虽极度激动,但她的灵魂深处却欣快、平静。那种关系的反常总带有一种神秘的色彩,她走着又停下了,进行思考。由于种种原因,她几乎从不向人泄露她那隐秘的真情。她静静地站着,专心地思索着,或者说任凭她的直觉发挥作用。尽管此时别无他人在场,但她对最终必定重现的情景确怀着憎恨,她怒气冲冲地击打着树叶,折断了一根毛茸茸的枝条。若是别人,驱车行驶在一条灌木丛生的道路上,总要一边开着车,一边向外看,但是他们那眨动的眼睛所看到的一切,不过是浮光掠影,几乎不能触动他们的情思。那座座翠绿的塔峰没有人攀登过,那林立的巨石巉岩没有人掘凿过。否则,入侵者也许会到此停车,下来找水了。她也曾见到过他们:满身的鸡皮疙瘩,怒气冲冲地下到冰冷、污秽、隐蔽的水窟里。而她,黑尔小姐,那位生性好奇,喜欢探究的女人,当她看到获得完全彻底的解放而不用施那样的洗礼时,必将欣喜若狂。

此刻,一种愤怒的表情从她面部掠过。

可是,她还像做梦一样茫然地往前走去。

那里的土地、一木一石,在实际权益上,都是属于她的。没有谁对那一切了解得像她那样全面深刻。她懒懒散散地走在自己特殊的领地上,走走停停,停了多次。天空开朗起来,眼前呈现出鲜蓝的颜色。那些相当低矮的野生灌木虽然看上去不起眼,但却撩人情思,现在它们温顺地飘动着,带出一种懒洋洋的愁思。后来,她走到最低的地方,道路拐了弯,迂回盘旋又升了起来。起初那坡面不陡,然后逐渐高升,直到出现了较险峭的台地,台地上散乱地铺着一些蕨类植物和苔藓,以及一些像地毯一样的柔软的腐烂植物。那里的树木长得似乎挺拔些、高大些。倘若她在那里仰视过久,那些闪光的树冠一定会弄得她头晕目眩。

那位主人在走向她的合法的产地,从来不走大路进大门——那些大门为了显得庄重总是用链子拴着,用锁头锁着的——她和戈德博尔德家的孩子们总是抄近路,她有时也走眼下那条更近的路,那条路只有她一个人知道。在那条路上,她不得不费劲地向前挪动脚步,实际上是走巷道。可是那条近路是在松软的沃土上踏出来的,上面还有一块块像鹅毛一样柔软的腐叶堆,可爱极了,她能跪在上面,让双膝陷进一会儿,一股真菌和小树的芳香便会扑鼻而来。

于是,黑尔小姐费劲地往前挪动着,因为她喜欢并自愿那样做。她被划破了一点皮,不过,一旦人们踏上生存之路,那也是可以预料的。她被一棵已达成熟期的灌木枝抽打了一下,那枝上的幼芽几乎达到能食用的阶段。她又让那棵撒尔沙帕里拉小葡萄枝抽了一下,她本可以喝干用那枝上的葡萄酿成的红酒。她又蹭过一棵棵蕨类植物。

她那穿着实用的土色长袜的双腿曾一度跪了下来,那倒不是她泄了气,或生了病——她已经到了熟人和邻居们常常关心是否突然发病的年龄——而是为了表示崇拜。于是,很自然地跪下了,因为强烈的信仰有时会自然产生出笨拙的动作来。

这样,她在盾牌一样的帽子的掩护下,跪着小憩了片刻,把她那斑驳的、短粗的手指全都插进柔软的泥土里。在那个通向赞那杜的巷道里,她跪了会儿,如果有谁在场,必然发现她比他们想象的将更加古怪丑陋,更为不惬人意。除了她那远方的表兄尤斯塔斯,和已经决心忘记她的厄克特·史密斯家的少数几个人以外,她家族里的其他人如果留在她跟前,见到他们的那个在其他方面无可非议的家系里竟有如此滑稽的表演,他们将转过脸去,不胜卒睹了。

黑尔一家过去总在责备厄克特·史密斯一家,反过来,厄克特·史密斯一家也同样坚决地责备黑尔一家。不过现在,两家相互争辩的人不多了。若不是由于诺伯特·黑尔本人的缘故,人们可就期望这么一个清白无瑕的中产阶级家系能规范化了。因为众所周知:诺伯特是那位温亚德酒商老黑尔先生的独生子。厄克特·史密斯一家自然最了解那一点,因为他忘记了史密斯姓氏对厄克特姓氏①的支持,因而总想提醒他们的那个嫁给诺伯特的埃莉诺注意那个事实。

埃莉诺属于史密斯家族在芒布莱贾格的分支的人。人们还会记得,那个分支里的达德利先生是上个世纪代表女王来到新南威尔士②的,那是一个以头戴丝帽和善于骑马而闻名遐迩的典范人物。多少年以后,当别人早把他忘记了,他的后裔还在继续谈论着他。如果说他的女儿埃莉诺没有有些旁系亲属那么引人注意,那也许是因为她性格谨慎、不很健康,当然,还有她那非正统的婚姻的缘故。在她们四个姐妹中,只有她一个活了下来。死的那三个全都是可爱、庄重的姑娘,她们还没结婚,就都埋葬在达德利先生建在芒布莱贾格的那座哥特式小教堂外面的橡树底下了。达德利先生建那教

---

① 二姓联姻后形成"厄克特·史密斯"一家。
② 澳大利亚东南部一州,首府悉尼。

堂的目的并非为了宣扬灵魂,而且为了延续唯物主义的传统。

达德利先生的教堂是那么坚固,那么古朴,又那么具有英国特色,好像它在宣布它的坐落地芒布莱贾格永远不能毁灭似的。后来,埃莉诺做出了那桩与温亚德酒商老黑尔的儿子诺伯特结婚的可怕的事。那些和厄克特·史密斯家族很不熟悉的显要人物对那一举动大为吃惊,对那一家族人表示同情。然而,埃莉诺还是带着她的嫁妆走了,引起许多无足轻重的小人物的讥笑。

不是大家不尊重老黑尔先生。没有人怀疑他有一份可观的财产。也不是在当今社会中,人们认为和有身份的人家联姻是高不可攀的,然而,除非某些达官贵人的到来才能引起他们的奢望。通盘考虑,一位姑娘嫁给黑尔家一个小伙子,不见得是件坏事儿,但假如注重实际的人不能很快地、平静地接受埃莉诺·厄克特·史密斯的选择,那么,错误就出在她丈夫身上。他是祸根。

诺伯特·黑尔从不向折中让步。他做的或计划做的都是别人没有想到的。一次,在赞那杜,他骑着一匹灰色的大马登上了大理石的台阶,一直走到梯台上。据说,那匹马惊了,这时,他把一颗金光闪闪的宝珠放到正在奔跑着的马背上。尽管他的计划并不总能实现,但诺伯特头脑中不断在做着计划:他要在宝塔顶上修建一个书房,或建筑一个畜舍,来饲养勃艮第蜗牛①,或者要种植欧楂,或把诗歌——自己写的诗——印在他那特织的彩色丝绸上。那位酒商的儿子接受的是一种间歇式的、折中主义的教育,那是由于他本人喜怒无常的特殊气质决定的。有一段时间,他在想写一篇关于卡图卢斯②的论文,直到后来他发现自己对那位诗人丧失了耐心才算作罢。实际上,诺伯特本人确也写了不少东西:讽刺的短诗啦,玄学的

---

① 原文为法语。
② 卡图卢斯(Gaius Valerius Catullus,约前84—约前85),罗马诗人。

片段文章啦。写完之后,他总要将他所写的东西大声读给他能抓到的人听。片段文章对他来说似乎比完整之作更具特色。他从意大利买来一块块大理石。他为了修浴室买来镶嵌砖,砖上画有许多女神、葡萄树和一只又黑又大的恶山羊。为了安装那些砖,他特地从意大利请来两位艺术家。他们答应来,但要经常供应他们葡萄酒喝。两位意大利人终于来施展技艺并喝葡萄酒了。其中的一位——但未确定是哪一位,搞到一位爱尔兰姑娘,并终于生出了孩子。当然,诺伯特和埃莉诺长期住在国外,因为当时有产阶级都倾向于从国外返回故乡,以证明他们并不比别人差。所以黑尔一家需要出去,小心谨慎的埃莉诺也阻止不了,谣言稀稀落落传回来了:什么诺伯特在途经佩鲁贾①的时候卷进了一场决斗啦,什么他在伦敦喝醉了酒,在大庭广众面前跌倒啦,等等,全都说得活灵活现。不过诺伯特的最壮观之举就是在悉尼郊外撒尔沙帕里拉建造了一座华而不实的大建筑,那引起了人们的啧啧称赞,或咬牙切齿,或引起他们善意却无可奈何的一笑。他称呼他的宅第为他的"赞那杜",他给带着面罩慢步走来的女客人们背诵适当的诗句。那天下午,他对新垫好的素烧黄砖石的地基进行了检查。

  任何精致的东西不可能在匆忙之中创造出来,赞那杜也不例外。建创它颇花费了时间,用尽了心血,弄得每个人都疲惫不堪。可是最后它还是建起来了:金光闪闪的建筑以进口的紫灰石板做屋顶,下面有一两条铁饰的花边,在建筑物的背后,有接连着赞那杜的畜舍和单身宿舍。像那样,诺伯特,那位温亚德酒商老黑尔先生的儿子,仅依自己的眼光看来,终于为自己树碑立传了。他喜欢在房子里一层层爬上去,爬到那个镶着暗淡的紫石英玻璃的小巧玲珑的圆屋顶下面,在那儿独自逗留一个小时,吃上一只冰凉的烧鸡,浏览

---

① 意大利中部一城市。

一下晦涩诗歌的开头几行,或仅仅伸头俯视一下自己的资产。要不,他也许放眼外望——目光越过他已让人种上花草树木的静谧、婉顺的宅园,甚至越过那阴森的、参差不齐的野生灌木丛,为了目力可以暂时轻松一下。但当空中的停滞迫使他辨认出那个阴森的、参差不齐的灌木丛的自然的讥诮时,他那轻松一下目力的目的也许不能达到。

那曾被砍伐的灌木丛很快又与诺伯特·黑尔的人工宅园连到一起。因此,多年以后,通向赞那杜的巷道——他女儿跪着的地方已是枝条茂密了,恰像当地的所有野生物一样,斑驳陆离,她不禁细心观察起周围的环境以搜寻每一件有趣的东西。周围的一切几乎都充满了活力,都在变化着,成长着,都具有个性,就像她那繁复的思绪,与浓郁的树叶相互交融,上下飘动;或者像歧侧的枝条直挺挺地呆伏着,或者沾染上压扁了的蚂蚁的令人作呕的恶臭。她那双手几乎总是肮脏的,总被擦伤,因为她固定需要投入一些重要的操作:或扶起一株窒息的草木让它重新发芽,或帮助一只初生的雏鸟爬出蛋壳,撕开胎胞。这时,她的双手沾满了奄奄一息的蚂蚁,她在痛心地观察着。一只蚂蚁从戒指上爬过,她手上戴的是他父亲的那只血滴石戒指,她戴着它不是因为那是她父亲的一件纪念品,而是因为戒指上的图案正式肯定了她对赞那杜的所有权。

好久以前,她有一两次曾想玩玩她父亲手上的戒指。
"这不是玩儿的呀,"父亲警告说,"你必须学会尊重财产。"
她开始注意了。
她母亲也戴戒指,她偏爱紫石英的,她喜欢幽暗的颜色。她的衣物,也许除了她收藏的穿在身上非常轻松的,但也许从未着身的羊毛衫外,没给人留下什么印象。小姑娘是可以触摸她母亲的衣服和她戴的戒指的,甚至摸弄着玩。埃莉诺·黑尔举止娴雅,除了谈论的话题粗俗不堪入耳,她是不大顶撞人的,她真心实意地希望自己能成为一个贤妻良母。

"我觉得,诺伯特,考虑到我的健康状况和你的兴趣,我们恐怕不能给孩子足够的爱了。"

"啊,亲爱的!"父亲回答时哈哈大笑起来,似乎想把这话题永远抛开。

"我并不是想让你痛苦。"他妻子抱怨了一句,然后她披上了灰色的羊毛披肩,拿起镇痛时用的热水瓶,准备退回自己的房间。

"要是你能让她不打翻咖啡杯子就好了,"他要求道,"尤其是别打翻在客人们的膝盖上。让她不要折大丽花,我读书的时候让她别在梯台上来回跳动。我思考问题的时候,需要十分安静。"

"很有道理,"她赞同地说,"孩子应当学着尊重别人的要求。"

别人提出的道理,特别是他妻子的,最使他气恼。

于是这孩子,尽管她天生笨手笨脚,竟学着行动像树叶一样轻,说话时避免一些脆弱的字眼。譬如"爱情"这个词,它像玻璃一样容易破碎,却又比玻璃宝贵得多。噢,最后她可能行路特别小心,挪着古板的小步向前移动。她甚至学会了爱,不过是以她那不可思议的方式来爱,她爱那曲曲弯弯的走廊,爱那宽敞、凉爽、淡绿色的房间,爱那金黄色的石墙,和那穿过灌木丛的巷道。

这时,黑尔小姐爬了起来,戴着她那柳条大帽子,尽量在巷道里继续艰难地、跟跟跄跄地走起来。她哆哆嗦嗦,气喘吁吁,带着一副滑稽可笑的样子,朝她眼前出现的那座可爱的宏伟的家宅奔去。

她摆脱了细枝的包围,面前还剩下约二百码的宽阔、优雅的绿荫地:一株几乎枯朽的石榴树,一二棵初次开花的细长的沙果树,几棵阴郁但却解人忧烦的松树。地面继续上升,她不断地往上爬着,呼吸越来越艰难,小腿划破了。但身内外的一切都在向上升腾。

黑尔小姐第一次是那样回家的,以后也总是那样。她从草坪起始的树林那边走了出来。当然喽,那里的青草好像乏人照料,但赞那杜的出现使她凝聚了目光——这不一定只是爱赏的目光。黑尔小姐站在那儿定睛观看它的外观,见到那美色,她几乎瘫了下来。

第二章

她喜欢早早地下楼。她甚至常常摸黑起床,总要东碰西撞一阵,才能稳住身子。她喜欢下楼坐着倾听屋子里她的脚步声消失之后的回响,倾听那煮着茶水的汽水炉发出的吱吱声。然后,她坐在那儿,闻着那煤油味儿,皱动着鼻子。在那沉重的黑夜过后,若在冬季,她就暖和一下身子;若在夏季,她就舒展一下四肢。接着,她便来回溜达起来,动动这儿,摸摸那儿。有时她还挪一下东西:像高脚杯啦,脚凳啦,有一次她竟挪动一个沉重的镶铜木桌,那桌上的铜片翘了出来,很容易刮破衣服和皮肉。不过考虑到她的身份,一般她是不管收拾东西的。有时她也许熟练地把窗帘拉开,观赏黎明时分的壮丽景色。这时,那漆黑的环境变得明澈起来,世上的一切都历历可见。黑尔小姐看到那灰白色的幼林里出现了一株株橡胶树的坚实的树干,她双唇微启,露出了喜色。

她总是清晨情绪最好,可这一天则不然。她猛地一拉,窗帘破了,那织金锦缎的窗帘长长的一条奋拉下来,真是寒碜,可是她顾不及那个了。自从她向女邮政局长吐露了秘密,又过了好几天。这天上午女管家该来赞那杜了。

"女管家!"她说,一边揉着指关节,试试它们是否不听使唤,结果发现果真如此。

虽说一个女管家比其他人容易对付，但这却是黑尔小姐最感头痛的事，想想看：来一位乔利太太，穿着藏青色的裙子，臀部绷得紧紧的，她的喘气声都能听见，她女儿们和侄女们的一封封来信就摆在桌子上，信中讲述着在其他地方难以置信的生活。真是可怕呀，可怕。

黑尔小姐常常私下里哭泣，不是因为有什么伤心事，而是她觉得哭哭心里痛快。这时，她又在哭泣了。可怕呀！她生来觉得人单凭相貌已没有什么可爱处，更不用说人具有造谣、信谣的坏习惯了。孩子们或许最糟，因为他们还没学会虚伪，虚伪往往减少攻击武器的伤害，使受攻击者不太感到疼痛。也许看着长大的孩子们算是例外，他们在你的身边，往往不为你所注意，那就像空气那么可人。黑尔小姐最喜欢的要数那些无可挑剔的东西了。她喜欢动物、飞鸟和植物。对于它们她可以施加伟大、怜悯的爱，但因为它们不期待爱怜，因此也就无所谓可怜了。

据说有一次，一只赤条条的未离巢的雏鸟掉到她的膝上，她用自己奇妙的方法喂养它——据人们猜测，她用胸脯暖过它，用嘴向鸟嘴里喷过汤汁——小雏终于长成一只鸽子。戈德博尔德家有几个孩子曾看到过它。后来，它当然飞走了，不过照黑尔小姐说，有时它还飞回来，她还对它讲话呢。黑尔小姐竟对鸟讲话，除了戈德博尔德家的孩子以外，大家都觉得那纯属胡说。可是，这你会懂得，她坚持说，什么事都能学会的，只要你想学就行，可是有那么多的事人们并不想去学。

譬如学会爱一个人，像女管家那样的人。那封电报和黑尔小姐日趋衰弱的身体就要把她叫到赞那杜了。

"啊，不，不，不！"在这寒冷的清晨里，她一边断言着，一边啜泣着。

宅第里回荡着她的声音。

当时，大部分有意夸耀豪富的地主都已经用砖来盖房了，而诺伯特·黑尔则决心用石头盖房出出风头。在黑尔先生看来，砖房实在丑陋，他一点也不喜欢，赞那杜要显示的除却具象化的美和给人以最大的快感外，还有什么呢？快感，在那些穷奢极欲却又道貌岸然的人士中，是一个多么令人震惊的字眼。在当时拥有土地的富绅中是否有人肯承认他的房屋超出了必要和实用的标准，这点尚属疑问。物质的价值在于它们的用途，如果它们是让人快活，更不用说使人荣耀，那总要秘而不宣。但人们唯独听到冒失鬼诺伯特·黑尔公然表白，用途那个词儿，他觉得并不比寒酸听起来优雅些。它是那么阴暗难忍，那么具有澳大利亚味道。辉煌和雅致两个词儿可用于说明诺伯特的一切追求，当然也可用来形容他那豪华的赞那杜了。他绝不是一个真诚的人，但在他的生命中确有个时期使真诚在情趣和个性中体现出来。那宅第虽说辉煌而雅致，但诺伯特建造它有助于阐释"真理"①，因为建造它的目的首先在于使其主人快活。更多的人会公开赞美它，如果他们能认识到他们的赞美原则是站得住的。正因如此，在其他富绅更加疾声侈谈他们热心于砖房的实用性时，可以使人们相信，如果说他们那紫色宅第的塔楼符合当时可被容忍的建筑式样，那么，谁也不该去责备身份低微、脚踏实地的牧羊主们的任何炫耀之举了。

当然喽，诺伯特并不养羊，否则，他家族的人还要笑话他的。他的财产是他做酒商的父亲留下来的，儿子结婚不久，老人便恰合时宜地与世长辞了。老人的几个经商的兄弟，也相继死去，他们信任那个侄儿以致忽视了他的非凡才能。诺伯特·黑尔舒舒服服地继承了所有的财产，开始照着书本和从旅行中学来的样子做起乡绅来，但他却没有做乡绅实际上必要的羊和田亩那两项殖民者之累。

---

① 这里是双关语，既暗示作者对真理的看法，又说明主人公的自我"表白"的真诚。

他所要求并确实得到的是适合他种种情致的一种优美的环境：富于异国情调的落叶树园子、令人心驰神往的玫瑰园、饲养供他奶油的纯种娟姗乳牛的牧场、饲养为他驾车的马匹的马厩（他能娴熟地驾驶驷马）。在那样的环境和供应条件之下，他很快就把精力用在诸如此类事情上：下令给奶牛洗澡啦，用鞭子驯马啦（黑尔先生是个能手），将爪叶菊按色彩深浅分类啦，插手他女儿的教育啦，拆掉一堵墙啦，增建一个侧楼啦，或者跑上楼去匆匆记下他才想到而别人早都想到的念头啦，等等。

尽管经历了不可避免的、时而发生的挫折，但赞那杜的生活从没有寒酸过。在那富于异国情调的苍凉的林木丛中，在装饰成一串串项链似的玫瑰花坛里（娇媚的花朵都用小伞庇护着，这几乎占去了第二个园丁的所有时间），高高地耸立着那幢可爱而沉闷的宅第。宅第的周围种满了紫藤，在黑尔家的鼎盛时期，那紫藤还没有杂乱丛生，而是像一条羽毛披肩围在女郎的玉颈上，煞是好看。到了春天，浓郁的丁香的芬芳袭入宽敞的、淡绿色的房间，大理石的梯阶，孔雀石的大瓮在那袭人的香气之中如痴如醉；还有那一面面镀着金边的镜子，镶嵌在一个个精巧的台架上，一直伸展到肉眼看不到的地方。

赞那杜的华美引起了黑尔夫妇一贯视为朋友的某些人的反感，更不必说那些讲实际的亲属了。譬如，从班乔唐斯来的一位内兄，特德·厄克特·史密斯就是其中之一。

"伯特[①]把钱浪费在这堆废物上会有什么结果？"一次，特德用他那带着硬茧的手指着金碧辉煌的赞那杜的客厅问道。

他妹妹阿迪斯扑哧一笑。

他表妹埃莉诺迟疑了一下。做姑娘时她就不苟言笑，婚后的生

[①] 伯特是诺伯特的昵称。

活使她更加庄重了。

"不过我想诺伯特是不会乱花钱的，"她最后答道，"何况，听说房子本身也是一种投资哩。"

诺伯特·黑尔的妻子很少发表主见，两个人各持己见关系就难办了。

一次，丈夫发了怒，责备妻子成了社会上陈词滥调的传声筒。

"可人们都愿意这么说呀，诺伯特，"那位瘦弱的女人竭力反驳道，"太出乎意料的事儿会给人过分的刺激。"

无论是谁来赞那杜做客，她都要预先戴上使人联想到居丧的含有谢罪之意的紫石英戒指。她常常轻轻地咳嗽几声，隐约露出让人询问她的健康状况的表情。客人们则心领神会，那倒不是他们真想了解黑尔太太的健康如何，而是那提供了个有用的话题，从中可以蹚出一条谈话的路来。

她不是势利小人，尽管有很多人这样认为。她倒是一见弱者慑于她心目中的强者的威力，就感到不是滋味。她常把朋友们分别安排在不同的房间里，担心他们彼此伤了和气。她很不现实，偶尔她也对自己所接触的平辈人谈些虚无缥缈的事。然而，她也并非消极地对付赞那杜这个炫耀的舞台。她对她丈夫的浮夸虚饰是一个不折不扣的十足的陪衬。她扮演那种角色的唯一障碍是她女儿的存在，但那是一个从一开始她就未能领悟的事实，她从不敢把那个事实和生活对她的捉弄联系起来。

经过几年冗长的等待怀不上孩子之后，黑尔太太最后终于生下了那个小女孩，他们给她起名叫玛丽。因为幸好那母亲心力交瘁，动不得脑筋，那父亲见是个丫头，也没了兴趣，若是个儿子，他本可以兴致勃勃地钻进古代典籍或丁尼生①的作品中为他捞到一个光彩

---

① 丁尼生(Alfred Tennyson，1809—1892)，英国诗人，于 1850—1892 年为英国桂冠诗人。

的名字。于是,那孩子就成了玛丽,成了一个天真无邪的玛丽①。

黑尔太太很快从对玛丽合理的慈爱中找到了慰藉,与此同时,她又在女儿的童年里一次又一次地给了她猛烈的打击。

"我的心肝应该想想怎么样最好地报答父母的恩惠,"那是黑尔太太最喜欢使用的一句开场白,"看看他们给你这么多漂亮的玩具,别随便把它们弄坏了。"

她对孩子经常提出的问题的回答是:"只有我们的天父能告诉我的小宝贝为什么他那样造就了你。"

当黑尔太太在她那美妙的生命浅水滩上跋涉的时候,她从未想到抬眼看看上帝,而是仅仅把他当作形式上的见证人来呼唤他。她承认他——有谁胆大包天竟敢不承认他呢——只不过是作为伦理和社会体系的创造者。在此情况下,人们总可期待她慷慨解囊,帮助修补弥撒祭服,或资助沦落的少女。在教堂,她的名字赫然可见:它被印在名片上,镶在她常坐的长凳一端的铜框里。

小姑娘表面上严肃地接受了她母亲的为人态度,但实际上并没有真正受其影响。她无所依傍,像一条好奇的透明的小鱼儿在她母亲浅淡的、慈爱的水流中游荡,寻觅着本能向她泄露的种种奥秘。

她父亲的态度较之她母亲的更难令她接受。

一次,当着她的面儿——也许,不如说她正站在客厅的一隅,抚摸着沙发上逗人喜欢的艳绿色丝纹套——她的父亲比往常更狠劲地把帽子一扔,喊道:"谁会想到竟给我生了这么个红毛丫头!真是!埃莉诺,她真丑哇,真丑!"

那话听起来再糟不过了。

埃莉诺·黑尔露出一副比平日更为亲切的面孔,向孩子打了个手势。孩子走了过来——有什么法儿呢?——母亲弄平孩子身上

---

① 这里借《圣经》圣母玛利亚之名,表示她是个虔诚的基督徒。

的腰带,叹了口气,说道:"相貌是一般,诺伯特。可是谁知道呢?上帝赐给玛丽这样的长相或许有着特殊的目的。"

因为玛丽涉世浅薄,或者说禀性乐观,她没有马上嫉恨父亲,她含着泪强做笑脸,这使她更加难看,使她的父亲越发生气。

她从来没有伙伴一起玩耍,谁也没有想过她需要伙伴。她自个儿玩得很快活:她玩树枝、卵石、带脉络的树叶、小鸟、昆虫,还可在树洞以及赞那杜的地窖和阁楼里玩。她确实还有一匹小马,不过她宁愿和它待在一起也不肯骑它,因为骑它得让父亲跟着。不久,通过观察马的鼻翼的颤动,肌肉的抽搐,以及各种无声的表态,她学会了怎样满足它的大部分要求。

有一次,在她不得不和父亲一道察看一块休耕土地的当口,她突然躺到地上,在草地里刨起坑来,她的身子发疟子似的抽搐着,嘴里傻里傻气地嘟囔着,全身蜷缩起来,像颗蚕豆,要不,像母体里的胎儿——她父亲就是那么看的。可是,当父亲要她立即解释她的行动时,孩子只简单地回答:"现在我才知道当一条狗是个啥感觉啦!"

女儿那长着雀斑的脸上的表情使他又吃惊又厌烦,于是他让她马上站起来,并决心不再想那件事了。

玛丽·黑尔和他的父亲只有在极罕见的情况下才凑到一起,同时达到彼此理解的境界,那只有当白酒、失望和死亡临近的念头使他摆脱理智的薄弱的束缚的时候——的确,也只有当在女儿眼里,他接近一只苦闷、绝望的野兽的时候。

这其间发生了一件使那位女儿终生难忘的事,对于那件事,由于她百思不得其解,只好凭直觉来领悟了。她站在房前的平台上,太阳正向西沉。早在当天下午,她和父亲驾着马车转遍了撒尔沙帕里拉的大街小巷,甚至转到了巴兰纳格利,以满足父亲出出风头的愿望。后来,她终于离开父亲,剩下一人,感到松了一口气,她又可以随便瞧瞧、摸摸、嗅嗅她碰到的东西,而不必怕父母让她来解释。她记得在平台上的大瓮里,乳白的小花,宛如瀑布一般,从瓮边垂下来,若在黑夜,它们会像月光似的朦胧发亮。可此时它们反映的是金黄色,或者说是红色的光。那光是如此之灿烂,以至那个红发女孩无须为她那红色的头发感到羞耻了。

这时,她父亲走了出来,他刚刚品尝过一种白兰地新产品,那是人家送来向他征求意见的,他的嘴还湿乎乎地闪着光。他那眼睛,由于日光的炫惑,似乎视力很虚弱。此时父女二人面对面站到一起,感到有些愕然。他走向前去,显出又困惑又自信的样子。他一反常态,抚摸起女儿了。他的手摸弄着她的头发,这倒让女儿感觉不舒服了。这使她想起了一对黑白花长毛哈巴狗来,它们又蹦又跳,摇头晃脑的那股傻劲儿实在难以控制。然而,正因为她父亲的一时糊涂并失去自制,才把自己降到她本人和狗的水平上,于是,她心甘情愿地接受了他的宠爱。

父亲说的什么,她记不清了,一点也记不清了,因为那也都是些含糊无聊的词儿,她只记得他晃过一次头,好像要让眼睛闪躲开阳光,他又皱眉,又微笑,说话的声调很利耳,虽说他是对她讲话,可又不像要引起她的注意。

父亲问:"是谁坐在战车①上,玛丽?有谁能知道呢?"

真的,谁能呢?当然不能指望她理解了。此刻她也不想知道。但他们还在那里站着,晚霞映在天空中,呈现出一道道巨大的光带,他们就站在那光带之下。那情景的威严也许应使她感到恐惧,然而,她却没有。她已经转化了:成为反射在她那愚钝、变化无常的父

---

① 古代双轮马拉作战用的车辆,也可理解为一种由四匹马拉的轻便对座马车。本书书名借用的就是这类车。书中表现的就是乘坐这类战车的人,探究的就是他们各自不同的内心世界及遭受苦难后的忏悔。尽管理解不同,但归根结底,那战车无非是一种幻象,一种精神超然的象征。

亲身上的一束可怕、殷红、烈性的光柱。

后来他又皱起眉头，显然想起了他们在下午单调的阳光下从巴兰纳格利到撒尔沙帕里拉驾着马车回家的情景。

"我不喜欢右驾前方的那匹母马，"他抱怨说，"必须换掉它。走路一跛一跛的，其实腿上没毛病。"

他对于马匹如同对其他事情一样要求尽善尽美，并往往能如愿以偿，唯独人是例外。

他盯着女儿，又气恼起来，这一点女儿看出来了，她知道自己是个小丑丫头，她没有办法，也只有像一个丑丫头那样向他回敬一张笑脸。

然而，在父亲喝醉了酒，摆出一副超然的、粗暴的大男子派头时，所说的那些闪烁其词的话语，促使那位女儿期待从生活得到某种终极的启示。多年之后，当她父亲的形象在她的记忆中愈见淡薄时，她才乍着胆像狐狸或者笨虫子似的出来探索一种隐蔽在生活中的真理。如果说，她与希梅尔法布和戈德博尔德太太的友情，或许还包括和某个澳洲土著人的暂短的交往，肯定而非阐明了生活奥秘的话，那么说到底其原因在于豁然开朗和懵然无知原是一个同义词。

在此期间，主要干扰赞那杜的生活的并非那些先验的晦涩的问题，而是那些喜欢冒险与投资赚钱的人们常面临的经济与社会问题。黑尔夫妇从不谈论金钱的事。对于黑尔太太来说，那太乏味了，而她丈夫虽说懒得为钱多动脑筋，却也热切地巴望着钱能用之不竭。他有点像一个游客步入可能证实为海市蜃楼的美景里。亏得他从酒商父亲和几个经商的叔父那里继承了遗产，还有一个有点愚忠和实干才能的人管理着他父亲留下来的买卖，诺伯特才敢肯定他的那一美景是实实在在的。不过他还没有勇气去探讨它。假如饮酒和失眠迫使他去考虑到他的经济前景，那么他摆脱现实麻烦的办法就是写信到伦敦去订购一个帕罗斯岛①大理石的壁炉,或一套博宁顿②家具(他肯定它们很快将成为畅销货)。于是,他又坚定起来。

就这样他们继续在赞那杜生活着,这家的女儿很快长成了大姑娘,他们给她盘上了头,她那原来被红发覆盖的颈背上的雀斑不见了,透出了淡淡的青色。然而,她并没有俊俏起来,反而显得过于矮小。

从那时起,母亲总是唉声叹气的。她说:"该为我们可怜的玛丽想想个人的事儿了。"

但马上又怀疑起自己的提法是否太俗气了。

父亲觉得那不是他应该感兴趣的事。

"一切事都是命中注定。"他打了个哈欠,露出漂亮的尖牙齿,"至少有百分之九十的人不知道该怎么办,他们都怎么样了?我们当初又怎么样?"

"我们彼此喜欢上了。"妻子涨红了脸说。

丈夫哈哈大笑起来。

妻子不喜欢听到那笑声。

不久,有消息说尤斯塔斯·克雷夫想要周游世界,途中要来南威尔士看看亲属,黑尔太太听到后非常兴奋,而她丈夫则想看个笑话。除了知道克雷夫先生是厄克特·史密斯家族在英国的一个分支里的一员以外,别的也就不甚了了,不过空白纸总是最洁白的。黑尔太太早就听说:她的那个表亲尤斯塔斯人挺体面,虽说不算年轻,但还没到中年,而且有可观的收入,她的舅舅娶了特朗平顿勋爵的女儿拉维尼亚·莱思布里奇为妻。

---

① 爱琴海中一生产大理石的岛屿。
② 伦敦著名的家具商,以货品考究、华美而著称。

"克雷夫先生是干什么的?"玛丽问她母亲。

"不太清楚,"母亲答道,"我想他什么也不干。"

这话听起来最称人心了。

尤斯塔斯·克雷夫到达以后,对耳闻目睹的许多事并不感到奇怪,作为一个英国人和厄克特·史密斯家族的一员,他对一般殖民地的生活,特别是对诺伯特·黑尔家的生活早有所料。

"不管专家们和厄克特·史密斯家族里的人怎么说,生育百分之九十靠运气,"黑尔先生在第一天的晚餐上一本正经地说,"我所说的运气当然是指厄运了。"

"难道没有更有益的话题了吗?!"他妻子抱怨道,一边盯着她吐出来的樱桃核。

玛丽·黑尔目不转睛地看着表兄。孩提时所受到的冷遇至少培养了她敏锐的洞察力,尽管她观察问题一般说有点过火,但她总能有所发现。此时她确认那个人实际上和母亲以前所说的一样:不算年轻,但也没到中年。在玛丽·黑尔看来,克雷夫先生大概总有三十五岁了。由于她本人看起来也不算很年轻,她希望他们能成为朋友。但她需要怎样进行呢? 首先他是男人。其次他那修饰得很漂亮、微微下垂的小胡子,和他那折扇般的长长的手骨似乎表明:除了尤斯塔斯·克雷夫本人以外,他对任何事情都无动于衷。倘若他是只狗——譬如一只漂亮的意大利灵缇①——她也许会采取种种准确无误的手段来赢得他的好感。

但事实并非如此,她只好拿给他一个扁桃。

他张开手将扁桃接了过去。同时他也敞开了思路,普遍对着听众——尤斯塔斯说的每一件事都是对着大家的,而不是对着某个人——讲述起他和一个朋友在意大利中部和北部的旅行见闻。

---

① 一种意大利品种的身体瘦长、善于赛跑的狗。

"在拉温那①逗留时间很短,"克雷夫先生讲话像小心选择道路似的,"那城市本身没什么意思,可那里的镶嵌艺术品和面包鱼片汤②——却非同小可,不是吗?我们接着去帕度亚③了,据说那里的植物园是欧洲最古老的,我得承认那些植物园相比一般植物园不算很大,也不算很美,但我发现它们都别具一格,具有微妙的园林趣味。"

黑尔太太嗯啊地轻声应酬着,她丈夫则不停地、使劲儿地眨着眼。

"可怜的奥布里·帕克里奇在帕度亚病倒了,一直没能确诊,他又是肚子痛,又是发高烧,那种病——我们的旅行指南误导了我们——是一种最原始的旅馆。"④

黑尔太太照旧嗯啊地应酬着,只是强调中稍多了点欣赏的味道。

"那么说他死了?"诺伯特问。

"哦,不。"尤斯塔斯·克雷夫答道,"我没有这个意思。我只想说可怜的奥布里病情严重。"

"噢,"黑尔先生说,"我还以为那小伙子死了呢。"

尤斯塔斯·克雷夫注意到他的那位表亲的丈夫喝多了自制的劣酒。

玛丽·黑尔被克雷夫先生的故事迷住了,那倒不是由于故事本身,而是由于叙述者脸上的表情吸引了她。她把他的话看作一堆堆枯树叶,归拢到了一起,但归拢得整整齐齐、大小相称,好像一沓钞票一样。那也同样使她悲伤。许多东西从表面看她认定是枯死了,

---

① 意大利东北部一城市,拜占庭帝国时意大利的首都。
② 原文为意大利语。
③ 意大利东北部一城市。
④ 原文为意大利语,原意为旅馆,这里指投宿时患上的传染病。

但它们的生活,不用说在她想象中它们的来世生活,可能正闪着光亮!她不晓得克雷夫先生是否意识到他的话是多么枯燥,他是否为此感觉苦恼。他和她毕竟有许多共同之处,如果他们能首先克服各自的生活环境所造成的隔阂,打破人们交往中的条条框框就好了。

"什么时候他病情好转了,脱离了那个原始的旅馆①?"她问,想从旁帮他一把,作为交往的开始。

可是尤斯塔斯·克雷夫已经没了兴致。

他对他亲属的那个丑丫头只是瞥了一眼,暗自想:在他逗留期间,要尽量少朝她身上看,她那短而粗的双手特别使人感到恶心,她那还没有屈从于发卡的威力之下的火红的头发也同样使他厌恶。他内心战栗着。甚至当他凝神于甜食盘上的图案时,他仍在想这姑娘是怎样拙劣地拼凑到一起的。仿佛任何一种怪异形体的存在都是对克雷夫本人的一种侮辱。

"我想尤斯塔斯先生一定累了吧。"黑尔太太为他找了个借口,"我初到外人家总感到格外疲劳。"

当然喽,尤斯塔斯朝大家笑了笑,因为他的礼貌周全,口里仍喃喃地说不累。

但他早早地告退了,不过没有去单身客房,因为黑尔太太说他是自家人。

玛丽很快意识到她的生活不会因为那位表兄的光临而有所变化,因为她很少见到他。他总是在读呀写呀的,他似乎很用功,再不就是吸烟、思考问题,或者走在灌木丛中研究澳大利亚的野生植物。

一次,玛丽建议说:"要是你愿意,我来找你,带你去看看别人可能从来没有见过的地方。只是你别怕爬行,有时那里还有蛇呢!"

他勉强彬彬有礼地笑了笑,说道:"好主意!行。先前我们怎么

---

① 原文为意大利语。

没想到呢？哪一天咱们去，等有时间。"

因为他还有一些社交上的约会：男人来了就大谈他们的羊群，女人来了则想要听听有关他的住所，主要存在于她们想象中的一块神秘土地的事。大量这类事终于使这位来访者惊讶起来。以前他从未想过羊竟会被如此看重，他与他的英国相识一样，总认为就文明而论——只有意大利的文明才真正值得考虑。

黑尔太太一直觉得应该为女儿做些事了，所以她决定举办一次舞会。舞会本身是一桩分心劳神的事，以致她没有想到女儿会有怎样的反应。

女儿果真冒着胆问道："你认为尤斯塔斯表兄喜欢跳舞吗？他太斯文了，不会直言喜欢还是不喜欢。"

但母亲的心思已经跑到女服装店去了。她在算计着家里有多少牡蛎饼，寻思着在关键时刻女仆们能不能听他吩咐。

即使到了那天晚上，大家也都无意去理睬玛丽·黑尔。好心肠的为了尊重她的感情而不去注意她的外表，冷酷的为了保持心绪的平和则拒不观看任何使他们心烦意乱的东西。

她身着银白色的衣装出现在舞会上，因为她是个年轻的姑娘，而那又是决定胜负的时刻。她这儿站站，那儿站站，双手犹疑地抚摸着她那衣裙的纸衬，她戴着母亲从自己盒子里拿出来的首饰：一只带着珍珠结的小胸针、一条珍珠宝石项链。那项链她母亲长时间未戴在身上而是放在丝绒盒里，因而失去了不少光泽。

她来到这里，像有个年轻人评论的那样：打扮好了准备厮杀一场。但到头来只有玛丽自己被她那珍珠宝石项链扼杀了。

当然，那项链是相当紧了。而且，她的脸动辄就红了起来，红成一块一块的，那要根据当时的天气和情绪而定，至于脸皮粗糙就更不用说了。她的手塞进华丽的银白色的衣服里，这使她联想到她犯下的许多举动拙笨的过错。她整个外表的最为荒诞之处（谈论它的人们以后仍然记得)也许要数别在她腰间的一束滑稽可笑的半凋谢的花儿了——脆弱的耳环花、繁茂的天竺葵、石竹花、洋甘菊——全都捆到了一起,颤悠悠地直往下垂。这看起来实在古怪,而且是最失败的,尽管如此,她仍然抵制不住她感到的内心情怀的触动。

夜,在阵阵的乐曲声和碰杯声中渐深了。那个丑陋的、被人遗忘的姑娘本应痛苦落泪的,她终能摆脱那件不幸,这得感谢那舞会的奇迹:那长长的阴影,那团团的光圈,那一张张男男女女的奇特的、泄密的脸孔,还有从在自家里却装作不认识的女仆端的银制托盘中接过的一杯柠檬水。

这里有许多高贵的客人:地主、专家和他们的妻子——全是些因为有钱,因而享有社交权利的人。此外,还有家中的常客。单身客房里住满从乡下来的小伙子,个个兴高采烈,牙齿整齐,皮肤红彤彤的。

跳呀,跳呀。

玛丽·黑尔无心跳舞,却喜欢躲在她常待的角落里观望,躲在象牙之塔里向外窥视,她看到那男男女女踏着沸沸扬扬的音乐的节拍(这是悉尼所能提供的最好的音乐)旁若无人、自我陶醉地举步飞舞。

有时,他们突然好像失控似的,在未曾料到的音乐漩涡中团团转起来。不过那是心甘情愿的。他们完全沉浸在那诱人的乐曲声中,恨不得融化在其中,他们皓齿启合,谈笑风生,一派欢乐的景象。

特别是有一个海伦·安蒂尔姑娘,有人认为她虽然美丽、自信,却放荡不羁。她穿着一件绣有许多小镜子的衣衫,那可能是东方式的,小镜亮光闪闪,偶尔还能映出人形。她还拿着一把扇子,扇把是一形状似手的不规则的珊瑚,扇面是用孔雀羽毛制成的。最为不祥①。

---

① 虽然孔雀羽毛美丽,但禀性暴戾,叫声刺耳,故为不祥。

不过安蒂尔小姐才不在乎呢。

玛丽·黑尔在一旁观看,心想自己本来也能喜欢上那类东西;就像她自然而然地喜欢上某些光滑的树枝、纹理清晰的大理石,还有起步如飞的纯种马的纯毛长腿一类的东西一样。安蒂尔小姐舞姿优美,连黑尔太太也被迷住了。尽管起初她也曾为那位小姐会对其他客人产生影响而忐忑不安,但羡慕终于压倒了她作为一个母亲的保护本能。她开始在房中疾步走动起来,寻找着,皱着眉,她那半透明的灰绸裙像神鬼附体似的拖在她身后。

"尤斯塔斯先生呢?"她匆忙地问了玛丽一句。

"好一会儿没见他了。"女儿答道,当她转移过注意力时,她感到很奇怪,原来问话的竟是自己的母亲。

黑尔太太又皱了皱眉头,在要牺牲女儿那当儿,她仍希望女儿能尽职。

"你一定不能让他一个人待着。没有别人时,你要陪着他。实际上,任何有心计的年轻姑娘,都想做他想望的伴侣。"说时黑尔太太叹了口气,想起多数情况下的难处,"没有小小的引导,男人们是不知道他们需要什么的。"

"但我不愿意去引导别人。"玛丽答道。

"你讲这话的口气听起来像生拉硬拽似的,"母亲失望地说,"我是说触触他的手肘这样的小动作可能会奏奇效。"

"尤斯塔斯表兄讨厌别人碰他。"

黑尔太太不愿再继续那种已经涉及身体的谈话。她只好忍受痛苦,在这样成为一名受难者的时候,她深信只有她本人才知道她的受难的根源。

历次失望和装束诱人的安蒂尔小姐的影子激励她继续去寻找她的那位亲属。

尤斯塔斯·克雷夫果然不出所望,那天晚上他的举止显得很高雅。他似乎注意地听取了牧场主们提供的全部数据。他面带同情地聆听牧场主的妻子们抱怨她们将老死在澳大利亚那块土地上,而得不到感情方面,更不用说精神方面所需要的全部的实质利益。他也跳了舞,而且和那些女儿们尽兴地跳了舞。起码说,他的身子和乐曲很合拍,而他那面孔也没有失态。此时他已上了楼,进入亲戚诺伯特·黑尔的书房,舒缓一下酸疼的腿脚,翻阅着哥特式德国教堂的版画图册。

他的亲属埃莉诺找上来了。

"尤斯塔斯,"她喊道,"我简直不能想象你怎么会对安蒂尔小姐这么冷淡。她舞跳得多么美,多么可爱的姑娘啊!我多想你能请她跳个舞。"

她抓住他的手腕,就像她深信的那样——引导着他。

尤斯塔斯·克雷夫很有教养,不便从温柔的强迫中抽回身来,他只是说:"是啊,安蒂尔小姐非常可爱。"

于是玛丽·黑尔眼看着他们的亲戚被拉到楼下。她望着他走过那华而不实的地板。与其说是他自己走的,不如说是被人带走的,这一点只有玛丽一人注意到了。当然喽,她也花了好多时间观察胆怯的举动:譬如小鸟的举动。眼下是她的表兄尤斯塔斯·克雷夫投入了音乐和安蒂尔小姐的罗网。那衣裙上的片片明镜多么晶莹,多么闪亮。尤斯塔斯没有挣脱,而是抓着他的舞伴恰到好处地旋转着,只有玛丽一人看到他又是怎样让人扯着的。他那近乎牛轧糖颜色的脸孔,似乎提问着预料之中的问题:关于剧场演出的、赛马的、天气的,等等。在暂短的逗留期间,他对当地许多大事都已熟悉了。

不过安蒂尔小姐似乎仍然在怀疑。在他们旋呀,转呀的当儿,她说的那些话品味起来有点独特。她不大相信某种事,某种失败——是她自己的吗?难道能枪未发鸟儿先亡吗?然而,他们继续地旋转着。在安蒂尔小姐抓着她的舞伴的昂贵的衣服,倾听他故意地说东道西的时候,她可能仍在闪烁着光芒,虽然几乎所有的目击者都把那归之于光线投射在小镜子上的结果。自然,她具有那种光彩是不容置疑的。

接着,乐曲停了一会儿,克雷夫先生的举动完全出人意料:他只道了一声歉,用一条白得吓人的手帕擦了擦脸,就走开了。尽管安尔蒂尔小姐受到一次怠慢,但最后她并没有因此而丢失多少面子,因为几乎住在单身客房的所有男人一齐向她拥去,更不用说那几个易动感情的律师和人们意想不到的、上了年纪的牧场主了。

尤斯塔斯·克雷夫朝房前平台走去。在一片混乱中,几位夫人注意到疯疯癫癫的玛丽走了,或者不如说,是追他去了。一路上,她碰落了不少枯萎的花。但是看到大家都被那一场面弄晕了头脑,人们再也设想不出那种莫名其妙的性格还会如何发展。此外,他们都学会了像对谣言那样,对头脑产生出的荒唐想法一定要压制。

玛丽发现尤斯塔斯站在平台的半明半暗的地方,因为房内的灯光射出了一道晦暗而又令人安慰的红光。

"啊,"她说,"如果你不高兴,我可以走开。"

但是她心里是不想走开的。

"不,"他说,"没有必要走开。在这所玻璃房子里,人到哪儿都是一清二楚的。"

"在别的房子里是不一样?"

他哈哈大笑起来,听上去倒挺自然。

"不,"他答道,"我想是一样的。"

"你多么讨厌和安蒂尔小姐一起跳舞啊,"她说,"对不起。"

他开始颤动起来。如果说她没有同情他,她一定会吃惊的。然而,有些时候,她甚至认为自己的父亲缺乏男子气。

尤斯塔斯默不作声,站在那儿,抖动着。

她触上了常春藤,心里很厌烦。

"你不会忘掉这次跳舞的。"她说。

"总会有个时候人什么事也记不得了。"尤斯塔斯理智又带有感情地回答道。

接着,她触了触他的手背,他并没有将手抽回。皮肤的接触无疑使她马上感到自己好比是一只狗,不过,哪怕像狗那样被他接受,她就感激不尽了。实际上,她并没想期待更多的东西,谢天谢地,她还从来没把自己当作一个女人考虑过呢。

过了一会儿,她咳嗽了几声,并且不很雅观地随意走动起来,好像平时一个人独居时那样,动作十分笨拙,不过他并没有赶走同伴。

"啊呀!"他叹了口气,又大笑起来,不过笑得还很粗俗,不像他的声音,"你有时颓丧吗?突然间没来由地颓丧起来?"

"是啊,"她喊道,"啊,是的!经常是这样。"

让他知道这一点是非常重要的。

可是,他在打哈欠,他可能没有听到她的回答,或者听到了,却不相信在他那禁锢森严的自身之外,还有其他东西存在。

然而,她看到他已经顺从了,并看出将来她便可以肆意但却悄悄地走到他的近前,看看他,他也不会反对的。不过在赞那杜的那次舞会后不久,尤斯塔斯按原计划又继续周游世界了,最后他躲到泽西岛①上,和一名管家住在一起,成了有名的瓷器收藏家。

即使丈夫不说什么,黑尔太太也将永远不会忘记她的那位亲戚对她的客人们是怎样的无礼。但她很恰当地忘记了她曾对他有过非分的欲念,这倒不是什么下流的欲念。只有在后来重温旧事时,她才偶尔想起举办赞那杜的那次舞会的真正动机。它总是浮现在记忆的表面,几乎很完整又很清晰,然而却又有些可厌、令人难以

---

① 法国海岸的英属岛屿。

容忍。

　　如果说尤斯塔斯·克雷夫的举动对玛丽打击较小的话,那是因为她对具有兽性的人已不抱多大的希望,因而当他背离了其他人认定他应当走的道路时,她并不感觉惊讶。她觉得在这种情况之下他的性格所表露出的丑陋和虚弱更具真实性。因此她可以理解并怜悯她的表兄,甚至可以理解并怜悯她的父亲,即使当她的父亲在她看来是带着嫌恶的目光盯着她的时候,也是一样。她以前曾见过狗因为瞥见了主人的心灵而挨过打。当然喽,她不是狗,她的父亲也未曾打过她,但有一次,他真的生气开枪打起吊灯来。

　　那是个夏日的夜晚,阴霾满天,西面灰蒙蒙的山峰之上,密布着雨云。空中到处飞动着带翅的蚂蚁,朝着玻璃和肌肤上乱碰乱撞,在生命的垂死阶段,无可奈何地毁损着自己的翅膀。

　　除了一个老马车夫在马厩附近走动外,其他仆人出外野餐都没有回来,所以全家人只好拿一只冷酱鸡当作晚餐。那只鸡是用鸡蛋酱精心涂了汁的,但想不到,在闷热和昏暗中,飞动的蚂蚁自投罗网,带翅膀的,不带翅膀的,微红的身子蠕动着,死在那只形状怪异的涂汁鸡上。

　　"讨厌的东西!"黑尔太太骂道,对她来说任何昆虫都是害虫。

　　因为父母的议论似乎不大需要有人赞同,所以玛丽没有发表意见,而是继续吃着,或者说嘎扎嘎扎地大嚼着一根芹菜的脆梗儿。她不断搔挠着身体,因为天热她感到刺痒。在那种难耐的环境里,唯独她还算安逸。

　　对别人来说,环境实在是受不了。餐厅里的灯光已经变成暗褐色的了。

　　诺伯特·黑尔抓住鸡腿,隔着敞着的窗户把鸡扔了出去,扔到供观赏的一丛多年生的夹竹桃里。他的不幸之一就是生气时连续不断地毁坏东西。

他还在吃着东西,嘴里确实塞得太满了。他的双颊鼓鼓的,眼睛差不多全是白眼球了。

"诺伯特!"妻子喊道,"女仆们将会怎么说呢?"

她知道自己不得不提着灯笼到夹竹桃里去找。

接着,诺伯特·黑尔抓起一块面色,随着炖鸡之后扔了出去,又抓起切肉刀、葡萄酒瓶子统统向外抛去。

他觉得轻松些了。

妻子哭了起来。

"好啦,"他自言自语道,"可是人却不可能自我解脱,不可能完全解脱。"

妻子不停地哭着。

"全怪我。"女儿主动地说,也许他们要的就是这句话。

"如果我们要确定该怪谁,"父亲嚷道,"那就怪那只炖鸡好了。"

他好像十分恼火。

他像是要朝向某种尚未成熟的意念猛扑过去。

这时,他好像想起了什么,走到桌子前,拿起了手枪。

赞那杜的客厅是用隔扇与餐厅隔开的,客厅里有一盏非常漂亮的枝形吊灯,那是一家欧洲人分家时卖出的,它像在头上倒插的一株水晶果树。那个时明时暗,变幻无穷的庞然大物,有时光照似火,有时则泛出朦胧的乳白色,但它总是诱人摆脱那漫无涯际的平淡的思绪,玛丽喜欢它,尽管她一直认为她的那种感情是不宜外露的。

她父亲装好子弹后,走向前去,朝着枝形吊灯开了一枪。

他站在透明的吊灯枝杈底下显得渺小而又可笑。

"嘎扎!嘎扎!"他喊道。

又是一枪。

"啊,哎呀!"他喊道。

又是一枪。

水晶般的碎屑像雨点一样阵阵落下,刺人心痛。它实际造成的损失是无法估计的,尽管黑尔太太时常算计那个损失。

"好啦!"诺伯特·黑尔嚷道,"好啦!"

"来!我可受不了你爸爸的这份气!"母亲说着,把女儿拉进一间请医生看病或有人来要钱时才使用的房间里。

门关上后,她叫道:"不知道我造了什么孽了,要受这份罪!"

女儿沉默不语,因为她知道母亲遭罪的大部分原因是在她身上。此外,她想听听父亲在干些什么,那会更有趣儿。

枪声稀疏了,可是地板还在响,房间还在颤,整个宅第都处于他的盛怒的威慑之下。他准是来回不停地跑了半天,后来突然间,寂静降临了,它在漠然与窒息的气氛中显得懒洋洋的。

"你看可能出了什么事儿啊?"黑尔太太提出这个想当然会提出的问题。

"没人在跟前看着,可能没什么意思吧。"女儿这样说,但没带任何怨恨的语气。

"说得对。"母亲赞同地说,看到女儿竟说出这番实话,不免为之一惊。

玛丽总是有点傻,因为一个人出于讨求雅趣,为了保持心平气和,一般总是不肯说老实话的。

"我要出去,"玛丽终于说道,"出去看看。"

"你真有胆量!"母亲这赞美的话完全出于真心。

"我不是有胆量。"女儿说。

可是她对此不能做出解释:她虽然感情中烧,但不存在死的问题,不然生命本身早就熄灭了。

她发现宅第空荡荡的。天气终于变了,一阵冷风吹进室内,把窗台上的死蚂蚁吹了一地。窗帘牵拉着窗环高高飘浮起来。

后来,她父亲下了楼,态度很安详,就像刚在屋里读书,出来取一杯水似的。假如不是室内被糟蹋成那个样子,和刚走下楼来的那个人的那双眼睛,那里的环境可能仍然是无懈可击的。

他直盯着她,想把她吞没在他正要制作的一场悲剧中。他盯了半天。若不是盯的时间拖长了,那可能会使人毛骨悚然。

其实,也许意识到自己判断的错误,他举起了她没有觉察到他仍然握着的手枪,冲着自己的脑袋便是一枪。这一枪没有击中,砰的一声一块灰泥从天花板的花边上掉了下来。

听到那声音,他身上的劲儿可能全没了,因为他随后便跌倒在跟前的一把狭长的大靠背椅上。他的那一举动相当笨拙与可笑,他事先没动脑筋,也许他对事情的结局欠缺考虑。

可是,她似乎不愿意马上去打扰他。在他坐在那把并不舒服的椅子上时,她不由自主地继续窥视着他。虽然他已经宽恕了她的生存之罪,但他是否会宽恕她的感知之罪,尚在疑问中。

当然喽,她并没有想得到他的宽恕。

她走过去,捡起扔在地上的手枪,把它放回原处。对于她那样做是否出自天真,或者出自遗传的作恶本能,他太疲倦了,不愿去细想。

他继续坐着,望着自己的背心。

"人都是堕落的,"他说,"从出生那时起,我们就开始变坏。只有没出世的灵魂才是完美的、纯洁的。"

由于她已转开身子,站在那儿抠着小桌面上的裂痕,他不得不打扰她了。他说:"告诉我,玛丽,你认为你自己还没出生吗?"

"我不懂这类的事,"她答道,"现在还不懂。"

她转过脸来看了看。

他将永远不会原谅她那双眼睛,因为它们不显得怎么伤心。

"哦,是的,要是您愿意,可以扭我的胳膊!"她噘着嘴唇,说漏了嘴,因为他的责备使她从心眼里感到难受,"不过这个道理我懂,就是不会说。我没有说话的天分,可是懂。"

那些抽象的东西使她不寒而栗。要是她能摸摸什么东西——譬如苔藓——要不,闻闻燃烧着的木头的气味该有多好!

他继续坐在椅子上,态度或许已经温和下来。

于是,为了顾全他的面子,她走出门外。当她伸出双手时,满天星斗昏昏沉沉地向她游来。她边走边哭,一边吞食那倾泻下的星光,她边哭,边用她那粗糙而潮湿的手背擦抹着她的双颊。

后来,父亲故去了,葬在撒尔沙帕里拉的常青树下。光阴荏苒,那墓碑经过日晒火燎,起了裂痕,蜥蜴在裂缝中钻来钻去。很久之后,黑尔小姐才获得了在父亲佯作自杀之夜她未曾了解的某种智慧。有时,她穿着一件很蹩脚的褐色粗毛线的宽上衣,套在一件硬邦邦的旧裙上,迈着沉重的步子走进灌木丛。她走啊,走啊,最后坐下来,总要聆听一番,心有所期,直到有所领悟。这时,她那怪异的四肢总变得像石头一样绷硬,从她那绵绵思绪中不断抽出嫩芽,或者说不断抽出蜿蜒纤曲的藤蔓,她往往俯视一下脚下,并时而发现地上有某个受难者在剧痛时抖掉的软毛。倘若泪水有时从她那蜥蜴般的眼里涌出来,流到她那甲胄般的皮肤上,她也不再是荒唐可笑的了。当然,若按人的理智标准来衡量,她则是一个十足的疯子,十分可鄙。但是,理智标准又是什么呢?理智最后总是将枪口对准自己的脑袋——而且,并不是总击不中的。

多少个夜晚,当那女人站在她那荒凉宅第前的平台上巡视那火的战车的时候,她总在琢磨:她父亲对她的种种变化该怎样去理解?或许他会因此更厌恶她,尽管他本人也是个可疑的幻想者,至少,有一次,他们同站在一个地方,她确实看到了他扯下了假面具。现在,就体验的深度而论,如果说她已经超过了她的父亲,那也是时间、沉默和大自然的启迪让她占了优势。

于是,她等待着,让肺部一起一伏地喘息着,让血液在膨胀了的血管里奔腾着。在那个称为乔利太太的人来到的前夕,她等待着。果然,车轮擦过了白色的、沉静的天际,她那憔悴的面颊感到了马的鼻息。她伸开了树桩般的胳膊,张开了树枝般的手指,风从指间吹过,她升腾了,她父亲的那只镶有血滴石的金戒指回荡着金喇叭的鸣响。假如在某人到来的前夕,曾有一种恐怖的气氛缠绕着她,那么,此时此刻,她也说不清出现那种情况是否是第一次。她记不清了。她只知道眼前的痛楚,只知道她的记忆离她而去。是那污秽的波浪冲走了支离的体内的碎片。

后来,当她从地上爬起时,她不想弄清是什么撞击了她麻木的神经和酸痛的躯体,因为夜幕已经降临,阴冷而黑暗。她使劲碰击着关节,试图制止颤抖。然后,她开始沿着那花里胡哨的台架、心怀叵测的镀金边饰、油滑狡诈的乌龟壳和冷酷无情的大理石,探索着在宅第里走动起来。

第三章

转天,乔利太太就要到了。这一天,直到天色大亮,黑尔小姐才蹑手蹑脚地走出房门看了看,但怕像头一天夜里那样受到折磨。这时她感到浑身无力,但她还是像往常一样摸着黑起了床,稀里糊涂地套上了连衣裙。这天早上,她用捡来的小树枝和事先一点一点锯好的小圆木点燃了厨房的炉火。她还简单扫了扫准备让女管家住的那个房间。不过,直到她看见明亮的阳光照到地上时,她才打开窗帘。这时,她不再等待,而是走出房外,立刻忙活起单调而荣耀的日常琐事。

晨光摇曳地照射下来,露珠晶莹地闪动着。那蔓草的挺拔的叶片还是湿漉漉的。有时,她多管闲事,替阳光揩干叶上的露水。但过一会儿她就不干了。她这样大的年纪干这种事未免太吃力了。她随即往地上撒了些面包屑,引来许多小鸟,鸟儿在她的脚边叽叽喳喳地跳着,有的爬到她的肩上,有一只竟抓住了她的帽檐。她用一把生了锈的大剪刀把面包皮剪成大小适中的许多碎屑。她弯下身子,裙子在她身后支棱着,像有些大鸽子那样,变得庄重而肃穆起来。这时,有一两只鸽子已从橡树上无精打采地飞落下来。它们的喉咙都在颤动着,而她的喉咙颤动得尤其厉害。她学着鸽子的样子,和它们合着拍。

别的事儿她都干净、麻利地做完了。她打好了水,放好了碗。几天前,有条蛇从石缝中钻了出来,黑乎乎的、怪诱人的,那身子的两侧还长着褐色的横纹。见到那条美丽的蛇,她顿时心花怒放。尽管她立即站住脚步,但那蛇却不能领会那个陌生女人的慈悲心肠。于是,它立即从石缝中缩了回去,钻到房子底下了。从那以后,每天早上她都要放下一碟牛奶,可是那条蛇却没有回心转意的迹象。但她宁愿等待着,相信她的好心总有一天会被完全理解的。

早晨慢慢地过去了。又刮起了风,风到处乱刮,也吹乱了她的头发。她心里突然有点恐慌起来,这倒不是由于身体不适,而是因为当天下午她得忍受一种好久以前她曾经受过的精神苦痛。

要和那个女人讲话了。

黑尔小姐走进屋去。

至少她拥有这所宅第,她可以拿它炫耀一番。豪华的建筑将以响亮的金石之声替她讲话,更不用说她身穿的波纹绸那微妙的暗示了。她这里走走,那里看看,让阳光不断地射进屋里,一片片阳光投射到地毯上,一道道金色的光柱像烟雾似的从未曾住过人的房间的阴影里升腾起来。

从一间很少用的小房间里——实际上,是在其父佯作自杀的那个夜晚,其母躲进去的那个小屋里——她捡起一把扇子,那是一把在美丽的乌龟壳扇面上扎着火烈鸟的羽毛的扇子,它是一年冬天,一个美国商人在阿斯旺送给她妈妈的礼品。

黑尔小姐面对着镜子,拿着扇子,竟然不敢打开它。

又是一股冷气袭人的恐慌。

时间不早了,这是阳光而不是她的肚子告诉她的,因为一天到晚她很少感到肚饿,好像她只是靠本能过活似的;赞那杜的钟表也不报时,因为它们早已停摆了,而她也懒得去上弦。可是阳光说明了所需要的一切。窗户长时间地开着,放进了日斜时惨白的寒冷的光线。

黑尔小姐跑来跑去,毛毛腾腾地忙活着。她照着别人的样子整理着衣物。只是别人可能轻拍一下就够了,她却要用力地抽打。头发没办法整理只好那样了,况且她还有一顶帽子,是一定要戴的。

乔利太太在撒尔沙帕里拉邮政局拐角处下了汽车。那准是乔利太太,没错,她那黑色带条纹的(看起来好像按一条条缝缝合起来的)外套下面,露出了黑尔小姐预料中的藏青色的女裙。虽然她曾预先告知她未来的雇主她在服丧,可她戴的那顶帽子却很鲜艳,甚至有点放浪,艳蓝艳蓝的。帽檐上垂下一条刚能遮住眼睛的紫红色面纱,如果说不显得轻率,也颇为放荡。然而,她仍然显出一种体面女人的派头,手里提着一个棕色的手提包,在汽车站上落落大方地等候着,让人去辨认。

啊呀,硬着头皮也得上啦,黑尔小姐看出这点后,叹了口气。

乔利太太一直朝着石子路那边恍恍惚惚地望着,笑着。她的一侧嘴角上有个酒窝,牙齿整齐完美,无懈可击。

"对不起,"黑尔小姐终于开了口,"您就是那位——对不起——"她清了清嗓子,"要到赞那杜去的吗?"

乔利太太好像压下了正往上冒的饱嗝儿似的。

"是的,"她慢吞吞地说,牙齿启动着,似乎在选择着字眼,"我想是这么个名字吧,一位叫黑尔小姐的女士。"

黑尔小姐在乔利太太的那炯炯目光下感觉到自己十分冒失,她宁愿晚点说出自己的身份。

可是乔利太太的白牙齿(当然那是再白不过的)显然不耐烦了。她那酒窝时隐时现。她那表情——可能有人会把它描绘成母爱般的表情——由于困惑而变得怀疑起来。

"我就是黑尔小姐。"黑尔小姐说。

"啊,是吗。"狐疑着的乔利太太应声答道。

她企图动员牙齿解脱这一窘境。

然而,下午刺骨的寒风不让她多费口舌。风把乔利太太那紫红色的面纱的边角吹到她的眼上,甚至拍打起她的黑外套来。

"是的,"黑尔小姐肯定地说,"我就是。"

乔利太太简直不敢相信自己的耳朵了。

"我希望你能在赞那杜过得愉快,"黑尔小姐继续说,"赞那杜是个大厦。可我们只住其中的一点地方就够了。为了不单调,我们可以换着地方住。"

乔利太太由她导引着开始在石子路上走了。她穿着一双专为赶路的鞋子。那鞋子是黑色的,鞋带子还算得体。尽管如此,她还觉得走得脚脖子生疼,路上尖利的碎石料还扎进了她的鞋底。

"这么说,您没有汽车啦?"她问。

"没有,"黑尔小姐说,"没有汽车。"

走到戈德博尔德家的棚屋旁时,黑莓挂住了乔利太太的外套。

"我们从来没有汽车,"黑尔小姐说,"甚至我父亲在世时也没有。当然喽,汽车那时候刚刚问世。我们有马,我父亲很喜欢马。他驾着四匹灰马拉着车那样子可神气呢。"

乔利太太不能相信这番话。想起了那些电车,她简直要哭起来。

"在我们家,"她说,"每个人都有自己的汽车。"

"哦,"黑尔小姐说,"没有,我们没有。"

两个女人的喘息声时而纠缠不清。她们俩都希望隔断这种联系。

"要是知道三个姑娘都能舒舒服服地过上日子,"乔利太太一边说,一边活动着脚脖子,"做母亲的也就心满意足了。"

"当然。"黑尔小姐赞同地说。

可是她不能相信,一点儿也不相信。

随后,她们走到当地议会开始称之为林荫路的那条通往赞那杜的小路上。到了路的尽头。雇主带着伴当跨过篱笆,走上一条弯曲较少、稍长一些的捷径。

由于一种朦胧的责任感,黑尔小姐在前面领路,乔利太太跟在后面,她偶尔听到撕扯东西的声响。灌木丛中静得惊人。

周围的橡树和榆树吐出了嫩绿的幼芽,覆盖了低矮的灌木,发出了噼噼啪啪的抽芽声,沙果树和李子树的优雅的花瓣不时撒落到网状交结的黑枝条上,令人黯然神伤。

乔利太太说:"多亏我穿了双长筒袜。"

她那紫红色的面纱已不那么鲜艳了。

"这些刺果真扎人,不过挺容易折断的。"黑尔小姐思索着回头说道。

她变得不安起来,好像在她的内心深处隐藏着什么记不清的可怕的东西似的。

她们继续往前走着。

"马上就到了!"她鼓励说。

乔利太太没有回答,几乎连眼皮都没有抬一抬。

她们走近家门,在陌生人脚下,走廊的镶嵌地板发出了前所未有的空洞洞的声响。

宅第里更是空荡荡的。

黑尔小姐打开前门,她们走了进去。两人站立了好半天。

"啊,"乔利太太终于开了口,"不难看出,您好久没请女用人了。"

赞那杜没有抗议的声音。它冷冰冰地表示了赞同。

"不管你怎么说,房子也没少什么。"黑尔小姐说。

"也没多什么。"乔利太太用更阴郁的声调补充道。

对于刚才自己所说的话她们谁也做不出恰当的解释。或者不如说,她们各有所见。黑尔小姐开始想起她忘却的往事来。她的太阳穴在跳动。仿佛一个眼尖的陌生人捅开了真正的门户,窥视到内部的隐私。

"那是客厅,"她说,她的心情紧张起来,"隔扇后面是餐厅。"

她越发紧张了。

此刻她们站在春天傍晚冷酷无情的阳光下,惨淡的白光落到家具间,多年的往事又浮现在眼前。

"我从来没见过这样的家具。"乔利太太表白道,身子一边尽量往衣服里缩。

经过时光的摧残、阳光的损害,那一个个柜橱、那一张张不起眼的小桌似乎一击即碎。甚至那一件件结实的镶嵌工艺品和精嵌细雕的章鱼骨也被吓得目瞪口呆。

这两个女人紧紧地围绕着各自的想法,你一句我一句在闲扯着,但都不断在退却。突然间,一扇百叶窗砰砰地响了起来。在欧布桑①地毯,或者说已经成了布满树枝、灰尘、霉菌和昆虫卵袋的地毯上面的那破旧的鸟巢引起了许多沉闷的联想,在诱捕着那犯罪的脚步。在餐厅的一面,在一次历史罕见的暴风雨中,曾有一块石板被冲掉,一株榆树探进头来。榆树黑色的树杈有如锯齿。嫩绿的树叶像刀子一样刺进黯然神伤的人心中。蓝色天空中一片片云彩忽隐忽现,飘浮不定。由于长年累月从墙上流下的雨水的冲刷,大理石已经呈现出那种被腐蚀了的牙齿的颜色。

"可以说这是狗撒尿的地方。"黑尔小姐看到后叹息说。

"您说什么?"乔利太太问,一边心里在纳闷。

但她的雇主并未回答——她的思想,不管她愿意说出与否,总

---

① 法国中部一市镇,以盛产花毯而闻名。

归属于她自己的。于是,女管家把自己认为听到的东西暂存下来,等它在脑子的贮藏架上成熟后,再拿下来派用场。

黑尔小姐终于清了清嗓子,其实那声音是干枯的——她确实是太累了。她说:"我想现在带你去看看你的卧室。"

她们循着楼梯缓缓地盘旋而上,在灯光的照射下楼梯显得很美,主人见此情景,喉咙都哽咽了。

"有时候我坐在这儿,"她说,"听听音乐,看看跳舞,啊,往下看那才壮观呢!"

她们循着盘旋的楼梯款步而上,经过一个个紧闭的房门,和一条条像隧道一样伸展到远处的楼道,与此同时,她们也听到了老鼠叽叽的叫声。

"当然喽,这么多房间,"她说,一边挥动着胳膊,她变得实际起来,"好多年一直关着门,也没有必要开它们。我母亲去世以后,再没开过。她是在大战一开始的时候死的。第二次,那是第二次大战。我父亲是在第一次大战中故去的。我母亲,我发现自那以后她就当了家。不过现在不是讲家史的时候。咱们还得爬楼梯呀。"

"我是做母亲的,"乔利太太说,"我总喜欢听别人讲母亲的故事。"

她的戒指碰到熟铁上,发出了叮当的响声。尽管她累得上气不接下气,但她表现出并有意表现出举动的沉稳。只是她跟着爬楼梯时,她那紧身胸衣不太争气。她想她的举止既要符合做母亲的身份又要符合做女用人的身份,她只希望这两种责任不要发生冲突才好。

"到了,"黑尔小姐说,"这就是我为你准备好的卧室。我已经铺好了床,可人们对铺床的想法却不一样呢。喏!"

这个门能打开吗?

乔利太太希望它打不开,这样她俩可以互相分开,只能站在楼梯的平台上翘首相望,尽管这样的解决办法或许不能令人满意。

可是那门却很容易地打开了,甚至可以说,它在盼着人们将它打开。

"哦,"乔利太太说,"咱们看看。"

她微笑了。

她的蓝眼睛只能看这么远,不能再远了,也许这就是为何她刚一表示出吃惊的样子,又立即恢复到镇静状态的原因。黑尔小姐希望自己的女管家有一张和善的面孔,不过她又怀疑起来:她那酒窝是否仅仅迷住了一个男人。

乔利太太不知道话该从何说起,她站在那儿不停地揉搓着裸露的胳膊,似乎它们还没有恢复到原来的形态。春天里,她那奶油色的胳膊在丝绸连衣裙的衬托下显示出了斑驳的蓝色——那连衣裙是她自己织的——有着牡蛎的色调,但现在已经穿得宽松了。

乔利太太是个体面的女人,这一点她从不离口。如果凭本能察觉到有人对此产生怀疑,她便喋喋不休地一再申明她的信条。她坚持说自己向来不吃洋葱,即使白给也不吃。不过她特别喜欢吃软乎乎的蛋糕和不加果料的奶油三明治。她认为一个体面女人不可能不喜爱柔和的色调,不可能不喜爱冰岛的罂粟和绒线,但她也喜欢在汽车站上或隔着篱笆和别的女人闲扯。她还喜欢开着自家的汽车出外兜风,戴上顶漂亮的帽子,隔着车窗眺望着车窗下面的一张张面孔。她居高临下地坐在车子上,头部微微地晃动着,表示着她对世事的疑忌。

然而,乔利太太还是愿意信任别人的,因此,她常去看电影。坐在电影院里,嘴里含着糖——不是硬糖——在她把种种回忆和欲念统统随糖纸一起丢到座位底下之后,便陶醉在纯丝绒的坐椅上。不过要是硬糖便有点遗憾了;那种微软的黄油奶糖的味道使她感觉惬意极了。可是她喜欢坐着,那稀奇古怪的戏剧情节颇符合生活的真实。那个穿着尖头鞋和皮裤子的瘦瘦的年轻人仿佛在荧幕上初露头角——这使得她的糖粘到了牙上;还有阿瓦和拉娜,尽管她们的身材和处境不同,但好像是她自己的一双女儿。最好是看上一部关于母亲的影片。她心里早就料到了种种的不公,更不用说善恶报应了,结果那片子结尾处,那个叫沃利策的人从井里升上来被封成了神。当她嗅出那风琴上声音栓的玫瑰和紫罗兰的香气时,她感到一把把小锤在敲打着自己的腹部。这时,她确实满足了,也忘记了她的丈夫。她的丈夫是在晚上十点钟,坐在沙发上,当她递给他第二杯茶水的时候死去的。这是天大的不公,但她还是活了下来,并似乎已有足够的阅历和梦想,足以应付得了一切新的打击。

黑尔小姐担心自己可能会怕她的女管家。她说:"我希望你在这里能习惯下来。"

"我想那些电车啊。"乔利太太答道。

她的嗓音里响着电车的叮当声,眼睛里闪着伤感而又炫耀的紫罗兰般的光焰。

"啊,"黑尔小姐说,"我似乎从没对电车产生过兴趣。"

"我还怀念星期六晚上,"乔利太太说,"到默尔家、多特家,或埃尔玛家串串门,埃尔玛是我最小的闺女——她嫁给了一个司炉,不是说他不是个体面的男人,因为我的女儿们心里只有体面的男人。"

"真想不到你能忍心离开他们。"黑尔小姐低语道。

"啊,"乔利太太说,一边拿起墩布,"这就是生活。不知道您能不能明白我的意思。"

接着她在水桶里拧了拧墩布,然后拿出来,看了看墩布头。

"或者是死亡。"她说。

黑尔小姐吓了一跳。

"好像是我的错,"乔利太太说,"他正坐在自己的椅子上。"

"坐在椅子上死去更自然些。"黑尔小姐壮着胆子提醒了一句。想到她的母亲也是在类似的情况下死去的,她感到宽慰多了。

"我可以想象出您和您的母亲的情况,"乔利太太说着大笑起来,"生活在这堆家具中。像一对老鼠一样。"

"啊,还有佩格和威廉·哈德金呢!"

"佩格是谁?"

"我记不清她的名字了。也许压根儿不知道。她一直显得很苍老,一直住在这儿。在我们遇上了困难之后,女仆们都走光了,只有佩格一人留下了,成了我的朋友。后来她也死了,不过是在我母亲死后她才死的。那时我感到十分孤独。"

"您刚才说的那位男人是谁?"

"威廉,是个马车夫。他聋得很。"

黑尔小姐停了停。

"他是人们常说的那种头脑相当简单的人。不过,人们的认识是很不一样的。实际上,威廉知道一大堆事。而且也没有想象的那么聋。我不喜欢他。"

"那位哈德金先生也死了吗?"

"没死。他走了。"

"真是的!"乔利太太说,"毫不奇怪!你们全家人靠什么生活?"

"东西,"黑尔小姐说着打了个哈欠,"譬如说面包,面包好着呢。我喜欢把它掰成碎块儿,就那么吃。凑合过。我拿着面包屑去喂鸟,很方便。不过,当然喽,我们从我表兄尤斯塔斯·克雷夫那里还能得到点补贴,这个我写信告诉过你了。当然补贴的数目有限,而且战争中还中断过。啊,我忘了。还有羊,我有一只山羊,可以挤奶。是的,我很想念它。"

"那羊怎么啦?"

"请不要问我!"黑尔小姐叫道,"我不知道!"

"好吧!"乔利太太说,这次该轮到她害怕了。

生活在这座宅第里。

不过黑尔小姐与其说是害怕,不如说是悲伤。她不能回答问题了。一个个问题就像许多螺钉一样旋入她的头脑。她望了望那只脏水桶,那女人的墩布正在里边徒劳无益地搅动着泥水。那女人的三个女婿用砖盖了盒子般的小屋居住。多么幼稚——因为他们的砖盒子好像儿童玩具那样容易被打翻。只有记忆才是坚不可摧的。

于是,黑尔小姐哼了一声——再说,和乔利太太呆在一起,她也厌烦了,她走进赞那杜的楼道里。

可是记忆仍然折磨着她。记忆像旧窗帘布一样飘动着,毫无价值的东西却用金丝线缝合着,常有些灰色的或暗黑色的飞蛾从里面飞出来,撒下令人窒息的绒毛。

"我们得把皮衣包起来,玛丽,"黑尔太太曾这样说过,"要特别小心,现在到了夏季,就用从赫勒尔商店买来的被单包吧,包好后,放到结实的帆布袋子里,再系好。不这样做,我总感到不放心。"

黑尔太太一辈子直到为她做安灵弥撒为止几乎一直是高高兴兴的。

佩格跑了过来,她的两条腿像麻秆一样,一颗牙都没有了,还要东拉西扯的,因为种种原因,女主人允许她这样做。"是的,太太,人人都讨厌飞蛾。这件事儿交给我办好啦。没错儿,我一定处理好。"

仆人拿来帆布袋子给女主人看,袋口系得紧紧的。是的,那女人注意到,那些鹅全是死的,是佩格用许多纸球把它们填起来的,让它们看上去像活的一样。不过那母亲倒挺镇静。

年轻时温柔、精明的黑尔太太到了暮年变成了一匹光洁精美的象牙马。她常安安静静地坐上半小时,然后突然想起什么,把头一扬,或者跑出去。她那精光的长脸和那象牙般的长牙最为显眼。当佩格拿给她烘得焦黄的面包片时,她喜欢在那上面锻炼牙齿。后来,她还是继续坐着,用过茶水和面包片后,她那衰老而精致的肚子便咕噜咕噜地响起来。但她岁暮余晖仍以神秘的中国技巧继续润饰着那光滑的象牙马雕像。

有时她依靠在女儿粗短的胳膊上穿过早先的花园,可是她不把这个放在心上,她喜欢回忆的是社交上的得意之事和布尼俄尼群岛①。

一次,她问女儿:"避暑洞在哪儿,玛丽?就是你父亲让人用贝壳建造的那个洞室,要不就是用水晶石建造的。"

女儿哼了一声,从她身上别指望获知更多的东西。

又一次,黑尔太太抱怨起来。

"我过去常希望女儿有一天能成为大使夫人。希望她有一双漂亮的长腿,手里拿着扇子,在客人们中间周旋自如。谁知最后干啥啥不行,甚至连自己的事都应付不了。"

"还有,"她兴致勃勃地接着说,"你总不愿和我一起去花园散步。照这样下去我很可能会跌倒的,摔坏些什么。"

女儿又哼了一声,除此以外,她还能干什么呢?

接着,她母亲对着草抽打起来。

"这草真讨厌!真讨厌!"她喊道,一边用拐棍儿抽打着草丛,草穗儿随着晃动起来。

"别这样!"女儿恳求道,"请别这样。"

至少这种虚弱的任性很快就消逝了。

"别认为我不很爱你,玛丽,"母亲坚持说,"说真的,现在我谁都爱,甚至你父亲。"

---

① 意大利北部海域中的群岛,以住宅和花园而闻名。

对黑尔太太来说,她的热情总含有水分,也许这是容易出现的情况。

"甚至一个人的失望到头来似乎还有一种意义。"她面对着落日说道。

如果她还有劲儿,她准会紧紧地握住女儿的胳膊。

相反,那令人失望的女儿和最终怀着失望情绪的母亲双双走进屋内。

几个月之后,眼望着是那么自然地坐在椅子上死去的那个女人的姿态,女儿大哭起来,因为她不能用一种通用的方式表达出她的哀伤。也许是满怀激情,可是她母亲对此却很难体会和理解了。于是,她转而对生命悲叹起来,正像由于天空突然的狂暴和幼小蕨类植物阴郁的温柔使她本人对生命的存在产生了怀疑一样。

幸运的是佩格还在,她知道该怎么办。她派威廉到撒尔沙帕里拉镇上,给女邮政局长打了个电话。之后,来了些人,运走了尸体。那是个阴雨天,很长时间以后,大厅里还能闻到潮湿的雨衣味。

这是玛丽·黑尔和她母亲最后的一别。

当时佩格说:"如果您参加葬礼觉得心里烦乱,玛丽小姐,就别去了。您要是晕倒了,谁来扶您。咱俩坐在这儿,在炉子前吃上一片面包,聊聊天吧!事情就让牧师料理去吧,他就是干这个的嘛!"

尽管佩格上了年纪,但她依然保持着孩提时代的某些特点,这使她能够通过事物表面的粗糙外壳去认清它们的内涵。她一直是玛丽的一个好伙伴。玛丽喜欢佩格。她喜欢坐着,一边揉搓着自己的关节,一边看着她的女仆的那张平静的脸:那是一张带着钢框眼镜的老大姐的脸,那位大姐对外部世界也大体了解,但她没有忘记一切蝇营狗苟的事。

因为佩格是当地人,她习惯于到处游逛。她喜欢骑着自行车走山路,她怎么能骑到山顶上呢,真让人吃惊。她是那么虚弱,其虚弱程度和她那浆洗过的上衣的摩擦声差不多。佩格洗衣服、打扫房屋真做得无可挑剔,只是做饭不大行。她喜欢做果酱,给家具打蜂蜡,所以她身上总散发着果酱和蜂蜡的气味。她常常手里拿着蜡布,突然从床底下钻出来,别人看到时也不会感到意外。她常常带着她的钢框眼镜,身上穿着原来是淡蓝色的、现在已褪了色的衣服。

"读点东西给我听吧。"女主人玛丽·黑尔要求道。

"您自己读吧!"佩格反劝道,接着笑了起来,"我该读什么呢?"

"你读给我听,我会更清楚的。读吧,佩格!"玛丽·黑尔请求道,"咱们读安东尼·哈登编的图书目录吧。"

"哎呀,您这个人可真怪!"佩格忍不住大笑起来。

她的眼圈相当苍白。

佩格平时最愿读的是《圣经》,但不是大声读,她的女主人对那书不感兴趣。那个女仆总是忙着读她们的《福音书》①,她发现《使徒书》②太乏味了。《启示录》③她也从不多谈——实际上,她并不想探讨她的那本读旧了的书的宗旨。

"您应当研究一下这个。"阅读《圣经》时的佩格总是抬起头来这么说。

由于她那眼睑总是无精打采的,所以,她总是睁大眼看东西,可是她的天真庇护了她。

---

① 《圣经·新约》首四卷的统称。内容是关于传说中的耶稣的降生成人,医病赶鬼,死后复活升天以及其他言行的故事。
② 即《圣经·新约》中的《使徒行传》和《使徒书信》。内容是关于传说中的耶稣的故事和说教"使徒"们的故事以及借他们的名义阐述教义等。
③ 《圣经·新约》的末卷。写于公元65—69年,体裁是当时犹太人中流行的"启示文学",用所谓"见异象""说预言"的方式描绘出一幅"世界末日""基督再来"的景象。

"啊呀,不!"她几乎有点恐惧地拒绝道,"我知道那本书不是我该读的。"

"谁都应该读。"佩格认真地坚持说。

"不见得,我就不该读。"

"您不去尝试的话又怎么会知道?"

"该知道的我自会知道,用我喜欢的方式,在我方便的时间。我和别人不一样。"玛丽·黑尔强调说。

"是啊,"佩格叹息道,"不一样,又一样。"

对于这点她并不感到十分奇怪。

尽管那两个女人在许多方面都很相似,但是佩格却没有常常使女主人陷入窘境的那种盛气凌人的架势。玛丽·黑尔喜欢佩格,可她也喜欢自己的傲慢。这是她夸大的自尊,假如没有谁认为她是一位高贵的女人,她也仍将打扮自己。她以为这样会赢得尊荣,甚至赢得美貌,而这些,实际上是她可望而不可即的。

不过这瞒不过佩格,她会用略带沙哑的声调说:"您不是在发脾气吧,玛丽小姐?"

佩格总是对的,就像玻璃和水一样——无可挑剔。

使玛丽·黑尔更加绝望的是:一天,她进到佩格的卧室时,发现她的朋友已经死去。那是一个干燥的早晨,佩格刚刚穿好了衣服,穿上她那件颜色曾经鲜艳过的衣服,便又躺到床上了。她非常脆弱地躺在那里,好像一棵芳菲的香草,或是迷迭香、麝香草,或是柠檬味的美人樱,人们通常把它们折断以后,再扔掉。

过了一会儿,女主人才敢用手碰一碰她的女仆。这时,她终于明白过来:自己确实是孤身一人了。她在那房间的角落里停留良久,盯视着。只有在这天早晨的这段时间,她才想起了威廉·哈德金。

玛丽·黑尔对威廉那个人从未喜欢过,也许是因为在她父亲搞射击比赛的那天晚上,当别的女仆出外野餐未回时,只有他尽管两耳聋聩却留在马夫宿舍。玛丽一直不能相信威廉的聋聩,因为出事的那天晚上,她的感情也像雷鸣一样冲动。但是威廉一直很忠诚,她母亲在世时,他常驾着一辆幸存的两轮马车拉着她出去游玩。他只有一点点收入。当然,他老了,吃不多,也不需要很多钱。自从黑尔太太故去以后,他连脸也不刮了,因为他的皮肤容易被刮破。但人们看到他的胡子茬总是一样长,在那同一个白色的峡谷中,流淌着同一条唾液的溪流。他身上也散发着多数老头子身上的那股气味儿,这也可能是黑尔小姐不喜欢他的另一个原因。总的来看,老头儿身上的味儿要比老太婆的难闻。

女主人当然要把佩格的死告诉威廉了。

"噢,是啊,"他说,"我原估计她要死了。她死了,没有什么了不得的。"

他在给一套马具涂着油,那套马具已经不能再用了,不过干那活儿倒可以帮助他练练手。

"我不愿意多费脑筋去想。"黑尔小姐开口说道。

"你们这些人在这方面都是行家里手。"威廉说,一边捋着皮带子。

"你这话是什么意思?"玛丽·黑尔问。

她开始颤抖起来,但不是由于气愤。

"就我看,回想一下就知道,"威廉说,"你们这班人都喜欢装模作样。"

"假如我没弄错,你是说,我们有些人还是有想象力的。"

"放火烧房子不用火柴啊!"

"好啦,威廉,"玛丽·黑尔学着她父母的口吻说道,"你得去料理佩格的事啦。"

"行!行!"他说,"现在别打搅我。"

他站在那里看着皮带上的孔。

"不知道你留在这儿能不能迁就我们。"女主人说。

"我留在这儿,是因为我对这儿习惯了。习惯的事多着呢,你知道吗?"

因为他的女主人总是首先认识到真理,她真的没话可说了。

最后的也是最大的冲突在女仆死去几个星期之后发生了。威廉刚杀完一只鸡,就让她遇上了。那鸡头很不雅观地离了身,而威廉却在一旁大笑着,一边看着那鸡身鲜血淋漓地跳完了它的绝命舞。

玛丽·黑尔静静地站在那里,没有力气动弹了,甚至让鸡血都溅到了她的靴子上。

威廉在观看着。

"噢,"他边笑边说,"你可有好吃的了,即使它是一只尽是筋的老公鸡也剩不下。"

他还在笑。

"明白吗?"他说,"那天我说的话是啥意思?那只老公鸡没了脑袋还照样跳舞不误,可真是习惯成自然啦。"

"我看你是个凶手。"玛丽·黑尔骂道。

"什么?!为了杀只鸡给你吃?"

"有各种各样的杀害方法呢。"

"你应该懂这里的门道。"

"怎么?我?"

"问问你爸爸去。"

玛丽·黑尔的脸色变得煞白。后来马夫干别的事儿去了。过了好一会儿,她还站在那个木棚旁边,看着那只死鸡的头。

此后不久,显然经过一番考虑,威廉·哈德金不声不响地离开了赞那杜。"现在我终于明白了,一切都会好转的,"玛丽·黑尔喃喃地说,"可是有些害怕。"不过一想到山羊,她的精神头儿马上就来了。

那只山羊在佩格去世之前便来了。谁也不知道它是从哪里来的。那是只怀了羊羔的白色母山羊,它总跟在女人们的后面,带着挑剔的神态选择着树叶和青草吃。后来,那只母山羊生了一只小公羊,但却是死胎。佩格说应该把它的奶水挤出来。于是,玛丽·黑尔动手挤起奶来。此后她就靠喝奶活命了。很快她的头脑变得和那山羊的头脑一样平静和聪明。到了晚上,当她蹲着给那母羊挤奶,她们单独待在一起的时候,她们那相依的影子似乎真的实体化了。正因如此,那女人的钟爱开始和她的理智发生了冲突,她疯狂地担心那动物可能会有朝一日遇到不测,担心以往的祸患刚刚度过,新的灾难再次降临;或者,简单地说,担心它会一旦离去。

于是,当夜幕垂下的时候,女主人便把她的羊关在庭院一端、从厨房可以看到的一间歪歪扭扭的小棚屋里。每天晚上,她堆好树枝,溺爱一番后,便把羊关起来。她走后,还一次次地走回来,看看她那心爱的山羊会不会在某种妖术下消失。但羊还在原来的地方。这时,她用手遮着灯笼,看见那张白不呲咧的羊脸透过黑暗向她闪烁着微光。那双琥珀色的眼睛驱散了她的恐惧,那长长的下颏依她看来是在同情地摆动着。

甚至在女主人受到最大折磨的那个早晨,尽管在那黑色的、冒着烟的小棚的废墟中,那山羊已经变成一个骷髅和一张羊皮时,那羊脸的轮廓仍在向她示意。

玛丽·黑尔在发现那个灾难后是怎样活过来的,她自己也弄不清。然而,那天早晨却是暖融融的,树叶扑打着她的面庞,大地对她那颤抖着的双膝又是那么温柔。她几乎紧接着钻进了灌木丛,究竟她在那里待了多久,无人知晓,因为谁都不曾知道她走开了。或许她在那里待了有两三天,因为她回来时,手脚都僵硬了,身上都给划破了,肚子也饿极了,至少从未尝过饥饿的滋味、只急于猜想她出走时的痛苦的那些人是这么认为的。

当她匆忙从坛子里搜出个陈旧的干面包大吃大嚼的时候,她心里想:

"最后我倒要看看这中间到底是什么东西,剥了皮以后是否还仍然够我享用。"

她平生从未感觉到头脑有过这么清醒的时候,结果,她竟吞下了整整一个软化了的大面包。

乔利太太心里一直犹豫不决。

那混乱的思绪好比纷繁的蜘蛛网,她要把它们扯下来。它们又好比是绳索,是锁链。她将运用全部手指,连同胳臂一起,扯呀,抽呀,加上碰撞冲击,挣扎着脱出来身。但她怎么也不能自由。那阴暗的蛛丝像带着一种负罪感似的紧紧地纠缠在一起。

"人人都在发疯!"她有时喊道,"不过,当然喽,一个人可以随时声明自己要发疯——明天、后天或本周的任何一天。"

乔利太太的每一个毛孔都是清醒的,没有人想要非难这一点,甚至在她被蜘蛛网缠住、被发卡夹住、假牙放在楼上平底玻璃杯里没有带,或者她的回答可能是结结巴巴的时候,都是如此。当她噘着嘴,扭着头,说话口不应心的时候,是她想要保守秘密呢,还是仅仅吃糖粘了牙齿?

但不管你怎么怀疑,至少她还是个体面的女人。

她在楼道里走动的时候,总脱不开一面面镜子的跟踪。有一次,竟迫使她一口气跑完了楼梯的全程。这倒没有什么明显的原因,她的腿只是一个劲儿地跑,她那仍然结实、坚硬、光滑的腿肚子胀得鼓鼓的;当她跑到楼梯顶部时,她的乳房在胸衣里面上下跳动。

"谁都有个不随心的时候。"乔利太太总喜欢这么说。

譬如有时从她的一个眼角里——由于为母亲们而忧伤——会流出一点泪水来。

"我觉得你在赞那杜不很愉快。"黑尔小姐说。当时是早饭时间,她在厨房里吃着烤面包。

"我并不是不愉快,"乔利太太答道,"我总是愉快的。程序上当然也有一些不愉快,因为一个女人总想着别的事。"

黑尔小姐掰碎了面包。

"什么事?"

"哦,您知道,"乔利太太说,"一个是家,一个是胡佛①,还有孩子们的各种声音。"

"我不懂,"黑尔小姐答道,"我的生活,我的家就在这里。"

黑尔小姐大嚼着烤面包。

"您有时心真够狠的,"乔利太太驳斥道,"您不想了解别人。"

黑尔小姐还在大口嚼着烤面包。

"一个心爱的人死了,就像有点失魂落魄似的,明白吗?"

黑尔小姐是不会明白的。她熟悉硬干酪的心,她必须学着和乔利太太较量一番。

"好像你是跟着他走了似的。如果你不跟他走,那是因为你对别人还有一种责任感。我曾读过算命天宫图②。"说着乔利太太拿起了那块布,"我的责任感是非常非常强烈的。"

"你想跟谁走就跟谁走吧,我不想拦阻你,"黑尔小姐答道,"假如你是这个意思的话。"

"您知道我指的是我那死去的丈夫,"乔利太太说,"不管您怎么

---

① 她丈夫的名字。
② 通过某一特殊时间(如一个人的出生时间)的星位来算命的图表。

心狠,您是伤不了我的感情的。"

好厚的脸皮呀!

"哎呀,吃饭吧。"黑尔小姐叹息道。

乔利太太失声大笑起来。她笑啊,笑啊,笑个不停。

"我不想问你有啥值得乐的。"黑尔小姐郑重地说。

"人就是那么有趣儿!"乔利太太笑道。

她的嗓子里出现了硬块,大概是甲状腺肿了,硬块下面就是嗓子缝了。她那故去的丈夫的眼睛可能就停留在那里,不知道是在赞许还是在厌恶。

黑尔小姐吃完了烤面包,像往常那样把盘子倒翻过来。

乔利太太不再笑了。她尽量耐着性子说:"你是个肮脏的姑娘,你就是这号人!"

她退后瞧了瞧。

"习惯就是习惯。"黑尔小姐说。

"肮脏就是肮脏。"她的同伴答道。

"乔利太太,两个人只有互相尊重对方的习惯,才能生活在一起。这是我煞费苦心从我对鸟兽的关系中学到的。"

"我不是鸟,也不是兽,"乔利太太答道,"我是——。"

"是啊,我知道你是什么,请别告诉我!"黑尔小姐恳求道。

"你对我的了解,"乔利太太说,"和你对其他事情的了解一样,实际等于零。"

"是啊,"黑尔小姐赞同地说,"你往往是对的。"

"我知道我是什么,"乔利太太说,"因而更可怜。我那故去的丈夫认为他了解我,但实际并不了解。他认为他了解。啊,是啊,他什么都懂。他曾上过夜校,收集过邮票。为了一部百科全书他还了好几年的账,那部书还放在我家沙发旁的橡木橱里呢。"

乔利太太突然哭了起来。

黑尔小姐坐在那里,尽量保持着安静,观察着。

"我所能做到的,"乔利太太哭着说,"就是使他有一个干净、舒适的家。但是,那天夜里,当我递给他一杯茶水的时候,你会说,我犯了罪。"

黑尔小姐观察着。赞那杜的厨房是一个又大又旧、足以能把人吞下的黑厨房,不过黑尔小姐从未被吞下过。她现在感到特别精神。

"你的意思是说,你丈夫的死归罪于你啦?"

乔利太太几乎哽咽住了。

"你的心真狠!"她抗议道,"还有这幢房子!你可以和你陈腐的家具一道听你自己思想的滴答声去吧!我当然要走的。不过是有条件的,现在还不能走。"

接着,她停顿下来。她好像马上控制住自己的感情,而且,如果她愿意的话,她可以控制住一切,正像黑尔小姐猜想的那样,乔利太太是人们称之为讲究实际的那种女人。

"好啦!"乔利太太说,"说完啦!"

她噘起了嘴。

但黑尔小姐的话并没有说完。她觉得自己的思路才刚刚打开。要不是她这样着了迷,她一定会从乔利太太的面前走开的,是乔利太太使她着了迷的。

"你刚才说的话使我想起了一件事儿,"她说,"只有一个人的死归罪于我。"

"谁?"

乔利太太拿起黑尔小姐的那只讨厌而有魅力的倒扣着的盘子。

"我父亲。"

"你还没怎么谈过你父亲的事儿呢。"乔利太太慢慢明白过来。

"说来话长,提起来真叫人伤心。"黑尔小姐说。

"可是,那是你自己的亲父亲啊!"

"那是很久以前的事了。他死得可怕极了。是在水瓮里面淹死的。"

"在哪儿?"

"在那儿。庭园那边。那水瓮是用来接房顶流下来的雨水的。那时,没给它盖盖子,后来有了蚊子,才盖上的。"

"你父亲掉进水瓮里了?"

"哦,我只不过提个头儿,有一些人会有别的说法的。据说我父亲脚步没站稳。"

"你怎么看呢?"

"我有时怀疑是否真的如此。"

诺伯特·黑尔经历过启蒙的时刻。

房门曾在悦耳声中打开过一两次;他曾在具有意大利特色的街道上拐过弯;也曾在哥特式森林的石头般的树杈上,从过分轻率的遭遇战中下来过。这弄得他头晕目眩,气喘吁吁,视力也模糊不清了。有时,他甚至只要望一望赞那杜地产那边连绵的小山,随即便得到了安慰,虽然,他时常怀疑用廉价手段能否获得解脱。无论他的这个经验起源于什么,他都觉察到有一线光辉,他本人只有靠机遇才能获得。因而,不管正确与否,他逐渐把这解释为失败。有时,他朗声大笑起来,听到的人都会感到不快,感到莫名其妙,结果许多熟人和邻居都认定诺伯特疯了。只有他的女儿,玛丽——显然她本人也有点疯疯癫癫——才能意识到他的窘境。她甚至可以理解这种窘境,如果需要的话。

然而,仅仅这么想却是荒唐可笑的。

一个夏季的雾气蒙蒙的早晨,每年这时候大地显而易见地铺满了青草,碾碎了的野草发出窒人的气味,鸽子无情地轻声啼叫着。这时,玛丽·黑尔突然出现了,打断了她父亲的思绪。此刻两个人都想避开对方,但谁也做不到。她站在那儿,在樟树和月桂树覆盖之下的那曲曲折折通向庭园的小路上,在她父亲面前,伫立不动了。

"是你,玛丽!"诺伯特·黑尔喊道,他那陡峭的嘴角用风干的白盐般的东西画出了轮廓。

他没有必要进一步表白自己的感情。

当然,她一句话也回答不出。她站在那儿,手里拧着一棵草梗。

光线的一个特技手法在那顶破旧的、皱褶的、无边儿的、有带儿的女帽底下可能授予了她一个好似美女的影子:一个瞬息即逝的、笨拙的、黝黑的乡间美人。不过她父亲却不肯承认。他可能多年来一直否认这种可能性,因为此刻,他在远处说了句话,恰如在静悄的环境中从远处传来的声音那样清晰,他说:"丑得像个胎儿。出娘胎太早了。"

这时,他们情感的涡流在旋转,最白的光柄在猛击,一把把钩子仇恨似火地紧钩在一起。

她的身上淌着汗水,她感觉如同浸在一条条融化的溪流中。她看到他那绷得紧紧的嘴,和他那被软骨拉直了的喉咙。

"你认为我们不能休战吗!我倒想试试看!"

她在走开时,是否听清了刚才的话,她有些拿不准,也许这是她想要听的话。

可是,那损伤了的嫩草放出了一股恶臭。在树叶的阴暗幕罩下,她肯定闷得够呛。

直到他那巨大的声音通过石料扩音器开始叫嚷起来。

于是她走了回来,认出那声音是从水瓮里发出的,往里一看,发现他正在水中跳着舞。几绺头发又直又黑,湿淋淋的,像刘海儿似的飘在前额上。他的眼睛非常可怕——暗淡地直瞪着远方——在他的声音中,由于寒冷和恐惧的原因,不断出现那绝望的汩汩的水流声。有一次干旱时,园丁从瓮里打上来一桶水,她记得曾把手浸到里面,感觉那水凉极了。

眼下,她的父亲浸在那水里了。

"拿——东西——来,玛——丽!"他似乎在梦中喊道,"来——人——啊!"

这时,那声音听起来也有些蠢气。他像是一只哈巴狗,硬被扔进瓮里,它的真正悲剧似乎是在做如何淹死的喜剧表演。

不过,她还是跑开了。随后拿来一根木杆,那是一根用旧了的、褪了色的晒衣服的杆子,她站到水瓮旁边距离他很近的光亮处。

此刻她好像比刚才还害怕,当她要把长杆递给他的时候,从她站的那个高度和角度上,她似乎看到了一个真正的怪物。

他好像一个小男孩,双唇惨白,口里噙着水大声喊叫着。

"来——人——哪!"他喊道,"玛丽!别这样!可怜可怜吧!看在上帝的面上!快去喊人!"

虽然她的长杆僵硬,可是有慈心,然而他用手把它挡开了,她注意到他的双手是青色的,他一次次沉下去,又一次次浮上来,每次浮上来他那致命的刘海儿便重新落到前额上。

于是,她终于拉起来衣服,按在肚子上,使出浑身解数跑开了。而他已经判若两人了。

她穿过了荒凉的早晨,她跑得浑身黏糊糊的。当她在石子路上颠颠簸簸地跑着的时候,她跌倒过一次。那所宅第好像是一个封闭的贝壳,甚至远方的回声都消失在里边了。那天早晨,第二个园丁也没来照料一下那一把把脆弱的玫瑰花的保护伞。

等到玛丽·黑尔找到威廉和另一个仆人时,显然她父亲的愚行已经没救了;遗憾也无济于事。这时,她父亲已经逝去了。一只青蛙扑通一声跳进水瓮里。一片轻飘的树叶浮在水面上。当他们最后从黑水里把他捞上来的时候,他那失色的眼睛恐怖地盯视着那些未来得及拯救他的人们。这时,女儿才首次发现他的那种表情和她的一种表情有多么的相似啊!

自那以后,撒尔沙帕里拉全镇的人都知道了诺伯特·黑尔是怎样掉进赞那杜的水瓮里的,尽管捞上他来的那几个人说他们敢打赌他是自己跳进去的,可其他人则甚至想到是否……不过说那话的人似乎缺乏慈悲心,更不用说那种事是难以想象的。后来举行了一个正式的葬礼,这事便告一段落,或者说被掩盖下来。

起先人们想不到那位寡妇能从哀伤中恢复过来。这令人震惊吗?

"你母亲多可怜啊!"乔利太太说,"即便是现在,即便在她去世之后,我也这么看。只有当过妻子和母亲的人才能十分同情她。"

"有些人认为他们,只有他们,才理解一只狗!"

"你说什么?"乔利太太问。

"没什么,"黑尔小姐答道,她笑着把杯子放到嘴边,"咱们在谈论我的母亲。我看,她同情她自己。这就足够了。"

"你的心真硬啊!"

"这也是锻炼出来的。"

"不过也不总是这样,"那个长着雀斑的女人想了会儿,轻声补充道,"要不,我岂不也死了?"

"哦,我从未心硬过!"

"哦,还有许多东西我真心爱着呢!"

"你是基督徒吗?"

"咳,"黑尔小姐叹了口气,"即使我懂得这话的确切含意,那也不该由我来说。"

"我是,"乔利太太说,"从小时候起,我就到圣公会①的教堂里去做礼拜了。"

她想让别人说出称许的话。

"我是说,"女管家坚持问道,"有没有人操心过你的宗教信仰?"

黑尔小姐窘得答不出话来。

"你可以有自己的信仰。你一定信点什么,是不?"

黑尔小姐犹豫了一下,然后慢吞吞地说:"我有信仰。我不能告诉你我的信仰是什么,恰似我说不出我自己是什么一样。那太难了。我没有那份天才。我是指说话的天才。啊,是啊,我有我的信仰!我能见到的和不能见到的我都相信。我相信雷雨、湿草、光斑和静寂。世界上有各种各样的好东西。到处都有。"

"可是它们上边的又是什么呢?"乔利太太迫不及待地喊道。

"那!"黑尔小姐喊道,"那!你最好别问我这类问题。"

她站了起来,一面晃动,一面颤抖,乔利太太害怕了。她多么讨厌那张长满雀斑的脸!试想一下,还正在痉挛着!

"很抱歉,如果说为难你了,那都是由我引起的。"女管家斩钉截铁地说,她不在看着什么,却在控制着说话的语调。

"啊,不是。"黑尔小姐嗫嚅着。

说着,走开了。

乔利太太倾听着,想听一听身体倒下的声音。她甚至希望黑尔小姐能够死去。此时,所有明亮与坚固的东西,所有已知的、确认的东西必然会占到上风。

于是,乔利太太跑到烤炉前烤起蛋糕来,尽管不是什么节日,她也喜欢烤,烤一个粉红色的大蛋糕,撒上些小糖珠,撒成字的形状。

---

① 基督教(新教)主要派别之一,也叫英格兰教会或英国国教。在英国英格兰地区是法定的国家教会。

只要"母亲协会""妇女协会""高级团契""低级团契"①尚在,粉红的颜色总是流行的,而流行的东西总是安全的。

乔利太太唱着、烤着。她喜欢唱那些粉红色的圣歌②,甚至有的地方连词儿都不知道,她也要哼哼那支曲调。她唱着,烤着。她看到了粉红色。她热爱歌词里和橱窗里的耶稣基督那粉红色的长脸和无精打采的卷发。眼下,一切都好了。所有的家庭和孩子们都得救了。一切的一切都被蛋糕净化了。

赞那杜巨大的厨房门砰的一声几乎完全敞开了。

乔利太太唱着,烤着。她的大厦一点一点地升腾起来。不过,那当然是夹心蛋糕了,圆圆的。其实,她赞颂的是那些方形的砖屋,那生儿育女的地方。她在头脑中已把那些女人和孩子们——男人不多——都一一安置了,就好像他们是夹心蛋糕一样:那些小姑娘穿着崭新的连衣裙,带着小巧玲珑的耳环,拿着漂亮的手提包;那些可爱的小男孩儿,长着雀斑、鬈发和被蛋糕蛀蚀的牙齿。乔利太太唱着,赞美着。当人们付出代价之后,毁灭和拯救都将是一回事儿。

到了给蛋糕加糖衣的时候了,由于烘烤时喷香的气味和家庭伦理道德的激励,这女人来了劲儿。她必须坚持下去;只是由于神经过敏,她才踌躇了一会儿,还得陪着那个可怜的傻瓜。

哎呀!非得让人笑出声来不可!

黑尔小姐回来时,乔利太太笑出了声。她那洁白的牙齿把厨房划了一个又深又长的大口子。

"你能把笑话讲给我听听吗?"女主人问。

"但愿我能做到!"乔利太太脱口而出。

---

① "母亲协会""妇女协会""高级团契""低级团契",均为基督教团体的名称。团契含意是教徒之间的所谓"团结契合"。
② 也叫赞美歌或赞美诗。是基督教徒赞美上帝或颂扬教义的歌曲。

黑尔小姐只好自我解嘲地笑了笑。

"啊呀,我这个人真坏!"乔利太太叫道,然后笑起来,"我就是这么个人!"

她看着黑尔小姐。若不是她的气力不足,她一定会吹掉女主人头上那堆满灰尘的空中楼阁,然后走进确定的未来。

第四章

黑尔小姐是什么时候怕起乔利太太的,她本人也糊涂了,不过她想也可能是从女管家送给她那个粉红色蛋糕的那天早晨开始的吧,蛋糕的上面,用一种别出心裁的字体特别漂亮地写着:"献给肮脏的姑娘"。

"多好看的蛋糕啊。"黑尔小姐用近乎恐怖的声音喊道。

"要不是我那当司炉的女婿——我老闺女埃尔玛的丈夫——曾说过我是个艺术家的话,我自己还不会承认呢。"乔利太太答道。

可是,为了庄重起见,她咳嗽了一下。

"开个玩笑,你别介意,"她补充说,"两个女人在一起生活着,应该培养一种幽默感。"

"是啊,一点儿不错!"

黑尔小姐呵呵笑了起来,接着用直勾勾的脚跟踢起了那铺在厨房地上的大石板。

这时,乔利太太垂下了眼。

是啊,就在乔利太太垂下眼的那一刹那,黑尔小姐开始害怕了。当然,她这个人本身并没有什么可怕的。她不会伤害自己的身子。她太老了,太丑了,太穷了,对于重要人物来说,她也显得太微不足道了。但她确实意识到在自己身上较为有意义的是存在着某种无形的危险。时间的孤独做出了解释。时至今日,就连历史和战争都没给她造成威胁,她却依然感到这种危险的存在。除了她和她父亲的关系、她和威廉·哈德金的短暂的不快,以及她那可怜的母亲的死,她再也没有经历过什么不幸的事了。报纸她是从不读的;活着而不读报,这就是她的生活。所以,直到乔利太太给赞那杜带来效能为止,世界总是按着她提供的线轴转动着。

那蛋糕上的字都吃完好几天了,可是那个粉红色的大蛋糕还在缠着黑尔小姐不放。她必须,也愿意去了解它。尽管有许多思维的洞穴,就好像那邪恶的灌木丛——从中可发现几束可怜而恼人的皮毛、破碎了的燕子蛋或山羊的理性的骷髅一样,她的心思是拒绝进入的。

乔利太太对此了解多少却很难说。她可以垂下眼皮,伪装起来。谈话总是蒙着一层面纱——黑尔小姐最怕的就是这些:什么乔利太太用来盖房子的一堆堆砖块啦,什么不断扩大和侵占地盘的一幢幢盒子般的红砖房啦,什么女婿啦,他们全都是实实在在的人。好像他们正拉着自己的衣衫,擦去身上的肉卤,去睡觉了,去享受那绳线绒和栎木床的欢乐了。至于那些孩子:他们太好了,太干净了,太有教养了——实际上,是娇生惯养。

只有信仰才能抵挡住这种肉体上的反抗,黑尔小姐也有自己的信仰,为了复兴她的信仰,她将跑到灌木丛里,捡起那水晶般的丝线,再踏着卵石子继续跑下去。每一个池塘都暴露着各自的奥秘,就此,她本人也决不示弱。最后也将让自己焕然一新。从不同的路上回来时,她将在每一个带叶脉的叶片上认出上帝的手。然后她将带着蜜蜂把它乱七八糟地塞进那张神圣的上帝的嘴里。如果她不再仰视天空,那是由于疲劳所致。早晨,只属于那些比较软弱的灵魂,所以,她怀着感激的心情和深刻的理解,向前走去了。

在这样一个糊涂又明白的早晨,她发觉自己比以往任何时候都更加靠近那个黑皮肤的男人了。她已在撒尔沙帕里拉附近的路上遇到他一两次了,但是她从戈德博尔德家的孩子们提供的线索推断:他一定住在巴兰纳格利一带。

戈德博尔德家的最大的孩子埃尔斯认为他大概是个土著人。

他可能是个叙利亚人,或印度人,要不,属于一种吉卜赛人,格雷西喊道。

莫迪嚷道:格雷西啥事儿也不懂。

不管怎样,星期六,那个黑皮肤的人喝醉了酒,躺在荨麻上,这一点凯特是可以肯定的。

埃尔斯让她的妹妹别再作声。

正是莫迪对那仅有的货真价实的情报做了补充。

她们的父亲在一个制造自行车车灯的工厂里做工——就是巴兰纳格利镇郊外的罗塞特里的那家工厂。莫迪曾看到那个黑皮肤的人在下班时和别人一起从那个厂子里走出来。他手里拿着一个大食品袋子和一块大方板,那是干什么用的,她就不清楚了。

戈德博尔德家共有六个孩子,全是女孩,在赞那杜周围的灌木丛里,常可以见到她们各自的身影,他们或是牵着一只小狗,或是在喂着一只小鸟,总是专心干着自己的事,戈德博尔德家的姑娘们想方设法知道了很多的东西。她们的身体和脚底是结实的,他们的头脑大体上还是聪明的。

然而她们对黑尔小姐发现的那位黑皮肤的人却了解得甚少,这倒让人困惑不解,尽管黑尔小姐本人并不感到惊讶,她也不希望出现异常,因为她这个人喜欢隐避。平时她很少见人,就是遇上了人,她也不知道该如何讲话。她宁可从叶缝儿里窥视她所遇上的人。这时,她本人便缩成了光和影子,她会感到如鱼得水了。

这样,有几次当她的那位黑皮肤的人穿过赞那杜小路的时候,她就偷偷地盯着他。一次,她瞥见了他的眼。第一眼望去,她认为那是自己熟悉的家具,再定神一看,他们的心灵好像已用掸掉疑虑的羽毛相互拂拭过了,不过只是简单地做了做,因为他们突然又惶恐不安起来。自那以后,他们都有意在回避着对方,直到黑尔小姐被乔利太太审问不久的一个特殊的早晨,那个黑皮肤的人竟然讲话了。

情况是这样的:

赞那杜下边的路上拐弯处的灌木丛边上有一丛蛋黄草。那天早晨,黑尔小姐从草丛的后面走了出来。她出来后,站在灌木丛边上,此时她马上意识到自己又撞上了谁,因为她听到有人从石子路上走来的脚步声。原来是他,那个黑皮肤的人,他几乎就站在她的对面。

这一次,那个陌生人似乎把这一情境视为当然的事。他瘦得皮包骨,如果不是还保持了某种可信的姿势,人们也许认为他走起路来会是踉踉跄跄的。他懒洋洋地,微微地张着两片嘴唇,显然他长着一副很好的牙齿,他说话的声音听起来是适意的、直率的、突如其来的。因为他马上和她讲了话,好像他一直打算这样做似的。

"水,"他说,一边指着,"都浸到你身上啦。你知道吗?啊?你站在泥塘里啦。"

于是,黑尔小姐果真看了看她的脚。

"水。"她重复了一句,不然就噎住了。

"一会儿你就全清楚了,"那声音警告说,"你的鞋是会灌满水的。"

然后他走了,而她留了下来,站在路边上,她可能最近在那里目睹过一列行进的长队。

当然喽,她的鞋子没什么要紧的。这是个温和而静谧的早晨。树叶重重叠叠地躺在一起。

那个人继续在路上走着,石子在他的脚下发出了嘎吱嘎吱的稳定而从容的响声。他瘦得出奇,而且身上懈懈怠怠的,可是她发现他的两个肩膀倒是很平稳的。至少那时是这样。使人怀疑的是,它们是否较之天气更能长久地保持着平静。

她看着他的背部,渐渐地得到了报偿。他们两人的阐释都安静地关在各自肉体的囊套里。他们都知道他们不可能再次通话了。但是,他们已经交流过善良的信号,而且他们将永远将它保存下去。他们闭目静思,每个人已将对方视作真理的使徒。这就够了。

不一会儿,正像那陌生人预言的那样,水果真没过了黑尔小姐的鞋子,可她满不在乎,也没马上撤回她的脚。

当她走进屋时,乔利太太已经从教堂回来了。

"啊,圣歌真动听!"乔利太太喊道,"那讲道也真好!牧师们棒极了!"

"你能满意我很高兴。"黑尔小姐说。

"宗教不是吃饭。"女管家申述道。

"什么事儿谁都想象成自己所希望的那样。"

"当然也有不信教的人喽。你在忙什么?我倒想问一问。"

"我一直在灌木丛里。"黑尔小姐直言相告。

乔利太太呷了呷她那无瑕的牙齿。

"星期六那一天呢?"

"哪一天都一样。"黑尔小姐答道。

"可是星期天不属于稻草人。"乔利太太冲口而出。

"是啊,"黑尔小姐十分羞怯地说,"星期天是属于基督徒的。"

乔利太太没听见她讲的话。

"你知道你以前谁都不认识吗?"她问她的雇主,可语调冷冷的。那雇主确实如此!单凭那点工钱,她是在帮人忙呢。

"是啊。"黑尔小姐说,颇有点真诚之意。

但还担心自己又说了一次谎话。

"只是,"她改正说,"我见过一个黑皮肤的男人。"

"呸!哪来的这么个下流的土著鬼!我就不愿意让土著人靠近我。还在灌木丛里!他们全是些讨厌的家伙。还在灌木丛里!你会遇上麻烦的,我的小姐。记着我的话,看看对不对。"

但是她不得不装出一副笑脸。

"听说那些土著人都是些非常肮脏的家伙。他们酗酒,还在社会上闹事儿。"黑尔小姐只得承认了。

但是,她感到本人也肮脏起来。是乔利太太害的。

乔利太太把她的毛皮挂到了厨房的一张椅子背上。她总愿意表白那是一张银色的狐狸皮,是家里的人送给她的。不容置疑,乔利太太的毛皮一定会使人联想到某些事。

黑尔小姐非常难过。

乔利太太明白过来了。她从柜橱里当啷一下抽出了一只盘子。

"那个土著人叫什么名字?"

"不知道,"黑尔小姐说,"不过,要是感兴趣,可以问问戈德博尔德家的人。"

"戈德博尔德家里都有什么人?"

"有孩子。她们的母亲是我的朋友。"

"别说啦!这么说,你也有朋友啦?"

"是的。"

"她是个值得尊重的女人吗?"

"她住在邮局下边的棚屋里,在自己家里给人家洗衣服呢。"

乔利太太深深地吸了口气。

"真想不到像你这样一位有着第一流大厦,和其他一切的女人,能去跟一个比自己地位低的人交往。注意,我不是在批评谁。这不干我的事儿,对不?我只是想说:若是我,我怎么也不能和一个住在棚屋里的女人交往。"

不过,此时她完全着上了迷,不可能再去结识别人了。

"啊,可是她,"她非常谦卑地说,"她是最好的女人。"

黑尔小姐总记得她是怎样习惯于听楼梯上的脚步声的。那脚步声好像非常坚定,相当沉重而又无情,直到听长了,听惯了,她才对那些恒久不变的声音注意起来。不久,当那女人躺在楼上房间里等待房门打开的时候,她只能忍受着自己感情上的骚动。

第二次世界大战期间的一个冬天,人们——至少有一两个人——想起了老黑尔小姐,不知道她后来变成了啥样子,实际上他们毫无恶意,而且很快就没人再去想了。直到一天早晨,戈德博尔德家的年轻的格雷西在穿越森林时,横过了一直是赞那杜的草坪而她把它当作特殊猎场的地方,她隔着窗子看到房屋里面有什么东西似的,于是,回去告诉了她的母亲。

由于穿衣镜的光射在窗子上发生了干扰,因而她没看得很清,但她想她已经认出来了那就是那位老黑尔小姐。黑尔小姐看起来古里古怪的。直到此时,格雷西还从没看见过鬼呢,不过,要是她见到了,她知道鬼看上去一定会是一种朦胧的丑恶的样子。

所以,作为一个母亲,一个认真的女人,戈德博尔德太太自然要戴上自己的帽子,穿上素净的外衣,到那儿亲自看看了。

没有人听说过戈德博尔德太太在赞那杜的房间里和楼梯上有过什么样的感受。由于谨小慎微的性格所致,她也是沉默寡言的。可是最后借助于窥探和喊叫的手段,她真的来到了那个庞大的、正在崩溃的蜂房中心的某个地方,那个容纳那位残存者的巢室里。

黑尔小姐正躺在一张华丽然而堆满破布的床上。

她说:"是戈德博尔德太太吗? 最近几天我感到特别不好。但希望能耐心熬过去。什么小题大做啦,医生啦,我根本不信,看看动物就行啦。啊呀,不过我喘不上气来,下霜的时候天特别冷。"

"我知道。"戈德博尔太太说,一面沉思着。很快,她就动手干起活儿来。活计虽然简单,但也是一种安慰,这正符合她的性格。她使黑尔小姐感到舒适起来。晚上,她用黑尔家从维也纳买来的水晶脸盆——对吗?——不过这是很久以前的事了——给她洗身。她把砖头加热后,再用毯子包裹起来。后来到了晚上,有好多次她就是用这样的砖头从她住的棚屋里端来一小白瓷缸牛奶、一个酱鸡蛋和一两片大面包。

于是,戈德博尔德太太这一冬天都在照料着患上了肺炎的黑尔小姐。很多人对此一无所知,因为戈德博尔德太太从不谈及此事,戈德博尔德家的人又不是假仁假义的。不管怎样,谁愿意去看一看那个年迈的、肮脏的、疯疯癫癫的黑尔小姐,或者和她讲句话呢?

然而,她又来了。这时,黑尔小姐试探性地靠在家具上,像狗似的,倾听着那空荡荡的楼梯上的熟悉的声响。

"您知道,小姐,"戈德博尔德太太说,"很快您又可以到户外去了。"

"啊,"黑尔小姐说,"我又可以呼吸新鲜空气啦。"

但很快又看了看她同伴的那张有点单调而苍白的脸。

"我也感到遗憾,"她补充说,"因为你再不能来看我了。"

戈德博尔德太太弄出一种轻微的、很难解释清楚的声响。

然后她们又一同向窗外望去:浓雾已经笼罩了赞那杜,所以若不是存在着她们各自的那尊坚固的塑像,此时的世界也可能看来是短命和阴郁的。

在黑尔小姐看来,戈德博尔德太太已经变成了一个大好人,并确实保持了好人的最为明确的迹象。就身体而言,她太魁伟了,对有的人来说,这无疑是令人不悦的:她的脸太粗糙、太平淡了,她的肩膀太厚实,乳房太大了,皮肤呈蜡状;在那蜡状的红棕色的皮肤上,由于汗水的流淌,毛孔都张大了。但是没人否定戈德博尔德太太那宽宽的额头。她的头发上夹着又厚又亮的发卷,她的眼神总是平稳而阴沉的。

至于她的生活,那是无尽无休的忙碌。她记着黄昏降临时,停歇一会儿,去欣赏一下夜空的星星。当一个断奶了的孩子抱着她的胳膊的当儿,第二个婴儿还在贪吃着她的奶,第三个胎儿在她的腹中煎熬。她擦呀,洗呀,烤啊,缝啊的。一天夜里,她的丈夫从床上掉到地板上,还得她去把他拉起来。

"你会把自己累垮的。"黑尔小姐警告说。

"我习惯了,"戈德博尔德太太答道,"我体格也壮实,再说,做姑娘时,我常在地里干活,一走路就是几英里。在沼泽地里走,半天才能出来。当然那都是些平坦的地方,但也不是容易走的。"她呵呵地笑了起来,"我们也愿意溜冰①,男孩女孩都溜冰。我们家共有九口人,在严寒的冬天,在发过洪水的地带一溜就是好几英里,而周围的一切又是那么脆弱。篱笆上的小树枝脆得像玻璃一样,一折就断。"

她这么说着,眼睛突然明亮起来。她自身的坚固似乎给了那玻璃般脆弱的小树枝某种神秘的、理想的、难以获得的素质。

一次,正当黑尔小姐发着高烧,病得很厉害的时候,她向她的看护人吐露出秘密:"我担心我会摔倒,这么多玻璃会伤着我的。我可以握着你的手吗?"

"可以。"戈德博尔德太太同意后,伸出了手。

如果需要的话,她也可能割断它,连同那结婚戒指一起。

"戈尔德②,"黑尔小姐嗫嚅道,"马咬嚼子了。你可曾看到过那些马?我还没看到呢。不过有时候车轮碾得我实在受不了。"

戈德博尔德太太仍然是一尊坐着的塑像。她的那些马的肥大

---

① 该地区属温带阔叶林气候。
② 为戈德博尔德太太的昵称。

的臀部在等待着,它们的尾巴在无休止地抽动着。她的战车的车轮是纯金的,车轴也很坚固,这是可以想见的。至少对那位病女人来说,好像是这样。那位病女人的视觉根本没有形成,仍是一片光的混乱,最多是一种模糊、火热的疼痛的轮廓。

"从来没有见到,"黑尔小姐抱怨着,"没有,从来没有。好像我没打算发现似的。"

于是她扭直了身子。

"睡觉吧,话讲多了对您没啥好处。"看护人劝说道。

戈德博尔德太太看起来有些生气了,至少是因为她,似乎那病人毁了她们共有的什么东西。

"啊,可是我有病啊。"黑尔小姐抽噎地诉说着。

戈德博尔德太太停顿了一会儿,然后壮着胆子非常缓慢地说出一个想法。

"我要为您祈祷的。"她说。

"假如这对你有好处,"黑尔小姐叹了口气,"我希望你抓住时机。不过我发现最好还是把树叶弄湿了放在前额上。"

接着,她就睡着了。戈德博尔德太太在她的身旁继续坐了一会儿。夜,静悄悄的。那调和黑暗的宁静的光亮对混乱的思绪一时也梳理不清。

黑尔小姐醒来时,决定对她的朋友吐露真情。

"我认为在我病得这么厉害的时候,我们都说出了心里话。"

戈德博尔德太太本来不想吭声,但有一种紧迫感。

"什么心里话?"她转过头去问道。

"关于战车的事。"

戈德博尔德太太的脸红了。

"有些人,"她说,"有病的时候,总产生一些有趣的想法。"

然而,黑尔小姐没有弄错,在她的朋友回到邮局下边棚屋里执行她的溺爱和劳动的生活使命时,她仍相信她们之间共有着一种秘而不宣的隐私。

某种隐私确实存在着,乔利太太单凭直觉就可以肯定宅第里还有一些房间有可能根本不让她进去。倒不是她本人不想进。哎呀,没有那种情况,一刻也没有。

"听起来我觉得她真是个怪人啊。"当她的雇主说完她生病的经历,或者说完其中的某些她可以表达的部分以后,她只好这样评论道。

黑尔小姐纵声大笑起来,她的脸走了形。

乔利太太也露出得意的样子。

"她会怎么样啊?"她问,"在棚屋里,和她那几个孩子及丈夫待在一起——她丈夫怎么样?"

她是否遇到过伤心事?

"嘻,那个丈夫变化无常。有几次,还打过她呢。一次还打松了她的几颗牙齿。现在他坐监牢啦,你知道,因为酗酒的事。"

"咳,是啊,是这么个丈夫!"她只好补充一句。

她开始不安而怪诞地晃起头来,这使她的同伴感到相当的满足。

"那么多的邪恶,"发狂的黑尔小姐终于喊叫起来,"人们都忘记啦。"

"我是不会忘记的,"乔利太太断言道,"我们总离不开邪恶,在每天的报纸里,更不用说在后院啦。"

"我可是忘了,"黑尔小姐意识到这一点,"你这么一说,我就想起来啦。"

"可是,"乔利太太问,一边忙着用蛋清在做着好吃的,"为什么她不离开那个丈夫呢?"

"她认为和他留在一起是她的义务。再说,她还爱着他呢。"

黑尔小姐好不容易说出了那个令人惊叹的字眼。

"哪天我路过她那儿,一定给她出点主意。"

"你不敢!"黑尔小姐嚷道,意在保护某种脆弱的东西。"她这个人非常敏感。"她说。

"像挤出床单上的水一样,容易得很!"乔利太太反驳道。

这时,黑尔小姐在想可能最后谁都得听凭她的女管家的摆布。

"不管是谁,只要她有信仰,她就不可能不从她的信仰中得到安慰。"乔利太太肯定地说。

"差不多谁都相信乔利太太。"黑尔小姐紧跟上一句。

不过话说得软弱无力。乔利太太对于言谈颇有经验。她家里有一大队人马:三个女儿,还有女婿,更不用说那不可胜数的小孩子们了。

"这里的一切对我来说,"乔利太太脱口而出,"都不太习惯。我总是改变环境。"

黑尔小姐相信这话,不过也有些害怕了。

"弗拉克太太和我的看法一样,"乔利太太说,"我最近遇到的事都是让人难于理解和接受的。"

"弗拉克太太?"

"弗拉克太太是我的一个朋友。"乔利太太说着一边用筛子筛出了一层糖。"一个体面的女人,"她说,"是我在汽车上认识的。她也是不进教堂的。是个寡妇。"她补充说:"她丈夫原先是个瓦匠,很多年以前,他在巴兰纳格利镇上承包活儿的时候,从屋顶上跌下来摔死了。"

"我从没听说过弗拉克太太。"

"环境不同啊,"乔利太太若不是嘲弄,也很庄严地继续说道,"弗拉克太太住在米尔德里德街自己的房子里,环境很不错。考虑到她那当瓦匠的丈夫曾有过职业上的人脉,他们一定能把什么事儿都安排得停停当当。啊,我差一点忘说啦,弗拉克太太的父亲是个有钱的商店大老板,自然他一定要使自己的女儿生活得舒适了。"

"那是自然了。"黑尔小姐赞同地说。

料到自己将召来弗拉克太太的幻影,她不敢再往下想了。那名字只好带着不可言喻的神秘色彩保留下来。

的确,乔利太太此后也变得神秘起来。她不是出现在门口,就是出现在窗口,拉着窗帘,她有时也咳嗽,但咳嗽得特别小心。她的眼睛不是往下看着,就是往上看着。那是一对蓝色的眼睛。

"我在找烟灰缸呢,"她解释说,"当然,我那几个姑娘全都吸烟,烟灰缸该倒了。"

接着,她就走开了。她现在真是谨小慎微,沉默寡言。

她又回来了。

"你需要什么吗?"乔利太太问,或者说咕哝着。

"人能需要什么呢?"黑尔小姐常常心里纳闷。

"什么也不需要。"她只得实话实说了。

她又坐到了她的那把破旧而又实在的、心爱的椅子上了。

"有的人总是要这要那的,"乔利太太说,一边抚摸着椅子,"现在,我们所有的躺椅,都套上了热那亚①的天鹅绒。可是弗拉克太太——就是我刚才对你说的那个女人——却喜欢不起眼的东西。"

不过弗拉克太太的话题很快就转过去了。

"你需要什么?"乔利太太重复道。

黑尔小姐的脸在探索着某种可以接受的要求。

"不需要了。"她只好这么说,心中很是羞愧。

后来,有一次,乔利太太郑重地说:"有我封信。"

---

① 意大利北部的港口城市。

她跟着她的雇主走到外面的梯形花坛上。此时正是黄昏时分。几辆巨大的两轮云车在崎岖不平的天空中隆隆而过,驶向那绯红色的毁灭。

"我没见到你的信。"黑尔小姐答道。

乔利太太几乎没加犹豫。

"啊,"她说,"信在邮局里呢。我所有的信件总是寄到邮局的。你可以说,这是个原则问题。"

黑尔小姐在观察着一个甲虫在淤泥沉积的大瓮口上爬动的情景。此刻,她不希望别人扰乱她的心绪。

"那封信是阿普丝太太寄来的。"她继续说道,"是我最大的姑娘默尔写的。默尔对她妈妈特别偏爱,也许是她小的时候太娇生惯养了。不过后来,她的运气很好,找了个丈夫对她百依百顺——当然喽,都在情理之中,她要求他干出番事业。那位阿普丝先生——干了那么多年,差不多也该退休了——他是海关上的一位行政官员。我不能说他的名声有多好,可工作离不了他也是事实。所以默尔能在家里和那机关的高级人员开怀畅饮,让他们喝得酩酊大醉也就不出奇了。我从来不相信自吹自擂的人,不过默尔办事就是漂亮。是啊,把人家灌醉了,还能多次受到书面表扬呢。"

黑尔小姐还在观察着她的甲虫。

"现在默尔写信来了,"女管家继续说道,"确切地说,她近来的日子也不大好过,因为默尔从来就是个不好说的人。不过这也可以理解,自她父亲去世以后,她对她妈妈走的那条独立生活的道路一点也不满意,像那样生活,有多么凄惨啊。"

乔利太太注视着黑尔小姐。

"当然,要对她说什么就得把话说完,默尔这个人可是能发挥的。不过我也清楚我所处的地位。我属于总同情别人不幸的那种人。"

乔利太太注视着黑尔小姐。此时外边刮起了风,女管家不希望有风,她是那种走路很快的人。她还要到商店去哩。

"大家都是不幸的,不知你是否承认,"黑尔小姐说,一边帮了帮她的甲虫,"不过,不幸总是有补偿的。"

乔利太太吸了口气。她不愿意站在那讨厌的房前平台上,让狂风猛吹她的发网,还要受着那夜晚气味的威胁。

"假如一个女人能拿到正常的工钱,"她申诉道,"却还要寻找补偿,那就是运气不佳了。"

"让人怎么说呢!"黑尔小姐不无钦佩地大声说道,"我的父母就按钟点拿一般的工钱。可他们用不着说,谁都能特别快活地坐下来。坐在帐篷一类的东西里,你知道吗? 外边还下着雨呢。"

"你父母真够可怜的!"乔利太太忍不住冲口而出。

听到这话,黑尔小姐心如刀绞。她的手指再也帮不了甲虫的忙了,便抽了回来。

"你为什么一定得唠叨我的父母呢?"

那大理石般的天空让人怆恨伤怀,惨怛于心,若还是坚硬的话,它那紫红色和玫瑰色的涂层一定会显出黑色和靛蓝色的花纹,那月亮是一块惨白的飞蛾化石。

"谁养育了他们?"乔利太太用笑声来对付那股邪风,"我总是考虑到某人的感情,特别是某人还目睹过那次非常奇特的死亡。"

黑尔小姐几乎变成了一块石头,矗在被忽视的大瓮和断掉一只手的有着中世纪风格的狄安娜①雕像之间。

"请让我安静些,好吗?"她恳求道。

"这是我一直想要说的话。"乔利太太坚持着。"谁也不能总受欺骗。别人就对我说过,"她说,"或者说,一个健康状况不佳但我必

---

① 罗马神话中的月亮和狩猎的女神。

须与她交往的朋友曾向我提示过。"

黑尔小姐像一只褐色的青蛙在呼噜呼噜地一直喘着。并不是那不测事件而是那种暴露的方式,那种冲击方法令她毛骨悚然。

"而且,你也真这么想。"她咕噜着。

乔利太太本可以把她怀疑不健全的那个人吞噬掉。

"你以前不像是不能自立似的,"她提醒说,随着莞尔一笑,"如果我们不能自立,我们就很难把自己称作是澳大利亚人——我们能吗?我的那些女儿在急需时谁都可以自己修理保险丝、油漆房屋和干木匠活啊。"

乔利太太故意摆出一种不可争议的架势。

"也许。"黑尔小姐答道。

话既出了口,她仍将保持着一个不安稳的小姑娘的样子。她那微笑就像弯弯曲曲流淌在卵石上的涓涓溪水一般。

"这样,"乔利太太叹了口气,"就够了,我不能再说什么了。什么都不能静止不动,我们也不例外。"

接着,她吸了口气,好像顶住了一股风似的。

要不然,她会吓一大跳的。

"请放开我!"她嚷起来了,不过还是有所节制的。

"黑尔小姐!"她的声音更大了,"你把我的手腕子弄得好痛啊!"

可是,就黑尔小姐而言,她抵挡不住向她袭来的黑暗的邪风,假如她还没有充分地认识到乔利太太的恐惧,那是由于她本人已让自己的恐惧吞没了的缘故;至少这一点使她暂时远离了自己。

对于乔利太太来说,黑夜像一把老虎钳子,朝她围拢过来,给了她与她良心上的毒蛇进行格斗的充分自由。于是,两个女人站在沙砾的房前平台上仔细地对此研讨起来。大概是风吹开了女管家的发网,她透过她那放着磷光的牙齿发出了嘶嘶声,或者说叫声。

一周之内有好几个下午,乔利太太都是戴好手套、帽子和面纱,便去了——确切地说,是出发向着撒尔沙帕里拉她朋友的住所挺进了。她登上山路,进入街道,尽管路途不远,但要把行走变成行军则相当不易了。铺石路上的响声有多么协调。乔利太太踏着、踢着,直到心满意足了。只见一辆汽车从盖满房屋的地区奔驰而过。人流恢复了,就像一团团牛肉和牛胃上蜂巢状的内壁喂养了灵魂,就像铁器触及了心房。于是,乔利太太又继续前进了,在绿树浓荫之下,踏上了米尔德里德大街,从"现金购物,自行运送"的招牌下,那拐角处的医生可随叫随到的地方,再走五分钟,便到了一个非常理想的住处了。乔利太太继续前进着,一边朝着一幢幢砖房窗口里的女人们不断地微笑着。她又平展了一下脸上的皱纹,就准备到达了。

如果说弗拉克太太的砖房最为壮观,瓦也比别人的好,釉料也比别人的亮,那也许与她那故去的丈夫的职业人脉广泛有关。那里有一个"羯磨"①的字样,刻在搪瓷板上。考虑到那虚弱的身体,主人为了整洁下了很大的赌注。当然喽,她给了一个上了年纪的人几先令让他把院子里的草割掉。在这之前,她就促使过一个更老的人多多少少干了点这样的工作。另外,到了星期四,还有一个体格强壮的女人要来这里拔草,不过这样的安排不可能持续太久,这要视情况而定。

乔利太太喜欢弗拉克太太的那个门闩。她喜欢她那有着农村风味的带有篱笆护围的大门。她喜欢那象征着奥林奇派②胜利的篱笆。她那戴着手套的手摸了一把弗拉克太太砖房的表面,她马上战栗起来。那舒适便利的声音让她一头跌入嫉羡的洞穴之中。

---

① 梵文译音,意为决定来世命运的所作所为。
② 1795年北爱尔兰的一个秘密团体的成员,支持新教。

至于弗拉克太太本人,她欢迎朋友时一般也不过"嗯"一声而已!

要不说,"哦,真没想到你能来!"

最多会说,"我没看日历,要不,会知道你来的"。

然而,乔利太太了解其中的全部意义。她也许会像一只猫,只不过她正在磨蹭着空气罢了。

有时,可以把弗拉克太太的脸色描绘得相当黄,但更确切地说,那是一张色调适中的淡黄色的软皮子。多少年来,她说自己一直受着胆汁紊乱之苦。她也是个胆结石的牺牲者,静脉也曲张了,更甭提她的心脏。要是不知道她是个寡妇,人们或许认为她已和她的心脏结为伉俪。但是,尽管有如此的纷扰和忠贞,她还要缓慢而明确地走动着,甚至连没到过的地方,她都对那里所发生的一切了如指掌。的确,极少数缺乏尊重别人的人曾提出过弗拉克太太无所不在——在床底下,甚至在织物的绒毛里和尿罐中,但大多数人则尊重她的出现,以至于都不去询问她的由来。她的帽子太素净了,她的品评太实在了,轻率无理的语言根本没有,只有真理才推断得出来,她那宽厚而真切的牙齿足够给语言加重分量和威严。

在朋友面前,乔利太太缄口不语了。

她的朋友,这是个让人十分惊慌的称谓,假如也是不可思议的话。弗拉克太太将从用塑料水龙头喷嘴往奥林奇派胜利的篱笆上喷水的工作中抬起头来,或者坐在长沙发上,在茶水的先知的蒸汽后面,只是看一看,然后便发出音来。

"可怜的人儿啊,"她开了口,"那个人咱俩都知道——不必说出名字——只靠着一块面包和几滴水,这几年她是怎么活过来的呀?而她的亲属日子过得都挺好,更不用说那些明摆着的有钱人了。为了他们的方便,在她母亲去世以后,他们确实送她到孤儿院去过。

可是那个人两手紧紧地抱住栏杆,尖声地喊啊,叫啊的,所以他们又只好把她接了回来。那只是去看了看。我非常高兴,对我来说,没有什么束缚,没有什么牵累,甚至住房也没有抵押。"

"啊,"乔利太太不得不声明了,"我是个母亲。"

弗拉克太太停顿一下,从司康饼上摘下一个无核小葡萄干,好像要狠狠地谴责它似的。

"我并不重视这一类的经验。"她一口咬定。

接着,她皱了皱眉,笑了笑,不过那笑声很微弱——必须记住她还是个病人——那笑声是从两片苍白的嘴唇缝里挤出来的。

好像淡黄色的酪干皮提醒了乔利太太,使她马上对自己的失礼感到内疚了。

"我没有那个意思,"她冲着破碎的面包屑紧接着说,"就是说我不打算提出什么看法。"然后,又问,"你真感到特别孤独吗?"

"是啊,亲爱的。"弗拉克太太叹了口气。

此刻,某种特殊微妙的事将要发生了,这绝不是经验之谈。

那怜悯的催化剂几乎要摧毁个性的外壳,让那两个实在的生命自由地没入和漂浮。在任何如此被动、毫无方向的状态中,思考必然无济于事,然而却很难由如此无情和弥漫的沉默中联想到一种精神历程。当她们继续坐着的时候,那两个女人将用她们相同的记忆的腐蠹物的颜色染透那个房间。微微的叹息声啸啸而出,那铺着威尔顿机织地毯①的地板也在闪闪发光。腹部的声音在辘辘流动,将要冲洗那本无瑕疵的镶面板。目光就像思想交流中弃而不用的辅助手段在相互抵制着。假如,与此同时,它们没有表示出绝对的互相勾结的话,那可能也是心灵之间理想的感情交流的结果吧。

---

① 英国产的一种有名的地毯。

通常都是乔利太太首先回到本题上来。某些影像将重新装备她那荡涤一空的记忆的心室。譬如她最喜欢的是放在弗拉克太太第二间卧室里的那个淡蓝色的塑料化妆台。

乔利太太的脸绷得紧紧的,充满了皱纹,好像一个粉里透蓝的鸭绒垫在遭受着石化的痛苦。

"也许你是孤独的,不过你有一个可爱的家。"可听见她在喃喃地说道。

"孤独和孤独不同。"弗拉克太太总这么回答。

她嫣然一笑。

那并不是悲惨的,她俩知道那不是悲惨的。她们都了解在她们希望的戏剧里最终可能会大团圆——如果她们希望的话。

由于茶水和满足能增进相互了解,能增强对自身能力的信心,人们只能设想两位谨慎而且有着爱好的女人双双拿出了刀,在较为软弱的凡人身上测试着它们的锋利程度。坐在由弹簧和不起眼的东西构成的世界上,她们可能举目观望,直视那些曾在那里辛劳过的别人的一间间小屋,在那里可以敲开像鸡蛋一样的一个个脑壳,可以阅读未曾写完的一封封书信,可以识破让有关人变成恐惧的源泉的奥秘。最后,那两个女人将会开口。她们开口的方式将像钢一样硬,但是她们的交互轮唱的赞美诗将永远像铜一般响。

"譬如请医生看病,"弗拉克太太可能说,"医生也是人啊!"

"这是你要对我说的话吗!"乔利太太有责任提出异议。

"可是一定得考虑不要去请。"

"人们不是总能做到的。"

"常常做不到。乔利太太,我告诉你,在拐角住的那个医生给我打了一针——为了某些原因我得定期打针——他把我拉得非常近。'有必要吗?'我问,当然是问自己了,'只简单地打一针就得紧压在一个女人的身上,这叫医德吗?'他的呼吸热乎乎的,还有一股气味。唉,我这个人不会含沙射影,不过,我若是那样呼吸,公开以后,我可羞死啦。"

"咳,医生!想想看一个女人在某种情况下必须接受他们那手的检查!"

"嗬,检查!我从来没让他们检查过,我也不想让他们检查,不,根本不想!"

"当然还有女医生了。"

"啊,女医生!"

"你认为女医生也给男人们看病吗?"

"不知道,但是她们不给我看病,从没看过。我对女医生有自己的看法。"

乔利太太本想听下去,可礼节不允许她这样做。

"嘻,是啊。"弗拉克太太叹了口气,便不吱声了。

尽管两个人都知道自己必须很快振作起精神来,但那也只不过是在两种姿态之间的一次停顿而已。这时,她们各自清了清嗓子,向着一个喜形于色的天真无邪的人皱眉头。乔利太太很快就明白了。

"星期四晚上,"弗拉克太太果真精神振作起来,"有人在美以美教①教堂外面见到凯利尔太太家的勒林三次。"

"在露天地里吗?"

"在草地上。"

"有人陪伴吗?"

"嗬,凯利尔太太家的勒林!"

---

① 美国北方基督教(新教)卫斯理派的教会。美国独立后,卫斯里派教徒脱离圣公会而组成的独立的教会。以后分裂并传到其他国家。

"有个男人和她在一起吗?"

"有三个。三个不同的人。在那图片中间出出进进的。"

乔利太太忍俊不禁。

"姑娘总是如此啊,是不?"

"我希望不是这样。"弗位克太太说,她的两片苍白的嘴唇不时地转化成两条胶布。

"这样的姑娘应该避开她。不过当法律——啊,你在撒尔沙帕里拉又能指望什么呢?"

"你是说法律吗?"

"我不想涉及这个,"弗拉克太太答道,"除非警察的背带在那图片下面的那堆夹着稻米的紫苜宿里找到,名字用不褪色的墨水写下以后,所有权就不容否认了。"

"他可能把背带弄丢了。"

"他可能把背带弄丢了。"

"要不,是扔掉不要了。"

"要不,是扔掉不要了。皮革上崭新的价码标志还可以清楚地看到。不,乔利太太,麦克法戈特警官的心太细了,不可能把他的东西丢在或扔在夹着稻米的紫苜宿里,除非他在那里的任务使他变得比平时轻率了。"

这时,乔利太太像鹅一样拖长声音叫了起来。她那粉里透蓝的面孔变成紫色的了。

"你知道什么?"她坐在那里嘶嘶地叫着,她知道得更多。

可是弗拉克太太两手交叉托着胳膊。她在握着她那黄色手肘的漂白了的顶端。

"我们不必老谈这个。"她说,或者说是在斥责。

因为弗拉克太太很容易意识到她的朋友一定有话要说。

那件事,实际上是在她到房前平台上走近她的女主人,并卷入那件令人不悦的纠葛的那天之后发生的。多么令人作呕！女管家简直不敢想了,但她可以不时地触摸一下自己的手腕。

当然喽,出访朋友,是那么爽快,那么令人兴奋,她完全有意要吐露出秘密,甚至做出了不起的决定。然而,最后她能吗？或者说,她愿意吗？

"赞那杜的那个人真可怜啊！"弗拉克太太开口说道,"我真为那个头脑简单的病人感到遗憾。"

"不过,对她来说,她也有好时候。"

"我得说,好时候也是多种多样的。"

"可是她有她自己的好时候,弗拉克太太,每个人都有自己的好时候。"

乔利太太的舌头沿着她那两片嘴唇之间活动得还不够快,她把她那透孔的手套拧成的团儿还不够紧。

弗拉克太太很快瞥了一眼,然后不快地提醒她的朋友：在那表皮的后面还有个人哪。

"当然了,我们也得想想自己。"弗拉克太太赞同地说。

"我们得想想自己呀。"

"还没毁掉呢！"

"不可能！"乔利太太笑道,"但是她也得担风险。像任何一个住在带屋顶的狗窝般的小矮房子里的姑娘一样,热浪动辄就噼噼啪啪地滚来,像剥豆,像豆荚过筛子,像给炉箅涂黑,像给炉箅涂黑。"

"你辛苦了吧,乔利太太？"

"辛苦,不,我只是记着一些事儿。"

"我永远不会忘记的就是辛苦。"弗拉克太太宣称道。

接着,她们稍坐了一会儿,再次体验了一下那分而又合的美妙过程。

时间到了,乔利太太那轻快而结实的身体站了起来,她的那副雅致的手套"啪"的一声合上了。

"好啦，"她说，"我在这儿很愉快，弗拉克太太，现在我该回到我那可怜的女人那里了。"

她用鼻子吸了吸气，笑眯眯的，紧接着又眨了眨眼。

此时，她的朋友变得最为庄严和郑重。这些传统的举动可能已经脱离了墙上的横饰带。

"假如你愿意，你可以坐这把椅子。"弗拉克太太说，一边把两个手指连同指上的红宝石戒指放到那把装有布面的椅子的特别凸出的部位上。

乔利太太连看都没看一眼，更不用说评论了。不过，其中的含意可想而知。

"以前，是那个人，他喝完早茶，就坐在这里。"这次弗拉克太太扯得太远了，以至于吐露了秘密，"他喜欢舒适，喜欢早上喝点茶。除了一个靠得住的朋友以外，别人还从来没用过这把椅子呢。"

然而，乔利太太变得不安起来，她很难说出什么。她的嘴，她的举动完全走了样儿。这两位主人可能一直在竞争着附带的条件。

她只好接着说："我在盼着一封信呢，它能直接回答我将来的问题。你知道那是怎样的一封信吗？"

"只有那个人她自己才知道呢。"弗拉克太太一边说，一边微笑着。

逆来顺受、心力交瘁的乔利太太恭顺而嘉许地抬着头，随着人家沿大厅往前走去，经过了"带着狗的两个小公主"和"一只警犬"，那是弗拉克太太早先亲手用羊毛做的小摆设儿，还曾等着她那已故的丈夫提意见呢。

两个女人在分手时很少再谈过多的话，除非简单地预测一下天是否下雨。很快，乔利太太便走到大街上。她还是那样乖巧地晃着头，就像一个圣餐接受者从圣坛上走下来，意识到所有房屋的所有窗口里的所有女人都在注意着自己那忏悔后罪过已被赦免了的兴奋状态。因此，毫无疑问，友谊的确纯洁了。

她一直在赞那杜，可是，不再多提弗拉克太太了，黑尔小姐可以感觉到她的存在。在特别像金属发出的某种光亮里，在一丛丛参差不齐的耐旱的月桂树后面的房角里，干枯迫使蓖麻钻透了纸板伸到楼梯平台上。那里的壁纸贴在摇摇晃晃的褐色的垂花饰上，或者从墙上分离出又长又软的一大张，这也是弗拉克太太最爱管的闲事。

后来，黑尔小姐开始害怕了，不仅怕她的同伴和女管家，也怕她那拿不准的资产的流失，更为严重的是她担心她的财产的安全。通过乔利太太的引介，到此时她已经结识了弗拉克太太，她也暗暗地陷入了真正的石头的爆裂声中。有时，赞那杜的主人从她那疙疙瘩瘩的床上醒来，便侧耳聆听那轰隆声。要不，那可是由于大量钝态尘埃的下陷所造成的沉闷而巨大的声响？

哪一种不测都会使黑尔小姐感到惧怕。

一天夜晚，她打起嗝儿来，赞那杜那几个大理石大厅里也同时苦恼地回荡着打嗝声。在她到处徘徊的时候，她的一只胳膊和手肘轻轻地触到了玻璃器物上，发出了叮叮当当的响声。哗啦一声客厅的某处闪亮了一下。

"你到底要干什么，傻姑娘？"乔利太太叫道，"难道我就不能离开你两分钟吗？"

她已经来了，乔利太太总是在关键时刻出现在眼前，此时从上方看来，好像她那派遣的鞋底儿在噼噼啪啪地击打着大理石。她拿着一盏灯笼好似一束鲜花在黑暗中飞舞。乔利太太终于拿起了那束黄花站到客厅里。

"没有人再信任你了，你知道。"可靠的女管家在发现那只银光壶的闪亮的碎片之后说道。

"难道这些东西不是我的?"主人激将了一下。

"啊,是啊,"女管家笑着说,"不错,这些东西都是你的。"

"没有人想从我手里把它们夺走吧?"

"不会的,到你把它们全都砸得粉碎时,情况就不然了。家,看起来也是一样的。那么你该怎么办?是到外面披针叶南美松底下去露宿,然后再数一数雨滴有多少吗?"

"我总是打嗝儿",黑尔小姐说,"确切地说,过去打,现在我改了这个毛病。"

乔利太太的那束小黄花晃动了一下。

"那会使你大吃一惊的。你把烂铁、旧罐乱七八糟的东西扔到所有假装打嗝儿人的身上,你会延年益寿,发财致富的。"

黑暗在乔利太太欢快地攻击下蹒跚地退却着。尽管黑尔小姐打嗝儿的病好了,但她仍然觉得自己在患着病。

"乔利太太,"她说,"你的朋友……"

那个令人生畏的字眼犹如雷电在轰鸣。

可是乔利太太那坚硬如铁的紧身胸衣里发出了呼哧呼哧的喘息声。此时,她已经弯下腰在收拾那银光壶的碎片。她把地上的碎片扫到一起。碎片响起了冷冰冰的乐声。也可能她没有听到那个字眼。如果女管家听到了,黑尔小姐将不知道该怎样说下去了。

尽管弗拉克太太到处都去,但别人对她还是摸不透的。

这时,乔利太太直了直腰。

"你能不能让我安静一会儿?"黑尔小姐问。

那女人站在那里。好像她发现了自己的嘴唇肿大了似的,令人困窘。

"我是说,在黑暗中。"黑尔小姐解释道。

"刚才你就在这儿,对不?"此时,乔利太太的声音在铿锵作响,"打嗝儿了吧？早就打啦,早就打啦。"

她好像被人惹恼了似的。

"啊,是啊,"黑尔小姐说,"我还要打嗝儿的。如果允许的话。我还要关上百叶窗。我都把月亮忘了。我要在这儿坐一会儿。静静地坐上一会儿。"

很快,有几道月光射进屋里,她在月光中晃动着,甚至在乔利太太走了半天之后,她还继续在晃动。因为那段时间比她预料的要长得多,那位游荡者一直在漂浮着,却没有沉没,而且通过对心意的特殊安排,她总能避免撞到黑暗的岸边。其他的姿态在威胁着她,尽管有的最终会分解成美好的,但是有的她也能不假思索地辨认出是罪恶的。在朦胧的寂静中,那两个女人——折磨她的罪魁祸首——垂下了她们的头发,用头巾蒙上了她们的脸。她们在窃窃私语。总之,她认为她是不能辨清她们的动机的,除非让她看到她们的脸。

天快亮了,乔利太太用她那冰冷的双手划着崭新而扭曲的船桨出现了。当她轻轻地划动那气愤的小船时,露珠从船上所有的突起部位显而易见地跌落下来。

"你一定恨我了。"黑尔小姐说,一面亲眼观察着邪恶。

那位援救者的脸在愤激地抽动着。那张嘴已经老掉牙了,而且早该宣布它的清白,不过词儿几乎是从牙齿缝里怒冲冲地闪烁出来的。

"我只是在考虑你的健康,"乔利太太一本正经地说,"在某种意义上,我有责任,尽管我不知道自己有什么能力来承担它。"

这么说,善恶不分了,黑尔小姐懂这个。

"可是你还没有充分享受到折磨我的乐趣啊。"她动情地说。

"我不想浪费气力去和蠢汉路易争吵。"乔利太太答道,把过错归罪于楼梯了。

早饭时,她们谁都好像没有事儿了。那是个清新的早晨,在黑尔小姐看来,好像灯也在放着光。她本人可谓知识渊博,放射着各种各样的发现的火光。

"我懂,"她说,一边吃着炸土豆片,"我担心在赞那杜的问题上,我是错的。如果将来有人从我这里把它抢走,我倒不怕,因为我的经验还会留下来。"

"经验!"乔利太太嚷道,"你有什么经验?"

"好多年了,这里一来人我就钻到桌子底下坐着,见过好多事儿呢。"

"在一幢大房子里,通常都要发生好多事儿的,可是只有仆人才能看到。你那时坐的椅垫就是你爸爸、妈妈早先坐过的。

"过去我是仆人中的仆人。我是个非常丑的小姑娘。女仆总愿意把她们的信读给我听,在她们眼里,我差不多和没存在一样,有时她们还让我给她们取东西,特别是她们戴上桃红色的大帽子要出去会朋友的时候。"

听到这番无聊的话,乔利太太喘了口气。

"最好把你的炸土豆片吃完。"她建议道。

"不过,那种经验我不想说出口。譬如水吧,如果你单独和它在一起,时间长了你也会变成水的,你就进到水里去啦。"

乔利太太站起来,把陶器盘子顺手一扔,扔进洗涤槽里。那几个盘子重重地跌落下来,十分危险,但不知怎么,却没有摔碎。

"不知道这算不算是我的贡献,"黑尔小姐仍说道,"我还得继续发现。也许会有人告诉我的,同时教给我准确地区分善与恶。"

仍然在吃着东西的乔利太太的那张脸变成一连串的团块儿了。显然,她不打算回答,这不单单是因为她嘴里塞满了东西。

"就我所知,赞那杜本身就是罪恶的,可是,我还不能不爱它。"

"行啦!"乔利太太叫道,一面在看着一直在制造麻烦的剩余的干面包片。

"像制造塑料的某些东西,"黑尔小姐补充道,"塑料真坏,真坏!"

此时,她的确感到强壮多了,可是乔利太太对此却很厌恶。

紧接着,那位探索者走到户外,她的认识使她暂时坚定起来。当然喽,她也觉察到她那有着忧愁范围的缺点,和往常一样,那总是在她的手指尖上隐隐作痛。

很自然,并且很快又变得明显的是,乔利太太在准备着什么,或者准备遭受一系列的折磨,因为她在日子上面做了记号。这位女管家在她从一个杂货商那里买来补缺的日历前面足足站了好几分钟,至于黑尔小姐本人,她从来没有想过时间,更不用说日期了。

"谁会想到我在这里的时间竟会这么长。"一次,女管家大声说道。

"我是应该想到的!"黑尔小姐笑着说,"但是那仍然让人吃惊。"

"这是因为我有良心。"乔利太太暗示道。

"我也敢这么说。"黑尔小姐答道。

"我在等待着指导呢。"

"如果可能,我会指导你的。"黑尔小姐十分认真地说。

"可不要对别人说啊。"

接着,乔利太太便搅起灰尘来了,她经常这么干——这也是良心所迫——而这一举动将会一无所获。

"你知道,"黑尔小姐说,"我认为我现在身体壮实多了,要是你想到朋友那儿去,也没事儿。"

乔利太太咕哝着。

友谊,她说,有时包含着冒险。

"友谊是两把尖刀,"黑尔小姐说,"当相互摩擦时,就都能锋利起来。不过,常常有一把是会脱手的,结果,一个拇指就被割掉了。"

听到这话,乔利太太勃然大怒,一气之下她把餐厅的一面窗帘撕了下来,而黑尔小姐也不再介意了。她觉得此时自己占了上风。或者,是否可以说,她也抑制了某种有时本可控制的罪恶的东西?这是做人的本分。此时,她带着怀旧的感情回想起有时她把自己与树木、灌丛、无生命的东西等同起来,或者在思想上加入动物行列的情景,她在这方面的愿望是明确而又真诚的。

沮丧的,也许也受到开导的她,对于乔利太太恢复自己尊严的做法毫不惊讶。

一天早晨,由于时间尚早而显得相当清新,女管家趁机走到庭园里,开始跺起脚来,为了使听者高兴,她跺得很用力,跺了好长时间。那位听者正站在厨房旁边的小贮藏室的一个角落里,那里散发着一种苹果的香味儿,有时还能听到老鼠在吱吱地叫,而且还总有那种破碎的光柱从一个陈旧的、鼓出来的藤料遮光帘上投下来。若搁平时,她能够心情平静了;可是这一次,当她听到庭园里含糊不清的活动声响时,她的心便激烈地跳动起来。终于,她听清了那是铁铲摩擦石头的声音。于是,她冲向进而跌在那漫长的铺路石上的那短而陡的台阶下。她经过了一潭散着臭味儿的死水,笨拙而羞惭地来到了通向庭园的门口。

"啊,"她立即喊道,"你把它铲死啦!"

她残存下来的那点声音残酷地挫磨着她的喉咙,使得早晨傲慢的空气也为之一惊。

"我会解释的!"乔利太太脱口而出。

此时,她完全不该来到庭园,她自己也明白。她的头发脱离了原来的位置,变成了一条条发辫;她的考究的衣服也走了形。可是这环境的异常连同她自己那受到鼓舞的勇气却使她能够欣赏这种位置上的错乱。她的微笑本来看上去应该是凶狠的,而此刻,当她俯首凝视那铁铲的时候,却是娴雅而无辜的。

大概是条蛇吧,它那一分为二的身子还在抽动着。

"你把它铲死啦!"黑尔小姐悲愤地抗议道,"过去,我总是放点牛奶给它,它就喝了。有时它还让我站在它的跟前,可是我从没赢得它的信任。是我本身的问题。"

她气喘吁吁地说着。

"你果然把那条蛇杀害了。"

"这不叫杀害,"乔利太太说,一边撑着铁铲,"这叫为民除害!除掉点坏的东西。"

"啥叫坏的东西,谁规定的?"黑尔小姐问。

至少她获得了力量去承受所发生的一切。在那庭园里——还发生过那么多其他的事儿:她那只可怜的羊的牺牲,更不用说她父亲那难于启齿的下场了。

她弯下腰捡起那蛇的柔软的碎身。

乔利太太抓着自己的头发,尖声喊叫起来:"它会咬你的!"她叫道:"听说断开的蛇也能咬人啊。"

黑尔小姐那长着雀斑的可怕的双手看来有多么幼稚可笑。

乔利太太开始笑了起来,先是哧哧地笑,后来又咯咯地笑了。

"我多勇敢!"她扑哧一笑,"我是怎么干的,你看见了吗?"

乔利太太并没有注意去看她的雇主是怎样处置那条死蛇的,胜利耗尽了她的力气。不过,她几乎马上又绷起了脸。

乔利太太绷了好几天的脸,甚至都忘了自己是位体面的女人和母亲了,直到引起了黑尔小姐的提问:"埃尔玛相信塑料吗?"

或者她会恳求道:"告诉我,乔利太太,默尔是什么时候把海关的高级官员灌醉的,让那奶油调味白汁①都烧煳了。"

---

① 一种可用于蔬菜、肉、鱼的卤料,用脂肪、奶油、面粉、牛奶或汤料以及调料做成。

她可真感兴趣,她一定喜欢看那些官员在工作时间坐在他们那漆得油光的桌子旁喝奶茶了。

要不,她会问:"你从来没对我说过——阿普丝先生留小胡子吗?"

要不:"不知道我遇见司炉会不会害怕?"

乔利太太是不会回答的,因为她正在生气,而黑尔小姐对于自己与人的残酷的竞争能力并不感到完全羞耻。

"若说坏就得是我了。"她半响不响地叹息了一下。

那宅第里一直回荡着声响。当女人忘记关百叶窗的时候,风就直接从外边吹进来。那些日子,百叶窗总是开着的,结果树叶刮了一地。一次,在餐桌中央的饰架上还发现了野餐者的——要么是跑生意人用的一块餐纸。若不是因为黑尔小姐那记忆力像立体镜似的一闪而过,她一定会吃惊和苦恼的。

乔利太太说:"我哪能管得了这么多事儿。"

至于那刮来的纸张,可以把它卷成一个团儿——这一点黑尔小姐做了——然后再扔到看不见的地方。

可是,很显然,好像总要发生什么事儿似的,乔利太太一直在等待着神的启示,而黑尔小姐则在等待着解释。等待的,人们所等待的东西通常都是以这种或那种形式出现的。

就女管家而言,可能仍然缺乏那种动摇她宗教信仰的物质信条,因此引起了耽搁。她过去一直保留的那几堆紫砖是否和赞那杜的石头一样易于崩溃?那是一个庞大的、令人难以置信的炸弹,以至于有条理的头脑是无法收容的。她摈除了在她身上的那种可能性。可是炸弹是不可信的,除非它们真的落下来。不论乔利太太在她信仰的颤动的面纱背后是否对此怀疑,她都将翻开她的祈祷书,轻慢地寻找某些她可能已经忽略的祈祷词。她甚至想祈求她那故去的丈夫的灵魂保佑,直到记起了他们告别时的某些姿态:一根卡住不动的眉毛,那张永远咬着最后一个词儿的嘴,好像一块石头。然后,她停下来。她的心口又发热了。有时,她的假牙一连好几个早晨都得泡在平底玻璃杯里。

不过,乔利太太烦恼的真正原因当然还是她的雇主。一旦认清了这一点,黑尔小姐就得受苦了。

女管家在房子里到处走动着,一边故意哼着小曲。那些过去她从没开过的房门,此时她也试着去开了。她还爬上了由紫石英玻璃造的小圆屋顶。她发现屋顶底下空气沉闷,还散落着不少啃过的鸡骨头。她总在衣橱里摸摸索索的;她的手在穿过林立的长外衣时,那冰冷的金属珠子像下毛毛雨似的撒落到她的手背上;那做窝老鼠视而不见的卷曲的羽毛和漂积的绒毛呛得她鼻孔难受。需要时,她便强行打开锁,琢磨一下塞在抽屉里的信件,可是她能发现的只不过是些文字罢了。

由于缺乏真枪实弹或吹毛利刃、形似冷酷无情的尖刀之类的真正武器,她确实绝望了。这样一些衰退了的豪华的地道不可能只通向清白而空荡的竞技场。面对这种最根本的怀疑,一天,乔利太太站到了那张有着镶嵌装饰的桌子旁,她突然发现了桌子上的那把顶端装有火烈鸟羽毛的扇子,那是一位美国商人在阿斯旺旅馆里送的一件礼物——它可能总放在那里。可是她的偏见使她忽略了这一点。乔利太太好不容易才打开了扇子,那可怜的东西,上面的龟甲已经断裂,羊皮纸已经破烂,那羽毛本身由于年深日久已失去了光泽。她站在那里,扇子半开半合着,像她的思想一样。

这时候,黑尔小姐也竟然有所领悟了。

黑尔小姐戴着她那不朽的柳条帽在门口出现了。乔利太太发现黑尔小姐的那把扇子这件事本身并没有什么实际意义;母亲与孩子的关系与其说是热爱不如说是一种责任。不过此时,做女儿的认为那把扇子好像一个可以依赖的合页,可以无休无止地张开。

"我希望你把它放下来,"她建议道,"它那么旧,很容易弄碎的。"

"这把扇子真可爱。"乔利太太傻笑着说。

由于她那半开半合的思想,她看来一半像魔鬼,一半像姑娘。

"拿着它参加舞会去。"她补充说。

她想起了她还给过那些耀眼地旋转着跳舞的人们好几次成盘的冰呢。

"真的,我请你放下它。"黑尔小姐不怀希望地恳求道。

"他们怎么能穿着天鹅绒的衣服跳舞呢。"乔利太太笑道,"到后来蛾子都飞进去了。成宿地跳,通宵达旦地跳。"

接着,可怕的事情发生了。乔利太太开始跳起舞来,起初跳得很慢,在赞那杜客厅的地板上实验性地滑动着她那实用的劳动鞋。她的脸也在实验着表情,胳膊和身体试验着姿势。可是勇气,或者说,充沛的精力占了上风。她面颊上的肌肉不再抽动了。她的嘴固定在一个着了迷的淡蓝色瓷器般的微笑上。她滑动着,摩擦着,当然喽,也吱吱嘎嘎地响着——在那样一个乌龟壳里,也只好如此,可是也推着她向前走去。这是她本人或她的雇主单方面力所不及和控制不了的。

她那个雇主啊!想到这儿总使她发笑。此刻越发如此了。她滑动着,摩擦着,滑出了客厅,溜进了餐厅。甚至还旋转着。

乔利太太往后仰着头,紧绷着喉咙,笑声从喉咙里升起了,像一团团硬块射了出来。

"在舞会上!在舞会上!"乔利太太唱着。

嗓子变哑了。旋转着,咳喘着。尘土扬起了。

"不管你怎么想刺痛我的心,没用的,"黑尔小姐叫道,"我不看。"

可是她跟在后面——谁能引导她呢?——戴着她那顶柳条帽。

她用她那短而粗的两条腿在连转带滚地动着,东倒西歪地走着。

"所有的小伙子都永远坚持,"乔利太太颂扬说,"要和赞那杜的女儿跳舞的。"

与此同时,她用扇子和眼睛做了一个动作,那眼睛变得太幼稚了,还不能求得别人的同情:那是一双未来的母亲们的那种蓝眼睛。

"所有的小伙子,留胡子的和不留胡子的都是一样。"她的尖叫声有多么刺耳啊。"还有那些慢腾腾的表兄弟们!"

"啊呀!"黑尔小姐气喘吁吁地叫道。

一团火烈鸟的羽毛从扇子上飞了出来。

黑尔小姐跟着。要不,是领着?不管怎样,她转动了,也啜泣了。

尽管那舞蹈图案,曲折迂回,穿过房间和前室,沿楼道,过楼台,串到危险的楼梯上,但却能使人直接联想到过去。它是用印花布装饰了,用红粉涂抹了,好像从没有如此的奇异。当黑尔小姐跟随着——或者说带领着——乔利太太跳着舞的时候,有时会出现一个舞伴胸部的造型,有时一把涂金椅也被迫跳出了一个蹒跚的舞步。所有跳华尔兹舞的人全来赞那杜了:丰满的胸脯、小巧玲珑的美人、珊瑚色及掺了水的墨水颜色的血管、白垩色的面颊、曲扭的耷拉脸,有身份的男人们、女人们。在乔利太太做着那杀伤性的表演时,那黑漆皮从来没有如此地痛过。悉尼的音乐从来没有在枝形吊灯之下如此嘹亮地演奏过。谈话也从来没有如此深长地切开过伤口。

拖着脚跳着,慌乱地跳着,转动地跳着,跳舞的人随时都有被栏杆绊倒的危险。黑尔小姐抬着头,乔利太太屏着气。尽管有些舞姿在缺乏气氛和音乐的情况下冒着生命的危险跳起来也很迷人,但女主人还是喜欢看一步舞①。当那些勤奋而阴郁的顾长的美人们踏着

---

① 二十世纪初舞厅里流行的一种舞蹈,舞步很快。

咚嚓嚓的步点向前推进时,对她们来说,那就更亲切了。

在那些庞大的、不洁的、明亮的房间里,在镜子和记忆中,那却是非常凄惨的。

黑尔小姐只好真的提出抗议了。

"停!请停下来!"她叫道,控制她行动的弦乐器演奏员同情地举起了她的手。

接着,跳舞者停下了。乔利太太停下了。"谢谢,"黑尔小姐气吁吁地说,"我真是想不到一天之中会经历这么多事儿。"

她那像蜡烛熄灭器一样的沉甸甸的帽子几乎把她给熄灭了。

乔利太太吃了一惊,若不是喘不过气来,她免不了又要指摘一番。

"你领着我跳了这么个舞,"她说,"这会把咱俩的脖子都弄断的,不过我不想批评什么,我不能这么干,因为我知道有时你不能完全控制自己。正是这样。"

"完全控制自己?"黑尔小姐问。

问的声音是那么轻。

女管家不知道是否扯得过火了,因此决定再试探试探。这是个机会。

"你不会记着站在房前平台上的那天晚上了,"乔利太太匆匆地说,"或者说,当时你说的什么,做的什么,那么冷你怎么还出去呢?"

"哪个站在房前平台上的晚上?"黑尔小姐问。

声音轻轻的。

"别指望我能说出日期来。"乔利太太猛地咬住了牙齿,"或者引用精确的词句。不过我在手腕上做了记号,保存了好几天呢。"

"我伤了你的心啦?"

"说得对!假如不是你很快走过去了,那就糟啦。"

"我什么也记不住了。"

"当时就像病情发作似的。"

一种起伏着的恐怖好像要把黑尔小姐淹没了。

"我什么也没对你说过吗?"她不得不问,"啥重要的事都没说过?"

"那要看啥事儿算是重要的了。"

"告诉我。"黑尔小姐命令道。

乔利太太不知道该不该说。

"告诉我,乔利太太。"女主人坚持着。

这时,乔利太太改变了策略,一部分是因为致命一击①迫在眉睫,一部分是因为她有点害怕了。

"那是关于战车的事。"

她插嘴说,也不怕妨碍她观察结果了。

"别对我撒谎!"黑尔小姐喊道。

"真理总是可信的,别人叫它谎话也没用。"乔利太太扬扬得意地回答说。

"你是个邪恶的坏女人!"黑尔小姐骂道,"我知道! 我全知道!"

"谁不邪恶,谁不坏,等着日落时的战车,好像它们是出租汽车似的。"

"啊,你真坏,真坏。"黑尔小姐肯定地说。

"你是个病人,我真傻没给你请医生,不过,噢,没请是出于尊重你的感情。"

"你不能去请医生,不能,决不能!"

"我要离开这儿了,"乔利太太说,"离开的时间较长。"

"你想干啥就干啥,那会更糟的。"

"你知道我想些啥?"

---

① 原文为法语。

"只知道你对我说过的。"

乔利太太要解放她那几把就能脱下来的围裙是有些困难的。

"如果我们是同一种类型的人就好啦。"她嗫嚅着。

黑尔小姐不能承认有那种可能性,她正在遥远的幽深处翻找着自己所要选择的某种证据。

"我到底说了什么?"她哄着问道,"那天晚上。在房前平台上。"

可是乔利太太绷着脸。

假如不是黑尔小姐那么疲倦,她可能会更加惊慌。有个大蜜蜂在嗡嗡地叫着,正在门口筑巢。像往常那样女管家又不见踪影了。不知道在什么地方的一个飞沙走石的荒漠可能不比大蜜蜂的叫声所暗示的更空寂些。

然而,那是春天的一个草木茂盛、争荣竞秀的早晨。眼下的世界好像就存在于野草之下。那光亮不再是由太阳撒下的纯正的金黄色的光了,而且直接由草里冒出来的水汽蒙蒙的淡淡的黄绿色的光。当黑尔小姐走进那绿色的广袤之中,野草的箭头刺伤了她;她是众矢之的,当然,她曾有过比这还坏的经历。于是,她继续向前走去。

她走下去,穿过那好战的、锋利的、噼里啪啦的野草,穿过一块块阴影地带。软绵绵的、死气沉沉的刈下来的一行行野草懒洋洋地躺在那里,散发着臭味。她走到过去曾是果园的地方,她好像多年没到过那里似的。尽管那里荒芜了,但却一直自我陶醉着。那野性十足的树木间的争斗炫示出一种,忠于由蓓蕾间或点缀起来的,美的崭新的光泽。

还有一棵李子树,大得罕见。

显然那一年,它长得最为壮观。那覆盖着的白花挑逗着野草,把色彩送回天空。而且太阳也倚仗自己的权势回来了,给那棵大树挂上了一面熠熠闪光的旗帜。

黑尔小姐穿过散发着麝香味的野草往前走着。她可能在自己的波涛里不停地游泳，游到了她的树木的岛屿上。这时，她伸开双手，她不再祈求别人的援救了，却得到了别人的赞扬。

他从树枝底下走出来，看来他刚才一直在那里坐着。

"啊。"她说，一面在齐膝深的波浪般的草丛里停下脚。

他在树旁站立着等着她，可是她没有看到。

"我来了，"那男人说，"看到了这棵树。"

"是啊，"她说，"这树是我的。可爱吗？我好多年都没注意它了。"

她在轻微地发着幸福和赞美的咕哝声。

那人好像也在赞美，至少没有反感。

这是令人鼓舞的。

她注意到那个人又丑又怪。

"请坐在树荫下，"她问，"欣赏一下这棵树好吗？"

她得到了温暖和光明的充分的满足，他是否会拒绝，她也不在乎了，她已经习惯于别人的拒绝了。

不过那个人并没有拒绝。

"我叫希梅尔法布。"他的发音准确但奇特。

"啊，是吗？"她问。

他们同时弯下了腰，开始整理起树枝了，他们将用树枝造出一顶遮篷。

第二部

第五章

　　他们坐在树根旁边的两块石头上,那石头好像是专门为他们准备的。眼下,他俩谁也没理睬谁,却目不转睛地往回看着那物质的世界,仿佛他们要最后看一眼,在他们的生活中很快将不能进一步体会的,那些熟悉的形态。从他们那鲜花争艳的遮篷里,他们可以观察到那果园的主体是如何被古树的影线一一断开的。只有那些朝不保夕、勉强活命的孑然老树,即令患着疾病,但却精神抖擞。它们倚仗那正在反射着狂热的金光的、瘦小而干瘪的柑橘,喜怒无常地轻蔑着那强烈的光。所有的一切都令人惊异地暴露在李树底下的思想与视野之中,若不是因为那连续的迹象:一只在灰色高脚杯般的巢里的雏鸟,一窝顺利地跑进草丛的小兔,一双否认由于太阳而引起发呆的蜥蜴的眼皮,那么,一切可能看起来就要和希望挑战了。四周一片岑寂,只是那李树的树枝在意气风发地哼着曲,那声音越来越高昂,震耳欲聋了,把他们淹没了。这时,玛丽·黑尔转向她的同伴,不知道她是否应该向他道歉。

　　"这个,"她说,"我真的感兴趣。"她希望自己的手能帮她解释一下,但却不能。"我是说这一切,"她用头做了个笨拙的动作,"我全都了解。"

　　她意识到自己表达得太不充分了。此时,她的舌头变得又小、又圆、又硬了。

然而,那个人点了点头。她见到他对她的一本正经的态度,于是,便舒展了一下她那套着丑陋的褐色毛线长袜的双膝。

"除非在理论上,我们是很难赏识了,"那人说,"直到最后,我们一直幽禁在犹太人居民区里。树木和鲜花生长在大墙的另一面,实际上是我们经验的另一面。"

黑尔小姐为她面临的尴尬局面反而做了个鬼脸。

"我必须告诉你,"她说,"我没受过多少教育。我父亲很着急,后来,"她吐露道,尽管很费劲,但有必要,"人们认为我头脑简单,可是仍然有许多许多的事情我是可以弄懂的。"

那人本来是不会感到惊奇的,也许,他过于庄重了。

"我是说,"他继续说道,"我是个犹太人。多少世纪的历史使人们习惯了洞察事物的内涵,而不是外延。"

"啊,"黑尔小姐说,"另有一些人却不是这样。"

停顿了片刻。

"有时非常可怕。"她咕哝着。

一阵刺痛般的沉寂降落到他们的周围。

接着,她的手往前一伸,很不雅观地从树上猛地折下了一根细枝。

"瞧。"她说,一边拿着树枝给他看。

她用粗笨的手指抓着那枝上的花朵。他能像很多人那样讨厌她吗?

他弓下腰看着那鲜花。她从来没有这么靠近过一个男人——甚至在她父亲表示亲近的时刻,也要与他保持一定的距离;他一直避免可能会发展为拥抱的任何举动。所以,此刻她在专心地注视着也是自然的。她在窥视着他领子上方脖子上的小发卷。那曾经黑过、相当坚硬的蓬乱的浓发激励她去热爱所有活着的东西。与此同时,她也感到内疚起来,就好像她发现了一位尊敬的朋友的不想隐匿的秘密一样。

那人对李树花朵表现出的兴趣有点过分了。

"这花儿差不多快谢了。"他说。

"才刚刚开呢,"她纠正道,"在这之后,很多人便觉得没趣味了。先是针头大的绿色的小东西,后来才会长成多汁的、紫色的、带着小白斑的果实呢。"

"不过也会长虫子的,"她想起了,"李子会长满虫子的。"

这段时间,她一直在观察着他皮肤上的毛孔。他那阴郁的面孔未曾转向她,尽管她可以感到这样一个人是不愿意隐瞒什么的。他的脸是块石头,但必须具有夏季塑像的温暖,这样,在太阳退却的时候,还仍能保持着它的热度。尤其是他那个大鼻子把她给迷住了。它本应是残酷的,但恰恰相反,它看上去是那么柔和,她甚至很想去摸一下。

"你对自然研究得很透啊。"那人说,然后哈哈大笑起来。

"我不必去研究,"她答道,"此刻,我已经知道了!"

这时,想到佩格可能会把这种话叫作吹牛皮,她的脸红了。

他继续看着那根小树枝,尽管他们两人都知道无此必要了。虽说她的手没拿那果树花当回事儿,却轻轻地握着它,这使他想起了一些动物:得到主人充分信任的狗,陌生人在一旁看着吸了会儿乳的猫。她的那双长着雀斑的笨拙的双手看起来似乎最可信赖。

"我想我还不知道你的名字呢。"她用另一种声音说道,一种母亲的声音,也许是家庭女教师的声音。

"希梅尔法布。"他说。

"啊呀!"她断言道,"这样的名字我根本不会叫。你还有简单点的名字吗?"

"莫迪凯。"

"糟糕!"她叫了起来,"糟透啦!"

她看起来好像无能为力似的,但实际却很高兴。

"别人叫过我各式各样的名字。很多名字都是在急需时叫出来的。但最后,什么名字也不需要了,"他说,"甚至连那些合理的也不需要了。"

她垂下了头,看了看自己的膝盖,以便避开自己尚未弄懂的东西。

"我的名字都非常简单。"她壮着胆子说道,她几乎臊得不愿意吐露自己的名字了。

不过,到最后当她说出时,他好像很高兴,饶有兴趣地问道:"如果仔细看看月亮,你认为是否可以从中辨别出野兔的外形?"

"不,我可不这样认为。可是我一点也不感到奇怪。"她一本正经地说。

"那个献祭的动物。"

"什么?"她问,或者说,渴望知道。

"在世界的某些地方,人们认为那只野兔把自己奉献为祭品了。"

"啊,不,"她叫道,"我不相信。有人不想找刀子,却在路上碰到了很多。"

"那种温顺的野兔的概念肯定没有让人把着角,拖出来,咩咩地叫着的替罪羊①的概念那么痛苦。"

"羊?请不要和我说这个。这种事情我确实一点儿也不懂。"

然而,他的本能的、直觉的沉默使她平静下来,她说:"我想我从没遇到过犹太人。也许遇到过一个。一个对我父亲有用的老头子,

---

① 古代犹太教祭礼中替人承担罪过的羊。

一个钢琴调音师。犹太人全都一样吗?"

"世界上的事物是千差万别的。"

"你喜欢这样吗?"

"我们没有其他的选择。"

"我明白,"她说,"我也是和别人不同的。"

他朗声大笑起来,然后,捡起了她扔到地上的渐渐枯萎的李子花树枝。

"我们的平等总好像是按着数字和道德的方式形成的,"他说,"我很高兴。"

然而,他并没有讽刺的意味。所以她也变得很高兴了。这个犹太人不是笑话她的那种人。

"在我干活儿的工厂里,"犹太人告诉她,他已经回到比他曾说过的还要高的大墙里边,"人们认为我这个人最与众不同了。"

"是啊!"她嚷道,"人们总是那样的。你在厂子里做的是什么活?工厂离这儿近吗?我真的想象不出来,告诉我。"

"工厂在巴兰纳格利镇上。我们主要生产自行车车灯,当然也生产别的东西了。"

"我可讨厌那种工作!"她感情冲动地说,"你住在附近吗?我真希望是这样。"

"我住在撒尔沙帕里拉。"他说。

"是吗?"

"在邮局的下面。"

"住在自己的房子里吗?"

"可以这么说。"

"是啊,是啊,我的确知道一幢褐色的小房子。啊,一幢很不错的房子!人可以躲在房子里面不出来。"

直到好像又想起了什么,她又补充道:"情况都差不多啊。"

这个疯疯癫癫、笨手笨脚的女人可能让他遭受了拇指夹①之苦，然后，再用羽毛触摸他一番。与此同时，那犹太人倒有些疑惑不解了。

"我有一幢房子，"她继续谨慎地说，"往下走，在果园的那边。也许什么时候我该领你去看看。我们该去看看呀。"

因为那犹太人一定了解乔利太太之流的人物根本无法了解的基本的奥秘和荣誉。是的，荣誉，因为腐朽，甚至对那些讨人嫌的人来说，也没有必要意味着结束。

"我不总是自由的。"

那人似乎不安起来。他不是在拒绝什么。相反，他正试图抵抗的是某种他可能希望得到的东西。

"我知道，"玛丽·黑尔说，"那个工厂。可是，你有时一定得喘口气呀。连植物也得呼吸呢。"

她开始发出抽搐的然而又是得意扬扬的呼吸声。以前，她从来没对别人这么说过话。这意味着思索的种子在她的头脑中正在发芽，她觉得可以很快领悟到对别人来说迄今还是秘密的东西了。

"我穿过你的果园好几次了，"犹太人直言不讳，"还在你的树下坐过呢。"

"那只是开始。"那女人温和地提示说。

孩提时代，她就知道把刚会飞的小鸟放到细枝上，帮助残疾了的和害怕的动物行走。

"你还会来的，是吗？"此时，她恳求了，只有此时她才感觉出自己的兴趣，"我想让你给我讲讲你的生活，好吗？"

她特别想知道。她的双手在帮助她捕捉那些她弄不懂的词句。

"有许多琐碎的事、偶然的事你别指望能弄懂，"犹太人答道，声

---

① 古代一种刑具。

调较为冷淡,"那是很自然的。"

"啊,是啊,"她也无异议,"人们不懂的事儿多着呢。不过那没啥关系。因为有些小事儿,有些无足轻重的事儿就会自动显示出来了,清楚得很。可是人们往往看不到这一点。"

她气喘吁吁地说。

突然,她的心里一酸,喉咙哽得说不出话来。她真希望他别把她当作一个蠢人看待。

结果,那犹太人为她在他身上唤起的,暂时的嫌恶的感情感到惭愧了。由于表面的原因,当他的感情迫使他从内心否认自己是他那个民族的一员时,他的悔恨也不是与在同类情况下所经历的某种感受毫无关联的。

"这是个漫长、复杂的经历啊。"她表白道,说着靠到了树干上,树皮在她的脖子后面划出了道道,她还不知道呢。"也许我会对你说一说的,"他说,"另找时间吧。"

但是奇怪的是,此时此地,他已经开始讲了。不管他意识到与否,也许完全是自觉的,后来他对那女人竟然大谈特谈,他所经历的所有最为隐私的、时而还有最为恐怖的细节。不过,当然喽,在那狂热而宁静的气氛里,他就如同在和某种动物谈话一般,甚至还不止如此。他记得曾见过使人联想到在非常被动的状态中依然存在的真菌。她可以变得十分安静。只是后来,他从那种姿态中退却下来,似乎由于他践踏了生命而犯了罪。

然而,此时,在大树底下,蜜蜂的营营的叫声打破了沉寂,他呆滞、痛苦而微妙地又回到往事的记忆里。以前他很少有过如此的情景。

那女人在听着。

"是吗?"她咕哝着,不过这刚刚开始。或者,她是说:"啊呀!不! 不,不,不!"

她想用双手缓解一下他俩共同经受的那种别扭的气氛,或者想与迫在眉睫的种种恐怖进行格斗。

莫迪凯·希梅尔法布于十九世纪八十年代出生在德国北部的霍伦德塞尔镇上的一个富裕的商人家庭里。他的父亲莫舍,是个皮毛商。他在俄国有很多主顾,其中不少人专程来到德国,当时莫迪凯还是个孩子。那些人为什么要来德国,一直是谈论的话题,不过那大多是叔叔、阿姨们关起门来谈论的话题。他们一边谈论,一边发出小声的悲叹声,而他的母亲则一边叹息,一边听着对他们种族的任何不公的品评。假如其父莫舍待在门外宁愿去抚摸他儿子的头,甚至在小室①里喝上一杯啤酒,那不是由于他缺乏恻隐之心,而是因为他是个敏感的人。任何困难时刻都会严重地干扰他,他宁可认为那种情况没有发生。

莫迪凯这个孩子注意到那突然拥入并离去的川流不息的亲属们:从莫斯科和彼得堡来的那些远房亲戚,不再那么富有、那么虚夸了;他们那患着头痛的、易激动的、喜欢摆阔气、讲排场的妻子们,对于从套筒神秘的口袋里拿出来的景泰蓝和宝石之类的小件物品仍会惊叹不已。那帮花里胡哨的混乱的人群要扬帆开航了。他们告诉他要去美国,要走向自由、正义和未来。他看着他们从他自己的那个安全的、德国式的大厅里穿过锻铁的格栅走开了。

还有一些较为谦卑的俄国人:他们的衣着更黑更脏,他们也遭到同样的蔑视。他的母亲用虔诚的感情接待了他们;他的父亲由于他们的来临比往常快活多了。特别是有一位从加利西亚②来的拉

---

① 原文为德语。
② 原为奥匈帝国一部分,现为波兰境内一地区。加利亚西犹太人说意第绪语方言之一种。加利西亚精神被认为热情好客。

比①，他的容貌经过想象之后，莫迪凯记得的，确切地说，只是他的存在和那双手的触摸。

沙俄时期对犹太人的大屠杀迫使她母亲方面的那位远亲穿上了那种衣服，生活在那种信仰中。不管目的何在，他已经在霍伦德塞尔的霍尔兹格雷本街的那栋房子跟前停留过一会儿。他的表姐把他领到一间相当黑暗的小屋里，那里通常只有在私人来访和局促不安的亲属们来探望时才用。母亲坐着，穿着她当时总穿的黑色服装，一面抚摸着她孩子的头发。此时，那小男孩无须看着他，也能有所觉察。在那阴暗的房间里，他的母亲和那位外国先生谈着话，她变得十分爽快，不过她谈话所用的大部分语言还得那孩子自己去琢磨。他本愿意继续观看在她身上点亮的智慧的明灯，但由于某种微妙的冲动，他反而决定低着头。这时，他意识到他已经变成了注意的目标。他母亲拉着他往前走去，把他拉到那几何图形的地毯的中央。那位先生开始对他抚摸起来。那先生的那双手几乎和女人的一样，在他前额上寻找着某种形迹。他把手放在那羞怯的孩子的潮湿的头发上，一面在和他的表姐用外语谈着话。与此同时，那内心没有多大抵触情绪的男孩，沐浴在词汇的溪流中，悬吊在威严的烟云之内。

最后，他父亲进来了，显得比以往更加快活，他的上衣袖口下露出一截衬衫的袖子。他一边在整理着他那无瑕疵的小胡子，那胡子独特而又可爱，总带着一股润发香脂的香味儿。当然，他也在笑着喽——因为莫舍的确喜欢笑，有时是自然的笑，有时是为难的笑——他和妻子、表弟一起聊了起来，不过他却改变了谈话的局面。

最后，他用不完全是自己的语言——德语，说道："好哇，莫迪

---

① 犹太人尊称用语。

凯,你真是个小圣人啊!"

他不停地笑着,不过不是出自恶意——为此,他太惬意了。假如他妻子原谅了他的俗气,那是因为他常被证实是一个心地善良的人。

莫舍·希梅尔法布是个有着自由爱好的、追逐名利的犹太人。事业的成功使他将指甲修得整整齐齐的,他仍旧谨慎地打扮着自己。对于莫舍来说,一切都不过分,只是他的脸,常常突然刺激那些让犹太人募捐的宽容的人们,使他们为自己的偏执而感到诧异。他们的关系并没有因此而受到损害。对解放深为欣赏、对非犹太人深为热爱的莫舍也不允许那样。当然他是对的了。他熟人中的那些被解放了的犹太人都乐意支持他的主张:西欧最后将见到启蒙与四海一家的时代的曙光。犹太人和非犹太人是互相理解的——至少是断断续续的——泪汪汪的眼睛盯着他们的胸膛。陈旧的、黑暗的时代已经过去。当然,东欧还存在问题,凄惨的事件时有发生。大家都知道,个人也受到了影响,可是整个大厦不可能一下子打扫干净。与此同时,西方的犹太人筹集了钱款以便援助那些受害者。对于这类的款项莫舍总是首先捐助的。他喜欢给予,他不是送给许多宗教使团数目可观的钱财,就是送给他儿子德国诗人的著作,再不,拿出酒和雪茄送给那些有修养的异邦人。他对他们的爱是那么深沉,那么爽快。

那些能够在传统的小路上行走,并很少左顾右盼又不辨别其终点的人们是幸福的。莫舍·希梅尔法布就是其中的一个。如果说除了家庭琐事之外他很少成为抨击的对象,那是因为他一向注意不把自己交给别人当靶子打的缘故。不像某些狂信者那样,他在注意礼仪的同时,又承认自己对他所生活的那个地区的责任。莫迪凯还记得他父亲在公众和宗教场合下都要戴的那顶丝帽。莫舍的帽子都是从一个英国制帽人那里定做的,它们反映出一个明白事理的人可以达到的极致。因为莫舍·希梅尔法布不比别人差。如果说他也不比别人强的话,确切地说,那是追赶别人的结果。然而,那又不能用保守的标准去衡量,否则,他的那些光彩夺目的丝帽只能被认为是无益、空虚和质地脆弱的了。

然而,莫舍带着他的缺点,又和他的熟人们一起继续到席勒街上的犹太教教堂里出席犹太教徒的集会了。他们许多熟人都有着相似的气质,都是些散发着汗臭味儿和雪茄味儿、有正义感的男子汉。他们没有像有些人那样,由于遵守宗教的意旨而变得凶暴起来,这是因为与其说他们是宗教虔诚的信徒,不如说他们是理智的、可尊敬的人。假如他们公开受到非难,假如他们敢于如此,也许他们早已指出:犹太人的灵魂终于获得了释放。壁垒坍塌了,令人窒息的班房迸裂了,戒律的锁链松开了。

可是,当席勒街的犹太教教堂里的祈祷之风猛吹过来时,所有在那里参加集会的犹太人仍然将被吹向一方。站在父亲身边的那个小男孩总是看着,等着被吹往同一个方向。他不是捋着他父亲祈祷披肩上的须边,就是将头埋在那柔软的褶层里。他总是等着他父亲敲开他那将一切罪恶密藏其中的胸口。然后,他将使消沉的情趣恰到好处地溢出他所站的犹太人林立的地方。所有的脖子上都围着非常柔软的羊毛制品,尽管有些脖子看起来那么肥胖,还是紫色的,可是他也感到了安慰。他抬着头,直盯看对面的长廊,他知道他母亲就在那里。不过,她是在格子架的后面。那孩子是不会看到她的,只能想象出她一个人安静地坐在那里。

在莫迪凯看来,他的母亲一直是一尊塑像。不管生活和风尚是否真正给了她足够的影响,使她创造出不断演化的一系列特性,但她在他的记忆中只不过是一个偶像而已。黑色的衣着,网状的、鲸鱼骨的高高衣领衬托着得体的小褶边;宽宽的淡黄色的前额上刻着同情的伤痕;那双眼睛痛惜世俗的欺诈,然而和缓地沉溺其内;那张嘴巴克服了种种隐藏的疾患和宗教的疑忌,克服的简直是一种苦难。

显然,那男孩一开始就和他母亲更为亲近了,尽管只是很久以后,她才清楚地向他表明了自己的性格。那些漫不经心的熟人会惊奇地发现那女人如此可人,如此慈祥。慷慨的父亲却没有对他产生多大的影响。对比之下,那位母亲却给了她周围的人——某些愚昧的、粗鲁的、狂热信教的、通常是她的亲属的犹太人,留下了一个相当阴郁的、僵直的印象。当然喽,那孩子是爱着并尊敬他那慈祥的父亲的,也总是像要求的那样和他有说有笑,当他父亲指出歌德或其他诗人作品的优美之处时,他也是一本正经地听着。因此莫舍喜欢他的儿子,常常送给他一些贵重的礼物:什么手表啦,铜质望远镜啦,或者皮革面的作品全集啦。不过,他母亲是不会沉默的,那特别认真的孤寂的心灵,尽管健全,但还在笑,有时,那小男孩也变得兴高采烈了。

希梅尔法布夫人对那井然有序、貌似公允的德国北部的城市生活从没有安心过。当她和她的孩子在那具有文艺复兴风格的房屋的、油漆过的吊饰和稳健派的宅第的衬托之下行走的时候,她那双含有疑义的眼睛总是接受不了那种痕迹——人们已将无极的天地限制到如此程度。莫迪凯记得只有在某些黑暗的、有着中世纪风格的街道上,他的母亲才好像逃脱了她周围物质环境的压抑。她本人由于陌生而使自己的视线变得模糊起来,似乎难以描绘的言辞从她口中轻轻地挣脱而出。在她轻松地跳过污水坑时,她的双脚几乎在凹凸不平的鹅卵石上跳起舞来。她将走访那些臭味扑鼻、望而生畏的房屋的主人们,给他们拿去些礼物,调查一下孩子们的疾病或对上帝的了解;甚至她会撩起套在衬裙上面的衣衫,然后跪下来,给病人擦刷被他们忽略了的地板。在沿着犹太穷人那黑暗住房之间空气沉闷的胡同行走时,他母亲那加利西亚的精神又振奋起来。在他的记忆中,除了那位贫穷的犹太先生的来访,就在前室里,还有给她的许多亲属写信的时候,那种精神是很少在其他场合有所表露的。

他母亲的亲属分散得各处都有。这是她的遗憾,也是她的骄傲。她喜欢把写信的用品搬弄出来,像个来客似的。比起她丈夫一直喜欢的那张镀金书桌来,她更愿意坐在蒙着绯红色毛绒桌布的圆桌旁。于是,那小男孩就玩起了那桌布上的绒线球,并不时抬起头来看看那逐渐增多的写好的信件,随后把用过的信封翻个乱七八糟,事后他母亲是会允许他把上面的邮票弄湿了揭下来的。他仍记得他的母亲单单在一个阴雨天的下午就一连封过好多的信,邮到波兰的、俄国的、美国的,甚至还有邮到中国的和厄瓜多尔的,她一口气把那些信全都封上了。

直到很久以后,他才意识到他母亲的那些分散的亲属们对她隐居的生活所起的重要作用,在她的头脑里,他们的无所不在是如何保证并促进了为整个世界的赎罪。所包含的这一悔罪虽说肯定难于言表,却使她在总来她家的众多的信女面前享有一种殊荣。那些女人在她家一边吃着碎粒蛋糕①,喝着咖啡,一边做着慈善的规划,说着谁家生了孩子,谁家结了婚,谁家死了人,有时甚至敢于当着女主人的面儿轻浮地,更不用说失当地闲扯乱聊起来。不过她们总能说到一块儿。那些女人就像褐色的蜜球一样粘在一起,被她们的信仰的本性驱使着,陶醉在她们的上帝的蜜糖之中。

在那豪华的大厦的胡桃木家具之间存在着上帝——尽管在莫迪凯记事之前,希梅尔法布家已经从那店铺的楼上搬了家——这对那位老于世故,然而又谨慎可敬的莫舍来说是毫无疑问的,那个小男孩也认为是当然的事。甚至后来,当他长成一个自信的年轻人,

---

① 原文为德语。

当他不怀疑他的宗教,却怀疑宗教对他有何用途的时候,他也认为如此。宗教,犹如冬天的大衣,当春天转为夏天,温暖的自然源泉逐渐显露时,它则给人一种沉闷、多余的感觉。可是,那年轻人一直喜欢并看重他那丢弃了的旧大衣的耐久性,这一点他也并不错。在自爱的至点上,在自然、热情的激流中,每每想到此事,他的内心便充满了怀乡之情。

然而,在此期间,那个小男孩,还一直裹着他们让他穿的那件温暖的大衣。

在他只有六岁的时候,他母亲像往常谈论重要事情那样随随便便地问道:"莫舍,你不认为这孩子该受些教育了吗?"

"啊!"那位喜欢开玩笑的父亲避免做出恐怖的表示,"你想加重孩子的负担吗?向他灌输些希伯来语,那就更糟啦,不对吗?"

"不对,"她严肃地说,"那是我们的语言啊。"

莫舍常常在想他怎么会和他妻子结婚。但是他爱她,所以也就结了。

他们熟人家的男孩子们通常是由小学教师伊弗雷姆·格卢克先生教他们希伯来语,但因为他母亲的特殊信任,她儿子的希伯来语入门课程则由教会歌咏班领唱者卡茨曼来教授。那孩子的希伯来语学得惊人地快。不久,他就开始写短句、背祈祷文了。于是,他变得自负起来。他歪着头,咕噜着自己已经掌握的东西,或者带着可耻的精神傲慢高声朗读着。

一次,那位歌咏班领唱者不得不提醒道:"假如一个犹太人骄傲了,莫迪凯,那么当他吃了败仗的时候,情况就更艰难了。他肯定会这样的。"

那位歌咏领唱者本人就是个地位低下的人,他的几个孩子都是斜眼,妻子总是唠唠叨叨的。他的声音是他唯一的光荣。当他唱完歌的时候,他好像确实空虚了。此时,他带着十分满足的微笑倒在椅子上。莫迪凯特别记得他在犹太新年①和犹太教赎罪日②的高潮之后的情景。那位歌咏领唱者试图做些不可能做到的事。那苍白的闭着的眼睑,不会像他坐着时透过眼睑的模糊的微笑那么飘动了。他是个身材矮小的人,他的学生对他的怀念超过了他们在他在世时对他的尊敬。

那个男孩十岁时进了德国的大学预科。在他还没到受戒龄③的时候,就开始学习多种语言了:希腊语、拉丁语、法语,他特别喜欢学的是英语。他获得了多种的奖励。无论消息灵通的或不灵通的人士都坚持认为莫舍之子莫迪凯是个才华出众的学生。

"你知道,马尔凯,"父亲说,一面脑子里又在准备一件贵重的礼品,"我们的马丁肯定是想成为一个了不起的人物啊。"

他养成了叫他儿子德国名字的荒谬而讨厌的习惯,所以他妻子一听便紧缩眉头,好像在遭受肉体上的痛苦。虽然她看起来像受着折磨似的,但是她也想让人知道她对儿子的成就还是很满意的。

"啊,"她叫道,感到自己要咳嗽了,"我们一开始就知道他不笨。"

咳嗽还在痛苦地折磨着她。

"可是,"她终于能继续说下去了,"这才刚刚开了个头,我要让莫迪凯一定记住:要做一个有信仰的人。"

于是,那父亲的豪兴被他妻子苛刻的韧性一下子给冲淡了,虽说他不再喜悦了,但仍旧感到荣光。他漫不经心地,但始终是温和地让她承受着许多的重担,因为他知道这样做对她合适。由于在她

---

① 秋分之后的第一个新月为犹太历一年的开始。
② 基督教之说,谓人类之祖亚当传其罪于子孙,故人生来皆负有罪孽,基督之钉死于十字架即代世人赎罪。犹太教以其历元月十日为赎罪日,教徒皆断食祭神。
③ 犹太男孩至十三岁即承担宗教义务。

那相当脆弱的躯体里有着巨大的精神力量,她像男子汉一样获得了成功。

和儿子单独在一起,她总是很舒心的,即使当他长大成人以后,也是一样。在她个人的欢快中,她变得十分轻佻。结果,为着一种自然的端庄,那男孩有时会为出现的一些虽说不上不自然,但也很不必要的情况而感到羞耻。

"莫舍之子莫迪凯!"她总是声音不大不小,似笑非笑地叫他注意。

可以说,是为了证明一个不被人误解的心态。

她习惯于当着他的面儿发表自己的看法,有时她说的是德语,但更多的时候则说意第绪语①,由于他学会了领悟她的咕哝声,联系起来,他便领悟了她的意思。关于亲属和圣徒们也有许多的故事。她可能也受到了鼓舞。她那逾越节②祝宴用的餐桌就是她朴素信条的体现。对于安息日③的礼拜式,她有着特殊的才能。看着她用双手把蜡烛拨弄得越来越亮,越来越旺,她丈夫又确信自己有真诚的愿望做礼拜了。

对于在霍尔兹格雷本街上的那户人家来说,最愿意庆祝的宗教节日莫过于住棚节④了,因为这对那父亲来说最没有信仰上的要求,或者说那儿子是这样感觉的。由于某种返璞归真的原因,他们忽视

---

① 系德语、希伯来语和斯拉夫语的混合语,是犹太人使用的国际语。
② 犹太人的主要节日。犹太教历以此节为一年的开始,在尼散月(公历3—4月间)14日举行。据《圣经·出埃及记》,摩西率领犹太人出埃及时,上帝命犹太人宰羊涂血于门楣门框,天使击杀埃及人长子时见有血记的人家知道是"上帝的子民",即越门而过,称为"逾越"。犹太教的逾越节,即纪念此事。
③ 犹太人以一周之第七日(星期六)为安息日,除礼拜外,不做一事。按《圣经·创世记》上帝创造天地万物需时六日,至第七日而休息。基督教则以一周的第一日(星期日)为休息日。
④ 犹太人的秋节,以纪念其祖先的旷野天幕生活。自犹太历元月十五日开始,持续七至九日。

了散发着真菌和湿叶子气味的长方形的大公园,而是在阳台的格架底下临时搭成个神堂。住棚节时,他们是在霍伦德赛尔镇的斯塔特尔德公园里的星光之下进餐的,好像他们常常无餐可进,或者有餐而不即时。香橼和棕榈的信号在他父亲浅薄的头脑里愉快地活跃起来。因为此刻已经清楚了那赎罪的惨淡的顶峰并不是由于莫舍的原因,只是因为有了那感恩的山麓小丘。既然如此,落在他母亲肩上的追加责任便成了他父母苦恼的根源。他父亲也马上对儿子产生了疑虑。经过赎罪日的辛劳和疲惫从教堂回到家中,他可能要捏一下那男孩的面颊,然后窥视着他的眼睛,心里琢磨着该把莫迪凯往哪边拉。由于希望和恐惧发生了冲突,莫舍将会叹一口气,当第一口振奋精神的咖啡通过他的嘴唇时,他会再一次声音更大地长叹一声。

　　大家的希望都集中在那个受戒少年的身上。那候选人壮着胆子参加了那项仪式,他从他的父母、叔叔、阿姨及远方亲属那里接过经匣①、披肩及许多理想的礼物。他用银铃般的声音和雕刻术般的推理方法发表了他那选好了题目的演说,结果还没等他说完,那些阿姨们便互相祝贺起来。她们可能已在盯视着那个兴奋的脸蛋儿——在某种程度上可以说,那是她们的每一张脸的复制品。顶着涂了发油的头发,戴着漂亮的小帽②的莫迪凯出了神,除了自己的声音以外,他不再听别人的了。他的父亲在他身后讲坛的某个地方徘徊着,他正在放弃宗教的责任,而这无不预示着要潸然泪下的。当希梅尔法布的一些亲属观察到马尔凯的莫舍那副可怜的样子时,不免要冷笑一下。但由于羊皮纸卷轴上的银光一闪,使她们又恢复到适当的尊重的状态中。仪式过后,有丰盛的一餐,进餐时,那个正式

---

① 内装有记载经句的羊皮纸;犹太人祈祷时佩在头上及左臂。
② 原文为德语。

献身了的男孩受到了爱抚和夸奖。他的成功使他变得骄傲、羞怯、兴奋、冷漠而又狂喜起来,他也不愿意流露自己的真实感情了——假如他意识到自己有什么样的感情的话。

的确,谁能说出那个犹太受戒少年会走一条什么样的路呢?当然不是他那悠然自得的父亲的路了,也许他要通过他母亲的一个个指尖,或者心灵间微妙的对话,走她的路。

在那所舒适但丑陋的房子里,在亲朋紧密的包围中,在天使的翅膀的保护下,在上帝之爱的光照里,莫迪凯接受了他的种族、他的宗教和他的父母所限定的模式。可是,还有一个外部世界,他的母亲害怕它,他的父亲恋慕它,而莫迪凯则越来越对它注意了。那个柔顺的、沉默的小男孩长成一个骨骼粗大、声音洪亮的青年,那黑色的软毛在他上嘴唇的上方优柔寡断地分散着,那两片嘴唇红润得太早了,那了不起的鼻子显示出它的重要性。此时是镜子的时代。在镜子的表面上,莫迪凯总想解开自身的奥秘。他逐渐变得健壮起来,肌肉发达了,更加性感了,喜欢猜忌了:有些人认为这是讨厌的,另一些人则认为这是刺激的。还有什么,是不被允许去查看的。

"告诉我,丑陋的犹太人,做个犹太人是个啥感觉?"他的朋友朱尔金·斯托弗问。

当然这是开玩笑了。友谊和欢笑还是主要的。森林把那男孩的皮肤弄得斑斑驳驳的,此时他们正肩并肩地走在森林里,他们的靴底在厚厚的落叶上直打滑溜。

"告诉我。"朱尔金笑着坚持问道。

他显出了德国金币的那种特殊的色泽,他那鲭鱼眼的浅滩上流露着感情。

"啊,好像是有一百只腿在跑的东西,"希梅尔法布说,"或者根本没有腿。譬如,蛇。要不是蝎子。不管怎样,犹太人是为了灭绝异邦人①而特殊制造的。"

此时,他们的笑声更大了,笑声融到了一起。对那个犹太青年来说,星期天变得比赎罪日还要温暖了。眼下,他和他的朋友朱尔金·斯托弗走在霍伦德塞尔镇上的斯塔特尔德公园的更为荒芜的一侧。

"对我讲讲,"朱尔金·斯托弗说,"关于犹太人逾越节献祭的事吧。"

"是说我们杀死基督徒的孩子那会儿吗?"

"好像是这样。"

朱尔金笑得有多么开心。

"把他杀了,喝他的血,再把薄肉片放到小面包②上送给爸爸妈妈吃吗?"莫迪凯学会了开玩笑。

"啊哟,上帝啊!③"朱尔金·斯托弗笑道。

他的牙齿有多么光洁。

"老希梅尔弗茨!④"他叫道,"你这个可爱的蠢牛!⑤"

接着,他们打闹起来,嘴在咕哝着。他们的皮肤融合到了一起。在树叶堆上摔跤,他们总也摔不够。然后,他们躺下了,呼呼地喘着气,他们透过那筋疲力尽的青草仰视着天空,讨论着除了维持友谊的纽带之外的难以预测的未来。在沉默中,他们总是在彼此热爱的重压下叹息。

"到我当了骑兵军官的时候——因为有麦克斯大叔,这是不成问题的——你就是语言教授了,好像我们不大可能再见面了。"朱尔

---

① 指非犹太人。
② 原文为德语。
③ 原文为德语。
④ 为老希梅尔法布的德语发音。
⑤ 原文为德语。

金·斯托弗推断说。

"那么说,你一定准备骑自己的马喽,"莫迪凯提示道,"在我有幸前去的任何一所大学里,你可以兜兜圈子。"

"那是一种坏毛病,马丁,一点儿也不严肃。一种绝望的、无法医治的恶习!"

朱尔金·斯托弗躺在那儿捶了他的朋友一拳。

"你是个不堪造就的人哪,就别去选择一个比较文明的职业了。"

"可是我喜欢马,"朱尔金申诉说,"而且我这个人还有点蠢。"

希梅尔法布本来是可以吻吻他的朋友的。

"蠢!你本来就是头蠢驴嘛!"

如果不是很疲劳,他们有可能还要摔上几跤,但是相反,他们躺在那里倾听着夏天的和他们自己满意的烈火。

偶尔,那位年轻的犹太人也被邀请去他朋友家做客,因为他朋友的父母心胸开阔,所以才能不考虑种族的原因去接待他。那位父亲,格哈特·斯托弗,当然是个出版商了。他也喜欢书籍,不应有的失败使他遭受的痛苦比引人注目的成功给他带来的欢乐要强烈得多。他的妻子年轻时是一位二三流演员,后来她就隐退到用戏剧手法装点起来的生活和婚姻之中了。斯托弗太太能使客人深信:他们共同演出的那场戏对整场戏的成功功不可没。

"马丁应当挨着我坐。"斯托弗太太总这么强调说,一边按着形势的需要拍拍沙发上的座位。"既然咱们都舒适了,"她断定道,一边朝着客人微倾着身子,"你得对我讲讲你一直在做些什么了。假若不太体面,也不要紧。我不想听别的。在这么个潮湿的下午,你不用故意地就能把我吓一跳。"

接着,斯托弗太太露出了从容的笑容。她还坚持那种看法:任何一句台词都能"改进",每一场布景都要"提高"。

不过那男孩儿意识到自己缺乏天才。坐在满心欢喜的女主人身旁,他仍是他那笨拙的躯体的受害者。

可是,男主人从对面走来,奉承过他们那无足轻重的客人之后,便拿来报纸和书给他看,请他谈谈自己的想法。

"你发现德梅尔了吗?"斯托弗先生问,"对韦德金德这个人你是怎么看的,马丁? 我对你的真实想法很感兴趣。"

好像那位严肃的人与此有关似的。

那位局促不安的男孩子知足了,不过不能很快逃脱,跑到他朋友的身边。回忆起来他朋友的父母对他的厚待就更令人满意了。

"你知道,"朱尔金毫无忌妒地说,"你是一位受人尊重的知识分子,而我是个德国马夫。"

然而,可能正是因为某种类似的原因,那位年轻的犹太人才钦佩他的朋友呢。

还有一位大哥哥,神秘地从房间里露出了头,他正患着痤疮病,而且还有点散光眼,他在吃着一片涂了奶油的面包。康拉德人小个子大,他必须坚定自己的意志,斯托弗先生解释说。康拉德出出进进,从不注意在他自我范围以外的任何事物的存在。他好像对所有更为年轻的男孩子们特别藐视——要不,只对那些犹太男孩子这样,对吗?——其原因不得而知。

"他在房里干啥来着?"莫迪凯问那位弟弟。

"在学习呢。"那弟弟带着一种别人不能指望再感兴趣的口吻答道。"他这个人不错,"他说,"只是有点傲气。"

这时,康拉德·斯托弗从屋里走出来,一边嚼着一块上面贴着芷茴香种子的小面包①。

---

① 原文为德语。

"怎么,"他朝莫迪凯说,"你又来啦!也许你是个寄宿生①?"

他开的这个玩笑使别人很发窘,他却嘻嘻地笑了起来。

他家还有个妹妹,莫西,她还是个小姑娘呢。她的发辫好像某些动物的尾巴。一次,她猛然抱住那犹太人的腰,用尽全力压住他,试图将他摔倒。

"我的劲儿比你的大。"她自夸道。

可是她的话既没有得到证实,她也没有触怒别人。

她站在那里捧腹大笑起来,她的头部触到了他胸部的衬衫上。她在他那裸露的 V 形的肌肤上灼热地呼吸着。

最美好、最使人惊异的是在客厅里的那几个夜晚,当时姑娘们打着蝴蝶结的领结,系着腰带走了进来,她们的脖颈上散发着科隆香水②的香味儿。还来了些胸衣绷得紧紧的姑娘和几个确实年轻的小伙子,他们多半是骑兵军官的儿子。在需要独断的时候,那些军校学员们总知道自己该做些什么,结果使那些更为年轻的男孩们总是屈辱地听着他们那粗鲁的撕裂的声音,一面面镜子提醒了他们,一个个脓疱还依然潜藏在他们汗毛的毛囊里。

一天晚上,当年龄大些的人都退到藏书楼去玩纸牌的时候,有个胆大如斗的孩子导演了一场丑剧。

"屋里这些人,你最喜欢谁?"这问题每个人都要轮流回答。

"为什么?"又有一个难以回答的问题被提出,许多其他的问题也接踵而来,所有的人都被引到不可避免的个人的小圈子里了。

咻咻的笑声和青春期愚昧而刺耳的喊叫声扩大了窘迫的范围。

"你最喜欢谁,莫西·斯托弗?"她终于被问到了。

莫西·斯托弗未加犹豫。

---

① 原文为法语。
② 原文为德语。

"马丁·希梅尔法布。"她说。

假如那胸衣带没有束缚她们的话,有些年轻女子也可能会爆裂的。这时,她们摇晃着身子,喝哧喝哧地喘着气。

"为什么,莫西?"麦克斯大叔的儿子,弗里茨表兄问道。

横穿他面颊的左半部的那块伤痕变得不合人情地突显起来。

"因为,"莫西说,"我想是因为他这个人很有趣儿吧。"

"得啦!"一位戴着一副钢框眼镜,有着一张苍白的、扁平的、玫瑰花形的嘴的正直的年轻女子发了牢骚,"这样的回答太软弱无力了。看来你得交罚金啦。你的手掌该打五十戒尺。"

莫西尖叫了一声。这话她可受不了。

"我们想再给你一次机会,"弗里茨表兄说道,他穿着军校学员的制服是那么精神,又那么可恨,"为什么这位希梅尔法布对你有着吸引力?"

他把那个名字的音发得特别古怪、可笑。

莫西又尖叫了一声,发辫往空中一甩。

"因为。"她喊道,一边哧哧地笑着,一边把她那消瘦的双腿盘在一起,她的身子在压扁了的平纹细布里面出着汗。"因为,"她尖声喊着,好像他们正在把她从那声音里拖出来似的,"他好像——"她仍在犹豫,"一种雄鹿!"

若不是此刻有个热衷于家庭生活的未婚女子回来寻找她丢下的围巾,并本能地决定留在原处,那些青铜艺术品是可能要从底座上摔下来的。

这时候,莫迪凯在厕所里。

他出来的时候,康拉德·斯托弗正在拉厕所的门。

"嘿!"康拉德几乎是用肚子喊道,然后身子又缩了回来。

他的脸色非常苍白、发呆,不过他可能在背诵一篇讲话。

"这么多德国笨蛋,"他好不容易地气喘吁吁地说,"德国人全都是畜生!"

"我们不也是德国人吗?"莫迪凯提示道。

"那些下判决的人们总是把自己排除在外。"那个多斑的年轻人答道,一面开心地笑着。"你认识到了吗?啊呀!"他叹了口气,"今晚我不想涉及别的事儿。我要回到我的房间去了。"

莫迪凯不晓得该怎样去认识康拉德。

好多年他也没再见到他了。那天晚上的一个成绩是:斯托弗先生似乎决定了要把他们一直在表演的——关于他们与那位年轻犹太人的关系——那场喜剧的幕布落下来。朱尔金变得越来越躲躲闪闪了。甚至拐弯抹角的询问,也会使他不停地在地上踢起洞来;要不,他会咕哝起来,把目光集中到某一点上。他是想让别人自己去理解,却超出了他朋友的想象力。

在那种令人窒息的环境中,莫迪凯常常感到呼吸困难。于是,他的母亲,当注意到他那黑色的眼睑和他的肤色时,便嘱咐他吃点补药。只喝了半瓶补药之后,他就和一个叫作玛丽安的妓女睡觉去了。那妓女住在镇上一个较为古老的街道上的一个三角墙建筑底下。他的身体里涌入了新的安慰,尽管一开始是丑陋的。

"你们这些犹太人啊!"在停歇时,玛丽安评论道,一边瞟了他一眼,她十分慷慨,停歇时从来是不收费的。"他们裁下来的这个小姑娘好像倒使你的性欲更强烈了。"

至于她的那位嫖客,他筋疲力尽地盯着她那一对米色的乳头,心里思忖着:他的本能是否知道如何驾驶他独自一人已经乘坐上的那架少女的飞机。

如此委身于肉欲,他父母房间里的礼仪是不能容忍的。譬如安息日,在整个他的少年时代,那都是一段天真、完美、恍惚的时光。其间,他会毫不惊奇地看到新娘跨过门槛,而眼下却成了累赘,届时慈善的阿姨们和所有丑陋的表姐和表妹们仍要继续布下问题的陷阱来捕捉他的罪恶。在他等待着日落时,祈祷和食物同样哽着他的喉咙,香料的香味把他从梦魇中唤醒。仁慈啊!他反过来也不经选择地爱着他所抵制的一切,对他来说,他首先是在自我释罪。而其实这也是那些控制他前程的人们的安排。

最严酷的折磨仍是博爱的考验。出于责任感和自诩之需,他父亲从犹太教堂里把一些地位低下的,有时甚至把衣服褴褛、蓬头垢面的人领到家中,让他们到安息日的桌子旁。在那里马丁-莫迪凯将会使尽全身解数发表友好言辞、推荐最可口的美味佳肴,以此来抵消那些来客在他心中激起的厌恶。特别是有个家伙:一个身材矮小的染工,他的皮肤总泡在蓝色的染料里;他的手掌用紫颜色绘着擦不掉的地图。在他从莫舍的一张漂亮的地毯走过时滑倒了的那天夜晚,那个人对物欲的苦恼便铭刻于他的良心之上了。那男孩感到在某种意义上他有着责任。当他的手滑向那个老犹太人油亮的上衣时,他似乎抓住了一把破烂,刚好没让那客人摔落下去。可是他自己的惊吓和厌恶却反映到了嘴上;他可能差一点摔了跤,那老头则由于感激,他那被他称之为有绅士派头的举动因此变得奴颜婢膝起来。他感动得去抚摩他的拯救者的每一英寸后背,赐予他诸如虚弱者的支柱、穷人的保护人等各种不同的矫揉造作的头衔。

当莫迪凯从屋里溜出来洗澡的时候,他的母亲走过来站到门口,用十分干涩的噪音说(细腻的感情总迫使她采用这种噪音):"你心里烦躁了,亲爱的宝贝儿,你还没有体验过那第一百个角色呢。"

她若有所思地望着儿子。

"快擦干你的手,"她劝说道,语调比较温和,"好啦,好啦。我们一定不能让那个可怜人乱猜测。"

她本想要利用她的同情,来安抚那些最靠近她的人,可是那位仁慈的女人却力不从心。她往往觉得自己的话如同往伤口上撒盐一样厉害得很。

房里一片朦胧,又好像在摇晃。那儿子觉得蛮有趣的。在吉都什①上颂扬安息日时,他总要举举胳膊,正正嘴。为了达到天真的目的,他总是用刺耳的语言,去戏弄祈祷者。即使他没能弄糟他最喜欢有的那种场面,他的任性也已经发展到煞费苦心去取代宗教仪式的地步。

后来,当他的义务至少从表面上看刚一履行完毕时,他便冲出屋外,开始在街上游荡起来,一边窥视着灯光明亮的窗子。他掠过行人,带着只能解释为傲慢的得意扬扬的神态与人争辩。既然他对生活充满了热望,那街上的香气就能使他发狂。他愿意折磨在窗台上靠着腰垫的妓女的乳房。他对那些软弱、殷勤的德国姑娘的白嫩的肌肤有着贪得无厌的欲望,她们或被重压在灰堆之上,或扭动在公园里,挨着有一股绿色腐烂物臭味的污水旁。

若不是很快变得坚强起来,也可能他会被自己的厌倦消耗殆尽。

可是他坚硬如钢。他给自己蓬松的头发涂上了头油。他留起了胡须,研究起学问了。

在整个他那最顽劣的蜕变过程中,就天真无知的人们看来,似乎莫迪凯一直专心于书本。然而事实上,他抱着书本就像手里抓着救生艇。有什么能比这样的词汇更实在,更合理?只有经过多次的交换与联合,它们才能溶化到同一条水流里,而那些水流行将吞下绝望的、溺水的人们——那些激昂的、龇牙咧嘴的水手们。

在大学,那位年轻人的智力活动限制在他所喜爱的语言——英语的研究上。那种语言的柔和的、特别像面色一样的结构变成了他

---

① 犹太人节日和安息日前夕举行的祝福仪式。

的吗哪①。可是他的心愿和意向却与此背道而驰,他发现他的思想在追求着他孩提时代从教会歌咏班领唱者卡茨曼那里学到的那种闭塞的语言。由于断断续续地学习,他对希伯来语也变得精通了。他常常读到深夜,既为了受到教益,又因为苦中有乐。

在本世纪二十年代,莫迪凯·希梅尔法布获得了英语博士学位,不久他被告知可以在牛津大学继续他的研究工作了。

莫舍喜出望外,这不仅在他的熟人中能留下印象,而且也因为他羡慕英国人,羡慕他们质量上乘的服装、靴子和在正式场合下戴的那种丝帽。假如他也意识到他本人与英国人之间暂时还存在着距离,那么也许甚至会增加他对他们的迷恋。眼下,他自己的儿子已被驱逐到上帝的选民②一边。他们关系中已经扩大的裂缝必将更加扩大。这位老人已经在想象着自己:一位勇于做出自我牺牲的犹太人的父亲,站在川流不息的火车之间的站台上。喜悦而悲痛的泪水预先涌了出来。因为最使莫舍感动和着迷的是那无法挽回的退却的东西:正在离开的火车、非犹太人的脸,以及他与儿子的关系。如果他敢于这么想,且不说低声讲了——他这个人对犹太复国主义运动的贡献有多么慷慨——犹太人得救是完全可能的事。

是莫舍把这一消息透露给那个青年的母亲的,这样也许会减少些痛苦。

正在缝补袜子的希梅尔法布夫人起初没做回答。她的那双近视的眼睛还在耐心地瞅着那只袜底呢,这是她的特点。

"我真希望,马尔凯,你能理解,"她丈夫特别着重地说,"要是孩子决定要搞学术研究,那是会给他带来巨大好处的。"

---

① 《圣经》所说古以色列人漂泊荒野时上帝所赐的食物。
② 犹太教奉雅赫维(耶和华)为"独一真神",并称犹太人是雅赫维的"特选子民",即所谓"上帝的选民"。

他妻子贴近袜底在仔细地看着。

"你说呢?"他问得很理智,但很快又不得不去证实自己的论点,这未必需要大声叫嚷,但也差不太多。"是时候了,我们犹太人该认识到世界已经变化了!"此时莫舍实际在颤抖,"所有的机会现在都向我们敞开了。"

"啊,莫舍! 莫舍!"那女人叹息道,他向来最烦的就是这个。

"这不是回答。"他申斥说。

"不管你和别人怎么改造他,"他妻子答道,"我祈求上帝能认清一个善良的犹太人。"

"现在更为重要,"那父亲说,"世人会认识一个男子汉的。"

这些话全被他们的儿子听见了,他早已进到屋内,怀着玩世不恭的乐趣他一直在听着他们的讲话,他此刻领悟了起始于他父母的任何想法。

"啊,莫舍"他母亲又叹息了一声,"你忘了犹太人和白人都可细分为好的、坏的、中间的,但犹太人终归不同于白人。"

"就是这样嘛!"意识到儿子在场,父亲变得激昂起来。"我简单说一下:你就要到牛津大学去了,你的母亲做了一次虽说不上是种族的但也是哲学的论述。关于犹太人和白人的论述! 我希望自己是个白人! 你呢?"

"我倒想二者皆是,"年轻人答道,"不过有时我也想我这个人是不是可有可无。"

因为这不像他想要说的话,所以莫迪凯在淡淡地笑着。

"怎么能这么说!"母亲叫道,"喂,莫舍! 还有个完没有?"

烦恼中,她不停地扭着、扯着那只补得蛮好的短袜。

"这是不是意味着你想让我割断我自己的喉咙!"儿子接着说,一边哈哈地笑着,一边急拉着下巴,暴露着牙齿,此时只剩下笑容的雏形了。

"自己最美好的愿望全被人误解了,真是可怕呀!"父亲觉得自己的悲叹蛮有道理。

"喔,可我很欣赏您的那些愿望啊!"儿子恭敬而欣然地回答说,"您所做的一切,您的慈祥,说明您是一位好父亲。您不必怀疑,有朝一日,我会想法报答您的养育之恩的。"

莫舍·希梅尔法布叫了一声。

"还有母亲!"儿子几乎在嚷,这是因为他父亲的情感,因为只要提到他的母亲,他便会比以往任何时候更深地陷入那超自然的灌丛之中,他正希望自己能从中脱身。"谁的指导,"他喋喋不休地说,他的声音把他带到情节剧的高潮中,他自己最清楚不过了,"谁的范例和事迹可以很好地拯救那整个的民族?除非那种超出了拯救范围的人!"

"我们一定为你祈祷,"马尔凯·希梅尔法布温和地说,此刻她的头颅正在已经揉皱了的丢下来的短袜上,"可怜的孩子啊!"

莫迪凯匆匆地离开了那个房间已经多时了,但他仍在想象着那种情景:长在他父亲那雅致的,但是脆弱的、不灵活的腕部上的黑毛;在他母亲黄色的太阳穴上的那真实或想象的脉搏;华美的、令人神伤的家具,在家具上他已经窥测到每一个纹理、每一条裂缝、每一块瑕疵,它们都处在谈话、空想和祈祷的掩护之下。

此刻他想祈祷,但却不能。他正在受苦。的确,他仍在遭受着一种精神健忘症的痛苦。他还记得考场里发生的事,在那令人苦恼的最后一刻,意大利语潮水般地涌进他的头脑,他希望它马上就能流淌出来——否则,如果需要的话,他可以等上几周,甚至几个月。

可是终归徒然。

至多偶然出现的怜悯会躲开他那讥诮的刀口,譬如一天晚上,他看到他的父亲走出镇郊市场,当时他由一位见面认识、稍有名气的叫作戈尔茨的啤酒店店员以及两个有固定职业但不知姓名的姑娘陪伴着。那年轻人从剪去树梢的树丛中的蔽避之处观察到从摇曳的火焰中发出的淡蓝色的光在冲洗着那三个不安稳的异邦人的和她们那犹太小丑的脸。那忽隐忽现的闪光使得那位老迈的、可尊敬的犹太人的不应有的放肆显得十分疯狂。当他带着路穿过那喊叫着的、痉挛似的音乐的喧闹声中,他也在摇晃着,起伏着,他的伙伴们似乎已经达到了非纵酒狂欢的习俗莫能遵守的地步。那店员停了一会儿,头伸到矮树丛里呕吐起来。别人的嘴都从讨厌的生面团一样的脸上习惯性地张开了,喷着声,吐着气。不是一只胳膊试着报复对它想象中的压力了,就是嘴唇模仿着接吻的样子吸气了。于是,纵酒狂欢者们向前走着,几乎和他们的鉴定人擦肩而过。那位鉴定人并没有动,仍在观察着,他能辨清他们皮肤上的毛孔,辨清他们头发的根部和他们牙齿上闪着金光的疵斑。倘若他没有听清他们的话,那是因为那话已被他苦恼的烦乱所淹没,而那种烦乱,在那荒唐的老色鬼——他的父亲消失良久之后,仍在继续折磨着他。他自己的欲望也大致如此,他已经对着那些发着同样汗臭味的姑娘们的同样油污的脸低言过,已经摸弄过那散发着香气的上衣,因而眼下的事就太平常了,但却更难让人忍受。

然而,那年轻人又熬过了好长一段时间。假如只有一天,到了第二天夜里,在他父亲就寝的时候去拥抱他那就好了。片刻之间,他便站到了椅子后面。眼前便是那瘦骨伶仃、应受申斥的脖子。他是否想对准那脖子插进那把尖刀——那把他已学会用屠夫的技巧使用的尖刀?此刻,那奇思异想使他不寒而栗:因为那是一件太不完善的武器。所以,他反而弯下身子,而莫舍解释说,他所领悟的是一种感激而不是遗憾的表情。那位犹太老人立刻自豪起来,因为他那感恩的儿子对为他正在做的一切都极为欣赏。

没过多久,莫迪凯便动身去牛津大学了。尽管当时谈话的内容都是有关战争的事:什么德国皇帝无法预知的脾气啦,什么法兰西民族拒绝尊重德国人的想法啦,但是在那位年轻的犹太人看来,国际局势似乎不可能不影响他事业的关键阶段。送行的人们在火车站的月台上来回踱着步。此时,他穿着一身质地素净、剪裁精良的大衣,戴着一顶花格呢的旅行帽——那是一位姨妈送给他的礼物——他显得格外神气。他的双亲全都来了。莫舍对那只印有花押字图案的新皮箱爱不释手,那是他专为儿子准备的。可是他的母亲可能已被那复杂纷繁的物质世界弄得眼花缭乱。值此,她只能朝着那皮箱看上几眼。她身上的衣服,如同平时在重要和显赫的场合下穿的那样,好像是刚从顶楼上拿下来的。至于那位儿子,当想到就要抛弃他父母深信是他们赋予他的那种个性的时候,他感到十分宽慰。火车终于开动了。当天下午,轮船便行驶在雾霭之中。

在牛津大学时,希梅尔法布在学识上仍然是出类拔萃的。一开始,他就决定把自己的精力集中在书本上,但很快他便发现自己在日常生活中是个有影响的人物。他们犹太人的风度颇具吸引力。他养成一种从容不迫的举止。男人们希望得到他的尊重,女人们争夺着他的心,而他本人则总使他们相信他们已经获得了成功。

也许有过一位年轻的女子曾唤起并维持了他那动情的心。年轻人在爱恋期间势必要讨论结婚的事,尽管哪一方都不想就那美满的姻缘再去征求老人们的意见。凯瑟琳是一位被上帝摈弃的英国伯爵的独生女。由于父亲对享乐的追求和母亲的早逝,她获得了比一般人更多的自由。凯瑟琳体格孱弱,面色苍白,趣味单调,表情文静,如果她再谨慎些,别人可能会把她看成一位天使。可是凯瑟琳却没能如此。她的行为常常受到人们的议论,粗俗的人带着理解和鉴赏的心态进行议论;文雅的人带着想象和厌恶。由于出身和财产坚定了她的意志,凯瑟琳本人才能对任何舆论置若罔闻，似乎她能从每一次放荡中站立起来，却变得比以往更贞淑了，更洁白了。

他们感情的细腻使那年轻的犹太人相信他在爱着那位姑娘。他们俩都被他们在一起的炽热的感情弄得眩惑了。后来，正当他们的关系被认为处在正盛时期，有人却发现他所爱的人在一家旅馆的卧室里和一位印度王子鬼混在一起，这自然使他们的爱情受到了损害。凯瑟琳一定是第一次感到她正在踏着的木板窄小了，因为几乎马上大家便知道，她跟着一位姨妈去国外了，要住多久，却无人知晓。

她的情人确实收到一封寄自佛罗伦萨的来信。

亲爱的先生：

由于我使您犯了那令人震惊的错误，不知您是否还能原谅我。我并不对此抱有希望。我从无有求于人，同时也意识到别人无求于我。但是，在如此潮湿的夜晚，在这个到处都是侨居海外的英国女人的沉闷的小城里，我不禁感伤起来。尽管我知道现实将使您感情激变，但是倘若我不把天各一方的您一直放在心上，还不能使您靠近我，那么，我也可能感到绝望了……

信中有几分文采地继续写道：

在那托斯卡纳绿色的小山上，飘荡着给人以美感的黑皮肤人的那激动人心的男低音……

不过他无意再读下去了，他把信揉成个纸团儿，扔到纸篓里。他再也没有见过凯瑟琳，可是他常常阅悉她的情况。她仍旧过着一种适合她性格与习惯的生活:在她壮年时期,在皮姆利科的一个隐蔽处,她差一点让一个拳师扼死;到了老年,她死在第二次大战的轰炸中,死在普特尼酒徒的收容所里。

至于莫迪凯,他带着属于青年人特有的热情,和从他母亲那里继承下来的清苦,又回到他的研究之中,直到毁掉了他情人的那封无味的来信。不久之后,他又接到了他父亲的来信,那封信更叫人心神不安。

亲爱的儿子:

我不能再保持缄默而不通知你我被迫做出的重大决定。说得简单些:在过去的一段时间里,我一直在接受一位罗马天主教牧师的教诲,我愉快地告诉你,在上星期四的下午,我受了洗礼。我如释重负。我平生第一次真正感到自己自由了。我现在是一个基督徒了!

我一生都在研究犹太人的问题,现在看来这才是唯一的解决办法。我不想使用实际的这个词儿来形容它,但它已钻进我的脑子里了。要给予的是那么少,能获得的是那么多!因为除非傻子,大家一定清楚:那真是妙不可言哪!然而作为一个将我们的民族的命运真心实意地放在心上的人,我不想强调其中的妙处,只祈求我们更多的人能为我们那顽固、无益的风俗习惯而忏悔。

近来,我一直感到你,马丁,正经历着一场信仰的危机。好像这样一来,当你准备抉择的时候,那种理由可能会把你引到一条正确、安全的轨道上。只是你那亲爱的妈妈,恐怕对她不能抱有什么希望了。她愿意永远陷在犹太人自以为是的灌丛里,而我已经采取的合理的步骤只能继续使她痛苦。我还要祈祷,让某种奇迹将使我们的两颗心最终连在一起。

　　我不想谈些我们商店的琐事来打扰你——此外,现在正值夏季——我也不想就国际形势发表什么评论,那样的传播也许本身能引起惊奇,可是,亲爱的孩子,那可能也是个痛苦的根源。

你的永远的
慈祥的父亲

　　莫迪凯从未感到像读完他父亲的来信那样空虚过。假如他本人逐渐枯萎了,总还有许多人,特别是还有他的父母,他们一直浸泡在头油和传统的香料里。此时,他父亲的小玻璃瓶已经打碎,所有的精华都流了出来,记忆的一角可能永远也不能再现了。

　　在整个他感到孤独的那段时间,那位年轻的犹太人一直迫使自己去干他自己的事,尽管他的同事们常常猜疑他在注视着另外一个人,他们是见不到那个人的,他站在他们的背后。在他写给他那背教的父亲的那些信中,他只寄出了最没有表达出他的感情的那一封,它一定会引起收信人的失望的阵痛。因为那封信所能引起的反应虽不能说是无益的,但也是冷淡的。

　　对于他母亲,莫迪凯是不敢去想的,又不敢在他马上要给她写的信中提到他父亲的行为。

　　似乎他自己的那辉煌的、不可亵渎的命运第一次受到威胁,受到他自身的已经大大枯萎了的灵魂,以及他几乎一直看作是熟悉的公园里塑像的那些人举动的威胁。此刻,那些塑像已经开始移动了。巨大的裂缝开始出现,而且出现在他一直设想的历史硬块中。时光不再冻结,而在流淌。那年轻人的几个熟人已经打好了背包。他们提醒他战争一定会到来,并说作为一名德国人,他有义务回去和他们一道报效祖国,而不要回去得太迟。

很难说他是犹太人,还是德国人,希梅尔法布在收到他母亲的来信时还在思考着。他母亲的信是这么写的:

我亲爱的莫迪凯:
　　你父亲将会写信告诉你我难以启齿的一些事情。你知道我现在正和我的几个姐妹住在一起,我将一直住到从苦恼中恢复过来为止。她们待我非常亲热,非常周到,我实在过意不去。
　　啊,莫迪凯,我只能这样想:在某一方面,我已经丢弃了他,我担心也会把自己的儿子丢弃的。

莫迪凯转过脸来。他不忍心再继续读下去了。好像她经受不了那扯破的衣裳。

那封信,的确,至少将她儿子从优柔寡断的沉闷中解脱出来。不久,莫迪凯便漂泊在北海①之上。显然,他这是回国了。到此刻为止,他的决心一直在支撑着他,不过,仅此而已。他那表现得像钢索一样的自尊心实际上是根细丝,别人在无情地猛拉着它,他们那粗笨的手指在紧握着它,甚至想要把它拉断。这样,海风吹拂着由年轻人的骨骼构成的虚幻的船室。他那曾一度清秀的皮肤已经失去了象牙般的色调而变成丑陋的黄灰色。那些和他讲话的同船旅客很快就从甲板上走开了,他们感觉到一种幻觉的,也许甚至是癫狂的局面是他们平凡的才能无法应付的。然而,有几个人绝对赞成一种较为简单的解释:那个该死的犹太人喝醉了酒。

不管是酒醉也好,清醒也罢,反正他非常准时地到达了霍伦德塞尔镇。在那火车站的残骸里,那一张张陌生的面孔似乎确信他们

---

① 英国与欧洲之间的海。

的到来不合时宜。只有他那穿着黑色合体大衣的父亲才随和着时代。他的小胡子在笨拙地表示着欢迎——或者说过分地纠缠在一起。那年轻人的齐波拉姨妈,他母亲的姐姐,用绷紧的嗓音和他说了话。因为那女人身上总散发着一股穷酸的气味儿,使人马上便联想到不幸,所以他一直讨厌她。

姨妈和父亲互相让着路。

"是啊,"莫迪凯说,"人们都期望着坐我们这种渡航。"

他在等待着。

"告诉我,"他后来问道,"我的母亲呢?"

他在倾听着。

姨妈像一只终于被捕住的老鼠一样尖叫起来,陷在霍伦德塞尔镇上的豪普特班霍夫大街的房梁之间。那叫声听起来有多么可怕。好奇的过路人放慢了脚步,等待着一种能支配他们固有姿态的启示。

"啊!"齐波拉姨妈叫道,"你母亲。星期六夜里。不过很快都会过去的,莫迪凯。"

他父亲已开始用声音吸引儿子的注意力了。

"好像她得了什么病,还一直瞒着我们呢,莫迪凯。"

姨妈又发出了悲伤的声音。

"唉!莫迪凯!不过不是恶性肿瘤。我从埃伦兹韦格医生那里知道的。一点也没有恶性肿瘤的迹象。"

如此悲天悯人倒使他父亲的哀戚显得无情而乏味了。不过他的绝望却是异样的。

"埃伦兹韦格医生向我担保,"他坚持说,"她不遭罪。没有痛苦。直到最后。"

"不遭罪!不遭罪!"姨妈的声音鸣响着,飘动着。"遭罪也有几十几等！埃伦兹韦格医生只不过负责病人的身体罢啦。"

父亲抓住儿子的手肘。

"这女人的报复心重着呢,她自然要偏向一方喽！"

事实上,莫迪凯知道：他母亲的确已经死了。

于是,他们继续往前走去,他们经过了一辆轻便的四轮马车,越过了几个麝香石竹的花头,那是某个旅行者丢弃的,见到这些东西,怎堪让人忍受？

战争还没爆发的前几周,年轻的希梅尔法布一直待在他父亲的住宅里。父亲拿来各种礼物放到儿子跟前,却没有得到他的谅解。那儿子恢复了与亲属们以及在受戒仪式上接待过他的团体的关系,因为,从法定意义上讲,他仍然是个犹太人。然而,当他走近长者时,他们的声音似乎立即干涸了；当他走进房间时,年轻而羞怯的姑娘们马上垂下双眼,涨红了脸。他承认自己是个被遗弃的人。他只是没有认清他父亲的背教和他本人精神的萎靡都不是他们怀疑的真正原因。他也不了解每个人在接受牧师的训令之前,几乎都得经受同样一段时间的考验。

他的非犹太人朋友已经各奔东西了。朱尔金·斯托弗被困在某个地方,等着骑马横穿欧洲；马丁-莫迪凯也不愿去想象他朋友的脸,那脸上的锦瑟年华一定修削得只剩下一把成人的骨头了；那中世纪的德国吟游诗人的豪侠在鲭鱼眼的表情里也变成了获得权力的愿望①。莫迪凯听说出版商斯托弗因心脏病发作已经身故；他的妻子在她那漫长的、不可预言的中年时代便受到了拖累。只是她那大儿子他瞥见过一面,当时他戴着帽子,站在有轨电车的门口。显然康拉德·斯托弗是认不出他了,否则他是不会不理睬他的。当时他那脸面带着一种沉着而粗俗的表情,不过那不能完全说明问题。

---

① 原文为德语。

希梅尔法布听说他出了一本诗集,可是还没有谁读到过。他还听说那时他正在家乡为一家激进的报纸撰写抨击性评论文章呢。

但是很快斯托弗的影像,连同过去,以及希梅尔法布敢于称之为他自己的那一部分生活统统被抛到九霄云外了。对于他和其他人来讲,战争到来得并不突然,就是说,它不像火山爆发那样,而是慢慢向他们漏出、渗入。有些人当料到自己会被战争卷入时,便惊骇起来,可是许多人是在歌唱,仿佛在欢迎一位情人,那情人也许会砸碎他们的肋骨,擦伤他们的肌肤,然而,她那唾液却会陶醉在放毒之中,她的激情却会解放他们那很难满足的欲望。

希梅尔法布本人的种种经历使他对世间的一切都变得怀疑和冷淡起来,所以战争对他的影响也便没有想象的那么大了。在战争的愚行正处在高潮的时候,他才羞愧地意识到战争都打起来了,他才有所觉悟。然而,作为一名诚实的德国人,他志愿申请去步兵团里服役,后来获得批准。他受过两次伤。他甚至还得过一枚勋章。

一次,在一个法国村庄的废墟的泥泞和雨水中,他碰上了他早年的朋友朱尔金·斯托弗。他忧郁的心情又变得兴奋起来。那位出众的中尉拥抱了那个相当邋遢的犹太士兵——太阳渐渐落下,周围阒无一人——只要受到一些鼓舞,他们便会在那无辜的环境里冒着风险演出一场歌剧的二重唱。

"啊,上帝啊①!"中尉先生喊道。"马丁!我最亲爱的老朋友马丁!太阳落下的时候!到了特雷利斯!我们就胜利啦!"

那犹太人心里在想以后他该如何往上攀登,哪怕只攀登一点点。

"在想不到的地方又恢复了我们珍贵的友谊,"那位中尉先生是唱不够的,"真是暖人心房啊!"

---

① 原文为德语。

当然喽,不是技巧就是信心什么的已经使那位瓦格纳歌剧男高音①的歌声变得越来越嘹亮了。除去毛毡和纸板之后,便是那放射着最后的亮光的金色的皮肤。他们俩站在街道的废墟上,他始终保持着一种适当的姿势。他闻到了而且他那疲惫的下级也意识到了靴子上的鞋油味儿和身上的香皂味儿。

"你好吗,马丁?你是不会对我说什么的。"那军官阴阳怪气地抱怨道。

由于谨慎,他多余地舔了舔自己那发光的嘴唇。

"我很好,"犹太人说,"就是说,不再痛苦了。"

朱尔金·斯托弗朗声笑了起来,露出了他那完好的牙齿。

"你还是那么喜欢开玩笑!我的好马丁!我们差不多快到啦。"

"到哪儿啦?"犹太人问。

军官挥了挥手。他的光彩可以宽恕他的简单与鲁莽。于是,他宽饶了,当他穿过泥浆返回指望他陪伴的那位将军身边时,他还在笑着,还在回头望着,并想着过去自己的某些十分错误的判断。

和平有时比战争更具有爆炸性。似乎对许多还要继续生存下去的人来说便是如此:由于饥饿的驱使和在性欲刺激下对温暖的需求,他们在寻觅着腊肠头和酸腐了的鲱鱼头,在用歌声表达着不属于他们的欢乐——这是他们的祖先所想象不到的。

漂浮、沉没、蹂躏、受辱,人与兽同走一条路,希梅尔法布,那位犹太人,也随同而行。假如他曾有过抵抗的愿望,那他也从未付诸行动,甚至都没从类似自己的胡须茬的摩擦上得到过安慰。在他获

---

① 指适于演唱瓦格纳的歌剧的男高音。瓦格纳(Richard Wagner,1813—1883),德国诗人及作曲家。

得了解脱的前几周里,奇特的拥抱、经历的谵妄,阻止他回到当然是等待着他的父亲住宅里的床头上。此外,在那种环境中,他有可能狂笑起来,或在餐厅里放屁,或干出其他荒唐的事。因为莫舍又结婚了。他娶了个名叫克里斯特尔·施米特的年轻女子为妻:她的头发在发网里显得又沉又黄,好像马粪一样,她的脖颈上带的是维纳斯①项链。虽然讨人喜欢,质地精良②,却没有深一层的意义。那对情人是在弥撒仪式之后不期而遇的。姑娘同意了那桩婚事,部分是出于好奇心,但更为主要的是因为她不堪忍饥挨饿。对于那老头来说,任何谨慎的闪动都可能被应诺的肉体最后发狂了的种种幻象所扑灭。

数月之后,当莫迪凯被指派到比恩尼恩斯塔特镇上的大学当英语讲师从而结束了那种讽刺的局面时,莫迪凯和他那实际是清白的继母都感到宽慰了。希梅尔法布博士,带着老父的踌躇的祝福,带着对那个远非有利可图的职位的模糊的想法,离开了。为什么要派他到那所次等大学里担任那种职务,他百思不得其解。几位朴素的犹太人坚持要把他向别人介绍一下,也许那都是些犹太人,他愉快而感激地答应了。在一条街的拐角处,那个他少年时就认识的讨厌的染工抓住了他的胳膊,好像在没完没了地反复说道:

"比恩尼恩斯塔特镇上有个大好人,一个排字工,他是我故去的妻子的大伯的表哥。那个人一定会特别亲切地接待您,就像您童年时代习惯的那样。我不需要提醒您,莫迪凯先生。我是真心实意地向您推荐他。他的名字叫利布曼。"

希梅尔法布博士好不容易才从那染工的牢抓中逃脱开,那人还

---

① 罗马神话中爱和美的女神。
② 原文为德语。

追着他喊着:"一个特别好的人!他叫利布曼!"

假如不是有个不耐烦的人把他推到街沟里,他可能还要详细地说明呢。

不久,希梅尔法布就去比恩尼恩斯塔特镇了。

那个镇本身在许多方面和他的出生地相似,当然要小一些了,不过也被同样的灌丛装点着。它的蓝色的、灰色的,和暴露在风雨中的镀金的斑点在中午的睡眠中漂游着。词句从当地居民的口中一点一点地滴下来掉进清白的河溪里。那一张张脸上荡起了职业友谊的涟漪,显露出只有他们才是正确的信心。然而,在比恩尼恩斯塔特镇上,希梅尔法布受到了时代的雄蜂,甚至它那虚伪的语调的抚慰。他的大部分学生都能带着真诚青年的特有的尊敬服从他的指导;甚至还有几个学生似乎认为他知道的比给予的要多。他们在急躁的沉静中消磨着时间,等待着讲座的结束,似乎他们希望的是能得到涉及个人的启迪。

确切地说,他并没有受人爱戴,可是,如果当时他不是退缩到使人难以接触的地步,他本来是可以受人爱戴的。在离开霍伦德塞尔镇之前,他已经把熟人强加给他的所有推荐之词撕得粉碎了,因为他感到倘若以此牟私,其结果只会落得个可笑、讨厌的下场。大量的时间他是躲在房间里的,研读斯宾格勒①著作直到深夜。

几个月过去了,他开始感到一个名字在折磨着他,对此他起初是解释不清的。这成了他焦躁不安的一个原由,仿佛有人在蜂鸣器上反复奏响着同一个乐节。他甚至能顺口将那个名字说出来。后来,他想起来了:那是那个讨厌的染工在比恩尼恩斯塔特的亲属的名字。于是,那桩事就显得更荒唐可笑、更令人沮丧了。他无意做出如此的联想。当他觉察到这一根由之后,每当他想到那个名字

---

① 斯宾格勒(Oswald Spengler,1880—1936),德国哲学家。

时,他便哑然失笑起来,笑得从肺部喷出了烟。他还得再点上一支烟。他注意到自己的手指渐渐地变污了。而且还稍稍有些颤抖。

后来,一天下午,他突然站了起来,觉得他必须去寻找那个排字工利布曼。当他听到利布曼的双脚走在那镇上老区卵石路上发出的嘎嘎的响声时,他并没有感到安慰,更不用说得意扬扬了。从雅致和世俗的标准来衡量,他那过于繁茂的蓬松的头发,在微风中飘拂着。

于是,他来到了那幢楼房跟前。他之所以在傍晚来,是因为那个时间排字工的工作显然能使他脱开身。当然喽,那楼的一层是寂静的、无人住的、上着锁的。他在小巷的边上发现了一扇门,可能会通向实际的住房。是的,来了一个一脸稚气的女孩儿这样说道;可是她父亲还没从犹太教堂回来呢。凭直觉思考了片刻,她告诉他应该进来。随后,她领着他经过楼梯来到印刷厂楼上她们家住的地方。他被带到一间百叶窗已经关上了的房间里,一位年轻的女子正在查看好像是一把裁纸刀一类的东西,是刚打开包的。

"啊,是啊!伊斯雷尔!"当她妹妹留下来的那位来客捉到那个染工的名字以后,她说,一边哭着,"我们多年没有见到他了。我忘了是什么时候见到他的。"

若不是厚道,她也可能做个鬼脸。

她反倒把刚刚收到的裁纸刀拿给他看。

"这是一个亲戚送的,"她解释道。"他刚从贾尼纳回来。不过我要它没用。"她遗憾地说。此时,他真的做了个鬼脸,看来十分滑稽:"除了舞台上的公爵夫人,谁能用一把真的裁纸刀来切书、开信呢?"

他们合在一起的笑声异常地响亮。

"当然还有别的用途啦。"来访者提示道,一面仍在笑着。

"啊,是啊。真是这样。"那姑娘赞同地说,"它好快哩!"

她用刀尖刺痛了她的一个拇指底部的肉球,都刺白了,这一次,他们笑得更开心了。

接着,他们都难为情了,因为他们都从来没像现在这样,显得很不自然。

可是他们非常兴奋。他俩都是气吁吁的。

姑娘又开讲了。

"是啊,我爸爸很快就回来啦。"她说,不过是顺口说的,"那么,咱们喝点咖啡吧。我是老大。名字叫雷哈。"说完之后,她又滔滔不绝地说出了她的几个弟弟、妹妹的名字。"伊斯雷尔没对您讲过这个家庭吗?当然喽,他对我们不怎么了解。他不会知道的,我妈妈已经去世了。"

那是一个在一幢有山墙的房子里的老式大房间。

"您会认为我是个多嘴多舌的人喽,"她说,一边把头发向后推了推,"别人总是喊着让我不要出声。您喜欢这地方吗?我是问,比恩尼恩斯塔特怎么样?"

"喔,"他说,"我想我是喜欢的。"

"告诉我,您干什么工作?"她请求道。

他告诉了,此刻,一切都自然了。

雷哈是个丰满而又相当邋遢的姑娘。显然,如果条件具备,她最终会变得非常舒心和幸福的。看着她,希梅尔法布不得不用对他来说十分陌生的方式把头扭向一边,这也许是为了审慎的缘故吧。她倒没有注意到什么,且不说求爱之情了。她的小脸蛋儿一点不美,但是他发现自己在尽力地讨好她,倒不指望什么报偿了,他一直担心着,唯恐某种过分炫耀的举动和精心的思考会表现出旨在真诚的狂妄来。

"英语,"她皱着眉头喃喃地说,"我的词汇量很少。我不勉强自己去多读书。"

"我可以借给你些书看。"他主动地说。

他们俩都意识到对方言语的可靠性,但这似乎无关紧要。

她的父亲进来了。他是个又瘦又小的犹太老头,还跛着一条腿,也许还有某种隐藏着的疾病,要不,是他还没有从他妻子的亡故的悲痛中恢复过来。然而,当听到那来客是如何被人打发来的时候,他情不自禁地连声叫道:"可怜的伊斯雷尔!可怜的伊斯雷尔!"

他运用的那种音调使人联想到他亲属的绝望的处境可能已经赋予他一种美德。

"尽管他叫那个名字①,但我必须告诉您:伊斯雷尔无儿无女。早年就遭到不幸,"那排字工继续说道,并没有停下来考虑一下来访者对那人是有多么的了解,"可是他一心扑在别的事情上。种子是可以播下的,您知道,可用多种多样的方法呢。"

显然,那排字工本想再收敛一下,可是他却怀着枯燥无味的礼貌不由自主地说了下去:"希望您每个安息日都能来我们家,先生,您就把这儿当作自己的家吧。《圣经》里有些段落我还想和您一起探讨一下呢。也想听听您对形势的总的看法。"

不管这一建议提得有多么郑重,那排字工的黄皮肤仍泛着一层慈爱的微弱的红光。那眼光也太单纯了,免不了要射入他同胞的眼睛里,结果希梅尔法布只好垂下双眼,希望那主人的善心能使自己别去注意那室内的杂乱。

排字工说:"有许多问题您可以向我们说明,希梅尔法布博士。我们生活在一个闭塞的小圈子里。这是我们的一大弱点。"

假如那位来访者不是全力收缩了自己的喉咙,他可能会大声否定的,让那严肃的主人能吓一大跳。不过那种局面起码还没有

---

① 即伊斯雷尔(Israel),该名英文意思是犹太人上帝的选民。

出现。

他们又谈了一会儿。后来,他看到雷哈端着咖啡回来了。她站在那里,沉郁而惊诧地望着他那有所感觉的紧扣在一起的双手。不过他很快又将手松开了。关节上的白色也消失了。她又马上使人怀疑起来,不知道她注意到那种情景没有。她倒着咖啡,倾着身子,在蒙蒙的水气中笑盈盈的。那咖啡闻起来相当纯正,一定是战前的咖啡了。此外,还有楔形的乳酪糕点①。

安息日,乔梅尔法布真的去利布曼家了。起初他有些羞怯,但渴望得到鼓励,不久,便成了一种习惯。因为那全家人把他的到来看成是理所当然的事,所以最后,好像他也觉得特别自然了。当他们将桌子上安息日的菜肴递给他或者期望他能和他们一道唱歌的时候,使人联想到,他过的那种犹太人的生活从没有间断过。有时,他的欢欣倒使他很尴尬,这是除了阿里以外,谁也没有注意到的。

阿里,那家最大的男孩,可能是传播别人的隐私——当然是他们的弱点了——的一名专家。他戴着一顶圆头的帽子,沿着他的颧骨还贴着几绺浅黑色的头发。饭前饭后,他总要透过宽大的山羊牙齿咕哝着感恩祷告词,这时,他半闭着眼,脸上几乎还挂着笑。

一次,在犹太教堂里,阿里转向莫迪凯,不厌其详地和他耳语起来。

"看到那边的那个人了吗?只有几绺头发的那个人?他可真单纯——就是说,他是个好犹太人,假若他爷爷戴上面具跟亚伯拉罕说自己是先知以利亚,他也会相信。"

阿里并没盼着莫迪凯笑,他自己反倒笑了。他是非常孤立的,不过他不是个坏孩子。他总愿意和他所属的一个组织里的其他犹

---

① 原文为德语。

太青年一起唱着歌徒步穿过荒地①。他也喜欢他的家庭,他常常坐在桌子旁边,两只胳膊搂着他妹妹的脖子。

莫迪凯相信有一天他甚至会喜欢他的。对于安息日桌子上的东西,他最喜欢面包皮了。他手指底下的面包碎屑使他谦卑起来。

"那是什么?"雷哈问道,"难道您不喜欢吃鲤鱼吗?"

在他说明之后的平静里,她不安地翻弄着自己的盘子。她在寻找什么东西。她和她母亲一样,也是个近视眼。一开始,雷哈就不能克制自己去和他们的客人开那种瞎子给瞎子带路的玩笑,因为希梅尔法布原来就遗传得视力不好,在来比恩尼恩斯塔特之前,他就戴上眼镜了。眼镜有些奇特地架在鼻梁上,若不是增添了一种日益确信的表情,那眼镜也许会把脸的自然防御力给削弱了。

无论是坐在排字工家里的暮光中,或是与她的朋友利布曼一起裹着他们那渐渐拉长的围巾,肩碰肩地站在犹太教堂里,对那位已不是陌生人的年轻人来讲,安息日都变成固定的乐事了。由于方舟的覆盖物随着不同的节目而不断地变化,所以他的心灵也要穿上彩色缤纷的各种衣装。他又重新具有了信心。用舌尖舔一舔他围巾的缘饰,就是领略了纯洁的欢乐。

到了秋天,当热浪已经过去的时候,有时他说服雷哈·利布曼和他一起到那个向比恩尼恩斯塔特镇北方伸延的不平的荒野里去散步。她自己是不敢到旷野里去的。十月的一个星期天,他们坐在沙质的、较为安全的洼地里,他提出她应当做他的妻子。

起初,她没有用语言回答,只是不停地分隔着沙粒,可能是悲伤,或者是痛苦。

说真的,这使他突然发现了自己身上的虚荣心,不过仅是暂短的一刻。

---

① 原文为德语。

她终于开口了,说得很慢,很柔和。

"是啊,"她说,"啊,莫迪凯。我一直有这个愿望。从一开始,我就这么希望着,当然你也知道了。"

如果说她的话语中还缺乏质朴,那么她的坦率听起来便显得傲慢,甚至放肆了。

"啊呀!"她喊了起来。"我还得特别努力呀。请原谅,"她叫道,"我还是应该像刚才那个样子。我担心在其他方面我会使你失望的。"

"雷哈,亲爱的!"他轻轻地说,"从世俗的眼光看来,一个粗俗的知识分子可真是个滑稽人物哩。"

"啊,可是你不明白,"她好不容易地说出了口,"还不是。我不知道该怎么说好。不过我们——我们当中的一些人,尽管没有说——可是知道你将会给我们带来荣誉的。"

她握着他的手指,茫然地、几乎又是悲伤地看着那手指根。她抚摩着他手背上的血管。

"你都让我羞愧了。"他断定道。

因为,他震惊了。

"你会明白的,"她说,"我非常相信。"

她仰视着天空,自信地微笑着。

于是,他想要吻她——她是那么美好,那么实在——可是,与此同时,他又决心忘掉被他的提议所鼓舞的那种奇特的、十足歇斯底里的断定。

"雷哈!雷哈!如果你能明白该多好!"他坚持说,"我是属于最低等的那号人!"

不过,这并没有妨碍她去搂住他的头。似乎她要占有它,而且占有的时间要和人们可被允许占有世界上任何其他的东西的时间一样长。然而,当她意识到自己所能扮演的只不过是个次要角色时,她便谦恭起来。

当他们用语言和触摸互相抚慰了一阵之后站起来的时候,他们都感到惊异和羞怯了。夜幕已经降临,那偏僻而瘦瘠的荒地的洞坑里的铜喇叭在召唤着他们的名字。

时间,在老太太们、年轻的姐妹们以及女亲属们的各种腔调的喋喋不休的唠叨声中,日复一日、匆匆忙忙地往前走着,直到后来,新郎站在篷伞①之下等着新娘。她轻轻地走来,如同呼吸一般,这也许是料想之中的。后来,他们又站到了一起,不过他们那为难的躯体不再束缚于那闷热的、天鹅绒般的篷伞之下,特别是不用再闻可以在比恩尼恩斯塔特的古老的犹太教堂里和商人、小店主的集会上闻到的那种圣洁的、社会下层人的气味了。那些商人和小店主是落在德国那个角落里的犹太人的种子。那顶神奇的、表面镶饰了的篷伞确实为这精选出的一对打开了;他们本人已被引出,进入广阔的蓝天里,他们的心灵拍打在一起,起初缺乏自信,好像风中的两条手帕,既要飘动,又要为各自的形状和飘动的方向而争吵,最后,环境真实的自然属性使它们和解了,它们伸展开来,又卷到了一起,宛如一条结实的、白色的舌状物,一直在高高地紧拉着。

于是,这对和睦夫妇的心灵暂时抛弃了周围的环境,而那新娘和新郎的各自的身体还仍然站在那篷伞底下,表演着动人而简单的与犹太民族有关的各种礼仪。老头老太太们伸长了脖子,兴致勃勃地品评着那年轻人正往新娘手指上带的那金戒指。那些灰尘满面的老头老太太们受到爱情与历史的又一次熏陶。他们的嘴唇都尝到了喜酒,他们哆哆嗦嗦的那个样子,是怕把杯子摔破。

因为新娘已经拿到了杯子,而幸福失而不能复得,所以,一切都

---

① 犹太人举行结婚仪式时,新娘和新郎要站在篷伞之下。

必须重新体验,重新净化。于是,新娘站在那里举着玻璃杯。它是完好、无瑕的,但又克服不了自身的脆弱。它开始破碎了——破碎了——彻底地破碎了。刹那间,它的碎片在砖土地上闪闪发光。

当然,杯子碎了,有几个在场的人"哇"的一声哭出了声,可是后来,甚至他们也和其他观众一道兴冲冲地喊叫起来。刚才的合演使他们欣喜若狂。希望又在每个人的身上苏醒过来。"祝你走运!①"上了年纪的人那一张张没有牙齿的嘴在叫喊着,年轻姑娘们的那炽热的、尖锐的声音在歇斯底里地、先发制人地振动着。

只是新郎的情绪与众不同。他忐忑不安地站在此刻显得古怪,压得低低的篷伞底下,带着一种近乎愁眉不展的表情。时间,事实上已把他带走得太远、太快了,结果他那剃净了的下颌上又长出了胡须。当他若有所思、蹙眉蹩额地垂下他的下巴时,他那在结婚外套的上方露出不平整的白色衬袍的衣领摩擦着刚长出来的胡子茬。他皱着眉,紧抓着八字胡的一端,并听到在致命的、最后的雪崩到来之前故意上演的大地沉落的最初讯息。

后来,在他岳父家,莫迪凯常被弄得无所适从,不是要接受拥抱啦,就是接受建议啦,以致那个有头脑的人只好暂时屈从于那个耽于感官的人。别人的话他还没听进多少便咧着他那鼓胀的嘴唇忘乎所以地笑开了。偶尔,他还揉揉眼睛,以摆脱烛光造成的一片模糊。对别人提出的问题,他总是笑而不答。再说那空气也是油腻的,总有一股鹅油味儿并带着番茄汤的水气。

在结婚宴席引起的毫无拘束的纵欲的情绪中,他并没有感到自己的反常是一种悲剧。他的父亲恰如其分地得了重感冒,病得起不了床。他的姨妈们,那些自我关注、愁肠百结的女人们,从未从她们的姐妹的忘故的哀伤中解脱出来。然而,有个人确实从往事中摆脱

---

① 原文为希伯来语。

出来了,当他用胳膊抱住那新郎的时候,莫迪凯悟出了他便是那个霍伦德塞尔的染工。

"我没有怀疑过你能实现自己的理想,"那个丑陋的人对着新郎的耳朵说道,一面淌着口水,"也知道你不会辜负我们的期望。因为你的心受了触动,也起了变化。"

客人们比肩接踵,挤挤插插的,所以莫迪凯只好使劲抓住染工身上的那件满是鳞片的外衣把他拉开了。

"受了触动,也起了变化?"他仰天大笑起来,那声音听起来有点傻气。"抱歉地对您讲:我总是老样子!"

"对啦,正是那个原因!"染工答道。

他们紧靠在一起的时候,莫迪凯感到了那病弱的身体仍有着他从未怀疑过的那种温暖和力量。他本人和前几次一样那么讨人嫌,尽管,当然喽,此时他喝过了几杯酒。

"你真是个谜——奥秘!"虽然他们靠得很近,但他还得大声喊才能盖过那嘈杂声让他听到。

"没什么奥秘,"染工似乎在说,或者在喊,"镇静不是奥秘,孤独也不是奥秘。真正的孤独只能存在于镇静之中。一个不安的灵魂可以把许多使人分心的事引入训练有素的头脑里。"

"可是,这是不朽的!"莫迪凯申辩着,喊叫着,"而且是在这种情况下!这是对社会的一种否定。人总不能当隐士啊。"

"这要因人而异了,假如他是一束光,那他将会反射到社会上——把一个空荡的房间照得通明。"

在他们实际上是向对方吼叫的时候,别人都没有听到,这也许更好。此刻,那排字工已站到了人群中间,他是想让几个熟人和亲戚们看看自己的女婿。

当他那自封的向导被人群吞没而消失之后,希梅尔法布认为那个前来参加婚礼的、手上带青筋的、跛腿的染工是一个他根本摆脱不掉的人。他弄清了那畸形身体的形状、那一成不变的大衣的质地；一面面镜子早就告诫了他那眼睛的表情。此时，是感知的时刻，所有细微的迹象都结合到一起；那染工的影像一直伴随着他，就像他的新娘或他自己的命运一样。眼下，他受到连累了。所以，他继续心不在焉地回答着参加婚礼的客人们的问题，同时他又在心里将他妻子教给他的热爱的东西，和染工使他感到厌倦的东西尽量调和起来。按着那个人的模样，他必须发现并收集隐藏在另一个人内心深处的爱情的火花。否则，他便否定了自己的意志，以及他那个民族的存在。

值此，使他惊愕的是，没有谁意识到：就他们提出的问题所得到的回答实际上等于零；也没有谁认识到：他妻子雷哈应该带着一种隐含自信的表情仰视着他。

开始时，那对年轻人和女方的父亲住在一起，但很快他们找到了一幢样式相当旧的小房子，便搬了进去。那里的房间又高又狭，而且楼梯又非常陡。因为它位于镇郊，所以至少房租不贵，这就使它的房主能够雇一个没有经验的姑娘来帮一下那位大学讲师①的忙。那位大学讲师②本人也戒了烟，并从其他细小的地方开始节省起来，譬如徒步去讲课，而不是乘坐电车去等。那些女亲戚们断言：他们完全是幸福的。实际情况的确也差不多。在他们那闭塞的小圈子里，在小镇的郊外，那些寻求各种变化和活动的人将会发现那种生活是单调的，受到限制的。可是，却没有迹象表明希梅尔法布希望迈出他们已经将脚踏上去的生活的轨道。倘若他们要离开比

---

① 原文为德语。
② 原文为德语。

恩尼恩斯塔特,那他们也得用能吃上洁食①的同样可靠的生活津贴,在该镇的施瓦兹沃尔德街上每年度过那同一个月。不过有几次,希梅尔法布博士不得不暂时离开几日,代表一位不愿意去的教授出席其他大学城的会议。几年之后,他突然收到他父亲病故的电报,他便马上回霍伦德塞尔了。

莫舍的死得归罪于他那年轻的妻子,大家都这么真切地说。不过他很早就懊悔了,结局也很简单。他被一个说话结巴的牧师和一个患着感冒的侍祭埋葬了。几个朋友的出席增加了时髦的色彩,却使那仪式的基调显得浮浅起来。大部分人脸上的表情都是善意的、好奇的、尊敬的、恰当的;但有几个感到厌烦的、吃够恶性循环之苦的人却开始夸张地踏起脚来,或拍打起肚子;还有一个更爱冷嘲热讽的人,他的表演使人不难看出温和的玩笑霎时间也会变得毫无趣味。大家都急着让那仪式早点结束。但哪一个肉体②都得清点。当他们把圣母玛利亚③召唤到对她了解不久的一位老犹太人一旁时,人们怀疑那只是一种方便。于是,大地崩裂了,喷出了水——尽管不是泪,甚至不是他儿子的泪,但他的悲痛比涌出来的泪水还要深切得多。

那位儿子已经绕到了泥土、石头中的坟墓的背面,他不知道该如何表达自己的尊敬之心。在那银色的下午,他站在那里显得非常忧郁。有一些送丧者,假如心情也是不快的,却被他所扮演的显眼的犹太人角色迷住了。

他们注视着,莫迪凯却在不时地晃摇着。因为重担都压在他的身上。因为除非经过格斗,信仰不能称其为信仰。啊,完美的摇晃

---

① 指符合犹太教饮食规定的食材,有着"洁净、完整、无瑕"的意思。
② 这里指与灵魂相对之物。
③ 这里指莫迪凯之继母。

啊,宽恕那些父母和孩子们吧,并寄予他们以同情……因此,莫迪凯与摇晃格斗了,并为流逝的光阴,为他的父亲,或者说为那位小胡子上带着香味的、会为送出一部皮面《选集》而感到异常高兴的俗人祈祷。

希梅尔法布在他的家乡没有停留多久。幸运的是生意在前几年都已安排妥当了。那位寡妇已在准备着忘记她生活的那一章节,提出要到外国的一处游乐胜地去寻找安慰。在霍尔兹格雷本街上有一幢房子,是那儿子将继承的遗产,他决定在没找到合适的住房以前暂时把它锁起来。他非常着急,想尽快回到自己已经安置好的生活中去,他在财产方面的增加只是表面上有所变化,因为他的妻子根本不是那种热衷于名利的世俗之辈。而他的心里则只有她、他的学生和他的书本。

在比恩尼恩斯塔特,一般人都不知道希梅尔法布博士本人曾撰写并出版过一本令人赞叹的、学术价值颇高的、关于《约翰·奥利弗·霍布斯[①]小说》的论文小册子。尽管讲师夫人曾偶尔对她周围的女人强调过,但那资料还没有引起人们的注意。怎么能引起注意呢?那本书只反映出一位学者的一点点成就,最多只不过是某些研究文学冷门的学生能对它有些兴趣。然而,他的大部著作《试论十九世纪英国小说家及其对德国文学与生活之影响》则另当别论。那也是在比恩尼恩斯塔特安静的年代里写成的。希梅尔法布的《英国小说家》一书虽说不上引起了公众的注意,但却得到了学术界比较广泛的关注。不久,该作者便被公认为是一位当之无愧的标准权威了。以至不久之后,讲师夫人周围的女人们就针对她们所听到的种种传闻展开了一场友善的辩论:为什么希梅尔法布博士在某大学可

[①] 英国女小说家及剧作家。约·奥·霍布斯系笔名,真名为克雷吉·珀尔·玛丽亚·特里萨(Craigie Pearl Maria Teresa, 1867—1906)。

能会被授予英文教授的职称。传播闲话的人谁也说服不了谁。或许希梅尔法布讲师夫人会开导她们——她周围的那些带着绝好笑脸的女人们。可是,在询问晋升的问题时,讲师夫人显得相当紧张,好像要她去损害未来似的。她本人宁愿等着,让事情合乎逻辑地向前发展,她丈夫的才华必将得到肯定。

所以,她常常避免正面回答。要不,她就嘟哝着一些经过磨炼的陈词滥调,例如:"碰上机会啦。我们的生活才刚刚开始呢。"

她递给客人第二片芝士蛋糕①。

在某种意义上说,人们不可能找到一个合情合理的答案,因为,尽管那位大学讲师头发灰白了——这对一个深色皮肤的人来说不会显得不自然——他那修长的体形开始变粗了,他妻子则地地道道地胖了起来。可是,这可能会被人们辩解为,他们婚后的黄金时代正使他们趋于成熟。在镇郊的那所小房里,在橡树的树荫下,和豆形果实的密密麻麻的阴影中——那个不辞辛劳的乡下使女曾巧妙地攀过那后花园的枯枝——没有谁,尤其是希梅尔法布夫妇,希望破坏那种宁静的、永久的印象。特别是到了早晨,当羽毛床垫懒散地靠在洒满阳光的窗台上的时候。

然而,希梅尔法布夫人却感到呼吸困难起来,在她不备之时,她显得局促不安了,似乎她已经看透了:幸福很难持续下去了。一些来看她的人断言:那是因为住得离橡树太近——房子周围太多的树木吸完了那里的氧气,能引起痉挛,最后导致气喘;而另一些更为胆大的女士们则认为那是家庭缺乏温暖引起的精神紧张所造成的结果。

在那些胆大的女人中,有个智力迟钝的女人,她的丈夫是一个微不足道的街道上的针线缝纫用品商,由于某些关系,希梅尔法布

---

① 原文为德语。

夫人才接待了她。她简直就是个直肠子："可是，雷哈莱因，你该有个孩子了。啊，先生的职责不能从始至终都在书本里。我宁愿要一个美满的、舒适的犹太人家庭。丈夫可以不搞什么研究，可是他得让家里子孙满堂啊！"

另外两个女人——其中的一个因为擅长朗读《西方—近东国家诗集》①出了名——她们断言：该断绝与那位针线缝纫用品商的妻子的牵强的关系了，况且那女人身上还带着一股汗臭味和茴香种子的气味。

这时，雷哈·希梅尔法布却只是强调说："你有什么资格，里夫基，去断定男人的职责该是什么呢？"

希梅尔法布无意中听到妻子的那段话，于是，他更加爱她了。

他们变得更亲密了。如果有什么不同的话，那是他们都在力求表达似乎不存在持久迹象的那种爱情。没有谁了解希梅尔法布夫妇之间的感情是有多么的深厚，只是有一次，图书馆里的一本书的献题引起了反响：献给我的妻子，雷哈，如果没有她的鼓舞和帮助……但是语言不能像活生生的证物那样，说服得了一个疑惑的心灵。那位针线缝纫用品商的妻子是懂的，虽然她头脑简单，但也许正因如此，她才心里明白。

一个安息日的晚上，当妻子点燃蜡烛时，希梅尔法布一面看着她，一面想着要说：雷哈是世界上最不愿意去怀疑的人了。不过，正在这时，雷哈·希梅尔法布的那双本来肥胖、能干的双手却好像变得透明了，并且在烛光下闪烁起来。

这时，她不无痛苦地惊叫了一声。

"那是蜡烛上掉下来的蜡呀！滚烫滚烫的，我没有注意，它就掉下来了。"

---

① 原文为德语。

她急速地低语道,让人刚刚能听见她的话,似乎她觉得对亵渎了这一神圣的时刻需要做出解释。

此刻,烛光变得又直又稳了。安息日的光亮本应是美妙、清晰的,可那烛光却是微弱的、近乎黯淡的;那两张反映在镜子上的面孔可能也是软乎乎的,在淌着蜡。

他还要去履行其他仪式的各种义务,所以不能即时就地做出评论,可是后来,他走到她的跟前,说道:"雷哈,亲爱的,我可以肯定你是相当失望了。"

他抓住她的一只在挣脱着的手,塞进自己上衣的口袋里,这样,它就离他更近了。

"为什么失望呢?"她大声地说,"我们一起生活得不是很幸福吗?不久你就是大学教授啦。谁都相信。"

他一半是气恼,一半是爱。

"可是不相信我们会有孩子,你那伙伴里夫基不是说孩子是万应药吗?"

她不想看着他。她说:"但愿我们的生活会是另外一种样子。"

"用客观的抽象概念,"他回答说,"谈论我们不懂的问题。可是对于我们的实际生活——至少对于你的——我想问那些让人舒服的、使人兴奋的所有的事儿。"

"啊,我的!"她申辩道,"我算什么。我只是你的脚凳。或者是靠垫!"她哈哈大笑起来,"我不正是个靠垫吗?"

她确实用最直率的眼光在看他了,她甚至感到了幸福,不过她的一番努力倒引起了他的疑虑。

接着,她抱住了他的腰,她的脸紧贴在他的背心上,说:"我不想让我们的生活有丝毫的改变。"

可是,她马上又用一种截然不同的嗓音——听来似乎最有意义、最急迫的宣叙调①——说起:"星期一,我便开始做果子冻啦,用玛丽切恩从她村子里带来的苹果做。有一本旧书,过去我母亲总提它,可以提供澄清果子冻的正确办法。我想我还存着那本书的题目,夹在她留下来的收据里边了。你回来的时候路过拉特科威兹家的书店,进去看看能不能找到那本书。好吗,莫迪凯?他那书店里的旧东西堆得像山一样,啥都能找到。"

她抬起了头,看来认真得很,他深深地感动了,并且也感到了安慰。

星期一那天,他正准备要走,雷哈带着那本书的题目走了过来。原来,他已经把那件事儿忘到脑后了。

"别忘了书!"她不停地叮嘱着,"我先不动手做果子冻,我等着,万一你能找到那本书呢。到拉特科威兹家的书店,把那本书找来!"

她脸上的表情已经暗示了,那件事非同小可。

随后,他离开了,想到自己的妻子如此单纯、可爱,他心里宽慰了。假如她的话有时曾暗示出更深一层的意义,无疑,那纯属偶合;她自己是不知道的。

拉特科威兹是一位安详的、上了年纪的犹太人。他那满满登登的书店坐落在大学后面的一条街道上。希梅尔法布没有忘记回家的时候走那条路,并在许多书架和公文格上找他妻子特别需要的那本书。不用说,最后他没能如愿以偿,却发现了让人喜欢和感兴趣的其他东西。

"你在变魔术啊,拉特科威兹,我知道!"

他故意带着一种不当的轻浮对那位庄重的书商讲话。书商耸

---

① 介于唱与说话之间的一种音乐体裁,许多字句以同样的调子说或唱,用于某些歌剧之叙述或对白部分。

耸肩,没滋没味地说道:"那是些古老的犹太神秘哲学和虔敬派①的作品。是从布拉格的一部珍藏本里搜集来的。"

"有价值吗?"

"有人可能认为有价值。"

那书商是个谨慎的人。

希梅尔法布喜爱上那些人物了,竟然情不自禁地叽咕起来。这若是教会歌咏班领唱者卡茨曼,一开始就会这样。他像往常那样,高声朗读了。由听到他那奏乐般的嗓音所引起的怀旧之情,总可以了解那传统的价值。

于是,他听到:

> 夜里,我给自己规定了任务:把众多的文字组合停当,再沉思一下,这样,我一连做了三夜。第三天午夜过后,我手里拿着鹅毛笔,膝上放着稿纸,却打起盹儿来。这时,我注意到蜡烛将要燃尽。于是,我像一个迷迷糊糊似睡非睡的人常做的那样,站起身,将它吹灭了。可是,我很快意识到那烛光依然存在着,这使我大为惊诧。因为,当仔细察看之后,我发现那光亮仿佛发自于我本身。我说:"我不相信它的存在。"我在房子里踱来踱去,注意到那光和我就在一起。我病在卧榻上,用被子将自己全蒙起来,我觉察到那光一直和我在一起……

那谨慎的书商半侧着身子站立着,涉及他顾客的个人追求,他

---

① 也叫虔诚派。德国基督教路德宗教会中的一派。盛行于十七世纪至十八世纪。该派认为宗教的要点不在于对信条的理解,而在于日常生活中表现出所谓"内心的虔诚"。

认为还是不去妨碍为好。

"你欣赏奥妙的、销魂的、实实在在的利益吗,拉特科威兹?"希梅尔法布问道。

可是,尽管他们站得相隔不远,但书商看来决心要小心从事,对他的提问避而不答。

希梅尔法布还在随便翻阅着旧书和手稿。此时,他确实着了迷。书商离他而去,或者说,他已经不复存在了。在黄昏的静寂里,在灯泡射出的光亮中,那读者听到了他自己的声音:

> 那个人,充满了对上帝的爱,也被爱的绳索捆绑在欢乐和光明之中。有别于不愿为其主人效力的人,甚至当他内心燃烧着的爱受到最大的阻力时,他仍然愉快地去满足他的造物主的心愿……因为当那人深思上帝的忧虑时,衷心的爱的火焰就在胸中燃烧,最微妙的欢乐的狂喜就充溢于心……热爱者不希图人世间的利益;他不再过当地以妻为乐,也不再过度地以儿女为荣。不过,且要注意:服从造物主的意志,为人行善,不断净化上帝的名字。那么,他的一切思考都将在对上帝之爱的烈火中燃烧……

希梅尔法布发觉那书商坐在那下等店铺的书桌旁,好像什么事儿都没发生似的——的确,发生什么事儿了? 双方谈妥之后,那位大学讲师带着几册希伯来文的颇为有趣的旧书和一二份松散的、损坏了的羊皮纸文稿回家了。

"找到那本书了吗?"

雷哈听到丈夫上楼的脚步,她已在大厅里等候着。

"运气不佳呀!"他答道。

她似乎一点没有发火,但马上朝着厨房喊道:"玛丽切恩,今晚我们就做苹果果子冻吧。按老方法做。讲师先生没有找到我要的那本书啊。"

好像她还松了口气似的。

她的丈夫继续上着楼。他一直在盘算着是否将买书的事告诉他的妻子,但是,由于她没有注意他抱着的书,他就不再感到有此必要了。

此后常常是,批改完一大堆论文,或对前来接受辅导的学生说了再见之后,他便独自一人坐在房间里,守着那些旧书了。他不是读书,就是坐着;再不就是懒散地、下意识地描画着,或者心不在焉地摆弄着不同的东西;或者倾听着寂静中的声音。有时,他似乎受到了多方面的触动,心情异常激动。

一次,妻子来打扰他了。

"我睡不着啊。"她解释说。

她放开头发,梳理起来,结果她看上去恍若站在一个靠着暗黑的、脆弱的灌木丛的地方,不过有一束光从灌木丛里放射出来。

"我没打扰你吗?"她问。"我本来想读点东西的,"她叹了口气,"读点短的东西,有音乐感的。"

"读点莫里克[①]的作品吧。"他建议说。

"对,"她漫不经心地赞同地说,"莫里克的作品正好。"

当她走过的时候,她的睡衣带来的风把她丈夫书桌最上边的纸都吹开了,她禁不住问道:"那是什么,莫迪凯?我不知道你还会画画呢。"

"我在乱画,"他说,"这个,看起来,倒像那辆战车。"

[①] 莫里克(Eduard Mörike,1804—1875),德国作家。所作抒情诗自然朴素,音调和谐,诗中传递出对田园生活的向往,生活面较窄。主要作品有《博登湖牧歌》,童话《斯图加特卖果脯的小哥儿》,长篇小说《画家诺尔滕》等。

"啊。"她轻声叫道,一边把目光收了回来;她可能已经失去了兴趣。"哪辆战车呀?"她的确这么问了,不过,可能是想迎合他的心理。

"那我可肯定不了,"他答道,"不容易辨认哪。正当我认为自己已经了解的时候,我发现了一些新式样的——那么多——寓意深长地鱼贯而过。譬如,有上帝的宝座。清楚得很——全是用金子、绿玉髓和宝石做的。而且还有赎罪的战车,那就更虚幻、更生动、更富有个性了。再说那些乘战车的人的脸,我不能看清那些脸上的表情。"

这段时间,雷哈一直都在书架上翻找着。

"这是旧书上写的吗?"她问。

"有一些,"他说,"是写在书上的。"

雷哈还在翻腾着架子上的书。

她打了个哈欠。然后,微微一笑。

"我想我还没等找到莫里克的作品,"她说,"就要睡着了。"

可是她拿了一册书。

在她离开的时候,他感到她从后边吻了一下他的头。

不然,当房门关闭的时候,她会不会留下来用她生命的某一神秘的部位更为亲近地庇护他呢?对于雷哈,他向来摸不准;从她的语言和行为中所显露出的知觉究竟达到了何种地步?或者说,在精神的道路上,她已经陪伴他走了多远?

因为,此时,希梅尔法布已经踏上了精神之路。他不能忍受沉默了。多少个夜晚,当他不能如愿以偿地早早回到房间的时候,他便变得忧郁起来。雷哈还在继续缝着,补着。她的表情里没有丝毫的怨言。她总是以微笑来表示自己温和的赞同——可是赞同什么呢,却从没弄清楚。

在那些旧书当中,有一些充满了多种他不敢遵循的指示的描写。对于那些指示,他的态度是审慎、怀疑的,若必要,则会变得十分生硬、挖苦了。像希望的那样,他对他理性的自我一无所知,可是,他终于开始时断时续地将那些文字合弄到一起,再排列起来,甚至去苦思冥想那些名字。

然而,那是最枯燥无味、最触动理智的做法了——此时,在精神上,他渴望能达到兴奋的极致。那是如此凉爽、如此清新,以至于他自己的荒漠都想痛饮那天国里的甘露。他那瘦削的前额上可能还有一种铁环之物在燃烧着。或者,有时他会被思想上僵直的冷酷所缠绕,他的心灵全被他那直立的皮椅的实体,被他那用橡木雕成的关节所吸引。

在通常情况下,他似乎保持一种老成持重的样子,但这只是差强人意罢了。他一觉睡去,清晨方醒。可有一次,在那沉闷的日子里,他从沉睡中惊醒之后,便去识别一张面孔。他站起身,去迎接那光明的使者,或者去抵抗那黑暗的伪君子。这时,他被自己的恐怖之感吓呆了。那是对自己影像的恐惧,那影像起伏不定,好像在火里,又好像在水中。所以,那漫长等待的时刻缩成一种自身的反映。在哈哈镜里,谁还能希冀被拯救?幸运的是,他未能随心所欲地去亵渎神祇,因为他的声音暂时消失了。他也未能因为他周围的物质形态而受其干扰。那些形态本身都是精神欺骗的伪装,都是他觉得不得不予以摧毁之物,因为他的意愿已陷入困惑之中,他的指甲在长着粗毛的肉瘤上不断地抓挠着。他只能在自己身体和躯壳里挣扎着,摇晃着。直到他向前倒去,避免了头碰桌子边儿还要进一步遭受的痛苦。

雷哈·希梅尔法布那天清晨就注意她的丈夫了。他仍然是那么虚弱,那么慌乱,几乎丧失了知觉,好像患上了某种充血性的疾病。她恐慌起来。这时,她竭力用自己的手去温暖他的手,不断地吻着,叫着,往他冰凉的嘴唇里哈着气。当她从恐慌中恢复常态之后,她便马上跑去给沃格尔医生打电话。经检查,他断言:讲师先生患的是疲劳过度症。医生让他卧床休息数周。于是,希梅尔法布除了他那忠诚的妻子之外谁也见不到了。这是非常快慰的。她从头至尾读《艾菲·布里斯特》①给他听。他闭着眼,勉强地听着,可是他还是听进了那动人但有点枯燥的故事情节。或者说,他最为欣赏的是自己妻子的声音,当它把一个个词汇温暖、柔和而精确地串连到一起时,那声音似乎是实实在在的。

他们在波罗的海的一个小疗养地度过四个星期的假日,按说健康是可以恢复的。如果不是在旅馆发生了一件事,那阴暗的光线和空中的颤抖对希梅尔法布来说只会浓墨重写那田园诗:它由无瑕疵的沙丘和白色的木质房屋组成。第一天夜晚,他们来到那空荡荡的餐厅,一个头脑清醒的招待见习生把他们随便让到一张桌子旁。人很快就多了起来。那些人都属于同一个等级的,他们有着可以互换的服装和面孔。互相间的问候也是无懈可击的。沉默懂得所期盼的是什么。这时,一件虽说不上令人不安,但却出人意料的事发生了:一位退休上校脚步沉重地走到他平时坐的,而此时有几位新客已坐在那里的桌子旁,一把抓走了顾客通常放餐巾的纸袋,接着便悻悻而去。他怒冲冲地朝着接待处喊着:他不习惯和犹太人坐在一起。

对希梅尔法布来说,类似的事情还从没发生过。他们受到了震动,甚至在发抖。显然,多数犹太顾客感到十分难堪,但也有几个人只好在一旁哧哧地笑了。经理做了必要的道歉,不过,在那种情况下,那几位新顾客都说自己没了食欲,他们喝了几勺没滋没味的热

---

① 为德国小说家、诗人台奥多尔·冯塔纳(Theodor Fontane, 1819—1898)所著小说之一。该书阐述了妇女在社会中的地位,尤以成功的人物性格刻画和作者对故乡风土人情的描写而著称。

汤便匆匆离开了餐厅。夜间,他们都决心不再谈及此事,但他们每个人都清楚地懂得这件事将铭诸肺腑,没齿不忘。不管奥兹特兰德餐厅的气氛变得多么调谐,不管在某些夸示的情况下,那气氛有多么拘泥死板,但是他们的一些气量宽宏的就餐伙伴在他们停留之际仍向他们点头行礼。重叠在一起的小小的浪花还仍然反射着金属的波光,海鸟的叫声把那不灭的记忆驱逐到私人愁思的角落里。

然而,海滨的空气和晨曦曙色使希梅尔法布博士恢复了健康,他带着着手于未来所必要的力量回到了比恩尼恩斯塔特。那些背地里曾谈论过那位大学讲师异乎寻常的精神崩溃的人们很快又公开地议论起有关他的晋升、提职的事了。实际上,他是被邀请去访问霍伦德塞尔的。不久以后,有消息说:他被授予他家乡的那所大学的英语教授的职称,他也接受了。

所以,这对夫妇要做的事很多。

"单只书一项就是个大问题了!"希梅尔法布夫人自豪地抗议道。

"我把它们彻底检查一遍,"她丈夫许诺说,"希望能查出一个准确的数字,这样,要是把它们留下来,以后也不会弄错的。"

"啊,我可不是在抱怨啊!"他妻子坚持道。

"那么说,"他答道,与其说谴责,不如说钟爱,"你的语调不总是传达你的感情喽。"

末了不知怎的,书籍全都包了起来。看上最后一眼,只有几捆稻草和感伤的惋惜似乎在比恩尼恩斯塔特镇边上的那幢有许多窄小房间的房子里缠绵不去。

希梅尔法布教授,那位皮货商莫舍的儿子,此时是个有私人资产的人。如果他愿意,本可以过上一种体面的生活。可是他受到一种嘲弄感的阻拦,况且又缺乏热情。当然,他们家也的确在霍尔兹格雷本街上有自己的房子。不管那有着希腊-德国风格的灰泥山墙和女像柱的房屋的正面看起来有多么冷峻,至少那室内的布局连同皮货商的广泛兴趣一起铭刻在人们绒毛般的记忆里。开始时,教授夫人似乎被她的资产和环境的全面冲击弄得有些惶惶然。因为,除了那不朽的家具的压力之外,那房子还面对着更为正统的东西,或者说,斯塔特尔德公园的一侧。结果主人们站在一楼的窗口处,便可纵览修剪一新的草坪和分布均匀的沙砾。在那成片的秋海棠和鸡冠花花坛的对面,或者说,沿着一条渐渐变窄的椴树林荫路,排列着许多尊小心翼翼的铁饼抛掷者和端庄美丽的希腊女神的塑像,直伸向深沉的,鼓胀的,模糊的斯塔特尔德公园的深处。

不管多么偶然,那公有的环境使那庄严的资产价值倍增,意义更大了。从比恩尼恩斯塔特迁居此地的几年中,他可能仍然抱着一种坚实的幻想。只是有一种讥讽之感,希梅尔法布教授才没为物质条件所动,特别是当他从斯塔特尔德公园散步归来时,当他撞见自己房屋那似乎逐渐扩大的正面,更是如此。那房屋犹如一座小巧玲珑的艺术品的宫殿,竖立在林登纳利大街的尽头。

于是,冒着自诩的危险,一种粗野而沮丧的声音仿佛从教授的鼻腔里哼了出来。他不得不回头望去,倘若有人听到了,他准会难为情的;再一想,若是果真有人听到了,也是蛮有趣的。

在他担任要职期间,他更加阴忧了,更加迟钝了,脸上也打上了深深的烙印。直到后来,那些坐在屋内墙边的一圈长椅子上的人都注意到他了,他们与其说有时注意到他的话——不管那话有多么明敏微妙,多么发人深省——不如说注意的是他那粗制滥造的铁板一样的体形。他通常散步时,总是手里拿着根棍子——大家认为那是根手杖——其实他只把它当作个伙伴,不是为了支撑身子。而且他身后总是跟着一只名叫特克尔的毛蓬蓬的小狗,在大转弯的时候,他总是不时地叫唤着它。他经常穿着一件粗糙的,老实说,相等低级的花呢上衣,不过他也披外套;人们很难就此断言,那是为了保护身子,还是为了更具有刺激性。别人从他跟前走过时,总是瞪大眼睛望着他,心里嘀咕着:这个又大又丑的犹太人怎么啦?可是,当然喽,也有许多人认识那位有身份的人,并向他致意问候。直到歧视的十年过去以后,人们看到德国人及犹太人都高兴地和希梅尔法布教授握手的情景,女人们见到他也都笑口常开、红着脸,毫无疑问他们还都记得他青年时的某些难堪的经历。

至于他的妻子,教授夫人,无论如何她从不陪丈夫穿过斯塔特尔德公园散散步,只是偶尔见到她和丈夫一起漫步在公园耙过的红色沙砾上。她所受的教养使她一直不习惯散步,除非到她满意的商店里去,在那里见到青铜色的鱼和透明的油画颜料之后,她总要就自己略知一二的许多奥秘发表高见。到了中年,她的身体变得令人遗憾地笨重了,可她的精神却仍然保持着明显的欢乐。她总能让许多意志衰退的人精神振作起来。譬如有几次,当几个女人坐着给她们很快便爱上的男人们缝制外衣时,当年轻姑娘们不小心针扎了手指时,当年纪较大的妇女有意骂起自己的记性时,是雷哈·希梅尔法布通过某种语言恢复了她们的连续感,或者说,只要她在场即可。那些女人只知道缝的东西要结实,要好,希望多穿些日子,却不顾放在她们膝上的白衬里外衣的提示。

"胖人比瘦人好处多,他们走动起来更轻巧。"教授夫人总喜欢这样解释她身体的活动能力。

然而,她自己的疑惑和恐惧有时却在加重,这也许只有她丈夫才知道。每次散步回来,他总可以看到她站在一楼的窗户跟前,观望着。这时,她一眼就看见他了。于是,她把身子探出窗外,气喘吁吁地向她丈夫挥动起她那暗黑色的、胖乎乎的手,好像在他回来之前,她没让别人叫走,是令人愉快而安适似的。此刻,隔着窗户和街道之间的距离,他们的两颗心才是最亲近、最相爱的了。

"今天你看到什么啦?"教授夫人总这么问。

"什么也没看到。"她丈夫也总这么回答。

不过此时,他发觉她也没被词句的掩饰所欺骗。的确,就本质而论,唯有语言最不透明,可是年深日久了,也会渐渐透明起来。至于脸嘛——他为自己所见到的那些而感动、兴奋、惊讶和羞耻。

通过他与他们系的同事的接触,他给学生做的讲座,他发表的文章和撰写的书籍,可以看出希梅尔法布教授是个性格坦率的人,是个非常精细的,有时还为琐事操心的知识分子,而且还有经常说警句的天才。凡是见到他缓慢而单调地走在斯塔特尔德公园的落叶上,或走在镇里的人行道上的人,没有谁会怀疑他有着病态的趋向和应受到谴责的野心。因为他一直渴望着超越理智的界线,也为此深受其苦:收集可在人脸的厚壳里断断续续见到的火花,突破用木与石的形式束缚起来的闪亮的火星。他自身的不足使他能认清事物的残缺不全的本质,可是与此同时,又制止他去承担重建所需要的巨大劳动。于是,那位大醇小疵的人始终保持着一种必要的试探姿态。他总是凝视着灌木丛,凝视着窗户,或者洞孔,要不用他的棍子试探着石头的厚度,仿佛在寻找进一步的证据。这时候,他本应收集那些无穷小的火花的内核,他已经知道它们的存在,他正把它们重新插进圣火里,最初,它们就是从那里落下的。

这样,他回到家中,知道自己训练不够,所以在回答妻子的询问时,总得坦白道:"我什么也没看到,什么事也没干。"

她总是低垂着头,这倒不是由于他隐瞒了什么使她气恼了;或者有什么她未曾弄懂的问题。而是因为她意识到愿望毕竟是愿望,它与成就之间有着距离,而她又不能助他一臂之力。

然而,他们夫妻的关系却是美满、和谐的,也许两个人共享其乐就是这么愉快。他们总是在霍尔兹格雷本街上的那幢房子的藏书室里度过一个个满意的夜晚。这时,希梅尔法布教授总是习惯性地倾斜着身子,读着书,或批改着文稿;而他的妻子则忙着缝呀,织呀的,通常是为了某个犹太人的家庭,那个家庭的境况引起了她的关注。

一天晚上,他们静静地坐在那里全神贯注地忙着各自的事,连时钟都抑制住它那有节奏的滴答声。突然,雷哈·希梅尔法布用织针搔起头来——很多人可能认为那种举动是粗俗的,但她的丈夫则觉得那很自然——接着,沉寂打破了。就她而言,那确实是异乎寻常的。

"莫迪凯,"她问,"那些旧书呢?"

"书?"

他透过眼镜的厚玻璃片瞪着妻子,可能显出了轻蔑的样子。

"那些犹太古书。"

她的话音听起来给人一种不自然的快活感。正如某些女人那样,为着不可告人的目的,通过与丈夫的大男子主义的较量,千方百计地向丈夫献媚求宠。

"你不是那样愿意表白自己的,雷哈莱因。"

因为,此时,他有些心烦了,他不希望回答问题了。

"你知道我指的是,"雷哈·希梅尔法布答道,"那些希伯来文的旧犹太神秘哲学的书卷和手稿,就是你在拉特科威兹的那家书店发现的那些。"

希梅尔法布教授把正在读着的书放了下来,他受到了严重的干扰。

"留在比恩尼恩斯塔特了,"他答道,"我用不着它们了。"

"那些书价值太大啦!"

"没有什么特别的价值。最多算是智力的奇品。"

接着,雷哈·希梅尔法布使她的丈夫大吃了一惊,她竟然问道:"你相信通过上天的启示就能得知真理吗?"

希梅尔法布的嗓子变干了。

"正相反,"他说,"不过,我不再相信对天上的和地上的东西的窜改了。那是自我主义的一种形式。"

他的手在颤抖。

"而且可能导致精神的混乱。"

但是,他意识到他的妻子那本来是和缓而轻松的情绪,却突然变得郁郁不乐,咄咄逼人了。

"你!"她嚷道,喉咙哽住了,犹如身上的血液都穷途末路了。

"以后你会清楚的!可是,我们,普通人会怎么样呢?"

"最后都会一样。"

眼下,她的双手、织针和毛线在可怕而古怪地动弹着,他实在不能看下去了。

"到时候,"她那阴郁的嘴唇突然漏出了,"你可以承受得了。因为你的眼睛能看得更远。可是,我们其他人心里该怎么想,才能承受那终结呢?"

"这张桌子。"他一边回答,一边轻轻地摸着它。

这时,他妻子把织的东西放了下来。

"啊,莫迪凯,"她低声地说,"恐怕桌子和椅子不会站起来拯救我们的。"

"上帝会的,"他答道,"上帝就在这张桌子里。"

她亮起了嗓子。

"有些人能够忍受集中于这个名称上的最严酷的折磨。"他听到自己的声音在咕噜着。

这话听起来只不过是说教式的。因为他知道他本人对他所爱的妻子毫无办法。最多,他只能用身子压倒她。

这期间,希梅尔法布教授还像往常一样教着课,同时,又在撰写着他的论著《精神的协调性:十九世纪末、二十世纪初英国文学与德国文学类同之研究》。有些人认为该书将确立那位教授在学术界的声誉,但另一些人根据当时的情况则担心,该书不会受人青睐。

因为,当时,许多事情都改弦易辙了,开始时不知不觉,转眼间便向深处流去。许多德国人终于发现自己是犹太人了。假如对解放怀有信心的父母把犹太人的分散,能够作为一种玄奥的观念加以解释,那么,他们的孩子们似乎只好将对犹太人的放逐视为一种严酷的现实了。的确,有些人很早就这么认为。他们来到美国,做起了尼龙的梦,那梦中透明的褶层再也不能完全隐匿住犹太人的形迹了。那些人总是辗转反侧,夜不能寐。有些人回到了巴勒斯坦——啊,是啊,回去了,因为不如此怎能结束对犹太人的放逐?——但却不允许私人瞥见他们的返祖之感所需要的神的显现。那些人或许受到了最大的欺骗。他们的软弱、斑驳的心灵该有多么哀伤!啊,在肯平斯基家的那些夜晚啊!啊,在赫林斯道夫家的那些下午啊!其他的人则恍如被抛到锡安山①的岩石上,根据创造的法则,最后痛苦地在那里扎下了根。他们一边长着坚硬的苔茎,一边抵抗着暴风雨的袭击,因为,他们既然到了那里,便自然而然会那样做了。

然而,在作痛的别墅里,在拥挤小巷的陋室中,在橡皮树旁边的雅致大方的米黄色的公寓内,他们,由于种种原因,摆脱不掉那个神经中枢——欧洲:他们或是骨骼抗议了,或是他们喜爱上自己的家具了,或者他们肯定被人忽视了,他们或陶醉在亲吻之中了,或被牺牲的预感吓呆了,或者他们太胆怯了以至不相信自己的命运掌握在自己的手中了,或者他们在等待着神明对他们信念的指示……这些情况都存在着,而且气氛是紧张的。所有的语言,甚至那无声的语言,都针对着他们。他们的思想怀疑着房门,他们平靠在墙上,平靠着行将死去的纸玫瑰,把尿撒在厕所边上,还不想把它刷掉。

---

① 位于耶路撒冷,是犹太民族文化中心的象征。

在整个缺乏理性的时间里,莫迪凯·希梅尔法布一直在探索的只不过是一种合理逃遁的方式而已。

作为一名公认的罪人,他不能正常发挥作用,然而,他还是想尽其所能的。其实,他并没有玩忽职守,据记载,他曾服过役,在一场战争中为德国打过仗。眼下,他只能让人把自己的某些职务解除了,只能垂下眼皮,对那窘困的局面不予理睬。他比以往更多地徒步行走了,以避免在电车和公共汽车上发生不愉快的事。结果,他那挂在骨架上的衣服显得更松散了,他的面孔呈现出一种原始的模型,就连他那背教的父亲都会为此而羞愧。他会常常去斯塔特尔德公园散步,必要时,他还坐在黄色的长凳上休息一会儿。来来去去,早早晚晚,在稀疏或明亮的光线里,在鸟与猫的陪伴下,他觉得自己对他出生的那个小镇上的每一块石头和忧伤仍然记忆犹新,他觉得他终于能够解释一个扭曲了的世界的最难理解的含意。

当然喽,假如仅仅为了妻子,他本应尽力找到一个实际的答案。他收到了几个亲戚从厄瓜多尔的来信。他获悉他们的兄弟阿里已去巴勒斯坦,在领导一个青年小分队,并在那里定居下来。只有莫迪凯还没有迹象表明,他本人能起到什么样的作用。也不知道他那违心的意志还要悬浮多久。他决心不怕肉体会遭受的任何磨难,甚至不怕可能要承担的精神上的痛苦,若不是妻子的形象总在折磨着他,也许他会听天由命了。

一次,他的同事,数学家奥厄特尔,一位患着病,而且最后死于该病的了不起的雅利安人来找他,求他趁着还来得及的时候,让他帮他的朋友离开那个国家。

希梅尔法布犹豫了。人类的姿态在萨迈尔①的统治下是那么动

---

① 根据犹太教的传说,萨迈尔是执掌死亡的天使,其名有着"神之毒物""神之恶意"的含义。

人!他心软了,足以同意了。假如只为了雷哈就好了。他马上意识到,她不会抛下他离开。

"奥厄特尔!"他叫着那名字,"奥厄特尔!"到他能说下去的时候,便解释道:"犹太人的罪孽给了萨迈尔可以站立的双腿。从某种意义上讲,我为自己的罪孽赎罪是责无旁贷的。你明白吗?当然你不能明白喽,你不能明白!你不懂!"

是的,他有点发狂了,在谈到希梅尔法布的拒绝时,奥厄特尔补充道。

希梅尔法布回到妻子跟前,他对她的爱是那么深沉,以至他都没有陈述他同事的恳求。他们仍被允许住在那幢正面带有希腊-德国建筑风格的房子里。甚至当那教授接到解雇通知后,他们仍可住在那里。不过很不安定。几个侍女带着遗憾或慌恐走掉了。家务只好由一个上了年纪的犹太男仆帮助希梅尔法布夫人料理。幸运的是他们有着私人的财产,他们至少可以勉强维持自己在物质方面的基本需求。有时,希梅尔法布夫人的穿戴也特别谨慎——也许甚至是很俗气的,不过她总是那个样子——别人常会看到她去变卖艺术品。于是,他们生存下来了,仍然住在那房间从未空闲过的安静的房子里。他们千头万绪,思绪万千。从楼上的窗子向外望去,那公园从未显得十分荒芜过。带着块茎的秋海棠果实低垂在雌雄同株的园圃里,犹如等待着一次贪欲的展览。

一次,希梅尔法布去看望他过去的一位朋友——斯托弗中校。有人说他们住的只相隔几道街,并说他当时正处在一种怪癖的状态中。简直成了浴缸里的塞璐珞鸭子。

那位中校穿着一件点缀着花边的小围裙出现在门前。

"朱尔金!"来访者开口叫道。

但他马上领悟到他们已经无法穿过分手的森林,而且,就朱尔金而言,他更为困惑了。

那位中校的脸,或者说,那张让骨头拉得紧紧的脸,一时还仍在熟思着。由于他个人的苦恼,他正想象在他的门口的擦鞋垫上发生的一桩令人憎恶的事。

"中校先生不在家。"他终于说了话。

脸、门和话——全都轻轻地闪烁着。

"再说我也不能接待犹太人哪。无论如何也不能。"

所以通向朱尔金·斯托弗的大门关闭了。

又一次是在街上,他对一个人滔滔不绝地叙述了往事。那个人是康拉德,朱尔金的哥哥。由于他写了一部小说,已经是闻名遐迩了。他的小说谁都读过,那是一部有着严谨而大胆风格、描写战时官兵关系的小说。康拉德·斯托弗成功地赢得了一部分小心谨慎的读者的心——据说甚至还包括政府官员——因为他敢想敢说,危言耸听。

康拉德对什么人都绝对地了解。他说:"啊,希梅尔法布!你几乎没有变哪!只是什么事儿都规模大了点儿。"

这时,他拉住那尊贵的相识的手肘。

他的手稳当而牢靠地拉着他。他刚刚仔细地刮过脸,并在浴室里洗过身子,所以那皮肤让早晨的阳光一照,看起来宛若新的一般。成功赐予了康拉德·斯托弗那昂贵但雅致的皮衣以亮光和气味。许多人,假如敢于对他的傲慢严厉批评的话,或许会公开表示对他的厌恶。

"希望你能到我们家来做客。"

而他却不想冒此风险。

"我们两家离得很近哪,"他缓慢而准确地说出了地址,好像故意在卖弄似的,"我妻子见到你会高兴的。不过得快些。我们可能近期要搬走啦。"

说着他粲然一笑。

康拉德·斯托弗那样子使希梅尔法布倒有些冷漠了。这一点，斯托弗一定会觉察到，因为分手后，他掉头便往回走。康拉德拉住那犹太人背心上的一个纽扣，他本应向人道歉的。

"不过，你会来的，"他劝诱道，"你答应了？"

那时候，谁能答应呢？此时，该轮到犹太人笑了。可是他们早已一起发出过热量。

尽管如此，希梅尔法布仍拿不准自己是否会再来看望斯托弗。只要他的意志尚在，它就会推动他沿着生存的狭窄之路不停地行进，不管别人的承诺有多么媚人，他也绝不会偏到社会交际的旁轨上。此外，还有他的那本论著。他的大部分时间都用来搞注释和修改了。因为，尽管他不再希望看到它出版，但让它半途而废，他也于心不忍。闲暇时，他也比以前散步少了，这倒不是怕触景生情——他对一切都变得无动于衷了——而是因为他要尽可能少离开自己的妻子。

他不能推究出那个温柔、可爱，然而又秘而不宣、艰难莫测的人儿多么具有依赖性。相反，他发现自己倒是依赖她了。有时，他会无缘无故地去触碰她。假如他没有发现她，他便可以去厨房里找，或许她正在那里帮那个代替厨师的干瘦老太婆干活呢。到时，他便询问起几年来他常常见到的事情了。

"那是什么？"他问。

"那是切碎的鸡肝。"她用坚定而平稳的语调回答说。这样，他认不出那明明白白的东西是什么也就不足为怪了。

的确，她会和他一同盯视着那厨房里的普通碗碟，似乎里面盛的东西就礼仪而言最为重要。他们也将借助习惯性的轻轻的碰触来避开心情的痛苦和分离的可能。

后来，他们听说赫茨博士不见了，而且韦尔斯和纽曼斯以及门德尔松博士夫人在俱乐部里也看不到了。这一情况不声不响地传播开来。由于当事人都是些关系疏淡的点头之交,所以严酷而单调的生活照常继续着,没有谁关注他们的离去。只是在希梅尔法布家帮忙的那位老太太却变得没精打采了,而且还睡不着觉。希梅尔法布夫人常常在夜里不得不从床上下来去安慰那个女仆。

但是也会有无可慰藉的夜晚。信心将会像锯屑一样从强者身上扬撒出来。

十一月的一个夜晚,希梅尔法布在回家的路上,途径弗里德里克斯特拉瑟大街时,他突然驻足,不能再走了。

一辆电车在黄昏中飞驰而过。人行道上步行者的那一副副菜色的、毫无生气的面孔靠着本能引导着它们在夜晚的恍惚中移动着。酒馆里,那脸刮得干干净净的顾客们早已被安排到往常的座位上。腌蛋的皮正被人们劈劈啪啪地磕打着。那一张张嘴在掘着盛满酒的石杯盖上的泡沫塑料垫。为什么一颗心突然意识到它被黑暗的迷网纠缠住了?为什么一个人在弗里德里克斯特拉瑟大街的拐角处竟会失去对自身的控制?真是莫名其妙!然而,希梅尔法布经历了一种难以自持的恐惧。他实际在跑。他在跑。他在跑着,跑着,从精神的威严中,从体力的疲劳中,解脱出来了。在他跑过的时候,一些黑暗的灵魂在咒骂着他,不过他是很难听到的,也未曾遭及过那粗野冲突的撞击之苦。不可思议的是:在迄今为止有条不紊的黑夜里,他,竟是这一冲突的缘由。

沿着弗里德里克斯特拉瑟大街,他跑下去了,穿过了科尼金卢西普拉茨街,到了比斯马克斯特拉瑟街,又沿着克罗坦加瑟大街,他继续向前跑去。他气喘吁吁地一直跑到了休德公园。因为,此时,那位受谴责的人觉得自己需要让人亲切地对待了,确切地说,应得到站在坟墓正面的那些人的承认。

康拉德·斯托弗一家住在一幢铁灰色的公寓里。虽然那寓所的外形看起来很朴素,但却偶尔安插一些华饰以及水泥的水果和花朵的花彩装饰物,通常这种房子的租金最为昂贵。那家的来客好像为了确定那房屋的号数,正怀着一种令人痛苦的慰藉触摸着那凸起的图案。当他来到楼梯平台发现自己总算找到了的时候,他好似青年人,顿时劲头倍增,他龇牙咧嘴地笑了起来,装出一副和善的面孔。然后,他便去按他那朋友的门铃。他的朋友们啊!他的朋友们啊!那是奇妙而坚硬的铜笔尖,那伪装的面孔战栗地考虑着。朋友比自己的血液要安全得多,要比古典抽象派作品——上帝,更有价值。所以,那个人的手预先就颤抖了。他预演着社交际和逃避不了的雪茄和法国白兰地酒的交易。

一个可能了不起的,可是相当模糊的白色人影打开了公寓的门。

室内,在那有着东方风格的大吊灯的橘黄色灯光下,只见斯托弗正在把电话听筒放回原处。

他马上向前门走来。

"你终于来了,我非常非常高兴。"康拉德·斯托弗说着。

"这是我妻子,希梅尔法布。"他边说,边指着那个消瘦的、直立的、模糊的白影。

"真是太高兴啦,亲爱的希梅尔法布,"他不停地说,"我们真没想到啊!"

"我对那些常听到的事情都特别感兴趣。"他妻子恰到好处地补充说。

显然,斯托弗夫妇此时都很激动。不过当斯托弗用小锁链将前门捆紧之后,他又恢复了平静。他把他们的客人领到房子里头一个好像书房的地方。那里铺着东方式的地毯,起初是阴沉沉的,但渐渐有了生气,散发出抽过烟的气味。

斯托弗夫人径直走到一个有嵌饰的盒子跟前,点了一支香烟。她从鼻孔里喷烟那方式,使人联想到她一定为此在消耗着生命。

这时,她没有忘记:她不能用完全突然的,尽管是抚慰的方式,对他们的客人供奉得太多。

"您也让这些毒品给迷上啦?"她问,她有点出格地咧着嘴笑着,紧追不舍。

她拿出一盘匆匆盛上的带浓味烈性酒的巧克力。那巧克力是进口的,价钱很贵,对那些受人歧视的人们来说,那已是多年不见的奢侈品了。此时,那放在银盘子里裹着金纸的巧克力像邪恶的宝石一样散发着凶光。

至于斯托弗夫人,她正处在一种似是而非的兴奋状态中,莫迪凯感到她可能已在用她那肉感的青春挑逗着他。生丝的紧身衣极好地被身体支撑着,那身体的骨架在褐色的皮肤下一目了然。不过当晚,她可能正患着感冒。她穿着一件旧羊毛衫紧紧地靠在暖气上。尽管如此,她仍然保持着一种雕琢的雅致,说话时带着柏林口音。

斯托弗夫妇对他们的客人寄予希望,或者说他们的脸上有此表示。

"今天晚上,我可来了。"希梅尔法布边说,边瞅着那通红、可爱的法国白兰地笑着,他的主人当然要为他准备那种东西了。

"哦?哦?"

斯托弗爱莫能助,他妻子也惴惴不安。尽管她解释说她的女仆已经走开了,去找一双颜色鲜艳的长筒靴去了,但实际上,她还是两次走到门口去探听她的动静。

与此同时,希梅尔法布意识到他根本不能传导那心脏突然的惊跳、脉搏的失常、熟悉街道的敌意,以及那毫无道理的恐惧的、刺鼻的、固有的恶臭。因为语言是道理的工具。

"我。"他样子丑陋地失口说出。

他是个无足轻重的人。

于是,他们又给了他一杯法国白兰地。

"是啊,是啊,我们明白。"斯托弗夫妇同情地啜嚅着。

他们仍然摆脱不了——也许是他们仅仅了解的——他们自己那局促不安的心情。

在郁郁寡欢之中,为了安抚他们平静下来的客人,他们开始谈论起汉恩伯格、保罗·克利和布莱希特。作为自由德国人,他们奉献出自己的心神,连同那酒味巧克力、法国白兰地和纯正的古巴雪茄烟。然而,他们三个人都感到:他们可做出的每一个动作,在当时的情况下,只能相形见绌了。

斯托弗略有醉意了,不过看起来倒像个善于表演的人,至少像个喜欢捣乱的人。也许他属于那种觉得在生活中行动太迟缓了——也许从历史的角度看也仍然太迟缓了——的知识分子。他总想干点什么,如果不是去毁灭那损人利己的整株树木,也要拔除它一两根根条。他懒散地躺在覆盖在那十分华丽的长沙发的东方绒毯上,在裤角的卷折与短袜顶端之间的皮肤露了出来,这使他看起来更年轻了,更真挚了,可是最后也无济于事。

斯托弗夫人用她那长长的、黄白的指甲挠起了她那胳膊上没有汗毛的皮肤。在化妆油脂的薄层低下,她的那张尖尖的长脸至少懂得安详的理论。

康拉德数着一些名字:摩洛哥、太平洋、加拉帕戈斯群岛①。不过后来越说越离家近了,因为他更了解那些地方。他最熟悉里维埃拉②了。所有这些,希梅尔法布只是听着,并没与生活联系到一起。

"波恩,"康拉德讲述着,最后,他凑到跟前,"一个乏味但正派的

---

① 即科隆群岛,位于太平洋,横跨赤道,距厄瓜多尔西海岸约六百英里。
② 从法国东南部沿地中海至意大利北部一带的地区,为著名的假日游憩胜地。

城市。我们可以到那里吃午饭。星期四。如果你下定决心的话,希梅尔法布。我想,带个牙刷就足够了。"

一场鹅毛大雪可能已在那犹太人的头脑中纷纷落下了,不幸的是雪迹还未被扫除。

它那柔和的许诺迫使他站起身来。

"我得走了。"他郑重地说。

最终,那是必然的,大家也都知道。

"我得回家,妻子等着呢。还有一只狗,每天晚上这个时候,它都等着我把它牵出去遛呢。"

"您妻子?"斯托弗夫人的呼吸是那么急促,她可能刚从一次打击中退却出来。

她戴着一副手镯,手镯上挂着几只混在一起、没有光泽、不算珍贵的大宝石,它们正处在痛苦的矛盾中。

"我还不认识你的妻子呢。"斯托弗不停地重复着。

那犹太人呵呵地笑了起来。

他通过魅惑的嘴唇笑着,那嘴唇的肌肉将变成可怕的、胀大的、多余的脂肪。因为,直到那天晚上,当上帝回缩到最初的混沌状态的那一刻,没有谁了解他对自己的妻子一直是怎么想的。

"我担心今晚我犯了什么罪,为此我将永远不能补偿。"

"我担心。"他不停地说着。

那个崩溃了的犹太人啊。

"不,不!"斯托弗夫妇遗憾地说道,"担心的是我们!我们是有罪的!"

他们,那位微不足道的胜利者康拉德·斯托弗和他那过于简单,又过于复杂的妻子,无论怎么抱歉也不够。

"我们!我们!"斯托弗夫妇坚持说。

她那手镯自相碰撞得叮当直响。

那个老气横秋的犹太人向着房门走去了。

"我敢说你们为什么不该包括在集中受审之列是有着原因的,"他轻轻地说道,"我们是根本不能逃脱集体审判的。我们是个整体。任何颗粒的分裂都将损害整体。我就怕干出那种事来。在丧失理智的一刻。譬如今天晚上。"

他们来到大厅,站在东方吊灯的橘黄色灯光下。

"不过,这是最最让人害怕的了。"斯托弗几乎在嚷。

他本人已经陷了进去。

"开始时,我们就知道。你到这里来是为了避难的。"他的声音在颤抖,"因为,今天晚上,"他总是踌躇不决,咬文嚼句的,不管他说话的声音多么大,"实际上,在你刚来的时候,别人已经用电话通知我们了。"此时,他简直是在咆哮,"他们在毁掉犹太人的财产啊!"

"咳,康拉德!"他妻子悲叹道,可能是对事实的更为激烈的抗议吧。

但是一辆救火车似乎证实了她丈夫的话。它冲破了德国郊外的一片岑寂,留下了一条动荡不安的黑色烟道。

只有希梅尔法布似乎没有感到惊讶。他甚至还在微笑。因为一切都已解释完毕,偶然性也都排除了。

"你还不知道呢!你的妻子啊!"

到了此时,说得确切些,斯托弗已经完全处于恐惧之中,他那成人的表情变得幼稚了,他周围的那强盗的游戏已经成为现实。

当斯托弗夫人将烟灰盘递给客人弄灭纯古巴雪茄烟时,她那油光的脸上流着泪水。

接着,那不设防的小门锁链退出了惯常的位置,发出了嘎嘎的声响。

希梅尔法布走了。

他已经离开了那个地方,将他的挚友们丢在脑后,倘若他的头脑尚有余地,他将会怀着感激和热忱记着他们的。

休德公园尽管妩媚,却是静谧的。只见一层优美地集在一起的、极度痛苦的橙黄色将黑暗从小镇的轮廓里分离开来。在生命业已停止的地方,是不大可能将它复还的,然而,那个在街上跑动的、大衣飘动着的、肌肉拉紧了的人影却有此意。在克罗坦加瑟大街上,一堆堆犹太人站在玻璃的闪光里。女人哀伤的声音加快了他的脚步。在比斯马克斯特拉瑟街上,有个男人在扯着嗓子大叫着,直到人群的几个人开始推拥他的时候,那声音才转变成不断撞击沉寂的哇哇的哭声。

希梅尔法布并没有全速地跑。确切地说,他是弯着膝,靠近人行道快速地向前移动着。他的呼吸已经不属于他了。一路上,他听到那气呼呼的声音,好像跟着一只摆脱不掉的不受欢迎的野兽。在科尼金卢西普拉茨街的拐角处,火焰在绚烂地跳跃着。希勒斯特拉塞街上的犹太教堂燃起了熊熊大火。这就更显得肃穆了。靠着路边,停着一辆救火车。几名消防队员正围着圈站着。实际上,他们能干什么呢?那幢奇丑、短粗,然而实用的旧楼房在与天空的竞争中装出一种不合时宜的哥特式的温雅。既然各种声音最后都静了下来,一切可能都得到了补偿。

当走到霍尔兹格雷本街的时候,他已是大汗淋漓,他那瘦削的脖子伸了出来,期待着一把尖刀。这是他自己的街,还是那么清幽、可爱,有着德国的风格。然而,由于动乱,一个政权溃灭了,那熟谙的东西被推到黑暗的梦中。他在梦里走进一直住着的房屋,发现自己弄懂了所企盼的是什么。

房门当然是开着的。它在轻轻地扇动着,恰似有几次他在睡梦中发现的那样。

那房屋成了个空壳子,里面的装饰已荡然无存,尽管他还不能因为黑暗和淤积的静寂而认为它一无所有。

他用脚试探着走进屋内,那双脚又长又木,犹如他那棍子般的手指。在黑暗中,他弯下腰,触到了那小狗的身体。它已应时地固定在那里,宛如墓碑上的雕刻,只是嘴唇从牙齿上向后缩了,否认着死亡的特权——安静。他意识到触到了舌头,顿时毛骨悚然。

这时,犹太人叫喊起来。

他喊道:"雷哈!雷哈!"

又到户外喊了起来。

他一直在想:她,他的拯救者,如何在最危急的关头来到他的跟前,将他的头搂在自己的怀里。

这样,他跌跌撞撞地走着,接连不断地叫着。

他叫上帝,上帝经过光秃的树枝来到窗前,一街之隔的一群人登时大哭起来,然而又惊骇不止。他穿过房屋,漫无止境地攀登着,香料的香味永远地消失了;还有那蜡烛的神圣的光,在那烛光里甚至最顽固的肉体也是透明的。月光流泻进来,投到楼台的地毯和玻璃杯口上,泛起了粼粼波光。冷冷的。

当那探索者最后来到房屋的上层时,他发现了老女仆。她怪异地叫了起来。这主要是因为她的胆怯,一种恐惧之感憋闷在心中。因为此时,甚至连那家具都产生了敌意。

渐渐地,她说出了没有必要再做肯定的话。

他们来了,他们来,为的是希梅尔法布一家。

可是,他没经历的事,她又能补充什么呢?

因此,他丢下了她,让她继续在那里唠叨着。

他一边啜泣着,一边茫然地往下走着,他走进一个勉强能进入的黑坑里。叫着那名字似乎他就满足了。于是,他又往下走了,穿过房屋,走进黑暗里。在黑暗中,他坐下了。对他来说,他们是否已经离开,倒也无所谓了。他坐在黑暗中。

第六章

"战车。"黑尔小姐竟敢搅乱了沉默,那沉默犹如特地降落下来的,人生表演中最厚的幕布。

然而,她确实颤抖了。当意识到自己已经违背了一直被告诫的、谈话时要遵守的一项主要原则之后,她马上停顿下来:个人感兴趣的话题再要紧,也是次要的。

"那么说,您知道那辆战车啦。"她禁不住说道。

不过是在悄悄地说。说得很慢,声音很低。

这,就像一种样品终于被人认清它的属性那么事关重大。然而,怜悯却不让她将注意力强行分散到自己那紧迫的情绪中,因为,在她黯然销魂地听着她的伙伴讲述自己经历的同时,她那两片嘴唇好像让树胶粘到一起了。因此,她贸然讲出来的那个词儿,在第二个人认清之前,一直像幻象一样悬在空中,不停地震颤着。他们应当合二为一了。

"要是我们再能见面该多好啊。"那个毫无表情的男人开始兴奋起来。

她那紧扣的双手和喉咙的脉搏摒弃了他们相遇的偶然。不过,当然喽,她也无从解释。她的脸不比她的舌头更能有助于她。实际上,她本人也懂,在紧迫之时,她或许倒像一只充血的火鸡。

"假如我们继续见面,"犹太人说,"我就要故态复萌,背叛妻子,背叛我们大家了,因此,你得原谅我。我会永远记着的。因为暂短的一瞬可以变成万古千秋,这要随着内容而定了。所以,我发现自己仍然在跑,沿着大街往下跑,直跑到避难所——我朋友的房子里。我仍在抵制着我有时无法忍受的东西。当他们都对我信任时,你知道,他们指望的是我去为他们赎罪呀。"

"我还不大懂人们所说的罪孽指的是什么,"黑尔小姐只得承认了,"我们有过一个老女仆,她总想给我解释,我就是不懂。虽然佩格说她有罪,可我知道她是无罪的。就像我说这棵树是好的一样,它的罪过莫过于果实上生了点虫子。别的东西都可以想象。我常常想象着许多东西。啊,是啊,我常这么做!这对我是很有好处的,使我不至于越轨。不过到了早晨,一切又是往事了。瞧,"她说,一边指着那轻轻摇曳的青草,"我们从这棵树底下向外看去,怎么能断定这一切都是不好的呢?"

此刻,甚至她自己也都相信了。她用这种方法去安慰人也有些太傻气了。

"那么,你对邪恶怎么解释呢?"犹太人问。

她的嘴唇更干了。

"啊,是的,还有邪恶呢!"她犹豫了一下,"人都叫它缠住啦。有些人让它缠得更厉害!"她着重地补充说,"可是它自己会自动烧完的。它这么做的时候,有些人也会跟着一起毁灭。"

"让自己的罪孽烧光。"犹太人纵声大笑起来。

"哦,你可以指出我的错误!"她喊道,"我不聪明。可我也确实知道些事情。"

"那么谁会拯救我们呢?"

"我知道一场大火过后,青草还会生出来。"

"那是个现世的安慰。"

"可这个世界好得很。它是我们的一切。它让我恢复了健康,不然,我早就死啦。"

犹太人掩盖不住那故弄狡狯的神情。

"当这个世界不再养育你的时候,最后,你会怎么样呢?"

"我就沉入地下,"她说,"我身上将会长出青草。"

不过,她那声音听起来更显得凄惨了。

"再说,那战车,"他说,"这是人一度曾希望讨论的话题,能怎么样?你不承认能够赎罪吗?"

"啊,那几个词儿啊,那几个词儿啊!"她叫道,一边用她那长着雀斑的双手一甩了事儿,"我不懂它们是什么意思。"

"不过,那战车,"她让步了,"也的确存在着。我就看见过。即使某个人喜欢暗示,说那只是因为我碰巧在生病,我还要这么坚持。我看见过它。而且戈德博尔德太太也看到过,我对她还是信得过的。甚至连我那可怜的父亲也曾怀疑过是不是有这样的秘密在瞒着他。我可不相信他,他坏,真坏!而您这位大学者却是从书本上发现那辆战车的。您知道的要比想说的还要多哩。"

"可我不知道乘战车的人哪!我不会想象。不了解那些人。"

"您能一眼便看清所有的东西吗?我家里有的是各式各样的东西,正等着让人去看呢。甚至很普通的物件也只有到了时候才向我们显出原形。"

犹太人兴冲冲的,他的身体在衣服里面轻微地扭动起来。

"原来你是个隐藏着的现代虔敬派宗教活动家呀!"

"什么?"她问。

"人们说,每一代都有三十六位隐藏的这样的宗教活动家,或者说虔诚的信徒。他们不声不响地走遍世界,到处去治病、解疑,做着他们的好事。"

她慢慢地涨红了脸,但却没有吱声,因为他的解释尽管触及她的灵魂,但不是特别清楚。

"甚至有人说过,"犹太人继续说道,一边抚摩着青草,"上帝的创造之光如何照进了那些宗教活动家的躯体。并说他们就是上帝的那辆战车。"

她垂下头去,紧握着双手,此时,她心如潮涌。她望着自己手上变白了的关节,希望不会受到疾病的侵袭。即使在这她被人捧得最高的时刻,她也不愿去想:她身体的痛楚可能会被她特别希望能一直尊重她的那个人看到。

"我会记住今天早晨的,"希梅尔法布说,"不仅仅因为这是我们相会的早晨。"

的确,从树下向外望去,照在物体上的光亮似乎从未那么动人。那熔化了的碧空绕着火盆般的地球浓浓地抛注下来。那青草倦怠的主茎跳着它们明朗的、欢乐的舞蹈。蜜蜂的单旋律圣歌像一颗颗坚硬的金粒掉落下来。倘若,此刻,没有爆发出那哼哼的声响,并把他们向后猛推过去,所有的心灵本可以站出来赞美了。

"那是什么?"希梅尔法布问。

两个人从树枝底下焦急地向外凝视着。

一个黑白相间的柱状物从被遗弃的果园深处升起了,不停地移动着,摇晃着。静寂中传来了吱吱嘎嘎的响声。霎时间,高耸的莠草化为乌有。灰尘和草种犹如羽毛一样飞扬起来。

"喂?啊!哎呀!"良心的声音叫喊着。

黑尔小姐的脸色更加苍白了。

"或许我应该对您说说一个人,"她告诉他的伙伴,"不过现在不能说。"

乔利太太还在跺着脚,叫着。然而,她是否想侵犯自己那已经变得陌生的领地似乎值得怀疑。

"有个邪恶的人!"黑尔小姐决定就泄露这些,她用手指了指,

"邪恶到什么程度,我就说不清了。不过她已经和另一个魔鬼相互勾结,密谋策划在他们双双被消灭以前,把灾难带给众人。"

希梅尔法布本可以相信此话的。虽然那个首要合谋者已经离去,但从他的腿准备要走开的架势看来,显然他也感到自己停留的时间很长了。

"您不要离开我,"黑尔小姐恳求道,"我不回屋。谁叫也不回去。也许要一直等到天黑。"

"有些事情我忽视了。"犹太人咕哝着。

"如果您走了,那就应该是我被忽视啦。"她反驳说,宛若一个挂着珍珠的美人。"再说,"她补充道,"您的身世还没对我讲完呢。"

这倒使那犹太人觉得自己衰老了,软弱了。假如她希望他不要走开,他怀疑是否自己还有力量留下来。至少,为了那个目的。

"我知道,"她用对她来说已算是温和的语调说道,"我知道最坏的势头将要到来,可是,和您在一起,我什么也不怕。两个人,"她说,"总比一个人的力量大呀。"

于是,犹太人平静下来。在他们坐着的那荒芜的地方,树篷在他们周围收缩了。那可爱的树枝落下了一张张铁片,束缚着他们的躯体,然而,他们的精神却自由地被带进了那地狱最遥远的角落。

第七章

希梅尔法布的妻子被抓走以后,他也说不清自己在霍尔兹格雷本大街的那幢房子里待了多久。极度痛苦的他,此时根本想象不出人们认为的行动计划是个什么样子。所以,甚至当那老太太——他的女仆,由于恐惧,离他而去,躲到镇上那更黑暗、更安全的小巷时,他仍留在那幢冷冰冰的房子里拖延着时光。他常常在房间中来回地窜着,经过那被侵犯过的家具,走过那无法消除脚步声的地毯。需要时,他便像老鼠一样吃点剩在浅碟和碗里的食物。大部分时间他则是守着手稿坐着。一次,他发觉自己在准备讲座了。若在一般情况下,星期二他就该给大学生们讲课了。

有时,他只是坐在书桌旁,手里握着亲戚从约阿尼纳①带来的那把裁纸刀。那银白色的刀刃完全吸引了他,那锋利的刀刃曾提示过雷哈·利布曼姑娘,它的目的不在于开信和切书页,而是另有所用。回想起来,她那丈夫竟要去探测自己肋间的空隙了。假如他能认清再死个人会有什么意义的话,他也可能会将那利刃插进自己的心脏。

于是,那个无声无响的人,或者说那个心烦意乱的心灵放下了

---

① 希腊北部一城市。

那把无用的裁刀。不知怎的,一连数小时,他一直漂浮在一种精神与物质的状态之间,一面在那互不呼应的阴郁的形态中探索着。最后,他终于返回自己的脑壳和实际的天地里。

这其间,他也曾散步过几次——因为此时至少人们不再试图去骚扰那位孤独的犹太人了——在他散步的时候,他仍在思忖着赎罪问题的答案。那些见到他走在林登纳利大街清洁的砾石路上的人们,那些见到斯塔特尔德公园那些模糊不清的路与他颇为协调的人们,从不怀疑他的全神贯注实际是让人讨厌的。他们也不会猜测出那位身着灰色轻便大衣、手拿粗大手杖的人并不像他表面看上去的那么稳健。其实,他已经脱离了肉体,进入了他所经过的每一张脸。

这成了那位被迷住心窍的犹太人的一种习惯,从中他得到了巨大的安慰,特别是当他想到所有的小河终将与无形的大海融合一起。所以,他也可能将人们盲目的灵魂——那些前呼后拥、一心想到达某种不受怀疑的终点的灵魂——接纳到他那无形的躯体里。一旦这种悟力赋予了他,他便不顾血液与教理的羁绊,面对那一张张无意识的面孔忍俊不禁。他也不会认识到:对于他正想帮助的那些人来说,他也不总是受他们欢迎的。因为那些反应迟钝的心灵总是摇晃着,战颤着,畏缩着,唯恐被吸进他那洞穴般的眼睛里。一次,有人尖叫起来;一次,有人甚至去威胁人。

不过,他们的解救者并没有被吓倒,反而比以往任何时候更充满了爱。只有当夜幕降临之际,当人们的怨恨甚至都从那潮湿的道路上匆忙撤退的时候,那位犹太人才开始疑惑起自身的能力来。然而,到了那进退维谷、精神崩溃的冬天,战车的概念几乎按着他实际的理解又游荡回来。实际上,有若干个夜晚,他认为已能从那仅可辨清树木轮廓的黑色屋顶上区别出它的形状。偶尔,当他沐浴在它那逐渐消失的亮光之下,他能感觉出它走过时的风。此后,他站在渐渐腐烂的树叶上,面对着记忆的溪流,他那发热的双手紧拉着大衣,保护着他那不称职的、颤抖着的身体的两侧。

有天早上天还没亮,希梅尔法布便醒了,他匆匆地下了床。那寒冷和黑暗本可以使他望而却步,可是他刚才睡得是那么香甜,得到了如此异常的温柔与和暖,以至此时,他像依然与外界隔绝似的。他在黑暗中跌跌撞撞地走着。尽管他记不清做的是什么梦,但他相信,在睡梦中他已经决定应当去找他碰巧认识的那个熟人了——那个谦卑的犹太皮匠,和他做伴去。此时,他仍住在克罗坦加瑟街上。于是,他匆忙地刮起了脸,在预感的激动中,他脸上刮破了多处。当他祷告完毕,穿好了衣服,便去把自己感到很难丢开的几件东西装进皮箱:一个一直属于他妻子的象牙顶针,一大批徒劳的、尚不能出版的手稿,以及他那背教的父亲带有讽刺性的、毫无价值的礼物——祈祷披肩和经匣。然后,他停顿下来,不过在淡淡的光亮中,他只停了一会儿,门铃就响了。虽然他事先没有叫出租车,他知道没有车愿意来,但为了遵守时间,他还是带着那世俗的财物往外走了。

"啊,这么说,你都准备好了!"康拉德·斯托弗说。

虽然希梅尔法布在心里和梦中早已决定,暂时到家在克罗坦加瑟街上的那个犹太皮匠拉泽那里住下来。然而,眼前的情景却一点不使他感到意外。

这时,他俩都抢着要提那个皮箱,那冷冰冰的手指和那热乎乎的手指在那被争夺的提手上不约而同地混到一起。

"请让我来提!"斯托弗恳求道。

希梅尔法布突然撒开了手。因为这样似乎显得自然些。

他的朋友穿着一件软皮短大衣,大衣上散发着令人陶醉的气味,似乎一切都要为之倾倒了。时髦的小汽车已经开始在仍然犹豫着的光明中闪着亮光。斯托弗夫人带着一种好奇的表情站在那里,双手插在落伍的暖手筒里面,只有她才能用完美的现代术语去翻译这种东西。

三个人都表现得熟极了,好像昨天才刚刚分手。

"他实际上在等着我们呢!"斯托弗说,然后呵呵地笑起来,因为这种亲切的话语可被视作一种打趣的话。

"你坐在后面,希梅尔法布。"他做出了规定。

"上车,英格褒!"他更为严厉地命令他的妻子。

她上了车,砰地关上了车门,无论什么时候她这么做,丈夫都会不愉快的,此刻也不例外。不过坐到座位上,她便对他轻轻地摩擦起来,营造出一种平静的氛围。若非希梅尔法布想起在他们上一次会面时,那偶然的目光和缠绵的皮肤接触显然说明斯托弗夫妇仍在互相吸引,当然,那可能是一种正在扩展的冬天早晨的平静。

他们开着车在那白色的街道上穿行着。

"我想您还没吃东西吧。我们也忘了,"斯托弗夫人回头对着那位乘客说道,"我的肚子都饿瘪了。不过我们到了那儿,可以马上喝些咖啡。"

房屋渐渐地稀疏了。一张张圆脸也伸展成长长的模糊的一片。

"我们带你去赫伦沃尔多。"斯托弗解释说。

由于开着车,他的声音十分严肃。他那修剪过的脖子绷得紧紧的,尽管有些皱纹,但皮领子上方那部位还是表现出一种浓缩的美感。

"我们已经搬出来了,"他继续说道,"因为如今,一般说来住在有很多树木的地方更为称心。"

赫伦沃尔多属于斯托弗一家的房地产,距离镇上约有七八英里远。希梅尔法布记得几年前曾听人说过,他们是如何买下了那块国家本应用来修建国家纪念遗址的地方。那里原来的建筑物始建于十七世纪末,是一位女公爵为了方便接见她的敬慕者而建的,所以那是介于小型宫殿与大庄园之间的一种风格的建筑。尽管人们知道它实际的主人们对他们居住的那一部分已经做过修缮,但由于年深日久,它已经局部地损坏了。

希梅尔法布接受了一切,无论是有关自己未来的信息,或是匆匆瞥见的景致。若非那汽车的运行阻止了羞愧,他也许会发出质问。当他被柔和而安全地摇晃时,他注意到那车内的装饰品便是斯托弗夫人的肤色。车外,晨曦已经改变了往常质朴的景物,眼下,天、地、雾、水依着天真的蓝与灰色的薄层休憩在一起。倘若冰霜没有将其光辉附加到沙粒的表面,那么土壤将会显出贫瘠。

此时,斯托弗夫妇显然正在履行一种熟悉的程序,似乎已经把他们的乘客置于脑后了——他们咕噜咕噜地说着话,偶尔也说些乳酪和煤油的事——可是,斯托弗夫人最后也确实响亮而难听地咕哝了一声:"咳!"①

因为他们的车正在通过两个石门柱,那上方是巨大的光秃秃的榆树,树顶上有几个破旧的、颜色较黑的鸟窝,挂着几片最后的残雾。

在希梅尔法布看来,直到完全消失的一刻,那冷淡、那阴沉、那外国风格的私邸的孤立的、被损害了的风雅是无法掩饰的。这时,他的两个主人在车内噘着嘴。他非常细密地观察着,他看到石头上浸渍着地衣的生命,紫色的、绿色的、陈旧的、橘红色的,混杂、模糊在一起。然而,眼前的景物他从未目睹过,那本可以即时说明的东西却没有马上对他提及。他正在微微地笑着。斯托弗夫人突然转向他气呼呼地说:"这里没有人住!没有人,没有人啊!"

发表了演说之后,她恰若一个获得了真正自由的小姑娘。

"英格褒的意思是,"她丈夫解释道,"自从国家人力短缺之后,

---

① 原文为德语。

我们就再也没有雇人了。"

由于他从车里取煤油炉时头磕了下,他那种快乐的样子显得很不自然。

"不过,"他补充说,"有个农夫租了些土地,他用实物缴纳地租,再加上一定量的额外劳动。譬如,我们不在的时候,他喂养家禽,到我们回来的时候他们便偷蛋。我们一定得为你以后的日常生活做出安排。"他断定说,"以防不测。"

目前,他们却大意了。这三个合谋者背着高高的包裹,小丑般地钻进房子里,那房屋有着一种特殊的真菌味儿,以及由于年深岁久而常有的那股异味儿。

她们告诉希梅尔法布哪个是他的房间。他们差不多是最近才发现了它,康拉德·斯托弗说。那房间的外部由一个石栏杆掩饰着,掩饰房间内部的则是遮蔽楼梯的镶木。这个小房间最初可能为那位多情的女公爵提供了最大的方便。现在,这两位主人为他们的客人匆匆将室内布置了一下。在一个角上,放了一张有脚轮的矮脚卧床和一个坐浴浴盆,室内还放了一个朴素的小柜,和那天带去的那个煤油炉。不然,那小屋便是空荡荡的,客人怎么能住呢?当他整理自己那些微不足道的物品时,他哀伤而肯定地感到那空荡的房间已经属于他了,而且可能无限期地属于他。

那天夜晚,当他从私邸内的一面修长、炫目的镜子里看到了自己的形象时,他醒悟了:他根本不是这里的主人。

不过在那张受到损伤的橡木桌子上,他们还是吃了一顿合意的午餐。当英格褒·斯托弗收拾好桌子,干完了活,她将脸又靠到那张桌子上。

"在赫伦沃尔多,"她说,或者在预言,"我根本不会特别快乐。我总有一种预感像要出什么事儿似的。譬如,我担心这幢房子迟早会为了我不了解的卑劣目的而被征用。可能我会看到某个地方的、妄自尊大的政界领袖两腿放在椅子上坐在那里,我可以闻到被那些情妇们撒在梳妆台上的搽脸香粉的香味儿。"

"我妻子是神经过敏哪。"康拉德打断了她的话,他的背冲着他们,一面做着解释,一面翻阅着他们不在时寄来的信件。

"的确是那样!"英格褒同意了,然后咯咯地笑了。

她跳了起来,跑去拿来几只喝廉价的烈性麦酒用的小玻璃杯。她时而显得欣欣然有喜色,并能在铁面无私的大键琴上十分拙劣地弹奏几下巴赫的曲子。

"在巴赫时代与希特勒时代之间,"康拉德说,"德国出了问题。我们必须回到巴赫的时代,绕过瓦格纳和尼采的孪生沼泽,带着魏玛①和汉萨同盟②的城市的目光,聆听诗人们的声音。"

"不过,还得提到《特里斯坦》③。"他妻子申明道,然后走过去,搂住他的肩膀。

她的头颅,连同她那厚密的、难于归类的秀发在烛光中变黑了。

"对,《特里斯坦》,"他赞同地说,"《特里斯坦》是我们大家的财富。"

她轻轻地咬了咬他颈背上的软骨。

他叫了一声,那样子十分可笑。

这似乎是提醒他们到了睡觉的时候了。

几天来,他们都在玩这种游戏,而希梅尔法布则在探查着关闭的房间、荒芜的花园。若不是从他脚下散发出一股百里香的香味,那花园里未曾剪短的紫松和黄杨将会掩盖住他的行动。有一两次,只有那颤动的绿叶才能将他与一些农民和那佃户的女儿们分开,看

---

① 德国东部一城市。
② 公元十三至十七世纪北欧城市结成的商业、政治同盟,以抵御外来干涉与侵略。
③ 即《特里斯坦与伊索尔德》(Tristan and Isolde),瓦格纳于1859年所写的一歌剧名,1865年首次演出。

来她们有事才来到那里,斑驳的脸上露出怀疑的神情,膝盖在绒线长袜的上方荡漾着乳白色的波纹。还有一次,当斯托弗夫人正接待一位颇为显要的人物时,他的背影刚能躲开。

那天晚上,两位主人愈加寡言和沉思了。他也自动地很少从房间里下来了,他知道这也符合他们的愿望。实际上,他们似乎是不谋而合了。自那以后,英格褒·斯托弗总将饭食送去,还带去水。夜里很少听到音乐了,他下方的居室里悄然无声。

英格褒终于解释说康拉德已经去柏林了。因为地方当局对于他们房屋的使用、房间的数目以及前来的客人等等事项已经有了新的规定。所以康拉德前去接洽了。只要通过一位朋友,那位大姐——部长夫人,据说甚至还是名显贵哩,几乎没有办不妥的事。英格褒怀着决心要克服尴尬的神情透露出这一消息,让她的客人自己去冥想他们全都站在其上的那生活的刀刃。

希梅尔法布可能清楚地记得莫西·斯托弗那搂抱过他腰部的瘦小、火热的臂膀。一次,按着世俗的眼光看来,她几乎把他毁了,然而又将他举起来,在那种场合下,她的那位老兄无疑会封她一个"解围之神"①的绰号。

那位老兄回来了,尽管冷言冷语,但还是心满意足的。

"有时,我不得不告诫自己:成功,甚至那种令人满意的、几乎是最正派的成功,中间没人也不行。这就必然要蒙上某种耻辱的阴影。受益者总要遭到玷污,"康拉德说,他提着一盏特大的灯笼和一瓶法国白兰地已经爬上了屋顶底下的那个房间,"我怀疑是否纯洁的人都是那些经过努力但没有成功的人。希梅尔法布,你不认为也许只有遭受过失败,赎罪才有可能吗?"

"既然是那样,我们中的许多从不怀疑的人就会得救啦!"犹太

---

① 原文为拉丁语。

人答道。

康拉德已经在气喘咻咻了,倒不是由于登上隐藏的顶楼的缘故。

"可是你是个有信仰的人啊。"他啜嚅道。

"我是个不朽的甲虫,每天都发现自己要从前一夜自我认为所处的状态中倒退几个阶段。而且不停地用爪子掘着。我只喜欢把自己当作一个信仰的甲虫,而不是一个行为的甲虫。"

"不管是什么样的甲虫,总比什么也不是要好。"

康拉德·斯托弗实际是那种感情最细腻的人,这就使他的尊重在他所尊重的对象看来更加感人。由于朋友的敬意,希梅尔法布更觉得谦卑了,他本想通过某种方式来表达自己的感激之情,可没有机会。

因为斯托弗在赫伦沃尔多停留的时间越来越少了。

"又要去柏林?"一次,希梅尔法布问。

"柏林只是许多要去的地方之一。"另一个人答道。

他还继续在来来去去。

不久,他妻子用一种意想不到的、有条不紊的方式招待起他的客人来。尽管她的表情更加伧俗,但是她那高雅的风度依然存在。她面容清癯,形销骨立,已经退缩到似乎她不希望追随的天地里。

希梅尔法布既已回到他那空落落的房间里,他最好还是尊重那种希望。在他那阴暗的小屋里,他倒是十分优游自在,不过却没有达到那染工曾提示过的那种泰然、孤寂、落寞的境地,使他能照亮那广阔天边的黑暗。

有时,当他竭力去反思那不知不觉的世界时,他会听到收音机的声音。它在报道着,忠告着,清理着它那粗哑的嗓音。或者,英格褒将会前来结束他那一直怀疑着的感觉。因为当事件的锁链锻造之时,人们便可预见那锁链的链环。于是,英格褒只有认可了。

一天晚上,斯托弗回来了,希梅尔法布觉得他的朋友还是他的同龄人,甚至还要老上几年。因为那个年轻的、性感的、可以宽容的浅薄的人突然间变得苍老起来,正像他妻子的躯体不再能掩盖住那肉体的寒碜,这是那衣衫褴褛的外表仅能暗示出的。

斯托弗宣称英国已经对德宣战了。

"谢天谢地!那么说,最后我们统统都得被判罪了。"他说,更多地则是在安抚自己的感情。

自那以后,希梅尔法布再没见到他的朋友,英格褒也肯定了这一事实:她的丈夫已不在赫伦沃尔多了。

"是的,"她感情冲动地反复说道,"他走了最好。纵使他离开的时间比以往长些,也没啥关系,那可以让人对孤独习惯起来;可以让人像对待别的事情一样把这件事儿当作一种习惯。"

譬如像收拾客人的托盘,她已经学会了不以为意地、干脆利落地去干,这使他每次看到都深为感动。

"你这都是在为我操劳啊!"一次,当她从齐腰高的水桶里向那古香古色的坐浴浴盆中倒完了开水,他不得不努力表达出自己的感情。

"啊,"她应声叫了起来,由于刚爬完楼梯,她的心还在剧烈地跳动着,"难道您不明白吗?我们这样做也是为了自己。这是非常、非常必要的。不仅是为我们自己,也是为我们大家。"

说完,便咬着嘴唇,羞怯地皱着眉离开了。

有几次,希梅尔法布总想聊聊有关她丈夫职业的话题,可是没等他贸然启齿,她便走开了。之后,他倒挺高兴的。

只有一次,她确实说了一句:"您知道,康拉德决不会去干那些会受到你们谴责的事。"

毫无疑问她变得越来越固执、孤立了。那天夜里,英国飞机首次轰炸了附近的目标,他们在私邸里的不同地方都听到了地面防御部队那歇斯底里的抗议声、咳嗽声和呻吟声,以及古老不堪的地基的隆起声。这时,英格褒没有露面。可是第二天早上,他看到她将自己的头发紧紧向后扎在一起,她那正常暴露的面部更加裸露了。

然而,它并没有泄露什么。

当她握着空杯的一端,注视着代用咖啡的灰色渣子时,她宣布说:"我的那只可爱的公鸭死了。我那番鸭①哟,动不动就呱呱地叫起来,会和人一样不高兴。那可真是只又结实,又好看的大鸭子哟。"

希梅尔法布觉得应该问一问那只公鸭是怎么死的。

"谁知道呢。"她轻柔地回答说。

当然喽,除了死之外,别的也就无关紧要了。

一天夜里,有几颗炸弹投到附近,致使赫伦沃尔多的那幢私邸一时都走了形儿。那犹太人在顶楼里都晃悠起来。可是当他的思绪被他最熟知的东西缠住时,他知道此时他离上帝的距离比任何时候都更近了。月光掺杂着翼状的黑影,连同这世界上所有的邪恶一起射到了那脆弱的盖满地衣的屋顶上,他不可思议地激动起来。

后来,当他从那不可名状的感觉中恢复过来,当那房屋的低处不再扭歪和叮玲作响,而只能听到那退却的颤动和呼呼旋转的声响时,那狭窄的楼梯上响起了一连串的脚步声。他看见英格褒朝他的房间走来,她那修长、颤抖的手提着一盏小灯笼顶在她那曾是狂妄而优雅的胸脯上。

"真把我吓坏了。"她供认道。

"我们是他们的目标,"他深有体会地说,"只有他们才知道是什么原因。"

"真是太可怕啦。"英格褒·斯托弗反复地说着,一边颤抖着。

---

① 南美产的一种鸭,可饲养作食用。

他可以看到恐惧使她变成另外一个人,她第一次变得老气了。此时,她在抽泣着。

于是,他去安慰她了。他的胳膊搭在她那几乎全裸的身体上——她本来正准备上床休息呢。他劝慰着,抚摸着,勉励着,因此她很快恢复了温暖,又变得年轻了。他自己的青春和体力也有了一定的恢复。他知道在精神与肉体相隔甚短的距离中,在按着需要加以伪装的同时,他本可以表现出最大的不忠。

后来,借助柔和的灯光,他从玻璃里看到了他们的脸。他看到了英格褒·斯托弗的表情。她首先醒悟过来。她那厌恶的情绪尽管巧妙地隐蔽了,但依旧可见。至于他自己的脸,那是一张陈腐的、愚昧的脸,或者说,一张犹太人的脸。

"现在我们得争取睡觉啦。"她说。

她的语调从未像离开他时那么和蔼、温存过。

翌日清晨,希梅尔法布似乎听见了户外有人走近的声音。他爬上桌子,打开圆窗,伸出脖子,透过栏杆向外窥视起来。在那空寂的天幕底下,他发现自己能辨别出那残缺不全的花园、树木和沙砾的车道。原来那天早晨,在那场指导有误的空袭之后,一辆卡车在他那有限而贵重的视野里停下了。有几个人——其中的一个或许是位军士——从车上跳了下来。

斯托弗夫人拿着咖啡上来得很晚,而且只暂短地露了露面。她告诉他那部队已经驻扎下来,为的是调查损失和排除炸弹。不用说,这时候除非绝对必要,她才不会到他这儿来呢。那天早上,咖啡几乎都是凉的,他喝了一口马上便意识到了。

与此同时,他那房间也不堪一击了,他甚至感到它是多余的。他准备撞破那房顶的薄壳吗?的确,那宁静可能始终是一只蛋,他在那蛋壳之内得以养精蓄锐。直到此时,他才被本能、被士兵的喊叫声和钢与钢的碰撞声所提醒,提醒他外部世界的那有待履行的某种未加规定的义务。

眼下,宁静似乎不能再赐予他什么了。于是,尽管出于习惯,但他还是惴惴不安地,然而非常轻慢地走来走去。几日之后,当他的保护人的脚步声又正常地出现在楼梯的时候,他几乎听而不闻了。

"他们走啦。"她说,仿效着安慰的样子。

因为,他们事实上并没有走。尽管她一直观察着,他也听到了他们开走车的声音,但此时,他们根本不会走的,她的脸色也说明了这一点。

希梅尔法布意识到赫伦沃尔多的居民们仅仅进入一种精神占领的初级阶段。

过了不久,英格褒·斯托弗到他跟前说道:"现在我知道了康拉德不可能再回来了。"

似乎很明显,当讲述时,那只能是到此为止他们都一直不敢分享的一种确信。

"有消息啦?"希梅尔法布傻里傻气地问道。

"没有,"她耸了耸肩,"不会,永远也不会有什么消息的。只是我特别清楚:我不能再看见康拉德活着回来了。"

希梅尔法布猜想她不会再放纵自己叫我的丈夫了。她过去说这个词儿时,一直是那么随便,那么放肆,而此时她却不够坚强了。由于同情的原因,他巴不得去触她一下。

她的脸庞微微地展开了。她说:"人们都知道的事儿就不那么可怕了。他自己也这么认为。啊,我知道尽管康拉德有他的成功之处,但他是个脆弱的人。我们俩都这么看。他几乎没有什么幻想。'我的书',他常说,'将与我共存亡。'"

有个秘密的、非法性质的组织,对此她守口如瓶,其实也不甚了了。希梅尔法布猜测斯托弗一定是属于那个组织的。不过他实际的使命却一直是个谜。

"总之,您是明白的,"她反复说着以前说过的那句话,"他决不会干出会受到你们谴责的事。"

她不停地说着,渐渐兴奋起来。她说:"我爱他!我爱他!"

她那张普通的、冷峭的嘴,正像某个遗孀的嘴那样,在咕噜着,嘟囔着。

"我最亲爱的丈夫啊!"她吐露了秘密。

说完,便走开了。

此时,希梅尔法布更感到赫伦沃尔多不属于他了。木板在黑暗中咯吱咯吱地响着。在那黑暗的时刻,那颗深红色的心在房椽底下极大地膨胀了。那张铁床对于他身体的两侧也更为窄小,更为无情了。这时,他自己的妻子走了过来,拉住他的手,于是,他们俩站在一起俯视着地狱。那地狱的底部是一张张放射着非常暗淡的磷光的脸。他渴望着——啊,简直忍不住了——再看一看雷哈·希梅尔法布的脸,可是似乎她却在将他的视线引到其他陌生的脸上,甚至她本人可能也让人认不出了。泪水从隐蔽的眼窝里泫然流下。他看到自己手背上的血。黑暗的声响不停地鼓噪着,从巨大的地狱扬起的怜悯的生石灰使他就地枯萎了。此刻,他感到十分孤独,因为雷哈·希梅尔法布已经退却,她已经弄懂了他们刚才在一起的意义。

希梅尔法布从梦中醒来时已是黎明时分。虽说时间尚早,但天色已经大亮了。他知道由于某种原因,他是和衣而卧的,无疑是有所准备了。而此刻看来,仿佛是为着回答他的先见之明,那外部世界又开始对赫伦沃尔多撞击了。从桌子上,通过护墙石栏杆之间的小圆窗,他观察到一辆小汽车,后边跟着一辆大卡车在满布杂草的砾石路上猛然停了下来。

这次,一个军官从车上下来了,他那威风凛凛的样子特别显眼。英格褒·斯托弗已经从房里走出来招待她的宾客了,像是对他的一种回答。她身穿一件剪裁不错的朴素女服，不过希梅尔法布不止一次地注意到，沿着她那西服的翻领露出了衬衣的一块截去衣领的外边儿。她脚蹬一双冬天出去喂鸭的破旧靴，在那里站着，等候着。

即使隔着那样的距离，那位观察者很快也会明白：对他来说，现在当然不是重要的历史的或辩解的时刻，更不是表现个人气魄的时刻。几个列兵有所发觉，那军士也忘记了下达命令。当然喽，那军官在执行他的特殊任务时，是尊崇礼节的。斯托弗夫人也没有忘记她学会的东西。她那在完成社交任务时总是轻飘飘的声音，此刻升腾到冷若冰霜的空气里。听者听到的自然是上升音阶的规范笑声了。斯托弗夫人甚至还戴着她那带金链的大手镯，和几块无光泽的不太贵重的宝石，它们在运动中总是互相撞击着，总想打断任何严肃的谈话。

对此，她是了解的，并有所准备。当然也有沉寂的时刻，这时，希梅尔法布断言，他听到了一种非常可怕的断裂的声音。那声音是那么尖锐、那么清晰、那么刺耳，瞬息即灭。接着，斯托弗夫人低下头去，似乎她也有同感。她走进车去，一手放在胸脯上，这倒不是为了保护它免遭厄运，而是为了用优雅的手段对这命运加以点缀。

汽车转弯时猛地抖动了一下，车轮将车辙留在车道上，这时希梅尔法布的确瞥见了英格褒·斯托弗的脸，她在向外望着她那被忽视的、荒芜的花园。仿佛她无论如何也不再属于那个现存的框架了。因而她没有理由要对这被迫的突然离去提出异议。当她坐着车让人开走的时候，她的脸表现出优先于满足的绝对的空虚。

然而，那队士兵在军士的集合下开始在赫伦沃尔多宿营了。一片粗声粗气的说话声和装备碰撞的铿锵声。

这时，希梅尔法布已经回到自己房间，当发现该轮到自己走的时候，颇有顺从之意。他不慌不忙，安之若素，当祈祷完毕之后，他轻轻地掸了掸大衣，把为数不多的东西装进衣箱，然后，便下到私邸的大厅里。虽然弥漫着可被考虑为活动的声音,靴子在虚弱的地板上砰然作响,嘈杂的声音嘲笑着古物潮湿的寂寞;但是,他进入的或通过的那些房间与它们的命运依然轻柔地保持着距离。他所接触的几件物品引起了他哀伤的怀旧之情。然后,是远处的一块镶嵌着褪了色的装饰的天花板使他产生了怀疑:他是否还有可能再看上一眼他出生的城镇?

在那房主一直用作起居室,由于他们的到来并不显得多么空荡的长长的大厅里,一堆猫在一片冬日的阳光下打着瞌睡。收音机在喊叫着战争的事。在户外的台阶上站着一个夹着枪,挖着鼻孔的土里土气的健壮青年。希梅尔法布一时不知道该不该去和那个当兵的小伙子搭搭腔,可是也笑了一笑。那个士兵本人也不知道该不该盘问那位年长的先生,他表现出明显的谨慎,显然他平时待人一定是厚道可亲的。于是,他那一直含糊的权限缩小了。枪晃动了一下,之后,他土里土气地点了点头。

希梅尔法布缓慢地向前走着。他想那小伙子的心脏一定跳动得特别厉害,因为他还未曾学会去克服自身的温厚。

可是,那个生疏的早晨已在铺开,任何个人在这时都可能遇到意外。那位躲避者在光秃的、乌鸦叫着的榆树底下小心翼翼地走着。仿佛他已经摈弃了在他那熟悉的房间里已经形成的,他渐渐可以接受的自我。当朋友们迫使他行走在那漫长的笔直的道路上——这事有多久了?几个月或几年以前?——去体验沉静和等待的时候,似乎也应该是冬天才对。冬天的空气奇妙地清醒了他的头脑,他发现自己正在观察着,正被那路旁的最小的沙粒所吸引。有时,他也朝着某个农民或孩子点点头,但他们也太专注于自己的日常琐事了,竟没人想到去堵住那陌生人的路。他不时地停下来休息一会儿,因为他的双腿在证实着人的软弱。

那犹太人用了大半天时间走了几英里路终于来到了霍伦德塞

尔。当他走近镇区时,冬日的黄昏已经降临,那若明若暗的镇区的主体已开始接受夜的巡视。一个个花结和环圈,一床床小巧、精美的白色鸭绒被悬挂在苍穹之上,直至那橙色的天际。五彩缤纷的火花在燃放。普普通通的、坚固的、黑色的楼房展现出一些异样的、更加空幻的特质,因为它们总在跃跃欲试,试图揭开那神秘之火的泉源。迄今为止,很多一直被认为是安全、不变的东西却呈现出一种倒置的状态。两条银鱼那闪闪的亮光直射下方,它们从深蓝色的海洋里游出来,钻入地下。

当希梅尔法布进到镇里,他断定沙伊德尼格工业发达的镇郊正是夜间袭击的目标。在那里,炫耀最欢乐,纠缠最深刻,尽管偶尔也有一颗疯狂而荒唐的炸弹扔进他走过的、死一般的街道上。下沉的旧砖呜咽着,石头咳出了它的内脏。一次,他发现自己被抛到了地上,假如铺路的材料没有保留下来,他也可能会掉进地缝里,那皮箱空洞的咔嗒声将会毁了他命运的家财。

他继续朝镇内走去。这时,起了风,风吹起了他上衣的前襟翻褶,吹歪了他礼帽的帽边。街道上,人的狂妄、古怪的行为几乎完全被那机械的手段明显的机制所取代:发动机在吼叫着,钟在鸣响着,高射炮在反响着,天真无邪的、无从觉察的榴霰弹的五彩碎片也从未停止降落。

犹太人照样穿行着。

他还没有害怕。他的机能或许对控制做出了反应。当然喽,有一次,同情涌到他金属般的四肢,他弯下腰,凑近一个人的眼睛,那个人已经被他那碎石的坟墓所丢弃。

接着,车轮滚滚而来。是救护车吗?还是救火车?犹太人凭着神妙的能力继续走着。由于这时,那车轮正从镇上的黑色的外壳掠过,群马在嘶鸣着,惊叫着,在挑逗着嫉妒的苍穹。它们伸长了套着缰绳的脖子,鼻子在火红的亮光里闪耀着黄铜色的光。而这时,那个惊愕的犹太人却安然无恙地走在战车的车轮底下。

他本打算再去看看在霍尔兹格雷本街上的那幢房子,可是他突然预感到那凄凉的景象,拉毛水泥已经被炸弹和人的憎恨剥光了皮。所以,他反而到多罗辛斯特拉瑟大街拐角处,到他最熟悉的警察局去了。

现在,他走了进去。那个值班人的手正急促地来回翻着文件。他正忙着呢。好像他是唯一留守的人。

"他们在猛攻手套工厂呢,"值班人对陌生人说,"天哪!手套工厂!"

那个人肥厚的大手满怀希望地继续游荡在那官方的文件中。一只结婚戒指紧紧地扣在肉上,扣在那鼓胀的手指上。

"谁会想到,"那负责人说道,"霍伦德塞尔镇是容易着火的!看在上帝的面上,发发慈悲吧!"

"我回来了。"希梅尔法布冲口说出,一面在钱夹里寻找着必要的身份证件;今晚这是至关重要的。

"我是来自首的。"他解释说。

"现在只是骚扰!"警察抱怨道,"我们再没有时间啦,甚至连浇花的时间都没有。"

他那爆胀的双手孤立无援。还有那宽大的、黄色的结婚戒指。

即使他的眼睛是仰视的,但他的思想仍对着心灵深处。

"哦?"不过,他问道,"你要干什么?"

"我是个犹太人。"希梅尔法布声明道。

"犹太人,哦?"

可是,那警察由于找不到另外的文件而弄得心烦意乱。

"喔,"他咕哝着,"你得等着。犹太人!都到夜里这个时候啦!我还有自己的事儿要处理呢!"

这样,希梅尔法布便坐到一条靠着墙的长凳上,等候着。他心里明白实际上已到了夜里,正如那人说的那样,他听到一种奇迹般的静寂已开始淹没那燃烧着的城镇。

不知何处传来一种声音,那是充满了信心,然而起伏不平的声音。

> 战争与和平变幻莫测,
> 啤酒与亲吻地久天长……

那个长生不老的德国人撼唱道。
"啤酒与亲吻!狗屁!"警察哼着鼻子说,"足可以让他自己爆裂了!啤酒和亲吻是给人类预备的。"
说完,他抬起头来。
"犹太人,啊?"他说。
由于夜阑人静了,他又能认清自己的职责了。

希梅尔法布知道,自己乘坐的那辆车正开往霍伦德塞尔镇几英里以外的车站货车编组场。他曾听英格褒·斯托弗说过那地方作为一个战斗成果和国民生活的重要目标,已经遭到了严重破坏。此时他猜想,其他用途不说,它还可以做一个将要被迫迁往异处,甚至国外的犹太人的集中点。

到达之后,他的详细情况便马上被人记录下来,然后被推进一间大库房里。因为是夜间,又由于战事的迫切需要,库房一片黑暗;所以他估计不出那里的人数,只知道有密密麻麻的一堆,那众多的心灵在遭遇着,在畏缩着。在那弥漫的黑暗里,情况更糟,因为那是强加于人的——那能是上帝的恩赐吗?——遭难的心灵悲叹着,并极力演绎出荒唐的道理。那悲叹声时而像孩子的声音,但很快又变粗了,变得猛烈起来。接着升腾起年老的声音,似乎来自历史之中。

哭泣着,悲叹着。有时,当收容进更多的肮脏的犹太人时,连打带踢便接踵而来;有时,一把火炬会伸出门外,撕破黑暗的面纱,显露出一块块淡黄色的皮肤,和一双双紧握着财物的手,仿佛那是他们不得不失去的最贵重的财物。看守们可能会嘲笑瞥见的轻蔑,但总的来说,在集中营里,他们更喜欢黑暗,在黑暗中他们可以抽象地去憎恨所有犹太人。

当曙光缓慢而清冷地照进裸露的库房,希梅尔法布开始辨认出一个个人形。然而,他们顶着寒冷和苦难,裹着身子乱挤在一起,那种样子使他种族的那部分人看上去更像一堆渣滓。当然喽,还有些人仍受着礼仪的影响。在一位老夫人的皮肤的阴影里还能看到零零落落的白粉的条痕。一个为了温暖及尊严而裹着披肩的犹太老人,掸了掸披肩领边上的尘土,然后对着它吻了吻。这时,臭味还没有散开。有个地方被一个小孩便溺过,好不容易才擦抹干净。那粪便的气味在那角落里不容忽视,也不容忽视那里绝望的吵嚷声。在那稀薄的光亮里,有个男子的声音为了共同利益在背诵一篇祈祷文,可是起来反对它的那位母亲的声音却不再相信她可能包含在被拯救的人们之列。失望的第一块黏土已经粘住了。

一次,黄昏时刻,犹太人都活跃起来,他们变换着位置,摩擦着四肢,深深地吸着想象之中的新鲜空气,掰着几个人节省下来的陈腐而宝贵的面包,甚至还凑合着在酒精炉上做了几次简单的饭食。这时,希梅尔法布想象着,他看到了他青年时代熟知的那个染工的影子。他顶着使他的肋骨麻木了的皮箱坐了起来——他要喊叫,要欢迎,要抓住经历的往事的飞动的尾巴,紧紧地、亲切地抓住它们。可是,当他触到自己的皮肤时,他意识到那染工一定死去多年了,也许是在平静中死去的。并且正像他记忆的那样,可能那染工已将监护自己那已经陷入困境的孩子们的特殊任务留给了他,直到他本人轮到获释为止。

于是，那位接受遗赠的人坐在那里思考着自己未来的责任。此刻，一个气急败坏的女人——食品商的妻子，骂起了一位也曾受过教育的先生，她说他偷了她离家时自己抓来的一块干酪皮，她正准备用它来安慰自己呢。她很能骂人，不停口地骂着，直到看见自己那东西落在他们之间的泥土上。

那位大概是教授的先生面带微笑地将那干酪还给了那女人。而她对使自己感到羞辱的那个人却一直怀着敌意。

大家坐在那里，坐在箱子、包裹、纪念册、书籍、红腊肠和灶具中间。希梅尔法布抱着那染工的孩子们，甚至他们不愿意的时候也是如此。有几次，他确实走到人堆中间。他们很乐意讲话，交流他们各自苦恼的必要细节。然而，当他那超乎世俗的坦率企图使他们怀疑是对他们心灵隐私的攻击时，他们则变得羞怯和沉默了。在场的多数人仍与他们的家属及朋友们混在一起，他们相信这样会更安全些。在这种环境中，他们不准备给予那陌生人希望他们接受的东西。

这样，他与他们继续坐在那拥挤库房里。有一阶段，一批来自邻近的露营地的犹太人被赶了进来。那些穿着朴素条纹衣服的、拥在一起的人们个个都剃光了头，他们眼睛深陷，肢体消瘦，默默地暗示出他们没有再讲话的必要，甚至不必与自己的种族融合在一起。大家认为这些人是多灾多难的上帝的选民，他们应该彼此隔离。然而，至少那库房里的人们有着共同的命运，有时，所有的声音可汇成一种祈祷：

啊，主啊，我们的上帝，我们祖先的上帝，但愿那是您的意志：平平安安地引导我们，指挥我们的步调，平平安安地支持我们，在欢乐和宁静的生活中指引我们到达那理想的天国……

犹太人的声音一同升起了,为着旅行而祈祷,即使不是去希尔德斯海姆①旅行,或去法兰克福看望亲属。然而,他们确实将要旅行一番。

那莫名其妙的冗长的废话使得看守们大笑不止。

一连数日,那些犹太人一直逗留在霍伦德塞尔镇另一端的货车编组场库房里。除了自己的事,他们很少再想别的了;然而,他们一刻都没忘记一场战争正在外面猛烈地进行着。夜间,天空中穿梭着飞行的炮火,正像他们曾见过的那样,高射炮发出的那不悦的五彩弹片仍在黑暗的狭条中降落着。第三天夜晚,一颗炸弹扔到一辆载着弹药的火车上,结果使那整个坚固的世界都动摇了。当容纳犹太人的一个个库房都恢复了常态,甚至在目标爆炸之后,当汽笛和哨声都为自己的疯狂感到疲惫了,囚徒们这才卧倒下来,倾听着将对准他们本人的那更坏的声音。他们真的不能相信还会有其他的目标。

在一个霜冻的早晨,他们终于都被带了出来。假如那逃避的水蒸气的嘶嘶声,和蒙蒙的细珠,没有在附近某处创造出一种温暖的幻觉;那么远处的一个敲打着寒冷寂静的小铁锤,也可能弹奏的是一种凄楚的曲调。士兵们在黎明前的异常时刻来来去去忙着神秘的差事。一群换班的工人聚在一起,跺着脚,搓着手,对着看守们喊叫着,使他们想起了他们可能已经忘却的几种简单的暴行。可是那些与犹太人的撤离密切相关的人们,那些最近才从温暖的床铺上,和睡眠的霉臭中跑出来的人们,无须对他们的愤懑有什么激励。由于他们是端着刺刀搞看守的,他们曾轻微地、挑衅地戳死过好几个人。有个更为凶暴的、睡眼惺忪的家伙像是将刺刀刺进了一个肥胖人的臀部,紧接着听到了那个吓坏了的受害者的吼叫声。还有个妇

---

① 德国西部一城市。

女在为丢在库房里的什么东西哭叫着,那库房已经成了她的家。她为那些光秃的木板,她思想的改观,和一只丢失的羊毛手套在伤心地涕泣着。

然而,有几个旅行者,和一位据说是大学教授的老者,却决心不被那早晨冷酷的面孔吓倒。不管下次会发生什么事,大概总不比他们想象的要坏。于是,他们的眼睛便赋予那些最无前途的种种形体以新的希望:那长长的黑蜈蚣般的静止的火车、那曲扭的房梁,或者只有当光线透过迷雾时才能显现出的那种广阔的景象。那些更为幸运的人至少使自己的想象力受到了保护,他们穿着薄底鞋,提着廉价旅行皮箱、公文包或捆好的家什,继续站在嘎吱嘎吱响着的霜上,等候着,挪动着。等候着,挪动着。

直到有些拥挤了,情绪激动了,人群中传出了说话声,大家才知道前边的人正被人引导着在上一列火车。显然,那的确是一列火车,而不是像大家所听到的那种载牲畜的卡车,那是一列带有传统的分格车室的客车,当然不是最新的——许多扶手绽开了填塞物。可是,那是一列火车,一列有走廊、带窗户的火车,车上的窗户非得用劲才能打开。车上的扶手还带着白色的套子,应当承认在许多人的头趴过的那地方确实脏了点,可是,那是一列火车,一列真正的火车。于是,犹太人往前推拥着,有些人还竟敢开开玩笑。走廊的两端实际是厕所,当发现水盆和厕所无水时,乘客们也没有丝毫的怨言。这样,他们就感激不尽了。

不然,会发生什么事?当他们坐在那里,仍在喘着,仍在挤着,仍在冬装里流着汗水的时候,他们互相提着这样的问题,可是没有人想回答,只是问问而已。熹微的晨光里充满了眼睛奇异的闪光,因为那些人的火刚刚还有全被扑灭的危险,可是陡然间又重新燃烧起来。

火车摇晃了一下慢慢地开动了,车钩紧紧地挂上了,将乘客们摔到一边。这时,一个戴面纱、脸还没有露出来的女人递给那位大学教授一个小面包①,上面还附有许多十分鲜美的香肠②片。她又用深深了解的语调解释说:政府对犹太人的政策肯定会改变的。这是她听说的,那女人坚持道,一面将头颅昂到一个颇有见地的角度上;可是,她是通过口授还是直感获得这一消息的,她却不准备泄露。这一消息不是不能让人振奋,关键是它要可信。那分格的车室带着臆测哼着曲子,那女人将面纱向后抛去,准备在高尚人的面前进行一次雅人深致的谈话。

然而,教授还在贪婪地咀嚼着。

"可能会是这样。"他歇了口气,显然他不想详细阐述。

因为他正美滋滋地用力咀嚼着,他那鼓出的眼睛好像一条被遗弃了的狗——正在吞咽着发现的碎肉——的眼睛一样。他咀嚼着,也不顾那香肠③精美的薄片已经有了臭味儿,那小巧玲珑、涂了油色的面包卷实际上已经硬得像石头。

当然喽,分格车室里还有其他的人。说真的,真够挤了。有个母亲,她的孩子病了,在不停地便溺,却没有必要的药品治疗。有一个戴黑色硬礼帽的鳏夫,是两个男孩的父亲,那两个孩子共有一匹小木马。有一对青年男女,他们的手从一开始就紧握在一起,无论什么东西,尤其是死,都不会将他们分开的。还有两个无足轻重的人,后来,希梅尔法布甚至连他们的长相都忘了。

于是,火车开出了,穿过了德国,可能还要穿过欧洲。

那麻木的景致实际已经消融。山毛榉那赤裸的枝条毛茸茸地飘动着,它们那无情的鞭子可该刺人了。田野和灌木林从冬天的束

---

① 原文为德语。
② 原文为德语。
③ 原文为德语。

缚中暂时解脱出来。黑水从冰雪污秽的垫层中流淌出。多么奇妙的解脱啊!圈栏里有几个农民,围着一个冒着烟的粪肥堆站立着,一面哈哈地笑着。一个白净得好像正在发芽的水芹一样的小姑娘,端着围裙,正在草地里蹦蹦跳跳地扑抓着可能连她自己也说不清的东西。

火车跌跌撞撞地开进了欧洲腹地。那个小面包①女人总用她那又黑又小的手指抓握着她的发卷。她的头发红得十分明快。她是在切尔诺维茨②土生土长的人,难得她说出了自己所继承的资产和所具备的才干。哎哟,境遇竟把颇有荣誉感的她运到了德国的北部。

两个男孩儿抬起头来,举起了他们那着了色的木马。

"那好吧,就这样吧!"③戴着黑色硬礼帽的父亲叹息道。

他有着下垂的、疑惑的长嘴唇。

景物流动着。天空没有显出全部的光辉,而是通过云的褶缝显出了光辉的暗示。对于戴着眼镜,合着眼的希梅尔法布来说——与其说由于精疲力竭不如说为了养精蓄锐——这就足够了。经过了黑暗的数天,暴露的东西也太多了,太快了。他对此深有体会。

在他时而醒来,时而睡去,打着瞌睡的时候,火车也正在摇摇晃晃地前进着,一面散发着其他列车固有的那种难闻的气味。那个患病的婴儿睡着了,他的母亲好歹给他擦了擦身。

政策会变的,那个切尔诺维茨女人刚从没有水的厕所回来后,强调说。

她是对着一只马格德堡家兔说的,它也深信不疑。那整车的犹

---

① 原文为德语。
② 原为苏联西南部一城市。现属乌克兰。
③ 原文为德语。表示不耐烦或恼怒。

太人首先将被运往东欧。将来所有的中欧犹太人都可先去布加勒斯特,去与伊斯坦布尔取得联系,到了伊斯坦布尔再乘船去巴勒斯坦。中立国已经调停完毕。的确如此,每当火车停下时,远处的哭声便传进车内,车内的通廊里便唱起了欢乐的歌,身体和篮子挤塞在一起,只有欢乐才能对这班人产生影响。

那个切尔诺维茨女人眉飞色舞地讲着,不知姓名的人们只好赞美上帝了。那两个小男孩儿的木然的父亲只是在凝视着,喘息着。

黄昏已开始给那切尔诺维茨女人涂上了粉,白粉上面又涂了一层灰色的粉末;一个讲究实际的女人看上去本可以是模模糊糊的,可是她本人则很快利用了这一机会。在登记期间,她拿着小瓶,对着星星,用木杆给自己涂了一两次油。

她的嗓音,她解释说,曾在维也纳接受过无与伦比的导师的训练。她演唱的《自由射手》[1]曾在康斯坦察[2]受到欢迎。她演唱的《蝙蝠》[3]在格拉茨受到赞扬。近来,她同意招收学生了,不过只有几个,但都是些优秀的人。她曾陪同一位年轻的公主到布莱德度过一段愉快而有收益的时光。啊,埃琳娜·奇卡有多么迷人、多么高贵啊! 啊,布莱德湖边上的栗子树长得有多么的好啊!

较小的那个孩子开始哭了。他从来没有闲过。

只有景色充实了。黑暗沿着河谷渗漏出来,凝固在山丘的裂口处。它那黑色的、糖蜜似的色调来到了火车窗格的玻璃上。

夜晚,当然更为凄惨了。

有个人夜里死在火车上,然后被拖了出来,拖到一个根本不属

---

[1] 为德国作曲家卡尔·马利亚·冯·韦伯(karl Maria Von Weber,1786—1826)所作歌剧之一。1862年首次在柏林上演。
[2] 罗马尼亚一港口城市。
[3] 奥地利作曲家小约翰·施特劳斯(Johann Stranss,1825—1899)所作之三幕歌剧。最初在维也纳剧院上演。

于他的村子里。人们注意到他那被拉动的、一颠一颠的、逐渐消失了的足跟。死亡使看守们急躁起来,特别是当寒霜降落时,那死者的石头般的足跟又偏偏卡在一块铺路的石头上。后来,在旅途中,又有几个人死了,不过那已是黎明时分,那几具尸体就留在车内的分格车室里,留在他们的灵魂将他们遗弃的地方。

政府在修正对犹太人的政策的时候,是不是没有注意死去的人?那个臭气熏人的病婴儿的母亲问道。

那位切尔诺维茨女人却把脸转了过去。对普通人的巴结不予理睬是她的习惯。她怎么能对官方的疏忽负责呢?坦白地讲,除了专心于音乐和谈话之外,别的一切都使她厌倦。的确,她的身体好像十分疲惫了。

人也许是死了的好,那个病婴儿的母亲自言自语地说道。

"死!"切尔诺维茨女人朗声大笑起来,她不是在对刚才讲那话的那个相当普通的妇女讲话,也不是随随便便地对着分格车室里的人,而是对着一种关系微妙的抽象概念在讲话,"啊,是啊!死!假如我不怀疑它包含着巨大的烦恼①,也许我会用上我那点宝贵的氰化物呢。啊,是啊!我早就死过啦!早就死过啦!应该承认,我从来外出时都把那东西别在身上。"

说毕,她朝下一瞥,瞥见了自己那对涂着粉的乳房。她拍了拍自己,又纵情大笑起来——或者说从她那死一般的脸上挤出一种欢快的外观。

于是,她继续崩溃着。啊,那种疼痛,那种摇晃,那些问题啊。因为人们又开始互相询问起来:为什么要坐火车呢?为什么要坐火车呢?为什么不坐载牲畜的卡车呀?

直到那个戴硬礼帽的父亲忍不住了,不得不大声嚷起来:"火

---

① 原文为德语。

车——你们不明白吗？——他们只有这种东西了。卡车全给炸毁啦。他们手中有这么多犹太人。没有别的选择啦。"

可是解答不总能给人以安慰。啊，倘若他们能将什么打开，发现里边放着真理那该有多好啊！

至少像两个相爱的人那样，他们的脸庞是两个放有解毒剂的食橱，不过只有当互相作用时才有解毒的功效。

还有那位教授，他已经退到谁都不能跟随的较远的地方。希梅尔法布，那个自疚的人，不时地走回来看一看。他观察到那些他真正爱着的人们的脸上都呈现出一种不满的表情，可能总有一天他们会按着普通人的方式开始怨恨起来。

这样，满载着犹太人的那列火车继续在欧洲大陆上颠簸行驶着。饥饿的肚皮被一分一秒地啃嚼着，几小时过后，终会啃得个空无所有。他们坐在那里，脚周围就是乱丢的高贵面包屑和发了霉的面包。

空袭发生了一两次后，火车只是傍着平静的旷野，隐退到黑暗之中。分格座位在黑暗里回响着，许多人不再想蹲下了，仿佛更坏的事不可能降临到他们的头上。他们的皮肤已变得像皮革一样粗糙，正在没有绒毛的长毛绒上磨蹭着，要不，就顶在油腻腻的扶手背套上，那都是些中欧的残留物。

后来，在一个清新幽静的早晨，火车缓慢而悄然地开进了某个似乎重要的联轨点上，那里有着银色的枢纽站和滑动的铁路线，看来它是早有所顾了。然后，火车渐渐地停在一个短小而干净的岔道上，岔道内铺着闪亮的燧石，若不是一切都如此安静，那荧荧的光彩也可能要借故生端了。岔道的两边，升起了由绿到黑的森林。标牌宣布，那车站的名字为"弗里登斯道夫"。

此时，他们一定是到了波兰，切尔诺维茨女人坚持说，因为她在铁路联轨点上听到了几句波兰语。为了消遣或者作为一种智力的锻炼,她对那种语言曾有过一知半解的研究呢。

火车继续停在弗里登斯道夫车站的岔道上,停在那湿淋淋的森林里。跟着,传来了德国人的声音。门被扭开了。燧石上发出嘎吱嘎吱的靴子声。官方下达了更多的指示。

"欢迎!欢迎!"尽管低沉,但是扩大了的官方的声音播放着,"欢迎你到弗里登斯道夫来!"

这时,甚至还播放了音乐。播音乐的高塔高高地耸立在犀利的冷杉树林之上。急速旋转的华尔兹舞曲在平滑如镜的唱片上转动着,或者看不见的民间舞蹈者们跳着他们毫无表情的圆圈舞,结果,在许多情况下,轻信和天真的种子被播下了。

看,有些乘客准备相信了,包括那位切尔诺维茨女人,相信这是专为有组织地迁移到这个国家的那些人们临时准备的露营地。他们将在这里吃饭、休息,一边等着另一方向开来的火车。

不管如何解释,反正乘客们很快跳下了车,还有一些缩手缩脚的人正为着自己失去了那破旧火车——他们后来的家,而感到痛惜,这正像早些时候,当他们从车站库房里被赶出来,曾提出过抗议时的感觉一样。不过他们还是来到这里,站在潮湿的、清风飘拂的月台上,受着松叶气味的侵袭,那气味的波浪将把它们的遭难者最大限度地推进怀乡的、不堪忍受的深渊。显然一些上了年纪的人,由于饥饿的煎熬和旅途的困苦,身体已经十分虚弱,再这样继续下去,他们实在承受不了。那些离他们最近的人,则随时准备着当他们跌倒的时候去抓住他们。至于有病的人和不懂事儿的小孩子们就更不必说了。看一看孵出来的小鸟,脸上的各种表情,便会突然想到他们以前生活过的情景。不像大多数有时间忘记的成人那样,他们欣赏的是由于直觉所引起的怀疑的好处,结果,他们多数人都在走动着,像是他们对覆盖在地面的黄色粪便皮还需硬化仍有疑问似的。

这类神经过敏的孩子们被大人们,或者说被看守们哄得团团转。有些看守还是蛮友好的。希梅尔法布还能记得在森林开辟地和乡村的街道上,他曾与一张张德国人的面孔开过土里土气的玩笑。他们的声音坚实而又刺耳,带着生硬的泥土味和未熟的苹果味。此时,当他们安排新人到达时,他们的牙齿如同切开的苹果那么白,他们的嘴角上流淌着劝导的果汁。可是,当然喽,兽性的发作也时有发生。总有野兽在鬼鬼祟祟地活动着,你看他穿着靴子走过来啦,那生殖器冲开了紧裹着它的布竖起来啦。有些看守们的举动使旅客们想起了他们不愿忘记的另外几件事。

然而,所有的人很快就做好了前进的准备,而且也确实前进了,尽管后边的人更自愿些。大队在乐曲的飘带下,穿过潮湿的诱人的松林向前移动着。那本可以是一种痛驳的、可悲的情景。虽然有官方的努力,有铁塔里的男中音在强调着对弗里登斯道夫客人们的命令和所要求的整洁,可是队形还是乱七八糟的。不过,那些犹太人,有病的、年老的,和令人讨厌的人都来了——老婆婆们让自己的儿孙背在肩上,僵直的腿脚穿着螺旋形的长袜伸了出来;老爷子们拖着祈祷披肩,散发着老年人的气味;不顾死活的丈夫们保护着他们妻子的肚子免遭挤压;有产者拿着公文包,戴着同一种礼帽。这样,他们都来了,戒备的大门朝他们关闭着。震颤的网眼、闪亮的铁丝下陷了。

"啊,瞧!我把面纱抓破啦!"

那位切尔诺维茨女人像是要哭似的,可是她那只黑乎乎的小手套在和同伴的胳膊暂短的接触之后,她不能继续说话了。

"我肯定,"她说,"我们在这里停留的短暂期间,一定会得到最大关照的。我们将会安全到达康斯坦察的,或者,伊斯坦布尔。可是,回来的时候,教授,谈起来我得告诉您,在布克霍维纳森林里散步那才来劲儿呢,在那里还可以采些野草莓,那玩意儿要蘸着精白糖和酸奶油吃才好呢。"

那位切尔诺维茨女人有点激动了,肌肤在香粉最后的痕迹之下变得红紫了,那涂着眼圈墨①的眼睛仍继续在闪烁着。这也可能是音乐的效果。看来音乐能使她更为兴奋。此时,一个手状物向外放出了什么信号,那东西的褶边在信号所的铁塔上飘摆着。

"注意了!注意了!"②那官方的声音,那相当温和的男中音打断了他们的谈话。

所有新到的人都要到浴室去,男的到左边,女的到右边。所有的人都要洗澡。男的到左边。为了确保绝对的清洁,旅客们不得违抗这种消毒的程序。女的到右边。

通过人为融合的跳动的气流,传出了分离的哭叫声。这是最不明智的,官员的声音咕哝着。可是以前谁没曾被理性所欺骗?于是,那些缺乏理性的躯体将自己锁在一起,企图持久地、长期地融为一体。而且,在许多场合下,只有暴力,才能把他们撬开,揪出几把衣服和头发,将他们隔离。

"您认为,教授,"切尔诺维茨女人叫道,"您认为会让我们在大庭广众面前脱光衣服吗?"

"咱们别为自己的裸体害臊了。"希梅尔法布劝说道。

可是,切尔诺维茨女人忽然尖叫了一声。

"我可受不了这个!"她尖声叫道,"我可受不了这个!啊!不!不!不!不!"

"我将为我们祈祷!"他接着她的声音后面喊道,"为我们大家。"他的双手在空中徒劳地摇晃着。

她也没有听到他那男性的嗓音正与形势进行着格斗,这形势连

---

① 多为阿拉伯妇女把眼圈涂黑的一种化妆品。
② 原文为德语。

先知也会备受考验。万一她的歇斯底里能够鼓舞那些逆来顺受的、头脑迟钝的,或者说冷若冰霜的人们,她就会被一阵风吹走,闷塞在浴室里。结果,希梅尔法布最后所见到的有关他同伴的东西,竟是她那黑色的、乱糟糟的一堆撕裂的衣服。

因为男人们也被人向后推去,通过军用绳索,有时,还通过明晃晃的钢刀,好像男女再也见不着了。料到此事,有些女人尖叫起来,有个不忘温柔、亲昵行为的小伙子刺耳地叫着,大声地喊着,直到说不出话来。

"注意啦!注意啦!"①官方的声音准备通知或忠告了,"旅客们脱完衣服,要把衣服挂在标有编号的挂钩上,把其他东西规整地放到长凳底下。事后都要物归原主——"

不过这种分类法是失败的。

"注意啦!注意啦②……挂在标有编号的挂钩上……都要物归原主……"

此刻,希梅尔法布已被推进了男浴室,他把自己完全交给了上帝。他剩下的东西只有领带了。他的大部分伙伴,由于受到他们的出生国,或归化国纪律美德的影响,正本能地在做着被要求的事。有个肥胖的大个子已经进入理想的境界。他的衬衫差不多快要从头上脱了下来。希梅尔法布仍然只是观察着那可怕的、梦幻般的动作。

"啊,主啊,一切由得您啦。"他的嘴唇又在表态了。

这时,发生了一件事。

一个看守带着一种懒惰的、逡巡的歧视神情,这挑挑,那选选,推搡着一堆身体,一堆长大了的、健壮而驯良的白肤金发碧眼的孩

---

① 原文为德语。
② 原文为德语。

子们的身体走过来了。

"你可以穿着衣服,"他对希梅尔法布命令道,"跟我到外边来,有事。"

那看守竟选中一个年纪较大的人,尽管由于某种职务上的原因,但这么做似乎也太反常了。当然,希梅尔法布仍能给人以深刻的印象。就身高和体重而言,他与那看守不相上下,但他的眼睛却较之他上级的更为深沉,他上级的那浅蓝色的眼睛也确实闪烁过一瞬。那个体力充沛的年轻人可能在有意追求着,他眼里的所谓上等精神的奥秘的深度,否则,他也可能一直在不知不觉中受人指挥。

还有几个年龄不同、体形各异的犹太人也茫然地跟在那看守的后面。

外面那铺沙的院子空旷而又寒冷,雾霭正从树间窜了出来,偷偷地溜到衣服的汗层之间,令人瑟瑟发抖。那些受惠者们围成一圈站在那里,他们肋骨的骨架里在惴惴不安地起伏着。

后来,他们注意到另外一些人,显然他们全处在奴隶的状态,他们穿着五花八门的外套,按着非正式队形集合在一起。

他们中有个人对他邻近的那个人说了话,那个邻近的人恰好是希梅尔法布。

"女人很快就要进去了,"那陌生人用结结巴巴、不规范的德语说着,"女人通常是先进去的。"

那个人到底属于哪个种族令人费解。他可能属于皮肤较黑的斯拉夫人,也许是波兰人,或者属于地中海地区的某个种族,不管怎样,他身上的那种低等血统的痕迹是准确无误的。

"进去?"希梅尔法布问,"你说的进去是什么意思?"

"进到毒气里。"那人用和气、友善的声调解释说。

可是那话听起来阴森森的。希梅尔法布随即想到一个同事死于喉癌的情景。

"是啊,"他的新朋友低语道,"毒气很快就会放出来。完事儿之后,我们再把尸体拖到坑里。"

这话暗示出的与其说是地狱的习俗,不如说是收获的礼仪。

可是就在这时,由于可怕的意外,女浴室的门突然打开了,那位切尔诺维茨女人摇摇晃晃地就在那里,这将使人永志不忘。

她的朋友,那位老成的、孤弱的,而且理智的犹太人的双手竟然向她伸去。

"上帝救救我们吧!"切尔诺维茨女人尖声喊着,"就这一次!至少这一次!"

那是拖长了的恰似皮革的声音。

她在门口站了片刻,如果站的时间长些,也可能会跌倒的。在她以往是淡红色头发的头皮上只剩下了灰色的短发。她的一只乳房悬挂在表示着另一只位置的古老疤痕的一旁。她的腹部从肚脐的小丘上倾斜下去。她的大腿特别消瘦。可她那声音却絮絮不休,缠绵不去。她从久远的、永恒的和无限的历史黑暗中呼喊着他。

接着,那个人,她的男伴由于突然虚弱也屈服下来,他们服服帖帖地被人猛烈地分开了,拖到卵石上,在拖过一个深坑的时候,他呼唤着她,通过他嘴上僵直的窄孔叫喊着:"名声啊!记住他们是不会有好名声的!他们剥了我们的皮,以后还会长出来。我们会得救的。最后会得救的!"

然后,她又被拖了回来。

而他则感到自己渐渐地倒下去了,他的属于人的那一部分倒下去了。当他的面颊碰到石头上,一千张漏斗状的嘴一齐向他噘去,并朝着他的身子吐出了无法辨认的东西。

当希梅尔法布能再次抬起头的时候,他明白了他一生中已经第二次昏倒了,或者说上帝已经第二次仁慈地使他离开了他的躯体。

眼下，正是夜晚，而且是个奇特的夜晚。过去显得十分坚固的东西：譬如新建的浴室和一座座铁塔，已在雾霭中部分地融化了。他已知被称作弗里登斯道夫的那规划良好的设施的周围，已变成模模糊糊的血红的一片；或者说那是一种氛围，他躺在那氛围的中心，犹如一个封闭在某种神秘、怪异的茧里的蝶蛹。大概还有其他形体，尽管不是可辨的人形，为着某些玄妙的使命按着相同的形式移动着，那不再是耀眼的深红色，而是不断扩展的一种褪了色的橙黄色。边缘却是蓝色的。这使他顿时形象地联想起他曾在什么地方吸过的一支昂贵的雪茄，上面有长长的、蓝灰色的、平稳的烟灰。他想起了他曾在东方式样的小街灯那橙黄色的灯光底下将一支雪茄的烟蒂踩灭。接着，他当然又想起了他的朋友康拉德·斯托弗了。

这时，他那比较迟钝的理智又恢复了正常。

周围的环境激发了躺在地上的他的知觉。过去看来似乎和缓的、无形的东西此刻均变成细腻的、有形的了。他的左手裂开了伤口。一阵阵蓝黑色的烟雾冲进他的眼里，钻入他的鼻腔。士兵们喊叫着。他可以闻到那橙黄色的火的气味。炸药震撼着他身下的土地。子弹在空中飞驰着，不过是稀疏的，是火占了优势。弗里登斯道夫在燃烧。

就在这时，希梅尔法布发现他的眼镜丢了。这一发现比大火更为可怕，他卷进了苦恼的旋涡。于是，他开始在周围摸索起来，在穿越一个一定是空旷沙漠的徒劳的旅途中，他触到了石头，触到了滚烫的金属条，触到了静止不动的一小汪液体，一条细枝，一块石头又一块石头。

他爬着，找着。

或者仰视那橙黄色的模糊的一片，仿佛此时它正在侵犯着全部的生活。左边某个地方，一挺机关枪正在吐着火。甚至他自己嘴里吐出的气也成了一条火舌。他哇哇地哭着，呼哧呼哧地喘着，不停地找着,注意力又重新集中在事物神圣的形态上。

　　他曾长途跋涉、不辞辛劳,可眼下却不同了。虽然他还继续用手在摸索,在碰触,但他早已力不从心了。他触到了铁丝上。两手被有刺的铁丝划破了。他又触上了挂在铁丝倒刺上的一块破棉布。他在摸着空气。在那破布,或者说棉花片的左方,他的双手突然遭遇了一股柔和的气流。实际上,假如那不是外围篱笆上的一个巨大的凯旋门,也是一个锯齿状的小豁口。有人竟把那铁丝剪断了。

　　于是,那犹太人垂下头去,借助膝部爬了过去。他在地上拖曳着双膝到处挪动,或挪向他似乎应该去的地方。他像残疾人那样,用他那磨破了的膝部,越过石头,向前爬去。他知道,他必须站立起来,除了他那僵硬的四肢,那使他不自然的姿势暂时自然了的四肢,他猜想,他还未曾逾越那区分阴间和尘世的分界线。当倒刺扎进他的前额时,他不以为怪地伸出了双手。抓住铁丝是一种新的痛苦。当然喽,那是外部的篱笆。

　　假如一个沮丧的时刻不是迫使他去伸手再抓,以防摔倒,他也可能仅满足于不被折磨者所注意,而将自己挂在那里。他又一次发现自己碰到了那温和、无阻的气流。正是那种轻柔才驱使他采取了最狂热的行动。当他从铁丝的纠缠中往外扭转的时候,整个他——他的肌肤、他的呼吸、他衣服的质料——都在撕裂着。可是,他获得了自由,并且又在演习着,从布设第二道铁丝栅栏的那些人所制造的那窄小的、相当窄小的裂缝中穿过。

　　微风凉飕飕的,吹拂着他那汗津津的、流着血的前额。叫人喜欢的各种形状,无论是士兵的,或是树木的,他已经无力为之惊叹了。不过最后他触上了一块树皮。他拉着它站起身来。从一个树干走向另一个仁慈的树干,他在森林中徘徊着。潮湿的针叶和他的皮肤混到一起,它们的香气从第二个迷宫——他的头壳里散发出来,直到他几乎完全沉醉在自由之中。

他还在走着，他本可以继续感恩地走下去。可是他来到一个算是森林开辟地的地方，那里竖立着一丛纯洁的物影——可能是些幼小的白桦——它们的皮是那么光滑、那么洁白，他不由得倒下身子靠向它们，嘴贴着湿土，躺卧着哭泣起来。

过了些时候，士兵来了。无论他们的肤色和信仰如何，他也不能再移动了。他们围着他站着，谈着。波兰人，他用仅存的一点心力推测着。当他们架着他穿越那无边的树林时，他听到了他们的沉默和呼吸声。

当闻到猪和草的臭味儿后，他们便把他放到他们曾带他来过的那幢房子的火炉旁。他不再想离开温暖和黑暗。他躺下了，头枕在一种类似于硬台的东西上，此时，他并没有真正休息在上帝的怀抱里。女人们走过来给他包扎伤口。她们都是带着肥皂来的。薄薄的肥皂，水汪汪的，带着一种卷心菜的水气。有时，肥皂上还贴着肉馅，用起来就更困难了。

他计算了下，大约是第三天，他们给他带来了一位嗓音洪亮的人。那人用德语对他讲述了就农民所知的，最近在弗里登斯道夫发生的事。

那些没被德国人杀害的囚犯，是准备用来搬空死刑毒气室的尸体，并为集中营提供劳力的。于是，他们决定暴动了，那波兰人说。策划者用了几周的时间去收集和隐藏武器与弹药，可是只有当最后一列满载犹太人的火车到达之后，他们才感到有了行动的力量。后来，奴隶们暴动了，他们杀掉了司令和一些看守，炸毁了临时军火供应站，焚烧了部分军用设施，切断了电线，随后便加入了抵抗组织。

"别的犹太人又怎么样了？"希梅尔法布鼓起勇气问道。

那波兰人认为他们中的大部分人已经死了，有些已经死于毒气，而幸存者们则死于毁灭弗里登斯道夫的大火。

他哈哈笑了起来。

"你倒是个幸运儿啊。"他说。

希梅尔法布经常在反思自己逃离的后果,这时他不能将那幸运解释为奇迹了。

当他休息了一会儿,有了精神之后,他们便给他穿上了衣服,握住了他的手。那个半盲的乡巴佬不可能数清他接触过多少手,只管蹒跚地向东走去。当他一直在同一片逐渐消失的,也许还是慈善的薄雾中移动的时候,他闻到了湿草的、干草的、擦破皮的萝卜的以及母牛喘息的各种气味。他也习惯了静听自己弄不清的声音,除了那些伴随着触碰的声音和鸟儿表达情感的啼啭。他觉得有许多普通的声音自己过去从未听到过。他发现自己正穿入一个静寂的、不容置疑的夹层。尤其是,他学会了识别完全彻底的悬置的状态,在那种状态中,人与野兽一样,等待着危险物的越过。

直到抵达伊斯坦布尔之后,希梅尔法布教授才恢复了视觉,也恢复了他身份的尊严。当他透过崭新的眼镜向外看去的时候,只见那里水波涟涟、绿树成荫,他不由得垂下头来,他为自己接受了别人那奢华的馈赠深感愧怍。

希梅尔法布不像许多人那样,应被允许登上那块土地,然而,由于缺乏确凿的迹象和许可,希梅尔法布的良知却一直在怀疑着自身的价值。

所以,他不愿提高自己的嗓门,高出同船其他乘客的说话声,他们正同乘一艘开往土耳其海岸的陈旧的货船。年轻的犹太人都懒洋洋地靠在船首楼的舱盖上,互相搂抱着,唱着歌。那些年轻人,那略显粗大的、多毛的小伙子们和皮肤发青的姑娘们都是在欧洲的粪土上发过芽的,他们此时的愿望已臻于满足了。因为犹太人终将返回自己的家园。他们将认一认自己从未见过的石头,那最小的石块将属于他们自己。

可是,那位相当冷漠的、年长的、据说是教授的人却好像没有自己的份儿。他继续在甲板上踱来踱去,犹豫着,小心翼翼地转着弯,也许他还没有完全顺从于那双相当时髦的、最近才得到的旧鞋。当然喽,在那位心事重重的人,和那些喜气洋洋的年轻的犹太人之间存在着一种巨大的代沟。有些年轻人召唤过他,邀请他加入他们的消遣和娱乐行列,甚至还开过他几次善意的、听来很亲切的玩笑。然而,他们很快就停止了,转过脸去,在小袋子里翻找起花生来。那些小袋子连同其他慰问品都是在伊斯坦布尔码头上,一位慈善的当地妇女赠送的。他们放荡不羁地麻痹着自己。先是咕噜起来,然后又声嘶力竭地唱起了歌。

有几个年纪稍大的犹太人想要分享一下其中的乐趣,和他们一起唱唱歌,可是又发现自己没有那份心思。海风赋予他们的面颊一种崭新的、绝对的红润;他们的眼睛注视到那碧波荡漾、水光潋滟的不朽海水时,由于表面的满足而变得明亮起来。不过在有些较老的脸上,笑容却收敛了,仿佛被一颗阻塞的牙齿、一块金黄色的地标卡住了似的。有几个人不得不用手帕堵住嘴,唯恐他们的欢乐得不到控制,同时,也不让别人有此感觉。然而,毕竟谁也没有这种习惯。他们已经获得了相当难以收弄的新情感,以及从伊斯坦布尔的组织里得到的在许多场合下穿不出去的新衣服。

上帝的选民们或是站立着,或是坐在甲板的四周,或是靠在栏杆上,观望着那全然不可思议的大海。可是希梅尔法布教授却在那些人——他们终于对他习以为常了——中间轻漫地踱着步或大步地走动着。救济委员会已有过惊人的考虑,他们解释说那是考虑到那位年长的、受过教育的难民的感情和爱好。无疑他将会热衷于耶路撒冷大学的学术生活。他们给了他大概他总该穿的那种服装。譬如那件大衣就是欧洲的面料、欧洲的剪裁法,原属于耶鲁大学的一位哲学博士的。当那位目前的主人漫步在海风之中,漫步在人员拥挤的甲板上,那件黑色的、宽大的、然而又有些压迫感的外衣别扭地紧贴在他身体的两侧。此时,没有谁会质问那位气度不凡的先生对它的占有权,除非他本人。

在报到站上,他拿着大衣站了许久,结果引起了那些正在监督分发衣服的犹太女人的提问:"您对您的那件漂亮的新外衣不满意吗,希梅尔法布教授?"

那位长小胡子的、戴着手套、系着实用表带的女士曾有过幼儿园工作的经验。

"不,"他答道,"我很满意。"

不过,他还是站着。

"那么,您为什么不收下那件大衣,"她温和地提示道,"去和别人一起坐在桌子那边呢?为了这段航行,萨尔蒂尔太太将要分给大家一些慰问品。然后,再让大家喝杯咖啡。"

她用手肘重重地触了触他。

"可是,不该归我的东西我若接受了,"他说,"总有些不对劲儿啊。"

"当然它应该归您了。"那女人坚持说。她特别忙,尽管训练有素,但还是有些急躁了。"再说为我们民族的受苦人赎罪是我们应尽的职责。"她尽量温和地解释说。

"应该由我来赎罪,"她那倔强的小学生强调说,"我担心人们很快将会忘记:作为民族的一员,我们个人的职责并没有被解除。"

可是,那女人把他推到那些犹太人——他们正等着再得到些赏赐物——坐的那张桌子跟前。

"如果我是您,我就收下那件大衣,"女人劝说道,"我就不再去伤脑筋了。"

她太疲劳了,顾不上周到的思考。她唇上那茸毛的一颗颗小汗珠清晰可见。

于是,希梅尔法布收下了那件精致的大衣,闷闷不乐地抓着一只衣袖。这时,人们提醒他,大衣已经拖到地上了。

他正是怀着同样倔强的心情,进入了,或者说回到了耶路撒冷——仿佛唯独他必须拒绝那金城的自由。城里的每一块石头都使他痛心疾首,更不用说那街道的面貌了。一天晚上,在一个已经被大风涂上银色的山坡上,他躺下了。开始时,似乎大地将要轻轻地,轻轻地张开裂口,准备接纳他的躯体;可是他的灵魂却不予应诺,反而把他拖了起来。他跑开了,或者说东倒西歪地走下山了,他那上衣的后身在飘摆着,见此情景,两个阿拉伯人仰天大笑起来,同时也引起了一个英国籍军士的怀疑。然而,来到山脚下,他又恢复了尊严,他选择了一条小径,穿过那诱惑、晦暗的夜光,又回到那座永远不属于他的城市里。

每条街道上都有许多熟悉的身影,到处都能听到兴高采烈的、致密无失的各种问候。在乔治国王林荫路上,他碰上了学生时代他就知道的那位耶拿的物理学家——阿彭泽勒,一个皮肤粗糙、毛发竖立的人,无论遇到哪个熟人,他都要从背后猛击一掌,然后超过去。

阿彭泽勒是不信鬼神的。他开口便说:"喔,希梅尔法布,应该说我并不惊讶。你总是那么讲究实际。你是否还记得过去人们常说你要远走高飞了?好啦,你可来啦,亲爱的!"他为自己开的那玩笑乐不可支,鼻孔周围的毛细孔里都渗出了汗珠。"当然喽,你是一直忙于老人星①的研究了。还没开始吗?喂,我们等你来呢,你对我们很有用,"他说,"每个人都要扮演他自己的角色。"

希梅尔法布没有忘记:除了在实验室及阶梯教室以外,阿彭泽勒总显得绝对的愚钝。

---

① 天文学中船底星座的一等星,亮度在恒星中仅次于天狼星,为全天第二亮恒星。

"以后再说吧。"他仅能做出如此含蓄的回答,这给了他的同事表示轻蔑的机会。

阿彭泽勒想到那种姑娘般的腼腆是如何时时袭击着他那魁伟的朋友。那位物理学家是那种将保守看作是对精神虚弱的一种鼓舞的人。

"你知道,优柔寡断是会招致不幸的。"他提示说,一面尽力窥视着对方的眼睛。然而,由于自己的满足,没能看得多深;他本可以享受到给人某种打击之后的欢乐。"再说那么多人都在受苦,那也不再是一种乐趣了。"

忠告总是从阿彭泽勒的皮肤里浮游出来,那皮肤上的毛孔一直大得出奇。

"我打算到海法①去。"希梅尔法布答道。

那位物理学家当看到自己试探性的语言似乎没有留下什么伤痕时,虽然说不上失望,但也有些吃惊。阿彭泽勒的单纯可被认为是由于他本人过去很少受苦的缘故。

"我在那里有亲属,"那位冷淡的伙伴希梅尔法布继续说道,"据说在拉梅特戴维大街附近的某个集居区里能找到我妻子的大哥。"

"噢,亲属!"阿彭泽勒微微一笑,"能听到这个词儿我很高兴。"

他咳嗽了一下,然后,又咯咯地笑了起来。

"我们等着你,等你回来,精神抖擞地回来,即使你在这儿发现不了很多犹太人,"他补充说,"你也同样会喜欢上这儿的。"

说完了笑话,阿彭泽勒便告辞了,希梅尔法布觉得很愉快。

他真的坐了一连串军用汽车和卡车到海法去了。他乘车去拉梅特戴维大街走了一段路,可是最后的一段他却喜欢徒步,他希望在不远的居民点里能找到他的内兄阿里·利布曼。他沿着两边是

---

① 以色列一北部港口城市。

坚硬的丘陵的路向前走去,那丘陵看起来好像筑作的防御墙,专为保卫那基布兹①向外伸展的旷野。他用脚踢了踢路面。这一切都是祝了圣的,他还没有十分领悟。一次在路边,他跪下了,跪在石头中间,他闻到了那地面的芳香,他怎么也按捺不住要去触摸那泥土的欲望。

在基布兹里,人们都在忙于生活。办公室里的一个女人从文件堆中直起身,指着一块地告诉他,阿里·利布曼和他的妻子就在那边的西红柿地里。

他记忆中的阿里是一个有着多变的面孔,和灵活的头脑的年轻人,此时,对方却已经固定在成年男子的一种迟钝的模式上。他体格健壮,满身尘土,头发都灰白了。在两个人拥抱和哭诉过后,他们便一起坐到橄榄树下,那农民不得不承认那是一种机缘了。

"拉赫尔!"他朝着那蔓延的、缠结的西红柿灌丛的方向喊去。

"她是我的妻子。"他顺口解释说。

一个女人颇为勉强地走了出来,莫迪凯意识到那个女人也与他有些关系。

阿里的妻子是个圆锥状体型的人,此时,正穿着一条绷得很紧的蓝短裤。她的大腿和臀部相当肥大,不过脸部却并不使人感到厌烦;那脸上的颧骨是有着来历的。

当三个人坐定之后,阿里断然说道:"你应该来我们这儿工作。你可以来教年轻人学文化嘛。在这儿你的境况会好多啦。只有与自己的土地相关联时,犹太人才被看作是犹太人。"

阿里和他的妻子各有一双坚硬的手。由于刚扭过幼苗,他们的手上还沾着西红柿汁呢。

"拉赫尔就出生在这儿。她会对你说的。她是个土生土长的以

---

① 原文为希伯来语,以色列带有集体性质的农业、轻工业合作经营组织。

色列人。"阿里解释说,接着,他和妻子都咯咯地笑了起来。

莫迪凯觉得他们俩都很知足。他们像石头,或像他们坐在底下的橄榄树一样是属于他们的环境的。

"会有足够的犹太人在无关紧要的事情上,发挥他们的聪明才智的。这是很要紧的。"阿里自豪地说,一边用手指着他的居住地所拥有的东西。

莫迪凯觉得他的傲慢是危险的。

"是啊,来我们这儿吧,"拉赫尔也提出了邀请,"到耶路撒冷去的人总是很多的。"

这时,希梅尔法布答道:"倘若我能感觉到上帝有意让我留下,不留在耶路撒冷,就留在你们村,那我肯定是会留下的。可是上帝并没有要求啊。"

"啊!"阿里惊叫了一声,"上帝啊!"

他用一根棍子开始在地上划动起来。

"我们过去祈祷得有多么诚心!"他惊叹道,"在比恩尼恩斯塔特。在山墙底下。这对人都是有好处的!"他向前移了移,接着,又放声大笑起来;他可能在尽其所能摆脱迟钝。"你,好像我,记得还有雷哈,都决心要起到弥赛亚①的作用。"

假如那两个男子都没有经历过他们所经历的一切,那么,这种非难的语言也可能听起来更为冷酷了。但事实上,莫迪凯却将它归属于反映出过去的轮廓的一种别样的、虚有其表的自我。

就在这时,一只油绿的、坚硬的、实在的橄榄果掉在巴勒斯坦多石的土壤上。

"你相信什么,阿里?"莫迪凯不得不问道。

"我相信犹太人,"他的内兄答道,"相信他们会建立起自己的家

---

① 犹太人所期待的救世主。

园。相信他们会保卫犹太人的国家。相信劳作,劳作就像万应药一样。"

"还相信犹太人的灵魂吗?"

"啊,灵魂!"他狐疑不决地戳着土,"如果你要那么说,就算作历史吧。"

拉赫尔望着远方的山景。她可能烦倦了,或者有些困惑。

"历史,"希梅尔法布说,"是精神的反映。"

阿里闲着的时候总显得坐立不安。这时,他向后掰着自己那宽大的手掌。

"喂,我们是不是应该继续坐在这里,"他问,露出了他那短而硬的牙齿,"让历史去反映我们?你的话好像是这个意思。"

"绝不是,"希梅尔法布答道,"我只想指出精神信仰也是一种积极的力量。那将使世界在好战人做出企图摧毁它的每一个尝试之后,其人口又可得到繁衍。"

"我并没有对你说过这种话呀,"阿里打断了他的话,"可是拉赫尔和我已经有了两个令人满意的孩子了。"

"是啊,阿里,"莫迪凯叹息道,"我可以说你们两个人都满足了。不过这是暂时的。嗐,什么东西都不是永恒的。甚至这个村子,甚至我们的国土也是一样。地球在转的,它将抛出新的石头——今晚——明天——总是这样。而你,上帝的选民,将继续需要你的替罪羊,正像我们有些人那样,不愿等着被人拖走而要继续做出自己的奉献。"

"你要把这个——理想主义追踪到哪里去?"阿里·利布曼问。

此时,好像希梅尔法布已被看透了似的。

"喔,"他说,"例如,"他犹豫了一下,"那东西,"他说,"可能在澳大利亚。"

以前他从未想过那个国家,而此时,它却浮现在他的脑际,因为那里最遥远,或许也最苦了。

"澳大利亚!"他的亲戚惊叹道。不过仅此而已,似乎忽略对那个疯狂的犹太人大流散的迷念才为上策。

拉赫尔转了话题。

"您要在我们这儿过夜吗?"她问,不过此时,显然她希望他不会做出这样的决定。

"不。"希梅尔法布说。

他不希望耽搁不必要的时间。

他们起身朝居民点走去。

"你至少得吃点东西呀。"他们坚持道。

那才实际呢。

虽然还不到吃饭时间,但拉赫尔已在厨房搜寻了。随后,她拿出了面包、一杯牛奶和一小碗切成丝的胡萝卜,放到坐在那长长的、空荡荡的大厅里的那位旅行者的面前。那冰凉的牛奶很快便在他的嘴里热乎起来,而另两个人则坐在桌子的对面,在美国衣料的表面上,勾勒着他们各自的那秘密的式样。这时,他们没在看他,也可能在希望着他能快速而从容地将罪恶连同牛奶一起咽下。

接着,拉赫尔用手掌拍掉了布上的面包屑。她看了看手表,到了去托儿所接孩子的时间了。她的肚子也有些饿了。

还有一辆公共汽车到晚上会路过那里,为了赶上那辆车,希梅尔法布的亲戚催了他。他那妻子的姐姐不停地看着表,当然那是很自然的了,显然,她是一个讲究实际的女人。

后来,他们终于从贫瘠的灌丛里——它们有朝一日将会长成小松林的——站了起来,尘土预示着汽车的到来。

"祝你走运!"①阿里·利布曼嚷道,一边紧紧地握他内弟的手。

---

① 原文为希伯来语。

这一次,两个男人并没有流泪,因为那悲伤的泪水流得比以往更深广,更神秘了。大地的尘土散落在两个犹太人的周围。橘黄色的灯光环抱着他们。在莫迪凯上车之前和最初的阵痛之后,他又被蓦地投入到下一段旅途之中。

从那时起,当他沿河走向它们的源头时,他的理想使他受到了莫大的颠簸。在那次旅途中,不能说他始终是孤独的,因为他外部的躯体是由他专心不二的精神陪伴着,直到南太平洋夏季的一个早晨,有人提醒说目的地已经到达了。

"这是悉尼。"旅客们说。

那群迁移来的犹太人焦急地寻找着,那些一定在等待着接受他们的人们。只有那位相当特殊的、严格说并不是执拗的,而是与众不同的旅客;那位穿着暗色的、发着汗臭味儿的、不合身的衣服的希梅尔法布先生在那里站着,继续孤单单地站着。实际上,他已经被人接受了。由于高温毁坏了铺路的柏油,在他面前仿佛竖起了一根非常明确的火柱。

当那犹太人讲完了自己的经历,白昼已变得温和起来。那李子树,从一开始就为叙述允诺了庇护,要说呢,最后又加剧了一种精神方面的普通的苦闷。此时它开始展示出那形式与声音与生俱来的诡谲。它那用锦缎装饰的帐篷状的阴影,像许多带着茶色斑点和花纹的、卷曲着身子横卧在那里的猛兽。尽管那树花此刻已变成了相当懒散的、映在皓皓天海深处的绣花了,但一种一直在加速的运动和变强的音乐,却使那一团团柔软的树枝新鲜起来。因为晚风在吹拂着从撒尔沙帕里拉至赞那杜的土地,它一路上消散着,羽毛般地飘动着;从令人窒息的灌丛中潺潺流过,冲刷着树叶的表面,最后拍打到坐在树根上的那两个残存者的皮肤上。

若不是黑尔小姐的身子最近摆脱了巨大的痛苦,她也可能会颤抖的。在这种情况下,哪怕最小的动作也是费力的。

她站了起来,咕哝着:"我得回家啦,不然的话,有个人就要捣乱的,我不想说出那人的名字。"

犹太人也笨拙地挣扎起来,一边试着他的双腿是否正常。他与他的旁听者看来都不想言及他们在一起的时光,也没有暗示他们应该再次相见,不过他们俩都有这种愿望。

"我得马上离开您了,"犹太人说,一边忧虑地看了看太阳,"时间已经很晚很晚了。"

于是,他们在柔和的光明里分手了。他们的身影变得越来越小,他们似乎也越来越急迫了。他们上下地跳动着,猛烈地摆动着,他们正逆着夜晚的潮汐在游着泳,那动作被不安和青草无情地阻挠着。

第三部

第八章

希梅尔法布刚刚回到撒尔沙帕里拉的那栋房子，它确实呈现出许多优点，不过那只是房子的优点，而且不全是那么明显。当然，那企口板都结合在一起，抵御着诧异的目光。还有那林立在四周的柳树，它们那金属般的丝笼在春天率先柔润的时候，令人赏心悦目，也许到了冬天便美不胜收了，它们那钢丝般的枝条在较量着更为严峻的思绪。否则，那小小的房屋便无从炫耀，花园也不能称其为花园了。栽树的时候，人们是不会想起那位真正的主人，漠不关心的他是想象不出栽的是什么东西的。所以，到了晚上，当他不再受雇于其他地方时，他便坐在走廊边儿上，感激地吮吸着杂草的芳香，似乎那不是属于他的。他总是坐着，坐在灯光下的某个地方，当草地迎着黄昏跳跃的时候，他那苍白的脸色恍若要形成某种更暗、更绿的火焰的核心。

那天晚上，当与黑尔小姐分手以后，那犹太人便匆匆地往回走了。黄昏漂流着，种子爆破着。荆棘和针叶戳刺着他的手背。一块块石头飞抛起来落在疾走的脚下。后来，他的呼吸变得压抑起来，当爬上陡坡时，他不顾他那虽说不上胜利，但也很自信的前进的步伐，开始奔跑了。

他到家了。

他触到门柱圣卷①。

后来,当他的嘴里咕噜起《施玛篇》②的时候,他已经进屋了。他不是通过他那俗气的房屋的被虫蛀过的门口,而是通过内部的一个暗门进去的。

那犹太人房里的所谓寂静从来就不是什么真正的寂静。他时而沉思,时而又听到树枝对栋木的最微弱的摩擦声。那些用最简便的、敬仰的方式布置的房间也并非那么空荡。眼下,他好像故意地穿过那干燥、易弯的木板来到隔间里,贫困迫使他只能在那里放了几件可悲的物品:一张床,一把椅子,几个挂衣服的木钉和一个脸盆架。它们好像乱堆在有着黄色木板和白色雕花瓷器的拍卖室里一样。此外,再没有别的东西了。只是一面墙上还有一个窗洞,通往绿荫道和朦胧的冥想大道。

到了室内,他生命的中心之后,犹太人似乎马上犹豫起来,他的双手和嘴唇在探求着一直逃避他的,也许永远想逃避他的某种程度的谦恭。他站在渐渐暗淡的光波之中,他的双膝由于刚才的匆忙仍在颤抖着。在还没有达到理想中的、难得的完美境界时,他便献上了惯常的颂词:

感谢主,哦,主啊,我们的上帝,宇宙之王……

他把绳子扔进昏暗里。

……是谁根据你的意愿,带着打开天国之门的智慧,带着改变时间、变更季节、安排天空中人们见到的星星的

---

① 犹太教要求犹太人家庭挂于门柱上的小羊皮纸圣经卷。
② 犹太教晨祷和晚祷中的祷文,申述对上帝的笃信。

位置的聪颖，来到这黄昏的微明里……

这样，他搓捻着，编织着这些词句，直到他握紧了梯子。

你对犹太人的房屋始终怀着持久的爱……

这样，他一点一点地追加着信仰的梯级。

……但愿你永远不会撤走你对我们的爱。哦，主啊，爱你的选民吧。

到夜幕降临之时，停放在小屋里的椅子和床铺渐渐地融解在暮色里，他本人也被祈祷所驱散，唯有福音仍是灵体的箴言。

到达选定的国家之后，希梅尔法布使他的那些保证人和顾问们颇为震惊，他们认为一位大学教授当然要申请一个适合于他才能的职位才是。他是否曾接受过聘任尚未可知，可是拒绝至少为他，及他的保证人和顾问们提供了那战时不可多得的东西——一个发牢骚的机会。

不管怎样，希梅尔法布并没有申请职位的愿望。他的解释只是简短的一句："才疏学浅，力不从心。"

他的同族人觉得他思想的改变和地位的变化即使不说可鄙，也是十分反常的。对别人来说，看到一位年长的、高雅的犹太人在战时被征募为一名士兵而不提出抗议，这并不能引起他们多大的兴趣。总之，他是个该死的外乡人，一个残忍的、来澳洲没多久的移民。既然他能被允许生存下去，他就该知足了。其实，他很知足。当通知他到猪栏处报到时，他也没有怨言。在那里他开始附属于那些欢乐的、外向的野兽们,当后来慢慢证实了他不再具有人们所盼望的力量时,他已经饱尝了人间的苦痛。

病愈之后,他被派到他曾看过病的那所医院擦地板。他在一个军队的食堂里临时刷过盘子。他还打扫过公共厕所。

有这样的恩惠他就感激不尽了。

他之所以能在巴兰纳格利安静地生活下来,并能在布赖塔自行车车灯厂找到工作,其理由可能被认为不太光彩。这个禁欲主义的,这个有着无私热望的人到此为止已经偏离了他理想的轨迹,以至去热烈地追求着身体的隐退。他喜欢在周末绕着城边徘徊闲荡。闲荡时,他便可以撞见空寂地竖立在撒尔沙帕里拉草地上的那所褐色的小房。当他发现了白蚁、钻蛀虫、干朽物,铺设不当的铝管和屋顶的漏洞已经降低了那可怜的小屋的价值,而它的售价又在他力所能及的情况下时,他那谨慎而消沉的愿望顿时燃起了熊熊大火,焚毁着他那意志的力量。他想的只是自己的房子,总是转到那里,并担心它的称心如意之处会被别人发现。和以前相比,他的皮肤更灰黄了,身体更消瘦了,眼睛更深陷了。直到最后,精神受物质的引诱,他竟匆匆跑去付了保证金。他不能不买下那所被遗弃的房屋。

在撒尔沙帕里拉安顿下来,他指望能有个宝贵的安静环境,当他收集完几件认为必要的家什,他的喜悦与激动平息了几日之后,他便到附近的巴兰纳格利镇上找工作去了。

不能说布赖塔自行车车灯厂的工作是他自己选择的,其实是别人为他选定的。

"那个布赖塔自行车车灯厂,"职业介绍所里的那位公职人员说道,"多半是个新厂子,不过正在扩展中。除了车灯,它还生产其他金属制品,什么几何形的箱柜啦、短发型的发夹啦。有几个不需要熟练技术的位置还空着呢。让我想想,我有个想法。我非常肯定那位老板具有外国绅士派头。罗塞特雷先生。对啦。喂,如果您不介意的话,我要说那工作正适合您,一个从欧洲大陆来的人。"

"罗塞特雷先生。"希梅尔法布重复着。

这时,那犹太人的眼睛由于渴望而变得湿润了。后来日落时,土墙的上方开始了吉都什①。

"好好想想,"那官员的声音继续说道,"您说英语有困难吗?好啦,罗塞特雷先生就在现场。您在附近再也找不到其他合适的工作了。"

希梅尔法布同意那工作最适合他的说法,并想着别人能给予指导。丢弃私念终究要走前面的路。

于是,他来到了布赖塔自行车车灯厂,那厂子只是一间工棚,坐落在镇郊的一条青葱的河边上。

眼下,他来商谈工作了,不过就座以后,好半天没人理睬,这是因为扩展的企业总应给人留下印象。由于那位求职者正置身于罗塞特雷先生的世界的中心,也确实给他留下了印象。因为,通过一扇门,希梅尔法布可以观察到两位女士:一位丰满,一位清瘦,她们坐得是那么笔直,样子那么傲慢,目的那么一致,她们正以最小的接触在赶打着罗塞特雷的信件。通过另一扇门,他俯视可见一个地狱般的洞,布赖塔车灯就在那里以过度的疏忽和最大的噪音切消着,组装着。伴着连续的猛击声和牢骚声,机器在不停地一圈一圈地转着,一上一下,一里一外地跳着。可是在一个角落里,机器却在油滑而狡诈地咯咯地响着,嗒嗒地叫着。有个出入口通着一个潮湿的混凝土小院,小院里有个穿着胶鞋、几乎全裸的男青年在轻蔑地执行着任务。那机器时而发出嘶嘶的响声,并泼洒出脏物来,通过整个震颤的厂房,表达出强烈的恨。然而,为了让劳动进行得愉快些,厂里也放放音乐。收音机里一个好像生了苔似的女低音正在声嘶力

---

① 节日和安息日前夕举行的祝福仪式。

竭地唱着,那声音能把剧院的包厢冲破。"我在寻找我亲爱的朋友,亲爱的朋友。"那声音唱道,连最遥远的角落都没有宽恕。女人们坐在装配盘旁,优美地重复着要她们做的单一的动作。要不,她们便松一松自己的塑料假牙,或更换一块口香糖,或抚摸一下金属发夹,星期五晚上,还要用它们固定头发呢。还有一些姑娘,她们为自己不得不遭受的痛苦而紧皱眉头。有几个穿背心的先生,他们不是手放在臀部上站立着,就是在熟练地卷着卷烟;再不,查阅着报纸的体育版新闻;甚至,当绝对必要时,他们会屈尊前倾,参与仍需要他们在场的某种呆板的仪式。

希梅尔法布注意到,在地板中央弯着身子的那位是个暗色皮肤的人。他暂时的位置使他的脊椎一节一节地突出起来。当直起身子时,他看上去像是由一块块骨头、一根根血管和一条条弹性肌肉组合而成的,其整体由暗黑色的脸上那明显的表情支配着。那个澳洲本地人,也许是欧亚混血人,他又拿起扫帚推着它在工作台之间来回地走动了。当他走来的时候,一些女人垂下了眼,另一些则会心地微笑起来,尽管不一定是在笑他。可是那个陷入精神生活的某个插曲的黑皮肤的人,甚至连自己机械的打扫姿势也都不顾了。不过他却在扫啊,扫啊。灯油能显露出秘密的灯光,他那赤露的肋骨框架上,皮肤的伸展也能显露出他的力量。他继续扫着,那是个需要忍耐的职业,他那沉重的头颅、高傲的喉结似乎暗示了这一点。

希梅尔法布开始察觉到在那两个女打字员中,较丰满的那位在设法吸引他的注意力了。她仍然坐在办公室里,但好像在召唤他。

"罗塞特雷先生,"她说,"现在没事啦,可以接见您啦。"

两台打字机停止不动了。那两个女人中较清瘦的那位,还朝着自己打字机的键盘在微微地笑着。这时,她将掉在她那雪白的、拔了毛的鹅状二头肌上,那形成一种环状的外衣丝带拉开了。

那位求职者被所见到的一切迷住了,一步也挪动不了。

"罗塞特雷先生,"较丰满的女人用对外乡人说话常用的那种大嗓门重复道,"现在闲着呢。希梅尔法布先生。"她补充说,本想要笑出声的。

她的同伴却咻咻地笑了起来,但很快又开始重新整理起她那搭在椅子背上的、精美刺绣的私人毛巾了。

"不知道您是不是想从这里过去。"那位丰满的女神几乎在喊,她那泡沫橡皮般的脸上冒着汗。

她担心那个位置使她太显眼了。

"谢谢。"希梅尔法布答道,一面朝着指向门口的那只手微笑着。

当然,她并没有站起来,所以她所拿薪水应尽的职责便打了折扣。不过她还是把手放下了。

希梅尔法布走进罗塞特雷先生的办公室。

"您好,希梅尔法布先生,"罗塞特雷先生说,"别客气。"他顺口说道,但没有分神去考虑是否有这种可能。

他自己倒很随便。表面看去,他是个一连串的球体。他整个的外观使人联想到一块放松了弹性的橡皮,然而就质地而言,也许他更接近于美味佳肴①,更接近于较为柔和、光泽的品种——譬如,烤肠②。此刻,他可能刚刚擦亮了自己的指甲,却忘了撤回那带有酒窝的双手;而那扇下嘴唇,由于某个问题得马上解决而伸了出来。

没有迹象表明那问题出在希梅尔法布身上,不过那位求职者猜想他便是罗塞特雷先生显然要出言不逊的根由了。

"有经验吗?没有?没关系。经验不是主要的。主要的是情愿。"罗塞特雷先生在用那种不痛不痒的语调提问和回答着。

"只是报酬嘛,"他说,"开始时,要少一些。因为您没有技术。"

---

① 原文为德语。
② 原文为德语。

他把一块橡皮朝着一只胶木小盘扔去,那橡皮十分不悦地砰的一声落了下来。

"这是可以理解的。"希梅尔法布答道,然后笑了笑。

由于某种原因,他感到还挺愉快。

这个人是精,还是傻?罗塞特雷先生心里嘀咕着。在这种情况下,他本该有气恼的反应;要不,应是轻蔑。然而此刻,他产生了疑心。突然间,他似乎对刚才的想法,对所有的疑惑产生出强烈的反感。不快使气氛变得郁闷起来。

希梅尔法布却喜上眉梢,他根本没有意识到气氛的变化。

"您不是此地人吗?"他不得不小心翼翼地问道,因为他本人已经在伪装了。

"我是澳大利亚人。"罗塞特雷先生答道。

只见他又要整理办公桌上的东西了。

"噢,"希梅尔法布叹了口气,"真没想到,请多多包涵。"

"可是不能否认我来到这里是有着个人目的的。有着我自己的目的。"罗塞特雷先生向上抛出一块橡皮,本想接着它,却失了手。

"我不希望给人一种喜欢刨根问底的印象,不过我想也许您来自波兰。"

罗塞特雷先生皱了皱眉,把那块别扭的橡皮折叠起来。

"哦,"他说,"我们是不是把那地方叫作维也纳?"

"我们还是一起说德语吧?①"

"不,要有前提。不,决不能,"罗塞特雷先生急促地答道,"我们现在是澳大利亚人了。"

他本想从这种局面中摆脱出来,却不料这局面像一块被抛弃的口香糖,紧紧地粘住了他。因为此时,希梅尔法布正愈来愈深地陷

---

① 原文为德语。维也纳人讲德语。

入一种谋叛之中。

后者压低了声音,探了探身子。他已经疲倦了,但由于轻轻地问了一句,也就满足了:"您一定也和我们一样喽?"

"嗯?"

罗塞特雷先生不仅精神苦恼,身体也不舒服;他那紧身长衬裤好像全都堆在腹股沟的周围,他又不能将它拨开,觉得特别难受。

"是啊,"希梅尔法布坚持说,"您当然也和我们一样啦。"

这时,罗塞特雷先生撕开了什么东西,或者是织物什么的。他说:"如果您转弯抹角地是在指宗教——在这些国家里,希梅尔法布先生,宗教不是什么特别重要的大事——坦率地告诉您,我是去圣阿洛伊修斯天主教教堂做礼拜的。"

没有人要威胁罗塞特雷先生。

"那个教堂,"他强调说,"在乐园东区。"

"啊!"希梅尔法布又坐了下来。

这时,一个穿汗衫的先生走进室内。他的个头真够大的,为了充分接纳他,那硬纸墙像都扩展了似的。

"不是二十二个标准尺寸①哪,哈里,"那位先生宣布道,"小了那么一丁点儿。"

"不是二十二个标准尺寸吗?"

罗塞特雷先生终于得到一个爆发的机会。

"是啊。"汗衫先生说,他一旦肯定下来,语调就变得温和了;他站在那里,手捻着腋窝里的短毛,嘴里喘着粗气。

"不是二十二个标准尺寸!"哈里·罗塞特雷喊叫着,"可是我对你说过,那个家伙昨天已经下了保证啦!"

"那家伙把我们推到屎坑里啦。"温和的先生提示道。

---

① 金属厚度单位。

因为被冷落在一边,希梅尔法布坐在那里观察着那棉汗衫里的小肚子。有时那肚脐眼的位置似乎绝对合乎逻辑。

"我待人怎么样?真希望别人对我讲讲!"罗塞特雷先生乞求着。

他的嘴变得十分湿润了。这时,他已经抄起了电话簿,很不雅观地满把抓着选择的几页。

"开始时人们都是那样。相信我的话好了,老兄。"那工头安慰道。

此刻,在办公室外间,那两个女人中较丰满的那位将头伸进门内,她那肉色的项链变成了红紫色。

"罗塞特雷先生——请原谅——罗塞特雷太太电话里有请。"

"天哪!是罗塞特雷太太吗?"

"我把它接通好吗,罗塞特雷先生?"

"太好啦,惠布利小姐!罗塞特雷太太有事先通知你吗?"

显然,罗塞特雷先生喜欢在男女之间开玩笑。

接着,他拿起了电话。他说:"是啊,亲爱的,当然喽。怎么能呢!不,亲爱的,我不总是那么忙。对呀,对呀,对呀。什么!你已决定做苹果饼啦?可是我想吃果仁蛋糕①!别考虑阿奇、马吉和别人,我吃苹果饼向来不好吸收。为我准备一下吧,舍尔。一定啦。我现在还有事呢。"

由于在家庭事务中他连续投下定时炸弹,他看起来非常高兴。直到后来,他想起了还有别的事,的确,还有涉及供给方面的背信弃义,可是他觉得那就更无从捉摸了。还有那条汉子,希梅尔法布。

此时,哈里·罗塞特雷意识到自己的一种潜在的不幸,它像一

---

① 原文为德语。

堆赤裸的、化着脓的尸体,堆积在那脆弱的,但迄今仍受到保护的办公室里,占了好大一片。此刻,他可能已经呕吐了。因为臭气熏天,他那不可忽视的业务手腕根本无法使他摆脱那堆尸体的缠绵。

所以他对那位求职者含混地说:"星期一来吧。你最好从那时候开始。不过,我得预先声明一下,工作是单调的。特别单调。会要您命的。"

"我的命已经没了好几次啦,"希梅尔法布答道,"或许,那要更痛苦些。"

他站起身来。

那些犹太人知识分子,什么弗洛伊德啦,莫扎特啦,以及所有参加咖啡会①的人,哈里·罗塞特雷统统没把他们放在眼里!如果说他既不憎恶一个阶级,也不憎恶一个种族,那是因为他基本上还是个仁慈的人。他也希望像开始时那样受到别人的爱戴。然而,他的童年的梦被焚毁了,没留下一点痕迹,只有那些黑皮肤女人们的声音依然在他的内心震荡着。

"怎么啦,哈里?"那个工头问道,他的名字叫厄尼·西奥博尔兹,"您的腿怎么啦?过去从没注意到它有点弯曲啊。"

"没什么。"

"您走路一瘸一拐的。"

"打了几针。"

哈里·罗塞特雷接着跺了跺脚,证实了他的话。

办公室外间的那两位女士此刻正用劲地猛敲着打字机。

那个可怜虫希梅尔法布已经走了出来,正沿着那条青葱的河流向前走去,那里是从未有人走过的。那河流为着他在熠熠闪光。小鸟飞得低低的,也许那是燕子,几乎飞在水面上,他向它们伸出手

---

① 一种非正式聚会,参加者边喝咖啡,边聊天。

去。它们自然是不会朝他飞来的,不过他触到了那飞翔的弧光,仿佛那飞行的线带就悬挂在他的手指上,由他控制着那些呼呼飞旋的小鸟。

不一会儿,他想起来忘了问问他未来的雇主能付给他多少工钱。然而,他的疏忽并没有使他心慌意乱,没有妨碍他置身于绿色的光辉之中,那光辉从他身上放射开来,又差不多包围了他。河水汨汨地流着,光明突然照到了参差不齐的灌木丛。没有什么可以干扰他,只是有一段沉闷的时刻,他不晓得是否自己已经取得了权限,自己那十分卑微的身份是否还可以接受那光与水的祝福。

希梅尔法布在星期一上班了。他带的午饭放在一个褐色的纤维板箱子里。他还带了一两件不愿意放在家里的重要物品。万一失了火怎么办?他搭上了去巴兰纳格利的公共汽车。没等到镇,就半路下了车,他已经到达了那河岸边上的罗塞特雷的工厂。他被安置在一台钻床旁,需要用那台钻床在圆形钢板上干钻孔的活。他钻呀,钻呀,不停地钻下去。工头厄尼·西奥博尔兹教过他怎么钻孔,还开过几次爽快的玩笑。后来,他递给他一个工会会员证。就是这样。

除了安息日,那一天工厂休息——当然还有星期日了,其他早晨,希梅尔法布都是乘公共汽车去巴兰纳格利的。对于那种无须技术的简单劳动,他渐渐熟练起来;要把钢板丢掉,也需要一种方法。在他没完没了地坐在钻床旁边的时候,他便痛苦地回忆起自己对往昔生活的某些看法,和那一幕幕的插曲。他对此已经习以为常了。譬如,在他那一般批判性的论著里,对一位晦涩的英国小说家的评论就存有傲慢和武断之嫌。在他狂妄的青年时代,他曾嘟囔过的许多祈祷文中的多种词句,终于又在他的舌头上苏醒过来。他常常想起那些自己曾使他们失望过的人:他的妻子雷哈、那个讨厌的染工、那个切尔诺维茨女人,只提几个吧。有时钻着孔,钻头擦伤了他的皮肉,他也认可了。

他的几个劳动伙伴可能也和他开过笑话,叨叨一些分文不值的陈词滥调,不过当发觉有什么奇特的地方,他们马上便停下来。他们中的许多人看得最多的莫过于他的那张脸,可是要想透过它察看它的内涵却是一种谁也不想涉及的探险。如果有时那个外乡人发现有必要讲话了,那就好像发生了什么反常的事儿一样,仿佛玻璃墙的另一端有一条鱼儿张开了口,吐出了模糊的、易懂的词句,而不是普通的、透明的水泡。

于是,柔顺的女人们和肥胖的男人们便对着工作台垂下头去。没有牙齿的小伙子们咳出了沉闷的笑声,而姑娘们的面容则使人了解到有谁想去引诱他们。

那个澳洲土著人当扫到和那犹太人的钻床平齐的地方曾停下过一两次。

于是,希梅尔法布断定:或许,我要开口讲话了,不过现在不是时候。

这并不是因为他们之间有着什么密切的关系,而是因为那个黑皮肤的人在离开之前总要给人一种温和的感觉。

经过了一次如此的友好关系①之后,一个蓝头发的老太婆停下了装配车灯的活计,举起双手,情不自禁地朝那个外乡人喊道:"卑鄙!卑鄙!"

机器在转动着。

"澳洲土著人没一个好东西!都是些神精病!"她厉声叫道。

即使那被轻蔑的对象没有听到,或者永远也不想听到类似那样的话,希梅尔法布也仍然不会感到舒服的,而那时,他本该适当地斗

---

① 原文为法语。

斗嘴的。

一个笨蛋由于误解了尴尬，凑到跟前，对着外乡人的耳朵小声说道："她是说他有男人们可能有的各种毛病。这是与世隔绝的结果。"

由于希梅尔法布一声没吭，他那个劳动伙伴便怏怏地走开了。总而言之，那个人对外乡人也很厌恶。

机器在转动着。

有时，通道里响起了罗塞特雷先生的脚步声，他好像在钻床旁边犹豫起来，不过仅仅是犹豫而已，然后，便离开了。他自从接见希梅尔法布那天早晨以来，一直沉默不语，希梅尔法布对此并不见怪。只有成功的实业家，和一个有着温暖家庭的丈夫、父亲才能如此。至于坐在工作台旁的那些女人们，她们常常公开谈论自己的老板。虽然她们没去过他家，但她们对他家里遂心如意的摆设似乎了如指掌。若不是间或地来了例假，支付的洗衣机费到了期限，她们也不会忌妒的。总的来说，她们对别人的财富还是羡慕的。

所以，罗塞特雷先生容光焕发。

有时，他走出办公室，站在坡道上，仔细察看着一排排工人和喧闹、痉挛的各种机器。这时，女人们便会扭过头来，像关系到自己什么事儿似的。还有那些最爱抱怨的男人们，假如他们已达到了规定的指标，也会让那无恶意的、无锋刃的，但却残忍的机轴弄出点表皮的伤痕。金钱在他们中变成了最大的讥讽，他们仍感伤地为那个温和、可怜的傻瓜——他们的老板所占有。

至于坐在钻床一旁的希梅尔法布，他总能马上意识到雇主又站到坡道上了，不过，他却从没朝那边望一望。

罗塞特雷一家住在乐园东区、珀西蒙大街第十五号的一栋砖结构的房子里——房内有自来水，没有下水道，还有自家搞出来的腐烂物。当然也有电话了。谁能一早晨都不用电话呢?那个地址已经不错了,而且环境还会改善,可是为了在那块土地上投资,罗塞特雷一家也许还要搬家。因为,什么是土地?——这样难弄的、沙质的、低劣的土质——不投资怎么成?若干个早晨,罗塞特雷太太听着那砖房四周的一株株桉树倒下去的轰隆声。周围的房屋,那些砖结构的房屋,正在被炸毁。

哈里·罗塞特雷为自己的环境深感自豪。每逢星期天,他总愿意站在他那杏黄色的砖房外面,站在他栽种的高级灌木丛中,那灌木的标签仍拴在上面。倘若邻居问到时,他可以立即读出那些别出心裁的名字来。谁会不满意呢?而且还有一辆战争以来第一批进口的福特定制线型小汽车。再说,还有几个孩子。他是个溺爱孩子的父亲,不过,他有充足的理由为史蒂夫和罗齐尔而骄傲,他们知道的是那么多,学得是那么快:他们学习的澳洲土语比其他澳大利亚孩子说得都差,他们学会了要冰激凌、土豆片,并且能从瓶子里倒出番茄酱,甚至当陈旧的黑色酱汁堵了瓶口也一样。于是,罗塞特雷夫妇赞不绝口。不过就罗塞特雷太太而言,她知道的比谁都多。

具有更大权威的罗塞特雷太太可能会说:那不是澳洲语。她有一种吸收的天才。那种语言她学得比谁都好。她说起它来抑扬顿挫;从她口里吐出的每一个词儿就像古老的硬币一样。当然喽,所有权也真的把握在舍尔·罗塞特雷的手里。那砖结构的房屋、那流线型的带玻璃车窗的汽车、高级灌木丛、带威斯敏斯特钟乐的有摆座钟、胡桃木镶面板的收音电唱两用机、洗衣机以及搅拌器全都是她的。大家也了解这一点,因为每当她邀请邻居到她家喝早茶、吃司康饼时,她总要提到:我的房子,我的孩子,我的福特定制线型汽车。还有皮大衣,不过只是一件,当行情好转时,她还要出去再买一件呢。

谁能责备她呢?舍尔·罗塞特雷被逼得不止搬了一次家。搬进了黄金地带,她总喜欢这么说。你可以含而不露嘛。搬家之前,她在罗坦特姆斯特拉塞大街的店铺里买了一只小巧玲珑的镀金十字装饰物,此时她还带着呢。每当她激动时,那东西便碰撞起来,撞击着她的乳房,不过,戴一只十字装饰物倒是一种安慰。但也有例外。马吉·彭德莱伯里早些时候曾说过:"我从没怀疑过你们罗塞特雷一家都是些淘气的人。这里只有文职人员才信天主教,要说他们是干什么的,他们还是政治家呢。"舍尔的耳朵竖了起来,因为这种话她也得照听不误。马吉说:"我和阿奇都是卫理公会①教徒,对付着来吧,人活的时间很短暂啊。"

这时,从罗坦特姆斯特拉塞大街店铺里买来的那只小巧的十字装饰物不再那么欢快地撞击舍尔的乳房了。

她说:"哈里,你知道吗?阿奇和马吉都是卫理公会教徒呢。"

"那又怎么样?"她丈夫问道。

"就像人们都是似的。"

他轻轻地拍了拍她。她是个心广体胖的人,不过也不总是轻松自在,常常也是皱眉蹙额的。

她有可能喊道:"哎呀,天哪!你是个傻瓜,你是个蠢猪!我一定得听你们俩的吗?"②

可是,当她不让他弄乱自己的发卷时,她又变得温和起来。

"以后可别这么说了。"她追了一句。

罗塞特雷夫妇时常被近似于可怕的激情纠缠着。在那砖结构房屋外壳的黑暗里,在那些价值连城的机械物体的包围中,舍尔和哈里·罗塞特雷会被冷酷无情地变成书拉密和海姆·罗森鲍姆。

---

① 也称循道宗,是基督教(新教)的主要宗派之一。
② 原文为德语。

哎呀,威斯敏斯特的钟乐多么野蛮地在大厅里回响着。一只老鼠本可以像在小人国①那样猛地一咬,咬断生命线。那两位探索者则继续一起沿着黑暗的沙丘向前猛冲,然而,却徒劳无益,只能冲进往昔里;于是,便支持另一个欺骗者——睡眠,以此来为自己辩解。因为罗波安又将兜售铁制品②了,并屡次被迫穿过沉睡的村落,逃之夭夭;而书拉密——她那小巧玲珑的十字装饰物梦幻般地真确——却总能容忍她的祖母,那个面黄肌瘦的女人,召唤她沿着凹陷的路面走回家去,一面告知说:星星出来了,新娘已经来到。

如果不是黎明很快到来,那么夜间的迫害可能会不堪忍受了。可是清晨带着活动百叶窗的咔嗒声来到了乐园东区。典雅的、清一色的栋栋砖房,连同那轮转的晒衣绳和电镀的垃圾箱显露了出来。

到了黎明,罗波安夫妇因为肘子肉③,比方说肘子蘸芥末④,有时竟敢放纵一种怀旧之情。他们将把它吞进肚里,像别人要抢走似的。他们的嘴唇由于吃了肥肉而变得亮晶晶的,他们的面颊由于食用了过量的面疙瘩⑤而鼓胀起来。

这时,罗波安可能会问:"为什么你不吃肉,史蒂夫?"

"妈妈说肉得切碎了再吃。"

"在肘子肉上倒些番茄酱,就当是切碎了。"父亲劝告说。

可是史蒂夫·罗塞特雷不喜欢越轨。

"谁想吃讨厌的外国食品!"

"我不愿意让你骂街,史蒂夫!"母亲傲慢地说。

---

① 英国作家乔纳森·斯威夫特(Jonathan Snift,1667—1745)所著小说《格列佛游记》(Gulliver's Travels)中的假想国。
② 原文为德语。
③ 原文为德语。
④ 原文为德语。
⑤ 原文为德语。

她喜欢坐在肘子肉的后面,用一个无瑕的、绯红的指甲挑选最后的碎片,细想着以往的快乐。

一次,舍尔·罗塞特雷突然问道:"哈里,你对我们说过的,厂里的那个老犹太人最近怎么样了?"

"怎么样了?"

"他在干些什么?"

"天哪,对于来这个国家的每一个毫无希望的犹太人,我怎么会知道他们都在干些什么呢?"

"噢,可是从你的话语看,那个人像是受过某种教育似的。"

"他讲起话来文绉绉的,别人都听不懂。"

哈里·罗塞特雷忍不住打了个嗝。

"某些犹太人身上,"他说,"还带着一股正教①的味儿呢。"

这话使他的妻子咯咯地笑了起来。

"时代变化啦,啊?现在的人都得闻正教的味儿啦!"

可是,她仍然喜欢观看那些点燃光明节②蜡烛的手。卷轴上所写的字并不比那些蜡黄色的老犹太人的脸更稠密些。

"时代变了,没错,"她丈夫赞同地说,"可是我不明白为什么我要为每一个来这里的犹太人保存一本活动的流水账呢!"

"别说啦!"妻子叫道。她巧妙地控制着口腔的部位,发出了一种被一颗金牙不时打断的半打哈欠、半发笑的声音。但很快她便遗憾地说:"你是逃不掉的,哈里,血在拖着你呢。"

"血在扯着我,血是会流光的!"丈夫通过那丑陋的嘴巴说道,

---

① 即东正教。基督教的一派。十一世纪中叶,随罗马帝国的分裂,基督教分为东西两部,以东罗马帝国首都君士坦丁堡为中心的东部教会自命为"正宗的教会",故得名。

② 为纪念叙利亚犹太人脱离希腊暴政和耶路撒冷大教堂重新题词,每年犹太历3月25日开始连续八天的犹太人灯火节。

"你不明白,还不懂吗?""什么血?"小姑娘问道。

她父母的话语里总有些东西使她莫名其妙。

"没什么,亲爱的,"母亲说,"爸爸妈妈在讨论问题呢。"

"在女修道院里,"罗齐尔·罗塞特雷说,"有一尊救世主的塑像,那血看上去还像是湿的呢。"她把小嘴噘成个小漏斗,以便让那值得称道的感情流淌出来。"真的,复活节那天,我都哭啦,修女们不得不来安慰我。哎呀,修女们真可爱!妈妈,我想做个修女。我想做个圣徒,我总想到玫瑰什么的。"

"喂,你瞧,舍尔,罗齐尔想得很对呀。"父亲笑容可掬,"由于她是好爸爸的聪明的女儿,她的想象会变得更为实际。对玫瑰的香味,谁也没有像她体会得那么深。"

舍尔·罗塞特雷叹息一声,眉头紧皱着。当然那是真实的。不过事实总是半真半假的。正因为如此,才使她的行为涂上了一层神经质①的色彩。所有的家庭关系犹如电木一撞就碎。有时,她担心自己患上了心脏病,想去请一位欧洲籍的好医生看一看,不料他们也是骗人钱财的。要不,去找一名神父。结果总是没能畅叙衷肠,败兴而归。总之,神父能知道说什么呢?白费工夫。她离开忏悔室②时,心口总是热辣辣的。几个臭气扑鼻的老头子挤在一个小屋里。

于是,舍尔·罗塞特雷非常用力地呼吸着,一边摆弄着她乳沟阴影里的那个小巧的十字装饰物。她说:"这种蠢话我们已经谈得不少了。这种谈话不会有什么结果的。我要躺下读我那有趣的杂志了。"

---

① 原文为德语。
② 教堂里的封闭之处,神父在那里倾听人们的忏悔。

罗塞特雷家里人的对话，表明他们中间还有个陌生人。假如那对话对嘲笑有些犹豫不决，那是因为有着某些虽说不是隐秘的，但却是特殊的个人原因。而且还因为嘲笑是罗塞特雷家里人最近才有资格享受的一种奢侈品。那渐渐展开同一个主题的撒尔沙帕里拉的对话则为没有如此的抑制而苦闷，可是，它却理所当然地认为有对人类灵魂审判的权力，并沉湎在谴责的烦恼里。

"想不到会是这样，"弗拉克太太重复道，"外国移居者川流不息地来到这个国家，而我们的很多男人却还没有回来，更不用说那些墓碑竖在海外的人了。那么多许诺，那么多总理。我倒想知道谁会来养活我们，我们有这么多张口，再加上外乡人的口，有多少我确实读到过，不过把数字忘了。"

接着，弗拉克太太的朋友，乔利太太清了清嗓子，做了些补充。

"是啊，一点不假，这会让人去思考，让人去怀疑。谁说了算？不是你。而是那个向文职人员或政治家行贿的人。怎么也不会是你，而是常到这里来的那个人。"

"并不是说很多文职人员都是不正派的人。"弗拉克太太不得不承认道。

"不错，我的女婿就很正派，我是应该清楚的。就是和默尔结婚的那位阿普丝先生。"

"我不怀疑甚至连政治家在家里也是特别讲究原则的。"

"啊，在家里！哦，再说政治家也是家庭成员哪。孩子们会让一切完全不同。"

抽象的概念将两个女人升华到如此纯净的状态中，以至她们都不敢再对视一眼，可是每个人又在朦胧地凝视着她们自己那无底的思想，注视着那思绪的展开。

一次，弗拉克太太的目光似乎集中到某一点上。其实，她在草坪前、繁茂的丝柏旁边的球茎植物当中放着一对石膏小仙子。

"据说,"她说,"有个外国来的犹太人住在这里。"她像是一边说,一边要咽下什么东西似的。"在邮局下面,在蒙蒂贝洛路上的一座檐板房子里,"此时,她缩回了那两片煞白的嘴唇,"那房子让白蚁啃的尽是窟窿,你从应当是路边的地方就能听到它们在活动。"

"在蒙蒂贝洛路上,"乔利太太又肯定了一下,"我真的见到他啦。是的,一位看来很古怪的先生。或者说一个男人。据说他是个犹太移民。住了好长时间啦。"

"你听着,房子腐朽了,"弗拉克太太继续说道,"可是,乔利太太,你不能管房子不叫房子啊,因为那么多人没有房子住,另外,还有那么多从国外回来的人。"

"希望得到优待呢,"乔利太太说,"因为每个人都有这种权利。"

"你是什么意思?"弗拉克太太问。

这问题提得好厉害,因为乔利太太压根儿就拿不准。

"喔,"她说,"你是知道我的意思的。这个,我是说,"她说,"回来的人就是回来的人呗。"

"这不假。"

弗拉克太太软了下来。

可是乔利太太决定走了。她膝盖的背后不自在地出着汗。

这时,弗拉克太太放了一炮。

"假如我顺着这条路再往前走一会儿,乔利太太,你还会说什么呢?新鲜空气是没比的了。"

弗拉克太太由于她本人的心脏、血压和静脉都有问题,除了确实必要时,一般她是决不散步的。考虑到这一点,她那话是够革命的了。再说,新鲜空气对她那黄皮肤就像犹太人对撒尔沙帕里拉那么陌生。

"噢,亲爱的,看你认为有没有必要了。"乔利太太最后不得不这么说。"不过我得赶快走了,"她说,"我家的小姐,"这时,她忍不住哈哈地笑出了声,"该是在赞那杜等着我哩。"

"只稍走一会儿,"弗拉克太太坚持说,"我从来也不愿当别人的绊脚石。不过可以走到蒙蒂贝洛路。"

"啊!"乔利太太咯咯地笑着。

在戴着红紫色的面纱的乔利太太和戴着单调的黑礼帽、礼帽上的花结附着尘土的弗拉克太太看来,从那些不再能掩饰自己的房屋跟前一起走过肯定是媚人的。

"有些人,"她说,一面调整着自己以便使自己更具有棱角,"是不该让他们住在任何像样的聚居区的。"

乔利太太的脖子几乎脱了臼。

"我是不能对你详说的——那会使你不寒而栗,"沮丧的弗拉克太太说道,"只那么个父亲和一个年轻姑娘,呃,和你直说吧——那是他的女儿。有一辆连三个人都挤不下的小轿车。那姑娘穿着一件可能是放得潮湿了的滑溜溜的女罩衫。"

"你知道什么!"乔利太太咯咯地笑道。

多亏弗拉克太太慷慨大方,她才能情不自禁地感觉到突然间自己掌握了所有的信息。乔利太太涨红了脸,却大胆地往前走着。

"这儿是邮局,"弗拉克太太继续说着,"萨格登太太就在这儿。"

"哦——嗨!萨格登太太!"她不得不喊了,"你好呀!"

谢天谢地,萨格登还是很好的嘛。

弗拉克太太对萨格登太太很反感,因为谁也休想让那位女邮政局长泄漏点真情。

后来,两个女人走得更谨慎了,因为她们已经踏上了蒙蒂贝洛路。她们的踝关节开始在石子上扭歪起来。那里本应当是人行道的。没有割破长袜却渗出了黑色汁液的郁郁寡欢的青草似乎要在未来的脚步中显露出它们更为稀有的、令人不悦的形状。

"如果你不傻里傻气地继续住在赞那杜就好啦!"她嚷着,一边吃力地走着路。

乔利太太通常愿意这么回答：人，一定要保持她的操节。可今天，必须承认，弗拉克太太对生活把握得是那么牢靠，她的朋友都为之降服了。于是，她反而答道："讨饭难拣嘴啊！"

"讨饭的?!"弗拉克太太惊叫道。

外乡的地域、草叶带穗的多年生草木使她变得轻率起来。她那蜡黄色的皮肤开始融化了。

"瞧！"她突然叫了一声，接着，扯住了她朋友的衣裙。

犹如一个老谋深算的驯狗人最后放出一只初出茅庐、吉凶未卜的赛跑狗做允诺的游戏表演。显而易见的并不是游戏本身，而是游戏的环境。

两个女人站在黑莓灌木的隐蔽处观察着那位外乡犹太人住的房子。那所褐色的小房里显出一种值得而又烦人的可怜相。在栅栏的另一端，以前的主人们到了冬天为了找东西拨旺炉火曾胡乱地抽出过栅栏的支柱，此时乱蓬蓬的杂草似乎正要抖掉它们那毛茸茸的头。当然喽，还有柳树。没有人否认它们的存在，只是价值几何令人生疑，其实它们已经分文不值了。柳枝围绕着破旧的小房泼洒下来，宛如碧绿、清澈的人工瀑布，抑或平静地重叠着那木然的边角。许多过路人可能会喜欢投入并淹没在那令人慰藉的深海里，而那两位观察者则在渴想着震撼心灵的东西——譬如，一个胎儿，或者一具断肢的尸体。然而，当看到蜡烛淌蜡将要跌落以及那窗子如果说是亮堂堂的，但却忽略了饰带与网眼的普通庄重时，她们也只好就此满足了。

"连个天竺葵都没有。"弗拉克太太甜中有苦地说道。

这时，你说怪不怪，门打开了，令人诧异的是出来的不是那个犹太人，而是一个女人，一个女人。一个穿着一件褪了色的不成样子的上衣的相当粗壮的中年妇女。一个微不足道的女人。

这是乔利太太首先发现的。她的反应总是那么灵敏,尽管弗拉克太太的精力也很旺盛。

"啊!"乔利太太脱口而出,"你知道吗!那是戈德博尔德太太!"

弗拉克太太愣了一下,但还是控制住自己:"过去我总认为戈德博尔德太太是个深居简出的女人,可是达到什么程度,我就不知道了。"

"奇妙的是,"乔利太太继续说,"一个女人到底会有多大的能耐呢。"

见到那房屋的主人,那个犹太人,露了面,两个女人抓住了彼此的手套。她们从未见到如此发黄、如此奇特的物件。奇特吗?啊,可怕呀,可怕!此时,阵阵旋风挺着贞节的胸脯刮起来了,正派的女胸衣正力求将此收容。唾液来到了弗拉克太太的嘴边,但很快又被吞咽下去。

乔利太太,正像她已经承认的那样,在她来往于赞那杜和撒尔沙帕里拉之间的时候,曾见到过那个人一两次,可是,从未注意到如此丢人的、破败的仪表,如此蓬乱的短发,如此不平衡的、球茎状的头颅,如此吓人的鼻子。此时,她感到自己应当向她那娴雅有度的伙伴抱歉了。

不过后者正伸着脖子在看。

"他的个头好大呀。"她通过潮湿的牙齿说道。

"个头不小。"乔利太太赞同地说,这时她们俩顶着腿骨站到一起。

"谁会想到,"弗拉克太太刚回过味儿来,"那会是戈德博尔德太太呢。"

戈德博尔德太太和那个男人同时站在走廊的台阶上,她站在下方,他站在上方,所以她不得不仰起头来,脸对着他的脸,暴露在夜光之下。

显然,那女人呆滞、沉闷的面容已被带有个人色彩的某种体验展开了。否则,那或许正是某种特殊的光明,它在给多种平面涂着金色,在融化着生活留下的失意和疑虑的薄膜,在宽松着整齐的发辫,在装饰着一种光环。倘若这不是不可思议的话——理智是不以为然的——它便为瑕疵和烦扰提供了一个适意的背景。的确,当那个犹太人在那光明的外壳,或者说,子宫里,和他的朋友一起站着谈话,甚至开怀大笑的时候,他本人便开始获得了某种矿物性的光辉。是否那两个人由于某种重大的变故而变得坚强了,或者由于眼下全然忽略的防卫而变得虚弱了,他们的观众急于想了解,却不得而知。乔利太太和弗拉克太太只能在黑莓灌丛一旁,在她们的帽子底下,伸长了脖子,吞咽着一切,巴望着丑事的来临。

"那是什么,乔利太太?"弗拉克太太终于问道。

可是乔利太太并没有听见。她的嘴里鼓噪着呼吸声。

因为这时,犹太人已在给戈德博尔德太太看什么东西了。不管那是什么——可能是个包裹,要不是只鸟,一只白鸟,只是那东西很罕见——反正她们的注意力全都在那里了。

"我看是他的手割破了,"乔利太太断定道,"她给他包扎好啦。噢,那是一种手段啊!"

弗拉克太太咂了咂她那狐疑不决的牙齿。此刻,她已经疲惫不堪了。

之后,正像人们在分手之时,要把友谊之球抛进最后的光明里,让它短暂地悬吊片刻,令人赏心悦目,犹太人和戈德博尔德太太也正是如此。那里也悬挂着金色的球体,笑声从他们那暴露的喉咙里登时钻了出来,彼此认可地碰撞着;光亮映着牙齿裂成了碎片。多么隐蔽呀,多么神秘呀,多么俏丽呀!连那两位闯入者都疑惑起来,一时都不敢嫉恨了。

当她们又完全恢复了理智时,乔利太太对她的伙伴说:"你认为她常到这儿来吗?"

"我怎么会知道?"弗拉克太太回答说,尽管显然她是知道的。

"嘶!"她补了一声,快得像蛇一般。

戈德博尔德太太的身子开始转动了。

"教堂见。"乔利太太喃喃地说。

"教堂见。"弗拉克太太答道。

她们的眼睛朝着那位将升到礼拜日早晨的表面的耶稣基督扑动了瞬间。

然后,她们就分手了。

乔利太太沿着去赞那杜的山路敏捷而谨慎地行走着。她本想弄死某个动物,但激起她自尊的凶狠有余,付诸实施的力量却不足。而由于任何此类野兽是否能心悦诚服地奉献自己尚未可知,所以,尽管周围灌木丛生,她还是梦幻般地游荡在一连串可行的道路上,值此,她可以继续困扰人的心灵了。

希梅尔法布的手被那个在金属板上无尽无休地钻着没完没了的孔眼的钻头划开一个长口的那天早晨,其本身就是一个肮脏黄色的、金属质地的、茫无边际的旷野,无论在哪里,汗出如浆的扇形气窗和固定百叶窗都允许刀剑的刺入。光线射了进来,却被钢铁与冷漠的防御的短剑完全挡住了,同样还要遭受创伤的痛苦。往日的生活冲到很多穿背心男人们的喉咙里,忧伤的语言涌了出来,少数人甚至还要发泄一通不满,而且不全都用低音。有些女人,将自己的衣服剥得仅仅不到失去尊严的地步,因而看起来相当白,她们发誓说一定能赢得彩票,不然,就离开自己的丈夫。在每一个表面上,不论是皮肤或是金属,湿气都铺下了它的薄薄的一层。肌肤联合起来,从而混为一体。当机器噪声喧豗地继续转着,捣着,哧哧地吵着,怀着倍增的恶意嘶嘶地叫着,哗哗地排泄着的时候,仿佛只有金属与讥讽才结成了联盟。

就在工间休息之后,希梅尔法布的手触上了小小的钻头。非常短暂,非常偶然。整个过程特别平静,或许谁也没有注意到。此时,希梅尔法布并没感到怎么疼,因为他已经完全脱离了那工厂的环境,面对如此的创伤,甚至精神的创伤,他通常都像别人那样泰然自若。不过,眼下,他的手在流着血。沿着他左手掌的一侧,划开了一个深长的切口。

过了一会儿,他悄悄地走到盥洗室去洗了洗伤口。那里没有别人,只是,他认出了那个澳洲土著人。他可能是从玻璃里睇视着自己,不然,是在用镜子作为一个脱身的洞口。

希梅尔法布在水龙头下边冲洗着手。血从伤口上流淌下来,宛如一块块逐渐消失的、长长的面纱,不时地显示出奇异而迷人的美。

澳洲土著人看来也有同感,他正在凝视着那流着血的伤口,不过很难说他为什么那样做,是出于好奇,追忆,同情?还是怀着其他感情?只是他能动的自我似乎已完全沉溺在他所目睹的事物里。

这时,痛楚开始奔向他的全身。他一时曾担心过他的同事可能会首先和他讲话,除了寒暄几句,他是不会开口的。

然而,他得救了。或者说,受骗了。

因为那个土著人要走了,要抛弃还只是半明半暗的某种幻象,并从他那不知如何采取或不愿采取的步骤中退却下来。

实际上,那个土著人已经走了。希梅尔法布在左手上包扎了一条干净的手帕之后,便又回到钻床旁,继续完成他那一天的活。

那天夜里,他轮番地做着美梦和噩梦。他的妻子雷哈先是拿给他一盘非常爽口的黄棕色苹果,然后,是一盘很苦的草药。无论哪一盘他都接不到,在他记得的那掩藏的狂喜中,她那微笑也不是对着他的。最后,她转过身去,将苹果送给了第三者,她明显的意图是让那个人接受的。

早晨醒来他出了一身冷汗,他故去的妻子的出现比他没能接到那盘子更使他不安。

他摇摇晃晃地起了床,不过仍准备像往常那样做祈祷,所以整理起披肩来,不是那个蓝条的犹太受戒龄少年用的祈祷披肩——那个已经在弗里登斯道夫毁坏了——而是在耶路撒冷激情满怀地接受的那个,今后他就要披挂它了,触到那黑色的条纹将使他回忆起经历的往事。可是,当要安放将要佩在左臂的经匣时,他感到一阵难以忍受的痛楚。可他还是忍受了。他祈祷了,做了十八次祝福①,因为不这样怎能度过一天呢?然后,他包好了祈祷披肩和经匣——那是他万万不可托人从屋里拿走的两件物品——连同一块面包和一片乳酪一起放到纤维板箱子里,踏上了去巴兰纳格利的公共汽车,很快便颠簸在路上,混杂在非犹太人中间,投身到只涉及天气的谈话的海洋里。

那天早晨,工棚的门砰的一声打开了,开门人情绪激动,动作很猛。

这时,厄尼·西奥博尔兹走了过来。

"怎么啦,米克?"工头问。

"没什么。"犹太人答道。

接着,他举起了手。

"喏,"他说,"就是这个。不过会好的。"

当西奥博尔兹先生细看着伤口的时候——那家伙倒很宽厚,也讲究实际——他深思起来。

"回家吧,米克,"他最后劝说道,"你的伤势很严重,到撒尔沙帕里拉找个医生看看。当然得有人陪你去了。"

---

① 据犹太教,祝福是祈祷的一部分。可在教堂或家中赞美或感谢上帝。根据祈祷书,祝福一般分十二次。这里是十八次。

"您根本不知道,"事后厄尼·西奥博尔兹对老板说,"什么时候一个坏家伙会突然翻脸控告您。"

希梅尔法布照说的那样提着纤维板箱子走了。他去找了赫博恩大夫,大夫按着医书给他诊治了,并告诉他要好好休息。

他每天都去外科医生那里打针。其余的时间,他便坐在柳树的翠绿的平和之中,这样,他才觉得惬意。

跳动的手使他感到极度紧张,火热的波浪激起了他的想象,他又开始怀疑起他是否值得做一个多方照顾的对象,他在半信半疑中强加给自己,就其本身而言是微不足道的,甚至是荒唐可笑的、更大规模的谦卑的考验。然而,他却大可不必无条件地去做他那比较虚弱的身体勉强自己去做的事。譬如,他安排自己去擦净几乎全空的房屋,虽说干得不够熟练,但也确实完成了。他宁愿自己把脏内衣洗了,也不让它积压下来,这干得就更为拙笨了。在他用手连同痛苦难忍的手指尖吧嗒吧嗒地敲打他的衣服时,他几乎无能为力了,可是,不知怎的,他还是设法将他所洗的衣服最后夹到了晒衣绳上。

这就是他的一天。下午,天空晴朗了。一股寒冷的南风撩起潮湿的衣衫打在他的脸上;寒冷的棉褶层紧紧地贴到他的肩膀上,一时难以分开。

这时,有个人从草上走过来,站到他的身旁。

他回头一看,原来是个女人。

她由于对他的端庄的崇敬似乎没有马上开口。

"那活本可以让我来干哪,"表现出最大限度的谨慎之后,她终于说道,"假如您愿意让我来帮忙,多少活都行。"

她浑身那粗糙的、米色的皮肤顿时羞得通红,都可能成了一张吸墨水纸了。

"呃,不,"他答道,"干完啦。"他哈哈地傻笑起来,"没什么。有了活,我总能干一点的。"

在那迎风的山坡上,他变得十分脆弱,就像一棵不幸的矮树控制不了自己的枝条一样。他在叽叽呱呱地谈笑着,而那个粗壮的女人,带着她言辞和行为的所有缺欠,却是草丛里的一块不能搬动的岩石。他们站着的那时刻,强风似乎要将那男人切开,不过要切成那女人的形状。

这时,希梅尔法布确实很恭顺了。他朝房子走去。他踉踉跄跄地走了,头在肩膀上颠簸着。

"不知道为什么你要来帮我的忙。"

那能是他正在恳求的一种享乐吗?可是他又不能不那么做。

"这很自然,"她说,一边跟在后面,"无论是谁我都愿意帮助。"

"可我和别人不一样啊。我是个犹太人。"他回过头来答道。

"都这么说。"她说。

他们悄悄地走着,一个在前,一个在后,他可听到她的呼吸声,听到草动的声音。

这时,她说:"我不了解犹太人,只知道听说的那些,当然喽,还知道《圣经》了,就这些。"她停顿一下,因为她觉得有些为难了。"可是我了解人,"她说,"人除了好人坏人以外再没有什么不同了。"

"那么说,你也有信仰了。"

"嗯?"

她几乎马上矫正了自己,又很快继续说道。

"啊,是啊,我有信仰。我信仰耶稣基督。我就是在一个类似小教堂的地方长大的。我们全家都有信仰。"不过她又补充说,"就是说,孩子们也有信仰。"

两个人感到特别尴尬,眼下,他们正站在那栋空落落的房子里。

"犹太人的房子原来是这样。"她不由自主地说了出来。

她闪烁着目光,仿佛一次特大的冒险引起了激动。她禁不住环视了一下那寥寥无几的几件家具,经过门口,她看到一张床下放着一个不大的纤维板手提箱。

"先生,"她终于抱歉道,"打扰了,请原谅。"她说:"我要走了,以后再来。有什么好洗的东西我可以带走。"

说完,她拔腿就走,一边垂下了头,似乎过门口时需要那个样子。

"啊,"她想起了,这时她已经走到台阶上,"我忘说了。我是戈德博尔德太太。就住在那边的小屋里,家里有丈夫和几个孩子。"

她指了指。

"我叫希梅尔法布。"犹太人端庄有度地答道。

"噢。"她轻柔地回了一声。

她不愿给人一种害怕听到那名字的印象,于是,她莞尔一笑,走开了。

两天以后,她又来了。从窗户外面她就看到了那犹太人正在祈祷。她惊异地看到那带条纹的祈祷披肩,看到前额上的那经匣一直缠到臂膀上,又从那里缠到扎着绷带的手上,起初她蓦地一愣,止住了步,不过也注意到了从那犹太人嘴唇间吐出来的祈祷文。通过窗户从远处听似乎每个词儿都是那么铿锵有力。当这位闯入者迫使自己离开时,她没想选择别的路,而是低下头去,只想避开那位做礼拜者。

他也没想打断自己的礼拜式。面对着那样一个柔和的早晨,他似乎从来没有像此刻那样被深深地带进他的上帝的怀抱里。

后来,当他出来时,在走廊边上他发现了一块新放在那里的仍然温乎的粉状面包,一定是那个女人烤的,用布包了放在那儿的。

戈德博尔德太太没敢马上再来,可是到了下午,六个不同大小的女孩出现了,有的是走来的,最初给人一种优雅的印象;有的是挣扎着来的;有的则是领着来的。还有一只小狗,戴着一个野性十足的挽具般的脖套。当孩子们走近时,她们已在纵情地争论了,在咻咪地笑了,这使希梅尔法布困惑不解,因为她们中年龄较小的姑娘不可思议地拥到了一起,而那个已经到了怕羞年龄的最大女孩则摆出一副一本正经的不以为然的面孔。

可能是那个不大不小的孩子送给犹太人一束绿草。

"傻东西!"老大颇为反感地说。

此时,她们静候着,不过都很容易发脾气。

"给我的?"犹太人问,"谢谢。这是什么?"

"刺毛黧豆①。"那个送礼的孩子答道。

这时,老头涨红了脸,拍了她一下,其他的孩子则霍地发作起来。

"不是!是补鞋匠的钉子!"一个尖声叫道。

"你想让它是什么,就是什么吧,"那位正式的馈赠者喊道,"别烦了,埃尔斯!你要把我吃啦不成!为什么你老和我过不去?"

"都是些糊涂虫!"

有的时候埃尔斯很厌烦她的妹妹们。

"我很荣幸,并为你们的赏识所感动。"希梅尔法布说的是真话。

"下次,我们给您带些鲜花儿来。"一个流着鼻涕的小姑娘喊着。

"从哪儿弄啊?"另一个嚷道。

"从篱笆上偷些来。"

"格雷——西!"不悦的埃尔斯低吟道。

"我们家没有花园啊。"有个解释说。

"妈妈太忙啦。"

"爸爸整天喝得醉醺醺的。"

"现在他在家呢。"

埃尔斯开始喊了一句,不过很快又果断地说:"我妈说要是您有

---

① 一种热带木本藤蔓植物,在倒钩的脆茸毛上覆盖着弯曲的荚,能引起剧痒。

要洗的东西让我们带走,她会赶早洗的,如果不下雨——可能不会下雨,明天下午就能送回来。"

她是个苗条的姑娘,她的头发刚刚梳理过,却又支棱起来。

于是,希梅尔法布只好去取他的脏内衣了。在他翻找内衣的时候,戈德博尔德家的孩子们跳起了一种礼仪式的舞蹈。她们绕着腐朽的走廊柱子围成一圈,互相用力地推拥着,试图将对方从原来的位置上推开,当然,也一直在喊着,笑着。只有埃尔斯站在一旁,她在拨弄着荚果,在查看着草叶,寻找着奥秘。一次,她抬起了她那细长脖颈上的头,透过灌木望了望那张她几乎无法想象的脸。还有一次,那个说刺毛鹅豆的正在狂舞的莫迪猛地停了下来,朝着她的大姐伸了伸舌头。

"动情的母牛啊!"莫迪尖叫道。

哎——哟,哎——哟,哎——哟,
谁是一只害着相思病的䴘科鸟①?

凯特单调地唱道。

那是不公道的,因为不是事实。埃尔斯·戈德博尔德咬了咬嘴唇。她没在爱着谁,但愿意得到爱。

等到希梅尔法布最后交出一包衣服,他的客人都走了的时候,气氛仍旧是骚动的。纷繁复杂的物质形式,一旦以任何强度存在下来,便对它们已经放弃的环境留下小小的印记。所以,那金色的圈链还在展开,金色的圆圈还在旋转,神秘的尘土还在沉落。希梅尔法布甚至还乐滋滋的,为着他那一束渐渐枯萎的、繁茂的、黄绿色的杂草。

---

① 一种栖息岸边的、有着短而硬的嘴可供玩赏的鸟。

看来确实邮局下边的那栋褐色房子的周围像是被播下了善良的种子,倘若罪恶的力量不能将它踏平,善良也可能生长出来。戈德博尔德家的孩子们总是三三两两地来到那里,或者是全体①来,可是从不单个来;是本能地,是教导地,还是商定地,却不清楚。不过,那位母亲却能享受独来独往于邻里之间的那种乐趣,仿佛灾祸不可能在她头上降临。要不,也可能是她喜欢保卫人的缘故罢。

那天晚上她的一次来访竟让弗拉克太太及其熟人乔利太太在黑莓灌丛中做出了评价。她帮助她的邻人包扎上那只手上逐渐好转的伤口,用一块洗得干干净净的破布非常称职地将那手结结实实地缠绕起来。然后,就一些小问题,包括洗衣皂等,继续着。

"战争期间,"她说,一边追忆着往昔,"都是我自己煮肥皂。在一个大罐里煮。煮完再切成块。"

希梅尔法布随即便相信了那黄肥皂的重要性和价值,他也确实没让这事迷惑住。

"你知道,"他甚至可以说说笑话了,"我们犹太人自从被人熬成油之后,就一直在怀疑那种粗制的肥皂呢。"

可是,戈德博尔德太太好像没有听到,或者,他扯得太远了,不可能让她理解。按着她的设计方案,只有当自己首当其冲时,罪恶才可能算得上罪恶;需要时,她必须单独而且愿意转过去接受眼前的那只手。他也的确意识到了那一点,但不能去非难她的单纯。此外,他觉得那对基督徒来说是个普遍的罪过。

这时,他们已经来到走廊前,霎时间面临着落日的冲击。可是他们也站稳了脚跟,可以说,那是反抗。他们皱了皱眉头,呵呵地笑了起来。

"今儿晚上,"她说,"我们吃盐腌的羊肉胸脯。我丈夫最喜欢吃

---

① 原文为法语。

啦。今儿晚上他在家。"她说。

又吵吵嚷嚷了一会儿,好像是为某种乱七八糟的生活道歉。

"真想象不出你丈夫是个啥样子,"他不得不承认,"你还没对我说过他呢。"

"啊,"她扑哧一笑,"汤姆是个皮肤浅黑的人。他是个美男子,是个万能博士啊,我想你见了他也会这么说的。我们认识时,他是个运冰人。"

站在前面台阶上的那两个人在单一的琥珀色夜光下,显出无可奈何的样子。那女人也许达到了鬼迷心窍的地步。

"汤姆,"她说,一边运用着重浊的言调,"尽管我不愿说,可我得告诉您,先生——我们的事不像你们的——呃,我必须承认,汤姆从来没有得救过。"

这使希梅尔法布想起了一件事:一次,顶着寒冷的狂风,他差一点没能通过那几道边境线。

"当然喽,"她说,一面湿了湿嘴唇让话来得流顺些,"我不会让他失望的,只好自己勉强忍了。"接着,多半为了安慰自己,她又做了补充:"可能有些人从我们已经忘记了的东西中得到了宽慰。"

可是,她继续想象着在寻找着那最难捉摸的救济的药针。

直到那位前途未卜的犹太人不慌不忙地使她恢复了常态。

"至少,戈德博尔德太太,"他提醒说,"你用深厚的情谊和巨大的关怀拯救了我的左手。"

她掩口而笑。接着,两个人都笑了。对于正在黑莓灌丛后观望着、完全处于困惑状态的那两个女人来说,他们那瞬息间的解放——从他们单纯的欢快中放射出来的那闪闪发光的东西——有多么完美啊!

正如她们所期望的那样,星期天乔利太太从教堂出来之后见到了她的朋友弗拉克太太。然而,此刻绝不是谈知心话的时候,在礼拜式之后,要想把那可疑的葱头——真理——的皮彻底剥净,剥到最暴露的份儿上,是不可能的,也是不尽如人意的。于是,两位朋友选择了等待。

直到几天过后,乔利太太才有了个顺访的机会。假如说访问暗示着一种偶然,而人们又不会将它与理顺事实这一精细的举动联系到一起的话,那么一定不能忘记文雅的女士们宁可去清除垃圾,也不愿像螃蟹一样——横着走。所以,乔利太太穿的不是顶好的衣服,手套也是拎着的,因为她的到来完全出于意外。她也没怎么化妆——乔利太太从未化妆成漆皮的模样——可是,出发前,她至少也舐了舐口红的一端,抹了两下雪花膏。

这样,她来了。

弗拉克太太颇为吃惊。

"我只是顺便走走。"乔利太太满脸赔笑地辩解道。

弗拉克太太关上了厨房的门,然后,站到对面的大厅里。乔利太太觉得事必有因。

"喔,好吧。"弗拉克太太说,语调冷冰冰的。

乔利太太笑眯眯的,一是为了友谊,但更主要的则是因为她不知道厨房门后闹的什么把戏。

"喝过茶了吗?"她不得不问,以此做个话题。

"你知道晚上我是不能不吃点东西的,"弗拉克太太悻悻地说,"肚子空着就要咕噜咕噜地大吵大闹了。可是我得承认,我刚刚喝过了一杯淡茶。"

"对不起,我来的不是时候。"乔利太太微笑着,"你有客人了。也许是位亲属。"

"没有,"弗拉克太太断然说道,一边把她的朋友往休息室里拉,"有个小伙子来了,他有时候就来坐坐,我想给他准备点茶点。年轻人对自己的胃肠总是不负责任的。"

"我敢说从他小的时候你就认识他了。"乔利太太补了一句。

"对啦,是那样,"弗拉克太太答道,"其实,他是我的外甥。"

这时,她们已经来到了休息室,在窗户旁边的那个不起眼的位置上坐了下来。今天,乔利太太没有注意主人引以为荣的那两个石膏小仙子,平时是逃脱不了她的眼睛的。

"啊。"乔利太太说,一面爬着楼梯,可谓沿着记忆的走廊疾趋而上,连说话都上气不接下气了。"外甥,"她说,"我知道,弗拉克太太,看你怎么解释,你不是说一点牵累都没有吗?"

接着,弗拉克太太坐下了,那张黄色的脸平静地向外凝视良久。

"我一定是走了魂儿。"她终于泰然地说道。"谁都会遇上的。尽管是个外甥,"她说,"外甥也顶不上一大块牛排。严格地说,这不能叫牵累。我看,怎么也不能。"

乔利太太深有同感。

"我只是有时做做好事罢了。"弗拉克太太一锤定了音。

"当然,你的心够善的了。"乔利太太承认道。

这时,她们都坐在那里,等着家具给以提示。

最后,还是乔利太太不得不问了:"你再没听到关于,喔,你知道是谁的一些事儿吗?"

弗拉克太太闭上了眼。乔利太太打了个寒战,生怕自己破坏了规矩。弗拉克太太像钟摆一样,头颅开始左右晃动起来。乔利太太放了心。内心里,她已蜷缩到三脚台的前面。

"没啥能称得上事儿的。"那位阿波罗神的女预言家答道。

"人们总要付出代价的。"乔利太太乏味地说。

她本人当然是个内行了,尽管有人不总愿意承认。

"人们总要付出代价的。"弗拉克太太重复道。

跟着,她弄倒了一只小烟灰缸,那烟灰缸可能还没有人用过,上面附有温莎城堡①的图案。温莎城堡一摔两半。弗拉克太太本想抱怨谁,可是没那么做。

乔利太太咂了咂嘴,帮着把碎片捡了起来。

"什么都来得这么急促,"她说,"而且,你知道,以后也是一样。"

"这使我想起了,"弗拉克太太说,"一个梦。我做了个梦,乔利太太,你故去的丈夫成了梦里的重要角色。"

乔利太太正在朝着铺满地毯的玫瑰图案发愣。

"奇怪!为什么你要那个样子?"她问,"什么东西都塞进脑袋里?"

"这就离题啦,"弗拉克太太说,"人们把你故去的丈夫用担架往外抬。明白吗?好像我——假如你能原谅,乔利太太——是你似的。"

弗拉克太太的脸变得绯红,而乔利太太的脸则相当苍白。

"你知道什么!"后者说,"做梦都是瞎说八道!"

"我说:'再见,乔利先生!'"弗拉克太太说。

乔利太太噘起了嘴。

"他对我说:'吻我一下吧,好吗?'然后,他说了一个名字,我记不清是什么了。好像是'蒂德莱斯'吧。'吻我一下,然后我就开始最后的旅行了。'我——或是你——回答说:'无论什么时候我都愿意吻你的。'他说:'谁用吻来杀人?'说完,就让人招走啦。"

"还没等人们把他放上担架,他就死了!他死在椅子上!当时我正要给他递过一杯茶去。"

"可是,这是做梦啊,明白吗?"

"是胡扯!用吻来杀人!"

弗拉克太太可能一直在欣赏着山景,那令人兴奋的山景。她

---

① 属英国王室的一城堡。1917 年以来,英国王室称温莎王室。

说:"谁会断定谁杀了谁呢?男男女女很难为他们的行为负责。仅是上周在蒙蒂贝洛路上,我们就有了例子。"

乔利太太变得激动起来。

"你吻过他吗?"她问。

"记不得了。"弗拉克太太答道,然后整了整衣裙。

房间里响起了乔利太太的鼻子抽动的声音。

"想想,"她说,"我们在这里聊些这个,却让你的那位外甥在厨房里干等。"

或者,还不止如此。

因为,就在这时,房门蓦地打开了,一个小伙站在那里。在乔利太太看来,那圆领长袖运动衫和牛仔裤并没有遮盖住他那异常细高的身材;显然,他不习惯于衣着打扮。乔利太太也不习惯于精雕细刻。她用鼻子吸了吸气,眼睛望着其他东西。

"啊,"弗拉克太太喊道,一边转过头去,既然已经摆好了姿势,她就变得柔和起来,"牛排好吃吗?"

小伙张开了嘴。假如他的牙床向他的牙齿方向跑去,他本可以通过咂牙齿的表意动作去排出那些肉渣。相反,他只是冷不丁地喊道:"硬啊!"——那声音来自两颗剩下来的牙根之间。

那小伙的身体尽管是传统的,但他的脑袋却令人失望:那脸皮——干巴巴的,满是疙瘩,无论什么地方都没有绷紧,没有一点光泽,给人一种邮票的印象;那睫毛——可能已经全部烧焦了;那头发——红倒是红,不过是一堆红色的残茬。而他的那张嘴,若不是用上吃奶的劲儿,也甭想吐出个词儿来。

"噢,再加(见)!"小伙儿宣布道。

"你要到哪去?"弗拉克太太问,显然她很熟悉他的语言。

"(出)去爪爪(转转)。"

此时,弗拉克太太住的那砖房由于那位外甥的退出都震颤起来。

乔利太太若有所思。

"是姐妹的,还是弟兄的孩子①?"她问。

弗拉克太太也在沉思默想着,并可能希望这样继续下去。

"啊,"她喔喔道,"是姐妹的孩子。一个姐妹的。"

不过,这只是到最后才说出来的。

"我还没听清他的名字呢。"

"他说叫布卢。"

乔利太太决定不再深入下去,但很快在她选择停顿的间隔上大吃了一惊。

"我想对你讲点有趣的事。"弗拉克太太突如其来地说道,这时,她已把自己完全引到了点子上。

"布卢的工作——"她说,"确切地说,他负责一个电镀车间——收入也很可观——在巴兰纳格利的罗塞特雷工厂。"

"罗塞特雷工厂?"

"别傻啦!"弗拉克太太说,"那个犹太人在那儿做活,那位戈德博尔德先生的妻子和那个犹太人的关系不太正常。"

"别说啦!"

"我要说。"

"再说,"弗拉克太太补充道,"布卢长着眼睛,他会看到我要知道的事儿。就智力方面,不能对他有什么要求。他从来就不是个聪明的孩子,不过总是挺听话的。布卢愿意按着一种主意行事,不知道你是不是明白我的意思,乔利太太,当然喽,如果那主意对头,并由得当的人控制着,是不会伤害别人的。"

乔利太太把头一抬,放声大笑起来,不过那样子倒使弗拉克太

---

① 英语外甥、侄子同属一词 nephew。

太怀疑起她的朋友是否意识到她的那位优越者手中握有拿人的把柄。

"我也要告诉你点事儿。"乔利太太开了口,"我家的小姐有和那个犹太人幽会的习惯。在果园里,老树底下。现在还幽会呢!"

这时,她打了个寒战。弗拉克太太的禀性没有让自己毫无保留地听取别人的转述。所以,当她润湿了嘴唇之后,便跟着奉献了一句:"什么事儿又钻进人们的脑子里了?"

可是,如果说她的声音使人联想起老羚羊,那么她的思想已在试验着它的钢刀了。

乔利太太的脸色变得通紫。

"弗拉克太太,"她发出了滔滔的激流声,"有些人的做法不对头。你说怎么办?"

"怎么办?"弗拉克太太反问了一句,"别来问我呀,乔利太太。我是警察吗?我是政府,还是郡议会?牧师才该管呢,不过也很少管。我们只不过是两个有着正当感情的女人。我不想弄脏自己的手。而且,人是会烧伤的。是啊,乔利太太,匆匆忙忙地烧饭是划不来的。饭得用文火烧,要想好吃,恐怕还得搅拌一下。过一会儿,饭做好了,肯定会有人高兴地走过来,将它吃光的。"

然后,乔利太太在唾沫飞溅了。

"可是她!她!在树底下!我最不愿见到这种事啦!再说,都发了疯!"

弗拉克太太只看重能激发她朋友厌恶的那种感情。

"要是我帮不了她的忙,我早就走啦。弗拉克太太,你有没有过躺在床上,听着房子崩溃的时候?要是你也想和它一起崩溃,那就崩溃好了,有啥要紧的?"

"你决不会看到自己住在那么个快要塌的房子里。"

"如果环境注定了,有什么办法呢?!"乔利太太厉声说道。

"环境不会像有些人想的那么古怪,"弗拉克太太回答说,"假如你不是那么顽固,你到我的第二个房间躺下后盖上蓝色的鸭绒被也是蛮舒服的。"

乔利太太受了刺激,她皮肤的热度降了下来。

"我还是有点儿犹豫。"她透过松动的牙齿傻笑着说。

"不用你推,赞那杜就会崩溃的。像人们说的那样,碎成粉末。"

"啊,话虽然这么说,能吗?能吗?我将看不到那些带有下水道、边沟和电话的规规正正的砖房了吗?"乔利太太失了神,"我将看不到结束那所有的疯狂,看不到人们在梦呓般地谈话了吗?谁也不该向疯狂屈服,不过,当然喽,人们也不想在砖房里屈服。只有在那大而旧的房子里,懒人的思想才仍然在散漫地彷徨着。我没忘记什么时间我该下楼去关掉房间里的电灯。我也不能忘记那些无拘无束的想法和一片片削下的果皮。它们,躺在楼上,穿着爱尔兰的亚麻布衬衫,做着梦呢。"

第四部

第九章

　　戈德博尔德太太喜欢边熨衣服边唱歌。她有一副圆润的,然而相当震颤的女中音的歌喉,她的女儿埃尔斯说这歌喉使她联想起正在融化的巧克力。当然,每当母亲唱歌时,她的女儿们便会显出黯淡而朦胧的神态和暖色,柔软的巧克力有时也会给予那种感情。戈德博尔德太太一边慢腾腾地、阴郁地、水汽蒙蒙地挥动着熨斗,一边唱着歌。有时,她的熨斗会捶打一下木板以此来突出一个乐句,大部分时间它则是伴着颤音更为柔和地、缓慢而小心地开进衣衫的一个个艰难的角落。这时,那些大一点的姑娘们的嘴由于惊叹某种正为她们准备的不可避免的戏曲而自然而然地松开了,而那些小一点的姑娘们则恍惚地盯视着她们母亲的那奶油色的皮肤上张开的毛孔。然而,歌者在唱着,不以为意地陶醉在自己的歌词之中。
　　戈德博尔德太太更喜欢歌唱关于死亡、报应和未来生活内容的歌,她喜爱的歌是:

　　　　我醒来了,土牢燃起熊熊大火,
　　　　我的锁链抖掉了,我的心儿自由了,
　　　　我起来了,跟着你,向前走去。

尽管她也特别喜欢：

> 看那征服者耀武扬威地骑着大马，
> 看那国王威风凛凛地
> 乘着战车，腾云驾雾
> 驱向他那神圣的宫殿的大门。

这样的时刻,信仰和光明的确说服了很多只眼睛。无疑最离奇的是在戈德博尔德家棚屋里的光明几乎总是扶掖那歌者的歌词。火光的巨舌乱砍着棉毛的云,越过一个相当阴沉的窗口,威胁的目标是那么集中和脆弱,不止是一种良心在颤抖。否则,那预言者的声音便可能与一个冬日下午的、寒冷的、公正的惩罚重叠起来。那也许是奇迹中最纯正的奇迹了。这时,那个穿着围裙的女人将变成实体的光的天使。空气愈寒冷,那天使的审判就愈是水汽蒙蒙,愈富有同情心。在户外,不过从门口可以看到：戈德博尔德先生已经纠正过起初歪扭的大铜锅。他家的姑娘们曾用篱笆条不停地敲打过它,盛着半掩盖的煤块的它又好像不断在变大。那火的暗示和那特大的、森然的铜杯在戈德博尔德太太的赞歌声中可能看起来最可怕。

只有一个人心里老是嘀咕,如果戈德博尔德先生碰巧在家,那就是他；假如他不在——那是常有的事儿——他就不多想了。戈德博尔德先生没有时间顾及那些。他有时间顾暇的可以很快列入清单。那就是啤酒、性爱和马了,就是那种顺序。并非他真正喜欢啤酒,而是他要做一名强硬路线的废除者。性欲并非有甚于一种流氓的游戏,它含有生育孩子和染上梅毒的危险,尽管他没有让自己在短暂的性行为中迷了路。马对他来说也不像马本身那样颇具吸引力,只是那物质的未来——那毕竟是至关重要的——依靠那四条流着血的腿。

任何一个冷静的头脑都会很快得出结论：那是个需要回避的人。除了某个他一直在追逐的轻佻女子，而她还一定得品味汤姆·戈德博尔德的冷酷无情；或者说，他的妻子，她喜欢回忆过去，在没有真正搞清之前，她一直相信丈夫的那个样子具有一种腐蚀了的美，一种带有苦涩的魅力。岁月的酸味物已经腐蚀到青铜里，使它变粗质地，抹杀特色。他此时已是皮包骨了，暴着青筋。可是他的眼睛似乎由于对沉迷，有时甚至对爱情的渴求仍能摧毁条理及谨慎的防御。那是一对非常漂亮的眼睛。那些听任自己被人引诱的人总愿意忽略那白沫般的啤酒、胆汁般的警告。他还有一个习惯，就是将一两个手指——从来不多——放在别人赤裸的臂膀上，几乎在颤抖着，或者把命令伪装成恳求轻轻地压一压一只手肘。这时，他的妻子将会抖动、喊叫起来，而在楼上的房间里，他已在给脱着考究外衣的某个女人用他那轻率的双手亲自扯掉最后的一层。只是后来，大家从床上坐起，才发现汤姆·戈德博尔德那惨淡的眼睛只不过更为痛切地在窥探着自己。接着，他那最近被俘虏的人便匆匆穿上防护的衣服，此后她总悔恨自己的冲动。至于他的妻子，她的天性当然要否定她那追逐的机会了，可她不得不听之任之。一成不变，像石头一样，带着思想拨开血管，吝啬地、令人苦恼地突然喷出分歧包围着她，她将躺在那儿，纳罕着是否她又在贪欲地构思了。在极为强硬的人看来，必须承认，她软弱得让人遗憾。不然，也不致如此。她将躺着，直到渐渐稀疏的光明解除了她眼睑上的压力。然后，她便吱嘎吱嘎地起了床，让铜锅明亮起来。

信仰由于其波动仍具有说服的本领。确切地说，它变成一种活着的东西，宛如子宫里脉搏浮动的胎儿。所以，戈德博尔德太太的信仰总在清晨的那阴沉的、凝胶状的包膜内搅动着，增大着，直到最后，伴着火的所有荣耀和自信，一朝分娩。

他妻子信仰那差不多属于生物的一面是她丈夫深恶痛绝的。他也不是她的信仰之父,这一点,至少他可以如实坦白。

"可是,汤姆,"她总用和缓而严肃得令人发怒的声调说,"再生,我认为是美好的。"

这时,他会透过牙缝答道:"你看吧,我决不会再生。无论如何也不能!"

他会环顾每一个女儿,最小的那个总好像刚从圆锥形糖果纸袋中流出来,总有一股温乎乎的尿布味儿,错不了,还带着肌肤新近起了皱的、喜欢责问的那种味儿。

"天啊,不!我是生够啦!"他总会坚定地说,然后就走开了,或者伸手去拿体育版的报纸。

晚上,当看到戈德博尔德太太去邻居家串门时,那样的语言和看法便能与人交流了。汤姆·戈德博尔德已经下工回家了。那时,他正给一个木柴承包商开卡车,尽管他一直想放弃那种工作,想在家禽肥料上开辟一条新路。那位父亲坐着,拿着报纸;那位母亲站着,熨着衣服;孩子们来来去去,变幻莫测。但是,她们抬头看着母亲,对于父亲的那双劳动靴子,她们总习惯于盯视,盯视靴子纽扣下面的那硬邦邦的、铲子形状的鞋舌,和那鲁笨而粗壮的靴尖。

戈德博尔德太太谨慎地运用着特别颤抖的女中音,以便不至于感情冲动,她刚开始唱起她那心爱的歌:"我醒来了,土牢燃起熊熊大火……"这时,小格雷西突然跑了进来。

"妈——妈!"她喊道,"猜猜这是什么!"

一边将脸蛋儿紧贴在母亲的肋骨上,她知道那里会闻到司康饼和洗过衣服的气味的。

"什么?"戈德博尔德太太问,一面打起精神来,以防万一。

"因为耶稣基督,我们得救啦!"格雷西叫道。

不过脸色相当苍白,似乎为了让母亲高兴,她已经超负荷了。

总之,谁也没有真的高兴。

"因为什么得救了?"父亲问。

他的报纸沙沙地响着。

格雷西无言以对。她是个粗壮的孩子,但站在那儿尽量显出一种优雅的样子。

"因为废话得救了!"父亲说着。

然后,拿起了报纸。

"废话!废话!废话!"汤姆·戈德博尔德喊道。

他用报纸拍了拍妻子的头,本来想逗逗趣儿,不料却弄得没滋没味了。

戈德博尔德太太垂下头去,眼睑扑动着。光亮和许多白翅膀在如此地拍打着,振翼着,使她完全眼花缭乱了。

"我也那么想,"那位丈夫和父亲吼叫着,"可是这地方,没人会施舍一个没用的家伙!"

说到这儿,报纸散开了,他突然想到自己腾出了一只手。他朝它瞥了一眼,然后说:"我认为那些发着猫叫春声音的基督徒们都是这样!"

他一把揪住妻子的耳朵,结果那个房间和房间里的每一个人都为她震动和颤悸了,唯独汤姆·戈德博尔德本人却丝毫没有感觉。

"耶稣基督,"他冲撞着,那样好像能减轻他的痛苦,"耶稣基督捅了我一刀!好狠哪!"

其实,他不得不朝他妻子的腹部打了一拳,当她顶着桌子站稳脚跟后,她又挨了货真价实的一两脚。

刚才还是一片寂静,此时又骚嚷起来,仿佛有人操起了棍子在搅扰一窝鸟。孩子们叫着,拥成一团。她们都挤到母亲身边,除了那婴儿和老大埃尔斯,她还没有进来呢。

那为父者本人随时都有被淹没的危险,但他还是设法抑制了那讨厌的、兴奋的、恐怖的、一直像要淹没他的仍然猖獗专横的碎浪。

"怎么啦?"他气吁吁地问,"怎么啦?"

可是无人回答。孩子们都远远地躲着他,不停地抽噎着。大家都转了过去,只有他妻子的脸除外,它仍旧准备着承受会发生的一切。

那就是她的信仰,或者说特征,他又畏惧地看到了。

"再不这么干啦!"他终于宣布了,"我的酒喝得太多了!"

当他砰的一声关上了门,东倒西歪地走上山路的时候,他听到她在叫,但是他既没停步,又没再听,生怕她心怀不轨,杀个回马枪。譬如有一次,她曾追喊过他,大概为着喝茶的事吧,而他则当场几乎把满腹的绝望全都呕了出来。

戈德博尔德太太实在缺乏幽默感,不错,她也想尽力幽默,可此时,她感到大倒胃口。当孩子们抓着她,摸着她,一边努力使她们确信无疑的东西重新恢复,但她们害怕的东西又肯定很快地从她们的身边溜走时,她们又在遏制着她。

"好啦,"她说,"我得喘喘气啦。你们都离开我。喔,哎呀!"她喊道,一边捂着自己的肋。

可是,当然喽,这种事以前也完全遇到过。什么事以前都遇到过。只是孩子们没有赶上罢了。所以,戈德博尔德家的孩子们还继续在哭。

当母亲站起身来,情况大有好转。她说:"我们别忘了吃盐腌的羊胸脯。喂,凯特,今儿晚上,该轮到你做啦。"

只有这时,她们才明白:生活可望重新开始。

她们的母亲也敢坐一会儿了,尽管只是靠着椅子沿儿。她本想对别人谈谈过去,甚至谈谈那些最使她痛心的事,谈谈移居,谈谈流产,更不用说自己求婚的事了;她渴望此刻在已经变成雕刻物的东西中磨蹭时间。因为当下和未来犹如一种可怕的音乐,无尽无休地飘扬着,飘扬着,甚至当戈德博尔德太太步履维艰地跋涉在河水湍急的堤岸上,向着总有地方处在雾霭中的两河汇合处走去的时候,她的勇气有时也会畏缩的。这时,她便回过头去,看看那雕塑艺术般的花园,处在一段令人羡慕的距离之外去看,信仰就不再需要了。

她来到那平坦的沼泽地带,渐渐想起了对那里的变化充耳不闻的那些人的所谓单调来。一个灰色的地带。即使她父亲花园里一棵蜀葵有时也会在记忆中映着灰墙忽隐忽现,或者蔷薇花蔓延到屋檐之上,或者胸部隆起的榆树在沉闷的夏日里亭亭玉立。然而,还是冬天,她对那许多许多灰色的东西记得最清:灰色街道上的嘚嘚穿行的靴子;冬天沼泽里那灰色的平滑如镜的水面;光秃的榆树将乌鸦抛向嘲笑的天空;大教堂——最灰了,是最为恒久的灰色,耸入云霄的它,有时将云雾驱散,有时将霰雹融合。

那个大教堂既是一个地标,又是一种奥秘,绅士们所具有的忠诚靠的就是那个。其实,纵观星期日正餐前举行的颇为吓人的仪式中,他们的忠诚也是无精打采的。那个小姑娘知道那一切,却一点也不理解,因为教堂就是她的亲属,十足的亲属,她的祖母还能记得那一切。她的父亲当然不记得了,这不干男人的事。那小姑娘很快发现:女人们都记得,男人们只是行动和生存。

那位父亲是个补鞋匠,一位非常虔诚的基督徒,因为他遵守安息日的所有规定,而且参加各种集会,对于应该做的事,总是尽其所能。对待孩子们也是如此。他总让他们应有尽有,对于他们的正当需求,他从不抱怨,或者说,对于他们提出的想法,他总能给予考虑。妻子故去之后,他似乎认为没有更充分的理由进到里屋了;他总是在铺里补鞋直到半夜。有时,那姑娘会走到门口,在明晃晃的灯光下,她会见到她父亲的脖颈。他有一双坚硬的手,摸上去像蜡一样。

如果公正地说,他也许是个铁石心肠的人;不管怎样,他可能会发现爱是不易的。但是他很喜欢自己的那个女儿,因为她是他的;他也喜欢他所有的孩子,因为那是他在上帝面前的义务。

姑娘继承了他那对义务忠心的美德,而且人们承认她是她父亲从未认识的一种欢乐。极好的圣歌将她举起,举到冒着烟的煤油炉的上方;激励她肺部的不仅是健康的体魄,也有销魂的愉悦。然而,她绝不会忘乎所以。她生活中决不越轨,对不良的行为也决不手软,或者说,对她的弟弟妹妹们从未失职过。她认为那是自己的义务,那是显而易见的。她是最大的孩子,实际已经起到母亲的作用。

当那最大的姑娘长到一定年龄时,大人便谈论起培养她当教师的事了,然而,那是个愚蠢的想法。每当那想法可能被提及时,她便低下头去,似乎那是在开她的玩笑。她不想获得那样的尊严,而且,她也确实不够聪明,她本人也不想否认。后来,那事被搁置下来,她觉得轻松多了。她打算去和伊夫林老太太一道干活去。在游园会上,大家曾讨论过为地震灾民募捐的事。那姑娘站在一旁盯着女用阳伞柄上的金属箍,她的父亲则不停地代表她回答着问题。与此同时,那些穿着花边女衬衫的、可以想象为最冷酷的年轻女士们一直在向园丁们为了娱乐而竖起的靶子射箭,或者在召唤着英俊的小伙子们,他们的斯文似乎是一种横蛮。那些箭多么凶狠地刺穿了那个绝望而木然的姑娘。一旦她进入那伟大的女子的领地,她就会由于考虑她的孩子们可能会遇到的不测而受到巨大的搅扰。可是最后,那规划像第一次那样归于失败,她还得留在家中,用她那青春的臂力帮做些家务,老实说,是她在支撑一切。当然,还有祖母,但她是个病恹恹的老人,除了剥豆壳外,什么也做不了。每当有点阳光时,她便坐在两边是灌木丛的砖路上放的一把柳条椅子上。还是得那个穿着已经浆过的白围裙的、年华正茂的、最大的姑娘迎接来客。她那宽大的面庞总考虑着应答,并能最后如愿以偿。

然而，工作和责任并没有压倒她的青春，远远没有。娱乐形式许多是简易的。有些探险活动是和弟弟妹妹们，或者和教区会众一起进行的。冬天，他们溜冰，采拾坚果；夏天，他们翻晒干草，或者在漫长的下午，在半睡半醒的篱笆旁或水边上消磨时光。

一次，罗布——他总是胆子最大——想起建议说："为什么我们不到大教堂里溜达溜达？外边太冷啦，又没有别的好玩的。嗯，怎么样，姐？"她习惯了犹豫，因为她要担责任的，不过，那一次她确实让步了，并不是因为别人在打呀，捏呀的，而是因为她的心已在不胜翘企地搏动了。过去，对于自己镇上的那个大教堂，她最多不过朝里望一望，而此时，一串孩子们却被喘着粗气的教堂大门猛地吸了进去，吸到热水管子的气味中，吸到那个没有因为无礼而过多谴责他们的世界里，尽管它在形成的最初全然忽视了他们。那座巨大的环状森林在他们周围高高升起，那静止的枝条映着他们头上的那湛蓝、绯红的苍穹弯作拱形，亮光或乐音朦胧地从那里渗漏下来。起初，孩子们的表现倒是谦恭有礼的。他们的肢体已不再是本来的那样。他们的面靥犹如带着孩子气的怪诞的假面具黏附着圣洁的表情。想到他们应该如此，他们便羡慕起索然无味的东西来，譬如死人的种种传染疾病，而且只有当发现某个懒惰的公爵夫人的意大利灵缇时，他们才大声喊叫起来。如磐石般的真实缓解了他们固有的兴致。他们信心倍增。他们纵声大笑着，不必要地用力拍打着，甚至在那幽暗中还红着脸。由于有人放了个屁，并响得足以将那气味传播开来，他们的脸涨得更红了。后来，他们被一阵狂风吹跑了，尽管吹上了不同的路。为着他们的良师益友——他们的大姐的所有的嘘声和抓握，他们在喧嚷着，消散着，冲破着。她可能也一直希望能用双手或恐吓像遏制一群新孵的鲑鱼那样遏制住那些孩子们。一旦他们拥入那欢闹的天地，她便去抓住他们。很快，她又会失去他们。转眼间，可能是罗布，他和那些轻慢的圣徒们一道从一根静止的树枝下方探出身来。

尽管她浑身瘫软,力竭筋疲,却很高兴。她溜达了一会儿,让自己受一受温和而庄严的气氛的影响。最后,当平下心来,她便坐到一把灯芯草底面的椅子上,摆出一种静聆圣乐的姿势。因为那管风琴从未停止过演奏。她已经意识到了,不过,此时她才开始听到。一种铿锵有力的乐曲尽量利用着那家庭小风琴的各种功能。她从未听到如此的乐音,最初,她听得愣神儿了。那管风琴将音乐的小节冲打到一起,直到出现了一个完整的、闪亮的台架的声音。金色的梯子一直在上升,伸展着,伸展着,仿佛到达了那火的窗口。然而,当她本人爬上那超凡的台架,接着,又放了些梯子爬得更高时,她却没有发现火,只有至福在汹涌着,高涨着。面对着梯顶,她的勇气失却了。这时,她或是应该步入空间,在跌落的火柴杆中坠毁;或是应被运走,从此消失得无影无踪。因为,瞬息间,她飘浮在优柔寡断的云雾之中,受到了无限仁爱的手指的抚慰。

所以,当管风琴最后停下时,她已经头晕目眩、大汗淋漓了。由于脸上的泪水,她又尴尬起来,她觉得自己实在可笑。因为一位陌生的先生在盯视着她。

"噢?"那男人忍俊不禁,带着由衷的乐趣,却满口的黏痰。

她羞红了脸。

他是个像涂了粉似的、颇为古怪的人。他的马甲上的纽扣都扣错了位置。头皮屑从头发上掉下来,落到肩膀上。

"我不想问你对那位是怎么想的,因为,"他说,"那只是个可笑的问题。"

她的脸更红了。已经到了无地自容的地步。她感到畏惧起来。

"别人,"他说,"谁也不会有规律地努力将船底的污水倒出来以此传达音乐的精髓。"

她开始在解脱自己了,可是她那椅子有如铺在道路上的石笔在尖声地叫着。

"那是位伟大的创造者。"古怪的先生带着热情的苦恼和支气管的障碍继续说道。

不过那引证使他看起来更加和蔼了。

"我能看得出你是会记着今天的,"他说,"有许多别的事儿你都忘了。也许这件事儿比你所想的更有吸引力。"

然后,他走开了,他那满是头皮屑的肩膀一边在躲着什么东西。

这时,那姑娘几乎又哭叫起来。不过这一次完全出于耻辱。她疯狂地跑去将失散的孩子们召集到一起,只有大家都聚在一块儿,她才能恢复常态。他们冷静地回家了。他们受到了吃熏鱼的款待,他们的大姐美滋滋地吃得最多。作为年轻的姑娘,她那胃口可能连她自己也不知道该如何消化。只有若干年后,为了让东西人人分到,她才学会了选择。

春秋正富的她,吃,便是狼吞虎咽;睡,便是酣梦一场。甚至当飞灾横祸过后,她也会身子一倒呼呼地睡起来。她的体力,应该承认是充沛的。譬如晒草时,她就从未歇息过,或者说她扔草装车的姿势跟男子汉一样。劳动结束时,女人们、小伙子们都一个个力尽精疲、火冒急燎地倚在那里,而她则仍然有规律地往大车上扔着草。这时,她那通常苍白的、难以描述的皮肤仿佛一枝湿润、透明的蔷薇,似乎终于获得了生机。是罗布总喜欢站在大车上接草的。他总得爬到住在马顿斯菲尔德的索尔特的大车那摇摇晃晃的、油画底色般的、最担风险的干草顶上。当那姑娘举目仰视时,生活,本来是个松散的、无害的发卷,却第一次变成一只对准她本身的拳头。似乎它击中了她的胸部。罗布在松脱着,大笑着,滑动着全部麻木的臂膀和腿脚,那些晒草人却在一旁观看着这徐徐进展的慢镜头。罗布又躺在地上了,连同他那白色的眼睑。她本人在注视着,时间的车轮一分一秒地转动着,他的嘴还没来得及笑完,那牙齿就稍做抗议了,它们可能是那未成熟的玉米粒。大车的车轮滚动了,蹒跚了。那姑娘的强有力的背脊本可以脱离整个世界的重压,此时,却和铁、木、谷茬撕扭起来。在那奄奄一息的土地上,她的双手紧紧地抱着那压坏了的甜瓜——那是她兄弟的头。

路上的几个人跑去救援,不过运走她兄弟的当然还得是她了。没走多远,她那沾染污迹的嘴巴便开始解释了。从那块地里,到通往镇郊的路上,她是坚强的,可是当运走兄弟的尸体时,她却伤心落泪,愁肠百结。这与他们的母亲夜里死在床上由亲属们守着的情景截然不同。弟弟妹妹们都已经忘却了。直到,几乎突然间,那高大的姑娘使他们肝胆欲裂,悲伤欲狂。她用力地抱着她的弟弟,因为那是她的弟弟,她必须将他运走。当她拖着脚步慢腾腾走过第一块铺路石时,女人们都匆匆将手放到嘴上,然后踩着天竺葵和石竹花跑进屋内,或者从她们的茅屋里破门而出,张口结舌地望着那姑娘拖着个死少年。薄日的余晖照在阴沉的街道上,一时间,残阳如血。

她把尸体抱到父亲跟前,她觉察到他都没有正面看她一眼,或者,未曾看过第二眼。有时他会看她穿的那双靴子,那结实的靴子是他亲手做的,而此时,已滴上了血。

姑娘上了楼,睡着了。几个较小的孩子则哭叫起来,倒不是为着一个死去的弟兄,而是担心他们再也不能将他们的大姐从骇然的睡眠中唤醒。

然而,光阴似箭,日月如梭。

那女人记得当姑娘时,她发现了一种用褐色丝带梳整头发的新方法。她不愿像别人那样将头发剪短。那会使她感到傻气的。也许她就是如此邋遢。

她记得她扎着褐色的丝带,带着长筒袜上的香水味儿走在花园里。那是个晚上,茶还在炉子上煮着。

她父亲向她走过来。他说,一面像往常那样隔着她的肩膀看着别处,不过对他来说那已经算是笑盈盈的了:"你进屋来见见杰西·纽森小姐。"

他甚至触了触她,所以她缩了下身子。

"杰西什么?"她问,尽管她听得很清楚。

他似乎认为她当然应该听清了,因为他接着话茬儿,继续说下去了。

"她是个教师,住在那边的布劳顿镇上。"

她注意到那个喉结,似乎它总让他们的父亲说起话来那么费劲儿。

她扯掉一个花骨朵,里边是淡白色的,又特别青绿。

这时,他温和而威严地告诉了她。

"她要做你们的母亲啦。"

可是那姑娘,至少从她那儿开始,保证杰西·纽森小姐决不会成为他们的母亲的。

她是一位慈祥的、冷静的教师,有一双看来很自信的手。在那个重要的夜晚,她戴着一颗浮雕宝石的胸针,穿着一件由于那位教师被迫做出的重大决定而稍微松垂了的开襟羊毛衫。她深信优势总是向所有不辞劳苦的人敞开着,因此,纽森小姐学会了堂堂正正地讲话,可是她的身世继续在提醒她那些隐藏的食橱,而且有时她会为里面放的东西而感到羞愧。

她说:"这就是鲁思啊!听说你是个顶呱呱的姑娘啊!鲁思,希望你不会觉得我是个外来人,希望我们能——该怎么说——共同分担家庭生活的责任哪。"

杰西·纽森考虑得多么周到。

不过此时她踌躇了,因为她发觉自己在盯着那位姑娘的前额,那前额是那脸孔所供奉的一切,呆若木鸡,毫无表情。

杰西·纽森小姐成了一位极其贤惠的妻子和继母,那是鲁思·

乔伊纳姑娘从那些为自己的表现感到震惊的人们那里,以及她自己的弟弟妹妹们的来信中得知的。她弟弟妹妹们的来信渐渐在减少,相互间的关系也随之淡薄起来。

杰西·纽森小姐到来不久,那个大女儿走到父亲跟前,郑重地说:"我决定现在去找工作了。"

父亲就此答道:"如果你真要这么做,鲁思,我们将尽量就近给你找。"

"我决定到国外去,"她说,"克里西·沃特金斯的姨妈听说克里斯在悉尼混得不错。我掌握着辛尼特太太那里的所有信息。假如您能帮我一下,我将填写一份迁移申请。开始时也需要花些钱的。以后我当然要还了,因为家里还有那么多孩子呢。"

父亲喉咙里发出了声音。他心想能说什么呢?应该安慰吗?相反,他说了句颇具特色的话。

"你应当学会宽恕,鲁思,我们也是从别人那里学到的。"

可是,她没有回答。在痛苦中,她担心可能会雪上加霜。她也不敢接触他,否则,她可能会把自己埋葬在父亲那皲裂的嘴唇之中,并在那洁白、坚硬的牙齿上受尽折磨。

于是,她走了。父亲拿给她一个白铁盒子,以便装她仅有的几件东西。弟弟妹妹们送给她一个紫红色的缎子手帕香袋,香袋上横切一个角绣着"干净的鼻子不是一件奢侈品"的字样。可悲的是她竟晕船,或者说很不快活。别的姑娘们都点上了香烟,怀着内行的悠闲盘腿而坐,并知道如何索要被称作螺丝锥的东西,她们却不愿与她为伴。她的衣裙都太长,她的谈话也不能丰富她们生活的经验。所以,她独自坐着,观望着大海。她从未见到大海之类的东西,那么浩渺,那么明净。过了好望角,一位在某地——是戈斯福德吗?——有企业的年长的绅士曾向她求过婚,但是,假定她答应了,那不是错误,也是愚蠢。

夜里，当其他年轻的女人被诱惑到船尾甲板上摸摸索索的时候，她自己却在祈祷，就个人而言，她得到了不可思议的安慰。最后从坚固的躯体中解脱出来的她的灵魂便自由自在地去接受它的使命，然而对是否应信赖它的力量却犹豫不定。它在茫无涯际的天空中盘旋着，盘旋着，直到认定那巨浪互相交叠到一起，那颗颗繁星是一种光明的碎屑。于是，她将在沉睡中兴奋起来，为自己的确信眉开眼笑，当她在那铁面无情的薄片状的小镜前梳理她那带有海洋气味的发结时，常常有一位同舱乘客会质疑那沉睡着的姑娘脸上的表情。

到了悉尼，鲁思·乔伊纳发现她的朋友克里西·沃特金斯已经结婚并移居国外了。所以，她举目无亲了。可是，没费劲儿她便找到了工作。最初工作在一个小吃部里，她的工作只需端一会儿托盘就行，托盘上放的是些白色厚杯子和指状水果蛋糕，或者是马德拉岛①白葡萄酒。她总是仔细地记下必要的订单，然后回到散发着源源不绝的剩余物气味的大瓮跟前。

似乎一切都是一帆风顺的——顾客们常常是笑呵呵的，有时甚至给她读几段信，一次还求她查看过静脉——这时，女总管叫住鲁思，说：“听着，亲爱的，我要告诉你点事儿。你永远也当不上女招待的。你太迟钝了。我只告诉你，记住就是了。”

因为，那位女总管确实很和善。谁知她已经站了好久，暑气已经侵蚀到她那黑色缎子衣服的线缝里。

后来，鲁思·乔伊纳转而给人家干起家务活了。她在一位退休畜牧业者家里找到了一个帮厨的工作。她总是坐着将蔬菜切成一定的形状，或站在饱和的洗涤槽跟前唱着仍记得的从家里学到的赞

---

① 大西洋中葡萄牙属岛，位于非洲西北部。

美诗。这样一直到那位厨娘感到厌倦了,她才把自己的一个住在科克①的侄女搬弄出来,除了信奉天主教的姑娘以外,她和谁也没有交往的习惯。

鲁思一连在好几个大户人家帮过工,后来才来到查默斯-鲁宾逊太太家。其实,那是她的最后一站。作为独立生活最有意义的一个篇章,它将铭刻在她的记忆里。然而,为什么,却很难说清。当然喽,她在那儿遇上了她的丈夫。那里的房子无疑也是宽敞、洁白、坚固的,门前还长着一株木兰树。可是查默斯-鲁宾逊太太本人却是个比较吝啬的女人,她除了给她的女仆鲁思·乔伊纳应得的工钱和几件她无颜再穿因而抛弃不要的衣服以外,再没给过她什么东西。可是查默斯-鲁宾逊家的房子(因为还有一位先生)在鲁思·乔伊纳的心目中却占据着重要的位置。

职业介绍所的人曾建议鲁思申请一种被描绘为客厅女仆的工作。

"可是我没有经验哪。"姑娘提醒道。

"没关系。"那女人说。

鲁思发现很多事情都是没关系的,但就每一种新迹象,她都要双眉深锁,眼里流露出危难的神情。

甚至连那位正在去赴午宴约会的、最近换上了已投了保的一只非常漂亮的蓝宝石胸针的查默斯-鲁宾逊太太似乎也不认为那会有多大的关系。

"我们会给你个试用期的,"她说,"鲁思——是不是这个名字?多有趣儿啊!我还从没有用过一个叫鲁思的女仆呢。我想我会喜欢你的。我这个人很随和。还有一个厨娘,是我个人的女仆。园丁和汽车司机不会影响你的。那两个男人都住在外面。"

---

① 爱尔兰共和国一港口城市。

鲁思打量了一下查默斯-鲁宾逊太太。她还从没见过有谁那么夸耀,那么啰唆呢。

"啊,我丈夫,我忘了,他在一家公司里工作,"那炫耀的女人补了一句,"他忙得总是那么不可开交。"

查默斯-鲁宾逊太太看了看鲁思,断定那张脸平得大约和一块大理石墓碑一样,只是它在等着往上刻字呢(她将尽力记住那一情景,并将其整理一下作为午宴的一个话题)。她那么做是想在那个姑娘身上发现某种可以真正依靠和坚信的东西。(假如她将鲁思·乔伊纳完全考虑成某种东西的话,那是因为她确实渴望着大理石,或者渴望她的在重压与需要之时不予屈服的某种物质,像人类的伸缩自如的灵魂那样。)

这时,查默斯-鲁宾逊太太带着嘲弄的神情急促地站了起来,抢先控告道:"现在我得赶去吃那顿鬼饭啦!"

随之,朝她的女仆咧嘴一笑。

鲁思说:"是,夫人,希望您能过得愉快。"

对那位女主人来说,那话听起来有些古雅,然而,却动人心弦。

"啊,试试看吧!"她哈哈大笑起来,"谁也不能预言!"

在小轿车里,她听任自己悲伤了一会儿,然后又产生一种快乐的感觉。

鲁思很快适应了在查默斯-鲁宾逊家的生活。她相当不错了,查默斯-鲁宾逊太太这样对丈夫说道——并不是说好就永远不犯错误——必须承认,鲁思的动作是迟钝了些,每当递交蔬菜时,她总是气喘吁吁的,她也不喜欢听到电话的响声。另外,有时她常常站在前门门口,特别是在晚上,仿佛在望着一条村庄的街道。她的女主人本想就此事说说,可没能那么做,也许由于审慎,或者爱惜的缘故吧。于是,那个魁伟的姑娘继续在门口,在那木兰树旁的门廊里站着,当她的衣服和身体的各个部件,从她那僵硬的无檐帽上的各各点到她那用布兰可①擦白了的鞋的鞋尖,在晚间融解时,她可能已变成某个种类的蛾,或者某种守护神,在扇动奇大无比的翼飞行之前,将身体平衡在木兰的翅膀上。

对一般人是吃力的,但她却能悄悄地走动起来,在某种意义上,成功地穿过那时仍带有一种荒凉气氛的那栋房屋。如果说,撒在一只大而黄的大小两个叠合的面包上的面粉落到了那张镶木细工桌子上,上面放着个带名片的电镀盘子,那么,在那个新女仆到来之后,那种现象也没有什么出奇的。

一次,黄昏时分,查默斯-鲁宾逊先生刚从俱乐部回来,在门口与她擦肩而过。

"对不起,先生,"她说,"我在听蝉叫呢。"

"噢!"他猛地一动,"什么?对!该死的害虫的叫声真能冲破人的耳鼓啊!"

他心里嘀咕:对女仆该如何说话?

"我很高兴,今儿晚上您回来了,先生。今天有好东西吃啊,"她宣称道,"有面包屑炸肉排,还有可口的布丁呢。"

于是,他感到内疚了,他觉得自己是家里的一个陌生人。

查默斯-鲁宾逊先生更喜欢俱乐部,因为他可以来去自由,而不必卷入私人关系的漩涡中,不必无缘无故地生起气来。和女人相比,他更喜欢男人,之所以如此,并不是作为人本身来看,而是从成就和人事关系上看。女人们将什么事儿动辄就缩小到个人的标准上。于是,他的妄自尊大也似乎含糊不清了。他憎恶并避免那种情况的出现,除非当性的冲动迫使他去冒险。他本人也的确对那舒适的事儿做了些补充,作为女人不忠的受骗者,他总能流畅地写出一篇较好的评论。他身着裁剪良好的英国式服装,飘着润发油和雪茄

---

① 为英军用来涂白腰带或其他装备的一种物质。

的气味,这无疑对女人们是有着吸引力的,他也领受过几个女人对他的好感。如果说他赢得了妻子的爱,又发现她不再那么媚人,但他依然羡慕她那摆脱困境的能力,也许正因如此,才避免了离婚。

伊·科·查默斯-鲁宾逊(巴格斯①对宣称是他朋友的那些人来说)是个摆脱困境的专家,尽管有几次他也没能开云见日,苦尽甘来。在鲁思·乔伊纳出现不久,一次小小的撞击,便使他得到了一只游艇、一匹有前途的小马驹、一整套塞夫尔②产的餐具和那个私人女仆。

"我丈夫在实业上是个才子,可是才子也不会一贯正确的,"查默斯-鲁宾逊太太解释说,"那套塞夫尔餐具,必须承认,只是色调有点——呃,暗淡啊。"

"我想是这样,夫人。"鲁思赞同地说。

她真想讨人喜欢,因为,她一生中一直是孩子们的朋友。

她的女主人继续说道。

"这话我只跟你说,沃什伯恩总是那么讨人厌。我过去总希望那是胆结石导致的,但渐渐迫使我得出结论:她是个自私自利的老奴才。你,鲁思,我想让你接替她的一点工作。给我整理衣服,在我穿衣服时,给我递上一两件,当然这对你来说也是挺有趣儿的。"

"那当然好啦,夫人。"鲁思说。

很快她被引入过去她从未发觉的奥妙之中。

查默斯-鲁宾逊太太已经达到外表不是目的而是殉道的社会演进阶段。她一刻也不能停止调节她那自我折磨的仪表。她不断地在试穿着,脱换着,轻拍着,抚平着,强压着,放松着,延颈企踵地凝视着各式穿衣镜,再从那里疾首蹙额地退却下来。她时而非常非常

---

① 为伊·科·查默斯-鲁宾逊之一名。
② 法国一城市。

地怨恨自己,不过常常在十一点,那时她已经疲惫不堪了,凭借衣服上开的几个叉缝的陷痕和一颗合乎机宜的钻石,她总会获得意想不到的成功。这时,她总要照照镜子,一边咬着仍然困惑不解的嘴唇——好一个戴着米色的圆顶狭边钟形女帽的密涅瓦①。

可是,查默斯-鲁宾逊太太并非什么都只图表面,绝非如此。

一次,她向女仆吐露了真情:"因为你至少对我表示出忠诚和爱戴,所以我想告诉你个秘密。我在想我要试验信仰疗法②了。我觉得那会对我大有好处。"

"如果需要的话,也行。"迟钝的女仆犹豫着说。

有次,女主人派她拿着个玩具桶到海湾去为她的珍珠母取些海水回来,因为那是珍珠母所需要的。

"哎,我需要什么!"查默斯-鲁宾逊太太叹息道,"我的确有一次认真考虑过到罗马去的事。因为,你会觉察到,我对美,对豪华的东西一向垂涎三尺。可是最后我不得不放弃那一想法。坦率地说,我对付不了那些亲朋好友啊。"

"我相信。"鲁思脱口而出。

然而,查默斯-鲁宾逊太太为了赶去赴约已经走开了,因此她没有听到女仆相信的是什么,而后者却欣欣然,因为她那挣扎的舌头用不着传达那无限单纯的思想了。

房子里只剩下她一个人了——因为厨娘又休息去了,园丁不知和谁怄气去了,司机几乎总不着家,他要为女主人开车到镇上兜圈子——那女仆想要表达她的信仰了,但不用词句,也不用对正统崇拜的观念,而是用自己对一种消极敬慕状态的屈服。值此,她将允

---

① 罗马神话中的司智慧、学问、战争等的女神。
② 又叫基督教精神疗法,或基督教科学。玛丽·贝克·埃迪(Mary Baker Eddy, 1821—1910)于1866年所创的一种宗教疗病法,以精神力量治疗疾病。

许自己那实在的躯体融化在空气和光明的、木兰香味的,以及圣灵的赞美诗集的内在美里。或者,在履行职责时,在刷碟子、擦地板、缝补被丢弃的长袜、收弄已经掉在地上的滑溜的衣服、寻找毛毯上的蠹鱼①和皮毛上的蛀虫的时候,她可能已经在献祭着她那不吝赞颂的生命能动的真髓了。而且她还有所保留,为着进一步表达自己那尚未被诱出的信念。每当门铃响过,她便巡视着形形色色的生疏的脸,以期弄清是否又将让她给予证实了。似乎她总是留有力量准备给予,因为,尽管她心甘情愿以任何方式将自己奉献给女主人,但后者根本不会从自己的消遣中走出来予以接受。

于是,那女仆纷繁的意图在房内萦绕着。它们平躺在那些空落落的房间里的地毯上,无人理睬。

当然喽,那些房间并非总是空空如也。在那里也举行午宴和晚宴,不过最好是午宴,届时不带丈夫、不带头脑的女人们可以摆脱体重的羁绊比较敏捷地活动了:有蠢丈夫的妻子们能够表现得像她们所希望的那样聪明,而笨头笨脑的妻子们则可以尽善尽美,巧夺天工地展示她们的愚钝。

这期间,女主人们将会发现烹饪法②,将酥盒,香煎比目鱼,鱼肉香菇馅酥饼③和酱炖嫩牛排④引进到她们的餐桌上,将她们的丈夫撵到俱乐部、旅馆,甚至火车站,因为他们渴望着罐头咸牛肉的恶臭。特别是查默斯-鲁宾逊太太以她那别具一格的午餐会闻名遐迩。到时,她将接待畜牧业者的妻子们——非常安全,还有律师的、法官的、银行家的、医生的、海军军官的——从来没有陆军军官的妻子们,而且,还谨慎地接待店主们的妻子,其中有的已经很富了,很

---

① 蛀食衣服、毛毯、书籍的一种长而扁,有触角,长尾毛的囊虫。
② 原文为法语。
③ 原文为法语。
④ 原文为法语。

有用,因此接待起来也还不错。对于所款待的许多女人,女主人都不甚了了,那些人也正是最受她欢迎的。她怎么会为那些在教名上都不敢冒风险的人去炫耀自己呢!

查默斯-鲁宾逊太太施洗礼时被命名为马奇,可是按常规发展,那名字又成了吉尼。真正了解她的人,那些她绝对敬慕的,或者说,她可以不背隐私的人总把她叫作"吉尼·查默斯",而在她所喜欢疏远的那些人的心目中,却总把她设想为"那个老金尼·鲁宾逊"①,那是不确实的。当然,她不否认,如果碰巧感到累了,她也会喝点东西的,但会很快喝下去,因为她特别讨厌那种味道。后来,当她的神经需要救助,而信仰疗法又不总能奏效时,她便养成了站在花瓶后面的镜子跟前的那种习惯。

可是在举行午宴之前,查默斯-鲁宾逊太太总要把自己弄花了眼。她总要走进餐厅,挪挪桌上的餐刀,再添加两三只盛着不同牌子的香烟的穆拉诺②产的小碗。

即使她想皱眉头,她也不会那么做。她会说:"我多么希望独自一人坐在漂亮、安静的烤架跟前让你侍候我,再听你讲讲有趣儿的事啊。可是,我得祝贺你,鲁思,看起来你样样都很棒啊!"

然而,她看的是自己的映像,摸了一下她那铁面无私的肌肤——仅仅摸了一下——她不会让自己多摸的。接着,她润湿了自己的嘴唇直至发光为止,睁大了自己的眼睛,仿佛大梦初醒一般。那双眼睛一直那么可爱,安在脸上却咄咄逼人。如此蓝色的火焰,本应令人欢娱的。

就在这时,门铃响了,鲁思跑去让女士们进来。她们由于被任命为各委员会的委员,参加了种种募捐舞会,穿着有争议的服装出

---

① 金尼原文为 Ginny,与金酒谐音。
② 意大利一城市。

席了多次赛马会,因而弄得精疲力竭。她们干什么事都那么卖力,以至于最后连握酒杯的劲儿差点都没了。

鲁思·乔伊纳开始在查默斯-鲁宾逊家干活的那年,前来的女士们穿的都是猴毛皮衣。那姑娘第一次碰见那肉麻的东西时,不免要想起猴子,真让人心惊肉跳!后来,她听说那东西很有意思,也许真是这样,死猴子的活生生的毛从一顶顶宽檐帽上散落下来,进入交谈中,直到被强行逐出为止。客厅里,谈话尽是关于毛皮和人的内容。女士们坐着抚摸着她们身上穿的那些梦幻般的一绺绺细毛,这时,烟尘袅袅升起,徐徐伸开,宛如猴子的手指。

一次午宴之前,那是鲁思·乔伊纳有理由记住的,一位女士告诉同伴有个她们都了解的相识患了癌症快要死了。那话似乎很不合时宜。几个女人从她们那悲切的毛皮里缩回身子,另一些则开始在前刘海上打起结来。有个女人将杯中的白兰地溅了出来,至少她的近邻能帮她擦擦的。后来话题又回到紫罗兰芳香型香烟上,一时间,散发出一股落毛猴子的那令人作呕的恶臭。

到了餐厅大家都感觉好多了,这时,鲁思和一个需要时招之即来的叫作梅的较老的女人,穿着吱嘎作响的白色衣服,很快便在猴子女士们坐的椅子后面活动起来。

查默斯-鲁宾逊太太留心观察着每一个人,一边发表着自己正在吃着的感想。她能将任何类型的一组人捏合到一起。她听着别人的话,还能低沉地插两句。

她低语道:"鲁思,给杜普莱西太太再来点箬鳎鱼。啊,是啊,马里恩,她们太天真了,没能拒绝!"

要不,说得非常非常轻:"你肯定没有忘,梅,那是个左半片吗?"

不过大家对酒还是很满意的。而且还有烟,一股股模糊的、蓝色的烟圈已经冒出来了,那可能是紫罗兰牌的香烟。

最后,当端上来一个用棉花糖做的大天鹅时,大家都拍手喝彩起来。做得太妙啦!

鲁思很欣赏厨娘的那个成功之作。当她从一位女士的身后走过时,禁不住对那女士说道:"您知道,做这东西真不易啊,里面还包着个炸弹呢!"

那客人认为她滑稽可笑,但不够老成持重。

穿着圆点花纹衣服没有一点皮毛痕迹的那位女士,假如说不合时尚,但也是个了不起的人物。她是一位英国勋爵的女儿,因此,引起了那些本该不屑一顾的优雅的女士们的尊敬。在她的一边,坐着一位律师的妻子。人们叫她马格达。马格达好像很有意思,尽管比较细腻的人认为她粗俗。当然喽,女主人将律师的妻子让到那位尊贵的客人身边得需要勇气了,可是勇敢的吉尼·查默斯历来如此。

午宴过后,只见马格达将衣服的某个收缩的地方平整了一下,然后点上了一支雪茄烟。几个女士震惊地看着她。

"这些劣等雪茄烟好多次差一点让我离了婚,"马格达对她可敬的邻座坦白道,"我希望您能像我丈夫那样下定决心,坚持到底。"

她用断然的、低沉的语调说道,那声音穿过在场的几个女人振响着,像雪茄那样颤动着。

不过,那位贵客却抬起头,嫣然而笑。早年,当她还不具备杰出的品质时,她已决心要性情善良了。其他女人都朝她那洁白的、几乎不设防的皮肤瞥了一眼,而她自己则已用橘黄色、紫红色,甚至绿色遮住了脸面。值此,与其说她们可以互相传递各自的印象,不如说尚需给予她们面对自己的勇气了。

这时,喝干了杯中酒,已将手肘放到桌子上的马格达或许在对着自己的雪茄烟灰说道:"谁赞成用臭气把这些兔子熏跑?"

但很快便转向她那尊敬的邻座,她把她当成了知己,而后者也谦卑地希望自己能够得上。

"要不,我们应该说:猴子?"马格达问。

不过,她的那串话都是低声细语的,其他女人尽管努力,也甭想听到。

"您看没看到,"律师的妻子在皱着眉头,"满货船的猴子?就是说,货船上一笼子活蹦乱跳的猴子。"

马格达不能说得太露骨。

"穿着毛裤吗?"

叫人冒火的是除了那位贵客以外,大家都没听到,特别是当那贵客以最具特色的防御姿态仰起头来,发出一种连她自己都为之惊讶的奇特的声音时,更是如此。她所惊讶的实际上来自记忆,一个寒冷的早晨,当时还是个小姑娘的她听说一个猎物看守人利用一只温顺的小鸟在玩着自己的把戏。

在解释那种动物般的声音时,有些女士看了看她们的手,心地较善良的,考虑那是猴子在叽叽喳喳地叫。可是,当看到那位尊客终于在猴子女人中间感到快活了,客厅女仆递给她一盘巧克力。尊敬的圆点花纹女士用颤抖的手拿过一块巧克力,扔掉那艳丽的箔皮,将它捅进嘴里,未曾料到的甜露酒从一个嘴角淌下来,流过她曾敢于给自己涂抹的那润香油膏的油迹上。

那位勋爵的女儿是属于鲁思·乔伊纳的。不是因为桌边的那位客人与客厅里继而发生的事有什么千丝万缕的联系,而是由于梦中出现了某个前后矛盾的,然而在某种意义上说又是招致不幸的妖怪——鲁思的确梦见过她一两次——一尊平淡无奇的、毫无个性的石头塑像安置在三扇尚未开的大门一旁。

查默斯-鲁宾逊太太对她那在其他方面都很成功的猴子午宴临近结束时所发生的那件小事儿不可能特别高兴,或者,可能意识到还会发生更不让人喜欢的事儿。因为她突然斜楞着椅子向后一推,喉咙上暴着青筋宣布说:"咱们到客厅去吧,我敢说你们有些人喝完咖啡是想收拾桌子来打桥牌了。"

当女仆端来那沉重的银托盘时,她好像听到马格达很快向女主人道了歉。所以她分散了注意力。可是后来她掌握了主动,那却是另一回事。

"可是,我特别遗憾,亲爱的,在这种情况下,我不想说。复式工程肯定丢下了排水系统。声音那么大,特别是别人都听到了。后来,轰的一声成功了,州际的企业联合在一起了。"

女仆连跳带舞地运着托盘,忽儿平稳地向上托去,忽儿猛地倒转过来,她那上了浆的衣服不再噼啪地响了,不过,当女士们用羹匙喝咖啡时,咖啡却从匙中溢出,咖啡的晶粒泼洒到那雕花的银器上。

查默斯-鲁宾逊太太的气色明显地苍白了。

"巴格斯并没提及这事儿啊,"她说,"他还一直没回来呢。"

她的坦白是件难以预料的防御武器。

"他又不干啦?可是亲爱的,我将带上我的小睡衣,更不说牙膏啦。这么多类似的情况,我就得自己应付了。我差不多成了职业代理人啦。"

诚意使马格达眨了眨眼,要不,是白兰地加重了她眼睑的负担。她的皮肤好像蟾蜍的皮,像得了肝病似的。

"一夜之间解决不了问题。"查默斯-鲁宾逊太太苦笑着说。

"可是一些事儿摆着呢!"马格达眨着眼。

女仆编织着舞姿。为了尽力听清,她忘跳了一两个舞步,还稍微碰了一下一位女士的猴子毛。不过此时真能听清了。

"那么说,我们破产啦!"查默斯-鲁宾逊太太笑道。

她说这话听起来像去野餐一样,不过那只暖瓶却忘带了。

马格达发誓,要严厉自责。

"亲爱的,"她说,"你知道我喜欢你。我会拿哈里送我的那颗圆顶平底红宝石做抵押。总之,他们老像该死的脓疮那样压抑着我。"

"要咖啡吗,夫人?"鲁思问女主人。

可是,查默斯-鲁宾逊太太却心不在焉。女仆第一次从理论上认识到她已经了解的真理:人是可以互相憎恨的;即使女主人正透过她向前看去,仿佛她是一面窗户,但这一想法却依然敲开了她的心扉。

"不,谢谢。"查默斯-鲁宾逊太太坦直地说。

然后,她腿脚一缩,像吃了败仗似的瘫躺到她那普普通通的、色彩暗淡的地毯上。

在那惯常的混乱中,一只韦奇伍德①咖啡杯打破了。由于在液体中的如此浸泡、对珠宝饰物的如此搔抓、同情和毛皮领边的如此纠缠、互间如此冲撞着,退缩着,弯曲着,变直着,致使一两个客人都感到头晕脑涨了,所以不得不吃点什么。

经过大量忠告和一次重击之后,查默斯-鲁宾逊太太开始兴奋起来。她实际在微笑,然而从远处望去,那却是一个海底。她坐了起来,手握着自己那不成型的头发。她继续在笑——她可能跑到一个角落的笑靥里——却似乎忘记了享乐的时节已经过去。

她在说:"真对不起,我出丑啦。"但是当她意识到存在着必然要阻止她回到表面的底流时,她便马上止住口。"哪儿去啦?"她问,"鲁思哪儿去啦?"一面抚摸着地毯,似乎担心自己的一个被营救的希望在从她跟前漂走。"我只好请你们都走啦。太狂了吧。"她由哈哈大笑转成咻咻地笑了,"可是,鲁思,鲁思在哪儿?"

推了好半天,女仆才来到女主人的跟前,她开始去扶她了。那不是个优美的动作,可是忙了一阵子终于成功了。女主人由白色石柱般的女仆搀扶着爬上楼梯。在最高处,她本想对她那渐渐散去的客人们说些拿破仑式的告别的话,可是事实猛然降服了她,她反而弯着腰咳嗽起来,用手帕捂着嘴,随着忠实的女仆离开了。

---

① 韦奇伍德(Wedgwood,1730—1795),英国陶瓷工艺家。这里指一种在着色的底子上有白色浮雕的精致的英国瓷器。

鲁思不会忘记那是个可怕的夜晚。以前她从未见到女主人一丝不挂,她的肉还是灰色的呢。任何同情心稍差的人都可能面对那正从丝状的伪装中滑行出来的,那松弛、病态的蜘蛛的液囊望而却步。可是那姑娘还是前去捡起了落下的东西,后来,当查默斯-鲁宾逊太太靠到床上时,她又可尽情地端详她了。

她考虑应是一种优质烈性白兰地和对怜悯的希冀——即使她本人付出了代价——才使女主人恢复了红润。查默斯-鲁宾逊太太也穿着粉红色的衣服,一副软弱无力的样子。在还没穿上她那非常动人的、高雅的睡衣之前,她看起来是多么干瘪。她也忘了将绣有金属珠子的发带下面的那头发卷曲起来。

"不管发生了什么,鲁思,"她说,"我不能和你说,连我自己也猜不出当时是怎么回事儿。我不能,不能不对你抱着希望。就是说,不怀疑在我困难的时候,你会站在我的身边。"

姑娘十分尴尬,她在开着食橱,放着东西。

"喔,夫人,我不会让人失望的。"

她想起了弟弟那死沉的身体。

查默斯-鲁宾逊太太在心情舒畅地受着折磨。此时,她多么希望能往她嘴里塞块巧克力啊!然而,她却望着那开着的衣橱。从灯罩玻璃球穗中分散出的那种光亮使那些闲着的衣服显得格外凄凉。

"我的这些好东西啊!"她哇哇地哭了起来。

鲁思·乔伊纳急促地喘着气。但如果顶用的话,她可以承受更重的打击。

"给我杯子里加点饮料,好吗?"女主人恳求道,"用一点白兰地就行。你对我是怎么想的?啊,亲爱的,可我平时不是这个样子的!那只是略有所失的一种预感。因为,到了忍耐的极限,人们都是特别狠心的。"

那是鲁思第一次体验到破产的声息。她不可能了解查默斯-鲁宾逊太太总会发现"好东西",以促使她在那些仍允许她赞叹的地方抛头露面。避免失真的真实总是形形色色的。吉尼·查默斯颇像一只狗的主人,她为她的爱兽储存了饼干来应付雨天,好让它进到不确切的隐藏处和到最不愿去的角落里吞咽。只是论到吉尼·查默斯本人,她既是女主人,又是一只狗。

她的女仆在未来的某一天将会在一只粉红缎面旧拖鞋的鞋尖里发现点什么。一个忠于职守的姑娘,不得不说出口来。

"啊,是啊,"查默斯-鲁宾逊太太将会回答,不过是慢慢吞吞,若有所思的回答,"那是颗钻石,还相当好哩。"

然后,她将把它拿走,放到别处,似乎它已不复存在了。

不过,此时,鲁思·乔伊纳仍未晓得悲剧可由木屑来填充。

她说:"拿好白兰地,夫人,我给您拿点热饮料去。"

她甚至说:"乌云朵朵衬白底啊。"

她会喜爱上一个绽开的破沙发,因为那恰巧是她的性格。

她拿着热水瓶之类的东西楼上楼下地跑着。

直到她听到钥匙的声音。

查默斯-鲁宾逊先生十点左右回来了。

鲁思说:"她今天心情很不好啊,先生。"

他纵声大笑起来。此时,她注意到那双颊上的小血管编织的网。

他大笑着说道:"我断定她会那样的!"

可是他疲倦地走开了。话虽那么说,但他还是有很大的压力。他的袖口在半明半暗的楼梯上亮光闪闪。

"怎么搞的,有点肚子痛。"他说。

忘记了他是在对女仆讲话。

她想他可能是酒喝多了。若是他们在植物园香蕉叶子底下的沙砾小路上一同走的话,她还不知道他们会说些什么呢。

出于无奈,她还得出出进进的。譬如,她想到他可能决定在家过夜了,所以到化妆室里打开他用的床——她不得不偶尔听到东西落地的声响。说实在的,她这个人也有点好奇。确切地说,她并没有特意去听。那声音只是从后门传来的,听与不听一个样。

巴格斯·查默斯-鲁宾逊在告诉妻子发生的事,或者谈到只适合于共同分享的程度。鲁思·乔伊纳想象着女主人那绣有珠子的肉色发带底下的眉毛已变阴沉了。你惊奇吗?

"那是在合并之后。"他说着。

"噢。"女主人说,露出挖苦的表情,她总认为人们在企业合并之后都要宽舒一下,松一口气,她不是个金融方面的天才。

他回答说她大概是他所知道的脾气最乖张的女人了。

"可是,是那样的合并!"她坚持说,"让我们就固守在那个伤脑筋的地方吧!"

他开心地笑了。他说她是个最厉害的泼妇。

"我总像姑娘那么温存,"她说,"只是错结了婚。"

"带着所有的赏钱!"他暗示道。

听起来好像他在从瓶子里倒酒喝似的。

"赏钱一夜之间就没了。"她说。

她转了一下身子,躺在上面的那个床垫上呻吟着,或者,将她抛到另一个位置上。

女仆知道:讨论到一定时候,女主人会用被单全把自己蒙住的。

"喂,吉尼,"他说,"只要你能帮我一把,我们就可以应付这种局面,像应付别的事情那样。"

"我!"她笑道,"嗬!我还可以派上用场呢!真让我受宠若惊啊!"

"你是个明智的女人。"

她咯咯地笑了一阵。

"假如你恨你的丈夫,无疑是因为他是个分文不值的愚蠢的乞丐。"

跟着停了一下,说不出谁将打出下一张牌。

女仆没听到男主人走的声音,因为她精神萎靡,在打着呵欠,最后,她蹑手蹑脚地离开了。也许是做梦,她听到前门门环的叩击声。到了早晨,她发现查默斯-鲁宾逊先生不在了,他也没有睡在她为他准备的床上。

早茶一杯对查默斯-鲁宾逊太太是必不可少的。她卷头发的方式也与众不同。

她说:"你不会明白的,鲁思——你太善良啦——你不知道别人为什么要表现得与他们的性情刚好相反。"

"不知道。"女仆承认了,不过心里有些纳闷。

这时,女主人突然抓起姑娘的手,那几乎是觉察不到的,几乎是无意识的,直到后者抽出了手。她俩一时都很尴尬,却忘记了刚才发生的事。

后来,有次,查默斯-鲁宾逊太太真的说了:"我想只有和你在一起,鲁思,我才感到幸福啊。"

不过,姑娘正在忙着。

此后不久,一个不熟悉的男人拿冰来了。在那个初雨过后,马缨丹①和午夜野猫的气味均已被冲刷掉了的早晨,那个人嘚嘚地走下了后台阶。

"你好!"陌生人说,"把这家伙放到哪儿?"

埃塞尔早上总是脾气很躁,特别是要她把滚热的食物盛到盘子里准备午餐的时候更是如此。眼下她连头也没抬,只是说了声:"告诉他,好吗?"

"是,"鲁思说,"到冰柜去从这里走。放在食品储存室里。沿着

---

① 生长在热带、亚热带的一种植物。

这条走廊,在冷菜厨房旁边还有第二个冰柜。不过,你走的时候要当心哪。"

那人穿过姑娘站的过道,埃塞尔就坐在那里守着杯茶,研究着报纸的社会版。那人的两只手上分别提着一只钢钩,钩着两大块冰。看来那冰好像是雨水冻成的。

这时,他不得不向前走去,放下其中的一大块。扑通一声冰被扔到了褐色的油毡上,碎冰随之迸向四处。埃塞尔暴怒了,而鲁思则尽力让她平静下来。

"好啦,埃塞尔。我去拿平底锅,两下就把它刷干净了。"

那人已在摸索那块较大的碎冰了。由于拿了那么多冰,他的手都发青了。可是他似乎并不为自己的笨拙而苦恼。

"我们没砸着厨娘的脚趾头,就算不错啦!"他开了个玩笑。

可埃塞尔一点不认为那是好意。

"嘀,干得好哇!"她说,一边打了一下读着的报纸,没有抬头。

鲁思高兴地领着那人到食品储存室的冰柜去了。

他有一张长长的、晒黑了的脸,颇为消瘦;这使她想起用旧了的硬币。他又高又大,眼睛凹陷,穿着一件淡绿色的破旧的采金矿工的大衣,大衣上有个纽扣耷拉着,她倒真想给他缝一缝。

"好啦,"她说,一边关上了冰柜的盖子,"星期六的冰要加倍。"

"如果到星期六我还走这条路线的话。"

"可你才刚刚开始干哪,不是吗?"

"那并不意味着我对这活有多么热心,"他说,"只是冰呗!"

"哦,"她说,"是啊。"

他们穿过女仆的餐室,那里已有一摊摊半化了的冰水。

"是啊,"她重复着,"不过要是你来的话。"

这时,她想再看看他的脸,只一次,尽管那是一种让她害臊的脸。它所告诉她的和她对自己的全部了解犹如刀子和奶油大相径庭。可是假如他没有注意,她会继续看下去的。她想象中看见的他是没戴帽子的。她想她喜欢男人的黑发。

"还要下雨的。"运冰人说。

"是啊,"她说,"像要下雨似的。"

一边望着天空,仿佛她刚刚发现天空在那里。可是人还得表示出兴趣来。

"是啊,"他说,"那种天气真有趣儿。"

她同意这种看法。

"你根本就不知道,知道吗?"

说着,他的头朝她一扭。

她看着那运冰人离去了,拙劣的针脚使他那旧大衣开了许多裂缝,她看得差一点从台阶上摔下来。

"我原以为你会为这乱糟糟的讨厌的一堆干点事儿呢。"厨娘抱怨道。

"是啊,"客厅女仆道,"我拿平底锅去。"

"你现在需要的,"厨娘说,"是一块布和一只桶。"

那天晚上,当她等着女主人搽完香粉的时候,鲁思·乔伊纳对着梳妆台上的镜子声称:"今天来了个陌生的运冰人。"

"可是,鲁思,现在我盼望的是来点刺激!"查默斯-鲁宾逊太太说得挺干脆。

因为,她本不会感到更无聊的。只是她的头还在疼呢。

"我是说,"她说,皱着眉,"我倒愿意让别人和我逗逗乐。"

这时,她本想仿效时装模特儿的样子颇为性感地下一段楼梯,不料鸵鸟羽毛在怯生生地戏弄着她那赤裸的胳膊。她的双腿还是不同凡俗的,而她的两只胳膊则引起了她的不安。

"讲讲美好的东西吧,或者离奇的,甚至悲惨的也行。"查默斯-鲁宾逊太太叹了口气。

她也的确忽地希望起不要伤了她那迟钝的女仆的感情,她对女仆的爱是绝无仅有的。

鲁思心想自己不再说什么了。不过还是笑眯眯的。她清楚地记着她所见到的那运冰人浅绿色大衣领子上方的那强健的脖颈。假如她没去细想那个形象,那是教养所致。然而,那个形象却在继续闪动着。

第二天早晨,由于女主人的精神不见好转,女仆被支使到拐角的药店买药去了。回来后,她交上一个小包。她不由自主地去看了那食物储存室里的冰柜。里边已经有新冰了,星期六是两倍的冰。于是,她在那里整整禁锢了自己两天,那期间,没有人听到她的声音,尽管她也能叫,也能喊。

一次,她去陪着厨娘,站在她的身旁,厨娘那些日子特别安静,此时,她正在一只碗里玄妙地搅动着。

"那是什么?"客厅女仆问道,然而,她并非特别想知道。

"这是一种叫"粘介剂"①的东西。"埃塞尔带着显然不想进一步解释的冷淡回答说。

星期日晚上,鲁思去帮工了,她特别悲伤,鼻子潮湿了,不愿唱赞歌了,丢了只手套,后来就走开了。

星期一一大早她就精神抖擞地跑下楼来,因为,她想,她听到了声音。

"我们怎么样?"运冰人叫道。

"还是你,嗯。"她说。

"我怎么样?"

"原以为你干腻啦。"

"我一直是腻烦的。"

---

① 原文为法语。

"接着干吧!"她将信将疑地说。

这时,她注意了。她说:"那天我看到要掉的那个扣子不见啦。"

"有什么要紧的,"他说,"一个讨厌的扣子吧。"

"我一下就能给你缝好。"她说。

可是,他将冰倒进冰柜就走了。

此后她差不多天天都能见到那个运冰人,毫不费劲,好像自然而然地就见到了。一次,他带来一封信让她看,那是一个伙伴给他寄来的,那人正在开设一家从城市到附近乡村的运输公司;他是否想加入那个公司?她发现,他被称为T·戈德博尔德先生,那是从信封上看到的。

有一次,他问:"星期日没事儿吧,嗯?去乘乘渡船好吗?"

她戴上她那崭新的宽檐帽,那是个宽大的,确切地说,球茎状的兔绒皮的帽子,她为此而骄傲;不过,她几乎马上意识到那也并不时髦。他们带了些橘子,坐在阳光下,坐在蔚蓝色的海湾上方的一个多石的岬角上吃起橘子来,吃得干干净净只剩下皮。那个地方还没建多少房子呢。这时,她距离一个人那么近,好像她从来没有离别人更远过似的。然而,那并没有错,反而很自然。所以,她对着阳光半闭着眼,任听他的存在去拍击她。

谈话间他们已经扔掉了橘子皮,其芳香将会数日不散。她意识到他在说:"我从来没和像你这样的姑娘有过什么来往。你知道,你不属于我这种类型的人哪。"

"你喜欢什么类型的人啊?"她问,一边望着自己手提包上的开口,那里的镀层已开始显出真正的金属。

"更为闪光的类型。"汤姆·戈德博尔德表白道。

"或许我也会成为那样的人。"她说。

他仰天大笑起来,那弯作拱形的喉咙刺伤了她的心。

"我从来没有过像你这样的姑娘。"他朗声大笑着。

"我不是你的姑娘。"她纠正道,一边沉重地望着海水。

他认为他还没有弄清她的花招。

"你是个文静的姑娘,鲁思。"他说。

一边沿着她那穿着哔叽裤的大腿放下了他的手,她心里完全清楚。

可是,她必须与人保持一定的距离,于是,便倏地坐了起来。

"你不信教吗?"他问。

此时她希望自己能单独一个人才好。

"不知道你说的信教指的是什么,"她说,"我不知道别人怎么样。"

于是,他沉默了。幸亏如此。她本来不能容忍他那触及她最大隐私的语言。

他往海里扔了几块石头,可是却在斜视着——或给人那种感觉——在看着她那热辣辣、刺乎乎的哔叽服装。

此时,他的确觉得奇怪了:为什么自己偏要追求这么个矮胖姑娘呢。即使她愿意,也决不值得在一个星期日下午冒着风险将一只面包放到文火烤炉里。

所以最后他发了脾气。他说:"我们错过渡船啦。"

"是啊。"她应和了一声。

他继续坐着,皱着眉头。他两臂抱着双膝,左右摇晃起来,完全无视她的存在。她看着,等着,显得更加安详。

姑娘在一边看着,那男人却成了他们的鸿沟中未曾料到的种种威胁的牺牲品。尽管他双眼紧闭,显然是为了与易爆的阳光和闪耀的海水一道抵抗破裂的碎片,然而,他更怕的则是融化在自己脑壳的黑暗中,像绿色的摇曳火焰,飘动在记忆的荒地里。

那个遽然收缩的男子汉给了那姑娘说话的勇气:"你真有趣,还在谈着错过那只船呢。"

她不由得去拍掉他背上的尘土。那是很自然的举动。

"讨厌的灰土、石头渣子!"她嘴里咕噜着。

他抖掉她的手,跳了起来,可是碰触的痕迹依然存在。面对最温柔的东西他向来都是战战兢兢的。他的许多想法使他畏缩不前,其中最简单的一种就是用手指去做最无情的碰触:触摸疮痂,拂拭灰土,用仍粘着做面包的生面的、患关节炎的手指指指点点。

可是,当他们同行的时候,却十分快活,有几次他还抓着她的臂膀,让她观看吸引他注意的东西:一条帆船、一只鸟,或某株翘曲了的树木的大树枝。有几次,他窥视了她的脸,或者说,窥视了他那更为平和的思绪。

总之,他脸上的皱纹已经舒展开来。她乘兴坦白道:"假如你邀请我,汤姆,我还可以再出来。好吗?"

他被迷住了。而她则太单纯了。

于是,他只好答应了。即使他让她毫不怀疑她为此必然会做出解释。

然而,奇妙的是她并没有感到不快。她对着太阳笑眯眯的,那太阳的热度此时已变得可以让人忍受了。她仍然可以闻到那橘子的香味。

诸多的早晨是一种毁灭希望的、令人阴郁的、残酷无情的行列。还有那冰柜上的盖子砰然的响声。因为有时,姑娘出不去迎接运冰人。

"那个运冰人真是只野兽啊!"一次,厨娘不得不这么评论了。

客厅女仆默不作声。

"你的脸色有些不好哇,鲁思。"女主人说。

她躺在沙发上,读着报,女仆像往常一样用那个具有乔治时期[①]

---

① 指英王乔治(George)一世至四世(1714—1870)在位时间。

艺术风格的、小巧玲珑的托盘给她端来了咖啡。

"可别出什么差错,出事儿了吗?"

姑娘做了个鬼脸。

"没什么。"她说。

不过面颊上却显示出一个丑陋的斑点。

"我看你应该试试信仰疗法,"女主人说,"灵极啦!你不知道那会给人多大的安慰呀。"

周围人的意见和热情可以使姑娘那萎靡不振的眼睑垂落下来,然而,她却喜欢人们都有自己的主见。她总是嫣然一笑,似乎要赞助他们那复杂思想的需求一样。

"我没受过教育呀。"这一次她回答说。

"需要的只是理解,"查默斯-鲁宾逊太太说,"而理解不总是需要教育的。事实上,正相反。"

可是鲁思仍然是没精打采的。

后来,女主人不得不说了:"我想送你点东西。你别生气。"

她把她领到浴室,给了她一个小长颈瓶,她解释说:"用它将杜松子酒和樟脑配制在一起治疗丘疹特别有效。"

"一定要擦到地方。相当杀得慌啦,"她一本正经地说,"我发现它绝对管用。"

因为,真的,鲁思那丑陋的斑点正搅得她心神不安。

"当然,我知道,你会想到的,至少会想到我的病症:信仰疗法是能够根治的。"这时,查默斯-鲁宾逊太太叹了口气,"可是如果你到了我这个年龄,你会注意到每一个细微的治疗方法。"

鲁思接过瓶子,却不认为它会有用。尽管女主人向她保证有理想的疗效。

没过多久,有天早晨,姑娘的皮肤果真霍然清亮了,有了生机。她又开始用那相当颤动的、颇使查默斯-鲁宾逊太太感到哀伤的女中音歌唱了。她唱了一首赎罪的赞歌。

"你唱这些赞歌时感到愉快吗?"女主人不由得问道。

"啊,是啊!很愉快!"鲁思答道,并格外注意运用洪亮的低音区。

她说星期天她要和一个朋友一起去邦迪海滨。

查默斯-鲁宾逊太太的手镯瑟瑟地响着。

"我很高兴你有朋友了,"她说,"她也是做家务活的吗?"

姑娘折叠着她用来擦球形门把手的抹布。

"不,"她说,"是最近我和那个运冰的男人关系挺好的。"

"噢。"查默斯-鲁宾逊太太说。

她把嘴抿成了一条线。

星期日那天,女仆打扮完毕,女主人显得有些兴奋,她的眼睛从未那么明亮过。她化妆了一下自己的嘴,使它看起来宛如一朵盛开的大红花,附着一条小巧的、谨慎的、红紫色的线带,显然那是为了对它加以约束的。

"好好玩吧,鲁思!"她果敢而明快地大声说着。

然后,她便坐了下来,开始了信仰疗法。

"上帝是无形的,"她读道,"智慧、精神、心灵、本原、生命、真理、爱情是神圣的、至高的、无限的。"

查默斯-鲁宾逊太太诵读着,默想着,以期转变那些"尖酸刻薄,冷酷无情的想法"使其成为一种"新物"。

鲁思在花园附近的拐角处等着,等着。她那敏感的脚跟再也不能给她适当的支撑了。每逢星期天,街上总是那么几个人。他们正走向类似自己家的地方去饮茶,或者到沙滩上寻欢作乐。每当人们从她身旁走过时,那位等候的姑娘总要看看自己的手表,以此表示她也是别人所需要的。

当汤姆最后来到时——由于遇上了几个笨蛋,他耽搁了时间——尽管天色已晚,她还是那么高兴;她的面容马上得到了幸福的修补。

嗬,不,她本来不用等得那么久。

他们到达邦迪海滨时,日光已在渐渐地减弱了。他们在餐厅里吃了点腊肠和炸马铃薯片。她认为汤姆喝得有点醉了。

"今儿晚上差一点我就来不了啦。"他供认道,"差一点我就走不动了,喝得太多啦。我碰上的那些汉子还逼着我喝呢。他们存的掺水烈性酒足足够一个月的每个星期天喝的。"

"那么说你要我来这儿很遗憾喽。"她说,语调很平稳,没有讽刺和指责的意味。

"没法子啊。"

"还是不来的好。"

"啊,我要来的。"他说。停顿之后,又说了一遍,说得很温和: "我要来的。"

"我希望你总对我说真话。"她说。

听到这话他用餐叉戳起桌子来。

"像个唠唠叨叨的老太婆!"他在桌布上挖了几个洞,直到那年轻女子朝那里看去,"你妈也这么说话吗?"

"我小的时候她就死了,"鲁思说,"不过我爸爸还在。我得承认他对我们可严啦。我爱他,所以我离开了家。"

"因为你爱他?"

"对一个人爱得过分是不对的。在某种意义上说,是有罪的。"

"有罪啊!"

轻蔑使他的鼻子喷出了气。她不能忍心总看那只鼻子,总看那双鼻孔——它们太美了——可是她还想再看一次。

他的轻蔑很快就消耗殆尽,其原因在于就她而言最能吸引他的东西是坚定不移,与此同时,他也想就此反戈一击。

他们聊完之后,把钱放到桌子上便走了出来。他们开始海滩漫步了,一面回避着黑暗中某些更为黑暗的轮廓,穿行在那泥滑难走、麻木不仁的沙砾上,向着靠近大海的更为坚硬的小路走去。

"要是我们不当心,"她警告说,"我们会把鞋子弄湿的。"

尽管那沸腾的大海总是远远地撒下张张大网,然而,不管多么可爱,她也无意因此而让自己着上了迷。她所能见到的只是那种行为的鲁莽。眼下,她好像在为别人,为她的弟弟妹妹们,或者为她自己的还未出世的孩子们领路似的。

此时,他不再那么介意了,甚至都允许她拉着自己的臂膀。他们在友谊的抓握中沿着不可认知的沙砾神志清醒地走了一段,直到劳累使他们行走的速度逐渐减缓下来。他们的腿可能已成了颤抖的钢丝。那样的虚弱是令人心醉的,但也是危险的,所以当他表示他们应该坐下时,她却依然站着。

随后,汤姆忽地跪下了,双臂紧抱着她的大腿。她生平第一次经历这种事:一个像过了电的人顶着她的身体不顾一切地上下疾动着。假如她本人在黑暗中没有站定位置,那么,他往常那傲慢的头颅可能看起来就会太像一个钓鱼用的浮子了。可是,在那种情况下,她不会去假设像抵御要去触摸那钢丝般的头发的愿望一样,去寻找她的体重可以在下面拖动的解救办法,一旦那坚硬的头发缠住她的手指,她的毁灭也就近在咫尺了。

相反,她轻轻地,不悦地叫了一声。她那小嘴歪扭地噘了起来。她那苏醒了的双腿承受着他们两个的重量,不过能承受多久,她却不愿去想。

"啊,别这样,汤姆!汤姆!"她气喘吁吁地说。她那声音可能来自一只贝壳。

正当一张张黑暗的大嘴将她吞没的时候,远处的另一个被扼住的喉咙从它那色情的游戏中哄笑起来。她那螺旋形的耳朵听到海浪在波底上下起伏的声响。

后来，一粒沙子打了一下她的背部，她的身子好像又在忙开了，不过是为了一粒消极、冷淡的粗沙粒。正当那两个人挣扎、搏斗之时，那粒沙子只是移动它的表面，冷冰冰地摩擦着。姑娘用尽全力将那人头从身边推开，这时，她本想将它埋藏起来，确切地说，埋藏在自己的胸口里。在烦恼的支配下，带着那温和的、被遗弃了的沙子的激情，她大喊大叫起来。

"我想嫁给你，汤姆！"她的心怦怦直跳。

"这对我来说倒是新闻！"汤姆·戈德博尔德咕哝着，颇有些忿忿然。

可是他已经知道了。他了解很多女人。

然而，她的声明给了他一个停顿的借口，而无须承认自己缺乏的是成功。

"你不知道你要承受什么样的负担哪。"他刚能启口便说。

"什么样的负担我都愿意承受。"她坚持说。

他又一次感到自己受到了她那主要的品质之一——真诚的压制，此时，正像以后的生活一样，他竭力保证那种压制对他没有构成威胁。

他轻柔地伸开了手，用尽皮肤的每一种伎俩去触摸他为之憎恶的那个核心。直到最后他拿起他的手，放到她那热辣辣的面颊上。

她说："可是，那又能怎么样，汤姆？看来并不是我不爱你啊。"

此时，他真的疲倦了。他的头顶着她的脖子，身子重重地压在她的身上。他似乎已经精疲力竭了，无力再经受进一步的冲动。

只有此时她才允许他向自己调情，与她那更为成熟的爱相比，那种调情说好呢，是试探性的；说坏呢，则是令人羞惭的。她的情人听任她抓着自己压着她的胸口。她使他浮游在那黑暗的海洋上。他在那海上，在人的身体上漂浮着，被不可理喻的奥妙抚慰着。

后来,他躺下了,一边将她那湿漉漉的头发从鬓角向后推去,一边说:"也许你赢了,鲁思,不知为什么。"

当他继续用他那干燥而粗糙的手去抚摩她那潮湿的肌肤时,她没有移动。

"我还没有想过结婚的事呢,可是,讲到这儿,也不是不可以,"他说,"不过这对我俩来说都是很不易的呀。"

她开始吻他的手背,他不得不将手抽开。

"做一个诚实的女人吧!"他笑道,"因为,我想,对你来说,这是罪过,嗯?"

"我们俩都有罪。"她怀着一种朦胧的,同时又使她充满了恐惧的温情说道。

她坐了起来,滴滴汗珠从她的皮肤和通往她的良心深渊的女式无袖衬衫之间流淌下来。她正襟危坐,黑暗可能是她背后的那个坚硬的教堂内靠背长凳上的一块木板。生硬的词句,用确保自己可以得救的老头们的那种声音,从记忆和谴责中跳了出来。

"我们俩!我们俩!"她那张不定型的嘴巴反复说着。

可是他也没有少添烦恼。

"我没有罪!"他哈哈大笑起来。

他又触摸起她的大腿,那个骇人而可爱的部位,她默许了。她将头靠在他身上,甚至她那眼泪都有一种满足感。

"可是,假如需要的话,汤姆,我愿意承担你的一切罪过。啊,我愿意承担,"她说,"而且还不止如此。"

这使他停下了手。他想要对她做的事几乎使他惊惧起来。

"我不明白,"他申诉说,"我还没有答应你的条件,为什么你要承担这个。"

不过,当然喽,他也不想知道她丧失了什么。

"不,"她说,"我不想承担了。可是,我现在必须走了。拉我起来吧。"

很早她就意识到她的爱有两个标准,其中之一他是无法达到的。

他们往回走了,好几次她不得不压住从整个喉咙里升起的东西,好几次,她竟敢抬起头,半信半疑地期待着用星星的文字做出的宣判。

不久以后,客厅女仆对厨娘说了——那是不可能永远回避的——她要结婚了。

"和汤姆·戈德博尔德,那个运冰人结婚。"

"噢,"埃塞尔说,"你就要受到应有的报应了。"

与厨娘的想象完全相反,那个运冰人经常说他早该答应了。

"用运冰的那点工钱能养活你们两个人吗?"她禁不住问了那未来的新娘,希望得到一个回答来渲染她对一种可怜的生活方式的想象力。

"啊,不,"鲁思答道,"他想不干那种活啦。我们要到一个叫作撒尔沙帕里拉的地方去。住在郊外。汤姆打算到他的一个伙伴那里去干活。那人是搞运输的。"

"这些伙伴啊!"埃塞尔说。

可是那好像全都定了下来,有必要告诉她的女主人了。她当然已经知道了。

近来,查默斯-鲁宾逊太太一直欣赏着每一个机会,任凭直觉观察着她的朋友们可能会发生的事。由于她的丈夫遇到了财政上的困难,那些不尊重她感情的人差不多都是回避她的。仿佛她的熟人们都一致认为她病得太重不能接见客人了。当然,若不是诚实也需要某种天资才能将轻薄的友谊那种诙谐的曲调变换成一种适应于危机的基调,如果缺乏那种天资,或者说品德,那么女士们当看到她们为难的对象走近时,则会将眼睛瞥向商店的橱窗,或者从街上横穿过去。吉尼·查默斯涂了个更红的嘴唇,悉心钻研着信仰疗法。人们还看到她与丈夫一起下了几次高级餐馆,不过有经验的人都知道对此该如何解释。查默斯-鲁宾逊夫妇打算在一个公开的地方召集一次所谓的集会,会上通过对别人的指责,每个人将会或多或少受到告诫,同时考虑下一步怎么做。

然而,人们大半还是能够看到查默斯-鲁宾逊太太独自一人待在那耗尽了的舞台布景——运用合理手腕使其残存下来的那幢房子里。那是非常复杂和耗人精力的。既然事情基本上过去了,她便常常躺在沙发上休息,并及时学会了如何从远处进到她朋友的生活里。她发现自己知道的比曾经料想的要多得多。假如她能一直保持着爱心,那么怜悯本可能为碰巧她特别讨厌和恐慌的那种见识做出赔偿。

至于她的女仆,鲁思·乔伊纳就另当别论了。此时,女主人受到直觉的遏制。在某种程度上,感情使她容忍了那个姑娘,或者,可能是她受到了间接经历的纵欲的劝慰。

当女仆对女主人说了她即将结婚的事,后者答道:"我希望你会非常幸福的,鲁思。"

此外,她还会说什么别的呢?即使她的词语是呆滞的,但它们的感情的形状和色彩却是无可非议的,犹如处在最后阶段的绿绣球花。与其说人们图的是花朵,不如说人们图的是个样子,女人们对此却特别偏爱,把它安排在花盆里。

"我在这儿一直很幸福。"鲁思坦诚地答道。

"我想也是这样,"女主人说,"至少没有人对你不好。"

然而,她也免不了要想没有人对萝卜不好,除非到了适当的时候,削去它的皮。

所以她不得不冒昧地问道:

"不知道你的丈夫会不会对你不好?"

鲁思犹豫起来。到她开口的时候,听上去便相当刺耳了。

"我知道他会,"她慢吞吞地说,"我不指望他会宽容。"

查默斯-鲁宾逊太太几乎满足了。那种话将她与那个了不起的、白白净净的、皮肤多孔的姑娘联系到一起,因为她不可能再有别的联系了。随之,她又恢复了孤独感,因为她不可能像她那古板的女仆那样,有着如此滑稽,如此普通的胸怀。

她开始收买了。

"我得送你点东西,"她说,"我得好好想想送点什么。"

"啊,不,夫人,"鲁思回绝了,同时涨红了脸,"我不想要礼物。"

因为,正像她理解的那样,贫困向来就不是一种理论,而仅仅是个事实。

女主人笑呵呵的。姑娘的善良使她感到自己的宽宏。

"我们还会见面的。"她说,一边拿起了书,从而结束了那逐渐变得乏味的局面。

鲁思·乔伊纳关上了门,她想她出自天真无邪所干的事正揭示出人的最坏的品质。假若她知道通过某些行为可以解释她如何已经完全抛弃了自己那易于损伤的部分的话,那么大家就可以不必那么激烈地竞争了。然而,要表达那个意思,她知道,她是梧鼠技穷的。

于是,那房屋里依然刀枪林立,剑拔弩张。

厨娘说:"哪一天,鲁思,我要对你好好讲讲那个我没嫁给他的男人。"

而且"是孩子们肩负了重担。是孩子们"。

"我的孩子们将是可爱的,"鲁思·乔伊纳竟然声称道,"我的孩子们将会是天不怕,地不怕的。我一定要使他们这样。"

眼看着那姑娘,厨娘心想那话可能真的会兑现。

此后,又过了几个晚上,查默斯-鲁宾逊太太房间里的铃声响了。她吃过一个煮鸡蛋,早早地上床了。这样,鲁思上了楼到了女主人那里,她意识到她们之间已经有了距离。

"鲁思,"查默斯-鲁宾逊太太开门便说,"说实在的,我不高兴。有些事儿——不,说轻了——每件,每件事儿都压在我的心上。你想为什么我老受到别人的作弄?一次又一次地受别人作弄呢?!你知道我是最不受人重视的了。"

她本想给她弄一弄头发的分缝,那里正需要梳理。

显然,查默斯-鲁宾逊太太刚刚有过房事。

"坐下,好吗?"她请求道,因为那是人们常说的话。

可是,鲁思还在站着,面对较高层次的人她向来都是站着的。

"鲁思,"女主人说,"我发现信仰疗法——不过,这是要严守秘密的,听着——信仰疗法,怎么说呢,是一种让人失望的东西。它不对我,不对我本人讲话,不知道你懂不懂我的意思。"

这时,她用戴着几只戒指的手敲打起胸口来。在那灯光下,那皮肤看起来就像用细灰粉撒过的一样。

"我必须有个人的东西。这全是宗教方面的!我需要有是我可以触摸到的东西。这甚至不是什么秘密了。把手伸过来,亲爱的。"

"喘喘气,喝杯浓浓的黑咖啡,您就会好多了。"女仆用好似严厉的语调劝告说。

"我会恶心的,我已经相当恶心了。"查默斯-鲁宾逊太太哆嗦了一下。

她的嘴枯萎了,缩成一个苍白的、皱褶的物件。

"你相信什么,鲁思?"她问。尽管她不想听见,只想知道。

"哎呀,夫人,"姑娘叫道,"人是说不清相信什么的。"

由于特别懊悔,她不得不将手抽了回来。

这时,床上的那个女人终于明白了谁会送人东西只是为了暂短的一瞥呢?为此,她瞪大了眼。那座白塔也让她碰了壁。

于是,她恶狠狠地叫了一声。

虽然那白色女仆的脚跟在地毯上站得很稳,可她看来却似乎还在摇动。光线从她那两个发亮的袖口里流了出来,不过那光线不再那么柔和了,而是刀光剑影,令人目眩。

"要是让我说,"那女仆试探着说道,"事情不像您想的那样。每个人都可以有不同的理解,您一定也有自己的理解啦。"她嚷着,她终于无奈地抛出了自己的看法。

"说,鲁思,说下去!"女主人恳求道。

她现在一定动感情了,想通过别人来抑制住自己。

"说下去!"她哄劝着,嘴里湿漉漉的。她的一只乳房从侧面不知不觉地钻了出来。

"呵!哎呀!"姑娘叫道,"我们这不是在折磨自己吗!"

"我愿意这样!"那女人怒气冲冲地喊着,"你懂什么是折磨?"

姑娘抑制住自己的惊讶。

"为什么眼看着您这么受罪,他却坐视不救呢!"

那是显而易见的。

"天哪!连那些独享特权的圣人们也使我们失望!"

她的牙齿时而显得非常难看。

"不错,我没有知识,"女仆承认道,"除了用手干活,别的什么都不行。只是说到您另外的联想,我才感到羞愧了。为我们俩羞愧。"

的确,她射出了平稳的火光,将她脸上的内涵照得更清。

当那女人见到自己既没能掠夺成功,又没能使人丢人现眼时,她便自动退下,没样儿地哭号起来。她使劲地揉啊,揉着眼睛,好像刚吃过药,但说出的词句却带着倦怠的、阵发性的厌恶,如果不是因为她自己的缘故,那也可能是由别的原因引起的。

"别胡说啦!"她说。"走开!"她说,"我不舒服。哎呀,我要出去转转啦!"

说着一边将头猛顶着发热的枕头。她无法让自己平静下来。

"别急,夫人,"鲁思·乔伊纳说,她正准备听从命令呢,"我敢说您什么也不记得了。还有,我们没有理由不保持友谊啊。"

"明白吗?"那古板的人压低了声音说,"睡一觉再看看吧。"出于可怜,在离开之前,她又不能不去摸她一下。

从她和雇主发生的那一幕起到她与汤姆·戈德博尔德结婚的那一小段时间里,查默斯-鲁宾逊太太总让鲁思·乔伊纳和她谈话,而且是引人注目的、郑重其事的谈话。就谈话的大部分内容而言,女主人总将自己限制在这样的顺序中:"拿给我那副灰手套,鲁思。别和我说你忘了补那个灰东西!有时我纳闷你们姑娘家整天都在想些什么呢?"

或者"我来啦,上下一身黄。看上去实在吓人。喔,这有什么办法呢。叫出租汽车去!"

后来的那一次,查默斯-鲁宾逊太太由于要迎接四方组织的新聚会而受到约束,那大约是她丈夫遇到了困难,而她本人又被推为那个聚会的常务董事之时,可是,当然喽,鲁思并不了解这方面的事。

自从大崩溃①之后,那女仆只见过她雇主的丈夫一次。他站在一个显眼的地方,正从口袋里拿着花生吃。他穿的衣服不像以前那么令人难忘,尽管也明显地用了心。他已经养成一种可笑的痉挛的习惯。虽然女仆离他很近,甚至连她在嘴边准备要说的话他都可以看到,但是他还是没有认出她来。他松松垮垮,无拘无束。他将舌头上的一团白色咀嚼物吐了出来,可能是一块花生皮吧。他继续看着陌生人,然后,又朝他们的后方看去。所以,那姑娘还是独行其是,起初她对他仿佛对待睡眠的人或死人那样还是注意表现出应

---

① 原文为法语。

有的同情和尊重。

之后,戴着一顶难看的宽檐帽的鲁思突然出现在客厅里,站在女主人的跟前。她的箱子那天早晨已经搬走了。婚礼即将在当天午后举行。

显然在那分手的时候,查默斯-鲁宾逊太太决心要显得高雅些。她的仆人临别时,或许不能带走一张可观的支票,但至少要带走一个美好的记忆。她坚决拒绝出席在那枯燥的小教堂里举行的婚礼。一次次婚礼都使她沮丧了,甚至那场面用缎子装点起来也是如此。可眼下她将慷慨地对那位呆头呆脑的新娘进行一次动情而雅致的祝福了,为此她给自己准备了一套相当漂亮的便装,又给自己撒上了香水,这样,鲁思就不能不想起往事了。由于她是从路易丝·昆泽·安乐椅①人寿保险里得到她那女仆的——或者说是由于冷漠的缘故吧?——似乎她已经听任她的皮肤收缩到应在的位置上。甚至在中午的强光中看,她那头发的分缝也是无懈可击的——最白、最直、最为确定了。至于她的那双眼睛,当人们对吉尼·查默斯的那舞台布景,对她的破产、离异和最后的病症的细节已经忘却许久了,他们还总是尽力去描述它们那青灰色的光彩。

这时,她说,一面伸着一只雪白的手:"希望你别太激动了。"

随后,她喜眉笑眼地做出一种轻快的动作,那是从曾到那个国家旅游过的一位英国女演员那里学到的。

鲁思咯咯地笑了。得到那么多的关注,她是感激不尽的。可是,使她为难的是她还得僵硬地、紧张地停留一会儿。

"完事儿后,我不会后悔的。"她只好直白地回答了。

"喔,别着急!别!"查默斯-鲁宾逊太太着重说,"很快就会过去了。"

---

① 原文为法语。此处是人寿保险的名称之一部分。

然后,她湿了湿嘴唇,又说:"你们这些姑娘啊,多少人从这栋房子里结婚走了!谁也不甘落后啊。这当然挺自然的。"

在某些人听来,那话真有点滑稽可笑。

然而,鲁思不能不想起一些让人悲伤的事。她记得自己后退到她父亲房前沿砖路的木犀草边上,当时她尽力掩饰住内心的痛苦,而当家人挥帕告别,掩面哭泣时,那痛苦又从鼻腔中升起,变得更为醇美,更难以忍受了。

"啊,夫人,"单词开始笨拙而匆忙地倾倒出来,"希望一切顺利。希望那枝紫罗兰能把事情照料好。"

"她眼睛散光啦。"查默斯-鲁宾逊太太忧郁地透露说。

"牛奶放在冰上;面包放在食品箱里;假如埃塞尔回不来,您得给自己切三明治了。"

那个假如果然如此。

钉子终于拔出了。鲁思感觉在咬着一口头发。若不是戴着帽子,那头发便会是乱蓬蓬的。

查默斯-鲁宾逊太太用一双诱人的、软乎乎的手握着一双戴着手套的硬邦邦的手。

"再见,鲁思,"她说,"别让我们把好事儿给耽误啦,那会出笑话的。"

正因为如此,再加上激情搅乱了脸上的表情,她才没吻她那即将离去的女仆。可是,她感到如果情况稍有不同,她可能也会吻的。

"是啊,"鲁思说,"人们正等着我呢。是啊,我最好现在就走。"

她知道她的微笑是相当傻气的,不过至少上面附带些东西,所以不惜扭了筋,那微笑还是卡住不动的。她走过那木条镶花地板上时,听到她的鞋子发出了咯吱咯吱的响声。前一天,她曾擦过那个地板,直擦得她的每一个想法几乎都在上面有了反映。还没等她像被教导的那样在离开客厅之前关好门,那灯光的、锦缎的、水晶的火焰已像瀑布一样落到了她的头上。

这样,鲁思·乔伊纳离开了。那天下午她结了婚,到撒尔沙帕里拉的一个棚屋之类的地方暂时住下了。后来,她有了孩子,开始给人家洗衣服了。谢天谢地。因为在上帝的光照之下,那最简单的行为不也是明晰的、恒定的,甚至是光荣的吗?

戈德博尔德太太坐在椅子沿上,坐在那开始是暂时的而结束则遥遥无期的那同一间棚屋里。几个孩子继续缠着她们的母亲,她身体的存在使她们得到了抚慰,她们都安歇在她那沉思的头脑的波浪上。然而,凯特却在刚强地干着活。她涮完了茶壶,将涮下来的茶叶留下来准备他用。她用一把铁匙将那块玉米面包权威地拍打了一两下。当新的柴棍在绷着脸的煤块上噼噼啪啪地响着,劝诱着它们回来合作时,香气和叹息便从平底锅和嘴里溜了出来。眼睛掩盖不了这一事实:那食物扑鼻的香味儿是令人陶醉的。

甚至连一直觉得自己永远扎根于时间的雕刻艺术上的戈德博尔德太太,也开始搅动了,焦躁了,咳嗽了,不过都是轻轻地,生怕惊动了已经捕捉到她丈夫大部分愤怒的那些肋骨。她本可以随时站立起来,恢复格斗的,事实上,带着对相信人们真会摆脱责任、恢复自由是毫无意义的想法去格斗。这时,老大埃尔斯进来了。

这期间,埃尔斯·戈德博尔德常常回家较晚。由于她的命运已经决定是当秘书了,她已学会了猛敲猛打业务信件。她常常替别的姑娘干活,假如不是为了打字,也是为了图个速度。至于速记也就一道来了。对于口授,她睨而视之,但有时她甚至还能成功地读出所写的结果。按着她的职业特点,她每天早晨,穿着粉红色的或蓝色的衣服,带着与衣饰配套的塑料小提包及加工过的午餐,乘八点一刻的公共汽车去巴兰纳格利。埃尔斯也像其他事业型的年轻女子一样开始抹口红了。她灵巧地保持着足跟的平衡,以便使她的衣裙和女装,在可能具有刺激性的时候,摆动起来,听起来好像不太严肃。如果她的妹妹们不在跟前,埃尔斯·戈德博尔德总能给人留下深刻的印象。

这时,她砰地关上了棚屋的门——因为关门的方法只此一种,一下子踢掉了自己的鞋,因为光着脚她总感到更快活些。她便径直走到母亲跟前,她说:"妈,我应该告诉您,我刚才看见爸爸啦。"

虽不能说是戏剧性的,可是她也在猛烈地呼吸着。

"噢。"母亲缓慢地应了声,精神头还没振作起来。

戈德博尔德太太对她的大女儿百看不厌。既然口红全抹掉了,埃尔斯露出热情而又清新的样子。那女人看到一个个篱笆又从她面前升起了,篱笆上满是神秘的小花和晶莹的浆果,它们的上方,真是花团锦簇,果实累累呀。

"是啊,"她清了清嗓子继续说道,"你爸爸出去不大工夫。"

"又喝得醉醺醺的,"埃尔斯愤愤地说着,"已经那样了!"

因为在戈德博尔德家的棚屋里,谁都知道,吞吞吐吐地讲话被视为愚蠢的表现。

戈德博尔德太太用她的老方式收缩了一下鼻孔。

"他从菲克塞·詹森家回来啦。"那位信使不肯大发慈悲。

"他大概能赶上公共汽车,"戈德博尔德太太联想着,"你爸爸心情欠佳。差不多可以肯定他是到城里去了。啊呀!他还带着劳动的家什呢。"

"没有!"埃尔斯说,此刻她真的犹豫了一下,因为人们懂得时间是不能浪费的。她的脸确实涨红了,身体微微倾斜了一下,似乎要碰到她的母亲。"没有!"她重复道,"爸爸,"她说,"去卡利尔家啦!"

这时,埃尔斯冷不丁哭了起来。

声音那么自然,听起来倒更糟,那么个秘书小姐竟表现得像个小姑娘。

戈德博尔德太太只好站立起来,不再那么注意她的肋骨了。

"到卡利尔家,"她说,"从菲克塞·詹森家。"

连那最小的孩子都明白她们的父亲是从一个低洼的平地上,也许已跌到坑底里了。

埃尔斯在喘息着,哭泣着,穿着业务服,浑身发着烧,脸上发着红。其他几个孩子觉得也应当加入她的行列。但是她们并不晓得如何分担她的羞愧。

"让我想想。"母亲说,她脑子真的混乱了,当刚刚清醒一点,她说,"你注意点羊肉,凯特,别忘了热热卷心菜。埃尔斯!埃尔斯!这房子太小容不下歇斯底里患者。格雷斯看一下小不点。她又用那个寒碜人的钉子在搞什么名堂啦?"尽管天气很暖和,甚至有些闷热,她还是穿上了外套,为了庄重起见,为了获得道义上的支持,她戴上了她的那顶比较好的黑色宽檐帽。

谁都会看到,她的准备是十分严肃的。

"我现在出去,"她说,"也许要出去一会儿。你们姑娘要守规矩,我知道,你们是听话的。埃尔斯!埃尔斯!你定定心,务必要看好她们,好吗?"

埃尔斯那模糊的脸上发出了一种声音。

然后,她们的母亲就走了。

戈德博尔德太太沿小径登上通往大路的小山。生性就是易犯大错的她是黑莓灌丛里一只准予捕捉的鸟,可是还想随意飞跑,这就错上加错了,因为她意在到达要去的地方,必要时可以日夜兼程,而此刻天色已晚。一次,她滑了一下,那浓浓的生腥的气味告诉她那是一团团的牛油。一次,她将脚一直到踝骨插进了一个生锈的罐头盒子里。空空的酒瓶子像连珠炮似的一个挨着一个,这期间,柔和而敏感的黑暗一直闪烁不定,她面前出现的都是菲克塞·詹森和莫利·卡利尔的名字,结果那个遭难者的双膝颤抖得如同星星一样。

倘若她不是与世隔绝地生活着,她也可能不那么恐慌,然而此时她已在进行着对月球阴暗一面的一次远征。当然喽,菲克塞是个笑柄,甚至对那些确信自己的德行足可以享受在罪恶的浅水中荡桨的乐趣的居民来说,也是如此。假如那是一桩急忙通知的酒宴,或者商品脱销了,或者用某匹马那天确定的太晚了等等,"最好去找找菲克塞",在撒尔沙帕里拉人们总到处这么说着,笑着。菲克塞在倾听了一会儿,拒收了所送的礼物之后,便可着手解决了。像这样一位为公众服务,而且资助残疾儿童,喜欢饲养金丝雀的人,他的行为中的某些不足之处,谁还去计较呢?然而,有少数缺乏幽默感的蠢人和老古板却不了解那种谦和的、一本正经的欺骗。为什么?人们问,难道法律没能确保让詹森服从法规吗?那些人只能是无知的、愚笨的,因为大家都知道至少有两个参议员接受过菲克塞的好处。再说麦克法戈特太太,那位警官的妻子,依靠他弄到现成的酒。她,可怜的人哪,虽然没有喝她的掺水烈酒,但对其丈夫的所作所为却不能视而不见。于是,很明显,菲克塞·詹森的职位不仅被需要,而且合法,他将继续施惠于那些发现自己来到一个牢房般的地方的人们。人们见到修女们拿着葡萄酒来了,小姑娘们拿着玩具娃娃的婴儿车来了,都来到菲克塞的住处。而几乎每个晚上,在下工之后,在妻子们可能要求她们的权利之前,人们便可听到编织着快活的、外向的歌曲的男人的嗓音从有助于支撑那些单身汉的住宅的葡萄树中突然传出来。

对此,戈德博尔德太太大半是了解的,如果不是凭经验,也是凭传闻。此刻她想象着那个旋律优美、满腔热情、缠绵悱恻,转而大喜过望的、一团糟的丈夫,他随时准备将头颅放在一个胸脯上,像要在石头上砸破似的。她本想忍受这一切,另外,当他东倒西歪、没精打采地从菲克塞·詹森家走出时,她若能抓住他的衬衫就好了,可是埃尔斯刚刚说过,汤姆已经离开那里,干别的事儿去了。

走到艾丽斯林荫路的拐角处,戈德博尔德太太由于想着事儿走了神,差一点绊倒了,不过她还是保持住身体的平衡,继续走着,一圈圈地转动着结婚戒指,以便获得一种踌躇不前的自信。她甚至对自己哽咽着诉说了几句,在白天或在公共场合她从不如此。只是夜间,在撒尔沙帕里拉的街道上,与其说她是位妻子和母亲,不如说她是个戴着暗色宽檐帽的丑角。

就这样她来到卡利尔家。

她发现自己异乎寻常的谨慎。

如果在她开门的时候,门上的一块碎片真的脱落了,那也是总要发出的事。如果那幢房子本身已经融化了,那些窗户仍保持着一种不可遏制的黄色,只是多种物质部分地失去了光泽:红色的长毛绒、方格图案的地毯、褐色的窗帘棉布,甚至还有一条主人们为了私密之类的原因已将其拉长的破旧棉衬裤。尽管如此,一切都是安静的。所以当那客人敲门时,她那手骨节发出的声响便不胫而走,不禁使她退缩了一下。

然而,拖鞋的声音悻悻地传出了。

"你要干什么?"一个声音透过屏门的一个裂缝喊道。

"我是戈德博尔德太太,"黑暗里回答说,"我来找我的丈夫。他一定是在这儿。"

"啊,"那声音道——那是个女人的声音,"戈德博尔德太太。"

接着,便是长时间的停顿,呼吸声和蚊子声不绝于耳,一个人在等着另一个人的行动。

"戈德博尔德太太,"那女人终于透过屏门的裂缝说道,"你来这儿干吗!"

"我来找我的丈夫。"客人坚持说。

回答是那么简单。

可是那门扉在哀诉着,吵嚷着。

"没人,"女人说,"来这儿找丈夫的,从来没有。"

似乎由于违反了某种礼节,而使她怏怏不乐。她不知道如何是好,所以门还在吱嘎吱嘎地响着,她的拖鞋像在沙砾上似的挪动着。

"您是卡利尔太太吗?"戈德博尔德太太问。

"是啊。"那女人停了会儿说道。

茉莉香水的浓香不时地散出来,沁人心脾,几只可爱的小猫紧压在那衣裙上。

"啊,"卡利尔太太提出了异议,"为什么您要来干这种事?"

她本来可算一个正派的女人,她摇晃着大门,她的几只小猫至少是喂饱了。

"您最好进来,"她说,"戈德博尔德太太,我和您没过节,不过进来吧。我没有错,别人还从来没这样对待过我呢。"

戈德博尔德太太咳嗽了一声,因为不知道如何回答,跟在她的新交——"拖鞋"的后面,趿拉趿拉地经过一个走廊走进一种黄光和几分混乱中。

"不管怎样,我们到了。"卡利尔太太说,一面微笑着,露着一颗金牙。

莫利·卡利尔根本不是个坏女人。如果她是爱尔兰人,又能是谁的错呢? 要回去,路程又那么远。在撒尔沙帕里拉,有人说她是个放荡的女人,他们也可能是对的,但她也是个诚实的女人,像别人一样干着工作。实际上,她与一个叙利亚人同居过一段,直到那个坏家伙滚蛋了,这时她干脆在消防站后面的一间小屋里偷偷地操起了皮肉生涯。她本人不再是为了男人,而是贪图安慰和一杯杜松子酒。另外,她的女儿勒利恩和贾尼斯都是同一年生的,还有一个从奥伯恩来的女人,需要时,她也来帮一把。

"我们也可能是舒适的。"卡利尔太太说道。"我们女人们！"她嫣然一笑，"摘下帽子吧，亲爱的，如果你愿意的话。"

可是戈德博尔德太太并未从命。

卡利尔太太穿着一件宽松的、别出心裁的睡衣。这样，当她在显然是她厨房的那个地方动来动去的时候，她那肌肉便可以自由地滑动了。

她说："这是我最小的孩子——贾尼斯，戈德博尔德太太。"

她摸了一下她那孩子相当鬈曲的头发，仿佛那是独自生出来的别的东西，而不是头发。

贾尼斯在读着一种她母亲称之为书的东西，她没有抬头，而是伸着脑门儿，皱着眉头。她正在坐班呢。她那裸露的脚趾头还在蠕动着，像个小姑娘似的。

"坐吧，亲爱的。"卡利尔太太对客人说道。接着从椅子上将什么保密的东西挪开了。

在远处的角落里，有个尚需解释的先生。

"那是霍格特先生，"她说，"他在等着呢。"

霍格特先生不知道说什么好，但在容纳他上半身的那背心区域里弄出了响声。

戈德博尔德太太坐在一把竖直的椅子上。她爱情的使命不知怎的还很迫切，尽管眼下她知道不能对此做出解释。

贾尼斯在用她舔过的拇指轻蔑地翻动着书页。她是忧郁的，但还没有忧郁到不知天高地厚的地步。

"实际上，"卡利尔太太说，一面朦胧地凝视着代表她小女儿的幻象，"您来这儿敲门时我们正在讨论一件事呢。我说，死，和别的事情一样。大半也需要关怀。人总是要死的。可是霍格特先生和贾尼斯还得发表意见呢。"

霍格特先生却没有对此讨价还价。他将头扭向一边。然后又隔着背心搔起肚皮来。

"好啦！别说啦！"霍格特先生不得不维护他的权利，"我来这儿不是为的这个。男人们可以待在家里听无线电嘛！"

他掉过头来看了看，嘴里骂着，这对戈德博尔德太太来说，是最不公平的，她是无辜的。

这时，那个妓女发起怒来。她划了几根火柴，都折断了。

"我对你说过，不是吗？我不能说得再清楚了。贾尼斯得事先预定。有些男人让我去接待他们！"

可是她最后点了支烟。她吐出了一口烟，在衣服里边鼓捣起来。那个五大三粗的霍格特先生只是坐在那里，穿着背心，用肚子表达着自己的感情。若不是卡利尔太太的厨房里布满了碟子、篮子、一堆堆女人们的内衣、一只只猫，以及一个前面带玻璃的旧煤气炉和羊油，那么，他那肚子可能还要进一步扩展了。

"请原谅，亲爱的，营业就要开始啦。"卡利尔太太向戈德博尔德太太道了歉。

后者微微一笑，因为她知道她应当原谅。可是表情并没有顺应她的脸。它从别人的环境中漂流出来。她坐的那把椅子也太直挺了，连那肌肉都不能给它做软垫了。或者，至少她必须留心才成。

与此同时，有许多事情她是不了解的。因而她看上去十分悲伤。

"我可以在外边等着。"她脱口而出。

因为她的种种意图，倘若已经形成，也终于瘫痪了。

"哎呀，不，"卡利尔太太说道，"夜晚的空气对人是没有好处的。"

于是，戈德博尔德太太的雕像没有从它的椅子上搬开，正当她为自己的地位困惑不解时，那雕刻家的意图对那观看者来说一直含糊不清。

在那厨房可怕的沉闷空气里,种种形状都已经膨胀了。为了一种东西,霍格特先生已经消耗了很多感情。此时,他突然咧着嘴,呵呵地笑了起来,也许这是权利,他拍着他那厚实的大腿,直盯着贾尼斯,问道:"读得有趣吗,宝贝儿?"

"不。"贾尼斯答道。

早些时候,她修了指甲,这时候那东西还在剥落呢。她随着一个手指在读着的东西显然都是些严肃的内容。

"瞧!"她叫道,"妈妈,我对你说过!星期四不好。我们要受到萨图尔①的影响,明白吗?"

然后,她把那书砰的一声合上了。

"啊,哎呀!"她叫道。

她走过去,打开窗子,放进了月光和茉莉花的香气。一股白色的、闷热的夜流,连同一只特别固执的灰猫倾注进来。

"哎呀,"贾尼斯说,"希望我能让某种奇迹发生。"

"那是我从来不敢希望的。"她母亲断然道。

接着从鼻腔里吹出一股喇叭状的烟雾。

在那房子的后面,各种声音都聚集在那些木质的小屋里。它们有时像砂纸一样地摩擦着,或者像小孩的手套那样互相靠在一起。

戈德博尔德太太抬着下巴倾听了片刻。尽管有咄咄逼人的电灯光,但那离窗最近的脸的一侧还是沐浴在淡淡的月色里。只能见到一块比较苍白的光斑。

突然她弯下腰想要干什么事儿,她抓住了那只熏黑了的猫。她把它放在自己的面颊上,问道:"你在追捕什么呢,啊?"

声音是那么轻,不过可以听到。

卡利尔太太几乎激动起来。她答道:"爱情,我想是爱情吧。和

---

① 古罗马神话中的农神。

别人一样。"

戈德博尔德太太只好认为那是大实话了。那也许是最糟糕的部分了。此时,她想她确实弄懂了几乎所有的事,只是要祈祷,不要为自己的了解所腐蚀。

霍格特先生坐的那把椅子在吱嘎吱嘎地响着。他身体特别重,汗毛从身上竖了起来。

"我想离开,到列车上找个地方。"贾尼斯说,然后很快转过身。"妈妈,让我穿上我的盛装。你们接着说吧!"她用好话哄着,"我得出去啦。什么地方都行。"

"你知道什么是合适的。"母亲答道。

那姑娘开始抗议和扭动了。她穿着衣裙非常漂亮。

在那坐着的、坚如磐石的梦想中,戈德博尔德太太能感到素馨香水滴滴流下了。为了防护的缘故,她开始想到自己的房子,或者说棚屋和那烫衣服桌子的洁白的表面,即使不说更坦白,也比月色光洁,上面放着她那喷淋衣服的碗。她必须把自己的心力全部集中到所有那些平面和安全的物体上,而不是她的丈夫——他是她最弱的一面。

于是,她凝视着卡利尔太太厨房的地板,凝视着一张屡遭踩踏的滑稽可笑的亚麻油毡。

卡利尔太太看到月亮已经唤醒了她,一时,那个妓女真正钟爱上了那个强健而天真的喉咙。尽管,注意,她厌恶男男女女,厌恶他们那热乎乎的喘气、不知所云的谈话、松松垮垮的身体,可是最糟的要算是那些纠缠不休的男人了。她最喜欢躺着,周围放着星期天的报纸,再有只猫顶着她的肾部。

戈德博尔德太太用手抚弄着那只灰猫几乎非常知足的皮毛。她完全不再抱怨她的丈夫了。她抱怨自己的理解。假如她能抽出腿脚,她可能真的已经离开了。然而,月光铺撒在黏腻的池塘里,甚至是看不见的,但散发着茉莉的馨香和男人身体的霉气里。

后来,出现了如此的骚扰,那木制的房屋简直被撞到了一边。

"别说啦!"卡利尔太太叫道,"又是那个混账土著人!"

"啊——妈妈!"贾尼斯不得不就此划定界线了。

"什么土著人?"霍格特先生脱口问道。

似乎她们对他没有什么可回避的。

"除了他还有谁!我们的那个宝贝疙瘩,"卡利尔太太悲诉着,"打发他走了,以后又来啦,像洗衣服的日子一样。"

"啊,妈妈,不!"

贾尼斯可能在肚子痛。

"是他吗!"霍格斯先生简直是汗流浃背了。

可是没人去听那位先生的讲话。

因为那屏门正在痛苦地、尖声怪气地叫着,那受到侵犯的房屋的木板正在呻吟着,畏缩着。

他进来了。他有一块紫色的伤痕,那是他黄色的前额或什么地方曾摔碰过的后果。此时他的身体不能运作自如了,但他受到一种高人一等的心愿的支配。

"你这个肮脏醉鬼!"卡利尔太太骂道,"我不是告诉过你我们不再接客了吗?"

他眉开眼笑地站在那里。

那妓女本想就黑人说上一两句,但她模糊地记得她曾与一个黑人结过婚,只是没有登记过。

"这不是来玩的,是使命。"土著人扬言道。

这话多么不可思议,戈德博尔德太太禁不住抬头望去。她犹豫不决地盯着那块亚麻油毡,免得目睹一种她尚无力回避的侮辱。

"使命?"卡利尔太太喊道,"什么使命,我倒想知道。"

"爱的使命。"土著人回答说。

说完,得意地傻笑起来。

"爱!"卡利尔太太叫道,"你脑袋里是清楚的。我现在告诉你!这里是个正派的地方。没有爱预备给黑鬼!"

贾尼斯咯咯地笑了。她在咬着自己指甲上的一块红东西,一边刷搔着自己。

黑人又笑了一会儿,因为他还没有累垮,因为笑声使他有可能抵抗那满室起伏的家具。

然后,他变得庄重起来。他说:"好吧,卡利尔太太,我要为你唱歌,跳舞啦。"

"假如你允许的话,"他补了一句,显得颇为理智,"即使你臭骂我一顿也好。因为我是迫不得已呀。"

很多话都是模仿来的。但可能也是廉价的。某种严肃地修习过的语调和有教养的语句的汇合似乎对他都是情理之中的事。甚至当他摇晃的时候;当他那厚厚的舌头这儿迸出个词儿,那儿迸出个词儿的时候;当他那火热的呼吸像要将他烧光的时候;或者在家具上恢复了自己的平衡的时候,他的眼睛着了迷似的盯在远处的某个测量诚实和精确度的标准上。他决不会对此忽略——他弄清了——而那就是他的某些观众最为愤怒的。譬如霍格特先生,当既要为着一种道义的情由,又要面对那土著人让人呕吐的短衬裤所引起的最大反感的同时,他又被他本人以前从未敢用的一种音调和词句所激怒。

"这是从哪儿学来的,啊?"他问,"这个人大出了风头。表演得够多啦。打住吧!"

那个黑皮肤的人真心实意地在准备着他的表演所需要的那种态势和思想的框架,此时停顿得足以用一种长长的、直直的、朴素的像棍子一样的嗓音回答了:"这一切我都得感谢蒂莫西·考尔德伦牧师和他的姐姐,帕斯科太太呀。"

"你知道什么!"卡利尔太太猛地嚷道。

她忍不住大笑起来,尽管她曾决心不再那么做了。

那个澳洲本地人终于成功地调整了态势,开始唱道:

> 嗨,老兄,嗨,老兄,
> 我的叔叔比我的爸爸
> 还高大,
> 但没有星期五夜晚
> 那么大。

> 星期五是个大型的、吵吵嚷嚷的庆宴会,
> 那些妄自尊大的人开始自负了,
> 而可怜的妈妈却有自己的疑惧。

> 嗨,老兄,嗨,老兄,
> 月亮有个扳机,
> 击毙那些坏家伙,
> 他们是否想被击中,
> 或者要拖——延……

"别急!"卡利尔太太打断了他,"在这儿不要讲骂人的话。客人们不能讲。要是我被迫说出个词儿,那也是因为我无处可去啦。"

"为什么不把他监禁起来?"霍格特先生抱怨说。

"为什么?"卡利尔太太问,又做了简单的回答,"因为那位警官本人在前屋里呢,和往常一样和我的勒利恩在一起。"

这时,那个黑人,当用手轻轻地播撒种子时,或者说掏出自己的

心献给不同的观众时,他已经在懒散而钟情地闲荡和徘徊起来。他那血管里的血流得越来越快。他浑身在变暗,甚至在变紫。他那橡皮底布鞋开始敲起更快的节拍。急促的、刺穿的动作不是对准别的,而是对准内部,确切地说,是对准他自己的胸膛。

他跺着脚,更快地唱道:

> 嗨,老兄,嗨,老兄,
> 钉住它!钉住它!
> 钉住那差别直到它流血!
> 那是差别呀,那是差别
> 它最喜欢流血。
> 罂粟是红色的,还有深红色的攀缘蔷薇,
> 可是人们流血的时候,
> 最红了。
> 让他们流吧!让他们流吧!
> 别——阻拦……

这样,他唱着,踏着,踩上了一两只猫,它们悲号一声转过身去。一只只装着亚麻布制品的篮子摔落下来,太阳已将里边的东西晒成了咸鱼板。当那土著人跳跃着、喧闹着的时候,莫利·卡利尔似乎也在跳了,要不,至少她那一双乳房在花睡衣里激昂了。

"请把他抓住!谁去!霍格特先生,拿出点绅士派头!"

为了应付那一局面,她有些振奋了,此时她双手握着侧面的头发,让那两只袖子从潮乎乎的、黑白分明的腋窝里滑落下来。

"别抓我!"那来客却这么说,"我来这儿是有原因的。不是为了那个肮脏、下流的目的。"

"可是那位警官!"她不得不恳求了,"他会去打扰那位警官的。"

有漂亮的小妞儿就行啦……

土著人唱道。他疯狂地跺着脚。击着木头。或折着条棍。

　　有麦克沃特太太就行啦……

土著人唱着,踏着。

　　……还有奥费克尔警官,
　　还有更亮的灯,
　　用它们来看,
　　看看看,
　　在一起的是……

就在这时,勒利恩进来了。一片混乱声顿时退却了,留下一个深坑要填充,只听她赤着脚在亚麻油毡上咯喳咯喳地走着。勒利恩比她的妹妹要成熟得多。她曾提到过香蕉在变黑。她被弄得一塌糊涂。她的眼睑青肿了,几条特别肮脏的粉红丝带贴在胖得圆滚滚的肩膀上,刚好没能脱落。

"我可完啦!"她说,"那个男人只想着一种事儿。"

"你还想指望什么呢?还得插进点儿拉丁语吗?"

"不,只是谈话就行了。有些人大讲特讲他们的妻子。这最好。可以对他们施加压力进行勒索嘛。"

"他付钱了吗?"那妓女问,"不至于吧!他说要记在账上!"

"我饿了。冰箱里有什么吃的东西,妈?"勒利恩问,可不愿为个回答去伤脑筋。

她走到冰箱跟前,抓起香肠就吃。那香肠又凉又肥,已经出现了蓝色的斑点。

"我得弄到曼托瓦尼。"她说,一边旋转着球形门把手。

"哎呀,不要曼托瓦尼。"贾尼斯说的是真话。

她本人感到有必要翻腾了,却反而受到了橡皮膏的威胁。

勒利恩旋转着球形门把手。除了有两块青肿的地方,她真的变成蜜色的了。

但此时有谁进来了。

"你知道些什么,菲克塞?"霍格特先生笑出了声。

他终于找到乐趣了。那个小姑娘决心让自己紧贴在他的肋骨上。在棉背心里,他的肚子正在跳着回答她。

> 太阳高高升到剪毛和打包工棚之上,
> 澳洲的橡树排成了行,
> 我的妈妈坐在牛围场里,
> 听到那位大师①的到来……

土著人吟诵着,他不再觉得想唱了,他已从眼前的房间里远远地退却了。

"啊,詹森先生,"那妓女从生锈的长沙发的弹簧上叫道,在振作了精神之后,她已在那里抻过了身子,"给我盯着点这个黑家伙,"她请求道,"我看你这个人比过去好多啦!"

可是那个又高又瘦、面色油灰、皱纹上安插着一些小黑点的菲克塞·詹森却像往常一样站在那里挖着鼻孔。他当然也需要激励了。

他看了看戈德博尔德太太。并不是他了解她,而是他压根儿就

---

① 大师(Reverend),对牧师的尊称。

不希望在房间里遇上一尊雕像。

那里就坐着一尊。

菲克塞说:"你到这儿来干啥?聚会吗?"

然后,他哈哈大笑起来。

"只需要那个警官!"他大笑着。

勒利恩噘噘嘴。

"警官回家啦。"她通知说,一边伴着音乐击打着自己,穿着粉红套裙的她一边还在旋转着。

"生意好吧,啊?"菲克塞问。

"自打那个海伊塔利亚恩母牛建立了班子,生意就不景气啦。"卡利尔太太高声说道。

"脑袋让人撞得当当响啦。"

突然,那土著人跌倒下来。

他躺在那块五颜六色的亚麻油毡上。

他安静得很,一股紫血从嘴里喷射出来。

"那人有病啦!"卡利尔太太从比那个下沉的长沙发远得多的地方说道。

"我并不感到惊讶!"菲克塞·詹森大笑着,"在这么个房子里!"

"詹森先生,请吧!"主人笑道,"不过他病得相当厉害呀!"她板着面孔说,因为这种事儿也会发生在她身上——这些事儿她全都读到过。她开始揉起乳房了。

那土著人躺在五颜六色的亚麻油毡上。

几年中一直就是从那种环境中生活过来的戈德博尔德太太,此时,拿出了垂在衣前的手帕,弯下腰,去给那个人擦血了。

"你应该回家了,"她说,一边改变着原来的嗓音,尽管那种嗓音已启用多时了,"你住在哪儿?"

"沿着河边在牧师住的地方,"他答道,又定了定心,"你是说,现在吗?"

"当然喽!"她说,一边轻柔地擦着,一边私下里谈着。

"啊,在巴兰纳格利呀。我和努南太太在那里有间屋子,在史密斯大街的尽头。"

"你在那儿舒服吗?"她问,"我是说在家里。"

好像他是一个人似的。

他在亚麻油毡上转了下头。他不能回答。

音乐将它那黏性的长条贴在除他以外所有人的脸上,好像没有它,他们随时都会断裂一样。他们中有些人昏昏欲睡,有些人则镇静自若。但是,一把铁锤仍能将他们中的任何一个锤得粉碎。

"你叫什么名字?"戈德博尔德太太问。

他似乎没有听到。

他在看着,不知道他是在看着那个戴黑色宽檐帽的温存的女人呢,还是在看着她以外的地方。他把一只胳膊横放在半面脸上。那么做不是为了保护什么,确切地说,是为了看得更清。

他说:"我就要它这样。尽管脸都得半转过去,但你还得了解什么东西还隐藏着。我想现在我了解了。我会即时全部弄懂的。"

那是一种不以为意和坚信不疑的声音。鲁思·乔伊纳又坐在家乡的教堂里,观看那音乐台架的竖起,她还亲自参加了那精巧、复杂的工作。自从那位陌生的先生提到那音乐以后,她再没有听到有谁嘴里曾发出过像那样肯定、那样有权威性的声音了。眼下,是那个土著人在卡利尔太太家的地板上。

她又听到他在说了:"当霜季过去之后,考尔德伦牧师通常都带着我们沿河而下,帕斯科太太总拿着个篮子。我们经常在河岸上野餐。可是很快他们就会纳闷了:为什么他们要来呢?我能明白那么做是对的。帕斯科太太动不动就想起水仙花。在早春的日子里,什么东西我都能看透。我和白人坐腻了,就自个儿四处逛一逛。我会看看土里的洞孔。我会摸摸真正的叶片。一次,我触上了马蜂窝。嗨!"他朗声大笑起来,"我撒腿就跑,像长了翅膀一样!现在我身上还留着七根热辣辣的刺呢!"

他笑完之后,又补充说:"真有趣,我还记着呢。"

"那是因为你当时最高兴了。"她提示说。

"那还不是记得最清的事呢,"他动情地纠正道,"记得最清的是一些别的事儿!"

"我想也是。"

因为她希望的是心绪的平静,她承认自己只是一知半解,至少,她本人那么认为。

"但是,"她试探性地说道,"冬天在家我记事记得最清了。因为我们的孩子们那时最高兴。我们更加互相依赖了。其他的季节,我们都在四处忙着呢。为了自己的事儿,又要看哪,又要找呀的。到了冬天,我们又可以手搀着手,沿着坚硬的路一起散步了。我还可以听到她们那银铃般的声音。"她的眼睛闪烁着,"要不,我们就对着火炉挤在一起,吃着栗子,讲着故事。冬天,我们互相间最亲密了,我们之间不会发生什么不愉快的事。"

一场骚动在那乐曲悠扬、高朋满座的房间里爆发了。那是由卡利尔太太的贾尼斯引起的。霍格特先生对她已经垂涎三尺了。他终于确信年轻的肉体必定是唯一的万应灵药。不过,卡利尔太太本人的看法却判然不同。

"来吧!"她尖声怪气地叫道。

她本可以晃动一下身子来显示她的意图。

"不干你的事儿!"霍格特先生喊道。

"干系谁的事儿?我倒想知道。"

戴着油灰色的礼帽,帽檐向下的菲克塞·詹森笑得前仰后合。他花得起钱,谁也不知道他在发着烧。可是那个小姑娘却被一种更为敏感的疏远迷住了。她像猫一样倏地跳了起来,将舌头伸到霍格特先生的耳朵里。她表现爱的那种姿态几乎跟恶魔一样。她总是跳呀,转呀,做着猫的游戏。一次,她跳上了椅子,椅子坍塌了。她发疯似的尖叫起来。

大家都很忙,顾不上惊动那个土著人和洗衣妇了。他们俩坚守着自己的岛屿,倒不是他们真的在观望,因为他们有着自己的思想。

"你是基督徒吗?"戈德博尔德太太抢先问道。

甚至此时,她也是有所克制的,因为她知道那个词儿并不真正代表它所意指的那个意思。

"不!"他答道。"我曾受过那方面的教诲。但又放弃了。事实上很早就放弃了。我是说当我发现自己能更好地处理事情时,"他咕哝道,"人一定得利用他具有的一切。假如你能赤着脚更好地到城里去,就甭穿靴子去啦。"

她就此微微一笑。然而,这是真的,是符合她那笨拙的舌头的,但却和她在那清新的、冒着气的、闪着光的床单的一条条长带上移动熨斗的技术相对立。

"是啊。"她淡然一笑,那皮肤犹如新鲜的布丁皮。

可是,他咳嗽了。

此时,她又用手帕拍了拍他的嘴角。那也许是她的艺术作品吧,或者是忠诚的举动。然而,生活的骚动仍尽情地滚进他们的耳朵里:女士们申明着她们的尊严,先生们要求着他们的权利,几扇门也打开了。于是,戈德博尔德太太看了看她那球一样的手帕。很快,她意识到:眼下,该轮到她流血了。

一个女人走了进来,或者说长驱直入,踏进房里。她那皮肤比肉色的雪尼尔花线还要灰,两条胳膊下垂着,上面带着一条条血管,手腕上戴着一只铜链手表。

"我被甩下啦,"她扬言道,"我得注意看着点汽车。"

她不再具有什么特色了,说得尖刻一些,她可能是个微不足道的小人物。

"那是霍格特先生,"那个悲观失望的妓女指着说,"他一直在等着呢。"

可是,另一个人却在清着嗓子。

"告诉他,我感冒啦。让他酌量着办吧。"她说。

她来自奥伯恩,通称约翰诺太太。

卡利尔太太赫然而怒。所有她注定要接受的打击就是为男性效劳了。

"有些女人就是那么没出息,"她诉苦道,"对男人用不着大惊小怪的。"

同时,她指望着戈德博尔德太太的支持。

而那是后者不能给予的。她站了起来,面带笑容,仿佛承认由于忽视了一种要求而犯了罪。然而,又必须小心翼翼地积聚对策。那房间已经收缩了——因为汤姆驾到了。

汤姆·戈德博尔德跟踪着约翰诺太太,打算付给那妓女一张纸币。如果能挽回局面,他妻子则可以付出更大的代价,而且还可以扯掉一个小巧的胸针。她会拉着他的手,一同跑下小山,穿过灌木,越过折断的枝条,奔向光明的。

相反,当那纸币被揉皱后塞进口袋的时候,汤姆·戈德博尔德却朝着他的妻子直奔而来。他说:"鲁思,在我们平时的生活中,你为了嘲弄我,干得也够多的啦!你这么做,简直把我给毁了!"

戴着粗陋的宽檐帽,穿着耐用长外衣的她支着两条静止的腿站在他的面前。在她的感情与暴露之间只有一张被拉长了的薄薄的膜。他本可以像过去那样踢她一脚,那倒可能是一种亲切的表示。

"走吧,"他说,"我达到了目的。你输啦。"

由于他们的离开,妓女们都好像万事大吉了。那个小姑娘不见了。窗户比以前更暗了,茉莉花柔和地抓着窗框的地方也更白了。霍格特先生是否想让自己的欲望得到满足尚未可知。至少他接受了一个曾装过别的东西的瓶子里的饮料。这使他呼吸剧烈了,急促了。而此时,卡利尔太太则继续在悲悼着生活中的意外。由于约翰诺太太的双脚进入了那长袜的筒道,她那脚指甲在里边闹腾起来。

戈德博尔德夫妇出来后,就往回走了。她理所当然地跟在他的后面。他们绊倒的灌木里散发出叶子般的气味。一场小雨过后,空气显得分外清新。

当他们来到撒尔沙帕里拉镇边,站到一个半开辟的街道上的路灯下的时候,她看到汤姆脑壳上的皮肉特别干瘪。

"我错啦,汤姆,"她说,"我知道,我错啦。瞧!"她说,一面借助手的动作尽量说服他。

"需要的话,我愿意跟你下地狱去。"

汤姆·戈德博尔德没有等着去体味是否自己能经得起妻子的爱情那强大压力。

"甭再跟着我啦。"他说,然后在蓝色铺路碎石堆间抄小路向前走去。

经过深思熟虑之后,他看起来,要说有区别的话,只是更不易受人牵制了。比酒劲儿的影响更为无情,年龄也似乎已经登上了他的肩膀,在紧抓着缰绳。于是,当他妻子看着他的时候,她意识到她对他已经无能为力了,她本人只好认可了,对他行为的干预要收敛一半。

几年之后,当被唤起承担家庭的责任时,她发现了那失去的一半的标记。那一次,她被让到一个床边坐定后,观看着。别人告诉她,在那被其他一些要死的人的小便和脓液弄脏了的薄毯底下躺着的人就是汤姆·戈德博尔德。在疾病与放纵夺去他的生命之前,她所了解的丈夫,若无记忆的帮助,也就化为乌有了。

"还不到半小时啊!"那位和善的护士说,"吃过一个煮鸡蛋。直到最后他还有胃口呢!他还提到你了。"

刚刚死去的那个人的妻子不敢询问他弥留之际话语的细节。而且,那位护士也在忙着。她从两个打褶的屏风之间看着几个在咪咪笑着的姑娘,她们正在擦洗着几个奄奄一息、苟延残喘的躯体。那位护士眉头紧皱,思考着如何打点那位孤孀。后来,解决了,没有进一步拘泥形式。她不忍心看到玩忽职守。

留在白屏风之间的小隔间里的那个寡妇很快就控制住自己的感情,或者说,她可能不再关心自己的丈夫了。不管怎样,当最后有个溜光水滑的见习生往里窥视时,那个人已经走了。然而,她是到楼下传达指示去了。

戈德博尔德太太离开了安置在方形大楼中心的汤姆。那大楼新近涂了一层闪亮的油漆,因而看上去活像一块冰,恰到好处地在闪烁着光芒。她走了一会儿。酸性的光在夜幕垂挂时倾入城镇,腐蚀着一张张瘦长的脸。然而,她得救了。她走着,穿着那样的衣服,她年轻时,人们会盼着她那么穿的。然而现在,除了乐趣或藐视,无人会再对此注意了。而且,只有当最后她被装备齐全时,才有更换那衣服的可能。

戈德博尔德太太行走在苍茫的暮色里。一辆电车将猛烈的火花吐进褐色的法兰绒隧道里。刚好沿着弯道行驶的那辆电车金属物在尖声刺耳地喊叫着时代的错误。然而,只有当她在人行道上等着,看着那川流的波浪翻腾而过时,她才垂头丧气了,并开始哭泣起来。看来挤在隧道边上的那群人被交通忽略了,但更为严重地忽略他们的是那奔腾澎湃、不离正道的时间的洪水。他们在等候着,那些软弱的人们啊!他们在胆怯地起落着脚趾,但又退却下来,使他们暗自宽慰的是:他们发现他们的同伴都困在同一种环境之中,或者更糟,因为,那里有个人隐藏不住她内心的痛苦。

那个腰圆膀宽的女人只是站在那里,哭泣着。眼泪夺眶而出,淌在她那布丁颜色的脸上。在那些等候的人看来,最初那是销魂夺魄的,可后来,则变得令人不安了。他们很少欣赏到别人自我暴露的乐趣,可那怎么也不能算是一种抽搐的啜泣。眼泪轻柔而平稳地从那个无名女人的眼窝里潸潸流出,仿佛那是一件温和的、忧伤的抽象派艺术品。

事实上,戈德博尔德太太的自我业已死去,因而她不能为保管在她刚刚离去的丈夫那里的她的一部分而哭。她的哭,确切地说,是为了人的状况,为了她曾爱过,炽烈地爱过的所有人。或者说,为了她那敬而远之的、坐在众生禁闭室的长凳上的父亲,和她亲生的困惑不解的小女儿们;为了总抓着衣服小褶边,又发现从手中脱落了的她那以前的女主人;为了她的会友们,那个疯女人和撒尔沙帕里拉的那个犹太人;甚至为了在卡利尔家曾见到的,而以后除了在头脑里和睡梦中共同协商好了,否则永远不会再见到的那个澳洲土著人。她终于涕哭了,为了街上她身旁的人们,她将永远不会把他们的怀疑融解在词汇里,不过,她是理解的,或许她的理解来自她所见的人们那里。

后来,在人行道上等候的人们猛然向前拥去,戈德博尔德太太也被卷入其中。其他的人多么急于恢复他们那一成不变的讨厌的生活。然而,那个戴着黑色宽檐帽的女人此时并非被推动着,而是漂动着。她平生第一次,无疑只是暂时地漂浮在时间的溪流之上,并不受其干扰。于是,当她到达彼岸时,她仍然滑行了一会儿。尽管泪水已经流尽,她那眼睛仍在茫然的眼窝里闪闪发光。绿色的和粉红色的霓虹灯的手指为了占据她那平庸的、羊油布丁的脸而在扭打着,仿佛那是个奖赏。光明与黑暗不时地争吵着,逼出了一种浸透着缓慢黑影的深紫色。

第五部

第十章

　　那年夏天,那个已与大自然串通一气的赞那杜大厦进一步开放了。过去从未允许进来的东西进来了,迄今所显示出的光亮与叶片松散编织的一块帘幕其实一看是一面墙。它隐隐约约地悬挂在那里,似乎到头来,它将比以隐匿为职的石头与水泥更为坚固。
　　一个星期二的下午,乔利太太为着一桩不可告人的事儿出去了,而黑尔小姐则在她的那些宽敞的房间中来回穿行着,其目的不外乎想联系上那塞满人们的和她自己的记忆的许多物体和偶像。这时那个斑驳的女人认为自己听到了一种声音。她再侧耳细听,那声音微弱而真切,可无法说清它是来自巨大的深渊,还是来自地平线的远方。那声音在她的四周回响着,在她的身底荡漾着;那阴郁的声音发自隧道,发自大象的嘴,发自梦中翻转的睡眠者,发自从高处带着面纱跌落的泥土。黑尔小姐一有了怀疑,便将手指放进耳朵里,似乎可以将那声音堵住。然而,她知道那是无济于事的。因为,她也在摇晃了,颤抖了。她一直想象着那声音产生时的情景,它像一阵阵喇叭声,或像铜锣的震颤声;她,就是那震动着的金属的核心。可是,眼下那声音却比尘土的叹息声稍大些,末了,成了那种在压力之下已在崩溃的一块粗大的、实实在在的骨头的声音。(当男人们打断野兔的脖子时,她总是喊叫着,抗议着,此时,她在等待着那最后的断裂声。)

后来,那声音消失了。她也幸存下来。或许赞那杜还没有倒塌。

黑尔小姐匆匆跑着查看一遍她的房屋,看看它损失到了何种程度。她简直疯狂了。尽管暗影在装有百叶窗的一个个房间里压倒了一切,但一种近似于橡胶的黄光却透过一些门上的玻璃镶板突然鼓胀开来,她的影子也在瘆人地摇曳着。当她跑去抓住已经落下的,但她希望仍从高架的顶端向下跌落的那傲慢的灵魂时,她更像一绺绺带有一块块小丑的白斑的褐色或红色的带状物了。她慌慌张张地跑着,她那短而粗的、相当污秽的手指,比渔网还紧地伸了出来。不过,却很小。

在客厅,她发现了大厦损坏的首要迹象——客厅,这是那些身着透孔外衣的女士们,一边用洛斯托夫特①杯子品味着香茗,一边奢谈着一个又一个航海故事的地方;是那些翩翩起舞的男男女女在华尔兹舞曲间隙,曾站在那通向婚姻的破旧的台阶上休息过的地方;也是她的父母躲在古玩后面却没能回避开对方的地方。正是在客厅的那面,赞那杜的地基不可否认地、明显地下沉了。那里过去曾经有过一个裂缝,能伸进去的东西莫过一根树枝,一个完整的、优胜的光片已取代了那坚硬的胶泥和石料。叶子在悄悄地、活泼地扑拍着,犹豫着,前进着,后退着。一堵堵墙垣由于绿色贫血弄得斑斑驳驳。苔藓的糠秕从栎木家具的肩部落到意大利锦缎的破片上。尘土啊,尘土。有一种有着普通饼干颜色的,然而却散发着隐蔽和时代气息的较新的尘土,此时刚刚撒出了,落到一张张木板上,与那灰色家中的尘土,那作为石头的某种未来的粉末早已落下的薄薄的一层,融为一体了。

---

① 英格兰东部一城市,以 1757—1802 年间生产的细瓷而闻名。

黑尔小姐站在那里看着。然后,捡起了她房屋的只有拳头大小的一块碎片,扔进她父母一直为之骄傲的一个孔雀石瓮里。然而,那碰撞的时刻有些令人失望。所发出的声音甚至是沉闷的,几乎是那种石头冲撞混合物或冲撞木材的声音。可是那口瓮是货真价实的矿物质——那么阴凉、厚密和迟钝——无论是孩提时代,或是后来生活的孤独时,她的皮肤总让她确信无疑。

　　她的那张正在抽动想要解释的嘴突然又收敛了。过去的问题都一直是有关鸟的,而此时的几个则实际是针对她自己的。从光与叶的花毯上释放出的一只只小鸟呼呼地飞翔着,盘旋着,飞进那破裂客厅的生活里。什么种类的鸟,黑尔小姐却说不清;名字没什么有趣的。可是那些肥乎乎的、亮光光的、长着斑点的小鸟,不论是黑色的,还是灰色的,都属于普通鸟的颜色,她本人对此像对空气和细枝一样那么熟悉。曾重重地触过她的一只小鸟,此刻正笨拙地贴在上楣柱上。慌乱使它丧失了优雅,它变成了一种粗鲁的东西,类似于竖着羽毛的鱼鳃。从远离的下方,那女人决心使那惊弓之鸟恢复常态,值此,那新生的组合完成了一种她头脑中值得称许的动机的图案。她看着鸟儿振翅高飞。在那位无所不知的人看来,那鸟儿似乎都是用金属线绑着的。当然它们是飞走了。她被抛下了,与挂在墙裂缝上的锦缎般的微光留在一起。

　　然而,黑尔小姐终于也走了,她那制型纸做的[①]头频频地点着。每当她不能自制时,她就变得笨手笨脚,令人讨厌。至于眼下,她不得不移动了,确切地说,不得不穿过那破坏了的宅第。她的命运如同她的财产一样。她隐隐出现在楼梯上和莫名其妙的走廊里。她被那赤裸裸地夹着皮肤的焦急的胸针戳刺着,她喉咙上的褶皱在闷塞着她。她那踝关节在缓慢的行走中格外沉重。她拖着一个忧伤

[①] 原文为法语。制型纸是纸浆中混入树胶等制成的一种纸,具有高度韧性。

的、填塞着最重、最凉沙状结石的膀胱。

乔利太太回来时,发现她的雇主在一个浴室地板上的那些犬牙咬错的碎片上忙活着。

"你就待在这里呀!"女管家叫道,好像那不是明摆着的。

她生气了,但还想表现得冷静和坚定。黑尔小姐也想凭借一种假象来掩盖她那沮丧和恐惧的心理。至少她有戴着保护性的柳条檐帽坐在地板上的那种优势。

"为什么我不该在这儿?!"她镇静地说,"不在这儿,在哪儿?不在这儿,在哪儿?"

"过去我还没有看到过这个房间呢。"乔利太太抱怨说,一边察看着她周围的环境。

黑尔小姐拿出一把黑色的、设计得颇为讲究的钥匙。

"你没这个必要,这是过去我父母的浴室。我差一点把它忘啦。那时候认为它很漂亮。还是意大利工匠来这儿修建的呢。"

"华而不实的东西,"乔利太太喷着鼻息说,"我宁愿要个现代式的自来水!"

"啊,自来水!"黑尔小姐说,"那又是另一码事儿了。"她感到有些累了,"大家很快都会有的。自来水马上就要泛滥成灾啦。"

"那是什么?"乔利太太问,然后用脚尖指了指雇主在地板上一直忙活的那块地方。

"我不愿意说。"黑尔小姐答道。

这时,乔利太太笑出了声。因为她知道。

"是只山羊啊,"她说,嘴里轻轻地曲解着那个词儿,"人的浴室有这么个装饰!一只黑山羊!它在看着你呢!"

"不,"黑尔小姐的下巴生硬地动了下,说,"它是不会引起你的兴趣的。山羊也许是观察真理最灵的动物了。"

乔利太太按捺不住心头的愤怒。其实,当她用脚尖猛戳那块镶嵌图的时候,横在高低不平的地板表面的那个松动的镶嵌物竟冲了出来。

"啊,我知道啦!"她叫道,"为了你的那个老山羊,你得朝我身上摔啦,对不?就是被烧死的那个。你对我说过。谁也不能怪罪。"

黑尔小姐用她那满布雀斑的手在安抚着那散乱的镶嵌物。

"你从来没看见过犰狳①吗?"她问。

"没有。"乔利太太特别来气了。

"也许你见过,就是不认识罢了。"黑尔小姐傻笑起来。

"我认为那种动物实际是刀枪不入的。当然喽,它也可以被人杀害。什么东西都能被人杀害的。因为,有一次,我看有人把一个犰狳装进篮子里了。"

随后,她抬头看了看同伴,那种表情是后者想要以后对弗拉克太太描述的。

"这样的事情我怎么知道,"女管家一本正经地说,"也不喜欢莽撞地回答,特别是从我已使他们得到满足的人们那里。"

黑尔小姐在忙着将镶嵌砖的破片往几个口袋里装。

"你雇没雇个强壮的小伙子给你拿箱子?"她问。

"没有必要告诉你。"乔利太太说。

不过这话却让她吃了一惊。作为一个守贞操的女人,她不得不保护自己了。

"是啊,"她说,"我已经决定不在这儿干了。你别指望我。"她说,"会待在一座快要倒塌的房子里去冒掉脑袋的风险啊。"

"那么说,你看见那个客厅啦?"

---

① 产于南美洲等地的一种哺乳动物,身体分前、中、后三段,头顶、背部、尾部和四肢有角质鳞片,中段可伸缩,腹部多毛,趾有利爪,善于掘土。昼伏夜出,吃昆虫、蚁、鸟卵等。

"我要说我看见啦!"

"或许是预见——当天下午你预先就安排好啦!"

黑尔小姐咯咯地笑了起来。顷刻间,她似乎恢复了身体的平衡。她拍了拍几个满装镶嵌砖的口袋,随之发出了快活的、嘎拉嘎拉的声响。她从不喜欢吃糖,可口里常常含着一块平滑的卵石。

"我不打算卷入争论,"乔利太太郑重地说,"我现在要辞职了。没别的意思。不过,我从没在浴室里干过那种事儿。就是说——"她结巴了一下,"我是说从来不会在任何有便利设施的地方讨论重要问题的。"

黑尔小姐开始顺竿爬了。

"我想你要到弗拉克太太那儿去啦。"

乔利太太涨红了脸。

"暂时的。"她承认道。

"为了生活,我想是这样。"黑尔小姐嗫嚅着。

乔利太太犹豫了一下。

"那会是特别轻松自在的。"她说。

不过,她也确实稍微迟疑了一下。

"你怎么这样说话,"她说,"你这么说,就像,"她提高了嗓门,"就像我不是自己的主人似的。"

这时,黑尔小姐已经整好了她那揉皱的衣裙,她并没有看着乔利太太。

"有一点,"她说,"我们不会,也不能再搬迁了。这是不成问题的问题。谁知道,也许你已经知道了。再说,你的朋友是那么厚道。对了,她的鸭绒被还是浅蓝色的呢。"

"不过也许适合我搬迁。"乔利太太坚持道,一面伸长脖子。

"别的方面你不会清楚的——我知道,因为人们把我看作个姑娘——不像你从弗拉克太太家看我那样。而且再经过弗拉克太太的眼睛。你们俩坐在弗拉克太太的靠背长沙发上,看着我们的一举一动。甚至还指手画脚的。"

"你见过她吗?"

"没有。可我知道她。"

"或许你在邮局见过她。"

"说得不对,"黑尔小姐说,"我在矮树丛里见过她。不过,肯定你是不往那里去的。你是不到那叶子正枯萎的黑草皮中间,不到我那可怜的山羊烧死的那个小畜栏的废墟里。在我父亲看来,乔利太太,所有坏的东西都有家系的相似点,而且很容易辨别。不管弗拉克太太更换她的宽檐帽多么经常,可我都会认出她的。不提名字,我就可以闻出她的气味儿来。"

乔利太太此刻已经离开了浴室。尽管她已经整理了自己要带的东西,但需等到第二天才能装箱。要是她能想到某种尽人皆知的机械性的临时的活计就好了。在心烦意乱中,她反复地说着:"疯啦!疯啦!"

借此保持着头脑的清醒。

"一个可悲、讨厌的词儿啊!"黑尔小姐叹道。

她们顺着走廊一前一后地走着。

"因为它只说了意思的一半。"她补充说。

她们一直走着,乔利太太在前,带着一种谨慎的冷漠,免得奔跑起来脚下滑倒。

"那么好吧,"乔利太太气吁吁地说,"你就别管我了。我可以卖弄词汇直到上帝的最后审判①,而且也不会有个结果。我要回屋啦,谢谢。"

可是,黑尔小姐是不能忍痛离开的。她还没有好到不受坏东

---

① 基督教的所谓的最后审判日——审判所有人的日子,即世界末日。

西蛊惑的地步。倘若她在窗台上偶然发现一个躺着的死去的婴儿，她便会先问问自己，然后再查看那短小的叠在一起的手指和紫罗兰般的柔弱的姿态。也许她会摸摸它，看看它是否摸起来犹如橡胶一般。只有到后来她才领悟到她还是避免了让奇迹窒息的危险。

不过此时，她们在走着，走着，穿过赞那杜的一条条走廊，乔利太太的臀部在明明白白地颤动了。似乎她那紧身胸衣再也为她帮不上别的忙了。

"总是那么柔软。"黑尔小姐沉思着说。

她们继续走着。

"什么柔软？"乔利太太跟着吸了口气。

"鸭绒被，"黑尔小姐叽叽呱呱地说着，"邪恶，邪恶的鸭绒被！"

转到拐角处，乔利太太意识到楼梯爬过了头。眼前是赞那杜的一道道走廊，一望无际。

正当她们通过时，装在墙上的蜗形腿狭桌上的一棵蒲苇的细枝碰到了她的嘴，她接着一愣，呆若木鸡。

可是，她还在边跑边走着。她的那双冰凉的、石头般的腿脚根本不会停步。

"如果你一定要继续作恶，那就好啦！"她回头喊道，她那声音近似于钢管乐器发出的声音，或近似于笑声，"我可以提醒你这个镇里发生的一些事，更不用说房子或者果园了！"

她几乎是尖声叫的，她的衣裙也是一样。

这时，黑尔小姐好像移动在木棉的衬垫上。不然，是在永不能使地毯自由的灰尘上。

"我不奇怪，"黑尔小姐终于气喘吁吁地说了，"那是你想出来的。有人确实这么想。"

"而且，还有一个卑劣的犹太人！"

黑尔小姐气得满脸通红。由于受到了委屈,她本人不可能对此理解。愤怒直挺挺地高耸着,猛然爆发成灿烂的火花,宛如从记忆的黑暗中释放出的某种淫荡的焰火。

"还有什么犹太人?"那几个字令人窒息,"卑劣的?那么,什么是纯正的呢?我好心的人啊!我的好人啊!那么说我是废物啦!废物啦!正在腐烂的草地上有着饿死的老羊。糟糕!糟糕!但是还没像有些东西那么糟。废物比不忠的女人要干净。什么东西最低下?你可以告诉我!有些女人更低下。有些女人是垃圾!"

这样,她的记忆在唾吐着,那阴郁的词儿粘贴在那责难者的舌背上。

乔利太太当然只能用怀疑的蜂蜡堵住自己的耳朵。当她又侧起耳朵时,她那苍白的嘴唇又亵渎道:"谁把犹太人钉在十字架上?"

"犹太人!"黑尔小姐气喘吁吁地说,"我知道。因为佩格过去常对我说。可怕呀。血从他的双手流淌下来,直流到他那可怜的身体的侧边。我向来容不得自己去想这个。"

因为没有东西可吻,她把手骨节塞到了嘴里。假如所有的窗上的玻璃都已破裂,碎片又刺上了她,她本是可以忍受的。

就在这时,乔利太太摔了一跤。通向较低的一层,只有两三个台阶很小的一段,那里有个支杆已经松动了。乔利太太就势倒了下去。

嘎扎嘎扎地响了一阵。

黑尔小姐停下脚步站在边上,俯视着女管家。她见她躺在那里,地毯上一堆藏青色。那裙衫在膝部以上已经折叠到一起,其波纹显得白不呲咧的,又非常傻气,因为,乔利太太穿的长筒袜显然是整齐地下了半旗。

黑尔小姐本可以继续凭眺那起了涟漪的双膝,却迫使自己去观察那张脸。最初的墨水蓝开始慢慢地排除了,留下的是一张失色而颤抖的吸墨纸。

此时,乔利太太在喘息着。眼泪夺眶而出,却是默默的。

"啊呀!"她上气不接下气地说道,"我可能是摔断了什么,或许已经断啦。"

"不能,"黑尔小姐说,"你特别小心,而且是一股脑儿下来的。"

乔利太太回忆了刚才的事,又开始怨恨起来。

"若是我断了点什么,你还不是乐不得的。"她像所希望的那样声明了。

黑尔小姐用脚尖触了触。

"没有,"她说,"没断。"

不过,她有点害怕了。

乔利太太活动了一下。严重的是她身上肿胀起来。她惊吓得抽噎着,但却是小心翼翼的。

"这就是一个迫于生活而与家人分离的母亲所要发生的事啊。天哪!"

可是,尽管摔得很重,但几乎很快她就爬起来了。是她的双膝,她那蓝白色的、奶油般的双膝驱使她那么做的。她站了起来,似乎吹来一阵风,将她的裙衫更紧地缠住了她的膝部。

她抬起了脸,那张红扑扑的脸,但对着黑尔小姐,却是种浪费。

两个女人面面相觑,除了存在于她们之间的呆滞的感情,一无所有,能够保护她们的也只是她们的呼吸声。过了一会儿,她们转过身来,又接着走了。她们一边走着,一边摸着窗帘,摸着蒲苇扫帚,或摸着吹进来的树叶。很明显,她们都决心佯作平安无事——至少暂时如此。

可是,黑尔小姐至少没能守住城池。她的血液会突然漂回证据来,令波浪作呕。她听到石头般的词语在连续不断地猛击着她的记忆。

除了从他方,她再没见到她的女管家。工钱她留在厨房桌子的一个边角上,压着一个两盎司的重物,大概那钱数是对的,因为没有人曾叫过屈。

第二天下午,一个小伙子来拿乔利太太的东西了。当那主人赶去收拾东西、上锁、进行指导时,她还在心安理得地、喋喋不休地说着,妄自尊大地、叽叽呱呱地聊着。那小伙子的腕部又粗又大,肌肉成块的胳膊上暴着青筋。他在过道里停了会儿,喘了喘气,从窘迫的压力下镇静镇静。她说,小姐已经跑到楼上取伞去了。以前,除了在银行或在盥洗盆里,他从不把眼睛盯在大理石上。他也不过多地想象,否则,当他站在过道环视时,他本可以意识到意象和事件并非依存于生活的或然性。他轻微地颤抖着,汗津津的,特别是当触到他一手弄破的那块四方缎子时,更是如此。

这使他那弓形的胸脯呼吸得更加急促了。这时,从另一个方向,赞那杜的那个疯女人突然钻了出来,偷偷地求助于那个小伙儿,让他给一个朋友传递一个紧急的口信。

黑尔小姐精神抖擞地站在那里,那使命从而显得更加机密了。她那喉咙涨满了紧迫。她那双唇将单词扇动起来。

那小伙儿猜想她一定会很快在蒙蒂贝洛路上见到那个犹太汉子的。他对谁也不能说。眼下,他也不敢说出口。

这时,黑尔小姐递给她的送信人一个先令,她曾见到她的父母那么做过。然后,就离开了。因为乔利太太的声音在用细微渲染过的腔调清晰地宣布了:乔利太太要打道回府了。

多少天来,黑尔小姐一直跑得特别快。她又跑又爬按时到达目的地。她几乎撞破了两膝。如果脚尖没能踏上一节阶梯,她便把抓着地毯向上爬去,她爬着、拉着,最后到达曾是她父亲的特殊巢穴的那个小玻璃圆顶屋。然后,她不顾风险地登上女墙,透过石栏杆向外凝视着。

她在这里，高高地升起在自己那逝去的不幸和惊骇之上；那里是乔利太太，距离和角度使她改变了模样，成了一个蹲伏着的藏青色的人形。她那灰色的面纱竟向那个头上顶着她的匣子、右臂挎着她的箱子的小伙儿示意了。那红紫色的面纱留有间隔地拍打着，犹如乔利太太自己的舌头，在颂扬着母性的美德。

黑尔小姐的嘴张开了，喉咙膨胀了。她吐出一口唾液，看着它落下来，那当然是散开的，在风中变成了曲线，在阳光下辉耀闪烁，她笑了。她本可以为高度的谵妄、为光亮的明了而歌唱。那一切都属于她。

直到那止住了的惊骇，穿着黏液的虹彩又渗了回来。险象环生，危如累卵，对此，那犹太人凭借他的经验可能会化险为夷的。而几乎全然无知的她，却只能受苦了，若必要，他们俩都需要遭受足够的痛苦。于是，她的快乐变成了不吉之兆。那石头的宅第晃动了，还有遮蔽着撒尔沙帕里拉的座座砖房的那些树木。她手握着栏杆，膝部出着汗，一边尽力在确实而详细地推想着对慈爱的表达，回想着甚至更加微妙的抽象的措辞。只有那样才有可能生存下来，倘若不首先被罪念的阴谋所抹掉。

因此，她等待着。

不管下午剩下的时间她到哪里去了，是穿过她的住宅，或是走在花园里——至少她的鞋里，她那结满痂的手上及裙衫毛口的须边上都沾满了泥土——黑尔小姐不能以任何精确度来绘制她行动的路线。

然而，那个犹太人果真来了。

那天傍晚，她认定他从那闷塞的花园里，穿过长长的、糖蜜般的青草向她走来。爬坡时，他显出的不是脸，而是他的头顶，连同他那灰白了的，但仍然很厚的执拗的头发那翼状的侧边。有人会把那头发形容成乱蓬蓬的，他们也许正确。真的，他一定刚到了家，便又马上出来了。他穿了一件连体裤工作服，那可能是从军用品处理商店买来的，无疑在工厂干活时，他也穿着它。那工作服太宽大，褐色的质地也显得太暗淡、太粗糙了。它在擦摩着他。她开始向那脖子的四周望去。那是个皮包骨、凹凸不平的脖子。但她想起了那是个年长的人，他已经饱尝了困苦，而且，由于要积累知识，他还要继续衰弱下去。于是，黑尔小姐不无震颤地再次保证她将展示他那脆弱的衰老去对抗她所了解的人的残忍。

他继续向前走着。他绊倒了几次，青草为了让他的脚脖子滑进已布好了圈套。当他踉踉跄跄，蹒跚而行的时候——这种情况是不可避免的——他那双肩上方的大脑袋在翻腾着，抖动着，像个人头似的。

等着的时候，那位赞那杜女主人润了润嘴唇。她本人是那么懦弱，不知道对这一集聚是否还应再加上那样一个人。也许那已经给了她额外的勇气，让她像她母亲可能会做的那样，在台阶上迎接他。可是，她母亲充分享有了作为那座石料宅第建造基础的社会与经济信任的一切权利；而在她女儿的最坏的梦里，那些地基则已塌陷，只有她对光与叶的信仰仍在支撑着那幢建造物。那位犹太人将那宅第无论视为现实，或视为神话，丝毫不依据一种神妙的直观——那是她所希望与坚持的，并且知道那是他所具有的品质——那将使人纯粹的视觉充满活力。

实际上，那犹太人已经抬起了头，在看着她。

这时，她看到了他的脸，他没有刮脸，当然有些人也是这样了，他们喜欢夜里弄得整洁些。满脸的胡子茬使他显得苍老而颓废。他老态龙钟，心情阴郁，脸色暗淡地变成一种青灰的肥皂的颜色。那犹太人又老又丑。于是，她歪扭着脸，小心翼翼地铺设着期望的框架。本来一阵风就可以将她从房前平台上吹向前去，然而，却无情地被抑制住了。

后来,她感觉他的眼睛在向她企盼着什么。她马上想起了。她匆匆跑下台阶,对于猛醒过来的人,那动作实在太快——她可能翻了几个筋斗——可是,当人认清不仅对于灯光照到的人,而且对于所有受到黑暗威胁的人都可能赎回同样的慈爱时,那动作又不算很快。

然而,最奇怪的是,那犹太人似要重新发现他已了解并尊重的东西。他的表达是那么具有说服力,她几乎不得不回头望去以便再寻找些明确的论据。

假如没那么做,那可能是她终于走下来的缘故。她来到平地,站在他身边。那种场面似乎需要开诚布公,以诚相见,如果说需要氧气,不如说需要人们主要赖以生存的饼干。

"啊,"她气喘吁吁地说,一边嚼起词儿来,"对不起。打扰啦。我是说,请您来。像这个样子。"

"没什么,"他答道,仍然有些紧张,"幸运的是,我一下车,鲍勃·坦纳就把我叫住了。"

"鲍勃·坦纳?"

"送口信的那个小伙子。"

"噢,"她沉思着,"我不知道有个叫坦纳的人。"

她沉下了下巴。若是晚上,假如她有把扇子,那就可以派上用场了。可是只有她母亲的那把火烈鸟的糟糕的旧玩意儿,自从乔利太太碰过它,并挑起了事端,那东西竟让人恨透了。

他看着她。他等待着。

可是,她记得听人说过,与人说话开门见山是粗俗和愚昧的表现。

于是,她高雅地说:"我看出来您走得很累了。我一定得请您进屋。让您稍微休息一会儿。您可能还愿意对我讲讲您的工作吧?"

"都一样。"他说。

"啊,不,"经过一番慎重的考虑,她答道,"从来就没有一样的东西。"

"你没有干过在钢板上钻孔的活啊。"

"为什么您偏偏要干那个?"

她想,是领他进屋的时候了。当他们转到以前曾是沙砾车道的地方,他们的脚跟都在嘎喳嘎喳地踏着。她的任务就是给人一种亲切的、成熟的印象。

"这是一项纪律,"他解释说,"没有它,我的头脑可能就要为所欲为了。事实上,过去有过这种情况,那时享有充分的自由。我变得傲慢起来。正是由于傲慢,我才犯了懈怠的罪。"

黑尔小姐颤抖了一下,仿佛他夺走了她的年华。

"我向来忍受不了纪律的束缚。那些女管家呀!"她埋怨道,"庆幸的是我没有被称之为头脑的那种东西。"

"你有本能啊。"

她微微地笑了,显出洋洋得意的样子。

"是那样吗?"她考虑着,"有些事我真的知道得很多。"他们登上了平台。"譬如,那光。那两片闪亮的树叶重叠地躺在嫩枝上。那种东西我是知道的,了解的。可是,对人有好处吗?而您不是一直在坐着,钻着那无聊的、破败的孔吗?"

"是啊,"他答道,"最后是这样了。"

他们一起站在平台上。

"应该如何运用自己的知识,在一连串的事件中,应该互相间有着什么样的联系,"他说,"我们现在还不明确,以后会弄清的。"

房里响起了钟打点的声音。给那只特殊的钟上发条一直是乔利太太在赞那杜最不愿干的事了,这一点黑尔小姐是知道的。和谐的钟声使她想起了她打发人找来犹太人的真正目的,于是,她将双手重叠到一起。

她说:"现在我一个人在这儿了。这样接见人,讨论事儿就更容易些。我的女管家,你知道,今儿下午丢下我啦。在这之前,谁也说不准她什么时候便会突然闯入人们的思想中。她不尊重别人的隐私,她还总是给人家公开,要不,就从幕后窥探着人家。不是她看到啦!我认为乔利太太再看也超不出砖结构和塑料之类的东西。"

黑尔小姐继续引领着客人,所以,此时他们已经越过了门槛,实际已经走进房里。她从眼角向外望去,那过道震颤的美,连同它那弯曲的楼梯和鸟巢的破片,对她讲述了她那巨大的勇气。有了那种勇气她才可能在和别人交往有了经验之后,试图去揭示真相给第二个人,甚至那个犹太人。

当然喽,那犹太人也要观望的,他也是人哪。他的头颅在凹凸不平的脖子上不停地转动着。她注意到他那鼻孔出奇地好,尽管有那个强硬的鼻子。

"非同一般哪!"他说。

她至少听到了他说的话,却不觉得需要去解释那伴随的微笑。

"啊,有好多东西呢,"她说,"哪天我领您转一转。"

"可是你住在这儿,"他说,"不感到压抑吗?"

"我一直住在这儿。有什么可压抑的?"

他被目睹的一切深深地吸引住了,他的回答,从通常谨慎的嘴唇后面悄悄地溜了出来。

"它的荒凉。"

那个沉重的单词穿过大理石鸣响着。

"你也一样!"她叫道,"你只能见到眼前的东西吗?"

他仰起了头,那可谓一种守势。他发出了金属般的笑声。

"上天不容啊!"他说,"我本可以为此而死的。"

然后,他细密地看着她,好像要在她脸上的皱纹里追踪自己论证的线索。

"只是我已经习惯于住在一间小木屋里,黑尔小姐。我特意选择了它。它非常单薄,朝不保夕呀。你知道,我是个犹太人。"

她不明白为什么那样的条件,不管它怎样,不能分享呢。她顿时妒忌起来。她哼了声鼻子,啜起了她那激怒了的嘴唇上的热乎乎的、橡胶般的一个个肿块。

"简直是个窝棚,"他继续说道,"当人最后一次关上门,移到那沙漠的另一处时,来阵风就能把它刮倒。"

她不愿细想下去。

"那,"她断言,"真可怕呀!"

他怀着极大的兴趣在凝视着她。

"只有承认历史证明了的东西才是现实的。我们才不能因此而死。即使犹太人的四肢随时可以被砍去,但他们也不能死。"

他继续看着她,仿佛决心要发现隐藏在她脸后的什么东西。

他能为她遗憾吗?什么时候人们才会为他磨刀?什么时候他才能成为一个值得同情的人?真的,有些人,特别是那些赋予了光彩的人们,被他们那已进入不安状态的思想弄得头昏眼花。譬如,不能像动物。动物,她很清楚,永远盯着尚需体验的东西。

因此,她又惴惴不安了。

"我必须告诉您。"她几乎在喘。

她慌慌张张地引着他进到那间小起居室里,在那个冒失的自杀之夜,她与母亲就是事先回到那里的。要不是多年前已决定不再关闭那扇门的话,此时,看她那急忙的样子,那门本可以砰的一声就关上了。可是,那门却是直挺挺的一点也不灵活,就像她与她的客人坐的那种坚硬的双人沙发一样,那沙发从严格的意义上讲,一直留有好客的,甚至兴盛时期的痕迹。

然而,他们却来到那里。

黑尔小姐环视一下，然后痛切地、吞吞吐吐地说："我为你担心哪。"

跟着她干了一件最不寻常的事。

她用自己那满布雀斑的，颤抖的手握住了那犹太人的手。她要干什么，他们俩谁都说不清，因为他们全都束缚在一种姿势之中。她握着那只手仿佛那是在灌木丛里发现的一个好东西：一块有奇妙纹理的磨光了的石头，一株顶饰羽冠的矮小的兰花，或是木头的疤节。这使人联想到时间、气候和疾病与人类的灾难有关。只是最细腻的感觉毁灭了黑尔小姐面对那种稀罕事儿通常可以体验到的超然的忠诚。

"谁的生活都要受到一定程度的冒险的威胁呀。"犹太人严肃地说，这时他已努力从欢闹的诧异中和一种想法中恢复过来，那想法是如此之淫荡以至他都为自己头脑的功能感到羞耻了。

黑尔小姐坐在那里发出了使人联想起青蛙和皮革的多种细微的抗议声。

"聪明的人，"她说，"都是语言的受害者。"

她本人可能已化为一种奇异的沉默，她的躯体正离她而去，或延伸成性爱和音乐的多种形态。那是她很久以前，在跳舞者的摇摆和盯视中注意到的，对其支配的不再是理性的戒律，而是孔雀羽毛的触感，那肌肤会铭记的某种别样的训诫。

黑尔小姐不能不扫视她的同伴一眼，看看他是否能察觉到她那四肢实际上是那么修长、可爱，她那一双圆锥形的雪白的乳房并不像人们被告诫的那样，除了对音乐的辩解之外，表现得也并非那么冷淡。

可是，犹太人却竭力在观察着他的手已卷入的那种奇特的局面。与此同时，他嘴里念叨着："我赞成理智可以是个严重障碍的说法。有时，我也愿意想象自己已经克服了它。"此时，皱纹集中到他的嘴角上:"最有益的是你,还有与它朝夕在一起劳动的那个钻头应该不时地提醒我。"

他亲切地,甚至甜蜜地非难着,这使她几乎扔掉了那只手。她那瞬息的美丽在毁灭之前被愤怒的镜子照得通亮。

那是当然了。她的那种状态跟挂在上楣柱上的陈旧的蜘蛛网上那凄惨的破片一样显眼。

"啊,"她叫道,嘴里满是唾液和气泡,"我对你不感兴趣!不管你是什么,你想什么,你感觉如何。我所关心的只是你的安全。我要对你负责呀!"她气喘吁吁地说。

不安中,她那干燥的皮肤开始磨蹭起那只手了。她刚刚是否感觉到作为一个女人是个什么滋味,或许那是第一次,而且是绝无仅有的一次。既然她已变得忐忑不安,她的激情便是严肃的、感人的和迫切的了。虽然他们还继续分坐在十分正规的家具上,然而,那最新的变化已将那两个人最紧密地吸引到了一起。

希梅尔法布在他那放肆的,然而绝非属于个人的连体裤工装服里骚动着。

他清了清嗓子,问道:"有危险的具体证据吗?"

假如他演了会儿戏,并忽视了可能要他撤回他的手的那讨厌的最后通牒,那么,他或许能说服她对他讲讲那最为秘密的躲藏之处。

"具体的?你应该知道真正的危险向来不是从具体开始的!"

是啊,的确。他不能否认这一点。

当她从使她猛拉,差不多是扭动那只难以相信的默从的手的激昂的抽搐中恢复过来时,由于肯定排练过,她开始背诵起宣叙调中的冗长的、枯燥的,然而重要的一段。

"我想提个建议。不,我说什么呢?提个建议吗?我一直在断断续续地想着,只是障碍太多啦。甚至此刻听起来也是稀里糊涂的。我是说,那话可能会让人讨厌。可是,佩格——那个老女仆——会说那很实际(只要佩格在,什么事儿都好办啦)。说得简单些——因为发生了一些事儿,所以有这个必要——我想提议你应该来这儿,喔,来这儿住啊。"

她不想特意地去看他,因为她不愿意见到惊讶。

"我会把你藏起来的,"她用生硬的舌头继续说着,"有这么多的房间,不必在任何一间住得时间过长。这将增加你安全的机会。"

从沉默中,她可以感到:在对她的计划一直不满的同时,他确实也接受了她的建议。

"你要把我藏起来是不对的,"他答道,不过语调还温和,"因为,老实讲,我没有什么可藏的。"

"人们不会问自己那种问题,"她说,"人们通常为微不足道的理由决定去杀人。啊,我这是经验之谈哪!可能因为天气不好,或者饭后的无聊。人们几乎会把已经看透他们的人折磨死。甚至是自己的狗。"

"什么时候我该让人杀了,"他安静、平稳地答道,"不是由人来决定的。"

"那就更吓人啦!"她叫道。

突然,哇的一声哭了起来。

湿漉漉的、黯无光彩的她,此时最为丑陋,不过希梅尔法布可能感到的任何厌恶却已在坚信中淹没了。他坚信,尽管人们存在着地域和种族的差异,但他们在,而且一直在履行着同样的使命。迎面走来的是同样的黑暗,同样的想要吞噬他们行动的沼泽。然而,不管他们的行动多么笨重,多么受阻,每个人所携带的神秘的贵重包裹最后一定要交到可靠人的手里。

那犹太人穿过经验的迷雾跌跌撞撞地走向那边界,但是他还在一处出现了,他发现自己坐在赞那杜那间小起居室的坚硬的双人沙发上。这时,他振作起精神,触了触旅伴,说:"我要走了。我想使你相信的是我们学会的日常朴素的所作所为,都是消除罪恶的最好手段。"

"都是令人安慰的。"她承认道。

然而,她叹息了。

优美而晦暗的夜光落到地板上。在那种光亮之下,在白昼将尽的最后时刻,每一件物体都十分强调它的完整性,希梅尔法布却可能已忘记了一直迫使他中断日常朴素的所作所为的正是眼下他提倡作为一面盾牌的东西。

黑尔小姐跟着他穿过过道。

"您要走了,"她说,"至少我得先告诉您,我从前的女管家乔利太太总是受着某些错觉的折磨。我认为她不是个敏捷的代理人。可她受着一个叫弗拉克太太的人的影响。我从没见过弗拉克太太,只觉得她靠不住。弗拉克太太可能是无辜的,可是,当某些女人一起坐在黑暗的房中,听着她们的肚子在咕噜咕噜地叫着的时候,最可怕的思想便会钻进她们的脑袋里。"

"她们住在哪儿?"

"哦,在某个街道上。那没什么重要的。我想您说过什么先生啦……"她不再为自己说不出个名字而惭愧了。"我们是同某种锁链联系着的。我本人深信有两种锁链,互相对抗着。假若乔利太太和弗拉克太太只是她们各自锁链的两个链圈,那么,当然喽,我们就没有什么可怕的了。可是……"

她缓慢地引着他穿过那已被深红色和金黄色的晚霞带着文艺复兴时的光彩染过的宅第。一尊雕像的大理石和一盏枝形吊灯的结晶玻璃为着自己的美在颤抖着。

"走这条路吗?"他问。

"我带您从后边走,"她说,"那会更近些。"

厨房的桌子上放着一把刀子。它也是一道长条的光。

"若是我们心里能保留住正确的东西永远不忘,"她脱口说出,"您知道,我就可以为您而死了。"

"那么说再没有正确的东西了。"

希梅尔法布笑呵呵的。他接过她已从桌上拾起的那把刀子,又将它扔回它那光潭里。

"它是用来切面包的,"他说,"一个没有感情,但高尚的东西。"

这样,她抑制了感情,在到达后门的最后一段,她用力地咀嚼着沉默。

她站在台阶上给了他最后的指示。

那个曾翻山越岭向她走来的人那相当死板、油腻的脸被那最后的光亮和人的交际的奥秘触及得有了生机。

"大约这个时候,你总得离开我,"她站在台阶上往下看着,心里想着,"你在家里搞着什么秘密的事,"她抱怨说,"可我不妒忌。"

"没什么秘密啊,"他答道,"晚上这时候我要回去祈祷的。"

"呵,祈祷啊!"她咕哝着。

接着她说:"我从没做过祈祷。没当女主人时做过。那时我非常年轻。"

"可是你已用其他的方式祈祷过了。"

她面有愠色地避开了他的话,若没有出现另一种想法在恼扰着那个表面,她也可能已经在准备粗野的东西了。

"哎呀,什么会拯救我们?"她感到纳闷。

还没等他回答,她便喊道:"瞧!"

一边在金色的强光中,挡住了自己的眼。

"就是在晚上的这个时间,"她的嘴喘息着,同时在词句上下着工夫,"有时,想到结局我就害怕。我会一阵惊厥跌倒下来而车轮仍在滚滚地前进着。任何虚弱的人都受不了。有时我一躺就是几个小时。我想我不忍去看它一眼。"

"你现在不看就不对了。"希梅尔法布挖空心思地说,"这落日的余晖真是异乎寻常的美啊!"

"是啊。"她说。

而且有点诡秘地笑了。

"还有那灰色的车辙,"她观察着,"车轮陷到里面啦。还有那小巧玲珑、柔软羽毛般的车轮。"

希梅尔法布辞别了赞那杜的女主人。他不能像别人那样把她简单地看作个疯女人,因为他本人也卷入了那同样的疯癫之中。因为此时树顶已经着了火,救护车的铃声又一次为他鸣响了,还有那些救火车的轰隆声。当他悟到从人们思想的瓦砾中解救他们将是无尽无休,他不寒而栗了。于是,尸体将继续抬出,藏在毛毯下,而那些相信自己仍活着的人则坚持回到自己的残骸中,去寻找牙齿、手表,或其他确认的必需品。然而,最受欺骗的则是那些用阴郁的嗓音抗议的人,他们已被引入植物、石头、动物,有时甚至人的结构之中。因而,那些人在哭叫了,在梳理着他们那被浓烟熏黑的头发。他们已被铃声、祈祷、命令,以及对痛苦生活中,由他们的不幸促成的多次火灾的咒骂声弄得精疲力竭了。

只有那战车本身此时却在回忆的云朵上笔直地、悄然地向前驶去。

希梅尔法布沿着赞那杜通往撒尔沙帕里拉的路沉重而缓慢地走着,被身体的困乏和与朋友的沟通安抚着。他打了几次哈欠。那难以名状的朵朵鲜花洁白的面孔一接触到黑暗便抽动起来,发出微光。石头抱窝似的静坐着。他,那个人中最顽固的人,可能下一步会明确分派去给一块石头披衣了。他顺着山路走着,火花从靴子底下,从路的表面喷射出来,喷得那么远,以至带着世界上所有的慈爱,他也不能弯下腰为自己将它们捡起。它们是那么无从捉摸,甚至连大卫①和阿吉巴②也不能赎回那失去的火花。

  那个犹太人漫步着,被石头绊跌着,最后来到他那单薄的房屋前。进去时,他触到了门柱上的《施玛篇》。

---

① 《圣经》中古以色列国王。
② 阿吉巴·本·约瑟(Akiba ben Joseph,公元前50—前135),古代犹太教法律家、哲学家和政治家。曾收集大量犹太教口传法规,为后人编写《密西拿》奠定了基础。

第十一章

每天早晨,希梅尔法布都是乘公共汽车到巴兰纳格利上工。他坐在罗塞特雷工厂的钻床旁,给布赖塔自行车车灯厂做着贡献。窗户底下,那条平滑的、青葱的河水奔流而过,但却见不到它的踪迹,因为窗户的位置实在太高了。开始时曾对那碧绿的流水颇有兴致的那个犹太人,如今就连空闲时,也很少对它理会了。由于他是沿着河沿走向汽车站的,那河流已变成了一条绿色的弯曲线,或者一条河流的象征。

一次,工头厄尼·西奥博尔兹由于刚刚收到了一笔讨人喜欢的红利,他竟激动得和那犹太人打起招呼来。他问:"你好吗,米克?"

"好。"犹太人用他学过的话回答说。

已经感到遗憾的工头,这时又前进一步。他可不是个心肠不好的人啊。

"你从没结交过伙伴吗?"厄尼·西奥博尔兹问道。

"大家都是我的伙伴。"他说。

他感到一阵不可思议的惬意和轻松,似乎那是真的一样。

可是,那又使得那工头怀疑和不满起来。

"哦,好吧,"他吃力地说着,一边出着汗,"我不是说我们没有一个像样的体制。可是当一个人交上伙伴后,他就有了更好的发展机会。我就是这个意思,明白吗?"

希梅尔法布又笑了起来——这天早晨,他倒轻率了——他答道:"我将以天意为伴。"

西奥博尔兹先生目瞪口呆。他烦恶文质彬彬的谈吐。滴滴汗珠煞着他那毛茸茸的腋窝。

"好啦!"他说,"别再提啦!"

说罢,蹑手蹑脚地离开了。

希梅尔法布本可以马上跑到工头跟前,至少可以拍拍他的肩膀,看看他的脸,因为他无法解释为什么刚才自己会傻里傻气的那么快活。可是,那位显要人物,此时却弯着膝,屈着肘,已经走得很远了。

一点不假,正像厄尼·西奥博尔兹感到的那样,那个犹太人在他的同性中还没找到一个朋友。尽管自从他来到这个国家,他曾给许多男人提过建议,为此,他常常乘坐火车,并且常常在夜间行走在镇里的街道上。有人问他主意,有人向他要钱,他都尽其所能,设法满足。有人受其恩惠,却无动于衷,觉得理所应当;有人则似乎把他看成是上帝的派遣。结果,他不得不独居简出,免得别人胡思乱想,免得自己羞愧难当。还有人怀疑他是什么密探或性变态者,当他将他们从呕吐物中提起之后,却招来咒骂。有几个安息日,在犹太教堂之外,他曾和他的一些犹太同胞说过话。但他们的疑心却最重。他们变得异常和蔼,然后召唤来站在一旁的摸着貂皮等待着的太太们,钻进汽车,便朝着他们希望能安全藏身的拥挤的砖房飞快驶去了。

于是,希梅尔法布依然形单影只,无依无靠。

或者说连个伙伴也没有,他战战兢兢地重复着。

他立刻想起了那个他未曾与之讲话的澳洲土著人。

因为那土著人仍在罗塞特雷的工厂里。大家都说他是个懒惰有余的没用的家伙。可是,不知怎的,那话似乎倒合他的意。有时,他喝个烂醉回来了,不是带着一只血红的眼,就是皮肤上添了新伤。一个体面人不愿挨近的畜生,只能整天和扫帚在一起。

然而,那犹太人此时意识到他和那个一起干活的废物建立起一种异乎寻常的没有联系的关系。是否可把那种关系描述为实实在在的,却未曾认可,不声不响的,却意味深长的呢?且看:他如何觉察到那土著人的走近,如何去迎接他的沉默,每次他们擦肩而过时,他们又如何都将止痛药膏贴在伤口上。

说来可笑。他俩都是羞羞答答的。总是转过脸去,依旧等待着。有时,土著人会吹起滑稽的口哨,吹起某支从收音机里学来的流行曲调。他会噘着双唇,将那已往相当粗俗的主旋律吹得更加不堪入耳。有人说那是毁灭。可是知道他的那位有一定年龄的大鼻子朋友是决不会上当受骗的。

他们本可以就此停止。他们在生活中毕竟各自都经受过打击。

后来,有一天,在工间休息时,希梅尔法布走进盥洗室,那里拙劣的木器、冒着湿气的水泥墙和污渍斑斑的瓷池已变得不足为奇了。他坐在那里,倚着头。吐噜噜的蓄水池和蒙蒙细雨般的水龙头那发人深省的几种音调关照着他血管跳动的脑袋。

他常常在工间休息时坐在盥洗室里,独自一身,无人理睬,直到重新干活为止。他总是特别安静地坐着,可是眼下那个特殊的时刻,他的手却触到了别人忘在长凳上的那本书。对于希梅尔法布来说自然要读一下眼光碰到的任何印刷品了。于是,他马上带着惊愕的神情读了起来。

> 我定睛一看,只见一股旋风从北方吹起,旋风中卷着巨云和火焰,光芒四射,其中心正是来自火焰的琥珀色。
>
> 也正是在那琥珀色的中心,出现了类似的四个神人:它们看起来像是人。
>
> 各自都有四张脸,各自都有四只翼⋯⋯

可是，那犹太人听到的不再是他那压过蓄水池的柔和潺潺流水声及水龙头的颇为刺耳的蒙蒙细雨声的自己的声音，那是众声之声——混浊的、沙哑的，从连续的意义上讲又是凄凉的。那可能是那位歌咏班领唱者卡茨曼的声音。然而，那声音不再想赋予那些神人本身以巴比伦黄金般的寓言光彩。它们都有着人的躯体：那古怪人的扁鼻子、那油滑的皮肤、那由汗水胀大了的毛孔、那被磨难和错误变细了的嘴巴、那在环境的逆风中吹拂的大活人的死沉沉的头发。

犹太人读着，或听到了：

……各有双翼相互连接着，另外两翼遮着身体……

不管他通过观察了解到什么，他都能阅悉隐藏在体内的一根根血管。

往昔的嘴唇此时稍快地扇动着词句，仿佛那张嘴已适应了时间的加速。事实上，工作时间几乎已到。转动带正在绷紧。下面的车间里有了皮革的重击声，金属合金油滑地移动着。

可是，那位读者不能不读下去：

……神人离去时，车轮也随之滚滚而过；神人升腾时，车轮也随之冉冉升起……

车间里的机器启动了，整个盥洗室也在反抗了，但它很快就被淹没了，随之颇为轻柔地漂浮起来。由于机器的轰鸣，水龙头和蓄水池发出的声音不再听得到了。

然而，那犹太人的声音依然在读着，绝对是他自己的声音，而且很洪亮，超过了那些恢复了活力的机器的牢骚声：

……神人的头上,天空明静,苍穹茫茫……

这时,土著人进来了,寻找起他漏掉的东西。

一见自己陷入困境,他马上保持住身体的平衡,撑着他那通常扁平的、压迫的拇趾球晃动起来,不知如何是好。

犹太人却满面生辉。

"那是《以西结书》①啊!"他说,却忘了他与那澳洲土著人一直避免交谈的习惯,"有人在读《以西结书》,我发现这本书放在长凳上,是打开的。"

他高兴得唾液四溅。

土著人站在那儿,两手交替着翻来复去地摆弄着一个废棉球。尽管此刻他绷着脸。

"是你的书吗?"犹太人问。

这时,那澳洲土著人一反常态,开了口。

"是的,"他承认了,"是我的书。"

"那么说,你读《圣经》喽。别的先知的书读过吗?读过《但以理书》②《以斯拉记》③《何西阿书》④吗?"同样的不可遏制的热情驱使犹太人问道。

---

① 《圣经·旧约》之一卷。传为先知以西结所作。集预言、讲演、哀歌于一书。共四十八章。
② 《圣经·旧约》之一卷。基督徒一般将其与《以赛亚书》《耶利米书》《以西结书》合称为四大先知书,编者佚名。共正经十二章。该书用启示文学体撰写,借相传先知但以理所预言的形式隐喻当时(公元前二世纪)时政和社会问题。
③ 《圣经·旧约》之一卷。在《希伯来圣经》中,它与《尼希米记》合成一书,属《圣录》部分。通俗拉丁文本《圣经》分为《以斯拉记》上、下卷,记述同一历史年代(即波斯帝国统治时代,约公元前538—前398)的情况。作者不详。
④ 《圣经·旧约》之一卷。传为公元前八世纪北方以色列国的先知何西阿作,共十四章。叙事用散文体,预言用诗歌体。记述了先知所讲的神谕,讲述了上帝的公正和以色列人所犯的罪恶,预言他们将受到上帝严罚。

可是土著人似乎不想陷得更深，他的嘴唇迟钝而稳重。

他说："我们最好下去吧。"

说着朝车间的方向甩甩头。

"好吧。"犹太人赞同地说。

土著人瞬即拿起书，藏在显然装着他的私人物品的包裹里。

希梅尔法布着上了迷，脸上挂着和缓的、出自内心的微笑，这足以让那些排斥他的人大动肝火了。

"有意思，"他禁不住说道，"但我不想问你问题，看得出你也不愿意回答。"

"问又怎么样？"土著人耸耸肩，"我是由一个当教区牧师的人抚养大的。就这些。有时我也读读《圣经》，可不是由于对上帝的信仰。我读它是因为读着心里豁亮，而且还能消磨时间。"

土著人说那话的声调古怪得很，但却是发自肺腑的声音。

之后，两人又返回各自的岗位，因为，在传动带痛打着罗塞特雷的工棚时，机器在嘲弄他们了。

犹太人坐在钻床旁钻捣着，钻捣着金属薄板，一面思忖着刚才发生的事是否会对他们今后的关系有所改变，但又像不能改变似的，仿佛那关系在最初固定的模式里存留的时间过长。开始时所形成的某种僵持状态也许已经松动。只要那土著人走过，那犹太人便能感到。他们之间可以感知到对方的存在，但绝非再有任何语言上的交流。有时，那年轻人几乎要咕哝出声；有时，那年长的人几乎要点头示意。不然，他们就相互寻觅，对此甚至都可以互相理解。一次，土著人微笑了，但并非笑给那位煞费苦心的熟人看，而是针对随便哪个心领的人。假若犹太人心领了，那也纯系偶然。他认为那微笑是一种不偏不倚的完好的表示。

然而，对面前那个大活人的研究，希梅尔法布的精神振奋起来。他与那个人由沉默，也许还有忠诚，奇特地联系到一起。还有一次，他们同时来到门口,无法回避了,必得一起走出,这时,他禁不住向那黑人开了口。

"我们谈话的那天,"犹太人贸然说出,"不是我没想到,就是没来得及问你的名字了。"

土著人本想发火,可当意识到那不是什么圈套时,他好像又很快改变了想法。

"杜博,"他轻松地说,"阿尔夫·杜博。"

说完便轻快地走开了。那天他很快活。他捡起一个石子,在碧绿的河面上打了几个水漂。他站着眯着眼看着太阳,阳光撒在他那宽大的牙齿上,他可能在微笑,但更可能那是凝集在他整齐牙面上的光。

阿尔夫·杜博生长在一个河流纵贯的小镇上。那河流从未干涸,到了雨季,河水总要溢出陡峭的堤岸,将低处的房屋淹在水里。对于那男孩的童年时代,那河流占有举足轻重的位置,甚至后来当他漂泊异乡,他还时时想着那褐色河流浓荫的堤岸,连同它那树叶编织的烁烁帘幕,时时想着精心挑选的形状喜人的各种卵石。傍晚的河流对那男孩儿最富魅力,他总在镇里人修了公园的河流某个拐弯处荡来荡去。高大竹子的橙色的竹节在黄昏中颜色更加浓重,本地树木的闪耀的叶片似乎蒙上了一层更为深绿的水气。那男孩儿的浅黑色的河流朝着夜晚径直流过。黑皮肤的土著女人开始集聚在河岸上,她们有些人穿着白人妇女扔掉的衣服,另一些则穿着从商店买来的华而不实的便宜货。当土著女人们横躺竖卧咪咪笑着,期待着的时候,她们衣服上的朵朵鲜花撒到了暗黑色的土地上。谁会理睬她们呢?在那里闲荡的通常是白人小青年和比较老的酒鬼,他们兜里都揣着钱还带着一两瓶酒。一次,他目睹过一个土著女人将衣服塞到情人怀中,一头扎进河水里,直到她搅起的水波被渐深的夜色所吞没。不过那事挺稀罕。尽管也很让人激动,他还是走开了。

帕斯科太太一直站在厨房门口。

"阿尔夫,你到哪儿去了?"她问。

她头巾下面的那张傲慢的嘴巴还在重复着:"阿尔夫你到哪儿去了?阿尔夫你到哪儿去了?阿尔夫?"

她还没有睡觉。

"到河边去了。"男孩回答说。

"这么晚了,"她说,"不该到处游荡了。考尔德伦先生一直在找你呢。他要让你列举一个拉丁文动词的变化形式。可首先还有另外几件小事儿得干。记住,小时候有用长大才受欢迎啊。"

于是,阿尔夫拿起了抹布。他迷迷糊糊地来回走看着,而她却在泼着水,说道着,希望那个拉丁文动词没能被忘掉。

其实,阿尔夫·杜博不是在那个镇上出生的。他出生的地方离镇不远,是在那蜿蜒曲折的河流的另一个拐弯处的一块保留地①上。他是由一个叫马吉的年岁不小的土著女人生的,可是,他的父亲是哪个白人汉子,她却根本说不清。他本可以在那里待到可以干活或直到长大成人,可他偏偏早早地离开了。事实上,当时他还是个细胳膊,细腿,笨手笨脚的毛孩子,那都是由于当时还是英国圣公会纳姆伯拉教区长的蒂莫西·考尔德伦收师的缘故。

考尔德伦先生和他那寡妇姐姐帕斯科太太领养了那个男孩,着手了他们称之为了不起的尝试。考尔德伦先生是个很有主见的人,然而,他那较有洞察力的教区居民们却注意到他的高见总得不到施展。如果说需要洞察力较强的人才能注意到此事,那是因为他迄今为止的种种失败大多都无害于人。他确实也是个于人无害的人,结

---

① 划给土著人居住的特居地。

果,他从比较大的邓布伦镇迁到纳姆伯拉。代表主教的此种观念曾使那教区长泫然流涕,然而,只有他的姐姐才理解他,他们一同为他能获得那种逆来顺受的力量而祈祷。

令人更为苦恼的是蒂莫西·考尔德伦牧师是位极有教养的世家子弟。授任了圣职之后,他的种种打算使他匆匆离开故国来到此地。除了懂拉丁文,他也能阐释希腊文本的《福音书》。他熟谙每一战役的日期,各种植物的名称。他继承了《大英百科全书》的一整套版本,以及一枚图章戒指。假如纳姆伯拉的教民们对他的名门出身和满腹经纶不予赏识的话,那他只好宽容为怀了。他也的确不为此而计较,不仅出于虔诚的祈祷,而且也由于他那了不起的尝试的适时的构思。对于小阿尔夫·杜博,那牧师下了决心毫不吝啬:父爱和精神指导,至于教授拉丁文动词和各种战役的日期就更不在话下了。

阿尔夫·杜博一开始就显示出他是个异常聪颖的孩子。对他感兴趣的人们很快就相信只要他愿意,任何事情几乎他都可以学会。只是他的爱好是什么呢?很快就变成了问题。他聪明,但又懒惰,那是教区长的那教区居民们看在眼里、喜在心上的最大疑虑。除了教区长,谁还想不到保留地上一个年龄不小的土著黑妇生的小杂种会懒惰成性呢。当然喽,评论家们想不到那孩子可能从他的某个爱尔兰祖先那里继承了邪恶。仅仅是礼貌才使他们将阿尔夫的爱尔兰祖先们变成了神话式的大蛇①。

一次,当男孩问道:"考尔德伦先生,我学这些拉丁文动词将来有啥用呢?"教区长本人这才开始怀疑起被他监护的那个孩子的懒

---

① 《圣经》记载上帝照自己的形象创造了亚当和夏娃,将他们安置在伊甸园,负责管理大地和所有生物。但园中的大蛇诱使他们偷吃了禁果,愤怒的上帝遂将他们逐出伊甸园,以辛劳的工作和死亡来惩罚他们(见《创世纪》1—5章)。

惰了。

"哦,"教区长说,"首先这是一种训练。可以陶冶情操。"

"可我看不出它们会有什么用处,"男孩用柔和的、模仿的声调抱怨说,"我想我不会有那种情操的。"

然后,他令人遗憾地绷起了脸。他常常绷着脸胡写乱画,每到这时,他的导师只好承认对他毫无办法了。

"有时,我怀疑是否我们不够明智。"一次,教区长对他的姐姐说道。

"噢,不过在某些方面,蒂莫西,他的进步还是很明显。譬如素描。"帕斯科太太颇为自负地坚持说,"在素描方面,我都教不了他啦。他很懂色彩。阿尔夫是个艺术型的孩子。"

"艺术,是啊。可生活呢?"

教区长叹了口气,他为他的拉丁文动词在郁郁不乐。

阿尔夫·杜博果真喜欢绘画,他常常在给教区长的长角奶牛挤奶时,在围墙上胡涂乱画。

"你在干什么,阿尔夫?"人们问道。

"我在标出它和公牛交配的日子,看看有几个星期了。"男孩答道。

别人不再问了。他早就注意到帕斯科太太宁愿将目光自然地移开。所以他又能自由自在地在牛棚围墙上乱画胡涂了,他感到存在着许许多多微妙的线条,然而却证实不了。

每当这时候,他都暗自欢喜,当帕斯科太太碰巧说道:"啊,哎呀,我的头痛啦!但我们不能忽略对你的教育,对不,阿尔夫?把我的水彩盒拿来,我们还接着上次继续讲。我认为你开始掌握素描的要领了,甚至很可能你还有潜在的天资呢。"

年轻时,帕斯科太太就不得不在几种天资中做出选择,不言而喻,那些都不是潜在的天资;的确,它们都特别明显。一则因为素描和钢琴,一则因为柔和的女高音的歌喉,使她一直过着一种心神烦乱的生活,直到她明白了为了耶稣基督和阿瑟·帕斯科牧师,她必须放弃所有的个人抱负。不过,对于素描和水彩画她还保持着一定的兴趣。天气允许时,她便支起画架,匆匆作画。她的癖好——因为,除了作为一种专门的能力,她自己不予过多思考——已经证明在她艰难困苦时是她的一种特殊的慰藉。因为帕斯科太太年纪轻轻的就守了寡。

"千万记住,阿尔夫,艺术首先是一种道德的力量。"一次她对学生说,一边示范着白色如何能使单调的画面活泼起来。"真实,"她补充说,"是那么美啊!"

至少他被她的画笔迷住了。

"看,"她说,一边轻轻地点了下,"一个小点儿就能使每颗樱桃变活了。人们得承认创造性的艺术真是不可思议啊。"

他不得不深信某种潜在的能力了。

"让我来,"他说,"让我现在就试试吧,帕斯科太太。"

他画得真快。还没等老师对她想仿效的叙述线索理出个头绪,他就画出了一碗樱桃——还画上了光线的最强处——或者说画出她放在食橱里的石膏手。这却激怒了她,甚至起初还使她丢了脸。

"我希望你不是个自以为是的孩子。"她总这么说。

那话没滋没味没法回答。

有次,她将一盆说是攀缘红蔷薇的花——稍微有点像——放到他的面前。

对他来说,那就是素材。他画得花枝招展,亭亭玉立,又在每朵红蔷薇周围画了一圈蓝边,以便让它们永远得到收容。

她笑了笑,说道:"你见了水彩就想画。哪有这么红的东西。尽管敏捷的观察是重要的,可是你还得学习呀。"

帕斯科太太最喜欢在学生作画时说长道短。她总是坐在椅子上向后靠着,两脚放在剌花小凳上。多年之后,杜博在一家公共图书馆里偶然看到了一张图片,他才明白:从实际意义上讲,帕斯科太太已经真正到了戴无檐帽的女人们的那种更为懒散的年龄,打个比方,她似乎正倚在她那小黑孩子的肩膀上。

在纳姆伯拉的那个装有墙面板的起居室里,在有裂缝的、起了皱的屋顶下,帕斯科太太的声音和绿头苍蝇的嗡嗡声交织在一起,犹如连续不断的、应答轮唱的赞美诗。

"我得告诉你,阿尔夫,为了帕斯科先生,我抛弃了一切,甚至搽胭抹粉,不过,当然喽,我的皮肤细嫩,面庞白净,不搽粉也算不得什么。可是谁不这么做呢!他是个可爱的人。性格最好了。身材特别修长。可是,"她咳嗽了下,"像个运动员似的,我就看他打网球时一跳就跳过了球网,阿瑟从不想绕道走。"

学生在忙碌着,或者出于礼貌,间或地抬头看看。帕斯科太太先前那红润肤色此时却变紫了。那是由于血压和天气的缘故。

有时,孩子坐在画板前一动不动,她便会抱怨道:"你准是没画完,阿尔夫,我刚给你布置下题目,是不?"

"是啊,"他答道,"还没画完。"

他是想图个平静。

她总是坐着,等着。

到他调完了几种新颜色,他又画了起来。有时,她认为他的眼睛瞪得太狠了,他的胸脯也太拘束了,那无益于健康。

她总说:"得给你找几个小耍伴儿了。时常做些激烈的游戏对任何孩子都有好处。并不是说我赞成暴力,只是说他们得具有文明人的男子气。"

他咕哝了一声,应付了一下。在另一种压力之下,他还想不出该说的话,因为他一直在忙着他的画呢。

一次,帕斯科太太盛颜料的锡盒子咔嚓掉在地上。

"啊!"她叫道,"要是那些小瓷碟摔碎了,阿尔夫,我就会特别难受了。那个盒子——我对你说过,是不——是帕斯科先生送给我的一件礼物啊。"然而,什么也没摔碎。

"可这是什么?"她问,仍在喘着粗气,"这到底是什么,阿尔夫?"眼睛看着他的画。

似乎她抓住了他的什么见不得人的把柄。他双膝并拢坐在那里。他那秘藏的中心正在勃起。

"那是棵树啊。"好半天他才回答。

"一棵特别奇特的树!"她善意地笑了。

他用朱红色触了触,那画好像流出了新鲜的血液。

"这些古怪的东西是啥?是水果——对吗?——挂在你的树上?"

他沉默不语。铁皮屋顶在噼噼啪啪地响着。

"它们一定意味着什——么。"帕斯科太太坚持说。

"那些,"接着,他说,"是梦。"

可是,他感到羞愧了。

"梦!可是没有迹象表明它们是那种东西。只是形状罢了。我应该说是些不——成形的肾。"

于是,他更加羞愧了。

"那是因为那些梦还没被人做过呢。"他慢吞吞地说。

所有的胎儿在那张可以渗透的纸上哆哆嗦嗦的。

"恐怕那画不大健康。"帕斯科太太私下里对她的兄弟说。如果不是一个经过训练的头脑才构思不出那么古怪的东西呢。

"可那孩子的头脑不是一点都没经过训练啊。你不是着手训练他了吗?"牧师禁不住说道。

他还为他的拉丁文动词在懊恼呢,显然他认为姐姐用绘画的手段已把阿尔夫·杜博笼络住了。

"应该承认我有点怵头了。不知道该不该这样继续下去。"帕斯科太太沉思着说。

"你已经激发了他的想象力。那就行了。"教区长叹息道。

想象力,只那么一点点,那正是他自己的不幸,因为它成事不足,败事有余呀。他是个沉闷的人,见到他便使人联想起灰面包。假若他少几分温和,多几分刻薄,他也许会让人钦佩的。他本来有着一个漂亮的鼻子,足以触到冒犯者的痛处,然而,蒂莫西·考尔德伦牧师从未想到把自己身体的一部分当作武器,结果是谁也不怕他,谁也不尊敬他,甚至连他的姐姐也是如此,她只是心疼他,因为不那样将会令人震惊的,况且她也没有别的亲人。

当他指导教区生活的宗教仪式时——那不冷不热、完全虔诚的礼拜式,那对与世无争、和和气气的教民们的探望,那总有几位贵妇在估量着五彩缤纷的蛋糕的重量的每年一度的盛宴——那位教区长心里总是想着他的秘密。当然,秘密只有两种,他的性情不会趋向于更多。可是,就那两种秘密,其中之一足以令人惊愕;而另一种,他则向来不愿承认,但他又孤注一掷地依赖着它汲取营养。

在那个钟声灌耳、系带飘拂的北方主教管区里,考尔德伦先生是个地地道道的英国圣公会教徒。随着气温的升高,焚香的烟气也愈来愈浓,但鼻孔总可以忍受得了。人们宽慰地发现来自罗马的风雅和礼节并未一直保留下来,从而免受了任何福音派教徒[①]的狂热的摧残。即使当不顾帕斯科太太的小心警惕,系带仍在麋沸蚁动中扭断时,即使当圣餐[②]在夏季暂停了,最好的意图挣扎出专心的界限时,那种原来的纯洁依然在那里占有着上风。譬如礼拜日,考尔德

---

① 即新教会教徒,强调因信基督而得救,教会的仪式为次要。
② 基督教主要的仪式之一。新教称"圣餐",天主教称"圣体圣事",东正教称"圣体血"。据《圣经·新约》载,耶稣同使徒进最后晚餐时,对饼和酒进行祝福,并分给他们饮食,并称其为自己的体和血,是为众人免罪而丢弃流出的,且命为使徒们学好此行之,以纪念他。

伦先生来来去去。他那无可责难的双手便摆好了圣饼①,他那平淡无奇的嗓音便吟咏起来,绝不会打扰对往事的追忆或贵妇们的思考,窗户下面,绿头苍蝇当了他的助手,窗户上面,挂着圣乔治的肖像②。

在他的心爱之物——那位身穿法兰绒、雄壮威武、飒爽英姿的圣乔治肖像之下,教区长常常一边沉湎于自己那隐秘的生活,一边监督着屡屡被男孩所遗忘的那些祈祷程序上的实际职责。也许他那不全是苦行僧外套的黑色长袍的摆动使那位沉默不语的人联想起为心灵而设计的某种更为自由的舞蹈动作。不管怎样,当他放下餐巾或祭坛用瓶,或从教堂的靠背长凳底下找回一本磨损了的祷告用的诗篇时,他便会发现自己在思慕着某种更为有力的表达方式去表明信仰,而这是不被他那消沉的本性和家族的见解所允许的。换言之,蒂莫西·考尔德伦牧师心中渴望着能表明那信仰的表示放射出光芒。可是,他当真晓得该如何做吗?至少,在他的想象中,那些皮肤洁净、身穿亚麻布制的宽大白色法衣的男孩们的那洪亮的声音愈来愈高昂地唱出了赞歌,他那胆怯的灵魂因而也得到拯救了。他将会得救的,但不是靠工作,在炎热的气候下,那太让人疲倦;也不是靠语言,无论如何那太陈腐了;而是靠年轻人,确切地说,靠永远绷紧的发声力。

对那位谦恭的教区长来说,所有他不曾是,也不曾经历过的都注定具有吸引力。在上方悬挂着那幅金发碧眼、手握利剑刺着一条龙的神圣人物肖像的窗户下面,他的姐夫阿瑟·帕斯科常常会出现在蒂莫西·考尔德伦的面前。他跳过网球网,便突然搂住那弱者的

---

① 圣餐用的未发酵的圆面包片。
② 圣乔治(三一四世纪),相传古代基督教殉教者。英国基督教奉为守护圣人。拉斐尔所作名画《圣乔治》的形象是:骑在战马上,手握利剑,刺死一恶龙。

肩膀。阿瑟短暂的一生，真是一路顺风：有着感到激动的和激动人心的信仰；接受过传教士的热情奖赏，但也经受过辛苦，与一位可爱的姑娘结了婚。当人们看到埃米莉叛教的理由不完全属于福音派的，而后又是某种程度上的殉教，没有谁去责备她。因为，虽然他虎背熊腰，身强体壮，但他在血气方刚的二十六岁时，在伯特斯维莱小路上，竟被风湿症夺去了生命。在悲悼的人们中也许最难过的并不是他的遗孀。一个寡妇可能会因那戏剧性的场面得到了安慰。一个女人可能会因那最辛酸的记忆轻忽了痛苦。最痛苦的是那位妻弟，但却无人知晓。

阿尔夫·杜博到他们那里还没多久，教区长就说："埃米莉，今天早上我注意到你一句话也没说啊。"

"是啊。"她说。

他们行走在通往教区长住宅的那小段路程的尘土上。

"我记得，"她解释说，"今天是阿瑟的忌日啊。"

"你记得！"他笑出了声。

那笑声虽说有些奇怪，但埃米莉·帕斯科是属于不仅健忘，而且也推测不出别人感情的那种人。当然喽，假如不是那么迟钝，她是会看到她的兄弟是在强颜欢笑，自我安慰的。

他们共同的生活充满了暗流，有时威胁着要将他们吞没。于是，那个土著男孩的出现起初确实使他们感到了宽慰，甚至有了得救的指望。如果说那姐姐只是似懂非懂，那么那兄弟则完全意识到他的希望全都集中在阿尔夫·杜博的身上，通过他，他希望能有所得，假如不是个人的得救，至少也是一种精神上的安适。到后来，他才发现他只是给自己的穿戴增加了一颗铁钉。

因为教区长不擅言谈。看到那男孩儿除非用他导师为之悲叹的涂了颜色的那些谜，一般也是不想发表意见的。

在帕斯科太太那天早上发现了她的被监护人那幅魔鬼般的图

画之后没多久,蒂莫西·考尔德伦看到阿尔夫在查阅一本书,似乎他根本不知道自己应该去做他不能抗拒的事情。

"喂,阿尔夫,"那位和蔼可亲的人慢慢吞吞地说,"发现什么有教益的东西啦?还是只感到有兴趣?"

他问的不是那个意思,不过也问了,而那男孩由于狂热的需要还在翻动着书页。

"我发现了这本书,"阿尔夫答道,颇有不言而喻之感,"很有趣。"他补充说。

他呆板地说着,事实上,此时他已经精疲力竭了。

"啊,"教区长说,"我想这是我姐姐学校里的一个熟人送的礼物。那人一定知道她在艺术上的兴趣。"

男人和男孩还在一同看着书。

那里的世界突然变成了光的微粒。倘若光亮没有通知观察者那的确是肉体中的肉体,那么,沐浴人的四肢便可能一直还是石头;甚至那水也变成了原始裸体的幻象了。在薄纱的骚动中,舞蹈者们被卡住了片刻。洗烫衣服的女工们熨烫了涂了粉的蝴蝶的一个斜分的世界。坚固的灯笼带着混浊的、欢快的、突发的光震颤着。

"法国人,"考尔德伦先生在谈完了书名之后说道,"看待事物的眼光就是不同。"

男孩为他的发现特别激动。

"他们毕竟是个不同的民族啊。"教区长评论道,一边会心地微笑着。

这时,那男孩在他终生难忘的一幅画上停了下来,品头论足的,希望能有所改进才好。他看的是某位法国画家的作品,作品的名字像往常那样无关紧要。在那幅画中,战车升起了,前面由几匹大马拉着,沿着那通往太阳的小径。那神的手臂——因为画面上暗示出那是个神——照亮了四个隐约可见的人物的脸,那些人物都直挺挺地坐在小巧玲珑的战车里。一把徒劳无功的火炬拖曳着它那有形火光的一条条飘带。

"阿波罗。"教区长解释说。他不想继续说下去,或者评论了。

可是阿尔夫·杜博却说:"那只手臂画得不好。没有我画得好。那些马要是让我画。"男孩声称:"就该让火从尾巴里喷出来。在我的画中,什么东西都在动。因为,本来就该是这种画法。"

"你是个合格的小艺术家呀。"教区长数落着,然后苦笑了一下。

"火和光都是运动着的。"男孩坚持说。

这时,那男人再也不能容忍对他的权力的忽视了。他触了触男孩的头,只是轻轻地点了点。他说:"来,阿尔夫,合上你的书。我要你想想别的事儿了。"

他拿出《圣经》,从《约翰福音》①开始读了起来。

"约翰②,"他解释说,"是那位耶稣所爱的门徒。"

那牧师讲述了心灵的爱与美,讲述了基督生活的每件事如何被他的品质所照亮。当然喽,这些男孩以前全听说过了,可是眼下他又怀疑起怎么自己对此不能再有新的体会了。的确,看来他仅能理解的就是他能够看到的东西。虽然有监护人的不断努力和一系列含混不清的彩色图片,可是他还没有亲眼见到耶稣基督呢。此时,他想起了在保留地的一夜,当时他母亲接待了一个叫乔·马伦斯的四分之一混血种的人,他狂热地爱着她,并给她带来一瓶甲基化酒精③作为表示。很快,他的记忆便被那酒精爱的青灰色的痛饮所照

---

① 《圣经·新约》之一卷。传说系使徒约翰所撰。共二十一章。近世考证认为成书约二世纪后半叶。本书所述以犹大为主。神学思想提出"圣言"及"道成肉身"的命运。是最有哲学意味的福音书。
② 基督教《圣经》故事人物。耶稣十二使徒之一。被称作"耶稣所爱的那门徒"。传说《约翰福音》,《约翰书信》和《启示录》均为其所著。
③ 一种多作为燃料的酒精,不可食用。

亮,两个人已在咯吱作响的床上跳起了舞。后来,他母亲咒骂起来,抱怨说她又受到了爱的欺骗。若不是那男孩亲眼所见,她的衰退至少已经摧毁了那堵堵墙垣。他观察着那激情渐退的闪烁电光的同时,对那黑暗的皮毛以及那树叶的恶臭也颇为敏感。

"世俗的爱不是神性的同情最虚弱的反映,"教区长解释说,"可是我可以说你的精力还没有集中啊,阿尔夫。"

男孩低下了头,看到他的监护人那变得又瘦又皱的裤子里的双膝和他自己的双膝碰到了一起,他意识到,根据戒律,他本该觉察到对那位认真的人所寄予的同情,可是他所感觉的却全是膝部的压力。他被那穿旧了的哔叽衣服上小绉痕上的网眼、被他后来在城里弄懂的、当人们一起奋斗并依恋于他们已取得的那一点点进步时,滚热的内衣所发出的那种气味,强烈地吸引住了。

"我想最好就说到这里吧。"教区长决然地说。

不过他还原地未动。

还是那男孩移动了一下,一边叹着气,一边咕哝着,因为他正在看着外边强烈的阳光,他看到干完好事的帕斯科太太拿着个空空的布丁盒子回来了。

正当教区长企图将信仰栽种到那土著男孩的心田从而获得少许的慰藉时,他的姐姐却因总想着自己教导的成功,而变得胆怯了。无可否认,帕斯科太太总喜欢干些轻快的事,同样无可否认,阿尔夫正学着讨人喜欢。眼下有一大堆问题,在雅致地遮蔽着,美妙地缩小着。仿佛经过几下迎合的触摸,那男孩便可以再现出他的导师所了解的整个世界。

的确那本会是尽善尽美的,假如她不是时而发现她学生的天才的其他成果,这,正是她感到惊恐的。

一次,那学生搜出一个她小心收起来的,甚至忘掉了的破旧的盒子。

"这里还有更多颜料呢。"阿尔夫说。

"啊,"她真伪莫辨地解释说,"是啊。一些旧颜料我很久就不用啦。我感兴趣的那种活儿都用不上。"

阿尔夫挤了一管。从年久的外皮底下喷出了一股蓝颜料,是那么亮,那么蓝,他的眼睛都无法将其注意力集中了。

他只能说:"哎呀,帕斯科太太!"

甚至这时,他也得控制住自己的嘴巴。

帕斯科太太皱起眉头以做回答。

"我一直想对你解释为什么我们无论如何也不能这么三笔两笔地画完了事儿。我原以为你会记着呢。"

"是啊,"他说,"可是我能使用这些颜料吗?"

停顿之后,她果断地说:"我想,你也许不适合画油画。"

"啊——帕斯科太太!"

因为这时他已从第二个管子里慢慢地弄出了一股玫瑰色的面状油画颜料,正从第三个管的底部挤着黄色的呢。

她费劲地说道:"弄出这么多颜料都让人肉麻了,用这么多颜料在艺术上是不合要求的。不过,当然,你是不会明白了,你一定要百分之百地相信别人的经验。"

眼下,他所明白的只是希望从胃中驱出那种感觉——那在蜂拥而来的黏稠的、不断积聚的油画颜料中的脉搏的跳动。

"我可以用这些颜料画出很好的画来。"他坚持说。

帕斯科太太露出一种悲天悯人的表情。

这时,阿尔夫·杜博打出一张意想不到的牌。可谓带着神妙的兴趣,他将手插入油彩里,他没有理由要感到内疚。

"我可以用它们来画画,"他又开了口,"要是以前,我根本就不知道该怎么画。"

他摸弄着那神乎其神的蓝颜料管子。

"我想画耶稣基督。"他用一种学到的使人欢迎的嗓音冒昧地说。

"噢?"

帕斯科太太喜眉笑眼地喘息着说。男孩的话听起来十分离奇有趣。

"我不愿画耶稣,除非使用油画颜料。"他承认道。

帕斯科太太转过她那苍老的颤动的脸。她想起了她年轻的丈夫,和他那裸露喉头的力量与可爱之处。

"我想画给您看看。"阿尔夫说。

"我们会明白的,"帕斯科太太说,"把颜料拿走。现在就请吧。"

"你不能明白!"

他的声音鲁莽地激增起来。

"哦,但是我明白!"她说。

那话真是清淡无味,她险些做了重复。

"好吧,然后呢?"

"你有多么气人哪!"她反驳道,"我没有一定说不行。嗯,到你过十三岁的生日时再看。不过,我一定要你现在把颜料拿开。"

他照做了。他愿意等待了。若必要,他可以长时间地等待下去。别人谁也不会这么认真。

那期间,他差不多完全听她的摆布了,她也常常利用那种局面。

譬如,她可能问:"如果下雨天,你忘了给那可怜的波萨姆①挤奶,你怎么能指望我想着我曾答应过你使用那些颜料呢?"

教区长一直怨恨着他的姐姐。当然是因为她对他讲了所发生的事,讲起来既感人又可笑。可对蒂莫西·考尔德伦来说,那却是可怕的,以至于使他常常想起无法扭转的东西。例如:残忍。他对

---

① 母牛名。

那种较为沉闷的、不引人注意的残忍特别敏感。

"可是,你能允许他吗?"他希望着。

帕斯科太太收拢一下嘴唇。

"我将为教诲而祈祷。"她答道。

考尔德伦先生也经常那么做,但总得不到什么结果。

一次,在黑暗的大厅里,在旧书和前一天羊肉的气味中,教区长和阿尔夫几乎不期而遇。那男孩大模大样的,给人一种无所事事的感觉。每逢那种时刻,那男人便完全禁闭在自己的徒劳和谦和之中。

然而,这一次,由于突然的闯见和自怜的冲击,使他开了口:"我想你等着过生日,一定等急啦,阿尔夫。"

男孩微微一笑,说明那话既是多余的,又有些无聊。

可是教区长继续说着。

"嘻,谁知道,你绘画的天才可能是给你表达自己灵魂深处的悔罪的一种手段呢。"

两个陷入困境的人顿时冒出汗来。

"所以你应当有事干,"教区长咕哝着,怀着抑制了的感情重复道,"至少,应该有事干。"

说到此,男孩觉察到一种令人惊恐的,然而并非全然意外的事件开始发生了。考尔德伦先生笨手笨脚地抚摸起阿尔夫的头来。然后,将那头顶到自己的腹部。他们笨拙地站在一起,站在半明半暗和熟悉的气味里。

虽然起初不知如何是好,阿尔夫还是决定心甘情愿地承受着那种压力。他能感觉到纽扣和表链如饥似渴地折磨着他的面颊,然后直下教区长的腹部,他听到一种相当可怜的辘辘声。那种自我展开的声响既是辩解性的,又那么陈腐。男孩想象着一只朽迈的、柔软的、白色的虫子慢慢地抬起头来,一边摆动着,闲荡着,然后便退缩回去。他被那种幻象强烈地迷住了,甚至都开始数起那幽灵般的虫子所划出的圈数。

可是,考尔德伦先生似乎突然断定自己丝毫没有悲伤。占据他腹部的一种欢乐几乎将那男孩弹了起来。

"允许我们的感情说服我们是悲惨人物,这是不对的。"教区长用一种陌生语调扬言道。

这时,男孩还在站着,往外推着他。

后来,考尔德伦先生走进书房,那里还有一次布道的讲稿要他处理。尽管他对节约有着自己的观点,但由于电灯早已打开了,他还从来没有像那样暴露过。那是不幸的。男孩偷偷地离开了,但他那监护人的影子还在追踪着他。因为,虽然教区长那敏锐的鼻子,直到那根部闪亮的毛孔,还和往常一样那么堂而皇之;但脸上的其余部位则像陈旧的司康饼那样又白又酥。或许说,考尔德伦先生只不过是忘记了牙齿罢了。

那一幻象在男孩的头脑里闪闪生辉,接着又消失了。因为不管中途冒出了什么,他十三岁的生日就在眼前。

他的生日终于来到了。他在像是礼物的包裹上方问道:"颜料呢,帕斯科太太?我可以用您答应过的油画颜料吗?"

跟着,一次很长的停顿。

后来,帕斯科太太说:"你太重视微不足道的东西了,阿尔夫,不过按我答应过的做吧。"

那天早晨,她似乎有些担心了。她对着上嘴唇上的轻柔的头发轻轻地吹着气。

这样,他拿出了颜料。他在垃圾堆里找到一个茶叶箱,把它锤开,拔出钉子,将箱面放进饲料棚里。那胶合板白白净净的,毫无瑕疵。他把它们拿到后面的阳台上。和他一起回顾了她所记得的技术要点之后,他的导师便走开了。她不想等着看,因为此时什么事情都可能出现。

阿尔夫·杜博开始挤起颜料管了。他遵守誓言,为第一块板献出一层单调的白色,又郁郁不乐地在上面蘸上蓝色。把闪闪发光的一个个黏块弄成随心所欲的形状,然后,带着骄奢淫逸的权威几乎马上便把它们毁掉。他将白色混在蓝色中,直到变得相当淡了。他最后将那颜色涂到板子上,涂成长长的、平滑的、舌头的形状,希望那样一来可以表达他那仍然极其朦胧的意向。有时他使用准备好的刷子,但多半则用他那颤抖的手指。他不能画了,事实上,他无能为力了。一种白色的薄雾继续缓缓地移动着,该是一种蓝色视觉的东西模糊了。于是,他拿起最尖的刷子,用刷尖画了一个不悦的"O"字。从那个暗号起,颜料滴到蓝白色钟乳石状的物质上。他拿起血红的颜料,将它调薄了,然后甩到板子上,弄出许多个小点。颜料不幸地滴落下来。察觉到自己的失败,他将板子挪开了。

然而,他又继续回到他那晦暗的一团团颜料旁。他让颜料凝滞了。当他想着自己的失败,不知如何能穿过头脑中一直是一层厚厚白雾的东西时,他用木板的一个下角刮了刮脸。那个凹状物,类似弯曲香蕉的东西,被保留了下来,仿佛在等人去收容。可是,他意识到他永远也想不出一个念头比在欺骗的时刻已钻进头脑里的那个更好。

他愣了一会儿,直到他觉得自己至少观察到一种希望。在某种程度上,他赢得了自由。此时,他感觉良好,心里想着如何将他所了解的一切都体现到下一幅绘画中:褐色的尘土;他母亲的那黑黑的、沉甸甸的、下垂着的奶头;一遍又一遍捶打着大腿仿佛要将它们砍掉的那个四分之一混血人种乔·马伦斯。时光,犹如一根蓝色的金属丝紧紧地缠在他的脖子上,其他的人都融化在可怕的倦怠里。当然,也有白人了,他们在华而不实的衣服里永远是赤裸裸的。蒂姆①牧师将一杯葡萄酒举在空中。那又是至关重要的了。即使从那凹进的侧面也能看清那赤色的液体在杯中颤动。那条白虫在牧师的短裤里搅动着,消退着。爱,也是非常哀伤的。他将把爱画成一个人的已把肉剔去的骷髅——个老鬣蜥②——无论多么热切,多么强烈,但人们还是不能再找出一个。他本人和那些人在一起。他本想弄清是否爱真正存在着,它尝起来又如何。

阿尔夫·杜博整个早晨都在作画,画中有些地方甚至连帕斯科太太和教区长都能理解,而有些地方则是那么神秘,那么微妙,可能他也耐不住他们为此而渐渐表现出的愚笨。画中有的部分用四条腿行走,另一些部分则从他的手里梦幻式地漂流出来,而那,只有他,和某个不可思议的陌生人才可能识别和理解。

快到将腌泡的葱头放到桌子上的时候,帕斯科太太走进来,站到他的身后。

"唷,我从没见过!"她叫道,"真是一种有趣的画呀。毕竟我教过你了!你给它起个什么名字?"

"它叫作《我的生活》。"男孩答道。

"这个呢?"她问,一边用手指着。

"那,"他说,几乎没说上来,"那是耶稣的画像。可是画得不好,帕斯科太太。您别看啦。我还没想好哪。"

其实,她也不知道该说什么好。她的脸色变得青紫了。嘴在用力地咀嚼着。

她说:"这都是由于我的愚蠢造成的。事物并不是这个样子。纯粹是发疯啦。你不该这么考虑问题。我兄弟一定得对你讲讲,"她说,"哎呀!下流!明明有那么多美好、圣洁的东西呀!"

---

① 即蒂莫西。
② 主要产于西印度及南美的一种大蜥蜴。

她几乎哭着离开了。

他追喊着:"帕斯科太太!多美呀!真是哪个地方都美!这才是我的真本事呢。我正在学着表现自己。怎么样,看看吧。我将给您展示出您不懂的东西。您会明白的,也会惊讶的。"

可是,她朝厨房走去了。

他的嘴唇溢出了痛苦的泡沫。

正餐时,还没等阿尔夫分享,教区长和他的姐姐便展开了一场彻底的争吵。

"可是,你没明白!"她不停地唠叨着,在桌布上敲打着。

"我也不想明白,"他重复道,"我信任这孩子。那是他表达自己的特殊方式。"

"你是懦弱的,蒂莫西。假如你不懦弱,你就会亲自处理这件事。可你是懦弱的。"

他不能对那话正面反驳,不过说道:"上帝认识到人都是懦弱的。他指示了什么?爱!你是忘记了,埃米莉。要不,你能忽略爱吗?"

窗玻璃在跳跃着。

"啊,爱!"她大声地说道。

然后,她呜呜地哭了起来,窗户咯咯地响了会儿,但终于又平静下来,变成平整的玻璃了。

之后,阿尔夫·杜博走开了,因为他已经听腻了。他把他的几幅画放到盛麸皮的有盖大箱后面的库房里,那里刚刚挪腾空了,每逢遇到类似的事,那里总要空闲一段。

后来的几周,没有绘画和素描的事了。帕斯科太太说他必须学会缝补衣服和钉扣子,万一将来当上兵,那是用得着的。她还让他做许多别的事儿,像除草啦,跑腿啦,在信封上写上姓名地址啦,或者谈谈教区的新闻啦——这些他是能胜任的——而她却坐在那里,两脚安歇着。她对自己往日的生活中出现的一些偶然事件再没有吵吵嚷嚷了,而是沉思着。或者说,想着一些需要探望的病人。她比以前更频繁地四处走动了,似乎留在家里,只要走进一个房间,便可发现她不想发现的东西。

帕斯科太太独行其是,蒂莫西·考尔德伦和阿尔夫·杜博也各自为政,互不干扰。情况或多或少一直如此,只是好像此时他们才意识到了这一点。就教区长和他姐姐而言,至少他们都有着个人的目的,可是对阿尔夫·杜博来说那却是可怕的:他走到了家具、打碎的花盆和牛粪中间。一次,他将那头老母牛波西新拉的粪块攥得咯咯地响,由于喷出来安慰性的气味儿,他的眼睛马上就淌出了泪,与此同时,和油画颜料的质地比较,那牛粪是多么缺乏生气啊。

他只看了两次藏在库房里的画。第一次,他就忍受不住了。第二次本可能如此,可是教区长突然出现了,在找什么东西,他说:"就剩我没看到那些艺术品了,阿尔夫。"

于是,阿尔夫让他看了。

考尔德伦先生站立着,一手握着块木板,将两幅画一一地端详着,嘴唇还在动着。这时,那男孩觉察到他那监护人不是在看画,而是在窥视着他本人思想的某处,他头脑中的那些画面。阿尔夫没有对此加以责怪,因为人们通常都是那么表现的。

"就是这些画了,"教区长说,他似看非看地朝那两幅画扫了一眼,"我还记得,在我还是孩子,还没意识到我的天职时,我一心想着当演员。我常常背台词——莎士比亚的,你知道——就是为了取乐,甚至出于我那相当丰富的想象力,化装成非同凡响的各种角色。别人对我说我有一副适于朗诵的好嗓子,应该承认我是有的。我演过一个威尼斯人,我想是在《威尼斯商人》①里吧。只是一次,"他咯

---

① 莎士比亚一喜剧。

咯地笑了,"我演过一个贵妇!我穿着一双玫瑰色的长袜。还是丝的呢。我的胸前戴着一块有浮雕的玉石,那是从我姨妈的一个熟人那里借来的。"

蒂莫西·考尔德伦牧师已变得兴奋起来。他将胶合板靠着那空着的有盖大箱子放下了,然后走了出来。

"哪一天,阿尔夫,你一定对我讲讲你的绘画,"他说,"因为,就此而言,我认为任何艺术家,无论他的作品将其意图表达得有多么清楚,但总要隐藏一半,留得别人去阐释。也许这是徒劳的,除非在两者之间,在艺术家和他的观众之间存在着绝对的信赖。"

一个晴朗的早晨,碧空如洗,帕斯科太太也找到一个走访的理由。当阿尔夫·杜博跟着教区长走在一行行葳蕤生光的莴苣中间时,不知怎的,他感到是他在引着路,因为教区长已变得软绵绵的,颇有依赖性了。男孩大摇大摆地走着,腰板挺得溜直。似乎他已经长大,蓦地,变成了小伙子,他们在他的肌肤上弄出的伤口业已愈合。他的鼻孔在等待着体验。

当他们走到路边的一个长凳旁时,教区长转过身来,似乎特别需要那青年的注意和理解。

"一个夏天,那时我还没来这个国家,"他说,"我去参拜圣地斯特拉福①——莎士比亚的故乡——是和我姐夫阿瑟·帕斯科一起去的。真是高兴极了。我们俩都决定接受圣职做牧师,尽管帕斯科尚未被引向一条不同的路。我们睡在茶叶种植场的库房里。玩完了,就进到里边闲聊起来,"他说,"一聊就是半夜。我记得,那一周的月光分外皎洁。你知道,可怜的帕斯科是个神仙。就是说,他不但品德高尚,而且还风度翩翩呢。"

那个年轻的澳洲土著人,在整个叙述过程中,一直谨慎而呆板

---

① 英国市镇。莎士比亚的故乡。

地走着,一面将几个连根拔起的卷心菜患病的叶柄踢到了一边。他听得没有看得多,而且也没有被第二个牧师的形象所折服,那形象在月光之下黯然失色。他想起了那幅法国油画里战车上的木制神灵。十分单调,毫无生气。他不能理解,再说,神灵也许是人们想象中的假人。

这时,使阿尔夫·杜博有些惊奇的是:考尔德伦先生握住了他的手,似乎最好是由人领着他,沿着他们已知的路,在挂着沉甸甸的湿亚麻布的带圈的晒衣绳底下,经过散发着柠檬气味的天竺葵的无法控制的灌木丛,向前走去。然而,尽管那两人的手紧紧握到一起,一同挤着前面的门口,用笨拙的形态碰撞着门柱,但他们各自只能感到对方大概走进了一个天悬地隔的隧道里。

考尔德伦先生的脸变成了淡蓝奶白色,他好像也愿意露出可怜相,这样,被人领着也就有了依据。

"我靠着你,"他提示说,"因为年龄的关系,你现在一定需要支持和指导。"然后,好像喘息了一下。"有时,我想,"他补充说,"将来我会怎样呢。"

"什么,您有病啦?"男孩用一种冷冰冰的语调问道。

因为他的牙齿几乎在打战,所以只好将词句当作石头瞄准目标。

"不是的,"他答道,又补充说,"就是说,对有些人我是不愿承认的。他们那同情的劲头看起来让人难受。"

他还是那么病恹恹的,或者说老态龙钟,因为此时,那男孩正学着别人的样子引着他穿过走廊,渐渐地也变得适应起来。

不过,男孩本人表现得却很自然。在指导下引导着,他不再是一个初出茅庐的青年。青春期前显现出的肥胖的囊袋隐藏在他的周身,他的头脑仍在将他与生活隔开的面纱后面颤动着。在正常情况下,传递一个口信,或放回一双刷过的鞋子,他本不会在教区长的房间里伫立的;那里私人的奥秘使他费解。此刻,已到达目的地,他在痛苦地、一步一步地向前移动着。

停到图案已消失的地毯上,考尔德伦先生礼貌而异样地说道:"谢谢,亲爱的伙伴。我体弱多病啊,感谢你了。"

他俩谁也没把那话当真。可是考尔德伦先生对搞出个新花样却感到很高兴。

接着,他又惊奇地解开阿尔夫·杜博的衬衣,将手伸到里边。

"这是人们渴望的温暖啊。"他解释说,看来他比以前更显得苍老和颤抖了。

男孩担心自己的心脏,它像一条河里的鱼儿不停地跳动着,可能已被打捞上来,握在那只冷冰冰的手中。

然而,他没有进行体力上的反抗。

生活中,他从未反抗过必然要发生的事。他至少不得不让它开始,因为他的直觉意识到的许多奥秘使他精神恍惚了。

考尔德伦先生擦着他的前额。

"你有慈悲心吗?"他问,"或只是另一种人?"

阿尔夫也心中无数,所以只咕哝了一下。

由于他的监护人仿佛要对此加以规定,所以他们很快就抛弃了可视作他们个性隐匿处的一切。牧师的步态变得轻率了,男孩儿也照此办理,因为若落到后面,情况会更糟。他们在稍嫌简陋的房间里转悠着,他们那可笑的衬衣的下摆像翅膀一样飘动着,他们的鞋子在他们走动之时轰隆轰隆地鸣响着。考尔德伦先生的脚撞上床架的一个小脚轮,可那不是抱怨的时候,时间是那么仓促。往昔、未来、事物的表面、他的信仰,甚至他的愿望可能正从他那里跑开。当然喽,经过旋风般的准备,他被留下了,连同他的胴体,但总是那么荒唐可笑,说得恰当点,总是屈着膝,可是他决心领悟他的意图。

那是秋天的一个不冷不热的早晨,是一个热衷于惋惜而并非完善的早晨。他们躺在蜂窝状的驼绒被子上。享乐是短暂的、可怕的,而且是勉强体会到的。刹那间,男孩卷入了他的亲爱者悲叹自己陷落的涛涛词海中。

其间,考尔德伦先生从触碰的恍惚中苏醒过来。"一种暗色的金属,"他沉思着,也许希望想起诗歌,甚至自己构思出几首,然后,用手指写出来,"可是金属没有感觉啊。"于是,他们又永远回到他们已经停下的地方。"那倒是称心如意了。"

然而,金属屈服了。他们躺在语言的凹凸不平的床铺上。睫毛底下的那男孩的眼睛被一个土墩般的灰色的腹部迷住了。

考尔德伦先生从叙述自己的生活开始引经据典了,阿尔夫·杜博却打起了瞌睡。

当他醒来时,他的监护人正在打着喷嚏。

若不是患上了地道的伤风,也是感冒。

"还得说说我们的事儿。"他急躁地说。接着他问:"不知道你对我是怎么看的,阿尔夫。"

那个一直做着美梦的男孩,经过全面考虑之后,显出满意的表情。可那男人却走了神。他朝自己放裤子和手帕的地方摸索了一通,一些钥匙和钱币不吉利地、一连串地掉落下来。

"你看我怎么样?"他坚持问道。

男孩笑了,露着宽大的牙齿。

"嗯?"男人问。

心里猜测着。

"您看来怎么样?"

实际上,男孩笑得合不上嘴了。然后,带着一种颇为腼腆的,但若是对同辈也可为恶意的表情,伸出了手,抓住一把灰色的肚皮,使劲扭了一下,好似那是块纺织品。

"唉——?"

考尔德伦先生低吟着。他不希望事态扭转，不过还是勉强地笑了笑。

"在我看来，"男孩笑道，"您好像一堆老掉牙的朽木根。"一边使劲儿地扭着皮肉支撑着他。

如果当时房门没开，他姐姐帕斯科太太没进来的话，考尔德伦先生也可能会拙劣地对付那种局面。

埃米莉·帕斯科站在那儿，两腿直立着，那就是给人的总的印象，她戴着一顶紫色的宽檐帽。

大家面面相觑，孤立无援。其实，都陷入进退两难的境地。

直到帕斯科太太的喉咙开始消融。血液又在她身上活跃起来，与她的宽檐帽提出了挑战，她的眼睛缝在脸上，否则，便会掉下来，甚至缝上了，几乎也无济于事。

"你这孩子!"她开始试验着舌头，"你！你这个鬼东西！对我兄弟干了啥好事儿?"

她趔趔趄趄地走到椅子跟前，一屁股坐下了。

"我从不轻易疑神疑鬼，"她刺耳地说道，"可我知道一些事。你这个鬼东西！早晚有一天——"

其他两人还固守在床上，那蜂窝状的图案在腐蚀着他们的屁股。

尽管受了震扰，但阿尔夫·杜博很快意识到要穿上衣服。他穿了半天终于穿上了。

蒂莫西·考尔德伦又伤心落泪了，一边召唤起他姐姐的名字。

在白紫相间的一片模糊中，阿尔夫·杜博离开了房间。"阿尔夫，你到哪儿去，阿尔夫?"帕斯科太太趾高气扬地叫道。男孩早就想过将鞋带系在一起，将鞋挂在脖子上。那个实用的手段，使他能更轻松地从纳姆伯拉城市规划区跑开，他再没有见到那个地方。

当那逃亡者穿过一块块围起的土地,沿着一条条道路漂泊游荡时,他并未思考帕斯科太太的非难的不公,却觉得所有与她发生的事迟早必定要发生。使他高兴的是:他对此已经容忍了,并能记住在茫茫的词海与一片混乱之中的某些细微的阵阵满足。那当然是肉体的满足了。他的双臂是强健的,他的皮肤是光滑的,即其魅力之所在。然而,他也确实想到了他的保护者许多无害的姿态,所以在旅途中,常常放慢脚步,踢一块石头,摘一片草叶,并对此估计着损失的程度和性质。他觉得一阵微风向他吹来。他的监护人的不在并非与失去某件迄今为止估价过低的旧羊毛外衣有何两样,那外衣是在一个霜冻的早晨被一个盗贼从没有料到的后背上抢去的。物质的损失越小其损失越微妙,因为他不愿承认:无论是云中的上帝或是人间的上帝,其条条戒律都同样是模糊不清的,而那位教区长却一直试图以此来缠绕一个发现它们是奇特的、窒息的和多余的头脑。可是,作为权宜之计,他也曾偷偷地采纳过其中的几条,除了在夜间蹚河床上的某个水坑之外,他也养成了习惯:用采纳的戒律来掩盖思想,从而保护自己免遭恐吓。

教区长及其姐姐的情况如何,阿尔夫·杜博一直在想,却从未探明。他们的结局也许是可怕的。被一团糟的常识拴在一起的他们,可能徘徊了一阵,用讨厌的秘密和那兄弟的不当的信仰互相折磨着。实际上,事情是这样的:

当床上的考尔德伦先生抽噎地哭过一会儿,因为即使穿着衣服,他也无法遮盖住自己的胴体,当帕斯科太太也悲叹过了,静想过了,平静下来,必须说的是,教区长确实下了断言:"作为一种基督徒,埃米莉,我想连你也得承认有各种类型的基督徒,我必须申明,阿尔夫·杜博不该受到责备。"

帕斯科太太,或者是那把过分刺激的椅子上的弹簧,在吱吱嘎嘎地响着。

"受责备?"她含混地问道。

"为了所发生的事,"她兄弟答道,"公平地讲,你必须弄清是我不对。"他又开始抽噎了。"打那以后,我就一直想要忏悔。"

"受责备?"帕斯科太太重复着,"为了发生的什么事?"她还是模糊的。

考尔德伦先生开了口。

可是帕斯科太太却站了起来。

"我不懂,蒂莫西,"她说,"你指的是什么事。"

她直盯着他,恍若他穿的是他那总共两件铁灰色法兰绒套服其中的一件,或者是从安东尼·霍登的商店买来的那件蓝色哔叽衣服。

"我想去热热那几张康沃尔郡①式的油酥面馅饼。"她一本正经地说。"要是正餐不够充分,"她说,"你得原谅我。我精神不太好。噢,当然还有一些瓶装葡萄干喽,谁有胃口,可以吃。"

倘若他姐姐不是个好女人,他便可能怀疑起她的品德了。事实上,他认可了那种局面,数起了掉在地上的钱。

他们继续住在一起。考尔德伦先生,在点上一根蜡烛,说出一个经句②,将圣餐杯举到和眼齐平的位置时,他甚至比以前谦卑了。如果有谁曾注意到他的信仰在重新点燃的痛苦过程中如何在灰层上闪烁的话,那也许是值得怜悯的。时间那么短促,要做的事却那么多。当他放下圣饼,盖好圣餐杯,用他姐姐洗烫得特别漂亮的亚麻布餐巾擦过杯口时,他的眼睛从某种隐秘的内在之物暗示出:他是在受苦。

帕斯科太太在过着一种表面平静的生活。

---

① 英国西南部一郡。
② 作为宣讲题目之《圣经》文句。

只一次,在喝茶时,她一面吃着带辛辣调味的烤面包,一面说:"我常常纳闷,那孩子在过生日那天,用可怜的阿瑟的油画颜料画的那些讨厌、可恶的淫秽画是想表达什么意思?"

不过很快便抑制住了空谈,这时她兄弟已用泼洒出的盐粒堆成一个小丘。

帕斯科太太再没像以前那样拿起画架草草画出一轮落日,或一株桉树,一画了事。她已经全身心地致力于创作了。并几乎赢得了母亲协会和女子行会①的每位成员的尊敬。

走了几周,阿尔夫·杜博来到了芒金德里布尔镇。由于缺吃少用又担心被人抓住,他消瘦多了。可他逐渐自信起来。几周过去了,时间及对考尔德伦先生和帕斯科太太的最后的回忆,使他相信还是离开他们为好。他仍然想避开城镇,指望着向农民的感情用事的妻子们要些面包皮。为忠守信条,他是沿着芒金德里布尔镇边上走的。假设他进到镇里,可能会震惊地发现他又回到了纳姆伯拉。只是那里多了两道河堤。芒金德里布尔要更富庶些。

那里街道更热闹,尘土更多,河流更干涸。正像多数城镇郊外的河堤那样,沿河堤闲荡是所有流浪者、色鬼、土著人的生命线。当阿尔夫想到纳姆伯拉的慷慨的河水,想到一个个土著女人在黄昏时分等在其中的橙色的竹丛时,他不由得动起了感情。然而,在芒金德里布尔,他确实走向了一个垃圾堆,那里堆满了有用的和奇异的物品,包括一只旧钟的内瓤,他想也许他应该捡着。他在周围捡了会儿,后来,他注意到灌丛边上的一个用马口铁、树皮、布袋和一切可以利用的东西建造的小棚屋,有个女人站在门口正在举着用一种较为特别的打包麻布做的门帘的须边。

---

① 基督徒组织。

那女人好似向他点头。

走近时,他叫道:"你要什么?"

"你!"她答道。女人对着傻头傻脑没用的家伙喊叫时,可以把头喊掉。"跟我来吧,咱们聊聊。"

他去了,不过他的直觉警告了他。

"这只是表示友谊,"她说,他仍处在怀疑中,"人关在屋里是要感到寂寞的。我是干捡空瓶子这一行的,"她解释说,"差不多天天我都坐着单座二轮马车到镇上转悠,拾些瓶子,也拾别的,还和人们长谈。可是小矮马怀了孕,只好拴在树桩上。天晓得,什么都这么乱糟糟的还得持续多久。"

那女人过去的皮肤一定是白色的,可是太阳和职业处置了她,此时,她呈现的是熟咸肉的那种肤色和肌理。她身体干巴瘦,但牙齿却可能鼓了出来,在棉布上衣的里边,暗示出一对瘦小的乳房,不过却是有活力的肉体,似乎时时想向你跳来。她有一对老成的蓝眼睛,能使人回想起寒风刺骨的日子,但却连空中的一只乌鸦也看不到。这不是说她的眼力不行,若把东西用几个袋子预先包好了,即使她在陌生人的单座二轮马车座位底下,也仍能鉴别出袋子里装的是什么东西。

"你从哪儿来的呀?"她问阿尔夫。

他说了个他曾听过的城镇的名字,那城镇在那国家的边远地带。

"你是四分之一混血人喽?"她问。

"不,"他说,"我想是二分之一吧。"

"你可能遇上了麻烦。"她几乎是热切地说。

接着,她问了他的年龄,他的妈妈。她对他显示出某些女人在谈到母亲时所特有的表情,同时也显示出她那水汪汪的齿龈。

她告诉他她是斯派斯太太,如果愿意的话,可以叫她黑兹尔。

他是不愿意的。在他们暂短的交往中,过分的讲究一直阻止他叫她的名字。可是其他许多事情他都可以接受。

此时,他不无恐惧地意识到他本人与斯派斯太太正在垃圾堆旁套近乎。当然喽,他随时可以跑掉,但又不得不让环境首先衬托出的某种技法去解放自己。他所经历的对如此一种莫测的前途的焦虑不安通过他的手指转换成他正在拿着的旧时钟,它发出了一种受震金属低而轻的嘀嘀嗒嗒和叮叮当当的声响。

"你捡个啥东西?"斯派斯太太问,只是没话找话,因为她看到了。

"钟,"他说,"或者说钟的零碎。"

"天哪!"她笑了,"没啥用处。你又不能去吃一只该死的钟的零部件!"

他又意识到命运在行动了。他愿望的加了锁的构造正允许斯派斯太太引导他穿过她那小棚屋的洞孔,进入她居住的黑暗中。他至少受到了他那小钟叮当声的安慰。

"像你这样正在长身体的孩子,最重要的是先吃点东西。"那位太太说。

一边将什么打开了。那东西又凉又腻,吃起来还有一股臭烘烘的味儿。可是他吃了下去,连同一些蚂蚁爬过的面包,因为他饿了,因为那样可以避免去做别的事情,特别是谈话。

他很快猜想到斯派斯太太是一种不愿吃喝的人。她为自己卷了根纸烟,然后,就往大杯子里喷了一股气流,这时她吸了吸嘴唇,直吸到后面的齿龈上,接着又吹胀了嘴。大杯里的东西是那么有劲儿,差点把她吸了进去。

阿尔夫·杜博时常想:还要在斯派斯太太那里住多久?非得必要时她才给他东西吃。他帮她给小矮马饮水和分选瓶子。可是不想和她一起坐着单座二轮马车到镇上兜圈子。当他能脱开身子到垃圾堆上荡来荡去的时候,他最高兴了,因为芒金德里布尔的居民们有如在那里摆脱了真正的自我,他总可以在那里有所发现,从而坚定了他对人已有的某些怀疑。有时,他躺在旧的垫子上,那涨出的弹簧和填料允许他去臆想环境暂不允许他去创作的那些绘画。他一直在画着。当然不是用油彩了。在他头脑中构思出的新画里,人的躯体都是陈旧的弹簧和胶皮,同样,上面也长着毛;有时,则是一架带老虎牙的、生了锈的捕兔机。他总要在躯体里边画上灵魂,因为考尔德伦先生曾对他讲过有关灵魂的所有的事。他常将它们画成没有打开的罐头的形状——汤汁罐头、龙须菜罐头,或诸如此类的东西——不过都经过了猛敲、乱打,其内含物全已发酵,正等着突然发作,作为对钉子的回答。他总是打着瞌睡,创作着。那只毁损了的破钟带着圣坛的灯光在里边发出了叮叮当当、嘀嘀嗒嗒的声响,这恰好使他回忆起他以前的监护人。然而,钟的构造仍然困惑着他;他可以理解,但知道对此尚不能表达。有时,那些灵魂——他画中最有趣、最分神的部分——宛如卫理公会的气流,或者发狂的跳动和性爱的垂涎,将会从躯体内跳将起来。

他到来不久,斯派斯太太就向他交代了其他任务。一天夜里,她打开瓶塞,然后说:"我现在快没喝的了,阿尔夫,"她总是这样,"可我还想让你喝一口,提提精神,让你看看我也是喜欢吃喝玩乐的人。你知道,你现在是个大孩子了。你很瘦。不过这没关系。"

他心里明白不想喝酒,不过还是接了过来,因为那样可以诱使他做出新的发现。他那样子使她忍俊不禁。最后,他本人也哑然失笑了。他想起了帕斯科太太拙劣地修电闸的时候,恰如他已把真的电震喝下肚去;他差一点让电震打到墙上。

他战栗了一会儿。他感到自己的皮肤已经变青,可斯派斯太太却恍若对此毫无注意。假使突然间她看到他变成了青色,她本可以说出口的,因为差不多啥事儿她都要说几句。

"你身上会长出毛的!"她笑道,话说完了,自己也受到了激励,奶头在跳跃着,防风灯也是如此。

之后,她变得严肃起来,又给他和自己倒了点酒,便伸出她那皮革般的,但特别光滑、漂亮的胳膊,她本来就想说些什么。

"有时,我纳闷你想的是什么,阿尔夫?"她说,"你心里装的是什么东西?我想每个人心里都有东西。"

说完,她眨了眨眼,有如她有读书的习惯,因为她已经做出了重大贡献。

阿尔夫无言以对,因为他不能仅仅说:我心里什么都有,只等着我去理解呢。斯派斯太太是不会懂的。除了电影,她懂的东西总的来说绝不能与他相比较。所以他又拿起大杯喝了一口。某一天,他将创作一幅《火红的熔炉》的画,让有些人物在画中走动。眼下,他都能看清他们了。

斯派斯太太一直在设法给人留下印象。最初,他模糊地看到了,接着,又突如其来地加以理解。她的言谈举止,与她本人判若两人,那种人已存在于她的想象之中,甚至在她与她的观众和瓶子的合作下,也许实际上存在着。

"你得弄清楚我不总是这个样子的。"她说着,一边从颈背上双手握起她那又直又松的头发。

尽管她的目标获得了出人意料的成功——那里的她,还是一个穿着比较干净、比较平整、结实的腋窝上方散发着洗衣气味的棉布女服的青年女子——但他知道那不诚实的行为。因为他有着某种热切的要求,他不是不止一次地答应过帕斯科太太要画一幅耶稣的肖像吗?他也曾知道自己没那个能力。

至少斯派斯太太是能够履行诺言的。

"谁也没指责过我说了不算,"她说,"小气的事儿别找我。"

"别害怕。"她补充说,这时,她已在简陋小屋里慢腾腾地走到他那边。

他并不害怕,只是为所给予的那些权力而感到惊讶。

"而且要记住,"她喊道,"我不是那种该死的黑皮肤的土著女人!我不是!"跟着,她住了嘴,因为他们被同一个魔鬼缠住了。整整一夜,她不是死气沉沉,就是争长论短,直到最后他退缩到一个单薄而阴沉的男孩的躯体里。

"说呀!"他终于叫道,"见鬼去吧!"

为了自卫,他本可以将自己卷成个球,可是他很清楚她是会将它戳破的。

所以他抨击了那个老练的妓女。

"早晨我要接客了,"她尖叫道,"还得把一个白人妇女好好整整!"

她睡了。他可以听到从她那松开的嘴里发出嘘嘘的呼吸声。

天快亮了,阿尔夫·杜博偷偷地溜出了斯派斯太太的小屋。他穿的是自己的皮,那是她留给他的唯一的东西,但却感觉良好。那是个珍贵的时刻。潮湿的毛毯一层层地落到他那赤裸裸的肩膀上,他沿着那几乎干涸了的河的堤岸漫步了一段。小枝或露珠掉落下来,他那结实的双脚在枯死的树叶上拖行着,微暗的树木与他争夺着对寂静的占有。无形的景色与他那为取得一种消极的完美而行动的盲目性别无二致。

可是他也不能就此不管。于是,他只好同这里一块、那里一块的光滑树皮,和离开棚屋时捡起的一颗钉子干起了愚笨的事。他渴望的白色线条涌了出来,流到白色的树皮上。时而,他郁闷地画着,时而,又几乎在遭受着伤痛。他想要表达某种新意,可从未完成,也根本不会完成。他发现自己被继续固定在其中的那种环境是那么令人失望,那么冗长不堪。

过了一会儿,他又朝那棚屋的方向往回走了。眼下,他不能再做别的了。彩色正在返回天空。露天光明在马口铁器上磨着它的利刃。

斯派斯太太出现了,她哧哧地笑着,嘴里在骂着,像一个贵妇一样刚刚起了床。

"你是个挺不错的整修工啊!"她重复了几遍,一面哧哧地笑着。

"但是不要认为你可以称王称霸了,"她赶紧补充说,"就因为我对你发过善心。慷慨是有限度的。"

之后,她将话收了回去。

可是,她又不能持续多长。

通过瓶子的交易和情报的传播,她招揽了一批顾客。城里一些沉湎于欢闹的剪羊毛者来看望她,或者过路的牲畜商将自己的单座双轮马车拴在她家的树干上,那都是司空见惯的。绅士们总是从城里开车来,甚至夜间步行来,到达时,瓶子叮当地响着,口里说着下流话。必须要说的是她很少失望。假如她失望了,那通常是某个胆小鬼突然改变了念头。每当这时,便是轮流的谈话和歌唱。斯派斯太太爱好音乐。用某种方法一挤,她便能模仿着东方的风笛发出尖细的女高音来。多少个夜晚,月光欢快地反射到垃圾堆上。

阿尔夫·杜博宁愿置身事外,猜想着自己会受到怎样的对待——像个白痴,或像个黑鬼——不过有时当他在斯派斯太太的小屋里早早地、天真地睡去的时候,也不可避免被人看到。

有次,一个从考拉来的特别狡猾、颇有醉意的,并为自己轻而易举地征服了女人而感到自豪的剪羊毛人注意到角落的什么东西,他说:"那是什么,黑兹尔?顺便还要干一杯吗?"

不过,当斯派斯站起身,她可以表明,粗糙是根本不会通晓精致的。

"那,"她答道,"我想让你知道,厄先生,是个学做瓶子生意的男孩子。"

在偶然的惠顾和正常的营业中,她忘记了自己曾警告过那土著人不要对一个夫人的宽宏大度有过多的指望,因而她总是焦躁不安。有时他当着她的面大笑起来,有时用一根细树枝鞭打她,不过其他时候,他们则一起骑上了老虎,直到那被抽打的、暴躁的野兽变成一张空皮。

冷漠和某种不吉的先兆终于向阿尔夫·杜博突然袭来。他困惑而恐惧地考虑着自己。通过门口的远方闪烁着马口铁器和空荡的光芒,此时,他颇有些失落感。

"呃,"她问,"啥事儿钻进你的脑子啦?"

"我感到受骗啦。"他说着转过头来。

跟着,她骂了起来,一边抖动着她睡觉用的枕套。

她的脾气越发大了。

"饭都多余给你吃啦,"一次,她说,"到处胡搅乱来!"

接着,唾了一口。

几天之后,在阳光下她向他走来。他可见到她思绪纷繁,心乱如麻。她说:"你是个无赖!你对我都干了些啥事儿?嗯?那就是你送的厚礼吗?"

他意识到他们之间在互相恨着。

"你这个老废物!"他叫道,"天晓得谁来惩罚你!是牲畜商?是剪羊毛的,还是谁?"

她咒骂着,抖动着。

"在我这儿不许你再说这种话!"她喊道。

"好,"他说,"好吧,斯派斯太太。"

他拿起鞋子走了,尽管已是下午四点。那一夜,他睡在一棵树下。他早早地醒了,重新检查了可能是发病初期出现的症状。然后，当太阳露出金子般的闪光时，他坐了起来。在世界以它那纯正的灰褐色的彩色在他面前伸展时，他还继续在坐着。

阿尔夫·杜博躲到丛林里，就别人而言，这至少是个比喻。沉默寡言的他已退到迷念的、无情的岩石中间的那麻木不仁的灌丛里。后来，他学会了喜欢城市，那最野蛮、最难穿越的地带，因为那里向他提供了机会，可以迷惑任何企图在他那穷乡僻壤上追捕他的人。不过暂时，他还是徘徊在村镇和车站附近，干点活，挣点钱，或者说谋求个生计。有时，他甚至要靠一个慈善人的施舍过上一两周。这期间，他要么由于某种自己怀疑犯下的罪行而被收容，要么限定在一处保留地内，或关在一个传教地区里，从而来满足社会的信仰，或确保努力争取的灵魂的解救。

由于从牧师的姐姐那里获得了使用餐刀的某种敏感，连同总的教养和行为拘谨，他回避着自己的民族，不管他们的肤色的程度如何。正像在斯派斯太太一手遮天的日子里那样，在压力之下，他完全可以毫无顾忌地消沉下去，可是其消失又像某种难下定义的不幸，幽灵般地缠着他。

当然，他有自己秘而不宣的天资。酷似他的疾病，他对黑人如同白人一样都对此不予供认。它们是两个极，他的生命的阴极和阳极：一个是鬼鬼祟祟的、毁灭性的疾病；一个是偷偷摸摸，却正在更生、创造的行为。

他攒了几镑钱，立即通过商店的商品目录买了些油画颜料。那颜料很粗糙，是些哄小孩儿玩的低级货，可是却震撼了他的心，并很快派上了用场。之后，他将剩下的颜料倒入他在火车站物料间捡来的锡铁颜料罐里。他常常在隐蔽的墙上随意地涂抹，直到愿望耗尽。他常常在铁水箱的阴凉处度过一个个礼拜天，画着，扯着，再画着，最后画出一堆也许连他自己都感到费解的象形文字。他并非想与另一种东西联系起来。可是,他的形态却明朗化了,而他的机体则遭受着疾病的折磨。一种增长了的、满不在乎的想法促使他对某些问题的解决走了捷径。许多其他的问题则按兵不动,但是,当他更深入地走进自己,或者在他生存的边缘上注视到人们的那种绝无仅有的表现时,他常常希望最后自己能够理解。

他做的每件事,他那意味深长、关系生活的任何成果,都一直被他锁在一个锡盒子里。那盒子与他患难与共,风雨同舟,他在工厂当了工人,或在车站当了勤杂工,他都将它秘密地放在他床铺底下的阴暗处,于是,它日益凹进,划痕累累。

谁也没想过要打开那盒子。多数人尊敬它主人的乖僻,有几个人甚至还害怕杜博。

他长大了,长得又高又细,还长了不少疙瘩。到他对去悉尼产生了勇气和好奇心时,他已经成熟了。到达悉尼时,他让锡盒子留在火车站的包裹房里。起初他是睡在停车场的,直到后来,他发现了一栋相当破旧的房子,一个相当粗俗、满怀希望、掠夺成性、接纳土著人的女房东。最后他总算安顿下来,尽管他的两个房客伙伴,一对妓女,对那一安排舌剑唇枪地提出了反对。不过,那仅仅是在开始时,之后很快就清楚了,由于那土著人的端庄、沉默和若有若无,他将要令人失望的。那位女房东一年前曾被情人抛弃,此时,也不敲他的门了,听凭那亚麻油毡损耗,搪塞着自己的冤苦和更年期。

那些年月,想保持住工作还是容易的。杜博竭力排除杂念,并将夜深人静看作是为自己的艺术收获而进行的精神休闲的上佳时刻,从而使自己适应了那较长时间的单调的实践。可是他喜欢关起门来,那门洁净得足以使牧师的姐姐喜上眉梢,然后,从他那上了双锁的锡盒子里,拿出他此时可以买得起的高级颜料。

然而,也有阴沉的白昼,和流动的漆皮般的黑夜。这时候,他的皮肤将变成一种含糊的黄色,他的头脑将变成反省与渴望的一团乱糟糟的大杂烩。他常常偷偷地溜进公共图书馆里,看看书消遣一下。可是读书并非易事,思想概念的表达不同于形象概念的表达及颜色的综合。当然喽,也有艺术方面的书籍。总之,他没有学习其他艺术家的成就的愿望,恰似他不希望受益于其他人的经验并与之协调起来。有如他那尚未健全的视野将通过天启能按时臻于完善。可是一次,他偶然看到了一幅由一个法国人画的阿波罗神的战车在当空轨道上的绘画。他坐在那里探着身子,一边宽松着他那褐色的雨衣,一边将自己黄色的手指稳定在那光滑的纸面上。他感到此时看那幅画与最初看到它时的感受迥然不同,并意识到如何将那法国人的局限的作品转换成他本人行为的术语,转换成部分是超常的,部分是他平日拼搏及受苦的过程中逐渐形成的多种形态。

在那个庞大的图书馆里,散热器总在喷着令人安慰的温暖的浓雾。那黑人羡慕地注意到所有的读者都找到了他们一直寻找的东西。可是他却丝毫不感到惊讶;文字一直是白人的天然武器。只有他才毫无防御。只有他总在环视着。他读着,打着哈欠,拇指沿着抓起的书页跳跃着,滑动着。隆起的书页发出一群小鸟般的声音,然后,他将书密密实实地堆成一堆,目不转睛地看起来。在他自我控制的日子里,他的好奇心报偿了他。然而在冬白的灯光下,假若他没被自己的隐私所滋补,假若他未曾欣赏颜料的实际的、物质的乐趣;那么,他可能会在清漆和格栅之中躺下,死去的,而不是头斜歪着顶在桌子上,枕着手睡过去。随后,汗水便在暴露出的颧骨上,在颈背的短发中开始闪亮了。

有次,他倏地坐了起来,打了个哈欠,小心翼翼地吞咽了几次,测定一下咽喉炎;然后,捡起一册别人扔在桌上的书,又读了起来,发现了耶稣基督的悲惨故事。他能记住许多事件,他多么希望去热爱和尊敬有关的人啊,至少要足以使他的监护人欢心。他读着,可眼色依然是困惑的。一切都是苍白,苍白的,虽然经过热爱和宽厚的冲洗,但仍旧是苍白的。他打开了《亲爱的信徒的福音书》①。这时,他的咽喉像着了火,疼痛难忍。唾液的泡沫扼着他的喉咙。

他站起身,走开了,他那丑陋的、抵触的、不合身的褐色雨衣飘动着,拖曳着。那天夜里,他大步流星地走了很远,然后,躺到了湿漉漉的马缨丹灌丛下面的砂岩底下,那里还有个女人,她跟他讲了她是如何从中奖的彩票里分到四分之一奖金的。

那一对开始调情了,或确切地说,他们是在相互发泄着各自的痛苦和狂怒。那女人拿着个装虾的袋子,她身子就带有一股虾味,以及某种温和的、芳香的,也许是土著女人特有的气味吧。她三番两次地想将自己那野心勃勃的、海葵②般的嘴强加于他,而他却决心不让自己被它吞噬掉。所以,他本可以将那个可怜的、醉醺醺的妓女杀掉。她对此也有点吃惊。在他抓着她的大腿时,他本可以用一辆手推车向黑暗猛烈地撞去。然而,她的不幸却暂时地减缓了,在到她发现不幸又在增长,甚至当情人离她而去,她还在叫着他,一边扣上衣服,搜寻着她的虾。

至于杜博,他穿过了马缨丹受雨蹂躏之后、发出的令人恶心的气味,沿着斜坡向下滑行着。由于他的监护人们曾告诫他要问心无愧,所以他总在遭受着部分属于他的罪过之苦,尤其是当不顾他那牧师般的头脑的责备而他那患病的身子又得到了控制时更是如此。此时,倘若他能将自己的衣服卷成一团,推到灌木下,他会感到更好。可是,丢东西当然不再那么容易了。他不停地走着,受着无法忍受的衣物的和对那妓女的可以信赖的大腿的缠绵不去的感觉的折磨。

---

① 即《约翰福音》。
② 海底腔肠动物。形状像圆筒,没有骨骼。

傍晚时分,他回到自己的住处,他颤抖着,摸索着走进作为他唯一可靠的藏身之处的那个房间里。即使他的越轨必定显得可怖,但他在胶合板上早已构思中的某些形状,却使他的归来变成一种压倒一切的安慰。他在那温室里蹒跚着,摇动着,最后躺到床上;若是别人在场可能会乞求天惠的,而此时他却目不转睛地盯视着他那唯一证明上帝的东西。那上帝就在翱翔的、感伤的黑人民歌中,在对黑人的评论中和他自己信仰的行动中。

杜博的禀性足以在体力和精神方面,顶住由于忽略了大半被人们称之为生活的东西而造成的压力。只是几乎完全与世隔绝的不快时时在他身上闪现出来,因而,他总是下班以后匆匆离开——那期间,他正在悉尼郊区的一家生产纸板盒和油纸底图的工厂工作——他总是匆匆地,匆匆地离开了。其原因不外乎是到僻静的街道上徘徊,最后坐到一个公园的直背长椅上。

在那里,他将沉醉在所谓的消磨时间里,其实,那只不过是一种孤注一掷的举动。

一天晚上,他正坐在那样一个公园里那样的长椅上,巨大的无花果树正将它们那绰有余裕的阴影投在清白的绿草上。这时,有个女人走了过来,坐到他的身旁,不过,却是无意识的。她不慌不忙地从手提兜里找了支香烟,用自己的火柴点上了。然后就吐起了喇叭状的烟圈,一边望着狭小海湾上的平静的海水。

假如他们不是完全同时又交叉了他们的腿,他们是根本不会讲话的。

事实上,那女人忍不住笑了。她说:"两个人想的一样啊,嗯?"

他不知道该如何回答,眼睛看着别处。可是他的肩膀的姿势却一定是个感受型的。

"你看这下边咋样?"女人问道。

他又不安起来,不过还是设法回答了。

"不错啊。"

一边双手盘到一起庇护着自己。

"我是从北边儿来的。"女人坚持说,然后说出一个西北部的镇名。

"你们很多男孩子都来过这座城市吗?"她问。

她既和蔼又文雅,不过此时显得不耐烦了。她把眉头皱成一条松散的、漂到嘴里就能尝到的烟叶般的碎片。

"不。"他说。或者在说:"不知道。"

他不喜欢那样的问题。

她懒散地看着他手上的颜色。

"那是怎么搞的?"她问。

"什么?"

"那是一种溃疡,"她说,"在你手背上。"

"没什么。"他说。

那是几周前长出的一个疮肿,他大半都让它避开了陌生人,只等着它自动消失。

"你有病吗?"她问。

他没有回答,却准备离开座位,离开那长着脏草,有着死水洼的公园。

"你可以告诉我,"她说,"我应该知道。"

那倒奇怪了。他看了那陌生女人一眼,她有一张相当丰满的、蜀葵般的脸,那两扇嘴唇被她涂抹得发着光。她身上散发着一股香粉味儿,那种香粉通常是白人妇女为了尽量使姿容变得柔和而涂在身上的。

那女人叹了口气,开始讲起她的生活。他在听着,仿佛他是一本口语书。

"你有病啦,"她叹息道,"我知道,因为我也有过病。你得上了梅毒。当我年轻还不懂事儿的时候,有个英俊的澳洲小杂种就用一个倒霉的故事严厉责备过我。天哪,现在我还可以看到他!他的帽带贴在下嘴唇上。我可以闻到卡其布常有的那种气味。好啦,这一章是短暂的,可后果是长久的。"

那女人原来是个妓女,她成功而清楚地显示出对自己职业的满足。

她告诉他她叫汉纳。

"当然喽,"她说,"我也是幸运的。我有自己的家。一个老家伙过去总是定期来我这儿,给我留下了两栋一侧与他屋相接的房子。我租出了一栋,另一栋我自己住着。啊,我很舒适!"她说,不过语调是咄咄逼人的。"当律师给查利写遗嘱时,我们都笑了。原来,那是个有趣的玩笑。谁也不信查利会说了不算。他是个收破烂的。"

这段叙述使她的听众高兴起来。他喜欢听有结局的故事。此时他们的脸色就像斯派斯太太的图片一样:黯淡、苍白、优美,却不具有说服力。

"当然喽,"汉纳说,"尽管我很舒适,但也不总是那样。所以我从不歇业。你根本不懂。"

她扔掉烟蒂,皱起眉头,这样他便注意到她眉间的白粉是怎样裂开的。

"很多小伙子现在不注意我了,"她说,"我知道。"突然她痛心疾首地鼓起了嘴,"你也不会注意我的。"她向他开火了。

他垂下了头,因为他不知道如何回答。他足知道他是不会留心汉纳的。

"说啊!"她笑道,"我不是在考验你。说得正确点,我是——我有这个目的。我不想让你认为我在让你当男妓。啊,我不需要男人。我也有我的朋友。不,"她说,一边陷下了下巴,"有时,我会对一个人感兴趣。对你也有一点儿。明白吗?后面有我一间小屋,闲着没用呢。到我的小屋里睡一觉,怎么样,小伙子?啊,当然,我不会说你用不着为我的特别照顾付给我点什么的。"

他一声不响,心里思忖着那是否是个圈套。

"这只是种想法,"她说,一边朝着几个过路人扫了一眼,"甚至对猫我都从不施加影响。真有趣,我本来应该是名教师的。你能看到我和一群孩子在路旁的小屋里吗?可是你知道什么呢?"她说着转向他,"这种事倒使我害怕起来,这样,我就和男人们亲热了。男人们更蠢。"

土著人哈哈大笑起来。

"我也是个男人啊。"他说。

"还不止是男人。"她沉思着自己还没说明的东西,可是又不能马上开口,"我也可以帮助你。"指着他的手。"有个医生我稍微熟了点。"她说出了某个医院,"你不害怕,是吗,小伙子?"

当时,他明白他是害怕的,也明白那个穿着饰边花布上衣、涂着香粉的女人正领着他爽快地进到一个仁爱尚未消散的餐厅里。

"不管怎样,"她说,"如果你决定了,我就十先令租给你那个小间。"她发出的声音突然特别清晰了,就像有的人对黑人说话那样,但说她的地址时,声音又稍低下来。

此时天色渐晚。有条不紊生活的人们在放桌子了,或赤着胳膊撑在窗台上,各家的电灯也都亮了起来。

"喂,"汉纳说,一边自我调解着,"生意归生意,是不是?这是个奇怪的东西。我压根儿不喜欢男人。只是迫不得已才去干那种事呢,别人说我干得还蛮好的。"

她在搜索枯肠了。

"啊,"她说,"我不是说我不喜欢在电车上随便和某个男人谈谈他在干些什么。我不在乎那个。那些可怜的没用的家伙!他们可真乏味透顶。"

不一会儿,汉纳抓起衣裤上的手提包,打掉头皮屑,准备上街了。

"以后我可能会见到你。"她说。

不过他可以说有些事情已使她不再真的介意了。而他却不然。他的身子左右扭动着,致使他的骨头在硬邦邦的座位上疼痛起来。

"在艾伯克龙比克罗森特。"他用一种听来傻气,带着泥土气味的声调说道,又重复一遍她给予的其他指示。

"对啦,"她喊道,此时她已经走远,单词是隔着肩膀抛过来的,"但那是条街。天知道艾伯克龙比怎么和克罗森特粘到一起的。"她的声音随着她的脚步声疏远了。"十二点以前,我谁也不接待。我接待不了。"

汉纳向着大路走去。她走着,身子微微地向前探着。渐暗渐紫的夜色笼罩着公园。顷刻间,她就被黑夜吞没了。

阿尔夫·杜博去艾伯克龙比克罗森特大街二十七号汉纳提供的那个小房间居住了。那是他不久以后定下来的,他轻松多了。他锁好了盒子,用一根细绳捆好了正在用着的一两件东西,就去了。

他很高兴住在后边的房间里,那里塞满了许多未必有用的东西:一个闲着的满是木棉块的垫子,一个生锈的、没有灯头的煤油炉,一个女服裁缝的模型人,几盒子羽毛和一些分散的老鼠屎团。房外,几根天线松弛地挂在石板屋顶的上方。他被那天线吸引住了,第一天他就开始画起它们来,因为它们侦听到羽毛的以及他自己的尝试性的感恩祈祷的声音。

可是他一直闩着门。

熄灯后过了一会儿,汉纳来了,敲起了门把手。她宣称:"我朋友来啦,阿尔夫。我得向你介绍介绍。"

杜博走出房门来到他们跟前。汉纳有些紧张,不过显然也很自豪。

"我要你认识一下阿尔夫·杜博,"她说,"这是诺曼·富塞尔先生。"

一边像她见到人们做的那样对付着她的手。

诺曼·富塞尔正在镜子跟前整理着他那波浪状的头发。

"诺曼,"汉纳解释道,"是个男护士。这会儿不在班上,所以能到这儿来。"

"认识你很高兴,阿尔夫。"诺曼·富塞尔说。

对于一个圆乎乎、软绵绵的人来说,他算是非常活泼了。他着手给自己配制起加蚕豆的烤面包片来,那是他喜欢吃的东西。他吃着,一面将头歪向一边;一半出自美味可口的缘故,一半是由于他的那副费劲的假牙。

汉纳在焦虑着。

"当护士怎么样,诺姆①?"她问,一面在担心着。

"残忍哪。"诺曼·富塞尔透过蚕豆说道。

他吃完了,说道:"护士现在感觉良好。"

他笑容可掬地坐在那里,整理着他那鲜黄色的卷发,一边吸着一支从一个小巧玲珑的盒子里拿出来的香烟。

汉纳将阿尔夫·杜博撇到了一边。

"人们对我说,"她说,"诺曼是个瞎吹乱夸的人。可是,我对议论谁是啥样非常反感。我讨厌人们有反常的表现。诺姆可以给女人,甚至他厌倦的女人,留下深刻的印象。那就是安静。"

汉纳不想让营业妨碍诺曼·富塞尔的休息,但如果妨碍了,他便倒在长沙发上盖个毛毯睡起来。尽管有时他也去寻找工作。礼拜日,假如碰巧没事儿,他便专门用来搞宗教活动了。礼拜日无上

---

① 诺曼的爱称。

幸福,那是可能的。他们将互相交搭着躺在床上,读着谋杀和离婚案件,观察着天空的星斗。或者溜到厨房取来红茶或他们喜欢的小吃:抹着厚厚一层炼乳的面包、番茄酱或香蕉汁。或者打着瞌睡,融化在一起。过后,杜博把他们画了下来,因为通过门口,他能看到他们。他将他们画成一个大肉蛋,额对额,膝对膝,压缩在同一个梦里。那不是最矫饰的一幅画。可是,蛋却是一种东西;即使是件枯燥无味的东西,形式上也是完整的。

在艾伯克龙比克罗森特居住的当儿,他开始到附近的圣保罗医院看门诊了,给他看病的不是汉纳知道的那位年轻医生,就是他的一位同事。好长一段,那病人区分不出谁是谁。他们白色的大褂和冷漠的头脑使他们若说不同,大概就像一排白尿瓶一样。像自己预料的那样,那土著人害怕触到他的手,但很快就明白了,他得的正是那种病。他甚至对接受治疗也厌烦和恼怒了。对于纸板盒生产的容忍是必要的,但晚上去医院等着看病,却看到的是灯光在变弱。他竭力避免出现那种情况。他也有不拿画笔的日子。

终于他被告知他的性病已经治愈。他几乎忘记了自己得的是什么病,而要找到一个摆脱其他困境的方法对他来说倒更为重要。疾病,犹如他的身体,都是以想当然的方式给以了结的东西。而他的精神则是另一会事儿,因为一旦当它获释,连他自己也无从预言它将如何表现,或者,它将变得怎样。与此同时,它总在跳跃着,挣扎着,宛如留在池塘里的一条鱼——或者两条,因为那些白人,他的监护人们已将另一条投到池塘里了。

就在杜博继续画着,想着学会如何思考的时候,他发现一场战争已经爆发了。人们对他讲了,他又慢慢地知道了。战争,对一直处在交战状态的人们来看,并没有什么两样。若不是他周围人们的态度有所变化,那场战争本不会对那个澳洲土佬的生活有什么影响。当然喽,经过体格检查并宣布不合格之后,他从分拣纸板盒的工作被征集去给飞机喷漆去了,不过,那是他那不足令人信服的、对他自己总是不可思议的社会存在的一部分。可是房里的、街上的人们深深地挤进他的头脑。他的画笔带着人们的不和谐的感情抖动着,他曾极为痛苦而真诚地努力展开的种种形态正在崩溃着。

于是,他开始夜间到街上游荡了,那里的人比任何时候都多,在调查研究着那个国家的谎言。由于士兵已经走出来杀人了,他们中的许多人被留了下来与自己隐藏的本性一起进行一场殊死的战争。他们那毫无防卫的、三心二意的心灵总在注视着那个土佬,他不再与人有多大的差异,然而,他的不关痛痒却与众不同。一张张油彩闪亮的嘴,恰似自我造成的伤口,总要在夜间张开。那当然是司空见惯的了,按着另一种模样,连同他感觉到的其他部族的风俗习惯,他本可予以接受的。当下,是那双眼睛搅乱了已知其答案的多数白人,直到发现自己是错的。于是,他们哄堂大笑起来,或忽然唱起了断断续续的、空洞无物的歌曲。他们中有的人伸开胳膊跳起了舞,或者抓着一个不熟悉的人。其他的人则倒下去,就地躺了下来。或者他们将按着爱的姿态一同躺在被践踏的草地上。迟早他们会各尽所能,不过,显而易见,当发现他们没能亲自去消灭敌人时,他们便失望了,也许时候没到。

杜博的同事们有让他痛饮几口的习惯,因为当他们将他灌醉时,他便能痛快地笑起来。偶尔,他会说服性格随和的人给他买瓶违禁的烈酒。于是,他便会再次发现那发狂的激情及濒临崩溃的极度的隐痛,那首先是在斯派斯太太的小屋里体验过的。只是迄今为止,满足的眼光常常跟在恶心的后面;他自己的一堆冒着热气的呕吐物可能会产生出价值连城的财富。其实,他似乎胜利了,而战时街道上的其他人却失败了。

有次,一阵闹饮之后,他倒下了,躺在艾伯克龙比克罗森特街上住宅的前门旁边的麻油毡上。迟缓地、失意地走进来的汉纳差一点折断了自己的颈骨。她打开电灯,货真价实地踢了那身体一脚,她觉得需要喊叫了:"能指望你什么呢?一个没用的黑酒鬼!"

可是他没有听到。

第二天晚上,他进屋时,她叫住了他,说道:"喂,宝贝,有个妄自尊大的男子发现一匹花斑马在偷偷摸摸地徘徊着,甚至躺在街上,是想招你去呢,很多人都这么说。"

没有打扮的汉纳显得冷峻、苍白和庄重。她太专心于手头的事了,她也毫不隐讳,因而不能再为她的房客去操心了。她那裸露的指甲在那把小镊子上退缩着,她用它正拔着眉毛。

"的确,"她说,一边拉着,"这与我,"她说,"没啥关系。每个男人都有自己的事。明白吗?"

她一直在拉着。她一边拉着,一边眯着眼看着,然后将拉下的眉毛若无其事似的扔到窗外。

阿尔夫·杜博在听着,但被见到的事情所吸引。她还没有收拾床铺,那床单都是汉纳生就皮肤的颜色——灰色,至少在那光下看来如此。汉纳本人则是那种牡蛎的颜色,除了她的乳沟之外,水可能正从那里滴滴流下,宛如一个旧浴盆或者厨房的下水道。

"顺便说说,"她说,"你那间房子的租金涨到十二先令了。现在是战争时期呀。"

可是一直吸引他的是目睹的东西:当汉纳使用那把镊子的时候,她的手在颤抖。

"好吧,汉纳。"他同意了,一边在为其他的事情微笑着。

"你不认为我要把你撵走吧?"她不得不解释说,"我需要那两先令。"

她目不转睛地平整着她的眉毛,以便使其显出本可能具有的光泽。

"不管哪个妓女,"她说,"甚至那些漂亮的,全都是傻瓜,根本不知道提防着点儿。"

这时,她试着用唾液擦起了眉毛。

所以,他看到汉纳也害怕可能会发生的事,尤其是照镜子。

一天,当她正用羽毛掸子匆匆地掸着休息室里的那些比较显眼的表面的灰尘时,她念头一转,抛开了对读着的《海港的灯塔》的思索,说道,确切地说,是背诵:

"那些老婆子,阿尔夫,她们那直溜溜的、灰白的、油滑的头发一直垂在肩上,像姑娘似的。像老姑娘。还长着几颗黄牙,其余的便是水汪汪的牙床了。人们可以看到她们带着一条蓝色的老狗,有时还拿着包裹,腆着肚子往前推行着。哎呀,真吓坏了我!那弯弯曲曲的、蛇一般的血管还在她们腿上爬着呢。"

可是,他不能对她有所支助,尽管他明白她在等待着某种宽容的叹息。

他坐在长沙发上坚牢的一端,他那肘尖顺从了他的膝盖骨的浅槽,他那一条条放在颊骨上的指骨几乎还没有伸开。在那种位置上,若不是那支撑着的长沙发,他本可以蹲坐在一堆篝火旁。

当然,火确实有着保护作用,实际上,在荒凉的地方,夜间活动没有火是不称心的。阿尔夫·杜博是幸运的,因为他有火,他将合上眼睛,任其按着他喜欢再现的那些自然的彩色在头脑中闪烁。可是,他也并非对此满足,全然不能。他的眼睛将冒出愤怒的火花。他抑制不了那最深处的、羽毛般的、火的白炽的眼。

一次,汉纳曾愚蠢地求教过,当时,他一直坐在长沙发上,一言不发地做着梦。她不得不喊道:"你们太坏啦!没一个好东西!我们知道,那个叫诺姆的蠢家伙。我一点没有贬低他。老实讲,有很多女人没有朋友,更不用说一个披着人皮的热水瓶啦。可是,你,阿尔夫,你有东西藏在心里,而不愿让别人看上一眼,真太好啦。"

她用掸子向四面八方乱打起来,打得是那么猛,有本书从他背后掉了下来。尽管那书是唯一的一本,但她只不过瞥了一眼;那是一本特别旧的、黑乎乎的、沾满灰尘的书。书后的封皮里插着一些装饰物,那是嫖客们在饮酒或涌入时送给主人的。他弯下腰,捡起那脆弱的皮革条,放在手指上,它卷曲、多余的样子酷似脱落的树皮裂片。然而,那书名所印刷的金色大字却依然醒目。

这时,他非常灵敏地、用在哪儿学来的并随时可以表演的悦人的腔调说道:"希望你能借我这本书看看,汉纳。你是从哪儿弄到的?"

"那!啊,是查利的。就是我对你说过的那个捡破烂的老手,我的那个人儿啊,还交过好运呢。是啊,可以借给你那本书。我也很喜欢读书,可是不愿意读那种书。"

那栋房子像挤在中间似的已经变得很暗了。杜博拿着书,匆匆回到自己的房间,那里的退缩到本质的、苍白而又令人惊讶的光亮,从石板的屋顶一直伸延到石板色的天空,将要缓慢地流下来。

他在窗户的一旁打开了书本。此时,甚至那遮蔽着的窗格玻璃也水晶般地半透明了。所以,当那真正的光亮留给他时,他还继续在读着,不顾一切、十分慌乱地读着,以至于从这里或那里引出些词句和片语,以及他自己的全部思想。他那隐藏的自我终于突如其来地唱起了歌:

　　日头、月亮,你们要赞美他;放光的星宿,你们都要赞美他。
　　天上的天和天上的水,你们都要赞美他;
　　还有那一根根天线,一块块滑溜的灰石板,赞美,赞美主啊。
　　大山和小山,结果的树木和一切香柏树:还有其他树木的灰色的阴影,还有潮湿的叶片上的一个个脚底,还有那一条条干枯的河流,也在赞美着主的名字。那橘黄色的竹子用它们那吱吱嘎嘎的响声赞美着上帝。

野兽和一切牲畜,昆虫和飞鸟,赞美,赞美呀。

一双双手在赞美着上帝……

此时,他的手在颤抖着,因为光明和他的视觉几乎已经失去。于是,他俯卧到床上,他那朝上翘着的脚跟麻木不仁、毫无生气,可在他的内心深处,他的双手继续用着他可能用的颜色在赞美着。那些颜色犹如一条条养乖了的蛇,从他的指尖流了出来:深红的和透明的黄色的、腐蚀的绿色的,和不能容忍的紫色的。他可能最后竟敢为上帝那无形的形体选择那样一些颜色的衣衫。

所以,他躺着,为自己狂妄的野心战栗着。直到他的身体迫使他爬了起来。然后,他打开灯,一眼看到枕头上有个喇叭状的小污印,那一定是他的嘴弄的。因为不雅观,他把枕头翻了过来,这样一来他就再也看不到它了。

后来的几个晚上,杜博每次都用几小时时间选读那捡破烂人的《圣经》。那些先知的声音使他前所未有地陶醉起来,很快他便带着思想的彩色躺在他们词句的庄重的光辉上。其间,他也构思了几幅作品的轮廓,但他不能也不知如何去把它们画完,譬如"战车",附加在那法国画家艺术书籍里的想象力之上的以西结的先见还不是他自己的。所有的细节都集中在那张纸的天空上,可是光线还要倾入。他霍地卷起了底图,将它隐藏起来。要彻底把它忘掉几乎是异想天开。

此时,他真的画出了那幅画:《火红的熔炉》。几乎整幅画都是星期五一天完成的——他故意装了病——后来,在星期六的烦闷中,他只是坐着,几次抚摸起画的表面,不知如何最后将它完成;或者说,还没有完成的胆量。然而,他终于画完了,只用了简练的略略几笔。他精疲力竭,汗流浃背,大腿上湿乎乎的,好像刚刚摔了一跤。

之后,他一本正经地洗净了画笔,心里美不滋的。

他走出房间,穿过厨房。诺姆已经来了,他和汉纳正在切着爽口的三明治,一边往上面抹着鲳鱼汁,或压烂了的海枣。他们朝他微笑着,不过像问心有愧似的,因为他们在共负着那个明显的秘密:将有一次聚会。

"嗨,阿尔夫。"诺姆嘟哝着。

再没词儿了。

杜博一直走到牛津大街,他知道那里有个酒吧女侍,她的友谊不需附加任何条件。他从街上隔着那酒吧间的门就可以向里招手。有时比特也会屈尊看见的。

那天晚上,比特在闲逛,他拿着酒沿小山来到他常到的一个死胡同里,那里夜间从不来人,除非来人停辆小汽车,或把个妓女逼到墙上。他在那儿坐在一块路边镶石上,喝着他那美妙的掺水烈酒。最初他在那里走来走去,仿佛那是他学会的工作,极其认真;而后由于前边遇上了需要技术比较细微的困难路段,便就此止步了。这时,他痉挛起来。酒瓶里发出大量沉闷的汩汩声。他的消化道已经着了火。

他唱了几句在类似情况下自己编的一首歌:

  嗨,老兄,嗨,老兄,
  我爸爸比他看来
  要高大得多。
  我舅舅是我妈妈的兄弟。
  可是他
  是个坏家伙,

这一点
　　　没——有——人
　　　连我妈妈
　　　也不知道。

　　此时月光甚至已进入黑胡同里,正在漂洗着那里的垃圾。于是,黑人站了起来,沿着确定不移的路线,心神不定地往前走去。他喜欢那些方形屋顶的房子,尽管它们对他不屑一顾。他对那些无法预言的交通信号怀有好意。他摸了几下汽车上的挡泥板,一次,还碰上了一个飞动的汽车罩。那宽阔的街道上,在暗淡的水果店里全摆着香蕉。一个开着的海枣盒使他联想到苍蝇一定都安适地集中在那里。

　　这样,他开始朝汉纳的住处走去。

　　在战争的最后几年,汉纳的住所里总有人闲不住;街上满都是人,哪里开扇门,一些人就免不了要拥进去。有陆军,有海军,不过最好是海军,因为是美国佬,比美国佬还好的是美元钞票和尼龙长袜。汉纳本人并没有陷得很深,她并没有偶然在爱达荷州①人和得克萨斯州②人的心脏深处抓出一个排水沟:有个司炉趁着讲他妈妈的时候,玩得可真痛快。这时,汉纳用酒涮起杯子来,然后不错眼地盯着它,直到看够为止。

　　可是还有其他夜晚,诺姆的乌七八糟的一伙会一起拥到艾伯克龙比克罗森特街上。若是汉纳心情愉快,她非但不介意,而且还怂恿,她对任何堕落的人的私生活都表现出明智的兴趣。当眼看着有人拉她的衣服时,那妓女几乎尿了裤子。在显露出无聊的、青肿的

---

① 美国西北部之一州。
② 美国西南部之一州。

肌肉之后,她好像喜欢陷到弹簧里,去欣赏那些狡猾的、机灵的、恶毒的、逼真的,但是由严格纸型制作的木偶小丑。

当杜博迂回地通过条条大街回到汉纳的住所时,他推测着假如单纯从她与诺曼在摊鳔鱼汁和碎海枣时所表现出的特殊而奥秘的样子看来,那个夜晚将属于轻佻女子。不过没再推想下去。那是生活的一个方面,由于那土著人早就发现几乎所有人的表现都出乎意料,所以他也没因此而吃惊。人们只需仅仅为并非出乎意料的那一点点事焦虑就好。于是他往回走着,尽量保持着心情的平衡,并做着应急的准备。

艾伯克龙比克罗森特大街的那栋房子的所有里边的门,除了后屋的那扇,全是敞开的,黑暗的大厅里飒飒地响着。有人在汉纳的梳妆台前拍着云雾般的香粉,有人正在穿着长筒袜。那响声近乎发自厕所的贮水器,永不停息。

杜博发现汉纳正值庆贺的中心,她坐在长沙发上同她的朋友及同事里恩在一起。里恩那波浪形的头发绷得很紧,倘若它的光辉允许的话,那头发便会全然消失;里恩是个出名的美女,只是瘦了些。除了那两个妓女之外,还有一大群轻佻女人,她们对汉纳的花斑似知非知。另外还有个人,杜博能感觉到,但看不清。

汉纳喊道,阿尔夫回来啦,正赶上诺米①的表演,她这么喊是想作为一种交际的私语。这时,诺曼·富塞尔真的入场了。他的头上,屁股上各佩着一束羽毛,别处需要的地方则挂着一种宝石兜裆布②。若不是有这些东西,诺姆则一丝不挂了,他已经画好一对象征性的乳房装饰,粉抹得恰到地方。那只鸟手拿褐色玫瑰花朝着汉纳的威尔顿地毯开始表演了,旨在跳起一种礼仪性的舞蹈。在土著女

---

① 诺米,即诺曼的昵称。
② 系在腰上遮盖外阴部的布块。

人和他显然被其迷住的以前歌剧合唱队的女演员的热情支持下,诺姆手舞足蹈即兴表演了,他用美丽的羽毛打出了王牌,直挺挺地刨着想象的土地。虽然他的鸟呼吸时常像用粗锉锉的一样,可是,那无关紧要;夏天母鸡去园庭里到处被追赶的时候也是如此。正像那位歌剧合唱队女演员当诺姆生下来时就偷走了他,她那上了年纪的、职业性的热情此时已侵入那只粉红色小鸟的身体,通过在场的人确认的习俗使它变得真实起来。的确,假使有传闻天堂里的一只鸟与一只冠毛火鸡合二为一了,那么诺曼·富塞尔便可以提供如此的证据。

假若那不是嘲笑,所有的轻佻女子都在尖声讲着她们赞赏的话。

杜博张着大嘴纵声大笑着。他已经蹲在汉纳的地毯上。如果有空地方,他就跳起记得的,但不知在什么地方学来的舞步了。他特别高兴地看着诺姆大摇大摆地走着,伴着音乐的节拍扑动着肉体的翅膀,那身体的恶臭使那个小房间围绕着那原始鸟的形体进一步收缩了。

"你简直是在鼓吹恶作剧,汉纳!"里恩不得不说了,因为她是只母牛,"要不是为了你,我才不看这个呢,给我张床让我度过一个愉快的夜晚也不成。把我弄得都神经质啦。"

这时,已被诺姆表演奥秘的精髓所吸引的汉纳,不愿打断自己的兴致,不过也确实从后面回了一副不偏不依的笑脸:"多奇怪!阉鸡恰好是另一种类型的母鸡。"

与此同时,她意识到和诺姆一起来的那个人也在场,她回了他恭敬的一瞥。

于是,杜博也想起了穿着质地精良的暗色套服的那个家伙,他正坐在汉纳最好的一把椅子上。那个还年轻的男人禁不住一直在盯着那土著人,然而,并非那么让人讨厌,因为他的一只手遮挡着半面脸。捂着、护着那张又长又白的脸的那只特别长的手似乎和他的身体,和他那华美、端庄的暗色套服格格不入。

众人为诺曼的表演适度地喝过彩,为应受尊重的人们干过杯之后,聚会又继续进行了。杜博喝下几口乞讨到的酒,像被电灯照亮似的感觉敏锐起来。不一会儿,他便唱起来,跳起来。他醉醺醺、眼巴巴地站在那儿摇摆着。

这时,汉纳的同事里恩叫道:"你能干什么,杜博,想把衣服扒掉,像别人那样露出屁股吗?"

她将足跟踢进了地毯,便吼叫起来。无疑她是喝多了,而且还像平常那样酸不溜丢的。

可是汉纳用胳膊肘轻轻推了一下她的朋友,一边不安地看着和诺姆一起来的那个年轻人。

杜博本人却受到一种突如其来的、令人忧伤的袭击。

一个叫菲德尔·帕加尼尼的意大利小伙儿快要唱完一支曲子了。他戴着淡黄色的假发,穿着黑色的网状长袜,那是从一个港市为这次表演特意买的。

汉纳大声说道:"阿尔夫还有比唱歌、跳舞更好的节目呢。是从我这儿学的。是不,阿尔夫?"

实际上她并没有看着他,舌头抵在颊部,因为她对自己想要提出的事情有点惴惴不安了。

她转向角落处的那个小伙子。

"你不知道我们这儿有啥,汉弗莱。"

她对陌生人讲话的声音更大,那种音调谁也没有听过。

"阿尔夫能画油画。是不,阿尔夫?把你的画拿出来大家瞧瞧,好不?那才是一种真正的款待了,莫蒂默先生一定会欣赏和记住的。"

杜博就在那褐色的长沙发上被闪电击了一下。

大家都在看着。有几个搞同性恋的男子在哼哼着,打着哈欠。

"啊,是啊,表演吧,阿尔夫!"诺曼·富塞尔补了一句。

诺姆又按常规穿起了衣服,然后坐到他朋友的膝上,由于身体沉,差一点掉了下来。这出穿插戏,假如没有其他意义,起码也迫使汉弗莱·莫蒂默的那只手从他那半面脸上挪开了。杜博终于看全了他的脸。

这时,那年轻人身子向前一探,说:"是啊,阿尔夫,我最想看看你的画啦,不知道你是不是愿意给咱看看。"

他说话用的语调是那么斯文,那么平稳,以至于傲慢、热情、讥讽,或任何确定的情感都无影无踪了。那也许是学来的。要赢得信任,还不减少唤起希望的趣味。

杜博站立着,仍能意识到那是一种声东击西的把戏。

否则,那会是丢弃防御的一个夜晚吗?

是虚荣心开始劝说了他,用最狡猾的羽毛在抚摩着他。他所能表达的一切立即在胸中憋闷起来,在腹部翻滚起来,在指尖震颤起来。他向着汉弗莱·莫蒂默的那萎靡不振、死气沉沉的眼睛投下了近乎嘲讽的目光,而汉弗莱却显然未曾觉察到他或许已经制造出一种爆炸性的局面。

直到杜博再也无法容忍下去,听凭那种无知任其存在了。

"好吧。"他软绵绵地答道。

他沿着黑暗的走廊走向,或者说跑向他的房间,他的双手脆弱地向前伸着,在提防着什么。他不能很快就选好几幅画,放下了,又拿起来。他往回走了。走到一处,他的右肩撞到了墙上,撞了个趔趄。可是他确也来到了那个旋转着的娱乐室,他把那几块板子靠着那位贵客前边的一把椅子立在地板上。

那桩交易纯属小丑跳梁,这一点已被在场的多数人所暗示。还有那绘画的本身。那帮人中的几个明确地表示他们不想进一步介入任何独出心裁的事。

然而,汉弗莱·莫蒂默弓着腰坐在那里,通过眼神流露出他不会贸然说出的东西;也许他已在专心致志了。也许只有杜博才意识到一个未曾滋补过的心灵正在美餐,好似它从未吃过东西。

那土著人非常坦然和冷淡。

"好——啊。"那位鉴赏家说,因为只要含糊,此时就可以讲话了。

杜博用手指尖摸了摸一块板子的角。

"不,"他否认道,"这些画没啥好的。我还在努力地画呢。我才画了一半呢。瞧,这个角多死板。我不知道该怎么充实它。也许以后我会把这些东西涂掉。"

他还在屏着气。不过处在优势的地位,虽不能说诚实,也可以表现出傲慢来。

"即使是这样……"汉弗莱·莫蒂默嗫嚅着。

不管那些画是好是坏,他都一心在想着它们,此时,他确实是不由自主啊。

杜博无法控制住自己的激情。他沿着走廊往回跑去。口袋里的东西不断在拍打着他。

一幅幅画都被他带来了。那些画在那普通的房间里点起了篝火,房间的墙壁在色彩的火焰里退缩了。虽然留声机还在刚勇地撒着尿,却连那火的边缘都未能扑灭。

有些轻佻的女人开始离开了。有些则已蜷缩起身子。

"好极啦,不是吗?那是怎么画的?"汉纳问,一边打着哈欠。

可是在那一屋子睡着的或嘟囔着的人们中间,只有那位画家和他的一名观众才关心此事。他们在交流着。

杜博刚刚拿来了展示的两幅画。渐渐清醒的头脑提示他该有所收敛了。不过,他还是仔细地将画支了起来。

另一个人弓身坐着。由于他已了解到那画的风格,他的感受更深了。但出于习惯或策略,他仍旧只是懒洋洋地微笑着,表示着他的满意和感谢。"啊!"他亲切地开了口,只对着那画家一人,"是沙得拉、米煞和亚伯尼歌①吗?"

"是!"土著人鞭然而笑。

好像求爱一样。

"还有上帝的天使。"杜博用同样抚爱的声调补充说。

他蹲下身,一个手指几乎触到那呆板却光辉的画像。它在它诞生的精神的混沌里全然暴露出来。

因为画面很新,油色尚湿,所以那创造者看到他的艺术品不可能是它后来必定会表现的和保留下来的那个样子。他至少可以当作一个克服了的问题去欣赏天使翅膀的羽毛结构,尽管忘却了在一个熔融的早晨,一个男孩手里拿的是一只活白鹦,他分开了它的羽毛,看着羽毛的根,正专注于绒羽的奥秘之中。后来,也许是睡去了,或者醒来了,那个人可能想起来他怎么会通晓描绘神的精髓。

倘然他看到了,便会知道那画的本身已经充实了。熔炉里所有的人形都是僵硬而逼真的。那火是最后的火。时间和见解都不能将火舌转换成歧异的形状。

那两个实际的人正在观察着火红熔炉里的人形,他们触上了一颗神圣的露珠,那露珠可使他们暂且避开其他的声音和致命的危险。犹之乎忠诚必胜。

还是那位来客首先发作了。他猛地抖动一下,抖掉了诱惑力。他那眼睛可能在为一种放弃而遗憾。

---

① 据《圣经·但以理书》篇记叙的三位忠诚的希伯来人。在巴比伦王——尼布甲尼撒命令之下,三人被投进灼热的烤炉,却未受伤害。

"你的话有些道理,杜博。"他阴郁地,甚而有些讥诮地说。

那话由于累及到自己,使他忐忑不安起来。

当那土著人概括了已变成绘画中的一种过度抒发的东西时,如果说他不是切齿痛恨,那就是诚惶诚恐了。

"这是什么?"汉弗莱·莫蒂默问,"你最后和《火红的熔炉》一起拿来的这幅大底图画的是什么?你还没做解释吧?"

"那个,"画家说,"啥也不是。是以后我可能要画的素描。可是不知道该怎么画。"

此时,他冰冷如石,自己带来的那幅《战车》的素描使他后悔莫及。那幅《火红的熔炉》也糟糕透顶。全都暴露在外,未加任何保护。

"我特别喜欢那个,"莫蒂默说,"那个大底图,最有趣儿了。让我再看看。"

"不,"杜博说,"不行。太晚了。以后看吧。"

匆匆收起了他的画。

"那么说,你答应啦?"另一个坚持问道。

"是啊,是啊。"杜博说。

可是他的鼻孔在反驳着。

由于娱乐室里点燃的火熄灭了,诺姆一伙开始解散了。又是亲吻,又是搂抱。那些轻佻女人反而恢复了她们受阻的行当的惯常气氛。而杜博则仍在对付着那纯正激情的最后余烬。

此时,他可以闩上门,相信安静了。

可是半信半疑的脚步声从走廊传来。

"喂,阿尔夫。"汉弗莱·莫蒂默开了口。

那不可能是另一个人。

"我有个想法。"他说。

他一直跟着土著人来到他的门口。

尽管走廊里的空气十分憋闷,但两个人还是在战栗着。平时,莫蒂默先生的侧影不乏完美之感,此时,却显得颇为滑稽可笑。他站立着,两个握着的拳头分插在裤袋里,大衣的皱褶护在突出的屁股上。

"我给你出个价,至少对三幅画,"他说,"我特别希望能得到它们。"

他正确地说出了《火红的熔炉》的名字和其他幅画。

"不要那战车之类的素描,到它达到了预期的目的时,就是说,到你画完的时候。"

年轻人说了个价钱,在汉纳性爱的房子里,那是最为可观的一笔了。

"不,不。很抱歉。"阿尔夫·杜博说。

他的嗓音不可能再结巴地说出他感情的词句了。

"至少你该考虑一下。你知道,这是为你好。"汉弗莱·莫蒂默拉了那个人一把。

他还在微微地笑着,因为生活告诉了他,自己的手段是易于买到的。

然而,在那一夜的某个时刻已将自己暴露无遗的杜博不再那么脆弱了。由于怀疑起自己受到了欺骗,他完全枯萎了,谁也休想再对他彻底哄骗。

"别人不看的画可能永远也画不成。"他的主顾争辩道。

"我会看的,"杜博说,"再见,"他说,"莫蒂默先生。"

然后他关上了门。

有一两周的时间,那澳洲土著人无心作画了,甚至对已完成的画虽然知道放的地方却不愿再看一上眼。似乎什么东西在威胁着他。似乎在极度空虚的时刻,他已背叛了他最为恭顺、最新入门的某种奥秘。他感到厌恶了。他将那些画反扣到墙上,在周末或夜晚,他常常在床上一连躺上几个小时,双膝并拢一起,前臂护着头颅,冷冰冰的手掌潮乎乎的。

在那永远不会使他完全信服的外部的、平行的存在中,战争正趋于尾声。飞机的喷漆,除了纸上的,终归失败了。玩掷硬币游戏①的赌窟的一个个大货箱里咚咚地响着,一个个飞机库里堆满了谁都想遗弃的东西。的确,许多人都那么想。实际上,所有尸体上的所有的蛆虫都开始蠕动了,如果稍有区别,则是动得更猛些,一边猜想着盛宴就要结束。在几种情况下,由于人的容貌返回到蛆虫的面孔上,人们感到良心在拨动,并意识到真正的自我,无论它如何变化却仍然可怕地存在着,并暗示着复兴。

汉纳像往常那样中午醒来,拔了拔眉毛,涂了涂指甲,在腋窝的阴影里拍了拍穷途末路的大粉扑。不过,看来还是湿漉漉的。当然,那面团似的肌肉内部的她,仍是一个纯正的、黑皮肤的姑娘,但只有她本人才知道。有时,她也怀疑:为了一袋茴香丸药,破晓时,在树下,她是否没将自己出卖给某个好色的少年。

哦,香粉使她咳嗽起来。那是人们说的过敏症,那就对了。她浑身上下那么潮湿,每个毛孔都打开了,水汽蒙蒙的。她病成了那个样子,在吃着一把阿司匹林。那药到肚里感觉是酸的,或者就要燃烧起来。不过有时她会出一身可爱的冷汗,不,是一种安慰的汗。直到想起来人们不可能说她有病了。那恍如一种病态的构想。她的良心将像廉价的闹钟在她体内嘀嗒作响。如果,响声消失,她是会尖声大叫的。

那土著人总是一声不响地在走廊里踱来踱去。确实他平心静气,举止安详;除非酒精中了毒,倒在附近的地方,那都是由于酒吧

---

① 将两枚硬币同时抛掷,由参加游戏者猜测钱币落地的反正面。

间姑娘们的缘故,她们向来没头没脑,毫不谨慎。若不是这样,谁也不会抱怨了。他画呀,画呀,一直在画着。可能汉纳已对此厌倦了:想想看,一个男子将自己死死地关在后屋里,在一块旧木板上溅上一些湿乎乎的无聊的东西。结果呢,有些自作聪明的人还果真声称他们能看得懂。

一次,他像平常那样安静地走在走廊里,不过走得很快。她听到有人来到跟前,吓了一跳。结果,她在自己拿回来的、正准备解开的包裹结上崩掉了一块指甲。倘若不是让人起了一身鸡皮疙瘩,仅仅一过即逝那就好了。在她不得不调整过的百叶窗底下,借着射进来的较黄的光亮,他还想看看她在做什么呢。

"哎呀!你还没受过将保险箱撬开的训练吧,是不是?"她迫不得已地问道,"都怪那双橡皮底布鞋啊!"

"这鞋穿在脚上蛮舒服的哩。"他答道。

"不管怎么说,"她说,"你的作品出问题了吧,阿尔夫?还没把它扔掉吗?"

"没有;"他说,"我感到它有点别扭。我停下啦。两天没画啦。"

"想怎么着?"

"不知道,"他说,"没个准确的想法。"

"啊呀,我希望没啥不好的,"她叹了口气,可是并不在意,"谁都腻烦了,还不是叫这场蔓延的战争搞的?"

她又开始弄起了包裹,好像它不再那么重要了。她的嘴唇显得比平时更湿润,在闪闪发着光,受惊之后,她不得已舔湿了它。

一时,他心中闪现出可以运用或储存那道道黄光,或靠在黄木和镜子前的汉纳那衰弱的形态的念头。

她只是发现了他看她的时间过长。

然后,他走出室外,因为他说他想呼吸点新鲜空气。尽管他是否真是那么想的不得而知。那被认为是新鲜空气的东西没有挤进他的肺部，却像一卷卷吸墨水纸一样卡住了他的喉管。一股浓厚的、柠檬色的光注入一条条砖铺的街道里，围绕着剪去树梢的美国梧桐树的根部。远处某个地方的火可能已经来临。

可怕的懒惰和近日的急迫在杜博的嘴里冒起泡来，他又将其吐出，犹如吐出一条褐色的溪流。这时，有个老太婆退到自己肮脏的门口，避开了那空虚的土著人；而他却两手插兜，漫不经心地走着，吐着血。然而，他却没有看到她，此时，他轻松多了。他本可以运用日益深化的夏季及渐渐增浓的黄色下午那类厚涂的颜料了。他本可沉迷其中，用他那特殊的笔迹，涂写灰色的、粗糙的砖块的传说。与此相对，他可将已经拉长的面孔再拉长一些，将空洞的太阳穴再深挖一下，并通过晦暗的眼睑来表达见解。因为他知道那是汉弗莱·莫蒂默的下午。无论它流向哪里，它都带着腐烂水果的气味，带着不能麻醉的、甜滋滋的、却令人讨厌的乙醚的气味。

土著人又不得已吐了口血，这一次更清楚了，不能不引起他的注意。那深红色的标记止住他的脚步，他停在那儿，盯视着灰色的人行道，凝想着自己对一种信任的忠诚的消逝。那无情的深红色玷污了他那一错再错的宁静。接着，他又吐了一口，看到那颜色，仿佛所有那样的想法正在仁慈地褪去，尽管最初的因由和软弱必定保留下来。因为，他未曾向汉弗莱·莫蒂泄露过他一直坚守的隐秘真相，不是吗？

杜博在长椅上坐了会儿，那不是在公园，而是在街道旁，在他恰好经过的地方。他不时地呕吐着，察看着那颜色，直到最后他觉得一定是止住了血。

不多时，有个男人走过来，坐到他的身旁，告诉他战争就要结束了，因为，那人说，《圣经》上是那么写的。

杜博没有吭声，心里思量着是否情况果真如此。

所有罪恶的人，预言家继续说道，将被踏在脚下，那些每当机会来到时，由于全然的无知和空虚而背叛上帝的罪恶较小的人们也将如此。那就包括了那些姘妇、鸡奸者、市场商人和粗心大意的出租汽车司机们——他们在一定程度上都背叛了一种信仰。

黄昏，犹如分裂着的微粒，在扩散着，到处一片昏暗，只留下溃散的运动。

杜博的胸腔疼痛起来，因为所有的美德都已受挫。受挫的还有他能保证的所有坚固的形态，以及所有能席卷视野的鲜明的颜色。

"人们将会看到，"那人用习惯于预言的声调说道，"鸡蛋的价格将会跌落。沙丁鱼的价格也是一样。"

可是，阿尔夫·杜博却想要走开。他抑制住要去看看那几幅画的念头。在那些画中，他的单纯未曾受到损害；在那些画中，上帝仍默许一种殷实的形态、生活的继续，甚至错误。

于是，他用头碰撞着黑暗，肋骨后响着呼噜呼噜的呼吸声，街道在他面前让开了路。

当他回到艾伯克龙比克罗森特大街的那栋房子时，他发现诺曼·富塞尔已经来了。诺姆正在汉纳的镜子前面试穿着白皮衣。他真正的自我仰首伸眉了。那反常者窃笑着，偎依着，从各个角度考虑着自己。

"嗨，阿尔夫！"他叫道，"看不起我的北极狐皮吗？"

可是汉纳已把开着的前门砰地关上了。

"别烦啦，你这个愚蠢的小丑！"

她不想看到杂耍表演。

诺姆可能喝得有点醉了。他不会让他的配角像他实际喜欢的那样退出表演，而希望能继续愚弄人。两个人都为演出穿着打扮了，因为他们都习惯在房内将衣服脱掉一半，让肌肉显出演低级滑稽戏的特点。两个人实际若不是松垂的话，也是鼓胀的，他们正在竞争的那白毛皮似乎使他们更加柔软，更加裸露。当需求通过触摸毛皮得到满足时,诺姆当然成了个浪荡公子了。他的面颊渗出了喜悦。相反汉纳的脸却是干巴巴、灰溜溜的,用粉刷刷几下便可显露原形。

诺姆还在不停地摆动着屁股。显然他醉意正浓。他摇晃着,抱着一块白狐皮的尾巴。汉纳已发现了那狐皮的头。

"我该不该对你说说,阿尔夫,"他叫道,"我们的姑娘们是怎么理财的?"

然后,猛拉一下狐皮。

"我再给你一张,"汉纳喊道,"趁着你还没把那张讨厌的皮毛撕碎。"

杜博朗声大笑起来,不过没有恶意。他实在憋不住了。

"理财,有趣,总是这一套!"汉纳已在喊叫了。

她说了她是怎么从一个犹太人那里买来那张毛皮的,那犹太人在初到澳洲的日子里,对她的小恩小惠表示过感激。她说得声音很大,很清楚,她可能猜到有人会怀疑的。

不过杜博已经走了。诺姆已经放开了毛皮,他想要解手了。傻气变成了咯咯的笑声。他的肌肉在扑动着。家具上所有的把手都在跳动着,在嘎啦嘎啦地响着。

杜博终于进入他的房间,房间里挺立着那些令人费解的画、略呈绿黑色的裁缝的模型人,和其他一些互不相干的物品——他的生活将它们变得相关了。房间在噼啪噼啪地响着,好像不得已而放弃严格限定的形状一样。模型人从干枯的基座上向前倾斜着。电线在呼呼地叫着。此时,他转动起画了。转动着,转动着。

他的生活让微小的阵痛和巨大的波浪恢复了常态。当他猛拉图画,给它们以必要的支持时——使其靠在床上,靠在生锈的煤油炉上和房里的一个角落——他的双手不再是纸一样皮肤的手套里的骨头了。那些绘画又一次用他的口腔永不能发出的腔调在赞美着,肯定着。

回到确信的怀抱之后,他无法抗拒此时此地要把画拿出来的冲动,假如他未曾厌倦,假如他未曾发现,他便会重画当他观察夜晚的街道时所通过的那种逐渐深化的黄色。

这时,他龇牙咧嘴,十分可怖。他开始瞎摸乱弄起自己的东西,以及汉纳房客房间里肮脏的破烂。他搜找时,碰到了裁缝的模型人,它砰的一声倒在地上,尘土顿时飞扬起来。或许他还没有弄清他寻找的是什么。在激动和隐退之时,他常常对一直在面前的物品熟视无睹。不过眼下,只有严酷的现实呈现在面前:《火红的熔炉》不翼而飞,连同那大幅的"战车之类"的素描。此外,他不停地思忖着。谁也不愿去数数打击的次数,此时他却晓得其中之一将证明是致命的。

"汉纳!"

走廊里传出空前未有的声音。他正用他那镇静的海绵般的双脚在跑着。一边在剧烈地呼吸着。

虽然他几乎马上就到了,但她还是穿过房门上前迎接了他。她似乎断定谈话将毫无益处。她最近脸上露出的那种单调、和善的表情衬着有争议的皮毛是那么明显。她沿着她那裸露的肩膀,直直地像老师一样地抻了抻那狐皮。她不再那么漂亮了。一种拴着几个橡子的项链之类的东西将那皮毛托在她低劣的、黄色的乳沟之上。

"汉纳!"他气喘吁吁地说,"你拿画了吗?"

他不能,或者说不能很好地让那话在喉咙里转弯。

"我会告诉你的,"既然场面已经铺开,汉纳便干脆地回答了,"只是不——不必——在你弄清之前,不必去逛马路了。"

诺姆在回头看着。诺曼·富塞尔根据他已了解的情况惊奇地观察着后来的结果。

因为此时杜博几乎全神贯注了。他喘着粗气,咧着嘴。倘若能看到他的肋骨,那也是惊恐万状的。

不过汉纳却慢得像块板油。板油里还有一大根神经。

"我会告诉你的。我会告诉你的。"她好像在说。

她对于生死并不太在乎。到此时为止,她自己的生命可能已经耗尽。只是那不可思议的死的行动使她那病态的神经在嘀嗒地响着。

杜博一把把她揪住。她从容不迫地倒了下去。她没有反抗,因为她首先感到了是自己理亏。假如那事避免不了,她就甘心忍了。她几乎想要体验一下他的手指陷入她病弱身体的滋味。

这样,他将她顶到了她房间的门口处。那挂一直扣紧狐皮的项链此时已经断裂,裹着她身子的还有那粉红色的女式长衬衣。或者那衬衣也正在撕裂。她的面颊将那无毛的地毯擦得嘎嘎直响,但她却闻不到那新皮毛的气味。

土著人疯狂地扯着,他那黄皮肤的底下,变成了白色。

他极度的怨恨、呼吸、绝望、前途,乃至一切,正流进他那一双手里。

这时,汉纳的嗓子得闲了。也许她已经足够地抵偿了。她喊出了:"啊——!诺姆——!可怜可怜吧!"

诺姆·富塞尔恰好没能驱除一种痴笑的妖魔。

情况并非越来越有趣。由于他是个正统的男子汉,并且刚被要求去创造奇迹,所以,他也同样难以忍受了。因而在抛掉衣服的负担之后,带着普通的肌肉在周围跳动的他,开始用一只胳膊按着从一名水手那里学来的方法抓住了土著人,而他却不知道那种抓握的作用何在。

他们三个人至少全都卷入到里面,他们的呼吸像他们的胳膊那样用结实的绳子系到了一起。

其间,汉纳又开口了。

"阿尔夫,我会告诉你的。我会告诉你的。"

然而,她的舌头胀得很大。动辄就伸了出来像个鹦鹉似的。她为自己叫喊着遗憾。

"我会说的,"她费劲儿地说着,"阿尔夫这个死臭虫,阿尔夫告诫莫蒂默要诚实,可诚实没给阿尔夫留下多少同情。"

听么一说,他搏斗得更凶狠了。他必须要消除的所有坏的东西可能会狡猾地从他身边溜掉。

那三个搏斗者最后全都清楚了:他们真心实意地想在某个时刻死去,也许就在此时此刻。

看到她胳膊上的、长衬衣上的斑斑血污——那可能是她自己的血——汉纳又重新啜泣了。为了她不得不遭受的痛苦,永远要遭受的痛苦,时间是那么长久,以至在历史书中他们都被利落地砍去了头。

不过眼下,诺曼·富塞尔凭借着压力,或重量,或那水手的纯正技术的抓握使得那土著人脱离了汉纳。

汉纳起来了。自怜并未耽搁她的时间。她的肉体飞舞了。不过,当然喽,她变得更加单薄了。她不能很快将抽屉拉出来。那是梳妆台的抽屉。之后,在一块块手帕底下乱扒一阵,抻出了比她自己的手更易摆动的东西。

当那土著人又向她袭来时,她用那信封将他挡开了。

"诚实,"汉纳叫道,一边像纸一样地抖动着,"我不会咬你的耳朵,阿尔夫!瞧,只要瞧一眼!"

杜博是不会看的,可是本性使他慢了下来。

"瞧见了吗,阿尔夫?这里有你的名字。是我写的。只是求人办了点事,买了张毛皮。还会有别的意图吗?是那个讨厌的莫蒂默总想干涉我。这里,瞧,阿尔夫,是剩下的部分。当事情平静下来,我会交出的。"

此刻,杜博疲倦极了。

见到自己胳膊上的血迹和变成绷带的背带长衬衣,汉纳又哭了起来,为她已经逃脱了的东西,为生活强加给她的一切而哭泣。诺曼·富塞尔注意到她那簇簇毛发已将她变成一个著名小丑的仿造品。

这时,有谁在敲门:某个邻居,某个意大利人,想看看是否他们要警察来。不,诺曼·富塞尔说,在朋友之间解决问题也没有多大差别。

可是,汉纳在哭着。

"这么多的钱哪!"她哭着说,"破画算个啥?我们都是为你好。"

这话听来似乎无法驳斥。

"是啊,汉纳,"杜博随着说,"如果问谁是诚实的,那便是你喽。"

他不能再说了。

她宽慰地看到自己注意到的血不可能是她自己的,而是从土著人嘴里滴出来的。

"你磕掉个牙,啊?"

"是啊。"他可以烦恼了。

听到那话汉纳忍不住呜咽起来,因为她是个软心肠的人,血是凄惨的,如同医院,如同谄媚的老妓女、倒塌的拱门和走在绿色的霓虹灯下面的人的脸。

"啊呀!"她喊道,不过将自己控制在仅能大声说话的程度,"别忘了你的钱,阿尔夫。你的钱。啊,喂,你知道和我在一起是安全的。你知道我向来不咬别人的耳朵。"

因为杜博已沿走廊进入那个硬纸墙护不住的房间里。或许说到底,只剩下个脑壳是盛秘密的盒子了。

然而,他了解并支配的那个脑壳也不能经久不衰,它一定会因收揽过多而突然迸开。内含的一切,从蝌蚪、不雅的蜥蜴到闪电和火柱,将会源源流出。因为没有遏制的思想,除非说服别人——只有朋友才能愿意——拿起斧头,打碎那不幸的盒子,使它永远不得复原。然而,那会将他惊吓得从杂乱中走出来,面对那些已经进入,那些正站在家具中间的人们。然后,考尔德伦牧师,尽管他举起了苍白的手,施展了悲伤的眼睛的权威,将不会从皮毛和羽毛的触碰中,或挡在冷冰冰的鳞片的滑行前,拯救一个斑驳的心灵。

　　夜晚的重量终于沉甸甸地压在艾伯克龙比克罗森特街的那幢房子上。诺姆·富塞尔,一个神经质型的人,说他准备到丛林中过短期的流浪生活。汉纳没有继续她的行当——她已经精疲力竭了——不过,吃完几片阿司匹林,她知道自己是不会睡着的。然而,经证明,她一定曾在睡眠的表面漂浮过。

　　五点左右那妓女起来了。她不习惯于看着灰暗的光亮笨拙地爬到空荡荡的床上,那光亮给了她不少的撬门棍。她本来喜欢一根纱线,呈现出正直的感情,从而将那药用蜀葵放回生活里。没有什么会像陈腐的见解那样给人以安慰。不过由于缺乏机会,她只能顺着走廊望去,一面轻轻地抚摸着她那青肿的皮肉。

　　她看到土著人的房间是开着的。

　　"阿尔夫!"她叫了一两声,不过声音很低。

　　跟着,她向前走去,一只手在墙上滑行起来。

　　那房间似乎是空空的。虽然电灯无情,但她不得不将它打开,最后看上一眼。果然,杜博已经走了。好像拿走了他那锡盒子,是抽着烟离开的。

　　房间里她习惯于堆放垃圾的地方周围布满了碎片。她明白了:他从院里拿过一把斧子——现在还立在房里——将他的旧画劈得粉碎。仅此而已,所有那些讨厌的画板零零碎碎地丢在那里。

细弱的光线从裸露的灯泡里流淌下来。

好啦,她马上意识到她可以让那些碎片丢在原处。生火的时候,可把它们用光。于是,她高兴了。她早就知道别的男人逛完闹市之后,把一屋子贵重家具砸得稀巴烂的事。

她沿着走廊慢慢地往回走了,走廊里的光线渐渐地、自然地,开始由灰向白颤动着。突然间她想起来那土著人还没向她要钱,那钱还在手帕底下放着呢。当然喽,他还会回来的,她会交出那个信封的,因为她是个诚实的女人。不过,有时,人是不会回来的。有时,人便死了。或者与人有关的东西,大概是意志什么的,预先就熄灭了,似乎人们并不注意。她回想起前一夜土著人在疲劳之后用他那骨头般的双腿支撑在地毯的中央,一身骨头架子,气喘吁吁的那样子,如果有谁敲一下,他便会发出像螃蟹一样空洞洞的响声。但是她想他没有让她看到他的眼。为了急于重现一种局面,她本来就愿意去回想。

汉纳的心仍在希望地跳动着。在那凉爽的早晨,她身上已经着了火。此时,她已回到自己的房间。为了安全起见,她想将那信封从抽屉里挪开,因为别人已经看到了。当然不是诺姆了。诺姆是诚实的。

杜博没有回到艾伯克龙比克罗森特街上的那幢房子里。在他心目中,他已将汉纳的住房与他想过却未曾到过的沼泽联系到一起。在那沼泽中,仁爱和慈善的纯正魔法未能驱除邪恶的灵魂。的确,他从未有过过高的奢望,但每每想到他对其态度做的辩解,便恶心起来。天使不过是伪装的恶魔。甚至帕斯克太太也丢下了她那蓝色的长袍,变成了铜的乳房和鸟的嘴。他具有的那种信念放置在他的手里。通过那双手,他仍可赎回考尔德伦先生将会称之为心灵的东西,那东西仿佛保留在处于物质的形状和无限的希望之间的他的想象之中。于是，在转变成他的绘画的赞美的行为中，他将对自己的精神状况尽量给以表达和解析。

就他生存的实际需求而言，找到工作还是不难做到的。从汉纳的住所跑出来之后，不长的时间，他就干过几种工作。他在巴兰纳格利镇郊租下了努南太太房子里的一个房间，那里没人提出问题了，那里光秃的墙壁，和一副铺着褪了色的玫瑰花图案的床罩的担架给他的思想提供了一个安静的环境。这期间，他读书很多，一则由于疾病引起的身体的倦怠，再则因为一种对了解的渴望。他大多是读《圣经》的。或者读他带来的几本有关艺术的书，不过他喜欢先知的书，甚至此时连《福音书》他都爱读。然而，他是带着怀疑和惊异读后一种书的。还像以前一样，他总不能将那些真理与他经历的事情协调起来。他可以相信书中的上帝，因为圣灵总不时地在他身上起着作用，白人的欺骗性妨碍了他去考虑基督，除非作为一种矫饰的抽象概念，或者现实中的人。

白人的战争结束了，几个白人给杜博买了些酒庆贺和平的到来，他们一块儿都在街上呕吐起来，他们的胃口、腿下都是同一种格调。不久之后，在罗塞特雷工厂干活时，他还一直是个土著人。他也不希望是另一种样子，因为那样，他可以更快、更深地走到自己想象的猎场里。

白人为和平辩解时，显出从未有过的夸耀、粗鲁、油滑，或者，充满自信的优越感。当他们坐在罗塞特雷工厂的长凳上，或来回走在机器之间，他们好像突然从他们的汗衫中闯出来，猛袭一个过分消极的未来。那群另一个世界的被人怀疑的使者们就更不必提了。

据说在较低的一端的一个钻床旁，有个某种类型的讨厌的外国人。那土著人总是带着感兴趣的眼光观望着。可是那个人却很少抬起他的头，他也不想那么做。

直至以后，没用手势，没有直视，他们之间却交流了某些信号。

他们是如何开始交流的,澳洲土著人也不知道。可是一种信赖的状态却被比较敏感的,而不是人类的其他手段确定下来。所以当那犹太人在水房里终于和他讲了话的时候,他倒憎恶起来,仿佛他们沉默的法规已经因此妥协了。后来,他意识到,他欣慰地得知:那战车的确存在于先知的视觉和他自己的见解之外。

第六部

第十二章

那一个逾越节和复活节早早地来到了。沉重的日子接踵而至,那些深居简出的人并没有轻松的迹象。毫不奇怪,当躯体仍禁锢在金字塔的时代,灵魂却对是否能从它那悠久的埃及的桎梏中解放出来,或通过其救世主的鲜血得到赎罪,从而做好准备表现得狐疑不决。黑尔小姐深深地,然而徒劳地躲进从赞那杜向外散射的地洞里,与青枝绿叶相隔一方,她那肌肤为尚未来到,也不会来到的那个时刻颤抖着。站在床单的水蒸气里,戈德博尔德太太期待着复活节的强劲的风。那种风有时,甚至此时也正从沼泽里吹来,将会席卷她的记忆,将会吹得白樱树枝咯咯作响,使得被震撼的窗格玻璃后面荡漾起几首赞美诗。可是那一年,未刮那样的风。当然喽,对于在因果报应的大丽花中间抹来擦去的弗拉克太太和乔利太太来说,由于她们是定期受圣餐的人和女子协会的成员,要想向她们应得的复活节祈求保佑还是比较容易的。然而,对于在工厂的纸板办公室里的哈里·罗塞特雷来说,那时节总要带来混乱。他都是通过繁重的工作,通过亵渎神明和扯拉自己的腹股沟予以克服。于是,在紧急订货和天气潮湿期间,他的裤子总要定期地起起皱,给他带来诸多不便。

"哎呀,"哈里·罗塞特雷怒吼着,一边捶打着,放松地坐在斜歪的镀铬转椅里边，不快地叉开双腿，"今年他妈的复活节来得这么早干吗？让人都完不成订货啦。"

在办公室的外间里，正在忙着打字的两个女子中较丰满的那位惠布利小姐将牙齿咂到足以表达出责难的程度。

而马奇小姐却哧哧地笑了，因为那是老板啊。

"请对我讲讲好吗，惠布利小姐？"

罗塞特雷先生坚持说。他可以不去忍受，不过他要付出很大的代价。

"因为那是个非固定的节日啊。"惠布利小姐答道。

她认为自己的回答听起来很机灵，却没有失礼。惠布利小姐控制傲慢的态度还是有一套的。

"喔，变动一下吧，变动一下吧，或者说，务必使它动，请吧，惠布利小姐，"罗塞特雷先生坚持说，一边穿过一沓沓的纸缓慢地走着，"明年，再往后，惠布利小姐，劳驾啦。"

马奇小姐哧哧地笑着，一面用手巾擦着胳膊。老板开起玩笑了，一连几个下午都是那样。马奇小姐对有趣的男人们内疚地赞许着。她和一个病弱的、领抚恤金的寡妇姊妹住在一起，她那极度的不幸使她们俩都伤了元气。

"因为我不会拿复活节和自己过不去，惠布利小姐，不管它是变化的，还是固定的。"

罗塞特雷先生只得用打趣的话逗引别人了。

惠布利小姐用力咂着牙齿。

"唷！罗塞特雷先生，我们俩谁也不信宗教是件好事儿，马奇小姐比我还明显哩。"

马奇小姐涨红了脸，咕哝起好像谁也不会料到她会唱起的一首体面的赞美诗。

"我信宗教。"罗塞特雷先生说，一边击拍着文件。

"我信宗教！我信宗教！"罗塞特雷先生唱道。

的确，星期天他常到乐园东区圣阿洛伊修斯教堂去做礼拜，参加所有重要的宗教节日活动，也常常往修女的手里塞钞票，但缺乏必要的谨慎，每到此时他们都垂下眼来，仿佛干出了下流的事儿。

"你得信仰宗教啊，惠布利小姐，"罗塞特雷先生大笑起来，"要不，是要下地狱的，你喜欢那样吗？"

此刻，轮到惠布利小姐红脸了。她那类似项圈的肌肉变成最深最深的红紫色。她拿出随身携带的小粉盒，用彻头彻尾的猫的动作给自己拍起粉来，从前额一直拍到上衣的抵肩。

"喔，我根本不信宗教，"她说，一边非常轻微地湿润着嘴唇，"我想，那是因为我的朋友是个辩证唯物主义者吧。"

罗塞特雷先生越发笑得厉害了。他禁不住问道："那又怎么样？"

那天下午，他实在是欣喜若狂了。

"别指望我对每件事儿都做出解释！"惠布利小姐绷着脸说。

"唉，你们是知识分子啊！"罗塞特雷先生叹了口气。

马奇小姐咳嗽一声，移动了一下口中的止咳糖。她喜欢察言观色，听别人讲话。这样，从未想到要对生活做出何种贡献的她，似乎确实介入了生活。眼下，她观察着他的同事正在变得烦恼起来。她可以感到自己那有些干瘦的喉咙里灼热地升起了一种同情。

"我的朋友是个公务员，"惠布利小姐说着，"在税务署工作。在临时税收方面，他被认为是个专家哩。"

然后，她言不对题地补充道："我的朋友也是个有四分之一血统的犹太人。"只是她把这一补充作为一种探试储存了一段时间。

罗塞特雷先生正从一卷卷纸张中解脱着自己，那肘节，似乎只有将它们珍藏起来才妥。惠布利小姐不看也能觉察到。

"一个四分之一血统的犹太人？原来如此！一个四分之一血统

的犹太人！惠布利小姐，假如你想知道，我要说我是个四分之一的鞋子崇拜者，而且还是八分之五的狂郁症患者。那还留下了一些小数点要计算。所以到底我是个啥人我也说不清。"

惠布利小姐将她的打字机滑动架用力一甩,甩到了顶头。马奇小姐并不理解,可惠布利小姐却知道她应当生气了。而且真的生气了,因为她有业务实力。

"一个四分之一血统的犹太人！"罗塞特雷先生单调地重复道。

可是惠布利小姐却不想听。她低下头琢磨着自己的速记笔记,尽管内心里已越过了现实与怨恨的分界线。

没过多时,女子该下班了。那天下午,她们特别引人注意地走出了厂房。车间里的男人们也停下了活。有些人已向公共汽车站走去,另一些则走向停满了要散架的汽车并被围起来的那块土地。他们或是摆出一副一本正经的样子,高视阔步；或是肩上吊着由细绳系着的小糖口袋,信步而行。那天,男人们没有其他举动清楚地表明他们的独立性。那暗示出只有老板才会将他们的走出与进来不可避免地联系在一起。

墙不在振动了,寂静又流回显然为老板所有的工棚里。这时哈里·罗塞特雷本应离开了,可他还在坐着。因为他已决定继续工作了。但事实上他并未工作。那寂静给人的印象如此之深使他坚信起自己是它的创造者,同时也是"布赖塔车灯""博拉尼亚·塞奥米特赖扣子""法兰绒花""博比别针"和"我自己的蝴蝶钢夹"的创造者。当然,假如没有在工厂员工走空以前,他就被荒谬的欢乐鬼迷了心窍,或许幻觉就不能忍受了；他很可能被此时增长自己的权力感和自由感的相同的寂静所看破。然而,他的欢乐——在整个下午已使他所雇用的女人们对他生厌的欢乐,却酷似橡胶,恣意妄为,而不许其本身被弹到一边。他也不能抑制住它,恰似不能停住时间,停住当灵魂更新时,在复活节截止的前一周里,一直嘀嗒作响的、寂静之中最可畏惧的寂静的那段时间。

并非罗塞特雷先生遵从一切。可是哈里·罗塞特雷是个诚实的人。假如签了合同,就得恪守其条款。宗教也如同其他的行业。罗塞特雷夫妇此时都是基督徒,必要的事他们都将尽职尽责。舍尔叫过屈,不过,她当然是个女人喽。舍尔说她养成了留在家里的习惯,给鱼塞入填料,揉揉肉馅汤团,却从不和男人们一起祈祷。她不经常去做早弥撒,不过哈里有时会用一瓶法国香水或一双长筒袜说服她。然后舍尔将戴上金项链,那是一种十分方便的投资,从克制的、恭敬的气氛中得到更多的收获——那圣饼是喜人的——还有穿着华贵衣服的高级官员的妻子们。

可是那年复活节,他们已在"我的蓝山之家"定了房间。作为基督徒,是受到优待的,舍尔说,不过,对上帝来说,他们肯定还是澳大利亚人。于是,喝完茶,他们便想起要唱唱《小褐罐》《跳华尔兹的马蒂尔达》和《收起你的烦恼吧》等歌曲。和很多讨厌的到澳洲不久的移民一道,哈里说。他最了解的事情往往是他最为怀疑的。

所以,当哈里·罗塞特雷在傍晚的铜光里继续工作,或坐在办公室的时候,淹没他心灵的不完全是那复活节的香气。由于漂浮着,他被举起了,不过是被某种异常之物举起的。直到最后,他被打昏过去。那东西只能是樟木。那是马奇小姐的声音:我的箱子,先生,如果在潮湿的天气里我没采取预防措施,希望您不要反对那样一种刺鼻的气味。它闻起来还不错。即使她离开了,那声音仍沿着记忆的通道尖声地响着,直到最深的腔室。

他们又坐到那长长的、非常狭窄的、黑暗的客厅里,将褪色的苹果酱举到唇边。那位母亲安排了一些特殊的软垫;那位父亲正靠在上面,确切地说,是懒洋洋地躺在上面。这样一种浓浓的、血红色的长毛绒,连同开始磨损的线绒塞充着椅子,使人好不舒服。这是个至关重要的时刻,父亲有好几次振奋起来。不管他们的财产状况怎样,不管那些非犹太人的气质如何,父亲都差不多同样要进行令人厌烦的说教:我们的历史是我们具有的一切,海姆,还有安息日和宗教节日的平静的欢乐、樟木的香气和香料的香味儿,《摩西五经》①的智慧和《塔木德》②的教诲。

每当亚阿科夫之子海姆回首往事的时候,父亲一直使用的词句就像羊皮纸那样噼啪作响。或者更糟,他会看到它们写在人皮卷轴的栏目里。

可是此刻,是那些词句的香味在弥漫。不论机会怎样,不论机会多少,父亲还是戴着那顶犹太人的室内便帽,带着长有伸向右侧鼻孔的四根小黑毛的瘊子。到逾越节时,父亲总要解释说:这是,海姆,用褐色泥土做的埃及的记忆的苹果,所以,你一定要将它吃下,吃下那樟木的味道还挺好。海姆·罗森鲍姆,那个小伙子,从未喜欢过那种东西。可是当他成人很久以后,甚至在他应正式剥去逾越节的服饰的方舟,给自己的希望穿上复活节的白袍之后,那樟木的香味仍然与逾越节的极度的欢乐联系在一起。

眼下,由于那熔融的光明泼进了哈里·罗塞特雷坐着的那个办公室里,他那两只正在观察着的眼睛似乎安装在几个截然不同的角度上,那些角度,连同那脸部的平面的外观暗示出那里有两张,甚至更多张明晰的面孔。然而,当进一步察看时,所有引申出的看法,所有从差异的眼光里可被追溯的视线,全都落到焦点上。所有那些故意显得扭曲的和无关的人形非常自在地合到一起,创造出一个了不起的、原始模型的面孔。不说令人吃惊,那也是令人不安的,令人兴奋的。

---

① 《圣经·旧约》开头五篇。
② 犹太民法与宗教法之总体,包括本文与注评。

直到罗塞特雷先生意识到他雇用了一些时日的那个老犹太人，那个希梅尔法布，那个莫迪凯，他还没有听到，便沿着走廊走来了，通过窗口正在朝里望着。他穿行着，穿行着，可心里是在犹豫着。那是固定在窗口的那个时刻使人联想到的，那将是伴着棉线的从容会断裂的一个瞬间。

罗塞特雷先生在颤抖着，不知是否出自气愤——他一直不忍面对那个十分寒酸的老犹太人的脸——或者出自发现熟悉的人形从记忆中变换到办公室窗口的欢喜，他向来不是一个善于判断的人。

尽管他那干燥的喉咙受到压迫，却依然震颤不停。当他的喜悦、宽慰、恐惧和气愤在犹豫不决地摇摆着、蹦跳着的时候，他不得不咕哝起来："舍拉姆①！舍拉姆，莫迪凯！"

犹太人希梅尔法布顿时喜上眉梢。这时，一扇扇窗户当然也闪耀着喜悦的光彩。

"舍拉姆，罗森鲍姆先生！"犹太人莫迪凯应声答道。

不过罗塞特雷先生马上清了清嗓子，好像什么东西威胁到他的地位。

"究竟为什么，"他问，"你不和别人一块儿下工？"

他已站了起来。在四周溜达着，颇似橡胶，又颇为气愤的他，用那双小脚的拇趾球保持着身体的平衡。

"你想跟工会找麻烦吗？"罗塞特雷先生问。

"我动作慢了些，"希梅尔法布解释说，"因为刚才我没能找到这个箱子。"

他拿出一个小硬纸板箱子，是小学生们拿的那种，偶尔工人们也拿。他将它作为一个具体的证物放到窗口的架子上。

---

① 犹太人传统的招手道别语，意为"平安！"

罗塞特雷先生大发雷霆了,可又被那不幸的物体,那已开始呈现出一种荒谬的重要性的东西弄得神魂颠倒了。

"怎么,"他咆哮着,"你没能找到这个箱子?"

假如他不是讨厌去碰它,他本可以给它一脚。

"它刚才丢啦,"老犹太人特别平静地说,"大半被人藏了起来。当然这是开玩笑喽。"

"谁会开这种让人作呕的玩笑?"

"哦,"希梅尔法布说,"一个年轻人。"

"谁?"

房间在颤抖着。

"哦,"希梅尔法布说,"我不能说我知道他的名字。只是人们都叫他布卢。"

当然,那桩事儿是荒唐可笑的,可罗塞特雷先生却被它迷住了心窍。

"哎呀,"他问,"你要这个鬼箱子干啥?"

他发现所有不要脸的迁居澳洲的犹太人都那么让人讨厌。特别是眼前的这个,这个廉价的、凹陷了的箱子的主人。

接着,老犹太人顺着颊骨往下看去,从内衣口袋里拿出一把钥匙。那箱子有气无力地跳动一下,几乎灰溜溜地敞开了。

"我不愿将这些东西放在家里。"希梅尔法布解释说。

哈里·罗塞特雷屏住了气。没有回旋的余地了;他不得不往箱子里看去。他看了,大致看了一下。的确,他看到了一直使他害怕的东西:祈祷披肩的须边、经匣的黑皮带,缠绕着,缠绕着那个名字。

罗塞特雷先生可能已处在某种苦恼之中。

"那么,把它拿开吧!"他颤抖着说,"这都是胡说八道①!你们

---

① 原文为德语。

这样的犹太人根本不知道自己下次也得受苦吗?"

"拿不准。"希梅尔法布回答说,一面摆弄着箱子的拉手。

"全是胡说八道①!"罗塞特雷先生重复道。

那种难以忍受的潮湿天气对他产生了最坏的影响。这一点在他的脸上显示出来。

那个可怜的犹太人已开始走了。

"希梅尔法布!"罗塞特雷先生通过橡胶般的,几乎难以控制的嘴唇叫道,"你得要好好利用这两天,"他命令道,"准备一下过逾越节了。不过,别声张。为什么,大家都知道。"此时,他的喉咙讨厌地充起了血,"你可以走了……"可是,由于某些令人嫌恶的黏痰或词句,那喉咙仍然是堵塞的。

他的血管也在抗议了,更不用说那紫色的皮肤了。

"……有病!"他终于喊了出来。

那位雇工如此谨慎地低下了头,说明那恩惠本可能是他应得的。至于那位雇主,他本可以暴跳如雷,可他是个血肉之躯,正遭受着血压之苦,他已经感情枯竭了。

"谁敢说,"他叹息道,"有病是个啥样子?"

可是那声音软绵绵的,痛苦丝毫未减。

"喂②!希梅尔法布!"他大声喊道。这时,他的下级准备再次离开了。

不管那想法多么窘人,罗塞特雷先生还真有能力赏赐点东西。他在胸部衣袋里乱摸了一阵,然后,拿出个钱夹摆动起来。

"为了过逾越节③。"罗塞特雷先生嗫嚅着。

---

① 原文为德语。
② 原文为德语。
③ 原文为德语。

老犹太人大吃一惊。他的雇主在晃动着好像一张五镑的钞票。

"收下它吧!收下它吧!"①罗塞特雷先生预示说,"希梅尔法布!为了过逾越节②!"

哈里·罗塞特雷还没天真得不相信人可因自己的罪恶而受到惩罚的道理。然而,一种可鄙的天真却似乎已将希梅尔法布脸上的任何如此的怀疑冲洗得一干二净。

他又回来了。他说:"我想恳求您,罗塞特雷先生,将它送给,确切地说,送给需要它的人吧。"

这时,罗塞特雷先生真的恼怒了。他骂起了所有讨厌的犹太人。他骂自己愚蠢无知。他竟敢骂起了自己父亲的生殖器。

"我就可以拿出他妈的这么几镑!"哈里·罗塞特雷喊道。

这时,他揉皱了钞票,将它撕咬成两半。严格地说,他并没有去撕裂它,因为,盛怒之下,他还不能做出如此精确的动作。

"得!"

报复使他的声音变得嘶哑了。

假如他能补偿他所激发起的突然的破坏,那么,希梅尔法布也将会如此。不过,眼下,是不可能的,因为,无论窗口暗示出什么,那堵墙都会挡住的。他甚至都不能将眼前已飘落到他雇主双脚周围的不规则的钞票碎片捡起来。

因而,他只好说:"对不起,给您带来了如此的烦恼。"

谦恭有时会比傲慢本身更具有攻击性,他尽力使攻击温和起来,于是,补充道:"舍拉姆,罗森鲍姆先生!"

然后,离开了。

---

① 原文为德语。
② 原文为德语。

一种消极的,但有着占有欲的暑热迎来了自由的时节。伴着夏日的来临,野草垂下了头。接缝处为黑暗的、一束束渐黄的柳树的那柔软的假发此时成了最虚弱的伪装。尽管一张张地毯已在逾越节的后半夜铺设完毕,但它们却属于那种最粗糙的、呈现出一种晚夏的光亮可提供的最晦暗的黄色,而且,仅仅是来去匆匆的使者。然而,那凝重的、黏结一起的光亮确实经过了压扁的野草和被风吹曳着的簇簇杂草,一直通到撒尔沙帕里拉的那个犹太人已选定居住的那栋褐色的房子里,或者说,那一时刻看来如此。

当然喽,邻居们并未注意对那栋不光彩的,实际上是被抛弃的房子的主人可指望什么特殊的礼仪。那个犹太人感到他那孤寂的喇叭声,在要求密集铜管乐演奏出喜气洋洋乐曲的宗教仪式上,可能听起来单薄而又拙劣,所以几年来他并未趁机尝到自由的甜头。直到此时,倘使那喇叭声只是一种孤立的音调,那么心灵的流露、确定灵魂个性的需要和迫在眉睫的事件的预感,将会使他朝思暮想要做出贡献。

于是,到了下午,希梅尔法布按照别人做的样子动手为逾越节摆桌子了。他铺好了桌布,那是邻居戈德博尔德太太浆洗、熨平,然后保持其固有的清洁并凑到一起的。他用一种没有忘记的姿势机械不停地忙碌着。将肘子肉和烧鸡蛋放好,又放上逾越节犹太人吃的扁平的薄饼和一碟苦菜、一杯葡萄酒。可是他自己变的魔术却使他快快不乐。单单对一些更加发人深省的奇事的回想就可以阻止他做如此的表演。或者一名观众的缺席,或者一些鬼神的显现亦然,那一排排堂表姐妹和姑婶姨妈、那教会歌咏班领唱者卡茨曼、那切尔诺维茨女人、他年轻时讨厌的那染工——他们所有的人,只是没有他宁愿让其保持面目不明的那位他本领的希冀者。

这时,他想起了那位陌生人:人们怎能敞着门谁想进来都行呢。

他模仿着别人打开了房门,用一块石头顶在上面。可是他怀疑是否自己把敢于将杯子举到任何陌生人的唇边,担心自己的感情会受到困扰,甚至会将酒溅出,所以他不忍再看一看带着硬麻布的疼痛的褶层和逾越节虚饰象征的属于他的那张桌子。假如在他认真表演滑稽戏时,有个汉斯伍尔斯特①从地板缝里钻出来,用来自膀胱的一击将桌子击倒,也不会是不合逻辑的。一只小鸟预先尖叫着从一堆灌木丛里飞了出来。希梅尔法布透过敞开的门口看到:人的个性就是要么选择淹没在野草的海洋里,要么暴露在巨大的天空凸透镜前。

这时,据说年富力强时曾研究过天地万物的那位犹太人对面临的前途感到困惑了。他开始在房屋里用细碎的脚步四处走动起来。他完全孤立了。在他周围,在树枝的后面,是一些装着其他生命的盒子,不过围笼的是它们自己秘传的礼仪和平庸的、不可思议的联合。他本来不敢贸然闯入,然而,联合却是十分必要的。

是他自己开着的门最后劝服了他,原来某个门口一定正等着接待的那个陌生人正是他本人。他将径直步入,走到问题、樟木和歌曲的氛围里。他会不经邀请主动就座的,因为他是一直被人期待的人。

他匆匆取出帽子。在最初的匆忙和前面的九磴台阶的插曲过后,他也颇为平静地开始了征程,没顾得考虑自己的房门还没锁上。

在撒尔沙帕里拉,希梅尔法布赶上了公共汽车。公共汽车总是和蔼可亲的。火车却要时时报警,因为要取代早已起程的那些乘客。可是在巴兰纳格利,火车却在等候着他,他未曾经受过烦恼的折磨。那犹太人要旅行的非凡决定使他恢复了信任的文雅。他朝

---

① 十六至十八世纪德国喜剧中的一个粗俗的诙谐世系角色。

着一张张陌生的面孔投去了微笑。侥幸地推测着自己会准时赶去过吉都什日。

这样,人们又启程了。

这是夜晚的最亲切的时刻,一束被踩踏的蒲公英般的光亮播撒在地板上。拥挤在火车里的大部分是女人。她们坐在一起,谈论着蛋糕、疾病和亲属——或者只是聊着——她们嘴里的词句有如爽口的面包和糖衣硬糖在转动着。他们那紫红色的塑料牙床光彩熠熠。火车内装饰品的一条条裂缝被罩着胸衣的屁股暂时地遮蔽着,腐烂水果的阴郁气味被无可责难的,然而是人造鲜花的香气所压倒。

犹太人希梅尔法布坐在那里,朝着所有的面孔,甚至有些憎恨的面孔微笑着。他被稀有的,但经过祈祷的旅行解放了。旅行暗示着一种希望,那是他一直被告诫的,却从来不敢公开承认的:一种他总不敢但又得正视的希望。只有在那美丽之家,那栋寄予希望的房子里的工间休息时,他才听人谈论过一个地址。那是在乐园东区柿树大街上。于是,他抱定希望,一路上,满面春风地坐在明显喜庆的火车里。

火车外面,空气湿度大致保持在百分之九十三左右。在一栋栋房屋的周围,大丽花在懒洋洋地垂着头。谁能说出谁家的最大?谁能说出谁是谁?不能是那些可塑的女人们,她们中的许多人,一边在等着将旅行护照推到男人的跟前,一边隔着栏杆互相谈论着,或坐着低着头查着杂志,寻找着种种问题的理想答案。

据此,希梅尔法布深信他本可以回答她们许多问题的。

坐在他附近的一位夫人,由于期待着复活节,已将好意用玻璃字母的形式别在胸前。她告诉他过去当有留声针头时,自己如何常将它们埋藏在绣球花灌丛下,不过如今没有那种东西了。

"现在的我,"她说,"被培养成一个公理会教友,可是却到浸礼会①教堂去做礼拜,因为这样会使我女婿高兴。您是位浸礼教徒吗?也许是?"她问。

"我是犹太人。"犹太人答道。

"啊!"那女人叫道。

她并没有完全听清,只是听起来发音有些可笑。她的皮肤颇为胆怯地收缩了。

似乎所有女人都一时屏住呼吸,口水淌到她们塑料的牙齿上。然后,又喊喊喳喳地说起话来。

不一会儿,他们被运到了那个城市的底下,许多女人,包括希梅尔法布的近邻都下了车。火车从陆地上放下了驳船,连同在信仰驱使下继续前进的人们。人们准备渡水了。这时,犹太人探着身子坐在座位上。天空向人们淌开了,桥梁伸出了它的跨距,人们毫不费力地渡过了金灿灿的河水。像以往那样,那天又做好了安排。

由于人们目睹了一样神圣的景致,登上了彼岸,所以,希梅尔法布不得不谢天谢地了。值此,那些满怀希望的家庭在夜晚的水潭中,在高深的灌丛里开始聚集了。

在希梅尔法布的最后着地处,玫瑰迎接了他,并且一路引领着他。倘若他双目失明,也可以拉着玫瑰的绳索向前行进。事实上,那经过叶网过滤的玫瑰之光在陶醉着它那纯和的汁液。直到归心似箭、急如星火的脚步开始踉跄起来,他变得虚弱了。当来到门口时,他不得不紧紧地抓住那个邮筒,结果,将那个像小鸽棚的,却没有鸽子的金属信箱都弄弯了。

这时,在那杏黄色砖房里的舍尔·罗塞特雷正在向外望着,外

---

① 基督教新教浸礼宗教会之一。浸礼会为基督教新教主要宗派之一。该会认为领洗者必须达到能够理解受洗意义的成年期才可领受;主张受洗者必须全身浸入水中,以象征受死埋葬而重生。

边的情况看得清清楚楚。

她马上叫道:"哈——里!你知道吗?那个老犹太人来啦。这时候来,真见鬼!我可受不了啦!你动作快点!"

"什么老犹太人?"哈里·罗塞特雷问。

他冷冰冰的。他那个人不善于激动。

"哦,当然是厂里的那个啦。"

"可你从没见过他呀。"她丈夫反驳说。

"我知道。可就是知道呢。没错。"

甚至她那异样的论断也未能改变只有一种犹太人的事实。那便是她的父亲、她那长着假髭的祖母、她的亲戚和亲戚的亲戚。那是几年前,当为了从一个波兰人的村落逃走时,她在黑暗中爬进一辆大车的后面掉下了胎儿。

舒兰米斯·罗森鲍姆用手掌敲打着自己的胸部。狠狠地敲着,轧轧地响着,她不禁咳嗽起来。

"哈里,如果你再不把那个人怎么着,我就要呕啦!"

因为她学会了忍受各种妇女的烦恼,所以又补充说:"我不想和犹太人混到一起。可这和我有关系。行装还没准备完呢。我会受到干扰的。先是非犹太人来干扰,现在又轮到犹太人了。我要的就是平静,和一个舒适的家。"

她本想给人一种脆弱的感觉,可怨气总使她变得趾高气扬。

"好啦,好啦!"哈里·罗塞特雷说,"啥事儿,舍尔,让你这么歇斯底里?"

他本人在晃动着,因为犹太人莫迪凯已开始走上了那沙砾的马车道。假如来客的步子显出是踟蹰的,那么他的头颅则暗示出他具有某种力量。

"啥事儿?"罗塞特雷太太劈头问道,"因为我了解自己的丈夫。"

"哎哟!"那丈夫大笑起来,或者说在晃动着。

"他这个人厚道吗?"舍尔·罗塞特雷喊道,"让犹太人给他本人也增加点压力,因为这是逾越节之夜,谁会一定得撵走犹太人呢?"

"好啦,舍尔,"她丈夫说道,以便不小题大做起来,"我们只要告诉他我们正在为旅行打点行装就行了。"

"我们!"舍尔·罗塞特雷笑道,"犹太人或基督徒,我一定得对他说话喽。因为,海姆,你是不愿说话的。将鸡汤倒进来客的嘴里还是比较容易的。我有鸡汤、填料鱼、土豆饼,你有什么!你是东家,是个慷慨大方的人。好啦,我会告诉那个老傻瓜今儿晚上这里没啥事儿啦。我们不清楚他是啥意思。复活节期间,我们在'我的蓝山之家'预订了客房,到了耶稣受难日①那天,驾着车去看看十四幅耶稣受难像②吧。"

如果说她就此停口了,那是因为她本人可能受到了压力。他们站立着面面相觑,可是,却沉浸在较为肤浅的局面里,以至他们的皮肤上露出的每一个毛孔在流着汗水他们也未曾注意。他们也变得忧郁起来了。

"在女修道院里,别人告诉我们决不要发脾气。"罗齐尔·罗塞特雷说,她已经来到大厅里。

她长成了一个又细又高的大孩子。

"人们最好知道你不是鲁莽的,"她母亲说,"谁也不想发脾气。"

"有位先生刚刚来了。"她父亲补充道。

"什么先生?"罗齐尔纳闷地问,一面透过那淡蓝色的威尼斯式软百叶帘向外眯着眼看着。

她对人们不感兴趣。

"你可以问问嘛!"她母亲忍不住说道。

---

① 复活节前的星期五。
② 竖立在教堂或通往教堂或神殿道路上的耶稣受难连续过程的模拟像。

然后她大笑起来,露出一条兴高采烈的,实际是辛酸苦辣的青筋。

父亲叫嚷起来,可是根本不做解释。

那孩子凑近介于当中的百叶窗那一边的那陌生人的脸。她隔着板条细眯着眼上下打量着他。

"他的衣服真吓人。"罗齐尔·罗塞特雷高声说道。

说完,便离开了,因为她完全失去了兴趣。博爱是个抽象的概念,或者至多是她还看不出理由去采纳的一种品德。修女们谈论说那是一种可爱的,但多余的东西。

然而,她父亲却是个大好人。

此时,他已经打开了房门。他的话听起来洪亮得让人发笑,不过却是含混不清的。

哈里·罗塞特雷说:"啊,希梅尔法布,真想不到你会来呀。"

社交的机器又开始运转了。

希梅尔法布以往的感觉无须解释了,可是此时他明白对自己的举动必须最后加以说明,不过不是此刻。他实在太疲倦了。他只希望他们的常识作为一种含蓄的欢乐可被分享。

"我想坐一下,如果您不介意的话。"那位不速之客说道。

说完他马上坐了下来,坐在罗塞特雷太太从不想坐的一个青龙木小凳上。这使那凳子的主人向前站了出来。

可是她的丈夫则进行了调停。

"你最好坐上一会儿,休息休息。你让人折磨得太狠啦。"罗塞特雷先生用一种好像自己不记得曾用过的语句说道。

然而,罗塞特雷太太还在前面站着。她那宽大的便衣,是属于有时她交了好运,而上方的脑袋却不知所措时所呈现出的那种颜色;它不仅遮蔽了她那丰满的体形,也创造出一种戏剧,甚至是悲剧。那天午后,她已经给自己涂好了指甲。此时她又想起此事,站在那里伸着手指,显出一种内疚的姿态。从一开始,她那手指尖就可能一直在滴着血。

"很遗憾我丈夫没做解释,希梅尔法布先生。"罗塞特雷太太说。

谁也未曾介绍给谁,那似乎无关紧要,因为到此时,每个人已经吃透了自己想要表演的那个角色。

"没做解释,"罗塞特雷太太继续讲着,"我们计划外出了。去过复活节。过了明天,就是耶稣受难日了,您一定是知道的。"

罗塞特雷太太借着微笑打开了僵局,她裸露的皮肤涂油的光泽和唇膏意外般地闪着光。

"我不愿给人一种不好客的印象,"她说,"对谁都一样。可是您知道,希梅尔法布先生,关在家里是个啥滋味。那么多鸡毛蒜皮的事。还有孩子们。甚至连打开烧蚕豆罐头的时间都腾不出。因为我不愿存放很多新鲜食物留给老鼠啃,而让自己得上黄疸病。"

罗塞特雷太太的头插满了头针,每隔无情的一段,便制约一下按着她的头型做成的波浪状的发卷。

哈里·罗塞特雷不能不佩服他妻子的那确实残忍的实利主义。譬如他本人只能在事业中培养效能,当然喽,对舍尔来说,生活本身就是一种事业。

他站立着俯视着那个老犹太人的头顶,问道:"难道我们不能向希梅尔法布提供点兴奋饮料,对一个特殊的场合庆贺一番吗,嗯?"

罗塞特雷太太的嗓子开始争辩了,或者说嘟囔了。

"我不懂什么场合,他最好还是先坐一会儿。让上了年纪的人出完了力,再大口喝酒是不对头的。我就不让我父亲这么做,生怕会出事儿的。"

然后,罗塞特雷太太带着将贡品放到圣坛的架势,走开了,留任事态发展。

这样,在逾越节之夜,亚阿科夫之子海姆和那个陌生人被留到了一起。

在那毫无喜庆的时刻,他没有什么可从他那满登登的房子里拿出来献给那位客人。的确,那房子可能也不再属于他的了,除了自己的皮肤和某种继承的事实,没有什么可属于一个犹太人的了。

那位陌生人不予否认。他低着头坐着,似乎处在一种疲惫的,或者默从的状态之中。他无精打采,不会做出暗示,但却暗示了。

所以,无论如何称不上犹太人的哈里·罗塞特雷,如果说实际没有激怒,也开始烦躁起来。由于周围都是镶面板,那陌生人的鞋子显得畏首畏尾,满布尘土,实在叫人难受。

后来,希梅尔法布抬起了头,好像意识到他已使主人处于那种尴尬的局面。

"好吧,"他说,然后笑了笑,"我马上就走。"

"唉,希梅尔法布,"他发现容易回答了,"想不到没说上几句话。生活不是一潭死水呀。假如我有点怠慢了你,就得多多包涵了。我还要趁着天没黑,给几处灌木浇浇水呢。"

因为罗塞特雷先生清楚在他恰好暂住的生活圈子里什么是合乎礼俗的。

"可是,"他补充说,"你可以随便在这里休息,需要休息多久就休息多久。像你这把年纪的人不能忽视健康啊。"

希梅尔法布继续坐在罗塞特雷先生的大厅里,那大厅与其说是个大房间,不如说是保证主人们回避多余的人的一种手段;在人们隐蔽之时,其力量是毋庸置疑的。此时,灯光渐渐地变弱了,许多光滑的表面已经暗淡下来。但那丰裕的微光,连同成功的机械的声响依然从房屋的后面源源流出。

不一会儿,走进一个男孩儿。他已经是个高个儿了,但衣着却不整。在灯光照耀之下,他脸的轮廓像黄蜡一样闪闪发光。他本人如果拿的不是一个纸卷的话,也是一支细长的蜡烛。

那男孩儿皱着眉头,他对一位来访者不抱什么期望。

即使是个小鬼,希梅尔法布也会感到高兴的。

"是个犹太受戒龄少年啊。"他禁不住说道。

"嗯?"男孩叫道,眉头皱得更深。

所有这一切他觉得必须愤恨,不过只是觉得而已。

"你十三岁。"陌生人断然说道。

男孩儿咕哝了一声,表示了同意,却充满了憎恨。

"你叫什么名字?"

"史蒂夫。"男孩儿答道。

他想马上走开。

"还叫什么?"那人坚持问,"你没有真名吗?"

男孩儿的嗓子在活动了。

"我们自己民族的名字?"陌生人穷追不舍。

男孩若不说恐惧也烦恶透顶。他憎恨大厅里的那个疯疯癫癫的人。

他没做回答,就踏着橡胶鞋底走开了。

这样,那陌生人无事可干了,如果肢体允许的话,他本会走开的。

可是,一个姑娘走了进来。她看来异常兴奋,又显得极其单薄。她的头发上梳了许多短小颤动的发卷。

"晚安,"他开口便说,"你是这家的女儿吗?"

"喔,是啊。"她承认道,不过也无关紧要。

"我一直在读《小花》的生活呢,"她说,因为她喜欢谈论自己,"真有意思。那是我最喜欢的书。不过圣徒的书也很有趣。"

"你读过萨弗德和加利西亚的书吗?"

"喔,"她说,"我从来没听说过他们,他们不会是真正的基督徒吧?"

不过,那话甚至也无关紧要。

她走近他,坦白道。

"您知道我将有一个职业了。我在为它而祈祷。祈祷到一定时候,它就来了。祈祷得连我手上的伤口都要张开了。"

在半明半暗中,她摩擦着薄薄的手掌,做着表演。

可是电话铃响了,她母亲走了进来。于是,女儿藏起了手。

罗塞特雷太太仍然穿着那件宽大的便衣,那便衣的颜色突然在那老头的头脑里照亮了令人疲惫的、持续不断的、整个的旅程。她小心翼翼地解开了电话线,在角落里拿起了电话。那是为了不让别人听到。正是那样。在角落里显出罗塞特雷太太臀部燃烧着的蔚蓝色。

"喂?"罗塞特雷太太答道。"这里是 JM3 号……马奇!啊,马奇!"罗塞特雷太太叫道,"这线路怎么搞的。凑近点电话。"

女儿做了个鬼脸。

"是妈的朋友,"她说,"她这个人真叫人烦。"

"啊,马奇,我当然想给你打电话啦,"罗塞特雷太太反驳道,"可是我去理发馆啦……是啊,是啊。是那个。我一定得离开他,马奇。他妻子又找麻烦啦。总是那样。每次都……"

那孩子在微暗中推了一下陌生人。她只好小声地说。

"您知道圣人特里塞和玫瑰吗?我想我见过一朵玫瑰。一朵白玫瑰。"

"啊,不,不,马奇!我本想给你打电话的,"罗塞特雷太太说着,"可后来我去看电影啦……是啊。是啊……是个爱情故事……是啊。情节倒也简单,可挺耐人寻味的……"

微暗中,纸玫瑰在希梅尔法布周围喊喊喳喳地讲着。那爱情的声音吐露着假想的淡紫色。

"是啊,马奇。"罗塞特雷太太大笑起来,"我也得有。我也得有自己爱情的份儿啊。"

"你为什么要对我讲这些呢?"希梅尔法布对小姑娘低声问道,"讲玫瑰和伤口呢?"

"在耶稣受难日,以后……是啊。过了十四幅耶稣受难像……是啊。"罗塞特雷太太十分耐心地说道,"哎呀,我对教会有着自己的义务啊。唉,马奇,你知道,假如你不是当事人,你就根本不会明白的。"

那女儿咂着嘴,沉思着。

"我喜欢对有些人说,"她说,"偶尔说说。对我再见不到的人说。"

实际上,她已经开除了她的共同研究者。

可是,她又用那特殊的歇斯底里的狂风将他卷了回来。

"再说,"她哧哧地笑着说,"你有点怪。"

"不,马奇,"罗塞特雷太太坚持说,"没有谁……不错……啊,是啊,一个家伙来啦,可又要走啦……哎呀,我告诉你,他——要——走——啦……"

结果,陌生人站起来,走了。从他来了之后,房门一直是开着的。

当罗塞特雷太太结束了谈话,从拐角处拿着电话走回来时,她说:"别对我说那人走啦!你都对他干了些什么?"

她女儿一声不语,在没有打开的窗户附近继续摩擦着手指。

"这些老犹太人,"罗塞特雷太太解释说,"会批评你的,你还得干受着。"

"他是犹太人吗?"孩子问。

"他是犹太人吗!"

罗塞特雷太太说笑得那么轻松,她可能不是在说那个陌生人,而是在说她本与那医生之间的一个秘密——她身体的某个部位——譬如,她的子宫。

"像我们的救世主一样!"姑娘叫道。

她开始大哭大叫起来。因为,她决不愿经受一种怪事,怎么安慰也一样。

"啊,好啦,罗齐尔,"母亲断然说道,"我去取酸牛奶。哭吧,哭吧!哭也没用。"

"也许是年龄的关系吧。"母亲叹了口气。

然后,她轻轻地、温柔地走进厨房,去加热带有面疙瘩①的鸡汤,去尝尝切碎的鸡肝。过去每天她都要将那些小鸡赶上窝。

如果说她的丈夫没有来——通常他一闻到食物香味儿就来了——那是因为他还在灌木棚子里。如果说在犹太人莫迪凯离开之前,他再没与他交谈过,那是因为那灌木棚子没让他那么做。灌木棚子——连同那种植区——那曾是罗塞特雷太太一直垂涎三尺,直到到手为止的东西——从一开始,就让他着上了迷。而且有时还能提供个隐蔽处,不过从未像那天晚上那样,当熟悉的星星出现在小枝之间,当砾石路上传来了来客离去的脚步声,它显得是那么必不可少。

在他们一直住着的那条狭窄街道上方的阳台的一端,他们将几根树枝编到一起做成了一个粗糙的天篷。洗碟布定时地晾在那里,甚至在犹太结茅节期间,那里仍留有浓浓的洗碟水的气味。他们将褥垫拖到那气味之中,躺了下来,全家都躺在那里。他们的血液几乎都流到一起了。在整个结茅节期间,他们好像从不离开他们那临时的帐篷,除非下起讨厌的雨,使他们不得不暂时分开,使老人们互相间拍打起衣服,估量着威胁。可是在通常情况下,他们总在结茅节期间的每一个夜晚,躺在洗碗水水汽味底下,祖父在呻吟着,打着

---

① 原文为德语。

鼾,放着屁,而那个小伙子亚阿科夫之子海姆则在盯视着那些相同的星星。

这时,罗塞特雷太太喊道:"哈——里?这些可口的汤都快要凉啦。你是不怕的。他走啦。唉!哈——里!这夜晚的空气把你弄得一塌糊涂!"

到希梅尔法布沿着乐园东区大街往回走时,玫瑰的绳索已经断裂。幢幢房屋也已融化,尽管扇扇窗户上已形成了单一光线的种种形状,如此,证明着有些东西的确还残留着。由于充满了如此的确信,又或是因为饱食过丰盛的牛排晚餐,股票经纪人的肚子鼓胀得像煤气罐一样。当那些股票经纪人站在那儿,拇指压在胶皮管上以便让水流更好地喷出时,他们讨论着侧柏①和羽叶花柏②在争奇斗艳。乐园东区所有的花园都是为子孙后代修筑的。那里所有的房屋都是建筑师们精心设计的。从一个窗户里传出了一阵尖叫声,那声音似乎受到了它那玫瑰色的长皮毛围巾的压抑。它是那么出人意料,更像是从郊外传来的。

希梅尔法布来到车站,赶上了小火车。那火车又好像一直在等候着他,似乎预先安排好了,要将他运回作为人质而逃脱不了的那个国度里。

他没有主动去抱怨。那是辆火车啊。它激烈地震动着,隆隆地鸣响着,将凄凉的夜晚的某种东西传达给他那仍然默从的身躯。那些可塑的女士们的色调当然一直是柔和的,并随着下午的来到渐渐暗淡下来。到了夜晚,火车成了男士们的天下,他们低沉地讲着话。他们在交流的种种事实,若不是已被那些享有者削弱了,被那些瘦

---

① 原文为拉丁语。
② 原文为拉丁语。

削的、铜色的、铁石心肠的人们,那些淡蓝色的、富贵的、傲慢的人们削弱了,听起来也可能是残忍的。他们在火车里犹如鞭打过的室内的装潢绽开了毛发。他们摇动着,散发出一种花生、湿纸袋、啤酒和隧道的气味。

火车东倒西歪地向前行驶着,那跌跌撞撞的样子似乎要撞进许多的私生活。在许多家的厨房里,穿着汗衫的先生们只有向他们那柔软的腊肠进攻了;太太们有气无力地甩下她们精心布置在烤面包片上的意大利实心面条;而女儿们则比她们的妈妈们更为香甜地将它们吃光。总是那样,永远那样。在一切的上方,滴滴流淌的啤酒的神灵仍在他那蓝色的长袍里翱翔着,然而,却缺乏不可思议的魔力。在狭窄的房间里,干瘪的男孩们从某种陈旧的、有色壁灯的黏性冥想中站立起来,要去调查那种黑暗。

火车令人惊叹地越过河水,穿过黑夜。车厢内,除了那犹太人,似乎无人注意他们正在回到他们从未真正脱离的一种束缚的状态中。不过此时,那犹太人明白自己不该再有其他的奢望了。

火车轻松地穿过已被尖刀切开的那座城市,以便奉献出流淌着的各色汁液——红色的、绿色的和紫色的。圣代的所有果汁徐徐流进街道,变得甜美起来。霓虹灯下的果汁给呕吐的水潭和水手的小便涂上了颜色。灯光下,年纪较轻的、穿着斜纹呢宽大长外套的男人们的眼睛,成了一种新铺路面的细砂,一种更为炫目的蓝色,却实际没有损坏。蓝头发的老奶奶从发根到裤角都变成了紫色,那不是由于羞愧而是由于霓虹灯照射的缘故。此时,她们的乳房急切地想从羚羊皮革中逃脱开来重新回到青春的时代,否则便要像混凝土做的便壶那样表现自己。至于那些年轻的女人,是必不可少的。她们在拐角处或港湾上悠悠荡荡地逛着,摇摇摆摆地走着,她们是各种思想和甜瓜的化身。好像那些穿宽大斜纹呢长外套的男人们的种种思绪已从他的那熔凝的瞳子后面升起了,最后生出了紫色的、红色的和波动着的绿色的肉。还有孩子们。那些小家伙将继续吮吸着霓虹灯下的混凝土路面,直到他们学会了说时间,直到嚼吃其他糖果时间的到来。

沿着镁道轨摇晃着醉醺醺的火车。因为黑夜本身已经喝多了,似乎由它而招致的牺牲者也只好步其后尘。希梅尔法布喝醉了酒,但没有达到撒野的程度;还没有引起任何后果。从紫色拥抱中解放出来的他,有时摇摇欲坠,有时冲冲撞撞,不停地观望着。

当黑暗吐出火花,沥青的筋腱淌出咸汗时,那烂醉的有轨电车将钻入隧道,进到水垢弥漫的空气里,驶过瓶子的顶端,穿过压扁了的硬币的气息,时时不忘从发着尖锐刺耳声响的孔洞里扯掉一只胳膊。可是最后将到达鸡蛋花之下,阵阵微风将吸吮着海绵的一张张嘴。罪恶之地①在夜间从未比悉尼的海上公园更宽厚、更温柔。尼尼微②的街道也从未发出过如此铿锵的金属声。巴比伦河水的声响也从未比一直停滞在一个弯扭的沙滩上,处在法国文字的渣垢里的大海的声音更悲凉。

有一次,希梅尔法布回家所乘的那辆拥挤的列车放出了多余的气,然后,停了下来。

对面的那个男人踌躇着将冰冷的油剪土豆片塞进嘴里。

"怎——么——啦,马蒂尔达!"那个大个子喊着,嚷着。

通过嚼乱的冷土豆片叫着。

可是那外国汉子却不懂那是个玩笑。

要不,他正在听着已开始在平静的夜晚唱起歌来的收音机。有些歌是那位吃土豆片者不愿赏识的。

---

① 出于《圣经》。
② 亚洲西部古国亚述之首都。

呵,富有弹性的吻和收缩着梦的城市哟!

唱赞歌的人唱道:

呵,呕吐的河流,呵,性欲的小丘,呵,自傲的旷野哟!
呵,伟大的、伸展的躯体哟,当你的灵魂是一个里边生着象鼻虫的柔软的花生时,你将如何赎罪?
呵,可爱的城市哟……

可是,由于火车的启动,那声音受到了阻碍。继续前进着,前进着,又经过了长时间的旅行,老犹太人发现自己在沿着他居住的那小巷——或者说林荫大道——往下走了。此时,他在战栗着,生怕跌进试图将他永久摧毁的割下的多年生青草里。他几乎为那一夜自己耳闻目睹和经历的一切哭泣起来,那倒不是因为其本身的存在,而是因为他已使那一切在他的心中永驻。

于是,他来到自家的门口,探摸到门柱上的圣卷,抚摸着《施玛篇》,他驱出怨恨之时,并非多么希望自己能够得救。

事实上,奇迹的确几乎就在此时出现了,他注意到有盏灯摇晃着,跳跃着,渐渐地靠近了,有个人拿着它越过不平的路面。这处阴影里的灯光本身终于开路了,希梅尔法布认出了戈德博尔德太太的影子,她正拿着他知道往常夜里有任务时她经常拿着的那盏防风灯。

"我在注意听着您哪,先生,听到您来啦。对不起,"她道着歉,"是不打扰啦? 不过事出有因哪。"

即使如此,她仍显得局促不安。

希梅尔法布本会更高兴的。他本应报答任何有生命之物的爱,那仍是一种破旧的、被撕碎的爱。

这时，他注意到他的邻居端着一只盘子，盘子里放着不起眼的、黑色的东西。

戈德博尔德太太低头看着，发育不全的灯光弄得她分不出浓淡了。可是，光的白色却已经改变了她那常无光泽的皮肤。

"这是些羔羊肉，先生，"她解释说，马上变得深沉和颤抖起来，"有位太太每年复活节时都要送我们些。"

"羔羊肉？"希梅尔法布无可奈何地重复道，一阵厌恶之感涌上心头，并非为了眼下的情况，也许因为过去的某桩事，一时他记不清了。

"是啊，"她说，又重复了一遍，"好过复活节呀。您忘啦？后天——不，明天就是耶稣遇难日啦。工厂也关了门。人们得好好想想怎么度过那好几天哪。"

"啊，"他说，"是啊。复活节也到了。"

戈德博尔德太太又慌乱起来。她低着头，看着那仅仅做了部分解释的盘中之物。

"那位太太给了我们这条腿。"她说着，在灯笼一旁红着脸，"可是今年，那个狂妄自大的小伙子掌握着它。东西不再那么多了。我们为自己收拾了另一端，腿肉没有动。我买下了它，先生，我想你可能想举行个小小的圣餐礼吧。"

"为复活节。"

他卡住了嗓音，免不了要重复一些话了。

"不是那个意思。"戈德博尔德太太说，又红了一下脸。

"每个人都得吃呀。啥时候都一样。"

这时，他从她手中接过盘子。从跳动的灯光中投下的那两个长长的、跳跃着的阴影使他俩看起来特别狼狈。

他开始用急促不安、略带伤感的语句讲话了，一边尽情地发挥着舌头的作用。

"你会高兴的。倒不是说,喔,"他几分慎重地选择着词句,"确切地说,快过节了。除了它的意义之外,是由于你的缘故。我想是这样。"

"噢,"她答道,"在复活节季节①期间,我总是高兴的。因为,那时没有苦恼啦。或者说,人们都这么讲。只是时间不长。"

她似乎不该提出自己不同的看法,又很快继续说道。

"当然喽,在家过复活节就更有滋味了。有各种各式的鲜花。鲜花散发着香气。那水仙花啊。如果我从树林中抄近路还可以采些银莲花呢。啊,还有黑刺李!"她想起了,那的确是个愉快的发现。"我想我最喜欢黑刺李啦。那种花在黑枝上显得最白了。我们的孩子们常常拿来这样的花点缀桌子。啊,当点上蜡烛时,那花看起来才美呢,像是活的一样。那时,真的,似乎整个世界都要复活了。一大堆黑刺李好像我们教堂的桌子上的一整棵树正在开着花。用高标准去衡量,它不很像是棵树,先生。可是,在复活节日②这一天,我们都知道,我们的主已经升天了。"

戈德博尔德太太的喇叭自动地响着,不过是真实的。

"可是,当然喽,"她急促地说,"假如没有这一切,我们也知道会咋样。地上所有的鲜花可能会枯萎,我们也知道。"

这时,犹太人抬起了头。

不过,她看到了,并马上用声音触动了他,她说:"您得原谅我。我不该浪费您的时间。您不去上工了。羔羊肉无所谓,不过欢迎您尝一尝——只要您愿意的话。"

她离开后,他进了屋,打开灯,灯光如注,撒满了他那几乎空荡

---

① 可分别指复活节至升天节之间的四十天。或从复活节至圣灵降临节之间的五十天,或从复活节至三一节之间的五十天。
② 春分满月后的第一个星期日。

荡的起居室,他意识到他不得不面对他那逾越节祝宴用的桌子的灾难。未等触及,过去的几小时仿佛已将它变成了一种雕刻品,不是欢快的,而是感伤的雕刻品。确切地说,那里是所有人的坟墓,包括他本人,他未能活过返归的旅途,从死亡中复活的他,是那旅途的看护人。这一点他是知道的。他摸到了那埃及的泥土,岁月已将它的褐色变得更浓。还有那些药草,从未像事实那么苦过,他坚信不疑。

这时,犹太人觉察到自己仍然端着戈德博尔德太太的那只盘子,他邻居买来作为礼物的那个可怜的胫骨,几乎和那天下午他放在自己逾越节祝宴用的桌子上的东西是孪生的一对。

第十三章

因为电话是最黑暗、最阴森的神殿,所以弗拉克太太总要在那器具周围蹑手蹑脚地走上半天,然后才去接受那召唤。虽然她本人是个十足的女巫,但或许她也感到在和那些高人一等的得力人物发生冲突之前需要祈祷。又或者,那能是单单她惧怕听到的厄运的声音在叫唤自己吗?

不管怎样,她那声音最后也会听到的。

"哦?啊?是啊。不,不!是啊!也许。谁能说得上呢?我得想想看,然后再给你个回答。好啦,就这样!知道了就别问啦。"

当她用呆板语言的盾牌挡开打击时,给人的感觉似乎她已将自己无敌的宝剑错放了位置,能听到她小心翼翼地给自己佩带的怀疑的甲胄变成了硬麻布。

平素为自己不听便知的本领沾沾自喜的乔利太太,甚至已经知道了她朋友的回答:"你不能指望我样样通,是吧?"

这使乔利太太纳闷起来,不过还在给那些碟子施着浸礼,那是为了报答友谊而履行的一种义务,也是一种小小的酬劳。

乔利太太很快便知道了:在所有电话的声音中,也许只有一种能让弗拉克太太真正回答。这时,预言的真正胶水被灌回电话的漏斗里,灌到失踪的问题上。乔利太太可以断定她的朋友那相当干瘪的、多斑的双手正将那暖乎乎的胶水浇铸在全然不同的模子里。

乔利太太总是听到,"如果你蠢得连背心都不穿了,那你还能指望什么呢?哎呀,呀!我要告诫你,睡觉前先揉揉胸口,务必要把毛毯铺好,然后吃两片阿司匹林发发汗,再喝点什么。你必须为自己的健康负责,别人谁还会管呢?"

一次,乔利太太听到,"我不指望什么空虚的感情。只希望必要时感情得到尊重。嗯?不,你不懂。你不懂。谁也不会懂得更多,除非用美国英语来表达"。

当她的朋友回到厨房时,乔利太太禁不住说道:"哎呀!有些人可真糟糕。"

不过弗拉克太太好像没有听到。

"如今有些小伙子,"乔利太太进一步冒昧地说,"全为自己着想。

弗拉克太太已经上升到表面了,不过她的千头万绪在跟着她漂浮着。

"你的那个外甥给了你很多麻烦。"乔利太太说着在水龙头上将盘子打破个口。

"没啥麻烦的,"弗拉克太太答道,"人的生活都是自己的事嘛。"

"啊,是啊,人的生活都是自己的事呀。"乔利太太叹息道。

她的确不知道那是从何说起的。

有那么个早晨——乔利太太将会记得的,是复活节的星期四——电话铃声响得很凶,她打破了那只上面带橡皮螺母的奶油盘子,她本来是想把它藏在食具柜后面,等方便时洗刷的。

弗拉克太太像往常那样回了电话,然而,那只是当电话铃声朝着一位妇人的每根神经末梢开始响过之后。乔利太太听到,"你知道什么!我不会干那种事的,永远不会!啊!我很高兴,布卢!可是现在你要注意点,好吗?我要告诉你,人们有各种各样的表现。

人哪,在情况最好的时候,虽有衣服遮盖着,骨子里却是不一样的。嗯?你知道,布卢,我没有提示过什么。你决不会发现我去干那种低级下贱的事儿——胡思乱想,高谈阔论——低级下贱的东西别找我。因为非常差劲的东西实在太多了。这提醒了我,布卢,昨天晚上,有个过去我们听说过的人前来做客了,灯光也这么告诉了我。是啊,亲爱的。好像每年这时候总喜欢忘事儿似的。是他们将我们的救世主钉到十字架上的。明天。想想吧。明天!可是有个我们知道的人,一定要联合起来——说白了吧。嗯?布卢!布卢!我不允许你!我是谁——我倒想知道——你在和谁讲话?你在哪儿,布卢?我只能认为你一定是吃饱了撑的。下了工就到对面的地方去啦!今儿上午你不会干多少活的,布卢,有啥要紧的!"

此时,弗拉克太太笑得活像个摩托车。

"我不想怪罪你。青年人有健康的体魄是让人高兴的。这是对的。如果他们遭到了不幸,伤痕将留给他们的父母。罪过不能安在孩子们的头上。啊,不!还有啥呢。你认为我像有时人们认为的那样比较严厉吗?我可不是。我是讲究实际的,就是这样,我必须承担实事求是地看待事物的一切后果。忍受着每个复活节去体验犹太人将我们的主钉在十字架上的滋味。又要体验了。布卢?那不是年轻人需要了解的东西。他们有着可爱的身体就不需要了解啦。嗯?布卢?享乐吧,如果你想那么做!有很多血的时候,就让它淌出来,那只是一种游戏。血是那么红。假如你不那么看,什么也不残酷。再说,那也能将坏的东西流出来,我最不愿否认有很多坏的东西等着去改变每个人血管里的浓液。"

"嗯,布卢?"弗拉克太太叫道,那声音可能是快活的,或者是绝望的。

这时,她进到厨房,她在令人惊骇地闪着光。

已为所偷听的一切感到激动、困惑、恐惧的乔利太太决定继续看着那洗涤糟。

"布卢,"弗拉克太太气喘吁吁地说,"和他的六个伙伴"这时,她一屁股坐在竖立的椅子上,"去抽彩票啦,而且中上啦。他们管那彩票叫'七个幸运儿'。"

乔利太太还在看着洗涂糟,糟里的灰水突然停滞、平稳起来,仍然隐藏着各种东西。

"你不高兴啦。"弗拉克太太只是朦胧地责备说。

乔利太太正出着神,没有去留心弗拉克太太的话。她带着那洗碟水的早晨的阴郁表情,不见了往日的光彩。此时对她来说,将自己的牙齿整日整日地留在盖着手帕、放在床边的玻璃杯里还是很正常的。

"有些人,"弗拉克太太说,"不愿听好心人的话。"

乔利太太搅动着水。

"我刚才只是在想着。"乔利太太说。

她并非那么阴沉。

"我在想他可怜的母亲。"她说。

她没有谴责的意味,只是同情。

"您过世的姨妹,"她问,"叫什么名字,弗拉克太太?"

弗拉克太太更加茫然了。

"噢?"她说,"我姨妹。我姨妹叫戴西,戴西。"她说。

"我在想,"乔利太太说,"要是您的姨妹知道她的孩子碰上了好运气,该多好哇。"

当别人说出适当的感想时,弗拉克太太通常总不知如何去填补空白。假如她不能杜绝此种情况的发生,她便像此刻那样发现自己眯着眼——茫然地看着前方。

在那最光辉的早晨,乔利太太选择了黑暗。她的朋友甚至怀疑她在掩盖着某种想砸开保险箱,然后偷出古老的证书和契约的蓄谋已久的打算呢。

所以,弗拉克太太整理着她那毫无瑕疵的额前的头发,等待着。

"我敢断定你丈夫一定也会喜欢这样一个强健的小伙子的。姨父、姨妈都是一样啊。"

"威尔能吗?"弗拉克太太从远处答道,"布卢小的时候,威尔就死了。"

乔利太太咽了下牙床。

"我不是想,"她说,"提出那件事儿的。那么个可怕的结局。"

可弗拉克太太不全同意她的看法,死亡是非常实际的。

"我不想否认,"她说,"那种死的方式是意想不到的。人们认为威尔很胜任他那一行,所以也得到了很好的报酬,他是第一流的砖瓦匠啊。可是,死的方式,乔利太太,无关紧要——不管是从屋顶上掉下来摔死的,或是死在自己起居室里的安乐椅上。结局嘛,哦,结局都是一样。"

这时,乔利太太清楚地看到在那厨房的正方体里不可能有什么逃路了。

"唉!"她叫道,"我们是一对乌鸦啊!"

"不是我喜欢进行恶性的推测。"弗拉克太太更加高傲地说。

乔利太太用手打击着水面。

"而且在这么个日子里!"她尖叫道,一边看着时钟,"我敢说您的那个外甥到十一点时,肚子一定撑得像只蚂蚁喽!"

"布卢是个好小伙子。"弗拉克太太声称道。

"没人赶得上。"乔利太太又退让了一步。

"布卢从没惹过麻烦。或者说,这种时候不多。"

"我不知道的事情就是不知道!"乔利太太咯咯地笑了。

"布卢从没杀过人。"弗拉克太太说。

"谁杀过人啊?"乔利太太问,她的脖子在钢发条上转了过来。

"这种事儿天天发生。人总得读读报哇。"

"不能将报纸上的东西信以为真。"

"只有人才懂得真理。可是,不总是这样。"

两个女人一早晨没干别的了。她们的举止不再是她们自己的,因为她们的身体已被思想和光亮分隔开来。

那天睡得很晚的希梅尔法布起得却很早。他像往常那样,不管条件如何,不把经匣佩好他是决不思索的。只有当缠上了那个字,只有当盖住他肩膀的披肩用它的须边排斥了心与眼的愿望,他自己的一天才真正开始,或者说,又被创造了,净化了,和赞扬了。当他站立着,从紧闭的眼睑后面,从灵魂深处,背诵着《施玛篇》和谢恩祷①时,那张面孔似乎又出现在神授的画像里,出现在小镜的乌云中,呈现出可能永远保持抑制的一种赞同。

然而,那犹太人祈祷了:

> 感谢你,哦,主啊,我们的上帝,宇宙之王,你给了时钟
> 以智慧,使其区分开白昼和黑夜……

光线喷散到房间的四角,尽管悄悄地来到了撒尔沙帕里拉,因为人比上帝或利未人②了解得更清,并已经转动了时钟。可是最纯洁的叶片触到了那犹太人的眼睑;他的眼睑用金子定了形。他的血管是金色海洋里的天青石,那经匣的皮带变成了缟玛瑙,可是从他嘴里落下的词句却是一块块跳动的水晶石,正无限地反映着词中

---

① 餐前餐后的祝祷,一种特别的祝福仪式。
② 见《圣经·旧约》第三卷的《利未记》。《利未记》主旨是要以色列人想到自己是上帝特选的民族,是圣民,是祭司民族。

的词。

犹太人祈祷着,从时间的山墙上脱落并丢下了清晨边缘的那尊雕像变成了人。那双皲裂严重的嘴唇正在形成它们自己的血肉的词句:

> 让我们这一天,每一天,从你的眼中,从见到我们的,并赐仁爱于我们的所有人的眼中获得雅致、恩惠和怜悯。感谢你呀,哦,主啊……

那光亮此时已变成一种矿物质,一种碎裂着的金色的物质,连同那无从捉摸的长石的冷冰冰的片条,正在斑岩上以及给颜色单一的苍穹加了条纹的玛瑙的底层中逐渐形成,那种金色的矿物质最后融化成一种移动的深红色的海洋。他站着祈祷时,那深红色的海洋拍打着他的皮肤。他的耳尖、他的太阳穴变得透明了,他的双颊变得通红,或者说,充满了强烈的祈求。

那犹太人断言:

> 我对弥赛亚的到来坚信不疑,尽管他踌躇不前,但我无时不在等待着他。我期望着他的拯救,哦,主啊!我期望着,哦,主啊,他的拯救啊!主啊,我期望着他的拯救!

当完全融洽之时,披肩从他肩上退落下来,微风从窗外吹进猛拉着他的那件旧长袍的边角,显出他的确是个生来就要遭受苦痛和屈辱的人。那稀薄而灰白的一绺绺头发集中在他那两乳之间的洞穴里;从踝节到膝部,形成他那瘦削双腿的界限的条条血管若不是恶毒地也是专横地纠缠到一起。

祈祷完毕,希梅尔法布从他那脆弱的房屋窗户跟前向外望去。

因为他未曾入眠,他观察到的每一个行为都是最清白的,每一个线条都是最纯洁的,每一个形态都是最简明的。在大街另一边的一个隆起处,白色的母鸡已在篱笆的黑色树干中间啄食了。街上有个老头打开了报纸,带着可能有最坏事情发生的冷漠,准备阅读了。牛奶的溪流停在送奶的量器和洋铁罐之间。犹太人站在那里揉搓着他面颊上的胡子茬。由于一切合情合理,此时他只能有所准备了。

他着手准备吃的了。他不能阻止自己的手不时地乱摸着,颤抖着,那倒不是他被自己不得不去触摸的物质的纯洁所感动,而是因为那些东西与他记忆中所经历的一系列事件系在一起。可是,他确实想吃点东西了。他将满杯的咖啡喝了一些。那天早上,他的嘴里觉得特别苦。他从那逾越节祝宴用的桌子上拿了点欧芹尝了尝。又从每一块没有差异的羊腿肉中撕下些碎片。只有当它们经过咀嚼并用温度和渴望濡湿之后,才能感觉出肉味儿来。接着,他不得不将那一块块热乎乎的,嘎嘎响着的碎肉片大口大口地吞咽下去。

他像通常一样,将祈祷披肩和经匣装进他那小纤维箱子里。当然,逾越节期间,罗森鲍姆先生会正式允许他不上工的,但他知道,实际上还是有人希望他出勤的。别人希望着,或许是罗森鲍姆一家。希梅尔法布不愿想起他雇主受到威胁时眼中的情感,反而走向小山,走向渐渐灰白的篱笆的阴影里,去赶巴兰纳格利的汽车。

拂晓,很快变成了灰色的,并具有了抵抗力,其姿态有如橡胶,不是松弛、懒散的,就是紧绷、拼命的。罗塞特雷的工厂机器已在做准备活动了。机器运转了,它们在吮吸着,喘息着,不过,是勉为其难的。托盘跟前的女人们怀着委屈擦着汗。有一人正在显示着黑暗如何挫伤了她。大家都和往常一样。只是每个人都知道:那天早晨非同一般。

例如，那是耶稣受难日的前夕，实际上复活节已经到来，谁还得干活呢？大家认为最好是工厂关门，并保证家里有肉、有足够的酒过节。可是由于缺乏常识和公道，每个人都坐着，盼望着，或玩弄着他们的第二天性习惯于将其合拢在一起的那些金属部件。今天，铰链愤怒了，尖铁要刺破肌肉。湿气污迹斑斑地集聚在亮光闪闪的金属板上。

后来，人们觉察到布卢没有在电镀车间，几个小伙子也不见了，或者他们只是间或地推着标度盘绕着门口转转，一边乖巧地龇牙笑着。当然，那是七个幸运儿了。一两个不够幸运的人最好一开始就通知他们。西奥博尔兹先生一面纵声大笑着，一面摆弄着腋窝里的汗毛，等着看事态的进展。他像是一个老于世故的人。一些抽完彩票的人很快从一排排老婆婆和绷着脸的姑娘们的身边走过。啊，抽得好哇！可是，有些人来想要哭泣的。有位妇人从衣袋里掏出个邮差用的口哨吹了起来，那口哨是那天早上她在自己床边的桌子上捡到的，她使劲地吹着，直吹得太阳穴上绷起了青筋，嘴唇也变白了，破裂了，尽管那底层仍呈现着邮筒的红色。

工作间的地面上湿漉漉的。谁还想干活呢？虽然有几个顽固不化的人在溅着水，但那些胳膊可能很快就和潮湿的水层或油脂皮革制的手套一股脑地脱离开了。

只有那个犹太人没沾上水，没受到外部环境的影响。他的双手震颤着，但由于坐到钻床旁，他准备钻孔了，钻孔了，像希望的那样，直至被人叫住为止。眼下，他那么聚精会神，在很多人看来是倒胃口的，讨人嫌的；然而，特别是当他站起身来，在钻床周围跺着脚，恢复了机器的转动，将一颗颗钉子冲出来时，他们则不能不看他一眼。当他的双手在一起揉搓时，它们不像是滑腻的、流着汗的人的皮肤，却像砂纸一样发出了干巴巴的声音。有些人见到自己那个对立面总觉得不堪忍受。

不过，那犹太人回到自己的凳子跟前，他确实想尽量不引起过多的烦恼。然而，他还是朝那个澳洲土著人点了点头，尽管他们之间有着未曾表达的互不相认的默契。

此时，那土著人显然生着病，体重掉了下来，看来消瘦了，但由于湿度过分，他还是将衣服一直脱到腰间。假若无人评论他的仪表，甚至连那些最厌恶看到疾病和黑人的人也不评论——疾病和黑人是极端形式的对立面——那是因为到此时止他已变成了人的抽象概念。谈话的眼睛只是茫然地停留在那肋骨的构架上。那一切与人类过的砖瓦房的和洗衣机的生活没有丝毫的联系。

然而，土著人不时地颤抖着，特别是当被犹太人认出时。他不希望那样。他不想陷入无力忍受的局面。可那又是他最后必须学会表达的东西。

于是，他颤抖了。一时间，那凸出的肋骨仿佛要惊厥了，分离了，尽管它们互相紧贴在他身体的两侧。

十点钟左右，罗塞特雷先生先是从窗口朝车间扫了一眼，断定有人露面至少从理论上是适宜的，然后从办公室里走了出来。不过谁也没有注意到。所以罗塞特雷先生比以往更为拙劣地支撑着他的那双堪称小脚的拇趾球，并和少数几个心不在焉的女人们说了说话。

那一天，哈里·罗塞特雷特别快活，也不管汗水从他细心修剪过的脖子后面缓缓流到他那类似熟食的皮肤上。汗水从衣领底下一滴一滴地流着。可罗塞特雷先生却非常开心地哈哈笑着。他说，那一天，对于工厂，对于七个伙伴能彩票中奖，是多么好的一个日子啊。而且正赶上复活节。然后，他看了看座钟，又哈哈笑了起来，嘴咧得都露出了金牙。墙上的收音机始终拉得紧绷绷的，如果不是那天早晨，也总有一天会在有窒息预兆的那一时刻挣脱开来。

就在这时,那七个幸运儿中的一个在返回街对面的酒吧间之前,顺便进来看了看。他说小伙子们都在庆贺胜利,他的微笑产生出当谈到啤酒、谈到古老的爱尔兰和母亲们时所留下的那种酒窝。从未有过像那样的复活节。他们像苍蝇一样叫人讨厌。

罗塞特雷先生的笑声使机器都摇晃了。

可他又向犹太人希梅尔法布皱起了眉头。

老板那整套对人的手段受到了自己企业内部逐渐发生的种种事件的威胁,为此,他必须责备某某人了。当然喽,工人老弟是不予考虑的,他们神圣不可侵犯哪。那就剩下哈里·罗塞特雷本身,或者他的良心——亚阿科夫之子海姆,或者他的刺激物——希梅尔法布。血压、热量、声音,一切都为着他的苦恼出力,都混淆着判别一种事业的企图。

"我对你说过,逾越节不干活,你来干啥?"罗塞特雷先生唾沫飞溅地说。

希梅尔法布答道:"我从不用回避的方法逃脱逾越节的影响。"

"嗯?"哈里·罗塞特雷嚷道。

不过,此时,那里的声音已经很大了。

那声音超过了希梅希法布钻床的反复陈述声和机械往常激动的大喝大闹声,街上正发生着什么事。那里又是敲鼓,又是吹号,也许还有一列纵队。动物刺鼻的恶臭与平和的油腻气味混在一起。

在外侧的办公室里整个早晨一直在搽着香粉的惠布利小姐突然停下了,喊道:"啊,哎呀,马戏团!"

马奇小姐也那么认为,她们一起冲到窗前,好像要扩展那个洞孔,将希望看到的东西穿透得更深。

与此同时,车间里响起了凳子的尖叫声、桌子的重击声,人们竖起了脚手架,从那里通过安得很高的固定百叶窗观望着光景。某些先生们借此机会向某些年轻的女子挤过去。所有的东西都那么靠近,夏天的女衬衫像牛奶冻①一样无知无觉。可是哨子的主人却在不停地吹着。

当马戏团回到有人曾见到它前一天晚上在那里扎营的那块干草地上时,从未经过诊断的热病流进许多旁观者的手中和脸里:通过缎子的领边,可看到那些姑娘们雪白的肚皮,或闻到猴子的气味。一个骑着花白小马的家伙可能是所有的人几乎熄灭了的梦,他顺着那紧绷绷的短裤的一侧拉到了他的配对,又几乎用他那烧伤了的眼睛往上看了看。

最滑稽的是有个小丑在卡车平板上装腔作势地公开表演着悬吊的功夫,然而,车辆的颠簸和他自己的技艺总不让他的脖子适应那套索。他总是摇摇欲坠,最后跌了下来——完全地跌了下来。但人们认为那和窒息而死毫无两样。他的舌头从嘴里伸了出来,舔光那些使人苏醒的无形的碎片。

"他们早晚要弄死那个傻瓜的!"罗塞特雷的布赖塔自行车车灯厂里的一个老婆婆尖声叫道。

"瞧!我对你们说的啥啦?把复活节都给糟蹋啦!"

的确,那小丑的表演似乎终于结束了,因为又一个更长的、更温和的、不那么嘈杂的列队突然和第一列队合到了一起。在颠簸和尖叫声中,朵朵鲜花飞落下来,那第二列队实际被认为是一种送葬的行列,队列里的人那么多,步调那么阴郁,服装那么讲究,每人的脸上都挂着一种拿不准的表情,使人感到他们在节日到来之前想要匆匆放下的只能是一位高级市政官。

那小丑在他的绳索一端旋转着,作为小道具的棺材在卡车边上踌躇着,各种声音混杂在一起,各种车声和马的声音进入了高音区。一名妇女从第一辆送葬的轿车里起了起身,或者确切地说,窗

---

① 用牛奶、蛋、糖、玉米粉等做成的胶状甜食。

子里的她吃得过饱：一个高大的白人妇女——也许是那位寡妇——在用手指着,仿佛她终于在那小丑的模拟像里认清哀伤的深度、存在的时间及其真谛,而她却没能领悟那种哀伤与那个难以取悦的男性,她那此时已死的丈夫为何联系到了一起。那妇女痛苦地尖叫着。像一块巨大的大理石在清嗓子里的灰尘,并且不愿停止。

接连的行列互相拥动着,拐了弯,不见了踪影,这时,那小丑是死是活,还是在伪装,尚不敢说。一心想看表演的人们不知道自己的欲望是否得到满足了,因为,那小丑肯定颇像个木偶,而他们则一直希望他是个活人。再则,由于那引起争论的小丑的双手似乎猛拉过他们头脑中的帘幕,有些更善思索的人的眼睛已退居到他们的头脑里。

那些人想起他们的老板还在工棚的另一端与那犹太人同舟共济,那两个人的无声的姿态对发生的事情似乎无动于衷。

哈里·罗塞特雷用力挥动着双手,以便接近问题的核心。

事实上,他已经开了口:"我必须请求你,我必须命令你马上离开!"

当然,机器的震动足以从任何人的嘴里震出词儿来。

"我是为你好。"罗塞特雷先生威胁说。

可是,犹太人却苦笑着。他不那么肯定。

"快点。别等啦!"老板叫着,驱逐着。

有形而沉默的语言像吹了气的蛋壳在跳跃着。

犹太人带着凄楚的、讽刺的才干回答说:"不能怨你哪。"

有时,机器柔软的传送带能起着镇定作用。

"除了我,"希梅尔法布可能在说,"谁还应该为所发生的事受到责备呢? 你应该得到双倍的保险。"

那局面也奇怪,那位试图从气氛中提取些什么的雇主,又将他提出的东西以秘密口信的方式传递给他的一个最无技术的雇工,若不是会打扰到,人们会产生好奇的。注意到的那些人都避开了他们的眼睛。幸运的是,其他一些事情正在发生。那刚好在工间休息时。机器松动了。工人们从刚才欣赏队列场面的工作台的脚手架上跳下来。到休息的时候了。

这时,那七个幸运儿从街对面的酒吧间回来了,悬吊小丑的事已经过去。最后回来的是布卢。在他那幸运的早晨,很多人没有见到他,更不用说向他祝贺了。在他的伙伴之中,值得注意的是那些女性,她们冲向前去,对他又是抚摸,又是亲吻,和他联系着感情,而那位畏缩不前的人却等着他用某种方式对自己鉴定,虽然他已经做了充分的表演。

布卢当然是喝得醉醺醺的。啤酒正从他的肚脐眼里向外流着。

交了红运的伙伴们朝前走着。他们照例都穿着汗衫和便裤,只是他们的头头不同,他穿着一双胶皮靴子,他习惯于穿着胶皮靴子在电镀车间的酸味物质中趄来趄去,还穿着一条脏得难以认出是一种织物的短裤,确切地说,它颇像被自然抛弃的什么东西。布卢基本上一直是一尊无头无四肢的裸体雕像,是城郊的一个比提尼亚①青年,是在冷酷的大理石上着重分开的两只乳房,或者,是罗马的砂岩。有人猛击过那个头,否则那件雕塑品便会在还没等令他感到耻辱的一种幻影显示出明确的形状之前,就已畏缩了。无论是被毁灭了,还是尚未完成,那颗头颅肯定是引人联想的。从那不可渗透的眼睛里——那眼睛本该尽量表达出石头的无限的美——过滤着一种无限卑劣的微微世界:酒吧间里的人体排泄物、正在软化的香烟蒂、千篇一律的古老感觉、浅绿色的贪欲。嘴是狼吞虎咽的一种手段。倘若它曾为语言启开过——因为有时它也需要交流——那些

---

① 小亚细亚西北之古国。其青年以英俊著称于世。

发出来的词句也会随着黄铜色的啤酒在渐渐腐烂的牙根间跳跃起来。

这时,布卢朝着蜂拥而至的赞美者毫不在意地喊道:"你们好哇?"

尽管如此,那些血缘与他最近的女人们带着同样的饥渴正在将他舔干。他那退化了的嘴上很快涂上了红润。

"你好,伙伴!"那个更为亲切的女人喊道,她也许有这样的印象:女人失败之处,男子汉可能成功。

可是他从牙根间发出一阵笑声,将女人们推向了一边,让她们互相践踏起来。

毫无疑问,此时整个车间全由七个幸运儿统治了。酒的力量把他们变成了庞然大物,或者说,海姆·罗森鲍姆看来如此,在他的过去,人群的姿态和脸谱呈现出令人惊恐的比例。此时,他想起几周前曾答应过别人要打电话。

"别急呀,布卢!"罗塞特雷先生走过时说道。

由于大家都忘了那位老板,有些人真的停下来对他的话的含义表示出怀疑了。

罗塞特雷先生继续上着台阶,不当地被他那种已尽了最大努力的想法保护着。假若存在理智的敌人,那便是那个该死的犹太人,希梅尔法布。此时,他必须自食其果了。

犹太人刚拿起箱子,正准备穿过院庭到洗衣室去,那里曾给他提供过某种精神的庇护所。

亚阿科夫之子海姆回头看了看。是否由于某种奇迹,他已经取得了从行为者到旁观者的资格?然后,复苏的惊慌追使他向前走去,一边清除着台阶上的杂物。他来到了办公室。

希梅尔法布行走得相当缓慢。尽管环境和气候已使他苍老了,但他的身材却已增高,完全可以和他渐渐地,渐渐地与其卷在一起的那些人物相媲美。至少那个澳洲土著人看来是明显的,他的本能使他的腹部充满了一种令人作呕的确信。

站在平坦地板上的阿尔夫·杜博好像安置在高处一样,正在观望那只有他才具有禀赋或命运注定所能见到的东西。无论是行为者,或是旁观者,他,这位艺术家,是人类不幸中的不幸,所有方面,所有可能,又在他身上分裂着,形成着。他那瘦削的腹部也在反抗着。

希梅尔法布若是抬起肩本可能碰到七个幸运儿靠得最近的那个。可是他走了过去。走过院庭。只有那澳洲土著人开始重视起那个垂着头的犹太人。

此时的布卢,也垂着头,他感到孤独了,感到悲伤了。他本可以将头颅放置在某个单薄的胸脯上,尖刻的词句从那胸脯里喷涌出来。与此同时,他也在尽量回想着——那永远是关系道德问题的一桩棘手的事。他的耳朵当贴近回忆的电话时,他也在艰难地渴想着。不过终于分辨出那最微弱的声音……忍受着每个复活节的痛苦去了解犹太人将我们的主钉在十字架上。所有的悲哀压在,紧紧地压在某根神经上。布卢,正是如此。他曾遭受过的所有不公更加明显地哀伤了。倘若没有他干出的那些不公的事,别人干出的事则会更坏,虽不能说最坏了。于是,有人告诉他那个最坏的人,他必定要受到惩罚的。

"嘿,米克!"布卢叫道。

此时,那七人中的几个觉得那个犹太汉子的模样是多么枯槁,多么可笑和可鄙。其中一个在怀疑着是否一场玩笑在酝酿着而顿时大笑起来,另一个占着上风的人则发着牢骚,露出憎恨的样子。

犹太人转过身来。

"对不起。您刚才说话了吗?"他问。

尽管压根儿没有问的必要,但他似乎一无所知。

在找到理由之前总得在脑袋里翻腾一下的布卢,此时不能很快找到理由了。不过,他是知道的。起始于血液、腹部、生殖器官的理由持续地诱惑着。一直盯着犹太人的布卢经历了一番真正的痉挛。

"我们得谈一谈,"他说,"所发生的事儿。"

一边摸弄着犹太人衬衫上的一个纽扣,不过是轻轻地,甚至是怪异地摸弄着。

因为布卢是辩白者,又是同事,只会当作玩笑。红鼻子是不会带来悲剧的。当布卢轻轻地摸弄着那衬衫上的纽扣时,或想起了像老古板一样的教区牧师正对着绿头苍蝇布道却没能保持其威严时,他也许察觉到了那一点。

"我有不满之处啊。"布卢说。

他的几个同伙不断地在喝酒,借以支持头头可能想要展开的局面。

"教区牧师这样对我说的,"布卢继续说道,"或者对某个人说了。"他皱之眉头,迟疑了一下,"或者对我的姨妈。"他补充道,说着来了精神。

的确,那话重新点燃否则便会熄灭的火。刻下,那火又带着绿汪汪的、暴戾恣睢的火焰重新闪烁了。

布卢狂笑起来。暴露出全部的齿龈和喉咙的肌肉。

"你这个坏蛋!"他笑道,"你这个死杂种!"

犹太人的衬衫异常诙谐地交出了一条不加反抗的长带。

杜博窥视着自己的双手。他手无寸铁,那倒使他更感到害怕了。当然喽,从身份上看,他不是个大丈夫,而是个澳洲土著人。他本可以为自己的一切失败而哭泣,不过首先是为那一点而哭泣。

布卢手拿着衬衫带子走开了,他还没有想过拿着它有什么用途。

这时,那七个人开始活动了。行动起来反对那个敢于冒犯的犹太人是他们的共同目标,然而,一开始,他们似乎互相在支使着。他们那大象的方阵在摩擦着,碰撞着。不过,那是认真的。若说有几个人似笑非笑,那大概是为着清理他们那带有黏痰的嘴巴的缘故吧。他们确实认真得很。

"哎呀!"有人不得不大笑了,但那也似乎触到了痛处。杜博因而也受到了冲击。繁杂的声响变换成既是攻击个人的,又是无限畏惧和恐怖的各种音调,并开始倾注到院庭的上空,倾注到正在格斗的边缘上。若可这么说,是因为那犹太人并未反抗。一方面,有正直人的碾磨,那甚至有损于他们自己;另一方面,则是那犹太人,他没有畏缩,只是受到了推挤。他几乎一直带着一种满意的表情。

杜博观望着,他本人是根有情的枝条,在抽动着,摇摆着。这时,那群乌合之众拥过院庭越过从喷镀车间甩下来的剩余物。有几个在哧哧地笑着,单调地唱着。那些踌躇不前或持有异议的人则不愿摒绝一种不光彩的场面,不过总是缺乏果断,在用男低音抱怨着。

"赶回老家去!赶回老家去!"年轻姑娘们咯咯地笑着,乏味地唱着。

"赶回德国去!"较老的女人们唱道。

由于男士合唱队的加入,大家又是击掌,又是跺脚,"赶回老家去!赶回老家去!见他的鬼去吧!"

随之产生出欣喜若狂的黄铜般的共鸣,因为他们生命中的玩偶终于被一个有血有肉的人所取代。

在院庭里,杜博意识到老朽的蓝花楹的存在,在蓝色季节降临之前,人们已在其背后修剪过了,也许是为了阻止它的到来。可是,无论怎样破坏其形状,那绘画者都要显示出那株神圣树木的蓝的强度,使它裹在它的围巾里,站在它的池塘中。到了眼下的树木效颦之时,那残缺不全的大树枝,用死气沉沉的石头的色调,用突出于树干的一个个硬瘤,连同不知何故被人锤进的此时已经生了锈的锡片补缀着,这与驱使那受害者的本能的赞同如出一辙。此时,驱使得更狠了。的确,一次犹太人走了下来,担着风险,踩踏了一会儿。几个暴徒忍不住要试验他们渴望采集的蘑菇的弹性,一个更为大胆泼辣的人当踢到受害者的肋骨时,突然意识到人体原来是极端脆弱的。

这时,布卢伸出手去将犹太人猛地拉了起来。后者左眼的上方在流着血,这在一群旁观者看来,既令人讨厌,又有所收益。

布卢的汗水在熠熠闪光,他从未像此时那么具有可塑性。几个年轻的姑娘和已婚妇女由于沉迷在他那偶像之中,将她们的心灵心悦诚服地献给了篝火。几个男人本可以挥起铁锤或插入尖刀,假如铁锤或尖刀握在手中。当然是对着那犹太人的。

后者也不会抗议的。所以人群才如此如醉如狂。他的嘴甚至都没想去忍受痛苦,但却轻微地张开了,宛若想接受任何更深一层的苦难。

于是,他们将他推到树干上。冲撞着,拥挤着,一次还可听到他的头的磕碰声。

"嘿,握得紧点!"布卢嚷道。

准确地说,他没有抗议,可不能不看到残酷至少必须在伙伴之间保持一种玩笑水平的习俗。

也许脑子里那么想着,他很快脱开了身,跑进喷镀车间。然后,拿着条绳子,或者说一卷柔软的粗线回来了。

其他的人未必同意。实际上,其中的几个觉得他们本可以夺取悲剧的制高点,本可以让血流得更红、更多。然而,多数人则由于展望到他们会陷入某种比他们已知的要身价降低得多的事件之中而变得镇静起来;那制高点不是为他们取乐的。

布卢显得特别活跃。又是固定,又是系结,而且还要发号施令。

杜博看到他们举起了犹太人,要将他绑到树上。高过人群的他已被钉子和锡片划破了皮肤,血,很多的血,果真流了出来。至少他的一只手被刺破了。透过撕破的衬衫,可看到在那显眼的肋骨之间划开的那道深长的切口。

人群嚎叫着,推搡着。

一位感到不适的女士为拯救自己转而想到:"外国人都有归宿了。犹太人也有了。我的老布卢啊,让他去吧!等事儿完了,我再给你买一个。"

那淡紫的发卷在她那老迈的脑袋上蹦蹦跳跳地动弹着。

此时,杜博知道自己决不会,决不会行动的,他将去梦想,去遭受,去用绘画表达某些痛苦——可最后,必定是苍白无力的。于是,他天真地责备起自己的黑皮肤。

不知什么地方,时钟在鸣响了。

这时,正在赞那杜下楼梯的黑尔小姐看到了那大理石的震颤,裂缝也变宽了。她等着那建筑物的倒塌,但却没有倒。她下了楼,又向着那郁郁寡欢的树林走去。她的皮肤可以辨别气氛。她走着,触摸着,心里乱糟糟的,心烦意乱,还要触摸着。于是,她在那早上的痛苦中转动着,那天早晨,她本人是一颗不安的微粒。实际上,当她拖着脚步走过树叶时,她跟随着自己那恐惧逐渐缩小的螺旋,几乎到达了它的核心。

这时,戈德博尔德太太取走了早些时候她洗过的床单,床单已经晾干了,散发着它们独有的清新气味。她熨起了床单,不一会儿就熨好了一堆。她干起活来总是那么麻利,想起麻烦的事儿也是一样:譬如,妇女如何接受了她们上帝的躯体。每年这时候,戈德博尔德太太总要从最苦的残渣到欢乐的迹象回顾一下所发生的所有的事。

眼下一切都被看穿了,从未看得有那么深。不过她还得像以往那样给予认可。

而且还得将躯体放到最白的床单上,带着只有她才具有的爱。

刚给各自倒过一杯茶的弗拉克太太,看着茶的表面,她看透了。
"真理将会显示出来的。"她说。
"要看情况而定。"乔利太太贸然说道。
"看什么情况?"弗拉克太太回了一句,一面吸着气。
"要看你是怎么看待真理的。"
弗拉克太太显出庄重的样子。
"真理,"她说,"是正派人通过直觉就能知道的东西。肯定是这样。"
"是啊。"她的朋友不得不同意了。

有时,乔利太太会受惊的,特别是因为那龟背竹①的叶子,因为它们那最黑暗的表面的孔眼。突然见到它们朦胧出现在窗台的上方会让乔利太太大吃一惊,可是,若将它们修剪了,也会伤害了弗拉克太太的感情。

犹太人已在残缺不全的大树上被举得高高的了。绳索的滑轮已被固定,布卢的一个帮凶总算笨拙地扣住了那对踝节部。谁也不会说那里的他像钉十字架那样被绑了起来,因为,一开始,那便是个玩笑。假若有些血流了出来,很快也便凝结了。那手、那太阳穴、那黑色的血块和污迹证实了的那侧身,乏味得竟连苍蝇都不理睬。假若几个旁观者容许那伤口一直绽开,也许应归于一种良心的病态,那病态可能从童年起就一直等待着有朝一日的爆发。由于少数那么几个的胡闹乱来,滴滴鲜血活生生地颤动着。他们多么渴望浸湿

---

① 原文为拉丁语。

自己的手帕,而又不被别人看到。

其他人只得为一场闹剧窃笑了,一边转过脸去试图隐蔽他们怀疑可能是亵渎神明的那种行为。

布卢在捧腹大笑着,吞咽着他那过多的唾液。他站在那儿仰视着,他的喉咙在此时那前仰后合的躯干上膨胀着:一种雕塑艺术的颓废。

他声嘶力竭地喊道:"你在上边感觉怎样,嗯?过瘾了吧,嗯?要是母牛不乐意,就骂我好啦!"

事实上那犹太人似乎脱离了他们,而那个为首的折磨者本人可能已在向他一直遭受着的、并在某种情况下他好像记得减轻了的痛苦请求暂停了。于是,那冷酷的身体在树根一旁扭歪得成了变化着的各种蜡的形状。

犹太人被吊挂着。假如过去他不曾是那般可怜的模样,他本可以唤起人们的同情。两只手腕被高高地扯起了,似要被身体的重量切透一样。两个臂膀也拉得紧紧的,以便保持着天地之间不稳定的接触。透过撕裂的衬衫,那皮肤在肋条上半透明地伸展着。那脑袋比平时生活中的它更沉重地下垂着。那些一向和现实或传统保持一致的人们本可能认为他已经死去。可是那双眼睛,与其说是固定的,不如说是幻影的。那张熟思的嘴巴详述着头脑说出的某种无声的语言。

因为,那土著人在人群中和被绑在十字架上的那个人一样孤独,所以,又是他看得最清。他所遭受的一切痛苦、他未曾弄清的一切事情,都浮现在杜博的眼前。本能与白人的教诲不再互相践踏了。他注视着,血液在那冰冷的、幼稚的救世主的血管里流动着;颗颗铁钉终于钉进被认为应该钉进的地方。于是,他从考尔德伦先生手中接过杯子捧在自己那双黄手里,本想奉献给此时人群中他可认出的那些参加庆典的人。这样,他弄清了血的概念。有时,那是自己枕头上令人作呕的褐色的污迹;有时,则是赎罪的明亮的深红色的颜料。此时,他分不清谁是谁非,声音也哽住了,身体也更加虚弱了,因为他发现了理解根本不会将救世主捆绑在树上的绳索切断。既然已经祈求过了,无须再祈求了。值此,他开始理解、顺应了。他怎能最后向那树上的、那分开的、那默想的痛苦着的两扇绿色的嘴唇,传达冠冕堂皇的思想呢?

在他观望的时候,各式各样的爱开始折磨他了。他看到那位老人,那位牧师,在纳姆伯拉的床架上检查着男孩的身体,寻找着失去青春的影像;看到斯派斯太太在她那舞动不止的土豆袋子中旋转着腐烂物;看到妓女汉纳,和她那白色的阉鸡,诺曼·富塞尔一同蜷缩在他们那无生殖力的,但并非不完整的肉蛋里。许多张没有期待或蹙额皱眉的毫无个性特征的脸也同时出现了。还有那爱的温柔的体验:乳白色曙光纯净地泼洒到他那裸露的肩膀上。还有弯曲盘旋时的油画颜料,他将它们盘在一块光秃秃的木板上,有时稀薄得像浓雾,有时被捏得像石堡。也许这样,他自己对爱的贡献,假若最可理解,最为全面,却是最不易说明的。

这时,犹太人在固定他的那块丑陋的树干疖子上微微地活动着。

人群往前挤着,看着,听着,一边推撞一根根本不存在的混血土著人的手杖。

犹太人抬起头,他从那颇为忧郁、无法忍受的眼睑底下向外凝视着。

一开始,希梅尔法布就知道他具有着力量,不过,确也为着某种形迹祈祷过。透过所有的漫骂、蔑视、笑声、疼痛和扭曲,他继续在盼望着。直到此时,也许将如愿以偿了。于是,他抬起头来。感觉到一种平静和清澈,那纯洁如水的平静和清澈,在其中心映现出了他的上帝。

人们注视着那个被绑在树上的人。他不想说出自己的想法,那虽不能说令人失意,却也十分反常。拉得更紧了。假如人们弄清了来龙去脉,他们本可以让嘴唇舔舔寂静,作为语言的代用品。

这时,有个薄嘴唇、亮头发的年轻姑娘向前冲了过去,与站在一旁不让她通过的人们的后背拼搏着。可是,她必须要通过。歇斯底里将予以保证。嘴唇的那根红线在她无论如何也不放弃希望的某个守护神上绷得紧紧的。当挤到树根底下,她拿出一个自带的橘子,用她那笨拙的姑娘的抛掷法朝那犹太人的嘴上扔去,不过当然喽,没能中的,却击在他空洞洞的胸脯上。

人群大笑起来,叹息起来。

接着,那七个幸运儿之中有个叫罗利·布里特的小子走了过来,他想起了自己那死于肠癌的母亲。他含了口水,想将口水吐到那个该罚的、绑在十字架上的犹太人的嘴上。他没有吐正,口水顺着他的下巴流淌下来。

那年轻人站在树底下喊叫着,一面起劲地摇晃着身子,因为他还未从酒醉中清醒过来。

许多旁观者都想起了他们是有孩子上学的诚实老百姓,所以当见到那一情景时,都不谋而合地将脸转了过去。可是,谁知道,如果官方不来阻止,那种表演会如何拖延下去,其结果又将怎样?

治安管理处就在近前,虽然那三个人不屑一顾,但通过玻璃的窗口,或通往车间的门都能清晰地看到。眼前的那场丢人的闹剧,无论他们的态度是积极的或是消极的,反正都已经卷入了。

罗塞特雷先生突然想起自己要给一家公司联络站打电话了,他要通过电话说说关于几何模型订货的事。他坐在那里,流着汗,像个压力下的橡皮球似的收缩着,扩张着。而惠布利小姐则在胡乱地摆弄着交换台。

"看在上帝的面上,惠布利小姐,"罗塞特雷先生喊道,"千万给我接通那家伙的电话。"

"这个废物!"惠布利小姐失口说出,"这交换台!"

极不寻常。惠布利小姐从未出口不逊。

"这交换台!这交换台!"她一面试验着。

她的声音像牛轧糖一样。

已在冒险通过窗口向外看着的马奇小姐尖声尖气地喊叫道:"啊!瞧!那是希梅尔森先生。可怕的事儿要发生啦!"

罗塞特雷先生和惠布利小姐一直认为马奇小姐是位值得尊敬的人,不该表现得肆无忌惮。然而,眼下不是罗塞特雷先生和惠布利小姐分摊看法的时刻。

"这交换台!这交换台!"后者重复着,示威着。

当然那机器似乎也最不灵了。

罗塞特雷先生噘着嘴。

"他们对希梅尔森先生在干着什么呢!"马奇小姐对着玻璃唠叨着。

她是那么不偏不倚,她的任何评注听起来就更不堪忍受了。

"他们在拉。在那棵树上。那棵蓝花楹上。啊,不!他们在,罗塞特雷先生,在把希梅尔森先生绑在十字架上呢!"

也许是第一次,刀子捅进马奇小姐的身上,痛苦是那么强烈,她感到惧怕起来。此外,她已了解到——她那病弱的妹妹、退职金的烦恼、漏雨的屋顶——全从她身上扯裂开来,她站在那里,含着泪,战栗着。

罗塞特雷先生仍在坐着。

惠布利小姐将交换机放到一边,开了口:"我不愿看,谁也别想强迫我。"她拿出随身携带的粉盒搽起粉来,这时她知道自己充溢着不可逃遁的紫色。"谁也别想强迫我,"她说,"我要提出辞呈啦,罗塞特雷先生,就从假日开始吧。"

罗塞特先生没有看,也知道了。谁也不用告诉他任何人的行为,在他获得适当的防御之前,他都经历过了。

"他们在吐口水啦。"马奇小姐好不容易地说道。

如果那是尿,也不会更烫了。

"对着那个男人,"她断言道,"那个善良的人哪!"

马奇小姐的话里包含着多少善良,罗塞特雷先生没去推敲。可是那话却使他感到自己必须要看一眼了。

马奇小姐为自己的发现在可怕地颤抖着:无可非议的,她也许应对某个男人,甚至所有的男人负责了。此刻她的责任感在撕裂着她。她那迄今为止毫无瑕疵的,像鹅一样洁白的,带着种痘标志的肌肤不知该如何应付了。

罗塞特雷先生蹑手蹑脚地走到厅前。他在看着,看着。

"我不想看。"惠布利小姐扬言道,一边轻率地将香粉喷到镜子外。

"请制止一下,罗塞特雷先生!"马奇小姐从离老板三英尺远的地方叫着,"他们在杀人啊!快!快!"

可是,罗塞特雷先生还在看着,看着。他可能是摇摇欲坠了。

"对希梅尔森先生。人们说他是个犹太人。"

罗塞特雷先生本可以放声大笑,但却咆哮起来:"看在上帝的面上!西奥博尔兹先生!厄尼!请制止一下!如果不为执行命令,这个厂子还雇你们干啥?请按要求马上恢复秩序!"

这时,厄尼·西奥博尔兹,那个虽说不上是人们期待的好伙伴,却是个不坏的家伙,从他站的地方慢腾腾地走了出来,一边在汗衫里边探查着肌肉,一边观看着发生的事。

"好啦,哈里!"他叫道,"穿上你的毛料衣服吧!上边没你干的事儿啦。"

他笑得是那么无痛无痒,但绝没露出舒适的假牙,从而显出目空一切的样子。他走过去,踢了踢站在一旁的两个小伙儿的屁股。其他旁观者迅即转动了,人群为工头让开一条通道,他瞪着眼睛希望能负起责任来。

"那边是在干什么?"厄尼·西奥博尔兹和颜悦色地问。

他似乎不知道。似乎谁都不知道。

谁也不知道。

西奥博尔兹先生站在那株大树和那个一团糟的人的下面。他开始在恢复了脸面的七个幸运儿中的两个的帮助之下从容不迫地去处置各处的绳结,去松动滑车了。珀斯·汤普森不能给予多大的帮助,可他打开了小刀,割断一股绳子,结果那个人形几乎瞬即落了下来,若不是西奥博尔兹先生抓得及时,一堆骨头和衣服便可能摔下来。

"握紧!"他嗓音颇为圆润、和蔼地劝告道,一边同他那粗大而柔软的,长着橙色绒毛和雀斑的胳膊支撑着。

于是,希梅尔法布很快便被从死亡中拯救过来,在那些一直没有停止是他的伙伴的人的仁慈和体谅的帮助下。所以,他必须记住且莫怀疑,或渴望一种他从不想提供的解决办法。

"别急!"工头笑道。

说得连希梅尔法布本人都想笑了,可是,他的骨头在咯咯地响着,而且还在疼痛。

然而,他还是勉强说了声:"谢谢,西奥博尔兹先生。"

就此工头答道:"有件事你永远也不会明白,米克,那就是对于在场的任何一个家伙来说,我都是厄尼。你也不例外。谁都一样。澳大利亚人发现这一点时间尚早。你可能会说这事我们谈论得很多了。不过,可以说,人们不会不料到我们能为自己的发现而自豪。记住吧。"厄尼·西奥博尔兹忠告说,一边将手掌放在他伙伴的背上。

"是啊。"希梅尔法布说着点点头。

可他对被归还的现实水平保持不住平衡。

清洗了使它们上下跳跃和咯咯作响的愤懑之后,机器似乎在它们的机油中转动得更滑溜了。无声的死亡可能已切进毛毡而不是金属中。

"记住,"厄尼·西奥博尔兹继续说着,"我们都有幽默感。当小伙子们开始胡闹时,那是因为幽默感占了上风。他们不可能不开玩笑。当人喝多了啤酒,你会发现这种陈旧的幽默感在下面起着更大的作用。这就不得不开玩笑了。明白吗?如果是闹着玩的,就不应该生气喽。"工头那么说着,大家都相信了。假如此时布卢已走进喷镀车间,正抱着他那类似人头一样的东西,那是因为他感到真的不舒服。那是由于啤酒的缘故,那是蓝色的、深红色的闪光的源泉。那是最枯燥的记忆里的,或此时此刻尚未滴向嘴唇的血液。可是,实际上,那已使他作呕了。因而,在渴想与嫌恶之间,更不用说打着嗝了,他钻进一个角落里,呕吐起来。

当厄尼·西奥博尔兹发表完他那友善、负责的演说之后,他抓住了他的一个讲话对象的手肘。

"现在你该走啦,"他说,"我会对老板说,你身体不适,离开了。"

希梅尔法布同意那种他远没感到舒适的说法。不过浑身的脉搏在表达着对那种断然局面的感激之情,他发现自己是那么简单,那么自然地置身于那种局面之中。

他的财物也归还了原主。

因为阿尔夫·杜博,那个澳洲土著人已拿来那披肩和经匣,它们在热闹的混战中曾冲开了那只小纤维箱子被人轻度地踩踏过,一个穗还带着血。

土著人将那些东西递了过去,但犹太人却一声没吭。此刻,或者永远他也不想说什么。

"就这些啦!"工头超过机器的声音喊叫道,"你的那些破玩意儿全在这里!"

可他真的微微地皱皱眉,他本不想去碰碰它们,只有当那些可疑之物安全地塞进箱子里,厄尼·西奥博尔兹才抓紧了那残存下来的箱子把手,因为犹太人似乎连那一点也做不到了。

机器在转动着,转动着。

土著人本想干些什么,可没有人支使他。

他看到犹太人走了,带着被流水抛起的蛋壳那和缓而不定的姿势走了。

土著人本想追过去,对他讲述他见到的和了解的事,然而,却不能。除非那话语从指尖迸裂出,而绝不是从嘴里。

希梅尔法布悄悄地离了厂,离开了一直没让他为这个世界赎罪的工厂。

虽然无人见到,可谁都清楚。

第十四章

弗拉克太太回到后花园时,她的朋友乔利太太还在看着火光。那是个绿色的时刻,夏天从叶片里蒸发出的酸性光线正吃着铜板般的夜晚。乔利太太站在那里,双手放在围裙里,脸上显着一种意味深长的表情。可是弗拉克太太对别人丰富的表情却毫无印象。

"我真喜欢火啊。"乔利太太透过她少女般的脸庞说道,因为那颇为特殊的亮光已经冲洗掉皱纹的渣滓。"我是说,"她说,"一团旺盛的火。并不是说我对有关的人缺乏同情。我同情他们。可是我确实喜欢火啊。"

"假如人们需要它,"弗拉克太太说,"那么它就是对人有好处啦。"

"嗯?"乔利太太问。

弗拉克太太没有回答,乔利太太也没有在意,因为她可以站着观火;再说,她知道回答将不会治愈她那旷日持久的不安,她那独一无二的、实实在在的慢性病。

夜晚的淡淡绿光恰似一只凉爽的杯子,杯中的橙黄色药水里有时会浸入一朵头状的淡黄色火花。那火并不遥远,但对于任何需要它的人则又相距弯远。

"可是有些人,"弗拉克太太喃喃地说,未必对着她的朋友,"有些人应当尝尝事到临头的滋味,不过,是烧不坏的,很有可能以后也烧不坏。"

说到此,她回头看了看。

"不会的,"她说,"假若他们源自火。"

乔利太太本想从预言的高峰上降下来,但却不敢,所以继续盯着那大火。

她看得多么起劲,连头都轻轻地摇晃起来。弗拉克太太也注意到了。她本可以担着损害那一机械运动的风险,不时地推推她的朋友。

单纯的乔利太太终于贸然说道:"我真想知道这是谁家着了火!"

弗拉克太太清了清嗓子。

"可我肯定告诉过你,不是吗?"她斩钉截铁地说,"我对你说过。我总对你说。"

乔利太太没吱声。

弗拉克太太深深地吸口气,大半要呼出个回答。

"那是他家着了火,"她说,"那个人的。听人说他是个犹太人,家住在蒙蒂贝洛路上。"

"不是那个家!"乔利太太叫道,显出少女般的快活,她的拇指和一个手指捏着围裙角,小手指弯曲着。

"毫无疑问,这是保了险的。"乔利太太喊叫着,傻笑着。

她本会像个姑娘似的拉着围裙跳起舞来。

"我很怀疑,"弗拉克太太说,"实际我知道根本没保什么险。"

她掉过头来看了看几堆修剪过的灌木底下的黑暗。

"乔利太太,"她说,"假如和我们没啥关系,"她说,"那就无所谓。"

"噢,是啊!"乔利太太说。

弗拉克太太扯下一片鸟溅污了的常青叶。

"是一群小伙子,"她说,"他们的正统观念受到某人的践踏。听着,这是别人告诉我的。他们来了。人们说只是为了给他个警告。他们晃摇着浸过什么的小纸球进到那个犹太人的家里,好像使他还吓了一跳。后来事情就很难控制了。在一个装有檐面板的房子里。"

弗拉克太太咂了咂牙齿,以示对习俗的让步。

最后看来,乔利太太也闪起了火光。

"可怕啊。"乔利太太说。

"真的可怕啊,"弗拉克太太赞同地说,"但是我们决定不了谁该被烧伤。"

此话使乔利太太十分诧异——弗拉克太太竟会决定不了。

黑尔小姐从赞那杜见到了火光。它从落叶的外来植物和低劣的本地树木中间像喇叭一样正在发着嘟嘟的声响,那声音是那么欢快,不能不引起人们的注意。那火光的样子,在其他不那么强调自身的环境中,本可能表达出一种红润的、喧骚的、乡村的美。尽管所有的火对一切动物来说,当它们从自己的巢穴中向外观察、聆听、嗅闻时,都具有自身的特征;火就是最后的警告。当然喽,与空气、土地有着密切关系的,并随着树叶的活动而做出反应的黑尔小姐在见到那火光前不久就对其了解了。恰似置身于她那巨大的宅第的中心之时,她总会感到雾霭从峡谷中爬出来——她总会感到雾霭就在她膝盖的背后——或者,一则由于暴风雨的协作,再则由于她本人自信的收缩,她总会听到陌生人的来临。

在那场大火之夜,她已经了解了。在某个背阴处的抽屉里,在古老的文字中,在束束黄绳、弯曲的铁钉以及南瓜种子之间寻找一番她记不清的东西之后,她猛然抬起头来。起初,她非常和缓地让赞那杜的一间间小屋和一道道走廊与她那螺旋形的脑壳进行了协商,而当阵阵惧怕和丝丝怨恨通过剩余的帘幕的碎片作用于她时,她却在积聚着原动力。于是,她很快就跑开了。当她在房前平台上翻腾时,她的皮肤在为火的一切含意激动着,她那稀薄的头发沿着额骨的线条竖立起来,仿佛准备着让火烧焦。

在那树木的正常景观之上,有种黄铜色的东西,像她料想的那样在拍打着、震颤着。甚至在远方,那烟雾都使她迷惑不解。

黑尔小姐开始咕哝了。她忽左忽右地跑着。空气好似犹豫不决地披上了毛皮。

在那疲惫之夜,那唱歌似的鸣叫着的似火的东西一直在激励她抵制自己与那个地方的完全的联合,或者忘记她的精神可被要求去参加某种痛苦的、最后的礼仪。

这时,她的脚踩上了根小骨头。她看到那是根野兔的大腿骨。它躺在平台上,躺在蒲公英和沙砾之中,经过风吹雨打已经变白。由于眼前燃起了橙黄色的大火,那种白色也扰乱了她的记忆。为了寻找苦恼的线索,黑尔小姐用脚拨了拨那根骨头。她甚至还将那白色提醒物捡了起来。

当然,她顿时想起了:他的那种站立的姿势,她如何将他引了进来,握着他的手,仿佛那是她发现的某种新奇的东西。无论骨头或树叶,她都得弄清它们的形状和来历。

此时,她确信无疑,那是有关那犹太人的事,因为他才点起了火。空气为以往和目前的危险顿时颤动起来。面对那不合逻辑的大火,小鸟都安静了。眼下,除了一顶孤独的教堂大钟开始召集信仰者们进入祈祷的哥特式的丛状物之外,四周一片岑寂。

黑尔小姐没有浪费时间——平时总戴着檐帽的她此时不一定必须得戴——可是却沿着她和动物过草时几经踏平的几条小路之中最笔直的那条向前行进了。她一向知道从哪里挤入和爬行是最省事的。她的王国的各处都同一步调地颤动着。她的肌肤并没有顺从于那阵阵的刺痛,确切地说,那是一种生存的确认。那本会抽打其他侵入者的片片树叶玩起了勇敢的爱情游戏。小溪的流水安慰了她的踝节部。若不是极度的痛苦最后缩小了,她世界的结构本可能更为广阔地升起了,连同她那出自仅为伴随的肋骨牢笼里的呼吸声一起翱翔起来。此景此情,千疮百孔、难以预料的灵魂又复还了,进到那沉默不语的、滚动旋转的野兽的躯体里。

一次,黑尔小姐的脚闯进了野兔的洞穴,摔了一跤。她被一种憋闷的阴凉吓得目瞪口呆。可是那一切都过去了。她继续走着。不时地悲叹着。那并非因为眼前的局面所致,而是因为她在努力回想一个老仆人的名字——梅格?她的力气是很难得的,那个老梅格——她叫佩格,是吗?佩格!佩格!——她从钢架眼镜后面似乎能将真理看得一清二楚。当然,真理有多种形式,黑尔小姐这么想着。或者埋伏在她本人最了解的无形的东西里:无形的风和雨、无形的落叶、无形的被卷走的白云。而佩格的真理却是一尊完美的塑像。黑尔小姐本想再摸摸她仆人的裙衫,因为她还是个姑娘,那样会感到安慰些。她本想去握住那犹太人的手,将它连同那些只有爱情才能保留下来的所有影像密藏在她干瘪的胸腔里,因为那无法追忆的佩格已将李子装入罐中。这时,当黑尔小姐想起她本人缺乏恋爱的技巧,想起她的经历已教育了她只有分裂才是终古不息的,也许是绝无仅有的理想状态时,她几乎又跌了一跤。最后,假若不是永恒的,真理也会是一种静谧,一种光明。于是,她继续走了,在没有障碍物的地方,沉重地、急促地走着;舔着她那胶粘的嘴唇,与其说想恢复其形状,不如说是一种习惯,穿过将她与火分隔开来的巨大的王国,摩擦着。

当那女人终于从矮小的树林里冲出时,她发现蒙蒂贝洛路上出现一种十分可观的火焰。正像她知道的那样,那是她见过但从未进去的她朋友的房屋。

可眼下必须进去了。那是明摆着的。为了更多的爱和尊重,她已授予那犹太人一种如此纯洁的美德以至让那拥有者面对完美无缺的种种罪恶简直表现得束手无策。她已看到了那张死一般的面孔靠在它那火的枕头上,对着金色钟乳石的天篷仰面朝天,显得满不在乎。

已有许多人过来观看了,有的拖着从未提供过水龙头的胶皮管。他们清楚消防队要么一定救不了,要么回家过节去了。尽管如此,几个旁观者还在翘首观望,继续欣赏着那火势的进程。

"可里边有人怎么办?"黑尔小姐抗议道。

虽然这一点不能肯定,可还有些人很想知道。

只有黑尔小姐才显出粗糙的爱。

她朝着燃烧的房屋径直走去,一边伸着双手挡住那极其险恶的一个个蜘蛛,她从未因为昆虫而恐惧过,只是有时经历过火,因为,四大要素①的精灵毕竟一定会向自然力让步的。

于是,那些观望者看到那最无人性的举动发展成一种此时已被他们承认为通情达理的行为了。

"黑尔小姐!"他们喊道,"你发疯啦?"

就像他们一直认为她的头脑是清醒似的。由于那位戴大柳条帽的女人走进那幢燃烧着的房屋里,人们被丑陋和恐怖惊呆了。

到此时止,那房屋的框架已变成一座十全十美的火的神殿,漂亮的中楣扭曲在它的山墙上。同样,它所有的金色圆柱在手舞足蹈。可是已卷入其内部悲剧的黑尔小姐却对此毫不在意。

首先向她扑来的火焰将她推了出来,但又很快转过头来将她吸了进去。她被吸呀,吸呀,她在里边东倒西歪地走着。假如她本人

---

① 据古希腊哲学,土、水、气、火为四大要素。

没被熔化,那么痛苦也许会更强烈些。她那激情的、熔化的溪流淌在她面颊的皮肤上,流到她伸出的双手里,泪水夺眶而出燃起了火。

于是,在那不朽的时刻,她一直站立着。对于一个具有她那样特殊能力的人本该露一手才是,果真,一挂更有理性的火焰帘幕骤然抽回,让她观看。此时,从那透明的脸睑底下,她几乎看见了。火花停了下来,她差点儿看到她的朋友,一位虚弱老人的身体,或者说至多是位易燃的先知,他那根根肋骨就如房屋的托梁在燃烧。然而,那是不可能的,她呜咽着,像她本来喜欢的那样向他走去。或者,还没有。她毕竟正在蜷缩着。在烧毁的威胁之下,她那麻秆般的双臂渐渐歪曲了。她那烧伤了的躯干已经呈献给那闪烁的、冲击的、旋转的火的牙齿。

这时,她又回到她动物的本性里。她开始尖叫起来,燃烧着的皮毛和皮革的气味吓得她魂不附体。

在场的人都不会忘记黑尔小姐是怎样从燃烧着的房屋里出现的。她成了个黑人,依然可怕得很。她那嘶嘶响着的柳条宽檐帽侧翻了筋斗,火焰的翅膀从她羊毛衫的肩胛上发着芽,她那绒线的脚跟被火舌刺踢着。最使人惊慌的是那肿胀的喉咙,里边的恐怖,或者旁观者们更可能感到的号令和谴责将不会马上倾出。她一边前移着,一边阻止着本想去迎接她的人。这时,几个有责任心的男人镇定自若地跑上前去用他们的外衣扑打起那位正在雪耻的天使。直到至少她身上的火实质已被扑灭为止。

这时候,真理的妖怪一直在奋力发泄着她的感情,最后终于说道:"你们把他害死啦!"

"谁?"人们问。

"认为里边还有人,"人们说,"没有道理。"

除了用大衣以外,他们还怀着反感和良心又继续将她抽打起来。

黑尔小姐在喊叫着,哽塞着,她痛恨那些挽救她的人。

"你们烧死了我最亲爱的朋友!"她怒吼着,"我要报告警察。"

一面挡着可恨的大衣的击打。

"必要时,我要向法院起诉。先要筹措基金。要通过些手段。通过在泽西岛上的我那位表哥。"

这时,戴着二流宽檐帽前来观景的两位夫人碰巧走到火的边缘。她们马上弄清了事情的原委。哎呀!尽管时刻选择得较好,却为时已晚。

黑尔小姐也看到了,于是走向前去。

"你们,"她喊道,"是魔鬼!"

她不能不喊。

乔利太太向后退了几步,若不是她与她的保护人拴在一起,她本可以完全逃脱的。后者站在那儿,一个足尖指着她们的谴责者。她显得更瘦了,也许更黄了,但在她不正当的权限中却保留着相当的忠诚。

弗拉克太太说:"为了你的缘故,小姐,我不想再听你重复那种话了。谴责常常是不打自招的。"

人群在窃窃私语,暗暗地赏识着。

可是黑尔小姐,也许由于虚弱无力,竟又回口了。

"你们这些魔鬼!"她重复道,这当然是穿过水泡和气泡的无的放矢了。然后,她拖着丝带般的烟雾,走开了,当然喽,一面疯狂地哭叫着

麦克法戈特警官比其他目击者将会更长久地记住那个夜晚,记住警察局门前所发生的事。

"你们都袖手旁观,"那声音喊道,"眼看着我的朋友让人迫害,被人活活烧死。"

"希梅尔法布,"黑尔小姐终于悲痛地迸出了那个名字,"希梅尔

法布已经让人烧死啦!"

麦克法戈特,一个有着漂亮牙齿、结实腿脚、白皙眼睑的风度翩翩的,衣着却随随便便的美男子在考虑着那一夜的价值。这时,他摸了摸挂在胸前汗毛上的那枚神圣的奖章,它伴着他风风雨雨经历了希望渺茫的一桩桩往事。

"我认为你要为此事负责呀!"那疯东西嚷着。

"镇静些!"警察用讨人喜欢的柔和的男高音叫道,"还有一种叫作诽谤罪的东西,我的女士!"

"还有一种叫作真理的东西,"黑尔小姐反驳道,"直到它进到律师的嘴里。分歧似乎就在于此。"

麦克法戈特幸运地在着火的那天晚上,由于和妻子闹摩擦耽误了自己像往常那样去凯利尔太太家执行任务的时间。多亏他妻子的傲慢表现,他才可能去调查事实,更不用说面对新闻报道了。此时他已经疲劳了,可还是温和的。他甚至还抚摸了一下站在他面前的那个发疯的人,用温柔的,然而是男子汉的权威去抚摸了她,那手法足以令普通的女人在衬衫里边紧张得发抖。

麦克法戈特说:"你知道,这完全是命运,黑尔小姐。"

由于升迁在即,他不会信口开河。

"你可以说那是命运才使救火车出了机械故障,它也就不来了——要不,哎呀!它就在这里了!"

的确,传出了救火车发出的叮当声,它的轮胎在蒙蒂贝洛路上露骨地呻吟着。

"你可以说它来得不够及时,没能防止损毁那位犹太先生住宅的内部设置。"

黑尔小姐被围困在自己的感情中和那警官的词海里。

"也是命运才使这同一位先生在这场大火燃起之前就搬了家。"

"搬了家?"黑尔小姐低吟着。

警官获得了他的能力和知识的硕果。他哈哈大笑起来,或者说露出了他那精美的牙齿——真的,大家都知道。

"我就说这些,"警官说,"是戈德博尔德太太及鲍勃·坦纳,那个和她大女儿一起走了的小伙子给搬的。"

"那么,希梅尔法布先生现在在哪儿?"黑尔小姐执意问道。

"在戈德博尔德太太住的临时寓所里。"警官告知说。

"喔。"黑尔小姐说。"是啊,"她说,"我本可以知道的。戈德博尔德太太从不让任何事儿发生。我是说,任何可以避开的事儿。"

警官忍不住,又哈哈笑了起来。

"戈德博尔德太太只不过是个女人罢了。"

"我也是个女人,"黑尔小姐答道,"但不承认和她是相同的人。"

麦克法戈特警官又该皱起面孔大笑了,因为他知道眼角上起皱的皮肤是个啥样子。此时无论他怎么笑也不算过分。

"有天,黑尔小姐,"他说,一面笑着,可根本不能算优雅,"我们不得不让你对我们男人做一番评价喽。"

可是远处的电话又在召唤他了。

"噢,男人嘛,"她明言道,"我可不了解。"她唾沫飞溅地说着,低声地咕哝着:"不了解男人。公鸡就是用来踩母鸡的。"

当她出来的时候,火花又平静下来,变成了火星。那潮湿的、黑霉般的阴暗紧贴在她那扭缩的皮肤上。她不能再跑了,只能迈着沉重的步子,经过那里她熟悉的东西,跟跟跄跄地往前走去。此时,她朋友的房屋框架在水的嬉戏下发出嘶嘶的响声,然而她果真不在乎了,不管那火是否已经熄灭。

到达戈德博尔德太太的棚屋时,她忘了敲门便破门而入,像是被人盼着似的,确实如此。

"啊,你来啦。"女主人说道。

戈德博尔德太太站在房间正中,笑嘻嘻的,她那结实的体态在闪亮的围裙底下波动着。孩子们分散得四处都是,她们在观看着,或以为那是当然的事。黑尔小姐也不想过多地顾虑了。她使出浑身解数立即向前冲击。可是,当她跑下来将她那灼伤的脸紧贴在那巨大铁床角下的棉被上时,她的本能似乎只好打开其能力的保留地。

大约中午时,希梅尔法布回到自己的房子里。这时,他肉体的苦痛有加无已,与其说是由于擦伤、切口,或可能在工厂断裂了一两根肋骨,不如说是由于一种更深层次的麻木的痛苦。在那之上,是他的精神将带着电石气①火焰的那种萦绕于怀的蓝色的明澈燃烧、闪烁起来。

在那种情况下,他那木质房屋的空旷和静寂给了他理想的安慰。那胡桃木表面的雕刻品本应受到何等的压抑,那长毛绒的指状物本应受到何等的冷落,甚至它们还在最微妙地渴望着。然而,他却躺到了那空荡荡的房间里的那张狭小的床上。他的脸用阴沉沉的,但令人信服的黄蜡十分经济地雕刻出来。从那黄蜡里,在阵阵痉挛之间,他开始与他父亲莫舍的雕像——那尊在电石气的雾影之中热切闪烁的雕像——竞争了。在男人虚幻的生活中,他们总是分离的,而此时,他们却接触了,仿佛都靠在失败的位置上。

莫迪凯躺在那儿,被他父亲抚爱、折磨了究竟有多久,他本人也推算不出,可是当他睁开眼,物体仍保留着它表面的形状,他宽慰地探测到远处那把单人椅子的形状,直到看到那最新的裂纹和熟悉的磨损。

与此同时,他意识到自己绝不是孤零零的。有人在抚摸着他的前额和腕部。眼前的一种坚定的力量已在围绕着他那无时不在心烦意乱的灵魂。

---

① 也叫乙炔,有机化合物,一种无色有臭味的可燃气体。可由电石和水作用生成。

他看到那是他的邻居戈德博尔德太太。

"我不想打扰您,"她用实际而茫然的语调说道,"可不知道最好该做些什么。"

处在怀疑中的她只对他讲了半句话,她站在床边转着脸,注意力全集中在那隐约的仍旧混乱的想法上。她的雕像似乎已放在一个寥寥空宇的边缘上,那是湖泊还是平原,他却无心问津,然而,从那脸上的表情和下午的惊涛骇浪来看,他知道,那是广阔无垠的。

"是啊,"她终于断言道,虽然仍在犹豫,"假如您不介意,我想请您到我家去,先生,因为那里不用同外界接触,我可以对您全面照料。"

望着粗壮而适中的脖颈上的那厚厚的发结,他没有表示异议。

"现在我要走啦,"她静静地说,仍是脸对着别处,"我要走啦,不过一会儿还会和别人一起来的。"

他没有回答,但却等着回答,甚至回答得再过分一些。

此刻他能看到他那质朴的妻子雷哈所理解的一切公正和情理,她曾试图对此予以表达,不是通过词汇,因为这方面她不曾有过天赋,而是根据自己的确信。对他来说失败的奥秘恍若只能被那些极其纯朴的心灵所戳穿,或者被一个准备脱去不再合体外衣的人。此时,他当然是相当虚弱了,不能再有什么非分之想了。

与此,由于他已有所准备,或者说,摆脱了无关痛痒的一个个羁绊,他完全同意雷哈应当变成他的声音和双手。他们很少有过精神上的如此的亲昵,像那天下午,狂风从海上骤起,挖空房屋的外壳,直到其墙壁变得更单薄了,柳树疯狂地抽打起来。若不是因为他隐隐的阵痛将无边的苍白的排排豆梗定时隔开,那空气的急流本可以席卷过来。

就在她的手放到他肩上的刹那,他睁开了双眼,看到戈德博尔德太太已经回来了。

那女人俯向他的身子一下子伸直了,好像由于谦虚的缘故。

她说:"我们来啦,先生,这是我答应过的。埃尔斯,您是知道的。这是鲍勃·坦纳,一个朋友。"

埃尔斯红着脸,望着角落,不是想要发现什么,而是这么一来她就不必勉强去看了。她那绯红的脸蛋显得很美,奶白色的皮肤上泛起了一层红润。鲍勃·坦纳,希梅尔法布早就认识了,那小伙子有一次曾召唤他去赞那杜。眼下,他穿着靴子,显出强劲的肌肉,他为自己从光秃的地板走过的,或仅在呼吸时所发出的噪音而羞愧。

"现在,"戈德博尔德太太解释说,"我们想将您抬到这个新玩意上。"

他们将那犹太人迁拙地放到他们已用两棵幼树和几条草袋做成的一个类似于担架的东西上。力大体壮的鲍勃·坦纳本想照自己的方式把这事儿全包了,可那些女人们也得要伸把手。

戈德博尔德太太把嘴唇咬得差一点流出了血。

埃尔斯本可以为她情人的那一身拙力气哭出声来。

"傻东西!蠢东西!"埃尔斯不停地责骂着,一边将自己的手肘紧紧地钩在鲍勃·坦纳的肋骨上。

她不能太挑剔了。也不能太亲密了。她爱着他那结实、粗笨的胳膊上迸起的青筋。

于是,他们将那人运出他们根本不想多留片刻的那栋房子。

他们将希梅尔法布同那所谓的担架抬着朝戈德博尔德太太家走去。他的头懒洋洋地靠在担架上。柳树急奔着,野草低吟着。在他通过时,干草的矛头刺着他的腕部,然而却毫无恶意。无论旅途多长,都是通过爱和有他人参与的对那位病人的一种奉献。于是,荒漠全都越过了。他睁开双眼,他们已将自己最伤心的事抛到九霄云外了。从卡迭什城①的边缘上,一股蓝色的烟雾给在右方的尼波山②带来了希望。他们颠簸、摇晃得何等厉害哟,而且无尽无休。可是那年轻人的背部,那行走着的抬担架人则是一个坚实肌肉的支柱;而在他头上弯着腰肢的那个女人与其说是由她胳膊的力量在支撑着他,不如说支撑他的是一种精神的弥漫的温暖。

"好啦,先生,"她刚强地咕哝道,"没多远啦。"

有时,她被绊了下,可总没能摔倒。

戈德博尔德太太为自己所肩负的那一重担而洋洋得意。当那个笃实的列队终于停在她家门口时,在褪了色的棉衣里边她的那对肥大的乳房竟沾沾自喜起来。

被希梅尔法布用推挤和歌唱连在一起的那两个一本正经的小姑娘已按吩咐备好了床,正站在一旁。她们那带有擦伤青草的斑驳的绿色双臂映着白床单发着金光。金色的光、绿色的蔓草在窗上交织一起形成一幅窗帘,在那张大床上方的墙壁上挂着那窗帘的微微闪烁的、虚幻的影像。有人在轻轻地、恰到好处地脱着他的衣服。之后,倘使疼痛的罪恶能让他自由,他本可以在那震颤着的太阳晒干了的床单里完全屈服在无知无觉的快乐之中。

他几乎一度被疼痛所压倒,他睁开眼,心里诧异着,几个观望者都退缩了,戈德博尔德太太的那两个一直敢于凝神专注的小姑娘也开始哭了起来。

母亲嘘了一声,推了她们一把。

---

① 古代叙利亚一城市。曾为埃及人和赫梯人(小亚细亚东部和叙利亚北部古代部族)为控制叙利亚所进行的战争的关系地带。战争的结果使两个敌对的国家颇为和睦。
② 约旦境内的一山脉,位于死海东北端的东部。据《圣经》载摩西(率领希伯来人出埃及的领袖)在临死前曾登上此山观看希望的土地。

然后她朝着病人说道:"我要打发她们中的一个去请赫博恩大夫了。"

可那病人的脸否定了她的想法,所以她决定至少暂时迁就他。

她知道该如何做,她焐好了一块砖,放在床下顶着他的脚。她看着它微笑着。他的嘴唇由于苦恼和干裂,还由于她无法解释的要求张开了,这时,她端来了当天由羊颈肉做的一种清淡的汤,想试着让他喝一点。可是他那反胃的表情制止了她,她顿时为自己做的那低劣的清汤难为情了,的确,她也为她的整栋房子,甚至为那些无足轻重的客人们而感到羞愧了。

也许他意识到了,他睁开眼,望着她,说起了令人啼笑皆非的话。

"我满意了,谢谢。"他说。

这时,戈德博尔德太太被所有的烦恼所激起的同情降服了。那突来的痛苦迫使她走向前去,放下开始在盘中咔嗒作响的杯子。

整个下午,希梅尔法布都在迷迷糊糊地打着瞌睡。他被苍白吞没了。他很少得到如此的收容。的确,他也有过本可让自己被收容的场合:正将褐色的枕头放在夜光之下的耶路撒冷的座座小山几乎已经敞开了;他最后的、最粗陋的房屋的寂静已经约好了逃路上常见的磴磴阶梯;他盲目地跪在那石头之上,弗里登斯道夫的火已向他提供了某种安慰。可是那献身的鞭子一直在驱使他继续向前。甚至此刻,它还在折磨着他身体的一侧,尽管替罪羊的假面具和毛围巾已经脱落,看着他吊在树上无人理睬。他还是那个亚当①,从光明之树走下来去迎接新娘。白色在颤抖着,她双手捧着杯子向前走了走站在篷伞之下。于是,他们被一起带到原始的天鹅绒的气味中。这个,那些姑表姐妹姑婶阿姨们解释说,最终竟是你,这些年一

---

① 源自希伯来语。指伊甸园第一人——亚当。

直悬挂在左胸下方的舍吉拿①。他迎接了她,她弯下身去吻了吻他手上的伤。这时,他们真正变成一个人了。他们并非像参加婚礼的小客人们所期望的那样,打破那杯子,而是将它接过来,将杯中水一口口地喝下肚去。

后来,埃尔斯·戈德博尔德整理了他的枕头。埃尔斯只能临时凑合几个细微动作来掩盖自己那涉世不深的缺欠。而对那病人来说,能接触到香脂也就感激不尽了,因为,那微妙的露珠在擦光那嵯峨的、痛苦的表面。

可是埃尔斯很快便从她觉得最后自己也得遭受的痛苦中退缩回来。容纳他们所有人的那座铁棚,虽不能说开始恐吓,也让人窒息了。她多么想溜出房门,到大街小巷上荡来荡去,体会一下在臂膀和喉咙上滑动的月光,再回报一下月光的抚摸,直到它莫辨楮叶,以假乱真。

这时,鲍勃·坦纳回来了,对她们讲述了犹太人房子着火的事——那继续积聚的橙黄的光进一步证实了他的话——埃尔斯看到为了她的情郎,某种将使他改变的东西正在发生。她看到她一直爱着的,而且从开始便嘲笑的他那愚笨的小伙子的忠诚以一种甚至连她都不会使之改变的形态正在固定着。他意识到可惜的是他的女友比较丑陋,而且还将会多次变化。每个人都为自己的发现压抑着。可是那对恋人却欣然获悉:无论其伪装如何,他们仍能彼此认出,互不怀疑。

然后,埃尔斯·戈德博尔德从正在变为一种无法忍受的思绪包围中挣脱开来。她将身子探向病人,说道:"希梅尔法布先生,我希望您能对我说说您需要些什么,我可以为您做点什么,或给您带点什么。"

---

① 原文为希伯来语。即 shekel,意为重一个锡克尔(约 1/2 盎司)的古希伯来金币。

她的话好似在威胁着他，因为，她悲郁地意识到自己仍然还太年轻。

"我拿些冷水来，"埃尔斯绝望地建议道，"给您擦擦脸，嗯？"

可希梅尔法布却没有任何要求。

当他不打瞌睡时，当他没有从他躯体的隔室撤离开进入一种时间和空间的自由之中时，他的表情看来总是沉着、敏锐的，它正从他那脸部的面罩里，从此刻已变成痛切的保护性的甲胄里向外盯视着。他一再朝窗外瞥去，瞥向那几乎不无异常的橙黄色的光，去追随那远方的，然而无关紧要的正在发生的事件。同样，从眼睑底下，他发现了黑尔小姐的幻影。他并不惊奇，他那忠诚的门徒压在他死一般的双脚上的重量也并非沉重。

黑尔小姐走了进来，连那些比较大一点的孩子都害怕了。她们从记事起便知道那个疯女人，她们总站在窗户旁寻觅着她，或总发现她从灌木丛那边出出进进，像树上的猫头鹰，或生长在特殊棚屋或烟囱里的老负鼠。眼下，那只温和的、熟知的野兽横卧在她们母亲的床角下啜泣着，咕哝着。她还散发着烧灼的气味，然而，火本可能是她悲苦的最次要的缘由。

当然喽，那位母亲对付此事像对付其他事情一样。她走向前去，说道："您来这儿我很高兴，小姐。我早就想您会来的。也许有些事非您来不可。"

接着她碰了碰那灼伤的肩膀。

可是黑尔小姐起初并没回答，或者说只是呜咽着，那可能还是她与在场的另一位交流感情的一种方式吧。

然而，那病人却没有默许的迹象，而是躺在那里，闭着眼。

"也许您想要脱掉外套吧？"戈德博尔德太太向她那新来的客人问道。

可是黑尔小姐只是呜咽着，仿佛不是出于痛苦，而且由于她再次成功地封闭了她那幸福的氛围。然而,她一定在遭着罪,因为离她最近的那个孩子发现那些紧沿着她面颊的红色沙丘已经烤焦,那皮肤因已经得到的涂油脂而亮光闪闪。

虽然她的仪表令人厌恶,可她周围的人依然表现得穆穆肃肃。那顶巨大的柳条宽檐帽已经斜歪了,编织帽子的一条条柳棍也都烧黑了,然而,即使戈德博尔德太太也不敢想象那位戴帽者会将它摘掉。除了戈德博尔德太太本人,谁也不会看到黑尔小姐不戴那顶帽子。在她生病之前,戈德博尔德太太已照顾她多年了。别人谁也不愿去推测那帽子里藏着的究竟是什么宝贝。

这时,黑尔小姐坐了起来,直坐得她那矮胖身体再没法伸直了。

"他的两只脚,"她说,"是冷冰冰的。"

因为她已将手插进毛毯里。

"非常非常的凉啊。"黑尔小姐慢吞吞的词句随着她的手指最后打了个寒噤。

"是啊,"戈德博尔德太太不能回避了,"不过您该给它们暖一暖啊。"

这时,黑尔小姐兴奋起来,真是一目了然。她坐在那儿开始摩擦起来,渐渐来了情绪,或者说慢慢垂下了头;最后,她将脸放到那脚的形状上,面颊上落着印记。

这期间,那男人的脸一直在枕头上轻轻地呼吸着,然而那空气也许是稀薄的。

"格雷西要去请赫博恩大夫。"戈德博尔德太太终于决定了。

可是希梅尔法布睁开了眼。他说:"不。不。现在不用。谢谢。这时刻我无力听从医生的摆布了。"

一边尽量不带讥刺地微微笑了笑,好让任何抱有此种多余想法的人都能解脱。

他现在如同往昔生活中允许自己的那样感到心满意足了。孩子们和一张张椅子都亲切地和他对了话。多亏他皮肤的组织,动物的语言不再是一种奥秘了。当然,巴利申人①也一直坚持着那一点。

于是,他更为缓和地呼吸了,又继续赶他的路。

这样,黑尔小姐就被解释清楚了。由于呼吸着的思想已转换成生命,她那动物般的躯体变成了自己最小的一部分。

夜色起伏,正在熄灭的大火通过蔓草和窗上的火焰给自己添加了最后一笔紫色。

莫迪·戈德博尔德一时间确信自己看到了一张脸,可是到此时,所有的观望者都困倦了,有些甚至酣睡起来。

人们一直渴望和等待的假期即将到来,他们纷纷离开工厂,杜博直接回到巴兰纳格利郊外他居住的房子里。其他年份这时候,他本可以到店铺去为过复活节弄些吃的,可此刻由于发生了事,他的帆布鞋还在匆忙地赶着路。特别重要的事发生了,可他尽量不去考虑。他洗了洗手,又在床沿上坐了会儿。他就着冻腊肠吃起了面包,那东西吃起来有如木屑一般。他又把它吐出了,不过马上又从地上收了起来。有些事他做得与被教导的互相矛盾着。他坐了会儿,然后又摸着黑洗了遍手。那是非常重要的。经过教育他至少还是干净的。他坐在黑暗中,本想看看自己最近创作的几幅画,它们全都挂在墙上,可他知道他会发现它们已退到框子里。正在消失的空间使他陷入绝望之中。此时此刻,一个个阴影犹如幻想中的蝙蝠在拍打着翅膀。他想起母亲曾对他讲过祖父的灵魂是一位他可以依靠的保护人,可在一次多种状态的飞翔中,他推测他与他的保护人之间已不再来往。不管怎样,他感到孤独好久了。

---

① 相信可借用上帝的名义创造奇迹的犹太人。

他开始颤抖起来,那担架的框架在吱吱嘎嘎地响着。当然他是生病了。健康欠佳,帕斯科太太本会那么说的,再给他弄点补药。他咳嗽了好长一会儿,所用的力气使那摇摇晃晃的房间的接合处都能听到在呼哧呼哧地抗议了。他又一次洗了手,帕斯科太太隔着他的肩膀在小声地赞许着。

然后,他哭泣起来,由于他站的地方靠着脸盆,一种病态的、空洞的笑声荡漾在那一整盆水的上方。也有血液不愿停滞的时日啊!

血液流到他的手上,杜博明白了他在想着他的主——耶稣。他自己的罪过在撕裂着他。他开始敲打起自己的骨指节,未曾解开捆绑在树上那躯体的根根绳子的那些手指的骨指节。

他未曾给以证示,但又不愿无动于衷。那念头恍若血液或油彩从他身上源源流出。到他能集中力量实现那一计划时,他将用蓝颜色将那生命之树画得栩栩如生。无人知晓他所用的那蓝颜色的奥秘;只要未见到自己的血液在阳光下闪烁、干结的人,谁都不会怀疑那种珠宝般的创伤。

杜博站起身,有意识地移动起来。他不得不结束黑暗。他打开灯,至少他的房间尚在,它是那么整洁、宽阔,而又呆板。他摸了件汗衫,穿上最好的短裤,用清水平整了一下他那十分卷曲的头发,然后,穿着一直穿的那双帆布鞋走了出来。

在那汽蒙蒙、蓝盈盈的夜晚,他赶上了去撒尔沙帕里拉的公共汽车。那是个无人愿意外出的时刻,土著人只好像埋伏在锡器里的甲虫那样紧紧地贴在汽车里。车上已有了人。一路上,妇女和姑娘们为了参加最初阶段的复活节礼拜式陆陆续续地进入一个个砖结构的教堂。那一张张决不赞同谋杀的沙色的脸深知在公众场合保持清洁还是无损于己的。为了聆听,她们穿上了漂亮的衣裳,戴上了淡色的服饰和帽子等等,那是无可非议的。她们中有些人还戴着各式各样的玻璃饰物。

杜博对此深有所知，一则目睹了，再则梦见了。他曾画过撒尔沙帕里拉镇上的许多房子，房子里长满了黑压压的蘑菇。他曾画过无数先生们粗壮的、绷着哔叽裤的大腿，他们中许多人属于政府部门，有些人身上还带着湿漉漉的墨迹。他曾画过卡利尔太太的两个娇滴滴的姑娘，她们的小嘴宛若石榴突然绽开了，露出若石榴种子般的牙齿。由于哔叽先生们继续在捣着发光的肌肉，一切都失意惝恍了，一切都心肌梗死了。对此杜博尽收眼底，于是，他动手画了。

有时当闲逛在撒尔沙帕里拉大街上时，那绘画者便深深地伸入到自己的本性之中，那是人们从未玷污过的本性。在房屋终止的地方，他发现自己的思绪恍如一根根沉默中的枝条又猛扑过来。不过，是要服从沉默的。因为沉默就是一切。然后，他回去了，画完了深思熟虑的树叶的花叶饰，画完了那个正从灌木丛向外看着的狐皮色的女人，她的鼻子随着风向的变换在不停地抽动着。

他本想画一画气氛的格调。一次，他尝试了，但可悲的是没能成功地表达出那钉在树上的沉默的皮肤。

刻下，当想到来撒尔沙帕里拉的真正用意时，他的双手便开始在空落落的公共汽车的铬扶手上滑动起来。表面看，他还是镇定自若的。车上的乘客是那么稀少，售票员最后才走过来，他清了清嗓子，然后屈尊地和那个黑人聊了起来。

售票员亮着嗓子喊道：撒尔沙帕里拉那边着火啦——是个犹太人的住处。

"是吗？"杜博问道。

"啊，是啊。"他近乎急切地重复说。

"你知道啦？"售票员问，"也许你认识那家伙？他在罗塞特雷工厂里做工。"

"不，"杜博说，"不，不认识。"

因为,他知道,自己在提心吊胆,自然就得捂捂盖盖了。

所以,他淡然一笑。

"不管怎么说,"售票员说,"这个国家有的是这样该死的外国佬。"

杜博又笑了笑。可他胸部的骨架在挤压着他。

"那家伙结果怎么样?"他问。

他的声调十分高昂。

"啊,"售票员说,"不知道。"接着打了个哈欠,"我没听到有人说什么。"

他疲劳了,用一把钥匙挖起了耳朵。

杜博继续以微笑忘掉自己的爱和忠。以前别人告诉他表露是他的脾性。此后,人们多次向他证明了那一点。他甚至表露过自己那出卖的才能,不过仅仅一次而已,有了那种才能,他几乎肯定知道,最后,他将做些修正。那将为他的信仰,为那个让人绑在十字架上的人以及已经升天的上帝提供证据。

汽车开到撒尔沙帕里拉之后,土著人在邮局拐角处下了车,然后走下山去,直奔那犹太人的住所。果真,那里只剩下一副房屋的框架。余烬中还隐隐约约地冒着温和的蓝火苗。一块扭曲了的铁板此时还发着比较微弱的光,还在嘶嘶地叫着。然而那些火花,如果说曾想方设法受到鼓励的话,它们依然光彩夺目。

几个女人在围观着,希望什么人能拨些灰烬来恢复她们的兴致。两个男人正查看着一段无精打采的软管。土著人朝他俩喊起来。

"往哪儿放啊?"他在远处问道。

众人转过头来惊异地瞪着他。那个奇特的澳洲土著人喊出的声音在微风中旋转着。消防员不屑一顾,但他们那平坦的面孔却呆滞了一会儿。

"往哪儿放啊?"土著人又重复一遍,接着又说,"能告诉我们吗?"他这问题磕磕巴巴地传了出来。

因为他已在咳嗽了,并屈辱地、一溜歪斜地走动起来。他只能咳嗽了,只能摇摇晃晃地越过也许专为他设计的沉落的地面。过了些黑莓灌木丛又走了一段,他突然撞见了一间棚屋。

棚屋里亮着灯。他定定神,双手握住一个窗槛。

随后,杜博朝里望去,他看到并想起了那是戈德博尔德太太住的棚屋,他第一次见到她是在卡利尔太太家,她曾弯下腰给他擦过嘴,别人谁也没那么做过。由于她已经证实过自己的仁爱之心,因此,当发现同一个女人在照料那犹太人时,他也就不以为怪了。在她的灯光之下,躺着那个犹太人,周围是一堆熟睡的和打着瞌睡的孩子,后者仍墨守一切正直的东西,观望着从未发生过的事情。而那个从赞那杜来的狐皮颜色的女人则躺在犹太人的脚下,正用本能教给她的种种方式温暖着他的双脚。

杜博观望着,他的描绘则絮聒不休,一边渐增着不可思议的细节,那正是他一直希望的,并知道必定如此。事实上,那犹太人在抗议着什么——可能是铺盖的重量——几个女人正准备将他举起。那个结实的白人妇女已将他顶在自己的胸口上,她的女儿,那个皮肤如此娇嫩略呈绿色的年轻姑娘已在弯着腰帮着她,结果她的一些头发在那犹太人的面颊上划动起来。那小伙子,其背部由于拉紧有了造型,几乎单凭着他自己的力量,便可将病人的身体举出被单,高高地举在堆积的枕头的上方。

那举动本身毫无意义,可那观望者清楚:它变成了那种至高无上的仁爱的举动。

所以,在他头脑中,他用所推崇的蓝色装点了那株树,那些女人和那小伙儿——上帝的信徒,正在将他们的主从那树上降下。树的花飘落在树根旁边那些渐渐变蓝的水塘里。那蓝的颜色反映在那两个女人和那年轻姑娘的皮肤上。当他们带着差不多是屏息的爱将他们的主放下之后,第一位玛丽①用最洁白的亚麻布迎接了他,第二位已自诩为他双脚的保护人的玛丽,吻了吻透过冰冷的黄皮肤显露着的那一块块骨头。

在窗子跟前已介入此事的杜博认为自己活不过他已构思出的从十字架放下的耶稣的画。他站在那里,出着汗,最后竟惊吓得咳嗽起来。于是,他按着来的样子走开了。如果他停下来,将被人发现,他不可能对自己的想象力做出解释,充其量只能披露出自己隐秘的爱。

当女人们安顿好她们那载重物之后,他的头便立即奇迹般地平静下来。

戈德博尔德太太将被单规正地放在那个黄下巴底下,然后用指尖触了触他。她感觉不出生命来,但从以往曾运送过她兄弟的尸体和闭合过几个婴儿的眼睛的感受中得知那生命依然存在着。

的确,此时什么也不会改变莫舍之子莫迪凯追随那条狭窄然而自然可靠的小溪源泉的计划了。所以,他一直忽视扭着他便帽的那许多的手,或者说卷进了他白睡衣的流动着的褶痕,去消遣、去恳求。当他阔步向前时,那恳求的微粒有如叮玲作响的碎屑在他脸上颤动着,映着灼热的皮肤,融化着。时光的压力不容他停下,不容他联合和交流,尽管别人期待着他,期待着他去了解。

当然喽,眼下,他是了解的。

他了解所有可能的交换和结合。而在比恩尼恩斯塔特,他那幼稚、顺从的灵魂为求得解放已被迫斗争了,它变成了疮痍满目、坚韧

---

① 《圣经》圣母玛利亚,即耶稣的母亲。这里的第一位玛丽和第二位玛丽分别指在场的戈德博尔德太太和黑尔小姐。

不拔之物。此时,它将与点滴的努力并驾齐驱。于是,他只好触及舌头了,包括自己的,它们将启动讲话了。

当那紫红色的溪流——因为那是夜晚——蜿蜒流经一座座剑峰千仞的山陵时,人们熙熙攘攘地向他走来,请他讲述不久的过去,以便为应付未来做好准备,因为他们中许多人都担心别人很快就想让他们返回了。奇妙的是,他懂得,他懂得。那峭壁巉岩是他的纸卷。他只能展开那叶片的肌肤,使自己加入众多植物的灵魂的行列。于是,数以千计的人沿着漫无止境的河堤在等待着他。那一副副面孔,有时,是犹太人的;有时,则是非犹太人的。不过,那无所谓,只要拉一拉小百叶窗,一张张面孔就会发生变化。无论心愿怎样,仁爱若何,唯有他,那位一直在铁板上钻孔的人,为着众多的灵魂,此时才没有停步。他自己的灵魂携着他的躯体向前走去。那座座黑暗的山峦必定要越过。

那就是他的不安和焦急之所在,希梅尔法布在铺盖底下移了移脚:那莫过于一种骨头的颤动,不过却没有微弱得连黑尔小姐都感觉不到。它们在压着她的胸口。一时间,戈德博尔德太太担心那老伙伴可能陷入一阵发作;担心出现如此一种身体的震动,和那变黑了的帽子的一次如此的投入。可是黑尔小姐却深深地稳定在她朋友那过分谨慎而无法遵循的状态里。当她转过身去忙其他事时,戈德博尔德太太注意到那张起了疮的嘴上带着最温柔的欢快的痕迹。

实际上,黑尔小姐已进入自己性情从未达到的那种完全融洽的状态中。她的记忆可以收集的那最柔软的东西——乳房上脱落的一根根汗毛、求爱中撕下的一束束毛皮、欧洲蕨的那毛茸茸的、褐色的钩——此时,她就要以此强加于她的爱的灵魂上。它们最隐蔽的融合,她是用沉默的薄纱予以掩盖的。那是从曙光的来临,从贴耳于石头上,从在稠密的腐叶上行走中学到的。所以他十分简洁而轻松地遮蔽着、珍惜着那种已进入体内的超凡的精神,正像佩格曾说过可能会出现的那种情况。所以,跳着舞的小鬼戴着孔雀的羽毛一齐出洞了,熟练的大腿上安放着不规则的小镜,在玎玲玎玲地响着。赞那杜的石头可能会破裂,她想摸一摸那更为友善的尘土。她本人将去拥抱那尘土,其灵魂她终会了解的。

埃尔斯·戈德博尔德观察着,她认为希梅尔法布的脸似乎已深深地陷到枕头里。他被人直直地,非常直地伸展开来。

可此时他越发温和了。因为就在此刻他回头望了一眼尘世之火的最后的火焰。它穿过已变苍白的地面的一个个裂缝,冉冉升起,没有毁灭却照亮了那个正在离去的灵魂。他的踝节部缠绕着许多欢乐之火的小踝环。他注意到自己已通过那两株在冒着青烟的枣椰树。据此,甚至连人类的理解经受的最可笑、最荒谬的事件,由于它们的雕像成群结队地矗立在他打算离开的广场上,似乎也证明有了道理。

于是,他转过身来,继续走着,一边整理着他意识到自己穿在身上的那件白袍,他一直认为很多年前就把它丢弃在了霍伦德塞尔镇的霍尔兹格雷本街旁的那栋房子里。

这时,黑尔小姐大喊大叫起来,那喊声如同尘世间最后的折磨,穿过铁棚震撼着,她用手拍打起被子来。

"希梅尔法布!"她喊道,"希梅尔法布,"那名字噎塞着她,"希梅尔法布死啦!啊!啊——!"

喊声消失了,她还哭泣着,摸弄着被子希望能留下什么东西。

小姑娘全都醒了过来,可没有谁敢于哭叫。

此刻,戈德博尔德太太已经来了,当她摸完了,听完了,直觉得到了证实之后,她感到适于宣布了:"他不会再遭罪了,可怜的人啊。我们应当感谢了,黑尔小姐,他毕竟是非常平静地离去了。"

就在这时,一只孩子一定在日间调整过的闹钟提前响开了,那旋转的铁器的喜气洋洋的声音搅醒了那位睡得最熟的人,戈德博尔德太太转向壁炉架。

她心满意足了,说道:"希梅尔法布先生也是在星期五去世的。"

尽管她的评论是那么认真,可是却没有对任何人造成影响。严格地说,她也不想分享作为一种确信的那种极其宝贵的东西。

接着,那女人和她的大女儿悄悄地干起了为死人必须干的一些简单的事,而此时莫迪·戈德博尔德穿上她硬邦邦的鞋子,拖着脚步上了山路去寻找原先不让去请的赫博恩大夫。

此时,万籁俱寂,寒意尚浓。月光下的棵棵百合滴着冷丝丝、慢悠悠的露珠。黑莓灌丛也是闪闪烁烁的。在第一声鸡鸣之前——假若那样一只家禽在撒尔沙帕里拉不死的话——那露珠与月光的动作,那山羊撒播屎珠的声音,便是绝无仅有的了。

刻下,黑尔小姐从戈德博尔德太太的棚屋里走了出来,因为再无其他在那儿逗留的理由了。除了医生的签字,她目睹了一切。在那脆弱的白光之下,她恍若在崩溃,像以往那样在蹒跚,可是胸中不再持有指挥人、兽的生命的多种意图了。倘若她不是在一直疑惑真理的话,本会推断出她已经达到了自己的目的。确切地说,她的直觉暗示出她正渐渐被疏散开来,不过有如此的经历,她正进入那最后的狂喜之中。她穿过毫无反抗的荆棘和细枝,走着,走着。吃力地行进在那软绵绵的、发着乳光的黑夜的残碎屑上。然而,她永远不能达到彼岸,不过那是所期望的,因为她已经无孔不入了:气味,声音,钢色的露珠,发自岩石的白光中的蓝色闪光。她几乎跟它们一样了。

于是,黑尔小姐在黑夜之中向前蹒跚着。抑或她未曾选择明确的方向,是因为方向最终已选定了她。

第十五章

复活节期间,罗塞特雷夫妇没有外出。哈里·罗塞特雷说他不能那么做。

"可我们定好房间啦。"他妻子反复强调说。

"我们要丢掉押金的,哈里,"罗塞特雷太太说到点子上,"你知道那些匈牙利人都是干啥吃的。"

哈里·罗塞特雷说自己身体不舒服。不管押不押金的,就是不能走。可是他走进了休息室,拉下百叶窗。

"身体不舒服?"罗塞特雷太太终于叫道,"你是神经过敏!和你这么个神经过敏的人生活在一起我才不舒服呢。"

接着,她哇的一声哭了起来。几天来她一直没有梳妆打扮,犹太人来访的那天晚上,她穿的是自己往常穿的那件蓝色的宽便服出出进进的。那使罗塞特雷太太也许不那么显得闪闪生辉了,而且那衣缝又一直开到了腋窝下。

哈里·罗塞特雷也没有修饰自己,他的内衣外面套着睡衣,他坐在那里,吸着烟;要么只是坐着,一只手放在一条大腿上。他实在疲倦了,就是那样。他倒宁愿当棵萝卜。

罗塞特雷太太总是进进出出,到处乱坐。

"神经过敏。"她反复唠叨着,那是除了说"你能对犹太人指望个啥呢？"以外，说别人的最坏的话了。

然后，她隔着软百叶窗的板条向外凝视起来。从某种角度看，舍尔·罗塞特雷仍似满面春光，不过也有另外的一面，她丈夫对生活的突然否定压扁了她的发卷，使其黯然失色，使她恍若一只残疾的小鸟。或者，至少在亚阿科夫之子海姆看来，他妻子的祖母，那位年迈的黑人妇女，正是如此。她那天真的、几乎仅有的欢快已准备好用杯子和蜡烛迎进那新娘。所以，在那个乐园东区的房间里——平时还是不错的，它有着牡蛎纹、青龙木家具和网状的帷幔——哈里·罗塞特雷总要从某种令人痛苦的光的感触和一只巨大的褪了色的鸟的振翼中蔽开双眼。

有些时候，他的感受特别强烈，当他妻子，他那从不停止四处活动的，或摸弄自己肋骨的，或怀疑自己呼吸的，或重新安排家具的，或动辄无端哭泣的妻子，坐下来，将头，那揉皱了的头发的一侧依在青龙木小桌上；她将通过指间的狭缝观望着她所藐视的，然而仍然需要的丈夫。当然啦，书拉密不能借助理智和幽暗的房间之光看清什么在吞没着海姆，尽管她那汹涌的血液顿时就会暗示出。可是她不能承认。她总要跳起来，回到那威尔斯式软百叶帘的跟前。

罗塞特雷太太本来急想知道坐落在珀西蒙大街的那栋房子是否反映出来自外部的一种反常的印象。不用说，是否定的。因为在乐园东区只有正常状态才能得到确认，悲剧、罪恶、报复仍始终难以置信，直到主的天使从天而降，将那些房屋一剑劈开；或者说，那颗炸弹崩毁了它们蚁冢般的结构，亵渎着一套套古式的建筑。眼下，从外部看，现存的物体完好如初。日复一日，懒洋洋地过着。史蒂夫·罗塞特雷像在其他的假日里一样，在旗瓣玫瑰中高兴地跳跃着，在斑驳的月桂树后挖着鼻孔。而罗齐尔·罗塞特雷又跑去聚集了——是不？又去了？——拿着书，里边的书签常常散落下来，还带着优雅的纸玫瑰花瓣。

所有的弥撒罗齐尔·罗塞特雷一个不漏;对于一个在使自身变美的美妙的边缘上颤抖的人来说,那是不费吹灰之力的。甚至再提些多余的问题也不能泯灭复活节时的狂喜。

"我们不到,佩尔蒂埃神父不觉得奇怪吗?"罗塞特雷太太问。

"他问过是不是妈妈病啦。"

"你是怎么回答的,罗齐尔?"

"我说爸爸正经受着一种精神上的恐慌。"罗齐尔·罗塞特雷答道。

然后,便退缩到她最近发现的她的双亲不能追随的她自己的小天地里。

罗塞特雷太太是个讲究实际的人,她尊重孩子们的某种冷漠,因为,可以说她为此也付出了代价。可是,她又不得不愤恨某种事。于是,她回到通常冷冷清清的,而她丈夫一直希望能成为自己避难所的休息室里。她将前臂倚在青龙木的桌子上,臀部因此向后高高撅起。身着天蓝色锦缎的她虽拘泥于表却引人注目。

她颇为着重地说:"你必须告诉我,哈里,要不,我要神经错乱了。那个老犹太人究竟出了啥事儿?"

哈里·罗塞特雷扇动着他眼前的烟雾,不过谁也没有吸烟。她几分嫌恶地意识到自己可能一直在憎恨他的那只柔软的小手。

"嗯?"罗塞特雷太太追问道,她倚着的那张桌子晃动了一下。

可是她丈夫说:"让我安静会儿,舍尔。"

这时,她害怕了。在黑暗和悲叹中所经历的一切仿佛在她的内脏里翻滚起来。她走出去,来到房外,穿着宽敞的便服徘徊着,一边呜咽着,那声音足可以听到——在那些她已授予了免疫力的孩子们听来,真是毛骨悚然,震耳欲聋——这时,她踏在烤肉架旁的那片无知无觉的、异乡的、经过政府登记过的土地上。

罗塞特雷一家就是这样度过复活节的;而对于其他人,对于不是那么乱糟糟的家庭,耶稣基督已被人带着习惯的效能和不同的爱好拿了下来,存放一边,而且也复活了。教堂之外,大家都因发现自己大事告成而在微笑着,他们已尽职尽责了,可能还要百折不挠地继续下去。

这时,哈里·罗塞特雷却在坐着。

星期三那天,又开始穿着打扮的罗塞特雷太太走过来,不失礼仪地、声音适度地说:"西奥博尔兹先生来电话了。"

哈里只好接了,别无他法。

然而,他妻子却不能仿效。通话的内容全是关于西奥博尔兹先生自己的想法,另外,那个体型似蛙的哈里也发表了意见。

之后,哈里给希尔德克劳特先生打了电话。为莫迪凯·希梅尔法布总得有个祈祷班①哪。

不管舍尔·罗塞特雷多么担心,她知道自己还是高兴的。她已经渡过了肉体的险关,却不认为自己能承受住精神的质问。有时,她认为和家具在一起最幸福了,所以此刻她动手用油鞣草擦起那青龙木和枫木的镶饰表面薄板,将那木头擦得铮铮亮。最后,她打起嗝来。

刮完脸后,哈里·罗塞特雷没告诉妻子一声便马上出去了,然而,她是知道的。隔着走廊里关闭的窗户,她看到他钻进汽车。可以说,他瞎摸了半天。汽车的尾灯闪了闪,像在夜间似的,然后,颠了一下,开走了。

罗塞特雷先生开着车沿干线公路朝撒尔沙帕里拉方向驶去。

---

① 由十名十三岁以上男子组成。

早晨,与公路两旁一栋栋都铎王朝式样①的豪华住宅勾结一起,将它们全部裹在赛璐珞里,增加它们的市价。但很快他又驶向较小的路,这就是说,他必须要穿过一些乡间的残存物:灰色的棚屋、有刺的铁丝、重叠的荒山——对此,他满不在乎。乡下的景致让他不安,除非某座阳光普照的森林,是记忆中的,还是幻觉中的,他却永远说不清,他在那森林中游来荡去,一边在女修道院的斑驳的墙角下采集些野草莓。无论是地形的,还是人性的种种一目了然的形态都使那个温和的矮个子感到沮丧,他知道也许自己要遭到不幸了。于是,原则上,他总要避开斧头般面孔的女人们和肌肉发达的男人们。他爱吃烧鹅肉②和果馅麦食③。他的嘴唇红润而丰满,下嘴唇还有条分界线。不过,还面临着一种皮包骨的危局,由于最近几天,他身上的汁液已经流干,弄得他心惊胆战。

  哈里·罗塞特雷继续开着车——那长长的玻璃轿车几乎太过柔顺——驶往一向被他接受的职责,与其说那是由于压力,不如说是由于感情,他尽力那么想。可是当他在那难以置信的汽车里驾驶着车时,亚阿科夫之子海姆发现自己为了记忆的沉闷的空间,正在背弃理性的压抑,更不消说现时那一整套令人难忘的钢与塑料的结构。他那从未远离的父亲,戴着犹太人的室内便帽,顶着邋遢不堪的卷发,几乎随即登场了。他握着那男孩的手,他们一同站在犹太教堂约柜的前面,教堂事务员作为优惠已经打开了约柜的盖子,所以他们可以咏读书封皮上的题献。明白吗,海姆,父亲做着解释,你自己的包装纸裹着的那部卷轴。读吧,他坚持说,因为我为让你学会这些文字已付出了代价。读吧,他说,让我听听。于

---

① 英国从1485—1603年间为都铎王朝时代。此期间流行的建筑式样为:拱门、浅花边,大量的嵌板细工墙等特点。
② 原文为德语。
③ 原文为德语。

是,那男孩战战兢兢地读了起来:主的戒律是清楚的。这时,教区事务员拉了拉绳索,奇迹和恐怖又被小小的帘幕遮盖了。奇迹和恐怖交替出现。噢,你在颤抖,海姆……又是那位父亲。这时,他们站在散发着千真万确的饱和尿的木头气味的厕所外边。可毫无道理的是,在他们继续站在那院庭时,父亲试图说服他让他们尽可能靠得更近。他的眼球在流入狭窄房屋之间的最后的淡淡灯光之下,闪着淡绿色的光。我要让你知道这个秘密,他好像当时当地做出了决定,来给你勇气,虽然也许来得太快了,了解的只是一点点许诺的东西。眼下的那种光全聚到闪亮的眼球上。我刚刚来,父亲吐露说,刚和两位犹太拉比谈过话,我们讨论了所期盼的那个人。此时,眼球恐吓着,尿味也最浓。我们深信那个人在我们有生之年一定会到来,并给我们以引导和拯救。他似乎不是大卫,或希西家①,最为肯定的不是沙巴泰·泽维②,尽管那一切都是你未曾听到的。听着,海姆,因为这与你有关。你将是首批接待我们救世主的人。我已为此付出代价,做了祈祷,心里也清楚了。那是你。你。那字写在天空最白的碎片上。然后,人们朝着店铺来的父亲嚷嚷着,让他照看好自己的生意。金属器具的声响传来了,被击垮的男孩被弃之于最大的奇迹和恐怖中。

  此时,已被那盘旋着的汽车带到撒尔沙帕里拉郊外的哈里·罗塞特雷感觉到自己的苦头紧粘在上腭上,喉咙可能已吞下一把尘土,指甲脆得已经断裂。人们在邮政局处告诉他,那个女人,戈德博尔德太太就住在下面。在那棚屋里。在草莓灌丛的另一端。他离开汽车,开始步行了,趔趔趄趄地走在高低不平的土地上,他腿间的

---

① 亚哈斯之子,大卫的后裔,及十三代继承人,其在位年份一说为公元前715年—前686年,一说为公元前716年—前686年。
② 沙巴泰·泽维(Sabbatai Zvi, 1626—1676)一个犹太假弥赛亚(犹太人期望中的救世主)。

拱道只是摇摇晃晃地依靠着它们那怏怏不乐的腹股沟。

在邻近的一个似乎倾斜的棚屋内,有个被他看作是戈德博尔德太太的女人正弯着腰给一只铜锅添加燃料,因而,她那苍白的脸涨得通红。一时,他希望那样:一个非常纯朴的人最好不要了解他讲话的方式。因为,通常也确实有人不了解。这样,他便可以道声歉,走开了。可是局势仍在发展。此时那女人已经转过脸来面对他了,尽管还保持着一定的距离,她的头发在骚扰着,手臂湿漉漉的,因为她恰好在忙着洗东西。

"我是罗塞特雷先生,"来客开口说道,不过没加补充,这是他的习惯,"从巴兰纳格利的布赖塔自行车车灯工厂来的。"

"噢,是啊。"戈德博尔德太太用一种清晰而轻松的声音说道,那声音可能与她的本音大相径庭,而且含而不露,那肯定不是提问了。

"我在那边有个企业,"罗塞特雷先生喃喃说道,然后随便挥了挥手,"来这儿是为了件不愉快的事,牵累到我雇用的一个人。"

戈德博尔德太太又在整顿着浸透了的洗濯物。她用几根锌管在蓝水中搅动着各式各样的沉甸甸的形状。好几次她还插进自己的双臂,将它们抽出后,那一团团肥皂泡便旋即退缩了。她是那么专心致志,罗塞特雷先生怀疑起自己是否还能和她接触。

"一个死去的人。"他颇为绝望地补充道。

就此,终于说得戈德博尔德太太想要协助了。

"在耶稣受难日那天,一大早,希梅尔法布先生就死了。"

话说得是那么肯定,似乎没必要再看她的客人了。

尽管心里不想,可罗塞特雷先生又不得不问:"请说说,那位希梅尔法布先生的尸体现在何处?"

好似没什么东西如那些洗濯用的锌管子的表面那么残酷的。

"就是说,"他说,"我想知道你们将他的尸体停放在哪个安葬的地方。有些朋友要为此负责的。"

戈德博尔德太太在细查着一束光,那光束中的隐藏物也许是暴露的。

"可他被埋葬了,"她终于说道,"像其他基督徒那样。"

罗塞特雷先生启开了那张渴想使用的嘴。

"可是这位希梅尔法布先生,"他说,"是个犹太人哪。"

戈德博尔德太太的喉咙已在它那肥厚的、有气孔的皮肤里收缩了。那闯入者浑身上下像针扎一样刺痛着。他看到那女人也起了一身难看的鸡皮疙瘩。

"都一样,"她说,然后清了清嘶哑的嗓子,好像被先前的考虑迫使的一样,接着,又继续说道,"人在出生前都是一样的。出生时也一样,也许您会同意这种说法。只是让他们穿的外衣才使他们千姿百态。当然喽,有些人觉得自己穿的不合适,需要换一换。不过他们本身还是一样的。只是最后,当一切都从他们身边拿走时,才好似根本没有需要了。那些可怜的人啊,长眠在地下,浑身又是赤裸裸的,像他们开始时那样。这使我受到多大的冲击啊,先生。也许在思考这个问题时,你会记得,我们的主本人多么希望我们能弄明白啊。"

罗塞特雷先生被弄得稀里糊涂的。

"可是希梅尔法布是个犹太人啊。"不知什么迫使他又做了重复。

戈德博尔德太太触了触锌管的边缘。

"听说,我们埋葬过的主,救世主也是犹太人。"

罗塞特雷先生不再能联系自己要传达的事实了。其间,他的嘴总要迸裂出仓皇失措的泡沫来。

"希尔德克劳特在等着呢。另外还有几个男人。想组织个祈祷班。"

"我不知道希梅尔法布先生有过什么特殊的朋友。他对谁脾气都特别好,"戈德博尔德太太自言自语地说,然后又补充几个含糊不清的词儿,"告诉他的朋友们,那是个大好的早晨,那天早晨我们将他埋葬了。像是昨天似的。一大早,因为像佩尔蒂埃先生——他是牧师——还有那些殡仪员们都觉得那样做更合适些。我本人当然啥事都可以干了,也确实干了许多被专职殡仪员忽视的小事儿。不过他是被托马斯正式埋葬的,托马斯是巴兰纳格利镇邦达里街上的一家颇有名气的公司。"

她的客人眼望着地板,戈德博尔德太太受到了鼓舞。

"我向墓地走去——路程不远——和我那两个比较懂事的女儿。我们在那里迎接了他。天是那么明朗,地是那么安静。到处可听到鹊叫鸟鸣。野兔也安得其乐,不思一动了。夜间留下的沉沉露珠躺在青草和灌木上。在那个平静的葬礼上,谁也没有哭,先生。昨天早晨,我们先是站着,而后又高兴得闲荡起来,并能感觉到可爱的阳光就照在我们的肩背上。"

这样,他们又将希梅尔法布埋葬了一遍。

戈德博尔德太太搅动着浸泡在蓝水里的那些相同的被单。

"您可以说,他被忽略了,"她贸然说道,"不过我们有些人将会记住并爱戴他的。"

这时,她的客人开始移动了。他感到自己有些多余。而这期间,戈德博尔德太太的那更为温暖湍急的小溪一直在流淌着。只是亚阿科夫之子海姆感到懊悔,某些伤口将不会愈合。

"啊!"她猛然叫道。

生活真是太逼人了。

"我忘啦!"她气喘吁吁地说。

接着挤进大棚屋,那劲头使棚屋都震了一下。

"这是面包。"她说。

当她把烤箱猛地打开时,里边果然有面包,已变成金黄色了,散发着扑鼻的香味。

"我给您来杯饮料好吗?"她问,"再来片新面包?这里有楒梓果酱。"她诱惑地说。

"不,"罗塞特雷先生答道,"我还有事。还有别的事呢。"

她又走出来,几乎和他太靠近了;他可以闻到面包那使人坐卧不安的香味。

"将那位先生埋葬在基督徒的墓地上,您不生气吧?"她问。

"为什么我要多管闲事呢?"罗塞特雷先生断言说道,语气很强硬,"那位希尔德克劳特应该管。我不是犹太人哪。"

"是啊。"戈德博尔德太太说。

由于她可能觉察到自己开始怜悯了,他便马上离开了,跟跟跄跄地走在崎岖不平的地面上。

尽管如此,他听到了她的声音。

"赫博恩大夫诊断是心脏病发作。"

哈里·罗塞特雷一路顺风地往回开着车,谁也没有产生过怀疑。那么多铬。那样一种粉红的幻想。他已理所当然地打开了收音机,汽车在飞奔着,在飘动着美妙音乐的一面面长旗,还有那被风撕成的一条条飘带。只有在里边,在那混色线呢的室内装饰中,面对着各种操作装置,那声音才破裂成叮玲作响的金属小块、忐忑不安的玻璃碎屑和丑陋不堪的撕裂的锌片。

为了回去,他车开得较快,确实如此,然而只是回他自己的家。

舍尔说:"喂,哈里,看来你好像碰见一场事故之类的事了。你最好喝上一杯威士忌,再吃上两片阿司匹林。可是我知道对你说啥也没用。"

她本来兴致勃勃地想仔细看看他的眼,可是他从房里走开了。口里咕哝着玩笑之类的话。他坐到一把已经放得满登登的椅子沿上,咕哝着,或者在喷着烟——灰色的烟。

"哎呀,"她叫道,她一直跟在他后面,"你不想让我害怕吧,是吗?"

他开始哭叫了,起初,她由于过于受惊而一时语塞。罗塞特雷太太暗自渴望着金发碧眼、体魄健壮、穿着圆领长袖运动衫能显出躯体轮廓的美男子,而不是眼下这位温和的小姐,但她却一直爱着他,通过婚约,甚至由于冲动,她还可以起誓。

哈里在哭诉着,在捶着两个膝盖。

"都一样!"他说着,她想着。

她凝视着。

"都一样!"他不停地哭诉着。

这时,她真生气了。

"都一样吗?都一样吗?我还是同样那块四周总是黏糊糊的莳萝泡菜!"

她开始捶打起椅垫来。

"不过现在不要说了!至少是这样,"她说,"我得给马吉·彭德莱伯里打个电话,然后再去看场有趣的电影。都要忘啦,啊,"她叫道,"我也有自己的责任感,是不会忘记的。"

哈里·罗塞特雷继续坐在那把布面装得过分的灰色椅子上,直到他妻子离开了。她又往里看了看,可是这太露骨,彼此不便讲话。她走后,他进入卧室。刚才她在那儿往身上擦过粉,并且漱过口。镜子上还附着一层水汽。他在镜子上开始用大字写起来,或者说用手指划起来。

MORD……他写着。

可是又将它擦掉了。

接着又哭叫起来。

然后,停下了。

突然间,他对着玻璃龇出了牙,他那可怕的眼球上的最小的血管完全暴露在他的面前。

罗塞特雷太太回到家时,包裹上的细绳已卡进她那饱满的手套里。她拖着狐皮斗篷,仿佛那庞然大物使她难以承受似的。

"嗬——!"她叫道,"您好?"

这是对利弗莫尔上校说的,上校小心翼翼地压低了声音,他妻子一向不愿见到罗塞特雷夫妇的头影。可那位上校,一个温文尔雅的人,却正好在开始时奉献出几根褪色柳的剪枝,并分别给它们起了几个拉丁文的名字。

"回来啦!"上校像平常那样惟妙惟肖地答道。

可罗塞特雷太太却很少好好听她邻居的讲话。她乐意沉浸在上校那干缩的身躯仍没法发散的称心的,确切地说,苍白的个性之中。

此刻,罗塞特雷太太宁愿以她那特有的恻隐之心,站在柳叶石楠①边上,说道:"我总想,那是多么漂亮的一种小东西啊。"

可是,她对任何讨厌的植物都不感兴趣。

"那是,"上校说,"酢浆草②。"

然后将它敏捷地拔了出来。

"哎呀,"她说,"我累极啦。"

她是从利弗莫尔上校那里学会这种话的。

"我想歇歇,躺一下,不瞒您说,上校,"她说,"趁着孩子们都没回来,好好歇歇我的这双可怜的、累垮了的腿脚吧。"

---

① 多产于亚洲的一种绿叶、白花、红果的树或灌木,广泛种植做装饰用。
② 一种匍匐茎,掌状复叶,小叶三片,花黄色,蒴果圆柱形的多年生草本植物。全草可入药。

在那个从未使她自在过的钟点,花园的形态开始融化了。房屋的砖料正在破碎。倘若其内部反抗了,那是由于她的本能使那些房间绷紧的缘故,至少绷紧的是房间的主体,或者说是那令人鼓舞的原始结构。她本可以在黑暗时穿过一个个闷热的毡子帐篷,无休止地一边徘徊,一边摸索起来。这时,她的心灵渴望着自信,渴望着一个颇具物质优势的、大于实体的原始模型。

所以,此时她拖拖沓沓地行走着。可是因为丈夫的缘故,在皱着眉。她不想宣布自己回来了,只想让他从阴影里走出来,到她身边,亲吻她的酒窝或颈背。

然而她不能不皱着眉,此时是为了马吉了,马吉曾盯视过的不一定是她。她不知怎的是斜视的,有些特别,一直穿过那讨厌的画面。

于是,罗塞特雷太太皱眉蹙额地进了浴室。她完全失去信心了,甚至对自己的呼吸也是如此;不过,从喉咙里不时地发出了咕噜声。

当然喽,浴室要比其他房间明亮得多,因为那里到处是玻璃,还有半透明的彩色塑料。不过也更脆弱。而且很压抑。窗户关着时,由于空气不流通,有时会让人感到闷塞。

罗塞特雷太太可能冷不丁觉得有塞子堵住了自己的喉咙。她尖叫起来,那叫声似乎通到了气息的源头。她又像气球一样随之膨胀起来。

"哎——哟——!"她尖叫着。

然后抑住剩下的部分。挤出她已搜集到的词儿。

在词与词之间,她稍微呻吟了一下。

"噢——哟——哟——哟!"

那是为了忘却的娇柔。可是她的羞愧极其沉重地悬吊着,它的体积在冲撞着她。

"你！你！"①她朝着瓷砖喊叫着,"你这讨厌的家伙！"

罗塞特雷太太向房外跑去,忘了她熟知的家具,她狠狠地碰在暗处的一把椅子上,她一脚将它踢开,却被那模糊的阴影,或者说一种狐皮斗篷绊了下。

她来到花园,她觉得那是个她一直憎恨的罪恶的地方。因为那里的小树枝弄乱了她的头发,一个个蜘蛛也倏地蹿到她的面前,透过繁茂的树木的远方传来了非犹太人的无缘无故的笑声。

"救人哪！救人哪！喂,先生！"②罗塞特雷太太跑到柳叶石楠篱笆后歇斯底里地哀求道,"我的那个疯疯癫癫的人哪③……"

利弗莫尔上校那张憔悴的脸为如此的失控颇为震惊。

罗塞特雷太太想起得和她忘记得一样快。

"上校,"她说,"我特别苦恼。请您原谅,利弗莫尔上校。可是我的丈夫。假如您能帮我个忙,就请进来吧。我的丈夫上吊死啦。在浴室里。用的是长袍带子。"

"天啊！"利弗莫尔上校叫道,然后越过篱笆,"在浴室里！"

瞬息间,罗塞特雷太太担心起自己的话可能是索然寡味的了。

"我丈夫的神经一直是紧张的。他有病。哎——哎！谁也不能抱怨。他脑子有病,根本不是谁的过错,嗯？"

除非是那个老犹太人的过错。书拉密是记得的。在黑暗到来之前,曾用一串湿叶打过她的脸。

"不④！"她从心底里悲叹着,并继续抗议着,那是出于她同伴根本猜不出的,更不用说开始研讨的某种原因,"也有罪恶的势力,这一点别人一开始就告诉过我——啊,好久了！好久了！——我们忘

---

① 原文为德语。
② 原文为德语。
③ 原文为德语。
④ 原文为德语。

记了,因为我们过的是这种现代生活——直到我们被提醒了。"

利弗莫尔上校感到宽慰的是那天他妻子已去沃克卢斯她的几个表姐妹那里,因此避开了那场乏味的经历。他,那个不喜欢让人触犯的人,可以感到那个歇斯底里女犹太人的戒指正腐蚀着自己那干燥的皮肤。于是,他只得走开了,孤立了,让一块破片刺入黑暗的、芳香的肌肉里。

黑夜带着昆虫和含意疾驰着。若不是那砖阶梯使他上翘的脚趾头受到震动,然后又回到他那人的形体中,他木然的心灵本可以含糊其词地认可下来。那个女人,也摇晃得恢复了理智。这种回复恍若使他们俩都变得头重脚轻了,在他们攀登着台阶时,他们的臂膀、手肘互相碰撞着,几乎要撞倒似的。

"对不起,上校。"罗塞特雷太太哈哈地笑了,不过咳嗽了一下又止住了笑。

某种不可认知的力量使她恢复了活力,一种对整洁的需求迷住了她的心窍。

"家里突然死了人,就产生这么多琐碎的事,"她不得不解释道,"我得给西奥博尔兹先生打个电话,他必须来这儿一趟,给我照个相片,这样才对,才实际。带着两个孩子,我的处境多难哪!"

于是,琐事积聚起来了,血液在它们的手指上扩张着,可是最终他们并无理由要耽搁时间,延缓进到那男人悬梁自尽的那栋房子里。

第十六章

　　从他躺着的地方望去,那窗子所容纳的一切只不过是天空而已,其他则一无所有。而他也对此满足了。在窗框周围,那曾为白色的,虽然落了苍蝇但仍旧中看的光秃秃的墙面,并未贬低那不完善的,而玻璃则使其不朽的抽象派艺术品。从某种角度看,又增添了一些细节:一批微小无色的气泡突然涌出,将迄今湛蓝的景色铭刻上一连串火山口,连同许多玫瑰色的小丘带着红色的消沉的色彩,在不断地扩大着。有时,他不得不干起他看到别人未曾完成的工作。当他检查他的作品时,当从记忆中断然补充些大块大块的红土时,或者说添加几笔属于纳姆伯拉的河堤两边的沙拉色的树叶稀薄的涂层时,他的喉咙总要带着无意的傲慢活动起来。他就是那样消磨着时光,假如不是因为他身体的惰性及他仍得委身于学习的缘故,他或许会感到愉快的。然后,他将折磨起被子来。努南太太的被子已经翻腾成他的手指到处都能抓到的棉絮了。

　　过完复活节,杜博没有回罗塞特雷的工厂。若不是出现了大灾大难,也许有人会去找他的。可在那种情况下,他却被人们遗忘了。那正符合他的心意。过去他时常留点活等以后再做。若那种理由被人发现,只要一会儿,就能让人笑掉大牙。当然喽,他们一吐完痰,便会转过身,继续照料那工作着的机器。可是,他对秘密的崇拜总护着他免受奚落。此刻,越发如此了,甚至那一面面安静的墙壁都让人怀疑了。

第二天,当他倒在床上,正准备往被窝里钻时,他规劝自己不对绝望的事过多思考了——这时,忽然响起了敲门声,他不满地爬起来,准备开门。

那是女房东,努南太太。那种事以前从未有过。

他透过门缝怒视着她。

"啊。"她说,一边微笑着;她那个人不够稳重,而且还有点羞怯。

"好像这事钻到我的脑子里一样,你可能觉得不舒服啦。我煮了壶茶,"她解释说,"不知你想喝杯不,不会占你多长时间的。"

"不。"他冷冰冰地回答说。

"哦,好吧。"努南太太说。

她还在摇曳着,微笑着。

当她又一次被走廊的黑暗容纳时,他跑到楼梯平台上,隔着栏杆喊道:"我不干我的工作啦。我现在有别的事儿干啦。好几天啦,我已经偷偷地离开啦。"

"哎,"她的声音飘荡着,"干别的事啦!"

从那响声他便知道她的嘴一定又在那不稳的微笑上震颤了。

"谢谢。"他颇为木然地喊道,那是一种事后的思考。

可此时她肯定已经走了。

那种可能性使得那个被撇在楼梯平台上的人产生了一种孤独感。他很快回到自己的房间。他坐在绷画布的框子上,没立即躺下。一连几天,努南太太那飘动的微笑形状一直浮现在他的脑海里。

到了第五天早晨,他的心情是那么忧郁,内脏是那么萎缩,处境是那么迷茫,他决然站起身,走到街上。他在西西利亚商店喝了一品脱牛奶,买了两镑土豆和一包咸肉。一种平淡的、差不多是秋色的灯光简化了巴兰纳格利的建筑，竟使其种种意欲再不能回避了。条条街道上的每一张面孔都是期待的，直到最后一个毛孔。

所以，杜博了解自己已到了强制的时刻。在返回努南太太的公寓时，他精神十足，却身体沉重。他冰冷的手在栏杆的一些革条上慢慢地移动着，这样，标记出他在楼梯上行进的一个个阶段。

他到达时，那空荡荡的房间里充满了淡黄色的光亮。楼下院庭里的那株黄褐色的美国梧桐树以其扁平的树叶阵阵向上抛掷着绿色。一辆卡车的挡风玻璃在闪闪发光。所以突然遇到情况，使他的眼睛镇静下来。他开始以自己少有的精确去整理东西了。他把本来干净的刷子又统统刷了一遍。他吃了个西红柿，喝了些金黄色的果汁，下巴上都滴上了果汁，吃了两片粉红色的咸肉，他用那保护完好的牙齿一面咀嚼着，一面吞咽着一条条熏肉丝。

完事以后，他才拿出了几个月前预先买下的两块油画布中的一块。面对比他平时用的折叠板和夹布胶木板更为威严的表面，那空白的油画布不再使他惊慌了。

他从容不迫地为那表面做起了准备，他的神经因有了在无色空白处涂抹的香味而平定下来，从而全神贯注在他想画的那张油画的比例之中。那些比例突然显得那么让人信服，那么绝对正确，它们可能已在他头脑中存在多年了。在表面的疑虑及近来身体的倦怠背后，那结构已在形成。他的手指伸了出来，硬如钢铁，出其不意。当然，那不是针对他本人而言。他无论如何不再觉得意外了。对此，他是清楚的，他一直是清楚的。

杜博不知道自己干了有多久。那行为的本身摧毁了由时间和习惯创立的人为的分界线。所有的感情的漩涡依着那蓝色的、深红色的一个个螺旋，通过他那最具腐蚀性的长漏斗，在等着将他吞下；然而，他强韧地依附在他绘画的结构上。这样就避免了灾难。一次，当他从美国梧桐树的栅栏，各种纹理的帷幕后面出现时，他竟敢怀着自己从不敢全然表达的热爱之心去修改死去的耶稣的一个个伤口,鲜血从他口中顿时涌出,油画布上的一个个伤口带着他自己的悔悟在闪耀和颤抖着。

此后他稍歇了一会儿。他本可以顺着任何一个疲惫的波浪漂泊而去。而他那敏感的眼睑却拒不让他有如此一种平和的解放。

那天傍晚,他站起身来,在脸盆中浸了浸脸。抖掉眼中的水之后,他又被驱使去表达他已看到,并一直知道必定存在的那种爱。他很快用轻巧的笔触画出了第一个玛丽的面颊,颇像在莫利·卡利尔处所的那天晚上,他躺在油毡布上,她将手帕团成球给他擦嘴的情景。她那表示着坚石般的力量的,连同稍许的必要的粗鲁的双臂带着一块块擦伤的肌肉的绿色标记。他一边画着,他那两个收缩了的鼻孔决心抵制轻轻袭来的乳汁的气味,因为那位无法追忆的女人的双乳在流淌着一种实际从未干涸过的乳汁。假若他已知那是丰饶的,他可能也会寄予同情。但事实上,那种丰满的肌肉让他乏味,他开始猛挥乱画起来。他朝着油画颜料乱劈乱砍,丝毫也不珍惜。他尽力回想着她外衣的衣缝、她上衣的褶边、她粗短的鞋上的尘土,以及当她从椅子上探着身子给他擦嘴时腋窝下鼓出的部位。也许某一处他是成功的,因为他在向等着给死去的耶稣穿上白衣的上帝的母亲的幻影微笑着。他几乎马上走到另一个房间,他站在那儿,冒着汗。他想他可能不会再继续画了。

恐惧在断断续续地折磨着他。他时常上街,买些食物吃,有时他站在街拐角处,手里撕着一只烧鸡,或者心烦意乱地对着粉红色的爆玉米花,挑挑剔剔,拣拣吃吃。而这时,男男女女从他身边款款走过,追求着他们各自的沉重生活。

关灯之后,他几乎总要离开他的房间。夜间,那典型城镇的条条街道实际已被舍弃,所有的邪恶都被抛掉,只有空寂和散射的霓虹灯保留下来。当他穿着帆布鞋在一条条放射型的管道下边行走时,那孤独的澳洲土著人可能已逃避了某种罪恶。那罪恶的疯狂依然反映在他的眼球里和厚玻璃板上,驱使着他穿过一条条通明的短街,那里的法官们正准备在那灿烂的家什上就座了;驱使着他穿过已经变黑的一个个洞穴,里边的蕨类植物躺在灰色的大理石平板上渐渐地萎蔫着。这样,他总要抵达外部的黑暗,沿着一道坚硬的砖石嘎喳嘎喳地踏过最后几百码,那些硬砖可能是从不折磨愚昧头脑的黑夜的一切思绪的残余物。

经过如此一个夜晚和姗姗来迟的黎明之后,他起了床与第二个女人的画像进行着角逐。那女人的轮廓蜷作一团,确切地说,蜷缩在一棵树的底部。一次,他曾想用准备去稳定他们死去的上帝的双脚的那双手画出一个人的绝望。可是由于他已弄皱了黑暗的外衣,他的头脑却在放射着光芒四射的小火花。眼下,他开始画起赞那杜的那个疯女人,不是按着他见她在路旁树叶隐伏处的那个样子来画,而是按着当他巧妙地、闪电般地进到那斑驳的心灵时,在他们的短暂的交流之后,他对她的了解。于是,他将她的双手画成好像蜷缩的蕨类植物的毛茸茸的钩。他将那第二个玛丽画得像只尾上有环纹的负鼠,蜷缩在透明的皮肤的神话创造时代①的子宫里,或蜷缩在轻风飞旋的正中心。他一边画着,他的记忆边重演着许多忘却了的动物的令人信服的种种姿态:喝水、搔痒、咬自己的皮毛、恣意地晒太阳、尽情地吃草。可是当他猛然想起在他眼下开放的一朵鲜花时,他又在那狐皮颜色的女人嘴上画出了一种不伦不类的微笑,那是他从未想到的。他的虚荣心因他们上帝的第二位侍者的幻象而得到了满足。当他将那毛发竖立的大活物用可以说制作精良的油画颜料,或风的形象化的复制品比较严实地覆盖之后,画坏的风险

---

① 根据澳洲土著人的神话,大地万物,包括人类祖先被创造的时代。

并未阻止他去加色,去修改。画就的她是那么刺人眼目,除了她那所有的猪状嘴之类的东西之外,她已被在旋转、增殖的风的内部的本能之光所照亮。

出于喜好和作品的要求,杜博给自己的绘画添加了许多其他的细节。他又画上了许多鲜花,又画了一团凶猛的士兵、一些长矛和鲜花簇拥的宝剑。有一些是较为凉爽的东西,适于顶在灼痛的皮肤上。根据自己的感觉,他又画上了戈德博尔德家的孩子们。有几个孩子毛骨悚然,胆战心惊,因为她们已闯入了梦魇之中;另一些则挤成一堆,梦想着一种判然不同的局面。还画了些工人,他们带着怀疑和橙子都赢得了权利。还添加了落下的蓝花楹的那种被踩踏的蓝色。还有在活着的树枝间显出的蓝色,和在同样树枝上做无声评论的一两只小鸟。

当然喽,那位救世主是来自撒尔沙帕里拉和罗塞特雷工厂的那位衣衫褴褛的犹太人了。看来他饱经风霜,疾病缠身,历尽人间的酸甜苦辣。假若杜博将那救世主画得比约定俗成的略微暗些,那是由于他抗拒不了那种冲动。许多地方都被省略了,却又无形地表达出来。可能是那位观察者本人将自己恐惧的奇形怪状的象形文字献给了有着椭圆的脸、分开的嘴的那幅扁平的、几乎潦草而就的犹太救世主的画像。

尽管那绘画人不可能有大功告成之感,但将画笔扔到房间一个角落的时刻终于到来。他摸摸索索地来到床前,像往常那样钻进毛毯。他留在那儿,封闭在坚实的睡板中,除非当他摆脱一会儿,和蒂莫西·考尔德伦牧师肩并肩地漫步在河堤上。可是他又离开了那位教区长,由于太滑而抓不到鳝鱼和罪恶,后者还在不停地嗫嚅着。于是,最后两个人遥遥相对,互相挥手了。他们不停地来回挥着手,分隔他们的似乎是清晨的伟大的、明澈的圣洁。欢乐的鹦鹉在赞美着,只有那半真半假的你们去哪儿呀,才耐不住它们滑稽的尖嘴,它们将钻进他肋骨的骨架里,坐着掘凿起来。

然后他醒来了,惊喜交集。夜阑人静,他感觉不出风吹草动,不过为了防御,还是在床上偎了偎身子,将空隙尽可能扩大却毫不感到舒适。他躺在床上战栗着,哀鸣着,惊愕地发现自己自少年时代以来实际上一直没有变化。只有他的种种幻觉的体积在不断地增大着,他已克服了涉及那些幻觉的若干技术问题。

杜博描绘耶稣从十字架上放下来的那幅画使他感到平淡得如同一潭死水。假如此刻暂时出现的脑出血没有提醒他真理的话,那么水本可以从他的血管里滴滴淌出。虽然他毫无食欲,但为了应付可能出现的事,他还是勉强吃了些东西。与此同时,他还在躺着,咂着指关节;或紧紧抱着双肘。此时他浑身无力,当他唤起了想象力去迎接窗户上的光与色的某种联合时,他身上便产生了力量,因为它不断地变化着,然而那是天空的未完成的抽象派艺术品。

后来,在一个夏日将临的黄色早晨,当地板间的黑线指向他时,当窗玻璃暂时容不得光辉时,他发现自己又在为住在汉纳家时被人盗去的那幅庞大的绘画而痛惜了。因为他确实已变得不能再怨恨了。他那奇才异能引导他去领会到此时他拒不冥想的种种物体。譬如,他将怀着可能会使自己在一堆饱餐过的蛆虫或一块新鲜猪油上所产生的同样的兴趣去查看汉弗莱·莫蒂默的脸。若不说爱情,一切最终都是怀疑的泉源。最为奇妙的是又有人听到了盖过蓄水箱和盥洗室里水龙头的响声的那犹太人的声音:

……我观看着,注视着,一阵旋风从北方刮来,一层巨云和一团红火渐渐展开,光芒四射,来自其琥珀色的中心,来自那火的中心……

澳洲土著人从床上爬起来,一边咬着手背,那窗子带着四个似人的神物弄得他眼花缭乱。

由于记住了那种声音,杜博仍可看清那"战车之类"的绘画。

他本来知道该如何将那画慢慢完成,因为他决不会忘记曾到过的地方。可是,由于体力的缘故,他怀疑是否自己还能继续画下去。

那四个神人的翅膀彻夜萦绕在他的脑际。翅膀的尖端触摸着他的眼睑。他总想伸手摸摸那羽毛,以便熟悉它们的构成。可是他一觉醒来,骇然发现自己竟四肢伸开躺在一个死人的皮肤下。原来他一直如此,在床的上方,缓缓地松弛着,那种躲避恍若只为了那一滴、一滴的冷冰冰的水。

他睁着眼躺着度过了那背信的黎明。后来太阳升起时他起了床,来到窗前,某些重新点燃之火通过他那呆滞的血管分散着。他的手指解放了,他又开始在青草上描起了线条,不是那失踪的绘画的线条,而是如同显露的那样,那种实实在在幻觉的线条。

七时许,杜博煮了一小杯茶。他吃了些不新鲜的面包,外加可能已有了臭味的奶油。不过那食物安慰了他。他虽然是脆弱的,可感到十分爽快。他又开始陈述他那战车的概念了。那绘画也许完成得太快,然而却十分轻易地溜掉了,几乎成了一种记忆的印痕。此刻,它就在他的面前,他知道,不论条件如何,他都将按着原来的构思去画他那战车的图画。

后来的两天,他的行动控制了他的身体,尽管他的思想可谓在空中翱翔着——望之俨然,触之刺手,却不愿与欺诈狼狈为奸。于是,苍穹又被创造出来。最初那画面由纯蓝打底,颜色很浓,后来上面又涂了金色。那道路是倾斜的,残忍得足以阻挡一切,除了那些脚步稳健的高头大马。后者可能是些灰花野马,性情暴烈,不可一世。世俗之物本可能是一种正统的评注,倘不是那些野马的鬃毛和尾巴非凡地展开了,从它们那胁腹部散出好似在天空的金色岩石上随时可见的一个个云团。

一个奇迹出现了。从某种角度看,那油画布呈现出一种永恒和运动的关系的颠倒,仿佛河的两岸将沿着它那静止的河水流淌了。其结果使那画者颇为欢心,他已完成了多年前当他躺在贫民区里所发现的东西。于是,他助增了也是一种真理的幻觉,懦夫只要位置一改,就可以从中退却了。

那几天变得温和起来,杜博可以作画了。处处一片固定的、黄色的宁静。蝉鸣不那么刺耳了,由于垂吊着一挂厚密的黄幕,他暴露的感官受到了保护。当他站在那里将他精神的光辉转移到画布上,或者当身体虚弱时坐在发着摩擦声的椅子沿上,一边前探着身子以免错过在他创造的世界里可能发生的任何事情时,这时,所有其他的声音皆卷入城镇中心的一个球体里。

他稍许作弊的地方是那战车本身的形状。恰似他不敢全然确认救世主的躯体一样,眼下那战车怯生生地出现了。可是它那踌躇莫决的本性甚至可能已变成了它的光荣,使其在浩浩长空中,或在观望者的心灵里闪闪生辉。

当然喽,那四个神人是个截然不同的主题,他不能回避它们,于是开始吃力地干了起来。他用一团油彩雕出它们的外貌。一个魁伟、洁白、不可亵渎的图像可能已刻在大理石上。第二个图像是用金属线构思的,一颗星星安放在框架里,还带有一个刺铁丝的王冠。风吹皱了第三个粗糙的狐皮色的外套,那张猪嘴也弄平了,而人的眼睛则反映出一切可能要发生的事。第四个是由流着血的小枝和被溅脏的叶片构成的,但是那脑袋可能一直是一种旋转的光谱。当它们面对面地坐在那战车——那对座四轮马车里的时候,他那四神人的心灵以五光十色照亮其身体。它们的手,他画的是展开的,它们已听从了苦难的摆布,不过还未曾接受至福。这样它们沿着倾斜的轨道被运向左上角。画者像帕斯科太太教导的那样用均匀的红色在右下角签了名：

阿·杜博

下边还划了一条横线。

他画完时,黑夜又来临了。光线泼进室内,倘若他本人还有观看的愿望,那光亮本可以让人眼花的。他直挺挺地坐在床上。那骤烈的疼痛以其深红色的色调注入房间有限的空间里,恣意地泛滥着。它倾注到并充溢着他的双手。他不得不注意到：他用自己的金色给上述那些东西镀上了金。

努南太太对自己的房子有一种陌生感。实际上那房子原属于她婆婆的,因而促使她戴着破帽轻轻地走动,沿着期待着责难的一面面墙壁笑容可掬地顺势两行。她没有亲朋好友,只认识两个人：一个搬运工和他的妻子。她很不忍心去打扰他们。可是她要喝很多的茶。她喜欢自己家的母鸡。她尊重那位住宿人,一位正派的人,时下却没有见到他。

当她匆匆将吸尘器沿楼梯平台的护墙板推过时,她发觉从租出的房间的门底下传出一股异常气味,她终于被迷惑了。那气味若不说令人作呕,也非常奇特。最后,她鼓足勇气叫道："啊,先——生？"

接着又敲了几下门。

她将那锁着的门把推得咯咯地响,不过有点抹不开了,因为她实在不能去考虑那租出的房间还属于她婆婆房子的一部分,更不用说她自己的了。

"先生！先生！"她面带微笑地、急促地叫着,一边竖着耳朵,"出啥事儿啦？是我——努南太太。"

"是我,努南太太。"她重复着,不过声音比较微弱。

也许那能使她消除疑虑,可是她自己名字的声音并未使她真正信服,所以她走开了,一面思忖着是否自己敢去打扰那两个相识,那个搬运工和他的妻子。在决定不去打扰之后,她戴上一顶较好的帽子,找了双鞋穿上了,然后,朝着几个路口以远的一栋房子的方向走去,她在那里曾注意到有个医生开业的铜板标牌。

那位年轻医生正在读侦探小说,一面隔着衣服的纽扣遮布在搔挠着自己,这时候,他是不愿让人打扰的,可是因为在肉店里关于赊购出现点不顺心的事,有人求他诊视,对他也是种安慰。

"什么味儿?"医生问。

努南太太扑动着眼睑。

"说不好,"她笑嘻嘻地说,"好像一种特别的气味儿。"

他拿起提包,她呼吸从容多了,也感到事关重要,他们来到大街上,虽不能算肩并肩,但近得足以表明他们暂时有了联系。天气仍然很热,他们吃力地走在撒满黄色阳光的人行道上,在杜博的绘画中,这种黄色的阳光曾援助过他。

"他情绪消沉过么?"医生问。

"啊,不,"她答道,"不能这么说。不过很沉默。他总是不言不语的。"

"有病吗?"

"喔。"她犹豫了一下。当后来考虑好了,她愕然大喊起来,"是啊,有病!我想那个黑家伙真的有病了。没错,他可能已经死啦!"

她的声音使自己在街上陷入一种可怕的孤独境地,因为医生是要高人一等的。他们继续走着,既然那正派的澳洲土著人一去不复返了,她只好净去想她的母鸡了。

他们来到房门时,医生要了钥匙,由于没有备份,他也没有再要别的东西;他冲开了那像纸一样的东西。

他们顶着风急急忙忙地冲了进去,但又马上被屋里的恶臭推了出来。

医生喧嚷了一下,然后打开了窗子。

"你最后一次是什么时候见到他的?"

"大概三天前吧。"努南太太隔着手帕回答,然后莞尔一笑。

杜博躺在床上,蜷缩着身子,不过看起来倒挺自然,恰似体会到死亡的必然的某种飞禽与走兽。然而,在枕头上,在手上,有很多的血,尽管已经凝结了,结果他可能一直躺在一种虚假的玩笑中。

医生开始了乏味的检查。

"他死了吗?"努南太太不停地问着,"喂,医生? 他死了吗?"

"他死了。"他自言自语地答道。

"也许是结肠出血。"医生嘀咕着。

他用力呼吸了一下以示不同的看法。

"啊!"努南太太叫道。

接着,她瞥见了那些油画,使她大吃一惊。

"您怎么理解这些东西呢,医生?"她问,然后咯咯地笑起来,或者说在手帕后面噎住了。

医生回头望了望,但只是形式上皱皱眉,他当然无心欣赏了。

当他检查完毕,给了那个无足轻重的对象,那个女房东必要的指示之后,便砰的一声将门一卡走开了。努南太太准备去找她那两个相识,搬运工和他的妻子。

可是,她的确又看了一眼那死人的尸体,此时那房子更不像她的了。

阿尔夫·杜博的遗体很快被处置了。他留下了足够的钱——那钱是在一个浓缩牛奶罐头里找到的——所以,葬礼的花销解决了,也为女房东付清了账,真是皆大欢喜。那死人的精神是件棘手的事:那些油画是努南太太为难的根源。最后,那位助人为乐的搬运工建议她将它们拍卖掉。为了报酬,他们带着油画走了,他们得到了几先令,也招来些下流话。办完事,努南太太感到轻松了,不过有时她还在想:那些油画会怎么样呢?

即使那些拍卖人也无言以对,因为他们的账册在不久以后的一次大火中全部烧毁。不管怎样,画是不见了。假如当人们不再嘲笑那些买主时,是否它们未被毁坏,那还有待于去发现。

第七部

第十七章

　　工人已开始拆赞那杜了。拆毁者进入不久,那宅第的神秘生活似乎大部已经暴露,为演出一场神授报应的舞台已经布景,只是通往参差不齐的一个个房间的一扇扇房门仍然是关着的,演员们没能进入其中。当然喽,其原因可能是因为报复受到了彻底打击。演出结束了,那里的壁纸仍在颤抖,上楣被掠鸟涂污了。即使如此,人们仍然从撒尔沙帕里拉满怀希望地前来观望,激励自己去顶住那即将来临的悲剧的尖叫声;去青草间闲逛,一边注意着纪念品,也许有颗玉珠,或珊瑚爪,或被黄色的往昔冲刷过的照片。

　　那只不过是一次搜集罢了,因为当决定和细分家具时,家具马上就被人搬走。两个律师主持了那件事。一位穿黑色衣服的年轻男子来过了,还有一位迂腐的年岁较大的人。财产的清单都在他们的监督之下。在遗产继承人及亲属,一位来自英国泽西岛的克卢格先生的授意下,当搬运车到来之时,他们都到场了。这一切都是通过信件安排的,因为那位幸运的先生年事已高,经不住航海的旅途疲劳——再说,他也曾来过一次——眼下,他感兴趣的也许只是财产的揣度。于是,那孔雀石的瓮缸最后从赞那杜运走了,还有无精打采的雪松,和锯齿形的、有镶嵌装饰的铜桌子。撒尔沙帕里拉镇上的一些居民坚持说他们获悉这些东西卖了个好价钱,但还有另外一些人,他们听说是贱卖了。

奇怪的是那位老太太居然想到去找几个律师咨询一下。好像在她母亲去世不久,她就找过了,当时记忆的某种透明度促使她口授了一份有利于她的表兄弟尤斯塔斯的遗嘱。连那些一直不理解她动机的人都不会将那一遗赠解释为一种简单的继承权,因为玛丽·黑尔就血缘而言与几个姓厄克特·史密斯的人关系更近。

这样,黑尔小姐似乎做出了抉择。人们开始认为她,那个曾在灌丛里鬼鬼祟祟活动过的并时常避开陌生人眼睛的人;那个曾站在窗前,抓着一挂破旧的窗帘遮着半截脸,或者在她那正常的赞那杜宅第的走廊和房间里盲无目的地游荡的人;那个最多是只动物,至少是片树叶的人,一直在选择着。在那犹太人的房子着火的那天夜里,她做出最后的决定,离开了撒尔沙帕里拉,此后,便从那里销声匿迹了。

报纸上登出了一道通缉令和种种推测,供出了两具尸体,一具出现在新南威尔士的一条河流里,另一具是在靠近昆士兰海岸线的大海中。两具尸体均无法辨认。可是用十分迂回而解释不清的推理方法判断为:其中的一个便是黑尔小姐,她步入了那南部河流的冰冷水里,鲑鱼一直咬着她,直咬得血肉模糊,分辨不清了。于是,那样正式报道了。可也有人认为那不是黑尔小姐。戈德博尔德太太就在其列。她有几个女儿也那么认为。虽然那件事从没在她们之间讨论过,但她们知道黑尔小姐在更近的地方,她不会离开那一带,也许那粗劣的、起皱的、崩溃了的肉体是离开了,而精神只不过是暂时离开一会儿罢了。所以,假如有关黑尔小姐结局的话题悄悄地进入撒尔沙帕里拉居民的谈话中,戈德博尔德太太总是推开眼前的头发,眯着眼睛看着太阳,一声不吭。

虽然赞那杜本身成了一个奥妙之蜜很快溢尽的破裂的蜂房,但却一直保留着其神秘的色彩。人们从远方等着聆听紧接着的爆炸声,或者凑向前去欣赏那铜质的洗澡水加热器的景观,但是从那一角度他们看不到嵌装图案的意大利地板,那上边所描绘的黑山羊圆浮雕已被时光和乔利太太毁坏了一半。

有时,当演员不在场时,工人们将出现在那荒芜舞台上的一个水平面上,对着稀疏而热情的观众的底色表演。旁观者将很快进入角色,因为那些工人都是些普通人,可以与他们交流感情和语言。于是,那亵渎的表演更为强烈,更富有攻击性,可谓增加了陈腐的毁灭性的主题思想。

这样,那天早上,当那小伙儿——人群中的小丑——站在赞那杜的楼梯平台上,手拿着他发现的一把破旧的小扇,置身于懒散的阳光中,阳光透过树叶并照射到褐色的壁纸和灰尘的痕迹之上。他即席表演一种祝贺当地历史的舞蹈的时候,从撒尔沙帕里拉来的几个女人、几个小孩和三四个满脸胡茬的领养老金的人不停地狂笑着。那年轻工人怎能受到如此的鼓舞,怎能用那把羽毛脱落的扇子去描绘巨大的呈弯曲状的弧,却是个谜。那位艺术家本人也不清楚,因为尽管有那怪相的灵活性和叫花子般的旋转的冒失举动,但他的创造仍属于一种吱嘎作响的死状舞蹈。可是那年轻人却在跳着。为了观众,他那柔软的大腿将生命的淫秽引入那死一般的房屋里。白色的早晨并未限制他最猖狂的哑剧的发挥。人们像猫头鹰似的叫着,不过都是赞同的。直到最后,那把破扇似乎从舞者的手中忽地飞散开来,束束羽毛向上喷起了一股股浅灰色的烟雾,留下了那年轻人看着的稀稀落落的几条龟板。

他顿时感到难为情了,于是走下舞台,小心谨慎地关上了他退场的门。那些观众也畏畏缩缩地散开了。

赞那杜在继续崩溃着,不过还没有坍塌。拆房工人离开的那些夜晚,当漫长的金色的夜已屈从于寒冷的蓝色之时,其他的人影便出现了。他们是一对对恋人,互相回避着,其实那不难办到,因为大家都享有足够的宁静。在伸展的躯身之上的拱门处,交会的青草创造了一个可能是中国或是秘鲁的世界。

埃尔斯·戈德博尔德和她的恋人鲍勃·坦纳漫步到那里。体验过生活的他们正为眼前的无知而皱眉蹙额,他们绕过了艰难地带的一个个障碍,挺着腰板大步走着。他们晃动着手臂,小手指不稳地钩在一起,不过是庄重的,他们在规划着未来,仿佛事实上他们已经对此失去了热情。

可是,有一次,埃尔斯弯下腰,捡起一块纸片,那是一本旧书上的一页,该书是手抄本,属于娱乐、教育性质的。在繁茂的接骨木灌丛下,他们不厌其烦地至少辨读了书中的一部分。

"七月二十日……"埃尔斯咕噜了几个音节,鲍勃·坦纳借此凑近他的头。

……我们离开了佛罗伦萨,来到菲耶索莱①到露西·厄克特·史密斯家的一个熟人西格诺拉·格兰迪的别墅去。我希望生活将能过得去,然而,西格诺拉·格兰迪却已阐明生活一直是昂贵的!洗过脸,穿上我那像木犀草一样的灰绿色的自由外衣。感觉好多了!

诺伯特向来不知疲倦。意大利是他精神的发祥地。仅仅几夜之前,他曾写过一首描写安杰利科修士的长诗。然而,他怀疑是否自己的健康状况能允许自己让它有个全然满意的结局。可怜的人儿啊,油是他胃中的一种永恒的不适!眼下,我们是在自己的别墅里,希望能发现某位可敬的女人能知道为他准备好羊排骨。

---

① 意大利北部一城市。

我的小女儿快快不乐。她真是个谜。她说她希望自己是根枯枝！我常担忧,她要怎么去适应世界。她实在没什么姿色！而且不愿学会交谈。她一说话就会马上堵住别人的口。我不否认玛丽的话通常都包含着真理。可我担心世界不会容忍真理,至少是以集中的形式而言。一个喝威士忌的人很快就变得孤僻了。从个人的经验中我们深有所悟。

七月二十一日。诺伯特坚持要在这一天返回佛罗伦萨。桑马科、圣玛丽亚·德尔·卡迈因、圣玛丽亚·诺维拉·桑托·斯皮里托等等也是如此。都疲惫不堪了。都大动肝火了。

七月二十六日。自星期四以来再没有动笔。太沮丧了。星期二夜里,诺伯特喝得酩酊大醉,他的血管似要迸裂一般。他决心不再这么干了,因为,他声称这是厄克特·史密斯家的人所期望的。

昨天晚上,似乎别的事还不够。我们那可怜的玛丽又发了点小小的"脾气"。不过很快就平息了,然而是可怕的。她坐起来说道她以前从未如此,她发现慈爱存在于树木和作物的根部,更不用说头发了,倘若它不属于人的变种的话。

这时,最让人苦恼了。必须考虑如何向她显示出那种爱,就此我知道我是胜任的。别忘记将来我要专门祈祷。

咳,听凭未来吧！时间必须解决在狭隘的处所里证明是一个特大纠葛的问题。而且总梦想着一个女儿同其冷静、秀美的双手让一位老者感到安慰。这里不存在一个安稳丈夫的问题。有时我被迫做出结论：只是气派才具有镇定作用。可气派又在哪里呢？不在佛罗伦萨。

"你知道什么！"这让埃尔斯·戈德博尔德实在受不了。

可是鲍勃·坦纳摘下一片草叶，将它策略地伸进女友的耳朵里。

她咯咯地笑着，不过低着头，因为此时她心里想的是一些更高层次的东西。

这时，他将脸差一点贴到了她的脖颈处，那里只留下一条灼热的气流将他俩分开了。外面，凛凛的寒风直吹到接骨木灌丛的根部，然后才受阻。他们则暖乎乎地隐蔽在青草之中。

埃尔斯本可以叫喊的。她将刚才读过的黄纸揉成了团。

这时，鲍勃扯过她的一个耳垂，托到嘴边，他无法屏住气，却将热气喷到她的耳朵里。

"啊，鲍勃，"她只好抗议了，"我读的什么，你没好好听吧？"

"不都是些陈词滥调吗？"

她从没见他生过气。

"啊，"她叫道，"要能知道以后我们会咋样该有多好！"

"我可以告诉你。"鲍勃说。

但心里却不想那么做。

她看到他脸上的肌肉沉下来，结果，在毫无干预的情况下，她离他更近了。眼下，他们近在咫尺。他们的嘴在融化着，渐渐地流到了一起。

直到埃尔斯抬起头呼吸了一下。

"我害怕，鲍勃。"

"怕什么？"他问。

"不知道。"埃尔斯说，因为她表达不出那黑暗的世界。

猫头鹰扑动着翅膀飞过赞那杜的一个个房间。某处有棵树枝啪地响了一声,掉落下来。

"我过去总这么想,"埃尔斯说,"人们可按着自己的意愿创造未来。"

可现实就摆在眼前,鲍勃·坦纳决心抵制未来,于是心头火起:"未来有啥要紧!我很清楚。你不能看清我吗,埃尔斯?看着我,埃尔斯。嗯?埃尔斯!"

这样,她照做了。

"很好,"他说,"嗯?很好。"

当下用张开的臂膀欢迎着他们。当他们在接骨木灌丛底下一起摇晃时,似乎什么也顶不住鲍勃·坦纳那生硬的确信。

"我会让你看到的!我会抓住你的!我会给你前途的!"

"啊,鲍勃!鲍勃!"埃尔斯叫道。

仿佛她向来不懂一切必然的事全在于此,善良宛如野草定会复还的。

有天早上,乔利太太戴上宽檐帽,到赞那杜看了看。可是她没带上她那遭受着胆结石和静脉血管,更不用说心脏之苦的朋友。对弗拉克太太来说,去那儿是远得很了。于是乔利太太私下里走了,可能走得都达到了心悸的程度,所以她急着赶到那儿,并决心不遗余力地使自己的不满得到平息。

到那时,那宅第已成了乱糟糟的一团,四周环境被严重地践踏了,许多沙石已经运走,留下了一片淡黄色尘土的荒漠。割断的静脉和动脉血管仍在微微颤动着。铁制品的弯管散躺在粉碎的石板中和由于性情上的厌恶她从不涉足的一个灌木丛里。那个归来的人碰上了一把破旧的黑伞,可把她吓了一跳:她以为那是个人。

此时,她本想溜达一番,给人留下一种拥有此地的印象,却急速地撤退了,颇有要避免被碾碎的意思。她头的微微抖动模糊了她的知觉,这一点,她朋友已开始注意到了。一切本应都是清清楚楚的,然而却是朦朦胧胧的,种种失望从乔利太太那渺茫纷繁的思绪里游离出来。她在一块被拆毁的阳台上擦破了胫部的皮,她只好为自己在不同时间所遭受的种种打击抽噎了。

实际是:那位受害者的种种怨恨并没因赞那杜的拆毁而消除,它们只不过是以不同的形式存在着罢了。三个女儿穿着起泡的尼龙衣,走在前面老远的地方,她不能缩小那一距离。那些粗心大意的孩子们,一点不顾她们的保姆,拉着弹弓,用跳绳的绳子拍打着小径。那难解的疙瘩,那些女婿们,他们不欣赏人际关系,却在他们中讨论起大丽花、补助金和澳大利亚的规章制度来。在这种情况下,她能抛弃其友谊已被她质问过的一位朋友吗?

乔利太太差点被一支生锈的长笛绊了一跤,一股烟云从那里升起,有人会说那是蓄意制造的。她的那位朋友啊!

这时,在人们扔掉断了腕部的狄安娜塑像的一个小路拐弯处,那位实实在在的弗拉克太太魔术般地出现了。这是不可思议的,却是真事。

"哎哟!"乔利太太叫道。

她不得不揪着她身体的左侧。

"哈!"弗拉克太太喊道。

或者是打了个嗝。

"是你呀!"

"是我!"

她们的脸色也完全一样。

"你身体这个样子,"乔利太太说,"真让人想不到。"

"是啊,亲爱的,"弗拉克太太说,"可是早晨天气很好,我决定对你突然袭击。这样,我就来了。"

她们马上但缓慢地朝着或许她俩谁也未曾指定过的某个目标一同走出。弗拉克太太挽着乔利太太的手臂,乔利太太也没有拒绝。她们那样走着,乔利太太发现她们来到了米尔德里德大街的那栋也许她们从未离开过的房子跟前。在那砖盒子的盖子再次盖好之前,那位不自由的人无暇思考那天早上她前去访问赞那杜的废墟的用意何在。

那两个女人继续过着各自的生活。到了夜里,她们在各自的鸭绒被底下聆听着远处的对方在清理着那特别干巴的嗓子的声音。

然而有些白天,乔利太太却占了上风。特别是有些晚上,当她浏览日报时,当她读到死亡、风景和上帝的行为而感到比较高兴时,更是如此。

有个晚上,乔利太太扔掉报纸,大笑起来。

"年轻人都是魔鬼。"她说。

她那乳白色的笑靥又恢复过来。

"上面讲的什么?"弗拉克太太问,不过声音嘶哑。

她的眼睛不停地来回转动着,回避着某些意想不到的事。

"没什么,"乔利太太叹了口气,"我只是心里在想。"

那不安的报纸变成了几张最薄的金属片。

"我在想,"她说,"他们为了两便士就会杀掉你的。"

"总有人要被谋杀的,"弗拉克太太答道,"而且总有人要干那种事,可以说,不分老少。"

弗拉克太太感想颇多。

可乔利太太却呵呵地笑了,又叹息了一声。

"你的那位年轻的外甥,"过了好一会儿,她又开了口,"那个布卢真是个与众不同的人哪,他从不来看你一下,对他的姨妈不再放到心上啦。而那姨妈又是那么好,总要买最好的牛排。"

"布卢?"弗克拉太太叫道,然后停住口。

某种东西可能在腐蚀着她的朋友:乔利太太就是那么想的。从经验看,她长了赘生瘤时几乎总要请人诊断。

这时,弗拉克太太又恢复了谈话的常态:"布卢不在这儿。他已经走了。布卢正在做洲际旅行呢。"

"为哪家公司在跑?"乔利太太问。

"不,"弗拉克太太说,"真的,不——不为哪家特殊的公司。"

"啊,"乔利太太叹息道,又笑起来,"是跑单帮啊。"

假若弗拉克太太没能检验自己刀子的刃度,那是因为她暂时已失去了它。

有些早晨,乔利太太唱起了歌。这时,她那酷似少女的嗓音将溢出一只只闪亮的碟子,落下珍珠般的水珠。

有天早上,来了一位先生。乔利太太甩掉手上的水。她那乳白色的笑靥又重新浮现出来。

"不,"她说,"弗拉克太太在超级市场呢。有什么事儿?"她说,"我是她的朋友。"

他是位略显粗大的先生,可是她喜欢高大的、有男子汉气魄的人。

他确实对她的话产生了怀疑。可他原来的打算终于揭开了他的秘密。

"我是西奥博尔兹先生,"他说,"从布卢以前待过的那个地方来的。"

乔利太太越发昏头昏脑了。她的表情说明她愿意提供一切可能的帮助。

"可以说,我是工头,"西奥博尔兹先生解释说,"我和布卢一直是好伙伴,明白吗?他写了封短信,告诉我一切都顺利。他在昆士兰一家公司找了工作。还给我寄来个快照。布卢发胖了。放在阳光底下,人都变成熟香蕉啦。"

"啊,"乔利太太叫道,她是那么坦率,致使那来客不得不盯着那正派女人的脸,"他姨妈会高兴的。"

西奥博尔兹先生忍不住纵声大笑起来。那笑声听来相当松垮。有些心广体胖的人是控制不住自己的肌肉和笑声的。

"我想他姨妈头发都不会动一下,"西奥博尔兹先生答道,"尽管他们确实说过,棺材盖钉上之后,头发还会继续长。"

"棺材盖?"乔利太太诧异地问,"是姨妈?"

"他的姨妈戴斯不知怎的死了,我忘啦。"

西奥博尔兹先生为很久以前发生的那件与他毫无关系的事不免露出一种快活的表情。

"可那是他可怜的母亲啊。"乔利太太坚持说。

"她是他妈。"西奥博尔兹先生透过他那形成一种精神的毛边的眼睫毛向外窥视着。

乔利太太惊慌失措了。

"我原以为谁都知道艾达·弗拉克是布卢的妈妈,"西奥博尔兹先生说,"可也许您忘了。"

"她是他的母亲!"乔利太太重复道。

她根本不会宽恕。

"我还没傻到那个份上,西奥博尔兹先生,"她顺即反驳道,"以至忘了从没听说过的事。从来没有。顺便提一下,我要感谢您所提供的这个重要信息。"

西奥博尔兹先生毫不在意他挑起的事,尽管其结果与他无关。

"他的父亲呢?"乔利太太忍不住问道。

"没有正式的父亲。这只是些传言。"

乔利太太慌乱起来。

"有一点是肯定的,"西奥博尔兹先生说,"那人绝不是威尔·弗拉克。"

"那个从屋顶上滑下来的人。"

乔利太太追踪着在那致命瓦上的注定毁灭的橡皮底布鞋的步调。她的脸变成了白垩的蓝色。

西奥博尔兹先生又朗声大笑起来。

"威尔从没滑下过。"

"是跳的吗?"

那个给她提供情报的人起初没有回答。

"那么说弗拉克先生是被人推下去的啦?"乔利太太差不多是在尖叫。

这使那来客吃了一惊。

"我不想说,"西奥博尔兹先生答道,"不在任何法庭上说。不是被人推下的。无论如何,不是用手干的。威尔·弗拉克是个软弱无力的老傻瓜,不过人还不错,他经不住险恶的形势。我就是这么看的。"

"实际上等于说是她将自己的丈夫推下屋顶的!就是这样!"

"我没这么说过。"西奥博尔兹先生说。

他已颇为温和地走开了。他的侧身看起来更显得温和了。

乔利太太意识到自己仍站在台阶上。她问:"您要拿什么东西吗,先生——嗯?"

可是她的客人并没有拿。他正在和大玻璃瓶闹着纠纷,也许他将不得不把它拿开。

这时,乔利太太不忘她特别喜欢身材高大的人,甚至那些自私自利的。

她说:"你们都是些机械人!我可以往发动机里边看,可什么也看不懂。"

但是,如果必要的话,她还将继续看下去。

不过她的客人曾被看透过一次,于是,他走了。

"你的外甥是那么强壮、愉快,真让我高兴,"乔利太太不停地向她朋友重复道,"尽管他像是个不错的人,但他应该想着写信哪,即使只给西奥博尔兹先生写信也行。"

弗拉克太太的嘴唇从来没有那么苍白过。

"啊,厄尼,西奥博尔兹,"她说,"他这个人和谁都能合得来。"

倘若不是她一直害着病,她本可以抱怨自己感觉不佳了。可在那种情况下,她不得不去想另外的事。于是,她不住地分理着铺在前额上方的那几撮小玫瑰花形的头发,那奇特的、倦怠的、褐色的头发。

从全面考虑,如果说弗拉克太太戴的是一种假发,那么乔利太太也不再会感到惊奇了。

"有些男人可以让人信赖的也不过到此为止了。"弗拉克太太说。

她轻轻地擦了擦在她黄色前额上闪闪发光的无情的汗水。

"还用你告诉我"!乔利太太粲然一笑,"并不是说有些女人,"她补充说,"不穿一模一样的裤子。"

弗拉克太太有些忧伤了。

"请原谅!"她说,"都是鲱鱼的缘故。自我打开那听罐头起,我就变成外外一个人了。茄汁鲱鱼我再也不碰啦。"

"是啊,亲爱的,"乔利太太赞同地说,"你的胃口不好,需要恢复一下。"

谁也不会说乔利太太不挂牵她的朋友。她会给她端来一杯红茶。她会替她换花瓶里的水,因为此刻弗拉克太太已经把它忘了。当乔利太太倾倒着花水的暗流使馨香弥漫时,弗拉克太太便开始在她的砖房里踱来踱去了,一边看着各种装饰品以防不测。她本人有着受压迫的、尚未枯死的、沙沙作响的鲜花的表情。

冬日的夜晚,住在米尔德里德大街是最暖和、舒适了,甚至下起瓢泼大雨时也是一样。此刻,两个女人,穿着冬天的长袍慢慢悠悠地呷着茶。乔利太太紧握着茶杯,似乎那提神的、香喷喷的茶水一滴也不能丢掉,如此的举动是不予赏识的。可是弗拉克太太手端着茶杯是为了保持一种风度。

一天晚上,乔利太太放下杯子,重新整理她那绳绒线织物,然后,她抬起头,思索起来:"不知道晚间那位厄尼·西奥博尔兹先生都在干什么。他真是位出类拔萃的人物啊。"

弗拉克太太湿了湿已被茶水润湿了的嘴唇。

"我是不会把厄尼·西奥博尔兹先生放在心上的,"她说,"不会的。"

一边盯视着她的朋友。

"不会的。"她说。

她看上去脸色是那么黄,颈项一处还显出了一段脉搏。

"是啊!是啊!"乔利太太说,"我只是顺便说说。"

她笑得是那么温和,眼睛是那么蓝,皮肤是那么滋润。

"我不信那些传闻,"弗拉克太太脱口而出,"厄尼·西奥博尔兹说的那些传闻。"

乔利太太一定马上想到了什么,因为她那眼睛的动法说明了这一点。这时,她正朝着她那柔软的绳绒线织物前探着身子坐在那里。

"可我却真信,"她说,"因为我是位母亲。"

那是最不寻常的,可是弗拉克太太的舌头却从嘴里直伸出来,舌尖向上微微地卷曲着。她放下了茶杯。发出了一种不同凡响的噪声。

乔利太太站起身,上前拍了拍她朋友的手腕。

"好啦!"她说,"你知道没必要去有意编造。我就是那么理解的。瞧,"她说,"那杯子!还没破呢。这不是幸运嘛!"

可弗拉克太太却在直盯盯地瞅着墙。

"那就把你给控制住啦,"她说,"一个人不应对所发生的一切负有责任。"

可能由于乔利太太在场的缘故,她又慢吞吞地补了句:"就是说——不是每个人都要对每件事儿负责。"

乔利太太不愿扮演良心的角色。但由于这事已强加于身,她只好尽力而为了。从淡蓝色的鸭绒被底下,她时常听到她的朋友,那个可怜的、愧疚的人,一夜起来几次,似因膀胱的缘故——尽管那是弗拉克太太本人忘记谴责的她身体的一部分。

无论怎样,那个已被定罪的女人总在她那临时住处来回走动,一边触摸着各种物体,拖曳着她那米色的长袍。因为弗拉克太太此时全都是米色的了。最糟的是,当她在黑暗中游荡时,她一向知道在一床淡蓝色的鸭绒被底下的自己的良心七上八落,等待着与自己纷繁的思绪进行较量。不被理睬的她倒可能通过冥想罪恶的享乐有时获得爽快,因为悔恨,即使在一个皱缩了的罪人身上,也未必全然枯燥无味。弗拉克太太就是如此。的确,假若不是因为她已与内衣达成协议,她的乳房早就不复存在了。黑夜将对此一笔勾销。时间的尖刀又降临世界,所有摸索的、滥造的、剧烈的各种紧身的痛苦可能只是一种幻觉。

"要我是你的话,"有次早饭时乔利太太建议道,"我就要考虑请药剂师推荐一种可靠的药丸了。"

"我不想服麻醉药,"弗拉克太太答道,"你根本说服不了我。那不对。不符合伦理道德。"

"喔,我不是要说服你!只是为了你好,"乔利太太辩驳道,"我不忍心眼看着一个人受苦。"

又转过眼去。或者说反而注视起她那受害者的面包片来。

"有时,我想,是否我对你全是那么好。"她若有所思地嗫嚅着。

她没有抬头,可还在注视着。

"不好吗?"弗拉克太太激动起来,声音干巴得赛面包片。

"是不我们两个人的性格说不上相投呢,"乔利太太解释说,"如果我能让自己相信是这么回事儿的话,那么,我就要走啦。过去我从没想到要走,就是你对我不好的时候也是一样,亲爱的,可现在如果我认为这么做对别人有好处,我就要考虑了。"

乔利太太没有看,只是听到沉默在痛苦地规劝着。

这时,弗拉克太太动了动,她坐的椅子碰撞了一下亚麻布地毡,她的拖鞋里已发现了沙砾。一时间,乔利太太推测她朋友的精神可能已经恢复过来。

"我一直在纳闷,"弗拉克太太说,"为什么以前你不想走,你的舒适的房子几个钱就租给了一个朋友。你的三个女儿是那么可爱、那么漂亮。所有的好处你全舍弃了,全为了可怜我。"

所以,乔利太太不再疑惑了,她知道弗拉克太太正在逃脱,她比她的命运要坚强得多。

于是,乔利太太擤了擤鼻子。

"那不是什么好处,"她说,"那是记忆。"

乔利太太还记得有把旧班卓琴上发出的曲调曾使她热泪盈眶。

弗拉克太太削去面包片上的皮,拍去了她手指上的面包屑。

"当然喽,你若真走了,我会受苦的。"她承认了。

乔利太太感激地,或者说满意地抬着头。也许她犯了错误。

"我一直在想,我会受苦的,"弗拉克太太说,"你在那栋漂亮房子里该怎么应对你的全家人和你那死去的丈夫的随时记忆呢?!"

这时,乔利太太实际上哭了。

想起充满活力的手摇风琴的音调,她更勤奋了。她常在夜里跳起来,擦净碗碟洗涤处。她写过许多信,又将它们一一撕毁。她常徒步到邮局去,再徒步走回来。要不,便到药店去。

"要是有人告诉我你已经走了,"弗拉克太太说,"我会相信的。"

"都是这鬼天气,"乔利太太说,"让人动摇不定。"

"也许是坏消息吧。没什么比信更让人不安啦。"

乔利太太没吭声,而弗拉克太太激动地注意到在她朋友的面颊上微微滑动的那根柔软的、白色的小汗毛;或者,是一股风。两个女人都想听听对方的讲话,却又抑制不住内心的喜悦。

一天,乔利太太到药店去了,弗拉克太太进入她朋友的房间——不过当然喽,那也是弗拉克太太的——她好像让水淹着似的开始行动起来。不过也许刚刚得救。事实上她的双手在疯狂地乱动着,可是为了得救,它们最后在某个小家伙刺绣过的手帕小香袋底下发现了一封信,也许是那封信。

弗拉克太太在成绩面前显得傻乎乎的。她紧紧地握着信纸,实在有些过分。她多么想几口便将那可见的词句全部吞下:

亲爱的妈妈(弗拉克太太读起来,或者说反刍),

上星期,我收到了您的来信。您将会纳闷为什么我没即时复信,不过您一直在考虑那件事——多特、埃尔玛和我也一样。还不得不对弗雷德讲,这,您是会理解的,那件事与他密切相关。当我一边写信,一边听着轻音乐时,他就在这间起居室里与我坐在一起。埃尔玛尤其觉得地方拥挤。多特和阿奇总要拿什么进行报复,假如一次不是几件物品的话——我怀疑她们总在记事条子上做着记录。好啦。这就是其他人现在的简况。

至于弗雷德,他说他还没计划让您来和他同住一房。他是不想的,您知道,他是多么顽固。咳,妈妈,说起来样样事都很艰难。我得承认,也许这是事实。我承认您是我们的母亲。谁都会说我们是那位做出了许多牺牲的母亲的忘恩负义的女儿们。是啊,妈妈,或许您做出的最大牺牲就是为爸爸了。不是说流过多少血。那事干得特别干净利落。谁也不会从报上读到的。但我永远不会忘记他那死于夫妻之爱的那天晚上的那张脸,有时人们也管它称心肌梗死。

诺,我已经说过——我丈夫和我正坐在房间里,他等着要看看我写好的东西。我并不害怕。因为我们期望的最少,我们已经在彼此身上发现了可尊重的东西。我知道弗雷德是不会得罪鄙人的,即使他发现我是个懒虫也一样。这就是最大的引诱,妈妈,您根本抵抗不了,您还有别人呢。

这下您知道啦。孩子们还都好。假若您的朋友非常威严,我很遗憾,不过也许她会经得起进一步观察的。镜子都有两个面儿啊。

　　　　　　　　　　　　顺致安康
　　　　　　　　　　　您的女儿,默尔

附言:我不得已才写这封信呀,妈妈。

弗拉克太太过去只亲眼见到一次失礼行为。现在可能是第二次了。这一次抽屉拉开了。她又歪歪扭扭将它推了回去,不过最后还是弄正了。

乔利太太回来后,注意到她朋友似已解开了那谜中之谜,但对自己的答案不全满意。不过她本人可能并不在乎。她主动说道:"我想稍躺一会儿。都叫那些瘘管搞的。"

"哎呀,"弗拉克太太答道,"我给你拿杯茶来。"

"不!"乔利太太阻拦道,"我就躺一躺,闻一闻布罗德先生送给我的东西就行啦。"

事实上,自那以后,她们确实都给对方递来过无数杯茶,为此,各自都表示出自己的感激之情。然而这并没有阻止乔利太太不只一次地将自己杯中的茶倒进厕所,或者说,经过考虑之后,也没有妨碍弗拉克太太多次将她的茶水泼进阴沟里。

思考,是她们不再犹豫拿自己试验的一把刀子,而以前则几乎无不用在别人身上。

"我的那个手帕香袋上边还绣着三色紫罗兰呢,你一定是见到啦,亲爱的。"乔利太太一次说道。

"是啊,亲爱的,好像见到过。"

"那东西,"乔利太太说,"是埃尔玛最大的孩子小迪德里为我刺绣的。"

"我从没有过手帕香袋,"弗拉克太太考虑着,"可是保留过多年一个盛着满满乳牙的小瓶子。"

"啊!"乔利太太几乎痛苦地叫道,她本来很想看一看,"那瓶子后来怎么啦?"

"最后我把它扔掉了,"弗拉克太太说,"可有的时候我却想我是不是该那么做。"

夜间的思索是最为残酷的,两个女人,穿着她们长长的、柔软的、拖曳的睡衣,常常在走廊里不期而遇;或者,手指碰到了手指,她们将互相引领着对方慢慢地回到黑暗的源头。她们彼此在迷宫里走走绝对必要。没有正当的指引,地狱中的心灵可能会迷路的。

那宅第还没被彻底拆毁,推土机便开进了赞那杜的灌丛里。钢铁的履带爬上了高坡,更不用说那些幼小的树苗,或挡着道路、进行抵抗的丛丛灌木了。坚硬的土块可谓不安地、颤抖着升高了,可是到后来,它们将永远凝结在一起。过去是草坪的地方出现了裂缝。

灌丛中的豁口在龇牙咧嘴地笑着。最凶狠的要算玫瑰园里的大屠杀了。那里的泥土曾是诺伯特·黑尔从裂开的血淋淋的伤口般的什么地方用车子运来的。当犁过或车子走过时,金属刺耳的尖叫声可与那棵从根部撕裂的、像粗糙的柴捆那样被短暂地拖过的老青龙木的苦恼相匹敌。一架活动的犬锯被用来对付那些可以卖出的高大树木。锯齿吃进木材的声音让寂静都旋转了。的确,他们都是些头脑冷静的人,不经过偷偷地喝酒,便能吸入那毁灭的气味。许多在场的人都被迫平静下来。因为撒尔沙帕里拉的大部分居民都蜂拥而至观看那花园被清理的情景,正如他们曾觉得有必要去援助对那宅第的破坏一样。这时,甚至连那些冷淡的、温顺的、懒惰的、无洞察力的、病弱的人也都加入了这一行列。

只有戈德博尔德太太没有被那些具有历史意义的本地的大事所打动,不过作为一个家境清贫的小人物,大概也没人去注意她。人们只是恍恍惚惚地看到有个妇女从棚屋里走出来,晾着洗过的东西。那双粗厚的臂膀反复地上举着,那一个个柔软、透明的亚麻布环圈,先是沉甸甸地悬吊着,然后边角扭曲起来,最后升起了,像些快活的白旗飘摇着。

要是别人注意的话便能知道戈德博尔德太太似乎在为不相干的事物生活着。在她的生活过程中,她已为稀松平常和鸡毛蒜皮的事产生出一种爱恋和尊重。是不是人们隐蔽了一种精髓,揭示了一种结果呢?无论怎样解释,她都将动手种出一行蚕豆来,并不是说好像她要掩盖种子,确切地说,她仿佛要一遍遍地熟谙一种极其重要的秘密。她将走到她那蕨类植物中间,放开被蜘蛛禁锢的幼嫩的钩弯。至少在她岁暮之年,她可以在她那烫衣桌旁,在她当时似乎注定要居住的棚屋里有时坐上半小时。显然,那黄板的打有印痕的表面,连同她工作室的器皿和用具,不可能带有适应的神圣的尊严被收容到别处。于是,她与它们一直秘藏于此。她坐在那里,眯缝着眼,受着太阳的触弄,要么,由于她可以任其瞥见,那可能是在为真理的如此轻微表露的一种微笑。

可是眼下,戈德博尔德太太是那么质朴。可谓一如既往。若不是记得她穿的那种棉上衣,冬天穿的羊毛衫,或者是那件终年闪光的长大衣,谁也不会再记得见到过她了。她那粗壮的身躯从未改变,只是在多次怀孕时变得更臃肿了。

如果说她本人完全沉迷在自己那几乎单调的生活中,那便是在孩子们返家之前,当微风已从南方刮起时,她顺山而下走过一段不远的路,她一边走,一边看着大地,身后跟着只跑着的猫,那似乎也没有什么新鲜的了。

这时,她可能转过头,叫起来。

"蒂博!蒂博!蒂博!"她一直叫着,又说,"可怜的蒂比!谁也不想离开你!"

她抱起她那多棱角的猫,将它搂到怀里,给了它蔽身之处,笑嘻嘻的;一边将自己的喉咙对着太阳,高高地举着,似乎那是个正在举着的喇叭。

假如,她值得别人注意的话,戈德博尔德太太的质朴可能早已闻名遐迩了。

最远的餐桌往往人们都抢着去。有一张安放在微微隆起的平台上的餐桌,坐到那里可以纵览全屋,却从未受到过挑战。在那些理想的餐桌中有一张是为三个女人专门留着的,她们为了安全正贴着铬栏杆走在沾满灰尘的地毯上。可是那栏杆,更不用说她们的仪表了,给了她们某种怪诞的尊严。餐桌上所有的餐具恍若都在欢迎她们的到来。假使有一支管弦乐队,它将为她们下楼高奏乐曲,然而,午饭时是从无音乐的;除了谈话的持续的拨奏曲①,词句可能会

---

① 用手指弹的乐曲。

咻咻地、不偏不倚地归到那不设防的耳鼓里。

　　这显然是三位有头有脸的贵妇人,历经了街道梯级的险情之后,她们已经来到地面的安全处。她们欣然而无助地环立着,而招待们犹如回飞的燕子却在飞跑着。早来的惠顾者从餐桌上粗暴地伸长了脖子观望着,倘若那不是所期望的,也可能是他们对感兴趣的东西表现出的不安。因为那三个女人都戴着一顶妙不可言的宽檐帽。第一位,也许是其中最缺乏信心的一位,选择了一顶刺人眼目的粉红色的、庞大的缎子的夹心糖;它被过分地裹到了一边,从而使那颗头颅给人一种不匀称的、畸形的、像球茎生长物一样的印象。可是那位无常的女人正为自己的胆量发抖,她扫视了一下靠得较近的伙伴,捕捉着赞美的残篇断片。然而,她的朋友则毫不退让。因为第二位女人有了她那晾干的甲壳便颇为安全了,除非不得已,她是不会认清她的熟人的。第二位,头上戴着一个涂了漆的螃蟹壳。她当然对此是忘得一干二净喽。可是它却放在那里,一只逼真的蟹钳奉献出一个钻石海星,另一只则摇摇晃晃地挂着一个磨得光光的水晶海螺。那位无知无觉的穿戴者已使自己传统地摆脱了手套的束缚,正恢复着她那手的柔顺。当尽力显示自己指甲的风采时,不知怎的,人们看到它们恰好属于那蛮横无礼的螃蟹的同一个色调。

　　招待们多么敬重那三位傲慢的女人,不过他们那最为意大利化的微笑却是对着第三位的,显然她年纪最大。

　　第三位,或者说此时的第一夫人,影响着所有宽檐帽之中最为有趣的一顶。在她那蓝色的卷发上,安了一个灰黄色的、土色的、天真烂漫圆锥型的小毛毡;它是那么简单,那么实在,致使它的主人也许会被错认为是某个老谋深算的、冒名顶替的滑稽小丑,直到别人注意到流行式样几乎毫无觉察地曲扭了那块毛毡,而且,烟雾——是啊,实实在在的烟雾——从那精巧制作的锥体里释放出来。她站在那儿,戴着她那火山般的帽子,站在那考究的餐馆中央,她的嘴由于欢欣而起了皱,因为她已达到她又可以依靠成功而无害于社会的年龄。于是,为了两个摄影者那两个使人眼花缭乱的灯泡,她嫣然一笑,因为此刻她尽力在回避去想她那双膝上的关节炎。

三位女人,像她们的衣服和疾病允许的那样,很快得到了妥善安排。她们接受了建议,要了蘑菇龙虾,尽管就那位缎子夹心糖而言,那是一种异端的鲁莽之举,她只好凭借水生贝壳动物的名望说话了。

"我们敢吃吗?"她已在窃笑了,"这不是在斗心眼吗?"

一边为自己那朴素的玩笑沾沾自喜。

螃蟹壳看到夹心糖的上齿中央有道自然的缝,于是,她显示出一种俗不可耐且弱肉强食的表情。

可是那位火山却不再必须注意她不想或不需要注意的事情了。

她前倾着身子,言不及义地,然而带着不无疲倦的妩媚说道:"你们两位是我一直想要召集的,因为我觉得你们可以对那个委员会永远造成影响。"

螃蟹壳是不会轻信的,不过却客客气气。甚至连那位讲话者本人似乎也不全相信自己说过的话,于是,她又含糊其词地补充说:"我要说的是友谊——一个人的感触——更能够达到仁爱的目标。我衷心祝愿化装舞会圆满成功。"

"吉尼是个宠儿,但又是个理想主义者——那不是纯粹的理想主义者吗?沃尔夫森太太?"螃蟹壳问道,一边转向夹心糖,不是因为她需要询问,而是因为那是一种技巧。

她没有回答,却故意嘶嘶地叫了起来,这在她身上产生出大多数尖刻的女人所特有的那种红色的浸液。而且,整个动作证明她脖颈的肌肉过分发达。

火山将她苍老、柔软、白皙的手放在螃蟹壳的那比较强劲的、淡褐色的手背上。

"我和科尔奎豪恩太太很早就是朋友了,我不信我们彼此间会产生误解。"火山对着沃尔夫森太太说道。

想尽量将后者拉拢过来,却不料被置于门外。

"又是理想主义!"科尔奎豪恩太太嘶嘶地叫道,好似她永远摆脱不掉其欢乐的体系。她失去丈夫已经多年了。

"我是个理想主义者,"沃尔夫森太太小心翼翼地说,"像查默斯-鲁宾逊太太一样。所以我认为对那些患小儿麻痹症的小孩子们进行帮助是非常重要的。沃尔夫森太太——她也是个理想主义者——答应提供我们一张令人眼馋的优厚的支票,外加这次舞会的收入。"

"好极啦!"查默斯-鲁宾逊太太叫道,"真是以德报德啊。"

"啊,行善特别重要。"沃尔夫森太太断言道,一边慢慢地处理着她那蘑菇龙虾片。

这最值得称赞了,可是沃尔夫森太太愈注意兜圈子,科尔奎豪恩太太便愈坚信自己能发现那位多萝西·德鲁里的特征,她早先跟她学过一种课程,如今差不多已经忘了。科尔奎豪恩太太觉得此时最不能容忍的便是她的邻座沃尔夫森太太了。

"做礼拜去了,"后者继续说着,"沃尔夫森先生——路易斯,"她改正说,一边看着科尔奎豪恩太太,"我丈夫就想着做礼拜。我们定期到圣·马克圣公会教堂,他还送给那儿一支荧光灯呢,尽管他是个大忙人,但他还准备组织一次吃烤肉的野餐会哩。"

查默斯-鲁宾逊太太将自己那眼珠黑亮的目光集中到远方的、无形东西上。

"可爱的老教堂啊!"她用传统的调子吟诵着。

她喜欢星状的蓝宝石和氧化钴。她那犹存的风韵恍如需要宁静。

"那么说,您应该认识卡农·艾恩赛德了。"科尔奎豪恩太太敢说沃尔夫森太太不敢说的话。

在她那审问官似的冷峻的目光之下,后者庆幸地受到了貂皮的保护,而且往里陷得更深。

"他在我去之前就不在了。"她咳嗽一声。

那是科尔奎豪恩太太的一个天才。

"可我十分肯定,"她盘算着,"那位卡农上天还不超过,我想想,六个,肯定还没超过七个月呢。"

沃尔夫森太太凝视着她那满盘禁戒的酱油。食物已使她忧郁起来。

"是啊,是啊,"夹心糖上下跳动着,"在这之前我们还不去那个教堂。"

在那张破旧的不受个人情感左右的小桌旁边,她那两个朋友在等着发生某种缠绵悱恻而又发人深省的事。

"我就是在圣·马克圣公会教堂里结婚的。"沃尔夫森太太贸然地说,在她那门牙之间显露出科尔奎豪恩太太为之哀叹的那个豁缝。

"不是卡农·艾恩赛德主持的吧?"科尔奎豪太太固执地问。

"希拉是最近才和路易斯·沃尔夫森结婚的,"查默斯-鲁宾逊太太解释说,"他是她的第二任丈夫。"

"是啊,"沃尔夫森太太叹了口气,尽量在留给她的刀叉餐具上保持着和音,"海姆——哈里不在人世了。"

可是科尔奎豪恩太太可能比沃尔夫森太太更为沮丧。

整个餐馆里,时间似乎一直让那些惠顾者们默不作声。那一双双一直在环视着的、眯细的眼睛开始谴责起只不过是一种干瘪伪装的假面具。为修补一张必须重新毁坏的嘴为时尚早。所以,那些女人坐在那里。甚至连通过一种脆弱的天性已暗示出足智多谋的查默斯-鲁宾逊太太也停止了颤动。眼下,她对自己的记忆力产生了怀疑,因为她本该记住男人们的。室里所有的女人也可能持有同样的想法:男人们一个个都率先而去,那些无法容忍但却必不可少的艺术大师们都死于他们的艺术技艺,而他们曾演奏过并留下的那些乐器出于习惯还继续当当地响着,嗡嗡地叫着。那些乐器暂时是安静的。然而它们必定会再次响起来,因为沉默是音乐的死亡。

于是,查默斯-鲁宾逊太太在听着,她听到了自己稀疏的振颤。她绷紧了自己脸上那固定的、阴郁的、朦胧的表情,那种她具有的所有伪装的表情曾为她赢得了满堂喝彩,她本想为此贴上一个光辉的标签。

她说:"在圣·马克教堂里,我更加坚定了。我还记得主教手背上的条条血管。我当时跪错了腿。我太紧张,太激动了。我想我当时在盼着发生某些奇迹呢。"

"我的小女儿小的时候就对奇迹感兴趣。"沃尔夫森太太说。

她的伙伴们在等着最坏的事。

"她神经衰弱过,"那母亲报道着,"哎,是啊,开始和结束对女人都难哪!可现在我的罗齐尔在给一名花商干着活。当然喽,并不是因为她不得不去干。(她父亲拥有自己的商行,伙计管理得井井有条。而且,路易斯——是个慷慨大方的人。)可花商通常都是非常干净的。再说,沃尔夫森先生——路易斯——认为干那种活可能还具有某种治疗学的价值呢。"

三个女人都要了果汁冰激凌和果汁软糖酱。她们为行为的一致而感到欢欣。

"那么说,你熟悉圣·马克教堂了。"沃尔夫森太太又回到本题,然后莞尔一笑。

回到一种话题上还是令人鼓舞的。她就喜欢那么无拘无束的。

"我多年没去了。当然参加些婚礼例外了。你知道,我对科学产生了兴趣。"查默斯-鲁宾逊太太说。

"对科学!"

眼下,沃尔夫森太太是不能相信的。

"吉尼是指基督教科学。"科尔奎豪恩太太解释说。

大家都听完了那落下的话音。此时,沃尔夫森太太本可以叫道:不错,不错,它就像你的影子一样紧紧地尾随着你,可你终于习惯了它,影子不能伤人啊。

相反她说:"别说啦!"

同时,她心里记下了那科学,留待今后去调查。

"你应该试试看。"科尔奎豪恩太太建议说,然后高声大笑起来,接着又变成了呵欠,她只好转过头来。

"我不信这种科学在欧洲人中间真的传播过。"查默斯-鲁宾逊太太一本正经地说。

"我敬重欧洲人。"科尔奎豪恩太太说,一边看着几乎一无所有的房间。

她也是一样。她召集领事们,盼着那些真正的黑人。

这使沃尔夫森太太更为不解了。起初她知道不要这样,此刻她必须弄懂她已经忘记的东西。可是她会想起的。生活,对她一样,也曾是一系列的伪装。无论希拉·沃尔夫森,或者舍尔·罗塞特雷,或者书拉密·罗森鲍姆,根据情况需要,她总是要么将伪装捡起,要么将伪装抛开。

于是,那位黑色的、黯无光彩的少女使自己在电烫发卷的里边,在涂了白粉的裂开处的后面,在那变种的貂皮的下方,安定下来,她又恢复了信心。

"说到奇迹,"查默斯-鲁宾逊太太说,"科尔奎豪恩太太在撒尔沙帕里拉还住过好几年呢。"

那告密者将脸伸过桌子,到达密谈的程度。

"撒尔沙帕里拉!"科尔奎豪恩太太带着几分厌恶惊叫起来,"谁也不愿继续在撒尔沙帕里拉住下去。现在没人住在那儿了。"

"可这不是奇迹吗?"尽管有预感,可沃尔夫森太太还是大胆地说出了。

"那不算什么奇迹。"科尔奎豪太太皱起眉头。

她气鼓鼓的。她的嘴、她的颏几乎已经消失殆尽了。

"我懂,"查默斯-鲁宾逊太太咕哝着,她的微笑表达着她的怀疑,"一种神妙的东西呗。"

她太老练、太媚人了,她表现出的轻率也算不得轻率了。

"不存在奇迹的问题。"科尔奎豪恩太太重复着。

一股融化了的冰激凌将要从她的一个嘴角里流出来。

"当然喽!"她承认道,"听说巴兰纳格利发生了一件不愉快的事儿。几个酒醉的暴徒和一些若不说歇斯底里也是愚蠢无知的女人卷了进去。他们都住在那里,后来又到了撒尔沙帕里拉。只是没有出现奇迹。肯定没有!"

科尔奎豪恩太太几乎在喊。

"讨论这事儿太没趣儿了。"

"可是他们把那个犹太人绑到十字架上啦。"查默斯-鲁宾逊太太用一种她已拼命摆脱了所有迷人之处的语调坚持说道;夜里,她可能要将自己手上的戒指摘掉。

"哟——哟——哟!"沃尔夫森太太叫道。

后者在皱着眉,或者透过所有米色的香粉皱起了黑色。她又被利用了。她被那过度悲伤的弦乐的不谐音调所感动,那是她的的确确渴望的,但却不想听到。

"你知道?"查默斯-鲁宾逊太太问。

可是沃尔夫森太太在斜着身子摇晃着。她身上大提琴的哼哼声明晰可闻。

"噢,不!"她呻吟着。"而是,"她说,"我的确听说点事儿。啊,是啊!发生了点事儿!"

她真知道啊!她本人似乎无所不知。她的每一段生活都担负着此类学问的重担。

"我警告你!"科尔奎豪恩太太嚷道。

可是,幸运的是未曾确定她们中的哪一位将一只咖啡杯翻倒到查默斯-鲁宾逊太太的深蓝色的裙兜里。因为此刻大家都在擦抹着,交谈着。

"亲爱的!亲爱的吉尼!真糟糕!"

"真糟糕!那么漂亮的衣服!全弄脏啦!是啊,太过分了,查默斯-鲁宾逊太太!"

沃尔夫森太太决心开脱由于送出一件精细的礼物,一件耐久的、次等的小件饰物而可能引起的任何罪责。她已发现那种姿态得到了报偿。

可这时,一个年轻的意大利招待已经跪下来,那迷人的双手用海绵在揩拭着查默斯-鲁宾逊太太的裙兜。当她注视着那手的动作时,她知道损坏和修复实际上都是一样。只是她不甘心让那位年轻男招待那坚不可摧的美好的头形与那日复一日、几乎无时不从她身边慢慢溜走的生活协调起来。

"谢谢。"她终于说道,这时,他站在她的面前,她带着曾是百分之百的女雇主的、不过渐渐变得忽隐忽现的喜悦望着他的脸。

"别谈什么奇迹了!"她朗朗地笑起来。

"我早对你说过!"科尔奎豪恩太太说。

纵然沃尔夫森太太仍被抛掷在险恶的波浪上,但浪头很快便退却了。尽管内里空虚,但那三位都觉得自己没有过错。

三个女人不再做任何努力了。她们都两腿分开坐在黑洞洞的餐馆的桌子旁——因为在中餐与晚餐之间,招待们在关灯,把用过的餐巾团成团儿。

"我过去有过一个女仆,后来她嫁了人,便离开了,我想她是住在撒尔沙帕里拉的。"查默斯-鲁宾逊太太追忆着。

那精制的造烟装置隐匿在小宽檐帽冠里,喷出最后一股绝望的轻烟。

"实际上不是女仆!"科尔奎豪恩太太又开始低语和抱怨了。

"一个很好的姑娘,尽管午餐时递饭菜那样子会让客人们吓一跳。我忘了她的名字,但一直想着她,不知道那人后来的情况怎样了。她是——我该怎么说呢?"查默斯-鲁宾逊自问道,至少她让人看起来是在她们坐着的那个黑暗的旷野里探着身子的,"是啊,"她说,终于确信了,"你会笑的,埃斯米。她可是一位圣人啊。"

"圣人?我可怜的吉尼!餐具室里的圣人!你怎么能说出口!"

科尔奎豪恩太太若不说歇斯底里,此时也忍不住咯咯地笑了起来。这使她头上的螃蟹壳下垂的钳子打起了空洞的节拍。

"这次谈话该会使我的小女儿多么感兴趣啊!可她精神崩溃了,"沃尔夫森太太说,"鲁宾逊太太,你怎么说你的那位女仆是位圣人呢?"

查默斯-鲁宾逊太太在黑暗中摸索着。她的脸开始习惯性地痉挛了,可她决心做出结论。

"要解释难哪——真的,"她说,"我想得从本质上看。她是那么憨诚,那么信赖别人。可是她的忠诚老实可能就是她的力量。"那位理想主义者如痴如醉地继续说着,"她是一块岩石,我们紧紧地靠着它。"

后来,也许意识到最后她还没有被人理解,于是,又毫无羞愧地补充说:"她是一块爱情的岩石。"

"我们全都铸在上面!"科尔奎豪恩太太咬着口红叫道。

"啊,我真希望能见到她,"查默斯-鲁宾逊太太咕哝着,一边伸长了脖子,希望保留的体面能在她们坐着的朦胧的涤罪所的深渊中变得清晰可见,"能找到那个慈善的女人该多好啊!我肯定,她知道,她当时就知道,我们可能盼的是什么!"

沃尔夫森太太发现那个老家伙已经精疲力竭了。到她那把年龄,那么做是不明智的。

的确,查默斯-鲁宾逊太太的那火山口此时已经熄灭。可是,她又继续和她的伙伴坐了会儿,此时,那三人中的每一位都尽力想着自己之后的去处。

人们将赞那杜修理成一座光秃秃的、红色的、残留的小山以后,便开始竖立起纤维板房子了。大约两三天后,一座座蜂房似的小屋便紧紧地贴在赤裸裸的土地上。转动的晒衣绳连同冰岛罂粟都已升高,之后就是唐菖蒲①了。厕所根本没有隐私,以至于都能倾听别人周围的绿头大苍蝇的嗡嗡叫声了。新房的薄片墙总在夜里摩擦起来,熟睡的人们可能被鼓动到互相的梦里,假如那些梦不相同。有时,可听到不安的老鼠已在胶木上、塑料上,或执拗的处女膜上啃咬了。所以,在那种情况下,人们跳出来,跳进汽车也就不足为奇了。整个星期日,人们都在探亲访友,或接待宾朋,尽管有时他们会在半路相遇,却一直毫无察觉。这样,当最后一无所获时,他们便开着车,兜风去了。他们驱车寻找可看的东西,直至动作变成真理的一种表达,那唯一真正持久的东西——当然喽,它比家庭的方糖更具有说服力。假如后者没被时间和天气所融化,那么它们只能通过仇恨和爱恋保留着某种更为可怕的催化作用。所以家庭的主人们开起了车,开车到处转悠起来。

戈德博尔德太太算不清自赞那杜被夷为平地以来究竟有多少

---

① 一种园艺植物,剑型叶,高大,艳色花。

年了,这时,幻想突然让她戴上帽子,走了下来。那是六月的一个星期二,天空又湿又冷,可还清朗。戈德博尔德太太外表看来毫无变化,因为生活早就给她了打击,然后,拿她当作其他的受害者那样,遗忘了她。她周围的一切都在潜移默化地变化着,尽管她生活的那座小山的一边仍然阻塞着黑莓的灌木,仍然铺着缺口的瓶子和生锈的弹簧。这事实上是个奇耻大辱,但由于一个思索者的秘而不宣的动机似乎与某种更隐匿、可能更非凡的计划完全一致的缘故,人们并没有因此而大喊大叫。所以,戈德博尔德太太继续住在那里。为了适于自己的习惯和需要,在那光滑了的黑莓灌丛中已擦磨出几道悠悠的小径。

此时,她抄近道向着蒙蒂贝洛路走去,身后还像往常那样跟着那只猫,或者是另一只,跟着走了一小段路。

"滚开!"她叫道,"傻东西!路太远啦。就这一次吧!"她放声大笑起来,"这是个正经八百的路程啊!"

说得她的猫转过头来,穿过荆棘温文尔雅地又往回走上了迂曲的路。

冷风向戈德博尔德太太袭面而来,不过她的视觉一直是清楚的。她折断一根小枝,一面啜着,一面走着。

"你是谁呀?"在沿路的一个门口处她问道。

"嗯?"她问,"你是谁呀?"

当然那是个玩笑了。那是她的外孙。他对那催眠的肥皂味儿了解得比她的声音更清楚。由于亲密的回忆,他变得安静了,或者恭敬起来。

她摸了下那小男孩的面颊。他服服帖帖的,可没有抬起眼。

"这是谁?"戈德博尔德太太指着第二个小男孩问道,那孩子顺路来到那里,口里咀嚼着东西,满脸的面包屑。

"鲍勃·坦纳。"年龄较大的男孩直率地答道。

她本可以将他吃掉的。

"你是鲁思·乔伊纳!"他嚷道。

"啊,"她仰天大笑起来,"你就是你母亲从没打过的那个不要脸的男孩儿啊!"

小男孩踢着土。他的弟弟推了他一把,最生动地显示出那是一种玩笑。"好啦,"姥姥说,她的嘴唇颤动着,那就是她本人对她所有的孩子的赞许了,"那么,就向你们的妈妈问好吧。"

"啊,不!"大孩子叫道,"要你进来。这里有玉米面饼啊!"

"今天不行,"姥姥说,"我要出去的。"

差一点又笑出了声,但又咳嗽起来。

"带我去吧。"男孩恳求着。

"路太远了。"她答道。

"啊,不,"他叫道,"我可以走好多路呢!"

可是她已经走得慢了,一边发出了一些微弱反对与溺爱的声音,失望容不得那男孩马上对此做出解释。

戈德博尔德太太继续沿着一条荒僻的路往前走去。

她女儿中的两个此时已经嫁人了,另两个也许了人,最小的那对实际上也处在上述情况下。戈德博尔德家的那六个女儿时常在棚屋外被踩踏的土地上不期而遇,有时也遇上大姐二姐的那些面生的小孩儿们。姑娘们总是编出些闪着绿光的花环——用任何普通的鲜花,比方说,牵牛花,以及菝葜和折皱的野小苍兰。她们总是戴着鲜花,互相间扮演着小丑,并且异口同声地唱道:

> 无论哪个小伙儿
> 要和我厚脸皮,
> 我都会
> 重重地给他一巴掌!

那个重要的人哟
从不阿谀，
可发现他时
他在荡来荡去。
他就是那个人
我要吻的，
吻，吻，吻！

可是波比·戈德博尔德总是喊："哪个家伙我都不想吻！不吻，不吻，不吻！"

接着，她会缓和一下自己的许愿，突然叫道："不吻小鲍勃·坦纳！"

那小男孩总会嚷起来，护着自己免受在他上方满脸通红的、他那傻里傻气、笨手笨脚的老姨的突然袭击。

这样，戈德博尔德太太有自己的孩子，有自己的女儿，可是那又能持续多久呢？两个已经走了。当所有直率的姑娘都从她身边溜走时，她将继续坐在棚屋前，膝上仍放着她们那枯萎的鲜花项圈。这时，似乎她已射出了最后一支箭，她已经疲惫了，已经空虚了。她将觉察到黑暗的触摸。她将坐着，试图揉掉各个关节上的风湿病。她时常回想起她的朋友，那个犹太人在她身后的棚屋里死去的那个夜晚。甚至当时一直在睡觉的年幼的孩子们也不会忘记那个夜晚，因为睡眠似乎不能阻止她们对此事的参与。所以她们的眼睛比其他姑娘的看得都远。经过那一夜的冶炼，她们的金属更加坚韧了。孤零零地坐在那荒凉的棚屋前的那个女人终于意识到她是如何将自己的六枝箭射向黑暗的表面，然后停住。不管她的箭射中何处，她都会看到其他的箭在流血。从那些箭中，从那直挺挺的白箭杆里，还有些箭仍将分离出来。

于是,她的箭将赓续不断地射向黑暗中洋洋洒洒的各种形态。她本人实际上就是那无底的箭筒。

　　"繁殖!"戈德博尔德太太大声称道,然后绯红了脸,因为,在通往赞那杜的路上,那话听起来一定无聊。

　　然后,她又回过头望了望那两个小男孩,他们正在旋转着大门,那劲头足能使门破裂。

　　戈德博尔德太太沿着参差不齐的一个个篱笆迂曲地行走着。她想起了黑尔小姐卧床不起的那年冬天,她如何前去照料那个可怜的人,她俩又怎样在那静悄悄的房子里谈论着战车的事。啊,每个人对事物都有自己的看法。那里的黑尔小姐,人们说,她疯了。正因为如此,她曾目睹过火的战车。戈德博尔德太太从不与地位比自己高的人就意见分歧进行反驳,特别是当后者生病时,然而,她却有着自己的观点。她对战车有着自己的看法。即使如此,当想到此事时,她的神经中枢仍受着仁爱和慈善的翅膀的触动。于是,她一边走,一边闭了会儿眼,将自己的双臂紧紧地抱住自己的躯体,生怕那正在融化的骨髓从中溢出。

　　当她睁开眼时,映入眼帘的已是赞那杜的新拓居地了,它已建在那位亲属——克卢格先生卖出的土地上。戈德博尔德太太对那些房屋的丰富多彩的生活迹象禁不住羡慕起来:放学回家的孩子们、一排幼嫩的花椰菜、一位恢复了健康的女人穿着晨衣步出户外去采集一朵迟开的玫瑰花。

　　"就是太冷啦!太冷啦!"戈德博尔德太太叫道,一边围着脖子做着说明。

　　"嗯?"那女人咕哝一下,她站在那里正撕着那抗拒的玫瑰茎。

　　"您会着凉的!"戈德博尔德太太坚持说。

　　她本可以给予可被接受的更多的爱。穿着晨衣站在那里的女人,好像不希望听到那种话似的,她一扭下玫瑰,便马上走进屋里。

孩子们瞪眼看着那走过去的陌生人,断定她可能是个环圈。

"你们会高兴的,可到家啦。"她说。

"不。"男孩子们答道。

有几个女儿在咪咪地笑着。

可是戈德博尔德太太只要站着,观看着赞那杜,她就心满意足了。后来有一次,人们终于了解了她,还想找找她,不单单是那些她已给治愈了不安的人,而且还有那些怀疑她具有一种值得羡慕的奥秘的人:他们将密切注视着那位戴着她那黑色典范般的宽檐帽的毫无变化的女人。

在那古老的、逐渐崩溃的房屋里,特别是在她与她生病的朋友同坐过的地方,那里一幢幢的新房精神抖擞地摇晃着,喊叫着。记忆的大厦连同它那驳杂的结构,炫目的细节,和一个个通向远方与云雾之间的未曾完工却可能是最动人的拱门,也将升起了。戈德博尔德太太将会建造,或恢复。她将用生活过的数年,近乎数日的时间有条不紊地铺完石料。可是,那一排排树木偶尔将来干预。栎树和榆树的黑色树干和诺伯特·黑尔先生曾经忽视的幽灵般的橡胶树又将从郊外的地皮上生长出来。当它们挣扎着最后在中殿①式圣坛里相会时,将会使现实变得黯然无光。光明总有自己的角色和音乐。冬天沼地里发出的灰光将从开着的一扇扇门扉中、从放在复活节餐桌上的白光闪闪的一条条花枝里,寻找一道道铺设的路。郁积着的夜宝石,通过嫩枝和石料的窗花格里倾注进来。怀着如此的精神财富,她抵抗不了世俗的格调,而不得不硬性拉进那绿色的、滑溜的、她在赞那杜起初颇有戒心的、反射的、可敬的、华丽的一口口大瓮。还有一位特殊的先生,他对她谈论过音乐,她已经记不住了,可她认为他的仪表是真诚的。她时时想起那音乐的本身,还让它的台

---

① 教堂的中部,本堂。

架闪闪发光,由于它在那与人方便的塔尖里总是越爬越高。然后,灰色的管子有时吹起了使她战栗的阵阵强风,还有难以忍受的、盘旋上升的音调,盘旋在她兄弟被车轮碾碎的、血块仍留在眼窝里的头颅上。

戈德博尔德太太常因她视野哥特式的慷慨而变得冷酷起来。她放在人们坟墓上的石像总在永恒的盔甲里挣扎。于是,她将竭力给予可以记得的尽量多的人至少一刻的解放:黑尔小姐,说得激烈些,泥土仍粘在她布满雀斑的双手上;那个澳洲土佬,她在去卡利尔太太家找汤姆的那天晚上,曾与他一起庆贺过一件不可思议的事。

时间骤然变成一种颇似完美的、令人着迷的,但实际则是让人痛苦的镶嵌工艺品。此时她能像艺术家一样研究自己生活的作品。经过间歇之后,她将探讨和判断他的艺术品。于是,最后,她的上帝和救世主的画像将在圣坛里立在她的面前,一边从黄色的眼睑底下,沿着坚强和柔和的钩形鼻在望着她。然而,她会满意而去,因为所有会聚之物最终都将落到那复活了的基督身上,她自己的双眼已经肯定那伤口全都愈合了。

当第一次重游变化了的赞那杜时,尽管有眼前的一桩桩活生生的事让她高兴,但戈德博尔德太太仍认为不忍心再到那里去了。可是,她当然又去了。正当第一次冒险涉步并取得重大成就时,她因往事而如此激动和震撼,竟不得不折断一棵小树苗用来支撑着自己。当她走在返回撒尔沙帕里拉她家的路上时,她一直用手帕堵着嘴。甚至当她阅世深广时,对于许多事,她也只不过是模模糊糊地有所感觉罢了。纵然她惯于一直走下去,但她仍是个步履维艰的笨拙的人。从后面看,在伸长了的羊毛衫的下面,她那庞大的体架宛然一种玩笑,但少数人则不以为然,他们碰巧发觉她还戴着王冠呢。

那天夜晚,当她沿路行走时,正是另一种贵若黄金之物在碧海苍天中陷进其车辙的时刻。她那在炯炯的目光之下扑动的眼睑镀上了一层光辉。若不是因为其全部的重量,那黄金之物则会淡淡地展现自己,将实际上把她带到她曾一时了解的,和许多其他不了解的活物为伴的地方。而那一切又得到了手的批准。

如果说,在后来对赞那杜的多次访问中,她再未体验到可与之相比的经历,那或许是因为戈德博尔德太太的脚跟仍然稳稳地站在那块土地上。她总是低着头,避开眼花缭乱的事物,不停地往前走着,一边深深地呼吸着,因为要走上山去,走到她仍住着的棚屋里,确实是一桩费劲的事。

诺贝尔文学奖授奖辞

阿图·伦德维斯特
1973年,瑞典学院

国王陛下,诸位亲王,女士们,先生们:

瑞典学院将今年的诺贝尔文学奖授予澳大利亚作家帕特里克·怀特。在像历次一样简短的授奖理由上,提到"他以史诗般的和擅长于刻画人物心理的叙事艺术,把一个新的大陆介绍进文学领域"。在有些地区,这句话多少有点被误解了。其实,这句话的意图,只在于强调帕特里克·怀特在其祖国文学中的突出地位;因此,不应该被理解为除了他的创作以外,澳大利亚文坛上就不存在一大批重要作品了。

事实上,澳大利亚文学界已经拥有前后相继的一长串作家,使澳大利亚文学明显地具有澳大利亚自己独有的特色。因此,在世人眼里,澳大利亚文学早就不应当被看作仅仅是英国传统文学的一种延伸。在这里,只要举出亨利·劳森和亨利·汉德尔·理查森的名字就足以说明问题了。劳森是移居澳大利亚的挪威水手劳森的儿子,他在自己的短篇小说中,真实地描写了形形色色的澳大利亚的现实生活;而女作家亨利·汉德尔·理查森,则在一系列重要的长篇小说中，翔实可信、规模宏大地追忆了自己的父亲，通过以其父亲作为代表，再现了残留在澳大利亚的英国生活方式。人们同样不能忽视许多志向远大而有点晦涩深奥的诗人，他们提高了澳大利亚人民对于本国的认识，增强了他们语言的表现力。

帕特里克·怀特的作品，尽管有其独特的一面，但是，不容否认，它们同时体现了澳大利亚文学的某些典型特征，这主要表现在采用了澳大利亚的社会背景、自然历史和生活方式。众所周知，怀特与西德尼·诺兰、阿瑟·博伊德、拉塞尔·德赖斯代尔等杰出的绘画艺术家有着密切的关系。这些艺术家以自己的画笔等创作工具，努力要达到怀特在作品中力求达到的那种表现力。同时，怀特的影响日趋明显，好几个最有才华的年轻作家，从不同的方面师法他的艺术，成为后起之秀，也是令人鼓舞的现象。

然而，同时必须强调指出的是，怀特并不像他的某些具有代表性的同行那样，只把目光盯在澳大利亚特有的事物上。虽然他的小说大多以澳大利亚为背景，但他主要关心的是写人，写那些超越地区和民族界线、其面临的问题和生活环境都极不相同的人。即使在他最有澳大利亚特色的史诗《人树》中，尽管自然和社会扮演了重要的角色，但他的主要目的仍然是刻画人物的内心世界。小说中的人物，与其说是以其典型或不典型的移民生涯，不如说是以其独特的个性而跃然纸上。当怀特陪同他的探险家沃斯进入澳洲大陆的荒野以后，那荒野就首先成了演出沉迷于尼采式意志力并为之自我献身的戏剧的一个舞台。

人们会觉得特别的，是帕特里克·怀特笔下的主要人物往往或多或少地置身于社会之外：往往是些侨民、行动乖张或智力不全的人，更多的则是神秘主义者和狂人。看来，怀特似乎发现自己最易于在这些穷困潦倒、无依无靠的人身上发掘出他所神往的人性。《乘战车的人》中的人物就是这样一类人。由于侨民的行为与社会习俗相悖,他们备受迫害和折磨,但从精神上说,他们又是上帝的选民,是不幸中的胜利者。《坚固的曼陀罗》中的两兄弟亦是如此,他们具有矛盾的特性:很能应付自如而又精神空虚;举止笨拙却资质颖悟。从某种意义上说,怀特的最新也是最长的两部小说中,两个贯穿始终的主要人物——《活体解剖者》中的艺术家和《风暴眼》中的老太太——也非例外。在怀特笔下,艺术家的创作冲动被描绘成一种诅咒;这种创作激情使艺术家的艺术产生了毁灭一切的后果,使创作者和接近创作者的人都沦为它的牺牲品。至于《风暴眼》中的老太太,作者则以她在一场飓风中的经历为神秘的中心,从这个中心得出人生的深刻见解,从而揭示出她充满不幸的一生,直到她死。

帕特里克·怀特的作品相当难懂,究其原因,则不但因为他有其特殊的认识和特殊的题材,而且同样因为他别具一格地把史诗的真实和诗歌的感情熔于一炉。在画面宽广的叙述中,怀特采用了高度浓缩的语言,锻词炼句,哪怕是细枝末节也不例外,同时,以极度的艺术夸张和微妙的心理描写,始终如一地追求最强烈的艺术表现力,使真和美紧密相连,融为一体:美,是放射光华和生命、激发天地万物和各种现象的诗意的美;真,纵然一瞥之下可能令人厌恶和惊恐,却是它自身的揭示和解放。

帕特里克·怀特是一位社会批评家,正如一切名副其实的真正作家一样,他主要通过写人来批评社会。他首先是大胆的心理探索者,同时又随时准备提出人生的观念,或者说提出一种神秘的信念,从中获得教益和启迪。他与自身的关系,犹如他与别人的关系一样,是错综复杂、充满矛盾的:崇高的企求和刻意的否定,激情热望和清教徒主义互相抗衡,形成了鲜明的对照;与他自己的高傲气质截然相反,他赞颂谦恭和自卑——一种持续不断的、要求赎罪和做出牺牲的负疚心理。他在高尚地、孜孜不倦地追求理想和艺术的同时,又疑惑两者的前途,因而不断地受到困扰。

由于他的文学创作,帕特里克·怀特已经名扬四海,并在这一领域内,成了澳大利亚首屈一指的代表。他在孤独中,在种种逆境中,无疑也是在迎击强大的反对势力中创作的作品,已经逐渐地赢得了越来越广泛的承认,取得了永垂文学史的地位,尽管他自己或许还不太相信自己的成就。对于帕特里克·怀特性格上极其顽强地表现自我、勇敢地攻击最棘手的问题的一面,人们有所争议;然而,正是因为这种性格,才造就了他无可争议的伟大。不然的话,他就不可能在忧郁中向人们提供这样的慰藉和信念:人生的价值,必然超过当前迅速发展的文明所能提供的一切。

瑞典学院对帕特里克·怀特今天的缺席深感遗憾,但是,我们竭诚欢迎他的代表和挚友,杰出的澳大利亚艺术家西德尼·诺兰。现在,让我敦请您,诺兰先生,从国王陛下手中接受授予帕特里克·怀特的诺贝尔文学奖。

朱炯强　译

帕特里克·怀特与《乘战车的人》
——译者后记

帕特里克·怀特（Patrick White, 1912—1990）是当代最杰出的澳大利亚作家，一生共发表 12 部长篇小说、3 部中短篇小说集、8 部剧本，另外有诗集、自传、电影剧本等作品。他的作品被译成多种文字，在国际上享有盛誉。由于文学上的成就，他曾先后荣获澳大利亚文学社颁发的金质奖章、迈尔斯·富兰克林文学奖等。特别是因为他"以融会了史诗风格和心理描写的叙事艺术，将一座新大陆引入文学地图"，而于 1973 年被授予诺贝尔文学奖。成为迄今为止，唯一获此殊荣的澳大利亚作家，因此被誉为"1973 年澳大利亚人"。

怀特的曾祖父是 1826 年由英格兰来澳大利亚定居的。他的父母在澳大利亚拥有两个牧羊场。1912 年 5 月怀特出生于伦敦，当时他的父母正在英国旅游。怀特六个月后，被带回澳大利亚。他的童年是在新南威尔士的乡下和悉尼度过的，并在那里接受了早期教育。后来，他又赴英国就读中学。1929 年又回到澳大利亚，在新南威尔士当了牧童。他一方面在两个牧场里劳动，同时也学写些不成熟的作品。

1932 到 1935 年间他再赴英国，到剑桥大学皇家学院学习现代语言。此时，他阅读了大量文学名著，深受欧洲文化的影响。取得学位后,他周游了欧洲和美国。后来留在英国。二战期间,他作为英国皇家空军情报部门的文职官员,先后到中东和希腊服役五年。战后,他多次访问澳大利亚,直到 1948 年定居在澳大利亚的新南威尔士,后来迁居悉尼。

1935 年怀特在悉尼首先出版了诗集《农夫与其他诗》(The Ploughman and Other Poems);1939 年,第一部长篇小说《幸福谷》(Happy Valley)问世;两年后,他又出版了长篇小说《生者和死者》(The Living and the Dead)。这些作品虽没引起多大震动,但奠定了他走向文学道路的基础。

定居澳大利亚那年,他发表了第三部长篇小说《姨母的故事》(The Aunt's Story)。这部小说在欧美受到很多评论家的高度赞赏。

他的真正的成名之作则是描写一个拓荒者家庭变迁的长篇小说《人树》(The Tree of Man,1955)。这是一部最典型的、澳洲的、史诗般的小说,标志着他已进入了文学创作的巅峰时期。此后,他的主要作品有:长篇小说《探险家沃斯》(Voss,1957)、《坚固的曼陀罗》(The Solid Mandala,1966)、《活体解剖者》(The Vivisector,1970)、《风暴眼》(The Eye of the Storm,1973)、《树叶裙》(A Fringe of Leaves,1976)、《特莱庞的爱情》(The Twyborn Affair,1979);短篇小说集《烧伤的人》(The Burnt Ones,1964)、《白鹦鹉》(Cockatoos: Shorter Novels and Stories,1974);剧本《汉姆的葬礼》(The Ham Funeral,1961)、《大玩具》(Big Toys,1977);电影剧本《夜游者》(The Night the Prowler,1978);自传《镜中瑕疵》(Flaws in the Glass,1981);《怀特讲演集》(Patrick White Speaks,1989)等。我国已有他的几部作品译本先后问世。

怀特的作品大多以澳大利亚为社会背景,反映澳大利亚人的生活,表达澳大利亚人的心声,但其写作风格和艺术手法却与多数澳大利亚作家所用的传统的现实主义写作方法大相径庭。由于他一方面长期在欧美传统文化的熏陶之下,另一面又深受乔伊斯、伍尔夫等现代派小说大师的写作技巧及弗洛伊德精神分析学理论的影响,所以,他终于成为一位独树一帜、别具一格的现代派作家。他认为作家应该提高生活,给人以启迪,不应只记录人们早已熟知的事物,而传统的现实主义文学只不过是"沉闷乏味的新闻体现实主义的产物"罢了,其作品远离艺术,只拘泥于表面的真实,缺乏深度和力度,不足以反映瞬息万变的大千世界。他主张去探索人的精神世界,通过对现代人内心的刻画来反映纷繁复杂的客观现实。因此,他的作品不着重情节的构筑,而是将笔触探入人物的心灵深处,从心理剖析入手,表现人际的关系,揭示人物的灵魂,引发人们对那个社会的思考。他笔下的人物多是性情孤僻,行为乖戾,为社会所抛弃的走投无路的人,用怀特自己的话说都是些"烧伤了的人",然而,他们却是有着西方世界观的现代人的写照,他们无所依托,不清楚自己与世界的关系,因而狂热地追求着自我。

在创作技法上,怀特运用独特的象征手法,广泛使用意识流的手段,通过大量的自由联想和内心独白表现主人公的潜意识和复杂的心理活动,梦幻般地反映出人的本能与理想的矛盾。他的作品有着明显的神秘主义、象征主义及现代心理学派的虚幻色彩。然而,怀特有别于其他现代派作家的是:他在"重精神"的同时,所强调的并非一味的虚无主义的内向性和抽象性,有时也有现实主义的外向性和具象性;表现的并非只是现代派作家惯常的充满悲观绝望情绪的幻灭色调,有时也表现出积极向上、令人奋发的力量;他不只是暴露,也有颂扬,不只是讥讽,也有激赏。因而他的作品犹如彩色的梦,有时深沉,有时活泼,有时苦涩,有时开朗。

怀特是运用语言的大师。他那"史诗般的叙述艺术"和"引用语言使之达到可以产生细微差别的充分能力",是有口皆碑的。他用词十分细腻、准确、含蓄、幽默。象征、暗示、排比、比喻俯拾即是。

他的作品所涉及的知识面极广,所用的词语量极大,而且锐意创新,不受传统语法的束缚,再加上浓厚的宗教色彩,这给读者对作品的理解带来相当大的难度。有时不免招来语言晦涩、荒诞不经、无法捉摸的非难,当然更多的人则欣赏怀特作品的概念的远见卓识和无所畏惧的写作风格。

《乘战车的人》(Riders in the Chariot)又译作《战车士》《四驾车》,是怀特的代表作之一。1961年出版后,引起强烈反响,作者因而先后荣获了迈尔斯·富兰克林文学奖(1962)及国家基督协会颁发的"兄弟情谊奖"(1963)。

小说的故事情节大致可分为四部分:一、老处女黑尔小姐对女邮政局长讲述了她家的兴衰史。赞那杜——这座充满神秘色彩的黑尔小姐的私人宅第已经今非昔比了。值此,交代出小说主要所反映的时间:二次大战时,地点:澳大利亚;二、黑尔小姐与希梅尔法布不期而遇。后者对前者讲述了自己坎坷的身世与经历。战争的残酷及其给犹太人所带来的灾难一览无余;三、斗转星移,他们的交往密切了,了解加深了,逐渐建立起奇特而真挚的友谊。加之乐善好施的劳动妇女戈德博尔德太太、不同凡响的澳洲土著艺术家杜博的出现,他们的境遇、他们的作为、他们的思考与以乔利太太、弗拉克太太以及布卢之流形成反差,致使作者着意所歌颂与讽刺的泾渭分明;四、上述四人除戈德博尔德太太仍在走着自己的路之外,其他三人皆随着昔日辉煌的赞那杜的毁灭而消亡。

《乘战车的人》如同怀特的其他小说一样不以情节取胜,而是将人物放在一起,任其发展。该书遵循怀特喜欢的模式——强烈的中心概念,通过传记的方法向前推进,然后是明显细节的尽情扩展。其形式与其说由外部的框架,不如说由内部的力量所决定,其故事更多地在为人物服务。

黑尔小姐是个性情孤僻、离群索居、装束奇特、其貌不扬的老处女。她一出场就给人以深刻的印象:"身材矮小,脸上长着雀斑,她穿的那双长筒袜可能已经从腿上褪下去了……"她常年戴着一顶编得粗糙的柳条帽,"那使她有时看起来好像一株向日葵,有时候,恰像一个快要散架的破篮子。"她之所以被冠之以"黑尔"之名,不无道理,因为英文中的"黑尔"(Hare)是野兔的意思,她正像野兔一样行为诡秘,不可思议。很多人称她是"疯子",是"神经病患者",然而,这位昔日曾是雕栏玉砌、金碧辉煌的私人宅第——赞那杜的主人,却有着自己的理解,自己的感情。赞那杜极盛时,每年都有亲朋好友自国外专程来此做客。一次,在来客中多了一位漂亮小姐,她不禁醋意大发。她对其父的死,总有一种负疚感。因为她当时救助不利,才使他最后淹死在赞那杜的大瓮里。所以,"当她父亲的形象在她的记忆中愈见淡薄时,她才乍着胆像狐狸或者笨虫子似的出来探索一种隐蔽在生活中的真理";她初遇希梅尔法布时,先是被他的大鼻子迷住了,后来竟用自己那布满雀斑的、颤抖的手握了那犹太人的手,并开始摩擦起来。这时,她似乎"感觉到作为一个女人是个什么滋味,那或许是第一次,而且是绝无仅有的一次"。

弗洛伊德强调:经神病的根源是由于潜意识中性本能受到压抑而陷入幻想境界。那么,黑尔小姐之所以形成了自己独特的脾性与行为习惯,其中一个重要原因则是由于多年来性本能受到压抑的结果。这样,当感情的闸门一旦打开时,那滔滔江水,便一泻千里,锐不可当。因此,当得知她的朋友希梅尔法布的住处着了火时,她便迫不及待地显出一种粗糙的恨与爱:她呜咽着,奔向前去。"你们烧死了我最亲爱的朋友!"她向围观者怒吼着,"我要报告警察……我要向法院起诉……"这时,她把所有的恨全都集中在围观者身上,认为他们是魔鬼——因为他们眼看着她的朋友让人迫害,被人活活烧死。可是,当她来到她那躺在病榻上奄奄一息的朋友跟前时,她倒像一只"温和的、熟知的野兽","横卧在她们母亲的床角下啜泣着,咕哝着。她身上还散发着烧灼的气味",这"仿佛不是出于痛苦,而是由于她再次成功地封闭了她那幸福的氛围"。其实,她把满腔热忱早已倾注到眼下这位行将就木的人的身上,她甚至用自己的体温去暖那冰冷的双脚,她"慢慢垂了下头;最后,她将脸放到那脚的形状上,面颊上落着印记",她已进入自己的性情"从未到达的那种完全融洽的状态中"。随着她朋友的离去,她甚至做出决定:离家出走。从此,便销声匿迹了。

黑尔小姐无疑是作者所强调的一个"烧伤的"、扭曲的心灵。她有着自相矛盾的两重性:她本人丑得很,但又存在着美的东西,她所表现出人世间的那种原始的、本能的感情就是一种美的体现;她有着自己独特的爱,但也有着自己切齿的恨;说她是"疯子""神经病患者"也可,但有时她对世态炎凉、人间冷暖也有着深深的体会和精辟的论断。她说的好:人们可能"会把已经看透他们的人折磨死",这也可能是因为"天气"不好,或者"饭后的无聊",她的话都是"经验之谈"。在尔虞我诈、弱肉强食的资本主义社会里,黑尔小姐只是千千万万被社会所抛弃的小人物中的一个,她的存在与否只不过像"一片树叶"或"一只动物"一样,不会引起社会的波澜。

如果说黑尔小姐是作者在本书中浓墨重彩的一个人物,那么希梅尔法布则是作者刻意强调的核心。这位被人绑在模拟十字架上受尽折磨的弥赛亚——犹太人所期望的救世主,部分是根据作者在纽约的一位出版商作为原型写成的。怀特说:写他是依据"人的遗传精神,而不是人的仪表"。书中的希梅尔法布是一位见多识广、博学多才、饱经风霜、历尽坎坷的犹太人。他于十九世纪末出生在德国北部的一个富裕的犹太商人家里。父亲是一位事业有成、慷慨大方的人;母亲是位虔诚的基督徒。他自幼受过良好的教育,后来获英语博士学位,并在牛津大学继续从事研究工作。战争时,他服过役,负过伤。退役后,认识了一排字工的女儿雷哈,两人随即共坠爱河并结成眷属。然而,美好的一切有如过眼烟云,不复存在了。眼下,作为犹太人,他耳闻目睹并亲身遭受其他犹太人所遭受的和没有遭受的很多凌辱与苦痛:德国人不顾他那光荣的过去,解除了他的职务;他访友也吃到了闭门羹;他家如同犹太教堂一样燃起了熊熊大火,屋内的家什烧得荡然无存;他的爱妻被人劫走了,从此杳如黄鹤。他目睹过德国法西斯分子用绳索和钢刀将成批的犹太人逼到毒气室里活活毒死的惨景。因为留有他用,他才幸免一死。后来,他颠沛流离,漂泊到异国他乡——澳大利亚,在一家工厂里找到一种不起眼的钻孔的活。这位堂堂的大学教授沉默寡言了,这位曾驰骋疆场的勇士逆来顺受了,然而,等待他的仍将是被侮辱、被损害的命运。他甚至被人绑上树上,让人刺割和踢打:很多的血从头上、身上、手上流了出来,"那黑色的血块和污迹……乏味得竟连苍蝇都不理睬"。所以,除了认认真真地劳动,老老实实地做人以外,他将一腔热忱全部倾注到对上帝的爱、对上帝的祈祷之上。因为他知道自己具有着力量,所以"透过所有的漫骂、蔑视、讥笑和扭曲,他继续在盼望着",他感到"一种平静和清澈,那纯洁如水的平静和清澈,在其中心映现出了他的上帝"。因此,在弥留之际,他变得更加温和了。

"苦难和赎罪"一直是怀特作品突出的主题,这在《乘战车的人》中展现得尤为明显,而在希梅尔法布身上则表现得淋漓尽致。在经受了种种凌辱和磨难之后,经过赎罪,他达到了孜孜以求的唯一的"人类理想境界"。于是,他感到心境平和了,感到他心中的上帝与他同在。这正像作者在书中开始时,援引布莱克的警句那样:"无限""蕴藏于一切事物之中",而这"无限"就是"上帝的声音"——"笃实的义愤之声"。所以,当希梅尔法布被绑在树上,受尽折磨时,他便聆听到上帝的声音,同时也"激起他人对无限的感知"。于是,他成了人们——特别是犹太人心目中的救世主。他是书中几个主要人物联系的纽带。以他为核心自然形成一个黑白分明的幻象圈：他饱尝到充满那圈内的兄弟般的情谊与关怀；也饱受到充斥于那圈外的无尽的羞辱与欺凌。然而，他毕竟是典型的西方知识分子的写照。在那混沌蒙昧、纷纭杂沓的世界里，他以其与众不同的方式在狂烈地追求着自我。

阿尔夫·杜博是作者笔下的一位聪明过人、纯朴笃厚的澳洲土著人。他出生在一个河流纵贯的保留地上，其母为一土著妇女，其父却不知道是哪个白人汉子。后来他被教区长及其寡妇姐姐所领养。他学过拉丁文，但特别喜欢绘画。严格的教育和周围的环境使他逐渐形成了他那孤僻、沉默、忠厚、正直的性格。为了自由，他离开了监护人，开始漂泊游荡起来。他捡过垃圾、干过杂活、受过别人的施舍、遇到过妓女，甚至得过性病。后来他辗转来到巴兰纳格利自行车车灯厂（希梅尔法布也在这个厂干活），找到一个扫地的工作，成了一个"整天和扫帚在一起"，"体面人不愿挨近的畜生"。然而，他却与无人理睬的希梅尔法布建立起一种异乎寻常的关系，尽管起初是"羞羞答答"、有着"未曾表达的互不相识的默契"，但他对希梅尔法布却一直寄予着最大的关注与同情：当希梅尔法布干活将手碰伤时，他注意到那伤口流出的血；当那犹太人被人绑在树上受尽折磨时，又是他看得最清。此时，他感到和那人一样孤独，并为着未曾割断捆绑那人的绳索而愧疚；当听到那人的住处着起火时，他便狂奔到那里，却发现那里只剩下一副房屋的框架……他将去梦想，去遭受，去用绘画表达自己隐藏于心的孤寂与悲痛，但他深知这必定是苍白无力的，于是，他责备起自己的黑皮肤。他呕吐了，吐出了血。他弄清了"血的概念"："有时，那是自己枕上令人作呕的褐色的污迹；有时则是赎罪的明亮的深红色的颜料"。这个在经历苦难之后一心想通过绘画赎罪的心灵扭曲了、倒置了，正像他的绘画一样"呈现出一种永恒和运动的关系的颠倒"。于是，这位"人类不幸中的不幸"者变得玩世不恭了。所以,当他死去的时候,看起来倒很自然,似乎一直"躺在一种虚假的玩笑中"。

戈德博尔德太太是作者着意刻画的又一个人物。这位勤劳朴实、乐善好施的劳动妇女,出身贫寒,其父是个补鞋匠,一位忠厚朴实的基督徒。她继承了父亲对义务忠心的美德。所以,在黑尔小姐看来,她是个大好人,并保持着好人最为明显的特点。她膀大腰圆,体格健壮,在她那红棕色蜡状的皮肤上,由于汗水的流淌,毛孔总是张大的。她的眼神平稳而阴沉。她给人家洗衣服。她喜欢边熨衣服,边唱歌。有时,她便回忆起她与弟弟罗布一起去教堂的情景。她很疲劳,但很惬意。当她听到演奏管风琴时,"她的勇气失却了……瞬息间,她飘浮在优柔寡断的云雾中,受到了无限仁爱的手指的抚慰";她忆起那场飞灾横祸,那次运干草时,弟弟被马车压死了!"她的双手紧紧地抱着那压坏了的甜瓜——那是她兄弟的头……",悲痛欲绝;她忆起父亲给她们娶了个继母,一位慈祥、冷静的女教师。然而,她还是离开了他们,只身来到悉尼。起初到一户人家帮厨,后来又当了另一家的客厅女仆。在那里,她遇上了送冰人汤姆·戈德博尔德。他们相爱了、结婚了,生了三个女儿。生活的波澜使这位不起眼的小人物悟出了一个道理:人的本能是互相仇视的。然而,这却抹杀不了她内心的仁爱与善良。她对黑尔小姐体贴入微,甚至有个冬天,她一直在照料着那个得了肺炎的人;她到妓女卡利尔太太家找丈夫时,碰上了那个澳洲土著人。他为了"爱的使命",倒下去了,嘴里喷出了血。还是戈德博尔德太太弯下腰给那人擦净了血;平时她给希梅尔法布洗衣服,也照料些他的饮食起居。尤其当他病入膏肓时,又是她和她的孩子们主动将他抬到自己家,全面护理……她"似乎在为不相干的事物生活着。在她的生活过程中,她已为稀松平常和鸡毛蒜皮的事产生出一种爱恋和尊重"。由于替代母爱的不可遏止的渴望使她与世隔绝了,她宛如"放在人们坟墓上的石像总在那永恒的盔甲里挣扎"。与上述三者不同的是：戈德博尔德太太摆脱了死亡的命运，因为她的脚跟"稳稳地站在那块土地上"，"她总低着头，避开眼花缭乱的事物，不停地往前走着"。

评论家公认：《乘战车的人》是怀特所有作品中宗教色彩最浓的一部。这就给作者提供了一片大展风采的辽落的沃土，使其独具一格的现代派艺术风格，使象征主义、神秘主义、虚幻色彩、意识流等艺术手段发挥得酣畅淋漓、洒脱自如。首先，从书名看：《乘战车的人》，这里"战车"指的是何物？"乘战车的人"又为何许人？如果说上述四人是资本主义社会里被歧视、被忽略、被抛弃、与社会格格不入的所谓"烧伤的人"，为作者杜撰的梦幻式的"乘战车的人"，那么"战车"一物，既是艺术品，又是作家在虚无缥缈中，产生的一种恍惚迷离的神秘联想，形成的一种超然存在的意象，一种完美无缺的象征。然而，对此，不同的人，由于理解不同，因而形象各异：它恰若随风飘来的一层巨云；一团光芒四射的琥珀色的大火；一辆群马驾辕的两轮云车，在碧海长空中隆隆而过，挑逗着忌妒的苍穹；抑或停滞在通往阿波罗的小径上，由四匹木马拉着的小巧玲珑的小木车……至于那乘战车的人的形象，那或许是隐约可见的四个神人，直挺挺地坐在精工细雕的战车里；或者是耀武扬威的征服者，威风凛凛地乘着战车，腾云驾雾，驶向那神殿的大门……然而，无论怎样，这里的"战车"，却是人性的向往、美好的化身、光明的使者、赎罪的象征。"乘战车的人"在经过磨难和屈辱之后，其心灵借此得以净化，以期达到那"人类唯一的理想境界"。故此，杜博欣喜地得知："那战车的确存在于先知的视觉和他自己的见解之外"；而戈德博尔德太太每每想到它时，则感到"她的神经中枢仍受着仁爱和慈善的翅膀的触动"。这种以具体、有形、现实之物，表现抽象、无形、非现实的事物，所谓"寓理于象"的象征手法，由此可见一斑。此外，黑尔小姐在赞那杜的那伊甸园式的生活，却被以乔利太太形式出现的

"蛇"搅扰了；杜博的绘画，以红、蓝为主的各种颜色的出现；以雌雄同序植物为代表的犹太教与基督教的联合，以及其他方面宗教与信仰的问题等等，其象征手法都特别醒目。加缪说过："最难理解的莫过一部象征作品，一个象征总是超越它的使用者，并使他实际说出的东西要比他有意表达的东西更多。"象征主义文学在很大程度上又表现了神秘主义。神秘主义学说所给予的不是行为的指导、幸福的规划和对神秘事物的解释，而是一种人生的哲理。《乘战车的人》正是如此创作出来的，因此，具有象征主义作品的显著特点：神秘色彩和朦胧美。

尽管作者在有些篇章里沿用了传统的叙事方法，特别是对几位主人公的具有传记色彩的记述，可以看到现实主义传统的影子，但作者所主张的和主要运用的却是现代派的写作方法，上述对本书所反映出的象征主义、神秘主义的创作倾向及虚幻色彩便是例证，而作者对"意识流"手段的运用则更为明显。这主要表现在：第一，时序的颠倒和融合上。《乘战车的人》打破了传统小说以正常时间为顺序的结构，在心理变化和意识的流动中，常常把过去、现在和未来三者彼此颠倒、交叉、互相渗透，使人为的视觉、回忆、向往三种现象交织、重叠在一起，创造出异常的结构。希梅尔法布用了整整三章（五、六、七章）的篇幅叙述他的身世和家史，其意识活动不是一个条理化的和脉络清晰的体系，而是回忆伴随着回忆，理智混杂着感情，清楚的思路交织着混乱纷繁的感受和印象：如他的妻子雷哈一会儿死了，一会儿活着，反复出现……这种柏格森所谓的"心理时间和多层次"的叙述风格有时毫无逻辑关系可言。第二，跳跃式的自由联想和心理分析式的内心独白的运用。作者以此表现主人公的思想感情，对主人公的行为和环境不做直接的描绘和说明，只是通过他的意识屏幕上的映象对外在世界进行折光的反映。如一主人公沿河而上时，他所体味的却是河岸的流动和河水的静止。这在前面主要人物分析上可以窥豹一斑。第三，语言与文体上的标新立异。《乘战车的人》具有怀特语言的一切特点。作品洋溢着浓郁的诗情，通过诗的隐喻性，表现人物内心和现实难以言传的、极其复杂的融合。书本所用的语言多达十几种，而且难易程度异常悬殊：易者一目了然，朗朗上口；难者文辞奥博、哲理深邃。再加上时而出现的不合语法的句子和极浓的宗教色彩，使作品读来颇难。

《乘战车的人》所涵盖的知识面极广，大地万物，应有尽有，可谓澳大利亚的一部小百科全书。

为了传达原作风貌，译文尽量贴近原文。为保持异国情调，许多地方采取原文加注的方法。有些不合语法的句子，在翻译中尽量理顺，以适应我国的阅读习惯。然而，在个别情况下，读者仍然会费些心思，但总体讲，译文应该是畅达无阻的。至于前面已提到的本书重要的写作手法意识流及象征手法，译者已辟专论，此处不详述。

怀特作品之难译，众所周知。在已知的怀特作品中外译事中，一人独立完成者凤毛麟角。据说，两位苏联译者在翻译怀特著作的过程中相继得了神经衰弱症，垮了下来。国内出版的几部怀特作品，皆为合译。独立完成者，迄今尚属首次。

本人八年前译完《乘战车的人》，后经多次复查、修改，终于告成。遗憾的是：本人在此期间得上了冠心病。但愿值得！

王培根

1996年3月于天津南开大学

RIDERS IN THE CHARIOT by PATRICK WHITE
Copyright: ⓒ 1961 BY PATRICK WHITE
This edition arranged with Jane Novak Literary Agent
through BIG APPLE AGENCY, LABUAN, MALAYSIA.
Simplified Chinese edition copyright:
2020 ZHEJIANG LITERATURE AND ART PUBLISHING HOUSE
All rights reserved.

本书中文简体字版版权，浙江文艺出版社独家所有。
版权合同登记号：图字：11-2020-148号

图书在版编目(CIP)数据

乘战车的人/(澳)帕特里克·怀特著；王培根译.—杭州：浙江文艺出版社，2021.1
ISBN 978-7-5339-6211-1

Ⅰ.①乘… Ⅱ.①帕…②王… Ⅲ.①长篇小说－澳大利亚－现代 Ⅳ.①I611.45

中国版本图书馆 CIP 数据核字(2020)第 160954 号

策划统筹：曹元勇
责任编辑：王丽荣
文字编辑：庄馨丽
封面设计：周伟伟
责任印制：吴春娟

乘战车的人

［澳］帕特里克·怀特　著
王培根　译

出版：浙江文艺出版社
地址：杭州市体育场路 347 号　邮编：310006
网址：www.zjwycbs.cn
经销：浙江省新华书店集团有限公司
印刷：浙江新华数码印务有限公司
开本：880 毫米×1230 毫米　1/32
字数：500 千字
印张：20.625
插页：6
版次：2021 年 1 月第 1 版
印次：2021 年 1 月第 1 次印刷
书号：ISBN 978-7-5339-6211-1
定价：98.00 元(精装)

版权所有　侵权必究
(如有印、装质量问题，请寄承印单位调换)